अग्नि अस्त्र

रोबेर्तो आर्ल्ट

द अर्जेंटीन रिपब्लिका के उपासना और विदेश मंत्रालय के
अनुवाद सहायता कार्यक्रम, ''सुर'', के सहयोग से प्रकाशित

Obra editada en el marco del Programa "Sur"
de Apoyo a las Traducciones del Ministerio de
Relaciones Exteriores, Comercio Internacional
y Culto de la República Argentina

राजपाल

अनुवाद
प्रगति सक्सेना

द अर्जेंटीन रिपब्लिका के उपासना और विदेश मंत्रालय के अनुवाद सहायता कार्यक्रम, ''सुर'', के सहयोग से प्रकाशित

"Obra editada en el marco del Programa "Sur" de Apoyo a las Traducciones del Ministerio de Relaciones Exteriores, Comercio Internacional y Culto de la República Argentina"

स्थापित 1912
100 वर्षों की श्रेष्ठ प्रकाशन परम्परा
राजपाल

ISBN : 9788194131892
पहला संस्करण : 2020
AGNI ASTRA (Novel) by Roberto Arlt
(Hindi edition of *The Flamethrowers*)

राजपाल एण्ड सन्ज़
1590, मदरसा रोड, कश्मीरी गेट, दिल्ली-110006
फोन : 011-23869812, 23865483, 23867791
e-mail : sales@rajpalpublishing.com
www.rajpalpublishing.com
www.facebook.com/rajpalandsons

लेखक की ओर से

यह पुस्तक *अग्नि अस्त्र* मेरी पुस्तक *सात पागल* का अंतिम भाग है।

काम करने की पर्याप्त प्रतिकूल परिस्थितियाँ होते हुए भी, मैं खुश हूँ कि मेरे भीतर एक ऐसे काम को सम्पन्न करने की इच्छाशक्ति रही जिसके लिए एकाकीपन और सभी से अलग-थलग रहने की ज़रूरत होती है। अखबार के दफ़्तर के हमेशा शोरगुल भरे माहौल में, एक दैनिक कॉलम लिखने के दायित्व के लगातार दबाव के बीच मैंने इसे लिखा।

मैं ऐसा इसलिए कह रहा हूँ ताकि नये उभरते उपन्यासकारों को प्रेरित कर सकूँ और उन लोगों को भी कुछ जानकारी दे सकूँ जिन्हें उपन्यासकार की तकनीकी प्रक्रिया जानने में रुचि है। जब उसके पास कुछ कहने के लिए होता है तो वो उसे जैसे भी संभव हो लिखता है। कागज़ के दस्ते पर, या एक घुप्प अंधेरे कमरे में। उसके बिलकुल करीब ईश्वर (या शैतान) होता है जो उससे अवर्णनीय शब्द लिखवाता रहता है।

मैं गर्व से स्वीकार करता हूँ कि लेखन, कम-से-कम मेरे लिए एक आराम और सुख का साधन है। अन्य लेखकों की तरह मैं किराये, डेड लाइन (समय-सीमा) या घर के करीब ही शांतिपूर्ण काम के वातावरण के बारे में चिन्तित नहीं रहता। लेखक बनना कठिन और कष्टप्रद है। खासकर उस स्थिति में जब आप काम कर रहे हों और उन दूसरे लोगों के बारे में सोच रहे हों जो आपका ध्यान भटकाने की धुन में अपना काम आप पर डाल देते हैं।

एक बात और : वे कहते हैं कि मैं खराब लिखता हूँ। हो सकता है। बहरहाल, मुझे उन लोगों की तादाद बताने में कोई मुश्किल नहीं होगी जो अच्छा लिखते हैं और जो अपने परिवार के कुछ ही सदस्यों को अपना लेखन पढ़ने देते हैं।

अपना एक अंदाज़ बनाने के लिए, आपको आय और सुविधाओं की ज़रूरत होती है। लेकिन सामान्यत:, जिन लोगों के पास ये सुविधाएँ होती हैं वो साहित्य जैसी सरदर्दी से बचते ही हैं। या फिर वे समाज की कुलीन संगोष्ठियों में खुद को विशेष दिखाने के लिए इसका उम्दा इस्तेमाल करते हैं।

मैं सौंदर्य के प्रति अतीव गहनता से आकर्षित होता हूँ। कभी-कभार मेरी इच्छा हुई

है *फ्लॉबेर* जैसे उपन्यास लिखने की, जिसमें विशाल मनोरम शब्द चित्र के कैनवास हों... ! लेकिन आज एक ऐसी सामाजिक संरचना के शोरगुल के बीच, जो अपरिहार्य रूप से ढह रही है, बिखर रही है, नक्काशी और सज-धज के बारे में सोचना मुश्किल है। एक खास शैली के लिए वक्त लगता है, और अगर मैं अपने कुछ साथियों के सुझाव पर ध्यान दूँ, मुझे एहसास है कि उनके मन में क्या है, तो मुझे हर दस साल में एक किताब लिखनी पड़ेगी, अपनी छुट्टियों को भी तब तक टालना पड़ेगा और उन दस सालों में मैं कुछ सौ पन्ने ही लिख पाऊँगा।

कुछ और लोग उस क्रूरता से नाराज़ और स्तंभित रह जाते हैं जिससे मैं स्त्री पुरुष संबंधों की एक बिलकुल सहज स्थिति का वर्णन करता हूँ। बाद में वही प्रतिष्ठित कॉलम मुझे जेम्स जॉयस की याद दिलाते हैं, जिससे मैं हैरत में पड़ जाता हूँ। ये हैरत यूलिसिस में कभी-कभार आये कुछ खास किरदारों की आध्यात्मिक खुशी पर होती है; एक शख़्स लगभग स्वत: अपनी नाक से सुबह का नाश्ता खाते हुए, बाद में, एक आउट हाउस में पाखाना करने के बाद उसकी बदबू को सूंघते हुए।

लेकिन जेम्स जॉयस अंग्रेज़ (आयरिश) है और अभी तक उसका स्पैनिश में अनुवाद नहीं हुआ है, और जेम्स जॉयस के पक्ष में बोलना अच्छी बात है। जिस दिन जेम्स जॉयस का काम भी सभी को उपलब्ध हो जायेगा तो इन प्रतिष्ठित कॉलमों को एक नया आदर्श ईजाद करने की ज़रूरत पड़ेगी, जिन्हें और कोई नहीं बस कुछ आधा दर्ज़न चेले चपाटे ही पढ़ेंगे।

वास्तव में, कोई ये नहीं जान सकता कि दूसरे लोग क्या सोचते हैं। हमारे दिन और रात के हरेक घंटे में जो सस्ती कॉमेडी चलती रहती है, अगर उसे दिल से लगा लें तो पूरी गंभीरता से हम बेवक़ूफ़ हैं।

बहरहाल, शुरुआत से विधाता ने ये निर्धारित कर दिया था कि मैं अपनी रचनाओं को अख़बारों के साहित्यिक आलोचकों के पास कभी नहीं भेजूँगा। इसका हासिल भी क्या होगा? ताकि कोई शख्स महज़ दिखावे के लिए, अपनी तमाम फ़ोन कॉल्स के बीच भले जनों के संतोष के लिए ये लिख सके : ''श्री रोबेर्तो आर्ल्ट निराशात्मक यथार्थवाद के प्रति अपनी अभिरुचि पर अडिग हैं, वगैरह-वगैरह।''

नहीं, नहीं, और कतई नहीं।

उनका वक्त गुज़र गया है। भविष्य हमारा है, सशक्त रचनाओं का। हम अपना साहित्य रचेंगे, लेकिन हमारे स्वाभिमानी एकाकीपन में हम वो किताबें लिख सकते हैं जिनमें 'लेफ़्ट क्रॉस' की हिंसा शामिल हो। हाँ, एक के बाद एक किताब, और वो जिन पर वो नपुंसक थूकेंगे।

हम भविष्य में विजयी होंगे।

दाँत पीसते हुए स्याही की मशक्कत के साथ हम टाइपराइटर पर ऐसे ''झाड़-खंखाड़'' सरीखे लेखन पर थके हुए हाथों को लगातार पीटते हुए विजय पाते रहते हैं। ऐसे मौके भी आये हैं, जब थकान से चूर मैं ढह गया, लेकिन...इन पंक्तियों को लिखते हुए मैं अपने अगले उपन्यास के बारे में सोच रहा हूँ। इसका नाम होगा 'द लव डॉक्टर' और यह अगस्त 1932 में प्रकाशित होगा।

और भविष्य में यही निहित है।

1931 **—रोबेर्तो आर्ल्ट**

शुक्रवार

नपुंसक कर दिया गया आदमी

ज्योतिषी एर्दोसैन को देखता रहा, नुक्कड़ पर उसके मुड़ने का इंतज़ार करता हुआ, फिर अपनी एस्टेट के भीतर दाखिल हुआ यह बुदबुदाते हुए :

''हाँ...लेकिन लेनिन जानता था वो कहाँ जा रहा है।''*

न चाहते हुए भी वह उस हरे लाइम ट्री के नज़दीक रुक गया जिस पर बौर आ रही थी। आसमान के नीलेपन को सीधे काटते हुए त्रिकोणीय बादल के टुकड़े गुज़र रहे थे। लताओं से ढके झाड़ में काले कीड़ों का भंवर मानो घुलमिल गया था।

अपने घिसे, खुरदुरे जूतों की नोक से ज्योतिषी गंभीरतापूर्वक ज़मीन को कुरेदने लगा। हाथों को उसने अपनी बढ़ई वाली ग्रे कमीज़ में छिपाए रखा, और आत्मचिंतन के मेहनत भरे काम से उसके माथे का अगला हिस्सा ज़रा उभर आया था।

भावविहीन उसने अपनी नज़रें बादलों की तरफ़ उठायीं और फिर बुदबुदाया :

''वो शैतान जानता था, वो कहाँ जा रहा है। लेनिन समझदार आदमी था...''

इलास्टिक से बँधी गाय के गले में बँधने वाली घंटी, जो दरवाज़े की घंटी के तौर पर थी, ज़ोर से बजी। ज्योतिषी प्रवेशद्वार की तरफ़ मुड़ा। दरवाज़े के पल्ले पर वो एक लाल बालों वाली स्त्री के साये को देख सकता था। वो एक भूरे रंग का कोट पहने थी। ज्योतिषी को याद आया कि अतीत में एर्दोसैन ने एक लंगड़ी स्त्री के संदर्भ में कुछ कहा था और वो चेहरे पर गंभीर भाव लिए उसकी तरफ़ बढ़ा।

प्रवेश द्वार पर ज़रा ठहरते हुए हिपोलिता ने एक मुस्कान के साथ उसका निरीक्षण किया। 'फिर भी, उसकी आँखों में मुस्कान तो नहीं है,' दरवाज़े का ताला खोलते हुए ज्योतिषी सोचने

* समीक्षक का नोट : *सात पागल* के अंत में एर्दोसैन ज्योतिषी से कहता है, ''जानते हो, तुम लेनिन की तरह हो।''

लगा। और वो ओक के पल्ले के सामने खड़ी हुई अभिवादन करते हुए बोली :

''क्या आप ही ज्योतिषी हैं ?''

'एर्दोसैन ने काफ़ी लापरवाही बरती,' उसने सोचा। फिर उसने अपना सिर एक तरफ़ हल्का–सा झुकाया ताकि उस महिला की बात ध्यान से सुन सके, जो उसके जवाब का इंतज़ार किये बगैर बोलती रही :

''क्या वे इन घुमावदार गलियों के मकानों पर नंबर नहीं डाल सकते थे ? इतना चल–चल कर और बार–बार रास्ता पूछते हुए मैं थक चुकी हूँ। वाकई, मेरे जूते बिलकुल गंदे हो गये हैं, हालाँकि उन पर पड़ा कीचड़ अब सूखने लगा है...। लेकिन, तुम्हारा घर कितना सुन्दर है। यहाँ तुम्हारी ज़िन्दगी बढ़िया होगी।''

बिना कोई अचरज दिखाए ज्योतिषी ने उसे शांतिपूर्वक देखा। इस दौरान उसने मन ही मन कहा, ''यह अपनी सनक और आत्मविश्वास से मुझ पर हावी होना चाहती है।''

हिपोलिता बोलती रही :

''बहुत बढ़िया...बहुत अच्छा...और तुम मेरे यहाँ आकर तुमसे मिलने पर हैरान हो, है ना ?''

ज्योतिषी ने अपने हाथ अब भी कमीज़ के अन्दर ही रखते हुए उसे पूरी तरह से नज़रअंदाज़ कर दिया।

हिपोलिता, उसके इस रवैये से हतोत्साहित हो गयी। फिर उसने अच्छी तरह व्यवस्थित घर, चक्की के पहिये, हिलते हुए फावड़े और बाहरी दरवाज़े पर लगे नीले–लाल कांच के फलक को देखा और अपने निष्कर्ष को विस्मय भरे स्वर में ज़ोर से बोलते हुए अभिव्यक्त किया :

''कितना अच्छा है, ये! मौसम बताने वाले मुर्गे की पूँछ को पीछे की तरफ़ किसने मोड़ा ? हवा से तो ऐसा नहीं हो सकता।'' फिर उसने अपना स्वर नीचे किया और पूछा : ''एर्दोसैन ?''

'मैं गलत नहीं था,' ज्योतिषी ने सोचा। 'यह वही लंगड़ी वेश्या है।'

''तो तुम एर्दोसैन की गर्लफ्रेंड हो ? एर्गुएता की बीवी ? एर्दोसैन यहाँ नहीं है। वो अभी दस मिनट पहले ही यहाँ से निकला। यह वाकई चमत्कार ही है कि वो तुमसे नहीं टकराया ?''

''किस वजह से तुम इस इलाके में रहने आये हो ? मुझे तुम्हारा घर पसंद आया। ऐसी कोई भी वजह नहीं कि मैं कह सकूँ कि मुझे यह अच्छा नहीं लगा। क्या इस घर में कुछ औरतें भी रहती हैं ?''

ज्योतिषी के हाथ अपनी कमीज़ के अंदर ही रहे। वो हिपोलिता की बात नफ़रत से त्यौरियाँ चढ़ा कर सुनता रहा, उसका निरीक्षण करते हुए, जिससे उसकी पलकें अधखुली हो गईं, मानो अपने मेहमान की मंशा को उसकी बातों में से छान कर समझना चाहती हों।

''तो तुम एर्दोसैन की गर्लफ्रेंड हो?''

''तुमने ये मुझसे तीसरी बार पूछा है। हाँ, मैं एर्दोसैन की गर्लफ्रेंड हूँ...। लेकिन हे भगवान, तुम कितने बेपरवाह हो! मैं यहाँ तीन घंटे से खड़ी बात कर रही हूँ लेकिन तुमने इतना भी नहीं कहा : 'भीतर आ जाओ, अपना ही घर समझो, यहाँ कुर्सी पर बैठो, क्या तुम कोन्याक लेना पसंद करोगी, क्या मैं तुम्हारा हैट ले लूँ?' ''

ज्योतिषी ने अपनी एक पलक बंद कर ली, दूसरी उपहासपूर्ण भाव से उसके चेहरे पर खुली रही। हिपोलिता की अजीब वाचालता से उसे चिढ़ नहीं हुई। वह समझता था कि वो स्थिति को अपने काबू में रखना चाहती थी। साथ ही, वो कसम खाकर कह सकता था कि उसके कोट की जेब में धागे के गोले जैसा कुछ उभरा हुआ जो नज़र आ रहा था, वो दरअसल रिवॉल्वर है। उसने कटुता से जवाब दिया :

''और तुम मेरे घर आखिर क्यों आयी हो? कौन हो तुम? और मेरे घर में कोन्याक दोस्तों के लिए रखी है, अजनबियों के लिए नहीं।''

कोट की जेब में हिपोलिता का हाथ उठने लगा। 'ये रिवाल्वर है,' ज्योतिषी ने सोचा। और एक बार फिर वही बात बोला :

''अगर तुम मेरी गर्लफ्रेंड होतीं...या ऐसी कोई शख्स जिसमें मेरी ज़रा भी दिलचस्पी होती...''

''मसलन...बार्सुत की तरह?''

''बिलकुल ठीक। अगर तुम मेरी कोई परिचित होतीं, बार्सुत की तरह, और मुझसे मिलने के लिए ज़रा देर के लिए आई होतीं, तो मैं तुम्हें सिर्फ़ कोन्याक ही पेश नहीं करता बल्कि कुछ और भी...बहरहाल, ये बहुत बेतुकी बात है कि तुम अपने हाथ में रिवॉल्वर लिए मुझसे बात कर रही हो। यहाँ आस-पास कोई निर्देशक या फ़िल्मी सितारे तो हैं नहीं...''

''तुम जानते हो कि तुम सनकी आदमी हो?...''

''और तुम एक जालसाज़। क्या मैं पूछ सकता हूँ कि तुम्हें क्या चाहिए?''

हरे हैट के अगले भाग से ढके हिपोलिता के नाक-नक्श तेज़ धूप में रहने से पसीने से नहा गये थे, और ताँबे पर हुई नक्काशी से भी ज़्यादा बारीक और ऊर्जावान लग रहे थे। हिपोलिता की नज़रों ने ज्योतिषी के चौकोर चेहरे को विडम्बनापूर्ण भाव से देखा, हालाँकि अब वो महसूस कर रही थी कि इस स्थिति में उससे ज़्यादा ताकतवर ज्योतिषी था। वैसे भी,

यह आदमी उतना 'सरल' नहीं था जितना उसने सोचा था। और अपनी कठोर, स्थिर, उपहास करती नज़रों से वह उसे देख रहा था...। हिपोलिता ने पाया कि वह बहुत तटस्थता से अपने इरादों को दोहरा रही है। ज्योतिषी, जो अब फूलों की एक क्यारी के करीब बैठा था, बोला :

''अगर तुम मेरे साथ आना चाहो तो...''

उसकी बगल में ही सूखी घास देखकर हिपोलिता उस पर ज्योतिषी की बगल में बैठ गयी। ज्योतिषी बोलता रहा :

''मैं ये कहने जा रहा था कि मुमकिन है, मैं गलत भी हो सकता हूँ...। तुम मुझे ब्लैकमेल करने आई हो, मैं ठीक कह रहा हूँ ना? तुम एर्गुएता की बीवी हो। तुम्हें कुछ पैसों की ज़रूरत है और तुमने सोचा कि मैं, जैसा कि पहले तुमने एर्दोसैन के बारे में सोचा था, और बाद में तुम शैतान के बारे में सोचोगी...ठीक है ना?''

हिपोलिता को शर्मिंदगी महसूस हुई, मानो उसकी चोरी पकड़ी गई हो। ज्योतिषी ने जंगली डेज़ी का एक फूल तोड़ा और एक-एक करके उसकी पंखुड़ियाँ तोड़ने लगा और कहता रहा :

''हाँ, नहीं, हाँ, नहीं, हाँ, नहीं, हाँ, नहीं, हाँ, नहीं, हाँ, नहीं...तुमने देखा, मैंने डेज़ी से भी 'नहीं' कहलवा लिया...'' और फिर फूल के पीले केसर से नज़रें हटाये बगैर बोला, ''ज़िन्दगी भी ऐसे ही चलती है।''

हिपोलिता उसके जैतून के रंग वाले चौकोर चेहरे को बगैर किसी उत्सुकता के देखती रही, इस दौरान ज्योतिषी सोचता रहा, 'कुछ औरतों की टाँगें वाकई बहुत अच्छी होती हैं।'

वाकई, ये विरोधाभास बहुत अजीब था, उसके टखने ग्रे स्टॉकिंग से ढके थे और हरे पौधों की बाड़ में बँधी काली ज़मीन। एकाएक हिपोलिता को अपने भीतर कहीं गहरे इस ज्योतिषी के लिए सहानुभूति महसूस होने लगी। उसने अपने आप से कहा, 'ये शख्स, अपने आइडियाज़ के बावजूद मूर्ख और दगाबाज़ नहीं है।' और उसने अपने नाखूनों से एक पेड़ के तने से टूटी हुई कॉर्क बॉल के आकार की छाल कुरेद ली।

''दरअसल,'' ज्योतिषी ने बोलना जारी रखा, ''हम दोस्त बनने जा रहे हैं। ये बढ़िया बात नहीं है कि अब सब कुछ तय हो गया? तो अब सारी बात मैं ही नहीं करूँगा। चलो, एक ग्रीक ट्रेजेडी के कोरस की तरह बारी-बारी से बात करते हैं; लेकिन जैसा कि मैं कहने जा रहा था...चलो दोस्ती कर लेते हैं। अगर मैं गलत हूँ तो मुझे ठीक बात बताना, लेकिन अपनी शादी से पहले तुम वेश्या थीं ना, और मैं खुद को असामाजिक मानता हूँ। मेरे लिए ये असलियत बड़ी खुशनुमा है...चोरों, दल्लों, हत्यारों, पागल आदमियों और वेश्याओं से ताल्लुक। मैं ये नहीं कहने जा रहा कि इन लोगों में जीवन के प्रति एक सच्ची अनुभूति है... नहीं, नहीं, ये तो दरअसल सच से बहुत दूर की बात होगी। लेकिन मैं उनकी तरफ़ खिंचा

चला जाता हूँ जिनके शुरुआती मनोवेग और लालसाएँ उन्हें जोखिम भरे जीवन में डाल देती हैं।''

हिपोलिता हैरत से उसकी बात सुनती रही, उसे समझ नहीं आया क्या कहे। उसका ध्यान घर के चारों तरफ़ लगे पेड़-पौधों के अद्भुत दृश्य पर गया। अनगिनत पेड़ों के तने हरी काई से लिपटे हुए लगते थे, उनके किनारे पश्चिम की तरफ़ थे जिन पर धूप की सुनहरी परत चढ़ी थी। ऊपर विशाल, स्थिर बादल संगमरमरी खोहों की तरह लटके थे। समुद्री नीले रंग के आसमान को अनेक झुके हुए देवदार के पेड़ों की नोंकें जावा की तलवारों की तरह बेंध रही थीं। उनके परे कुछ पेड़ों के सलेटी ग्रे तने अनदेखी और कंटीली शाखाओं से भरे जंगल के दृश्य को धुँधला-सा कर रहे थे।

ज्योतिषी बोलता रहा :

''हाँ हम अभी इस वक्त इन खेतों के बीच बैठे हैं जबकि ठीक इसी वक्त दुनिया की तमाम फ़ैक्टरियों में वे लोग तोपें और गोले बना रहे हैं। वे बेकार और भयभीत लोगों को हथियारों से लैस कर रहे हैं, लाखों लोहे की पटरियों पर रेलगाड़ियाँ चला रहे हैं जो इस ग्रह के चारों ओर आ-जा रही हैं, एक भी जेलखाना ऐसा नहीं जिसमें वे काम न करते हों, और वो लाखों स्त्रियाँ जो इस समय अस्तित्व में हैं, ठीक इस क्षण में अपनी रसोई में तरकारी बना रही हैं, लाखों पुरुष अस्पतालों के बेड पर पड़े हाँफ रहे हैं, लाखों किशोर अपनी नोटबुक में अपना सबक लिख रहे हैं। और तुम्हें नहीं लगता कि ये परिदृश्य अपने आप में अद्भुत है? इतने सारे काम : तोपें बनाना, रेल मार्गों का निर्देशन करना, जेलों का शुद्धिकरण, खाना बनाना, अस्पतालों में कराहना, कठिनाई से साहित्य को रचना, ये सारे काम किये जा रहे हैं, बगैर किसी उम्मीद के, बगैर किसी भ्रम या किसी महान लक्ष्य के। तुम क्या सोचती हो, प्यारी हिपोलिता? इस वक्त जब हम बात कर रहे हैं तो ज़रा सोचो उन सैकड़ों लोगों के बारे में जो उन ज़ंजीरों के चारों तरफ़ घूम रहे हैं जिससे एक सुर्ख गर्म तोप को उसकी जगह पर रखा जाता है...और ये काम वे ऐसी तटस्थता से करते हैं मानो वह तोप न होकर किसी भूमिगत किले की रक्षा के लिए चढ़ाई गयी एक परत का हिस्सा हो...। अगर इन सभी लोगों को एक पंक्ति में खड़ा कर दिया जाए, अपने हथौड़े लिए ये आदमी, हांडियाँ लिए औरतें, अपने औजारों के साथ अपराधी, अपने बेड के साथ रोगी, नोट बुक लिए बच्चे, तो तुम इतनी लम्बी पंक्ति बना सकती हो जो पूरी दुनिया के कई चक्कर लगा ले, इसमें शामिल हर चीज़ की कल्पना करो, इस सबकी जाँच करो, और आखिर में जब तुम इस पंक्ति के अंत में पहुँचो, तो खुद से पूछो, क्या जीवन में इन सबके कोई मायने हैं?''

''तुम मुझे ये सब क्यों बता रहे हो? इस सबका मेरे यहाँ आने से क्या ताल्लुक है?''

जहाँ उसका हाथ रखा था वहाँ से ज्योतिषी ने मुट्ठी भर घास उखाड़ी और इसे हिपोलिता को दिखाते हुए बोला :

''मैं जो कह रहा हूँ, वो इस घास की तरह है। दूसरी तरह की घास इसके लिए बेवजह उगी हुई घास–फूस की तरह होगी। हम अपने भीतर इसी तरह की घास–फूस लिए घूमते हैं...। हमें उस बेवजह उगी घास–फूस को उखाड़ कर फेंक देना चाहिए ताकि हम ये उन क्रूर हैवानों को खिला सकें जो हमारे करीब ही रेंग रहे हैं और जो हमारी ज़िन्दगी में ज़हर घोलना चाहते हैं। अप्रत्यक्ष तौर पर लोग सच की तलाश में रहते हैं। वे खुद को इसके प्रति समर्पित क्यों नहीं कर देते? मुझे बताओ, हिपोलिता, क्या तुमने सफ़र किया है?''

''मैं कुछ वक्त के लिए गाँवों में रही हूँ...एक प्रेमी के साथ।''

''नहीं...मैं पूछ रहा हूँ कि क्या तुम यूरोप गयी हो।''

''नहीं...''

''ओह, मैं गया हूँ। मैंने नीले इनेमल पेंट से रंगी चादरों से बने आलीशान कोचेज़ में सफ़र किया है। महलों जैसे समुद्री जहाज़ों में (उसने कनखियों से उस औरत की तरफ़ देखा), जो बहुत आलीशान ढंग से बनाये गये थे। एक से एक बेहतरीन नावों और जहाज़ों पर। तेज़, बहुत तेज़ उड़ने वाले हवाई जहाज़ों पर। जानती हो, अपनी उँगली से एक बटन दबाने पर तुम एक साथ दूसरे देशों का संगीत सुन सकती हो या पानी के नीचे देख सकती हो और धरती की सतह के नीचे का नज़ारा देख सकती हो, लेकिन हर चीज़ के शिखर पर होना ही हमें इससे ज़्यादा खुश नहीं कर सकता जितना कि हम आज हैं...क्या तुम समझती हो?''

हिपोलिता ने अपनी बेचैनी पर काबू पाते हुए हामी में सिर हिलाया। इन सभी बातों से इनकार नहीं किया जा सकता था। लेकिन ये सब उसे बताने के पीछे ज्योतिषी का क्या मकसद था? जलते हुए एक रेगिस्तान में रहना कोई हँसी खेल नहीं था। ज्योतिषी ने अपने कन्धों को उचकाया।

''हम्म...मैं जानता हूँ कि ये बहुत खुशनुमा बात नहीं है। आप डर महसूस करते हैं, मानो आपकी रीढ़ की हड्डी में नीचे तक जाता बर्फ़ीला एहसास, ठीक कह रहा हूँ ना?...मैं बहुत सालों से कहता आ रहा हूँ। मैं अपनी आँखें बंद करता हूँ और मेरी आत्मा मुझे जहाँ ले जाना चाहती है, मैं चला जाता हूँ। कभी–कभी मुझे अख़बार मिलते हैं। आज के अखबारों पर ज़रा नज़र तो डालो।'' उसने अपनी जेब से अख़बार का एक पन्ना निकाला और पढ़ने लगा—टेम्स में दो नावें डूब गयीं। बेलो होरिजोंटे में दो राजनीतिक दलों के बीच गोली–बारी। उन्होंने साचा बकाओ के एक–एक समर्थक को काबुल के एक किले में तोपों के मुँह से बाँध कर मार डाला। मोंस बेल्जियम के निकट एक खान में नमी दूर करने वाली आग में विस्फोट हो गया। चिली के तट के पास लेबू में एक व्हेल पकड़ने वाली नाव डूब गयी। फ्रैन्कफ़र्ट, केन्टकी में कुछ लोगों ने उन कुत्तों के खिलाफ़ मुकदमा दायर कर दिया जिन्होंने उन्हें काटा था। डकोटा में एक पुल गिर गया। इसके तीस लोग शिकार हुए। शिकागो के

अपराधी अल कापोने और जॉर्ज मोरन के बीच समझौता हो गया। ये मैं तुम्हें क्या बता रहा हूँ...। हर दिन एक सा होता है। हमारे दिल बगैर किसी वजह के नहीं धड़कते। जब किसी अख़बार में कोई सनसनीखेज़ त्रासदी नहीं होती तो हम कंधे उचकाते हैं और उसे एक तरफ़ फेंक देते हैं। मैं तुम्हें क्या बता रहा हूँ? ये कि 1929 में हम क्या बन गये हैं।''

हिपोलिता ने अपनी आँखें बंद कर लीं और सोचने लगी : 'वाकई, इस आदमी से मैं क्या कह सकती हूँ? वह ठीक कह रहा है। लेकिन हो सकता है कि उदासीनता के अलावा मैं थोड़ा सा अपराधबोध महसूस कर रही हूँ?'

''क्या बात है? तुम इतनी चुप क्यों हो? जो मैंने तुमसे पूछा, क्या तुम्हें समझ आया?''

''हाँ, मैं समझ गयी और मैं सोच रही थी कि हर कोई अपने तरीके से ज़िन्दगी में बहुत-सी उदासी का सामना करता है। लेकिन देखने वाली बात यह है कि ये सभी दु:ख एक-दूसरे से अलग होते हैं, क्योंकि इनमें से हरेक का ताल्लुक एक ऐसी ख़ुशी से होता है जो हम हासिल नहीं कर सकते। जब तुम मुझे मौजूदा वक्त की त्रासदियों के बारे में बता रहे थे तो मुझे याद आ रहा था कि अतीत में मैंने कितने दु:ख झेले हैं; और मुझे ऐसा लगा था कि मुझे एक वेदी पर लिटा दिया गया है और चिमटों से मेरी आत्मा उधेड़ी जा रही है और हथौड़ों से तब तक पीटा गया जब तक कि मैं बिलकुल चपटी न हो गयी।''

ज्योतिषी मन-ही-मन मुस्कुराया और जवाब दिया : ''और आत्मा ज़मीन तक झुक जाती है, मानो किसी बमबारी के बीच बच कर निकल जाना चाहती हो।''

हिपोलिता ने अपनी पलकों को भींच लिया। पता नहीं क्यों लेकिन उसे वो वक्त याद आने लगा जब वह अपने एक प्रेमी के साथ एक अलग-थलग इलाके के गाँव में रहती थी। इस गाँव में बस एक ही सड़क थी, जो इसके बीच से गुज़रती थी। जहाँ एक जनरल स्टोर, होटल और सराय के बाहरी हिस्से को पहचानने में उसे बिलकुल कोशिश नहीं करनी पड़ी थी। उस स्टोर को एक तुर्क चलाता था और वहाँ एक बढ़ई की दूकान थी, उसके बाद चीज़ें मरम्मत करने की एक दूकान, जानवरों के बंद बाड़े, कच्ची ईंट और ईंटों से ढका ग्रामीण दृश्य, बहुत सारे छप्पर डले झोंपड़े, एक शराबखाने के सामने गंदगी में चोंच मारते मुर्गे, एक टूटे-फूटे गैस स्टेशन के सामने खड़ा एक वाहन, एक दीवार के पीछे से झाँकता एक औरत का तौलिये से ढँका सिर। वह गाँव था। एस्टेट की बेटी औरतों से दाम ठहराती थी। मर्द होटल में यात्रियों का सामान लेकर आते थे और एक-दूसरे से गेहूँ के दाम पर बातचीत करते और बिलियर्ड्स खेलते। भूखे क्रिओल (यूरोप और अफ्रीकी मिश्रित नस्ल के लोग) होटल के अन्दर कभी नहीं जाते लेकिन अपने दुबले-पतले घोड़ों को सराय के सामने झुके हुए उन खम्बों से बाँध देते, जैसे समुद्री तटों पर होते हैं।

ज्योतिषी ने चुपचाप उसका निरीक्षण किया। उसने देख लिया कि हिपोलिता अतीत

की किसी स्मृति के वश में है, पीड़ा के पुराने बंधनों में जकड़ी हुई। इससे जल्द ही उबरते हुए हिपोलिता के मन में एक नया दृश्य आया; कहीं गहरे अपने भीतर उसने एक रेल टर्मिनल की कल्पना की, रेल की बगल की पटरी का स्पीड ब्रेकर एक छोटी-सी हरी पहाड़ी पर और ज़िंक की चादरों की एक पंक्ति उसकी नज़रों के सामने पुनर्जीवित हो उठी। और उसने खुद को इस आह्वान और उसके भीतर उठती एक मधुर आवाज़ को समर्पित कर दिया जो मानो उसकी स्मृति को ही सुना रही थी। 'हवा में हिलता बाल बनाने वाले का साइनबोर्ड। हर एक दरवाज़े के पल्ले से गुज़रती और छतों की ढलान में प्रतिबिंबित होती धूप; और रंग-बिरंगे पत्थरों की खासकर तीन रंगों की पच्चीकारी से बने गलियारे को ढाँपता लाल से रंग का हर दरवाज़ा। इन घरों में से हरेक में, जिनमें वॉल पेपर भी रंगीन था, एक कमरा ऐसा था जिसमें पियानो रखा था और सावधानी से ढँका हुआ फ़र्नीचर।'

''क्या तुम अब भी सोच रही हो?''

हिपोलिता, जो अपने मन में तेज़ी से बदलते हुए इन दृश्यों में खो गयी थी, तुरंत बोली :

''पता नहीं क्यों। जब तुम उन दूरदराज़ देशों की बात कर रहे थे तो मुझे वो गाँव याद आ गया जहाँ मैं रहा करती थी, अकेली और उदास। मैं वो सब एक बार फिर देख रही थी...एक तस्वीर की तरह...''

''क्या वहाँ तुम्हें बहुत कुछ झेलना पड़ा?''

''हाँ, वहाँ हरेक की ज़िन्दगी पर मुझे दुःख होता था।''

''क्यों?''

''उन लोगों की ज़िन्दगी भयानक थी। देखो...उस गाँव में मुझे भोर, दोपहर के कुछ शुरुआती घंटे और रात का होना याद है। ये हमारे गाँव के तीन सबसे खराब वक्त होते थे, हमारा गाँव जिसके बीच से एक रेल लाइन निकलती थी, लाल ईंटों के एक स्टोर के सामने बैगी पैंट पहने बेरोज़गार मर्द खड़े रहते थे और एक सहकारी समिति के सामने फ़ोर्ड के वाहनों की लाइन लगी होती थी।''

ज्योतिषी ने सहमति में सिर हिलाया, इस बात पर मुस्कुराते हुए कि इस लाल बालों वाली औरत ने कितनी सटीक तरह से लालची लोगों की चैन भरी ज़िन्दगी को बयान किया था।

''तुम ठीक कहती हो...हर जगह...हर घर में...लोग बस पैसों की ही बात करते हैं। ग्रामीण इलाका तो ब्यूनोस आयर्स प्रांत का एक छोटा-सा हिस्सा है, लेकिन...ये कितना अहम है! वहाँ मर्द और औरतें, इटालियन, जर्मन, स्पेनियार्ड, रूसी और तुर्क बच्चे; वे सब सिर्फ़ और सिर्फ़ पैसों की बात करते हैं। मुझे लगता है कि वे सिर्फ़ यही बात करना जानते

हैं...पैसे के बारे में चर्चाएँ। अगर उन लोगों और उनकी तीव्र इच्छाओं के बारे में किसी नतीजे पर पहुँचना हो तो, तो वो यही है कि उनकी सारी भावनाएँ और अनुभूतियाँ पूरी तरह से पैसे की लालसा के वशीभूत हैं। तुम उन्हें ऐसी कोई बात बोलते नहीं सुनोगी जिसका सम्बन्ध पैसे से न हो। वो अपनी शादी और रिश्तों को इस बात से आँकते हैं कि इससे उन्हें कितने एकड़ ज़मीन मिलेगी, उनकी शादी से अनाज की मात्रा कितनी बढ़ जाएगी, और मैं, मैं उनके बीच गुमशुदा-सा महसूस करती, मुझे लगता था कि मैं बेवक्त ही मर जाऊँगी, उस बदलते हुए अस्थिर समय में शहर में रहने से कहीं बुरा था वहाँ रहना। ओह! पैसे की इस अनिवार्यता से बचने की कोशिश करना भी बेकार है।''

कहीं करीब से ही झाड़ियों में छिपा एक अदृश्य पक्षी चहचहाया। हिपोलिता के जूते के पास से एक चींटी रेंग कर निकल गयी। ज्योतिषी हिपोलिता के चेहरे से नज़रें हटाये बगैर मुस्कुराया और उसने अपने विचार व्यक्त किये :

''हमारे देश के लोगों के लिए पैसा और राजनीति ही एकमात्र सच है।''

''लेकिन इस पर विश्वास नहीं होता। मेज़ पर, चाय के वक्त, दोपहर के खाने के समय, बाद में रात के खाने के समय, सोने से पहले, ये शब्द पैसा ही है जो बार-बार आता है, उन्हें उनकी आत्मा से अलग करने के लिए। हर घंटे, हर मिनट वो पैसे की बात करते हैं; पैसा ही है जो रोज़ाना की ज़िन्दगी के सबसे गैरज़रूरी कामों को एक साथ जोड़ता है; माँएँ हमेशा पैसे के बारे में सोचती हैं, इस दौरान उनके बेटे ये उम्मीद करते रहते हैं कि उनकी माँएँ मर जाएँगी तो उन्हें विरासत में पैसा मिल सकेगा; सगाई होने से पहले लड़कियाँ पैसे के बारे में सोच रही होती हैं; एक पुरुष औरत से प्रेम जताने से पहले उसके दहेज़ के बारे में पूरी जाँच-पड़ताल कर लेता है, और उस भयानक कस्बे में, जिसमें सिर्फ़ एक लम्बी-सी सड़क थी, मैं कुछ दिनों रही मानो दर्द और कष्ट से सम्मोहित...''

''बताती रहो...ये दिलचस्प है...''

''मर्द और औरत मुझे एक अजनबी की तरह देखते, वो मेरे भावी पति के लिए अफ़सोस करते कि उसने किसी अमीर लड़की से शादी क्यों नहीं की, या वो इस नाज़ुक और गरीब लड़की के चक्कर में पड़ने की बजाय फलाँ कम्पनी के कैशियर की बेटी से शादी कर सकता था।''

ज्योतिषी ने एक सिगरेट सुलगाई और तटस्थता से हिपोलिता को देखता रहा, सिगरेट उसकी उँगलियों के बीच सुलगती रही।

''गज़ब बात है...। ये जो तुम मुझे अब बता रही हो, क्या तुमने पहले किसी को बताया है?''

''नहीं, क्यों?''

''मुझे ऐसा लग रहा है कि तुम अपना कोई पुराना दर्द मुझ पर उलट रही हो।''

ज्योतिषी उठ खड़ा हुआ।

''देखो, बेहतर है कि हम उठ जाएँ...। वर्ना अब हमें ठण्ड लग जाएगी।''

''हाँ...मेरे पैर तो जम रहे हैं।''

साँझ के झुटपुटे में वे दोनों पेड़ों की हिलती-डुलती परछाइयों के बीच चलने लगे। कभी-कभी एक-दूसरे को काटती शाखाओं के बीच से उन्हें पक्षियों के झुण्ड की सरसराहट सुनाई पड़ती। उत्तर-पश्चिम की तरफ़ जैतूनी आसमान अब ताँबे की विशाल धात्विक चादर की तरह चमक रहा था।

हिपोलिता ने अपना हाथ ज्योतिषी की बाजू पर रखा और कहा :

''क्या तुम मान सकते हो? एक अरसा हो गया मुझे शाम का आसमान देखे हुए।''

ज्योतिषी ने क्षितिज पर एक उड़ती-सी नज़र डाली और जवाब दिया :

''तारों को देखने का रिवाज़ लोग भूल गये हैं। दरअसल, अगर तुम उनके जीवन की ज़रा नज़दीक से जाँच-पड़ताल करो, तो तुम इस नतीजे पर पहुँचोगी कि वे इन दो तरीकों में एक तरह से जीते हैं : कुछ सत्य से प्राप्त स्पष्टता को झूठ साबित कर देते हैं, और अन्य इसे सपाट बना देते हैं। पहले किस्म के लोगों में कलाकार और बुद्धिजीवी आते हैं। और जो लोग सत्य को सपाट बना देते हैं उनमें आते हैं सेल्समैन, उद्योगपति, सेना के अफ़सर और राजनेता। सच क्या है, मैं तुमसे पूछता हूँ। सच ये मनुष्य का शरीर है। मनुष्य और उसका शरीर। बुद्धिजीवी शरीर से नफ़रत करते हैं, वे कहते हैं : चलो, सत्य को ढूँढें, लेकिन उन्हें लगता है कि अमूर्त और काल्पनिक विचारों के बारे में उन्हें अंदाज़ा लगाना चाहिए। वे हर संभव विषय पर किताब लिख देते हैं, एक मच्छर उड़ता कैसे है, इसके मनोविज्ञान पर भी, अगर ये एक मज़ाक नहीं है तो।''

हिपोलिता उत्सुकता से यूकेलिप्टस के तनों को देख रही थी, जिन पर तेंदुए की खाल की तरह चकत्ते पड़े थे और दूसरे तनों पर कुछ पट्टियाँ ढीली हो लटक रही थीं, शेर के फर की तरह। छोटे, अकेले से दिखते ताड़ के पेड़, जिनकी हथेली जैसे पत्ते जालदार पैरों की तरह फैले थे, उनके हरे कोने अधखुले। तम्बाकू के रंग की शाखाएँ जो स्वत: ही हवा में उठी थीं मानो ज़हरीला अजगर हमले में उछल रहा हो। आपस में गुँथी इनकी परछाइयाँ ज़मीन पर पड़ रही थीं सो, हिपोलिता सावधानी से कदम रख रही थी। ज़मीन पर गिरती हुई उनकी पत्तियाँ हवा में सरसरा रही थीं।

ज्योतिषी बोलता रहा : ''सेल्समैन उद्योगपति, सेना के लोग और राजनेता सत्य को सपाट बना देते हैं...यानी, सिर्फ़ शरीर। इंजीनियर और डॉक्टरों से सहमत होते हुए वो कहते

हैं : मनुष्य आठ घंटे सोता है। उसे साँस लेने के लिए अमुक क्यूबिक मीटर हवा की ज़रूरत होती है। वो और हम सड़ें नहीं इसके लिए ये बहुत ज़रूरी है, लगभग अपरिहार्य कि वे अपने शहर बनाएँ। इस दौरान शरीर कष्ट भोगता रहता है। मैं नहीं जानता तुम्हें एहसास है कि शरीर क्या है। तुम्हारे मुँह में एक दाँत है, लेकिन असल में तुम्हारे लिए उसका कोई वजूद नहीं। तुम जानते हो कि वो वहाँ है, बगैर उसे देखे। वह वहाँ है ये जानने के लिए तुम्हें उसको देखने की ज़रूरत नहीं। तुम जानते हो कि वो दाँत तुम्हारे मुँह में है क्योंकि उसमें दर्द हो सकता है। ठीक। बुद्धिजीवी उस दर्द से बचते हैं जो शरीर की एक नस में होता है जिसे एक सभ्यता ने उघाड़ कर रख दिया है। एक कलाकार कहेगा : ये नस जीवन नहीं है। एक प्यारा-सा चेहरा जीवन होता है, एक खूबसूरत सूर्यास्त, एक अद्‌भुत वाक्य। लेकिन किसी भी तरह इसका दर्द से ताल्लुक नहीं होता।

‘‘इंजीनियर और राजनेता अपने पक्ष में कहते हैं : उस नस में दर्द न हो, उसके लिए ठीक इतने स्क्वायर मीटर सूरज की रोशनी चाहिए, इतने ग्राम काव्यात्मक झूठ, सामाजिक झूठ, दिमाग बदल देने वाली दवाएँ...मनगढ़ंत झूठ, और सदी के अंत से पहले इतनी मात्रा में उपलब्धियाँ...और शरीर, मनुष्य और सत्य कष्ट भोगते हैं...हम कष्ट भोगते हैं क्योंकि इस सब उदासी और नीरसता के बीच हमें फिर भी एहसास होता है कि हमारा वजूद है ठीक वैसे ही जैसे उस सड़े हुए दाँत का हमारी इंद्रियों के लिए अस्तित्व होता है जब ठंडी हवा उस नस में लगती है।’’

‘‘कष्ट न हो, इसके लिए हमें शरीर को भूलना होगा। लेकिन मनुष्य शरीर को तभी भूल सकता है जब उसकी आत्मा पूरी गहनता से जीये, जब गहनता से जीती हुई उसकी आत्मा उसे एहसास कराती है कि उसका शरीर एक कमतर सत्य है जो एक महत्तर सत्य को समर्पित हो सकता है।’’

‘‘हो सकता है कि ये ठीक उसके उलट लगे जो मैंने पहले कहा था लेकिन ऐसा नहीं है। हमारे समाज की खासियत है कि इसने शरीर को साधन नहीं साध्य बना दिया है। और जितना समाज ने ये सिद्ध किया है, और साधा है उतना ही मनुष्य अपने शरीर और कष्ट को उबाऊ समझने लगता है। बुद्धिजीवी इसके इलाज के तौर पर ज्ञान और जानकारी को पेश करते हैं, जो कि मूर्खता है। अगर आप इंजीनियरिंग, रसायन शास्त्र और मेकेनिक्स के बारे में सब कुछ जानते भी हों तो ये आपको उससे ज़्यादा खुश नहीं बना सकता जितना कि आप अभी हैं। क्योंकि वो विज्ञान आपके शरीर का सच नहीं है। हमारे शरीर का अपना एक सच होता है। ये अपने आप में एक सच है। और सच, सच एक नदी है, जो बहती है, एक गिरता हुआ पत्थर है...न्यूटन का सिद्धांत झूठ है। अगर ये सच भी होता तो। मान लो कि न्यूटन का सिद्धांत सच है। तो ये सिद्धांत पत्थर नहीं है। एक वस्तु और उसकी परिभाषा के बीच का ये फ़र्क ही विज्ञान के सच या झूठ को हमारे जीवन के सन्दर्भ में बेकार कर देता है। क्या तुम मेरी बात समझ रही हो ?’’

''हाँ...मुझे तुम्हारी बात पूरी तरह से समझ आ रही है। तुम चाहते हो एक क्रांति की शुरुआत करना। तुम अपने गोलमोल तरीके से मुझसे पूछ रहे हो : क्या तुम इस क्रांति की शुरुआत करने में मेरी मदद करना चाहती हो?...लेकिन हर बात को पूरी तरह बताने से बचने के लिए तुम अपनी बात को टुकड़ों में बाँट कर बता रहे हो।''

ज्योतिषी ठहाका मार कर हँस पड़ा।

''तुम ठीक कह रही हो। तुम कमाल की औरत हो।''

हिपोलिता ने अपना हाथ उठाया और उसके गाल पर रखा और बोली :

''अचानक मैं तुम्हारी तरफ़ आकर्षित महसूस कर रही हूँ। क्या तुम चाहोगे कि मैं तुम्हारी बन जाऊँ?'' (ज्योतिषी ने अपने कदम पीछे खींच लिए) ''मैं ख़ुशी-ख़ुशी अपने पति से बेवफ़ाई कर लूँगी।''

ठंडेपन से मुस्कुराते हुए और उसे भांपने की नज़र से देखते हुए ज्योतिषी ने जवाब दिया :

''ये गज़ब की बात है, मेरे विचारों को जानकर तुमने क्या अंदाज़ा लगाया।''

''इस वक्त मेरी इच्छा ही मेरा सच है। तुमने जो कहा उसे मैं पूरी तरह समझ गयी और मेरी इस इच्छा में तुम्हारे लिए उत्साह झलकता है। तुमने सच कहा है। मेरा जिस्म ही मेरा सच है। तो तुम इसका सुख क्यों नहीं लेते?''

ज्योतिषी के माथे पर गहरी सलवटें खिंच गयीं। एक पल के लिए हिपोलिता को लगा कि वो उसका गला दबा देगा। फिर, अपना सिर घुमा कर वह दूर, बहुत दूर देखने लगा जहाँ उसकी पलकों की क्षैतिज स्पष्टता ने अनंत को ज़रूर देख लिया होगा। फिर उसने रुखाई से कहा :

''हाँ...ठीक इस पल में तुम्हारा जिस्म ही तुम्हारी हकीकत है लेकिन मुझे तुम्हारी चाहत नहीं। इसके अलावा मैं किसी औरत को पा सकने के नाकाबिल हूँ। मैं नपुंसक हूँ।''

इस पर हिपोलिता ने जो शब्द उस रात एर्दोसैन से कहे थे, वही उसके मुँह से फूट पड़े :

''क्या! तुम भी? कितना भयानक है ये! फिर तो हम दोनों बराबर ही हुए...। मुझे भी कभी भी कुछ महसूस नहीं होता...चाहे मैं किसी भी मर्द के साथ क्यों न हूँ...और तुम...एकमात्र पुरुष...क्या ज़िन्दगी है!''

अब दोनों चुप होकर गहराई से कुछ सोचते रहे, यूकेलिप्टस की सबसे ऊँची शाखाएँ पंखे की तरह हिलती रहीं। यूकेलिप्टस के सुनहरे हीरे जैसे कोन सबसे नीचे उगी वनस्पतियों

के आँचल में खुल रहे थे, परछाइयों से गहरा गये थे और समुद्र के अन्दर की गुफाओं से भी अधिक उदास लग रहे थे।

ज्योतिषी ने अपना सिर हमला करने के लिए तैयार हो रहे सांड की तरह नीचे झुका लिया। फिर पेड़ों की कलगी की तरफ़ देखते हुए उसने अपना सिर खुजाया और कहा :

''वास्तव में, मैं, वह, तुम और हम सब ज़िन्दगी के दूसरी तरफ़ हैं। चोर, पागल, नीच, मूर्ख, वेश्याएँ। हम सभी एकसमान हैं। मैं, एर्दोसैन, सोने का खोजकर्ता, उदास ठग, बार्सुत हम सभी एक समान हैं। हम सभी एक से सत्य को जानते हैं। ये विधान है कि कष्टों के ज़रिये ही लोग एक जैसे सत्यों को जानने लगते हैं। यहाँ तक कि लगता है कि वे एक जैसे शब्दों का ही इस्तेमाल करने लगते हैं। उसी तरह जैसे एक ही बीमारी से पीड़ित लोग, चाहे पढ़ना-लिखना जानते हों या नहीं, अपने मर्ज़ को बयान करते हुए करीब-करीब एक जैसे शब्दों का ही इस्तेमाल करते हैं।''

''लेकिन तुम किसी चीज़ पर तो विश्वास करते हो, किसी भगवान् पर।''

''मैं नहीं जानता...एक क्षण पहले मुझे लगा कि क्राइस्ट की मधुरता मेरे भीतर है। जब तुमने खुद को मुझे सौंपने की बात कही तो मेरे अन्दर ये कहने की तीव्र इच्छा हुई, मैं आ रहा हूँ, जीसस!''

वो ज़ोर से हँस पड़ा। हिपोलिता को डर महसूस हुआ लेकिन ज्योतिषी ने शांति से अपना हाथ उसके कन्धों पर रखा और कहने लगा : ''एर्दोसैन ठीक कहता है कि मनुष्य जब तक पूरी तरह से थक के चूर नहीं हो जाता वह एक-दूसरे की जान लेता रहेगा, बशर्ते जीसस हमें फिर बचा लें।''

''हुह!...और तुम, तुम जो इतने समझदार हो, एर्दोसैन पर विश्वास करते हो?''

''और मैं उसकी बहुत इज़्ज़त भी करता हूँ। मुझे उसकी संवेदनशीलता और भावों को समझने की क्षमता पर भरोसा है। मेरा यकीन है कि किसी भी समय एर्दोसैन अपने भीतर कई लोगों के जीवन जीता है। तुम खुद को उसे क्यों नहीं भेंट करतीं?''

हिपोलिता ठहाका लगा कर हँसी।

''नहीं, मैंने उसे एक फूहड़ जैसा महसूस करवा दिया, जिससे मैं जैसा चाहे वैसा बर्ताव कर लूँ...''

''तुम बिलकुल गलत थीं। एर्दोसैन एक बेचारा शैतान है जिसे अपमानित होने में मज़ा आता है। वह अभी बिलकुल तली तक नहीं गिरा है, लेकिन वह कुछ भी कर सकता है...''

''क्या तुम कभी कहीं बचपन में उसे जानते थे?...''

फिर वह रुक गयी, उसे डर लगा कि कहीं उसने लापरवाही तो नहीं बरती। वे लगभग वापस घर के करीब आ गये थे। तारों की बाड़ के उस पार एल्युमीनियम के रंग की धुंध के बीच खाली स्थान देखे जा सकते थे। इस धुंध में से एक अलग-थलग टीले पर एक पेड़ दिखाई दिया, जिसका स्याही जैसा नीला गुम्बज काँपती हुई हरी पत्तियों से ढका था।

ज्योतिषी ने अपना कान खुजाते हुए कहा :

''मैं सब जानता हूँ। ऐसे संत भी हैं जिन्होंने संभवत: एर्दोसैन से कहीं ज़्यादा पाप किये हैं। जब एक मनुष्य शैतान के वशीभूत होता है तो वह ईश्वर को पाने की कोशिश में जघन्य अपराध करता है, इसलिए उसका पश्चाताप भी कहीं ज़्यादा गहरा और डरावना होता है...मगर दूसरे मसले पर बात करते हैं...तुम्हारा पति...वो अस्पताल में है?''

''हाँ...''

''और तुम मुझे ब्लैकमेल करने आयीं, ठीक?''

''हाँ...''

''और अब तुम क्या करोगी?''

''कुछ नहीं। मैं जा रही हूँ।''

हिपोलिता ने बहुत उदासी से ये शब्द बोले। उसकी इच्छाशक्ति टूट चुकी थी। अचानक आसमान पर काले बादल छा गये, जैसे हवाई जहाज़ एक एयर पॉकेट में दाखिल होता है, उससे भी जल्दी। हल्का नीला आसमान ग्रे हो गया था, बादलों से ढक गया था। सड़क के मोड़ पर चिनार के पेड़ों की शाखाओं और पत्तों के कारण बादल और भी गहरे लग रहे थे। पनडुब्बी से जिस तरह दिखाई देता है, वो स्पष्टता सभी चीज़ों पर तारी थी। हिपोलिता के पाँव ठण्ड से जम गये थे, और हालाँकि वह उस आदमी के साथ बहुत करीब महसूस कर रही थी, उसकी नपुंसकता का रहस्यमय विषय उन दोनों के बीच बैठ गया था। यह मानो ऐसा था जैसे वे दोनों दक्षिणी ध्रुव की घुमावदार सतह पर चलते हुए एक-दूसरे से मिले और उन नाउम्मीदी से भरे अक्षांशों से गुज़रते हुए सिर्फ़ एक ही सरल सा संकेत बचा था उनके लिए कि वे एक-दूसरे की तरफ़ हाथ हिला दें।

उसके ख़यालों का अनुमान लगाते हुए, ज्योतिषी ने ज़रा सोचते हुए ये स्वीकार किया :

''मैंने एक रोशनदान पर पैर रखा था और मैं काँच को तोड़ते हुए सीढ़ियों के एक जंगले पर गिरा (हिपोलिता ने डर के मारे अपने कान बंद कर लिए) और मेरे अंडकोष हथगोले की तरह फट पड़े...।''

सिगरेट फूँकते हुए उसने ज़रा परेशानी से अपने गले को खुजाया और बोला :

‘‘माय डियर, ये इतनी गंभीर बात नहीं। वेनेज़ुएला में वे वामपंथियों को अंडकोष से लटका देते हैं। वे उन्हें एक रस्सी से बाँध देते हैं और कमरे की छत से लटका देते हैं। वहाँ वे इसे ‘टर्टल डोव’ कहते हैं। कभी–कभी यहाँ अपने जेलों में अण्डकोषों पर पिटाई करके पूछताछ की जाती है। लगभग मर जाने का मतलब है...ये एहसास हो जाना कि मौत के दरवाज़े तक जाना कैसा होता है। इसी तरह तुम्हें इस बात पर शर्मिंदा नहीं होना चाहिए कि तुमने मुझे खुशी देने की पेशकश की। जब बार्सुत को मेरी बदकिस्मती का एहसास हुआ तो उसे मेरे लिए अफ़सोस हुआ। इसी वजह से वो बच गया। क्या तुम उससे मिलना चाहोगी ?’’

‘‘क्या ? तुम्हारा मतलब है कि तुमने उसे नहीं मारा ?’’

‘‘नहीं। क्या तुम उससे खुद मिलना चाहोगी ?’’

‘‘नहीं, मुझे तुम पर यकीन है...कसम से यकीन है...’’

‘‘जानता हूँ। तुम ये भी जानती हो कि प्रेम ही मनुष्यता को बचा सकता है, लेकिन हमारे ये आदमी नहीं। अब हमें नफ़रत, विनाश, विलय और हिंसा का प्रवचन तो देना ही चाहिए। वो जिसने प्रेम की बात की, बाद में आ सकता है। हम ये रहस्य जानते हैं लेकिन हमें ऐसे ही बर्ताव करते रहना चाहिए कि हम ये नहीं जानते। और फिर वो हमारे काम के बारे में सोचेगा और वो कहेगा कि हम में से जिन्होंने ऐसा संदेश दिया, वे राक्षस थे, क्रूर थे...लेकिन वे ये नहीं जानते कि यही हमारी इच्छा है कि वे राक्षस और क्रूर लोगों के तौर पर हमारी भर्त्सना करें’। ताकि हम उनके धर्म सम्बन्धी सत्य की पोल खोल सकें।’’

‘‘तुम कितने अच्छे हो ! ...ज़रा बताओ तो...क्या तुम्हें ज्योतिष में विश्वास है ?’’

‘‘नहीं, ये सब झूठ है। आह ! ज़रा सोचो तो, तुमसे बात करते हुए मुझे ये ख़याल आया : तुम्हें तुम्हारे मौन के लिए 5000 पेसोस दिए जाएँ, तुम एक समझौते पर दस्तखत करोगी जिसकी प्राप्ति पर तुम, हिपोलिता ये मानोगी कि तुमने इतनी राशि मेरे अपराधों को न बताने के एवज में ली है, और तब हम उस दस्तावेज़ को, जो मेरे लिए इतना नुकसानदायक नहीं लेकिन तुम्हारे लिए बहुत–बहुत खतरनाक होगा, इसे हम बार्सुत को दे दें फिर उसकी मदद से मैं तुम्हें कभी भी कैद कर सकता हूँ और अपना गुलाम बना सकता हूँ। लेकिन तुमने मुझे यह एहसास दिलाया है कि हम दोस्त होने जा रहे हैं...बताओ, क्या तुम मेरी मदद करना पसंद करोगी ?’’

हिपोलिता नीचे मैदान की तरफ़ देखते हुए चल रही थी, उसने अपना सिर उठाया :

‘‘और तुम्हें मुझ पर भरोसा है ?’’

‘‘मैं सिर्फ़ उन पर भरोसा करता हूँ, जिनका मानना है कि उनके पास खोने को कुछ नहीं है।’’

वे एक रस्ते तक पहुँचे जो दोनों तरफ़ ताड़ के पेड़ों से ढँका हुआ था।

''क्या तुम अन्दर आना चाहोगी?''

हिपोलिता ने सीढ़ियाँ चढ़ीं। जब ज्योतिषी ने बत्ती जलाई, तो वो पहले की तरह ही रही, बगैर किसी उत्सुकता के वो चारों तरफ़ देखती रही—एक बहुत पुरानी अलमारी, अमेरिका का नक्शा, जिस पर उन क्षेत्रों में झंडे लगे हुए थे जिन पर क्लू क्लक्स क्लान का प्रभुत्व था, हरे मखमल की कुर्सी, कम्पास से भरा हुआ डेस्क और छत से लटकते हुए मकड़ियों के जाले। फ़र्श के तख्तों पर बहुत वक्त से पॉलिश नहीं हुई थी। ज्योतिषी ने उस पुरानी अलमारी को खोला और एक शेल्फ़ में से रम की एक बोतल और दो गिलास निकाले। उसने ड्रिंक बनाई, और कहा :

''बेबी...ये रम है...क्या तुम्हें रम पसंद नहीं?...मैं इसे हमेशा पीता हूँ। मुझे एक गीत याद है। पता नहीं ये कहाँ का है...ये कुछ इस तरह से है :

तेरह आदमी एक मरे आदमी की छाती पर
तेरह आदमी ओह हुर्रे, रम के लिए हुर्रे
मज़े से पियो, शैतान की सुनो, ख़त्म करो बाकी काम
ओह, ओह शैतान, रम के लिए हुर्रे''

हिपोलिता ने शक भरी निगाह से उसे देखा। ज्योतिषी का चेहरा गंभीर हो गया।

''ये गाना तुम्हें ज़रा बेमौका लग रहा होगा, है ना? मैंने इसे एक लड़के से सीखा था, जो हर वक्त इसे गाता रहता था। हम एक घर की अटारी में रहते थे जो एक दीवार से दो हिस्सों में बँटा था। वो लड़का इस गाने को हर रोज़ गाता। मैं उस दौरान एक भयानक हादसे में लगी चोट से उबर रहा था...एक दिन उस लड़के ने वो गाना बिलकुल नहीं गाया...जो आदमी मेरे लिए खाना लेकर आता था उसने मुझे बताया कि चूँकि उस लड़के के इम्तेहान में अच्छे नंबर नहीं आये थे, इसलिए उसने आत्महत्या कर ली। वो जर्मन लड़का था, उसका बाप काफ़ी सख्त था। मैंने उस लड़के का चेहरा कभी नहीं देखा, लेकिन पता नहीं क्यों, मैं रोज़ उस बेचारे को याद करता हूँ।''

हताश, हिपोलिता फूट पड़ी :

''हाँ, बस ज़रा यादों की गलियों में सैर और कुछ नहीं...।''

''मैं जो चाहता हूँ वो भविष्य है। भविष्य ग्रामीण इलाके में है, ईंटों से बने शहर में नहीं, इसलिए कि सभी लोगों के पास हरी-भरी ज़मीन का एक टुकड़ा हो, ताकि वे ख़ुशी से उस एक ईश्वर, स्वर्ग और नरक के रचयिता की प्रार्थना कर सकें...''

हिपोलिता पीली पड़ गयी, उसने अपनी आँखें बंद कर लीं। ज्योतिषी अपनी बेल्ट

खोलते हुए उठ खड़ा हुआ और सख्त स्वर में उससे बोला : ''देखो!''

उसने अपनी पतलून के बटन खोल ही लिए थे। हिपोलिता ने उससे सकुचाते हुए कनखियों से उसके पेट के निचले हिस्से पर पड़ा एक बड़ा-सा लाल निशान देखा।

फिर उसने सावधानी से उस निशान को ढँक लिया, और बोला :

''मैंने कई बार खुद को मारने के बारे में सोचा; मेरे दिमाग में बहुत से शैतान दिन-रात काम करते रहते हैं...फिर अंधेरा छँट जाता है और मैं खुद को एक ऐसी सड़क पर पाता हूँ जिसका कोई अंत नहीं।''

''यह ठीक नहीं है,'' हिपोलिता बुदबुदायी।

''हाँ, मैं जानता हूँ। तुम्हें ऐसा लगता है कि तुम नरक में आ चुकी हो...एक मिनट के लिए उस गली के बारे में सोचो। देखो, हम यहाँ पेड़ों के बीच हैं, जंगल के बीच : शहरों के बारे में सोचो। सड़क की तरफ़ मुख्यद्वार वाले अनेक मकान किलोमीटरों तक एक लाइन से फैले होते हैं। तुम यहाँ से चली जाओगी मुझसे मदद करने का वादा किये बगैर। जब एक आदमी या एक औरत ये समझते हैं कि एक नए सत्य को पाने के लिए उनकी ज़िन्दगी एक साथ बँधी है, तो इसका प्रतिरोध करने की कोशिश करना बेकार है। अकेले उनमें अपना बलिदान देने की ताकत होनी चाहिए। या तुम्हें ये लगता है कि संत अब पुराने ज़माने की बात हो गयी? नहीं...नहीं...आज भी बहुत से छिपे हुए संत हैं। और शायद पुराने ज़माने के भयानक संतों से कहीं अधिक महान और आध्यात्मिक। वे एक दिव्य हस्ती का इंतज़ार कर रहे हैं और वे स्वर्ग में विश्वास भी नहीं करते...''

''और तुम?''

''मैं सिर्फ़ एक बात पर यकीन करता हूँ : इस कठोर समाज को नष्ट करने की लड़ाई पर। पूँजीवादी शासन ने नास्तिकों से साठ-गाँठ कर मनुष्य को एक शक्की शैतान में बदल दिया है, क्रूर अत्याचारियों के एक समूह में जो एक बेहतरीन सिगार, भोजन या वाइन के एक जाम को पाने की कोशिश में जुटा है। कायर, चालाक, छोटी सोच वाले, कामुक, शक्की, लालची, लोभी। पुरुषों से तो हमें कोई उम्मीद नहीं करनी चाहिए। उसका नेतृत्व औरतों को करना चाहिए : हम क्रांतिकारी जज़्बे वाला एक महिला प्रकोष्ठ बना सकते हैं, फिर वो महिलाएँ इस जज़्बे को अपने घरों में, स्कूल-कॉलेजों, दफ़्तरों, एकेडमी और फ़ैक्ट्रियों में फैला सकती हैं। महिलाएँ खुद ही इन कायरों को क्रांति करने के लिए बाध्य कर सकती हैं।''

''तो तुम्हें औरतों पर भरोसा है?''

''हाँ।''

''वाकई?''

''हाँ।''

''क्यों?''

''क्योंकि वही सत्य का अंत और शुरुआत हैं। बुद्धिजीवी उससे नफ़रत करते हैं, क्योंकि उसे घुमक्कड़ों में कोई दिलचस्पी नहीं होती जिसकी रचना वो सच से बचने के लिए करते हैं...और यह तर्कसंगत है...शरीर ही सत्य है और वे जिस चीज़ का कारोबार करते हैं उसका शरीर से कोई लेना-देना नहीं, शरीर जिसे औरत अपने गर्भ से जन्म देती है।''

''हाँ, लेकिन अब तक हमने सिवाय बच्चे पैदा करने के और कुछ नहीं किया।''

''और इतना काफ़ी नहीं है। कल हम क्रांति कर सकते हैं। पहले हमें जागना होगा। एक विशेष व्यक्ति बनने के लिए।''

हिपोलिता उठ खड़ी हुई।

''मैं जितने लोगों से टकराई हूँ, उनमें तुम सबसे दिलचस्प आदमी हो। मैं नहीं जानती कि तुमसे फिर मिलने के लिए मैं वापस आऊँगी या नहीं।''

''मेरा मानना है कि तुम वापस आओगी। और तब तुम कहोगी : 'हाँ, मैं तुम्हारी मदद करना चाहती हूँ'...।''

''हो सकता है...पता नहीं...मैं आज रात इस बारे में सोचूँगी...''

''क्या तुम एर्दोसैन से मिलने जा रही हो?''

''नहीं...मैं अकेले रहना चाहती हूँ। मुझे कुछ सोचना है।''

अचानक हिपोलिता ठहाका मार कर हँस पड़ी।

''हँसने की क्या बात है?''

''मैं हँस रही हूँ क्योंकि मैंने अभी उस रिवॉल्वर को छुआ जो मैं तुमसे अपनी हिफ़ाज़त करने के लिए लाई थी।''

''वाक़ई, अच्छी हँसी थी। अच्छा, अब तुम घर जाओ और सोचो।...आह, क्या तुम्हें कुछ पैसों की ज़रूरत है?''

''क्या तुम मुझे 100 पेसोस उधार दे सकते हो?''

''क्यों नहीं!''

"बहुत अच्छा, तो फिर चलती हूँ। क्या तुम मुझे इस भुतहा घर के दरवाज़े तक छोड़ सकते हो?"

"ठीक है।"

हिपोलिता के जाने के बाद ज्योतिषी ने घर की बत्ती बंद कर दी।

हिपोलिता लँगड़ाते हुए धीरे-धीरे जाने लगी। वह बुदबुदाई :

"मैं थक गई हूँ।"

एर्दोसैन के प्रेम

एर्दोसैन उस इमारत के सामने हैरानी से खड़ा था, जिसमें उसने एक नया अपार्टमेंट खोजा था जहाँ वह रहने वाला था।

इस घटना की कोई व्याख्या नहीं की जा सकती थी। किन हालातों में उसने अपना घर छोड़ा था उसी कमरे में रहने के लिए जहाँ हाल ही में बार्सुत रहा करता था?*

बहुत कुछ सोचते हुए उसने चारों तरफ़ देखा। यहाँ बार्सुत रहता था और उसने वही कमरा किराये पर लिया था जिसमें बार्सुत रहता था! क्यों? ऐसा कैसे हुआ? उसने अपनी आँखें बंद कर लीं ताकि अपनी स्मृतियों की सतह पर उन ब्योरों को ला सके जिनके कारण उसने इस बेतुके काम को करने का निश्चय किया, लेकिन उसके जीवन का वह नन्हा सा टुकड़ा हाल में ही हुईं बहुत सी और बहुत उलझी घटनाओं में कहीं दफ़न था। दरअसल, ये उसी किस्म का अजीब-सा एहसास था जो वो पुलिस की हवालात में भी महसूस कर सकता था। या किसी और हिस्से में। इसके अलावा, ये सब पैसा उसके पास कहाँ से आया? ओह हाँ! उदास ठग...ये सब मूर्खताएँ और कहाँ से आएँगी? उसने अपने चेहरे के सामने हाथ को हिलाया मानो अपने दिमाग पर छाये बादलों को साफ़ कर रहा हो। सिर्फ़ वही जानता था कि ये वही कमरा था जिसमें वो आदमी रहता था जिससे उसने क्रूरतापूर्ण व्यवहार किया था, और जिसके अपहरण, लूट और हत्या में उसने मदद की थी। लेकिन हिपोलिता ने उसका पता कैसे ढूँढ निकाला? व्यर्थ ही, एर्दोसैन इन पहेलियों पर विचार करने लगा, ठीक उसी तरह जैसे नींद में चलने के दौरे से जागने के बाद एक आदमी खुद को सपने में देखी हुई जगह से अलग जगह पर पाकर उलझन भरी अवस्था में पाता है।

"ओह, बहुत हुआ!...बहुत हुआ!"

---

* समीक्षक का नोट : एर्दोसैन उस कमरे में आकर रहने लगा था जिसमें अपहरण के बाद कुछ दिनों के लिए बार्सुत रहा था। बाद में और तहकीकात करने पर हम पुलिस के सामने ये साबित कर सके कि एर्दोसैन ने एक पल के लिए भी छिपने की कोशिश नहीं की। यहाँ तक कि उसने अपनी पूर्व मकान मालकिन को ये चिट्ठी लिख कर कहा भी था कि अगर कोई उसका नया पता पूछे तो उसे बता दे।

अपने चारों तरफ़ की दुनिया को भूलने के लिए कितनी मानसिक व्यथा को वो छिपाए बैठा था?

उकता कर, वो उस इमारत के मेहराबदार गलियारे में आगे बढ़ा, जिसके दोनों तरफ़ लिफ़्ट की आयताकार सलाखें और दरवाज़े थे जो सफ़ाई के पानी और चावल के पाउडर की तीखी गंध को उगल रहे थे।

एक अपार्टमेंट के दरवाज़े पर एक ब्लैक वेश्या जिसने एक लाल और सफ़ेद रंग का स्लीवलैस रैपर पहना हुआ था, एक बच्चे को लोरी सुना कर सुला रही थी। दूसरी, बहुत ही मोटी ब्लैक महिला लकड़ी की चप्पलें पहने एक नारंगी चूस रही थी, और एर्दोसैन एक लिफ़्ट के दरवाज़े पर रुका जिसमें से एक राजगीर सीमेंट से भरी बाल्टी और एक कुबड़ा एक टेढ़ी नली और खाली बोतलों से भरी बाल्टी लेकर निकले। सारे अपार्टमेंट के बीच में शीटरॉक की दीवारें थीं। रसोई के सामने की छोटी-सी खिड़कियां जो आँगन में खुलती थीं, वह उन तारों को देख सकता था जो नमी भरे कपड़ों के कारण झुकी हुई थीं। हरेक दरवाज़े के सामने राख और केले के छिलकों का ढेर लगा था। उन दरवाज़ों के भीतर से अपमानजनक शब्द, घुटी हुई हँसी, गाती हुईं औरतों और गुस्साए मर्दों की आवाज़ें आ रही थीं। घंटी बजाने से पहले एर्दोसैन ज़रा सकुचाया। आखिर किस शैतान ने उसे इस शौचालय में रहने की इच्छा करने के लिए उकसाया, और वही जगह जिसमें कभी बार्सुत रहता था?

वह सीढ़ियों की बगल में एक खुली जगह पर ठहर गया और उसने नीचे गहराई में देखा, खुद से ये पूछते हुए कि इस भयानक मकान में वो क्या खोज रहा है, जिसमें न धूप है, न रौशनी, या हवा। तड़के सुबह कोई आवाज़ नहीं होती और रात भर औरतों की आवाज़ों के शोर से गूँजता रहता है। रात घिरने पर मर्द अपने गंदे से मग के साथ बनियान पहने अपने-अपने आँगन में आरामकुर्सियों पर बैठ कर 'माते' पीते रहते हैं।

नीचे जाते हुए, उसने देखा कि वो घुमावदार सीढ़ियाँ किसी कूड़ेदान से भी गंदी थीं। उसने अपने मकान का दरवाज़ा खोला और अंदर दाखिल हुआ। आँगन में जाते-जाते उसे ये पूर्वाभास हो गया कि हिपोलिता वहाँ नहीं है; उसे कोई और नहीं टकराया तो वो वापस कमरे की तरफ़ चल दिया। किसी से कुछ पूछने की ज़रूरत नहीं थी, उसे अंदर से आभास हो गया कि वो लंगड़ी वेश्या वापस नहीं आने वाली। उसने अपने हाथों से चेहरे को ढँक लिया, कुछ देर वो ऐसे ही बैठा रहा फिर बिस्तर पर ढह गया।

उसने अपनी आँखें बंद कर लीं। उसे लगा कि एक सफ़ेद-सा कोहरा उसके चेहरे के सामने ठहर गया है और लेटने से उसके शरीर को जो आराम मिला था, उसे लगा कि वह उसके शरीर की नसों में मॉर्फिन के इंजेक्शन की तरह घूम रहा है। अपनी बीवी के बारे में सोचते हुए उसने अफ़सोस महसूस करने की कोशिश की। लेकिन ये नामुमकिन था। उसके मन में अपनी बीवी की छवि घूमी, जिसमें उसके तीन बिंदु उभरे : उसकी आँखें, नाक और ठोड़ी। उसे आराम का एहसास होने लगा।

बस यही था एलसा का जो उसके पास बाकी बचा था! उसकी स्मृति एलसा के शरीर की तरफ़ उड़ने लगी; उसने अपनी आँखें बंद कर लीं और आईने में एक धुँधली सी छाया की एक छोटी-सी झलक उभरी। लेकिन नफ़रत से उसने उस छवि से तुरंत ध्यान हटा लिया। बहुत देर हो चुकी थी। एलसा की एक भी तस्वीर उसकी घबराहट भरी झुँझलाहट और गुस्से को मिटा नहीं सकती थी। एक तरह की डायरी, जिसमें एर्दोसैन अपने दुःख-दर्द को नोट कर रहा था (और इस इतिहास को लिखने वाला भी कई बार इस डायरी का हवाला देता है या उससे उद्धृत करता है जब भी कभी रेमो के आतंरिक/मानसिक जीवन की बात करनी हो), मुझे ये लिखा हुआ मिला :

'ऐसा लगता है मानो मेरे भीतर एक कोई दूसरा शख़्स है प्लास्टर से बना हुआ, समय के साथ-साथ जिसका आकार बदल चुका है। मैं अपने भीतर उस प्रिय जीवन की कई बार ध्यान से जाँच कर चुका हूँ ताकि मैं उसे अपने भीतर सहेज कर रख सकूँ, और उसने, जिसके नाखून, और बाल, अंग और वक्ष शुरू से मेरी आत्मा पर अंकित हैं, खुद अपने आप को धीरे-धीरे बिगाड़ लिया है।'

दरअसल, उस वक्त तक, एलसा के कुछ पीले पड़ते पुराने फ़ोटो ही एर्दोसैन के पास बचे थे, और वह मूल की इस सटीक प्रति से भी मूल छवि के बारे में कुछ भी नहीं कह सकता था।

फिर एर्दोसैन ने बार्सुत को याद करने की कोशिश की, लेकिन तुरंत ही वह ऊब कर उबासी लेने लगा। मरे हुए लोग बहुत दिलचस्प नहीं होते। फिर भी, रेलमार्ग की पटरी के ऊपर झिलमिलाते सितारों के बीच एक पल के लिए उसके अंतर्मन में उस कमसिन लड़की का अंडाकार, गोरा चेहरा उभरा, उसकी हरी आँखें और हवा में उसकी गर्दन पर लहराते काले बाल। और वो सोचने लगा :

'मैं बहुत ही अकेला हूँ। और असंवेदनशीलता की किस हद तक मैं आ गया हूँ कि मेरी आत्मा में कोई पश्चाताप ही नहीं?' और बहुत धीमी आवाज़ में, जिससे वो कमरा एक समुद्री सीपी जैसी शांत आवाज़ से भर गया, वो बोला : "मुझे किसी बात से कोई फ़र्क नहीं पड़ता। ईश्वर भी उतना ही उबाऊ है जितना कि शैतान।"

इस ख़याल से वो कुछ खुश हुआ। भगवान भी उतना ही बोरिंग है जितना शैतान। एक ऊपर वाला, और एक नीचे वाला। एक बार फिर एर्दोसैन ने ज़ोर से उबासी ली। उसने गर्दन के नीचे हाथ रख कर अँगड़ाई ली और खुद को ताना, फिर अपनी आँखें आधी-सी खोलीं, एक बचकाना मुस्कुराहट को रोक न सका। वह अपने इस कमाल के ख़याल से खुश था। फिर छत के एक कोने की तरफ़ देखते हुए उसकी त्यौरियाँ चढ़ गयीं। चकराते हुए कड़वाहट की एक चमक उसके दिल में सीधे उतरी और उसकी खुशी के एहसास को चीर गई, उसकी पसलियों में ऐसा दबाब महसूस हुआ जैसे एक नाव के अगले भाग से पानी में पैदा होता है जब वह समुद्र के पानी को चीरती हुई आगे बढ़ती है, उसे उसके सकुशल और

खैरियत के एहसास से और भी दूर करते हुए। और अब वह उदासी से भोर की उस उजास के बारे में सोचने लगा जो दरवाज़े की झिर्री से अंदर आ रही थी।

और वह गुस्से से बुदबुदाया, उसे ये एहसास नहीं हुआ कि वो वही बात दोहरा रहा था जो विक्टर अंशिया ने कही थी जब उसे एम्बोर्ग के पहाड़ पर स्थित घर के सामने सीने में गोली मार दी गयी थी :

'मैं बिलकुल बर्बाद हूँ। मैं कभी खुश नहीं रहा। और वो घटिया औरत भी पागल है। ये मुझे क्या हुआ कि मैं एक वेश्या से ताँबे के गुलाब के बारे में बात करने लगा।'

उस लड़की के झाइयों वाले चेहरे और लाल बालों, जिनमें बीच की माँग निकली हुई थी और जो उसके कानों को ढँके हुए थे, उन्हें याद करके उसने अपने दाँत किटकिटाए।

उसने खुद को ही धोखा देने की कोशिश करते हुए कहा :

"ठीक है, मैं उसके लिए सात पोशाकें खरीदूँगा।"

इन शब्दों से उसके अंतर्मन के ढहने को रोकने की कोशिश करना भी बेकार था।

"और मैं अपने लिए पचास टाइयाँ और दस जोड़ी जूते खरीदूँगा, हालाँकि ये बेहतर होता कि मैं कल रात उसे जान से मार देता। हाँ, मुझे उसे मार ही देना चाहिए था।"

पैसों का बंडल उठाते हुए उसे इस बात पर गुस्सा आया कि उसे इन पैसों को गिनना पड़ेगा। तब उसने नोटिस किया कि उसने दरवाज़ा बंद करने तक की सावधानी नहीं बरती है।

उससे एक संध्या के समय फैली धूल जैसी स्पष्टता अंदर आ रही थी, लगभग एक्वेरियम की लाइट की तरह जो बहुत बेढंगे और चमकदार तरीके से मछली के खुले हुए मुँह पर पड़ती है। वह बिस्तर के किनारे बैठ गया और एक हथेली पर अपना गाल टिका लिया। अपना सिर उठाया तो उसकी आँखें एक कैलेण्डर के डिज़ाइन पर ठहर गयीं जिसके बहुत सारे रंगों ने उसका ध्यान आकर्षित कर लिया।

एक विशाल कड़ी स्वर्ग और पृथ्वी के बीच लटक रही थी। उसके पीछे संध्या का जामुनी-सा प्रकाश चिमनी की चोटी और क्रेन की कोणीय भुजाओं के बीच से बहुत-सी फ़ैक्टरियों पर पड़ रहा था। एर्दोसैन भीतर ही भीतर फिर कराहा। कुछ क्षण ऐसे आते जब उसकी आँखें नींद से अधखुली होतीं, और वह अपने प्रति इतना सजग महसूस करता मानो उसे दो भागों में विभाजित कर दिया गया हो। वह अपने शरीर को बैठे हुए, उस कमरे के अकेलेपन में रेखांकित महसूस कर सकता था जिसके किनारे पनीले सलेटी रंग में घुलते जा रहे थे।

वह अपराध वाली सुबह के बारे में सोचना चाहता था पर सोच नहीं पा रहा था। वह

इस बात से ज़रा हैरान हुआ था कि जब वह वापस आया तो हिपोलिता गायब हो गई थी। अब हिपोलिता भी उसके दिमाग से काफ़ी दूर चली गई थी। उस कमरे के मातमी अकेलेपन में ऐसे अपने हाथ पर गाल टिकाये अपने बारे में इस बोध ने उसे ये समझने में मदद की कि उसने शारीरिक तौर पर खुद को इतना थका लिया था कि अब वो ढह जाने की कगार पर था। ऐसा लगा मानो वह अपने शरीर के बाहर था और एक अदृश्य जासूस के तौर पर वहाँ बैठे एक हारे-थके आदमी का ध्यान से निरीक्षण कर रहा था, जिसकी नज़रें उस लाल सुर्ख धब्बे जैसे रेखाचित्र में खोई हुई थीं जिसे आसमान और ज़मीन के बीच लटका एक स्टील बीम तिरछा काट रहा था।

लम्बी आहें भरने से रह-रह कर उसका सीना फूल रहा था। वह एक ही साथ दो शख्सियतों को जी रहा था : एक भुतहा जो ठहर कर अपनी बदकिस्मती से कुचले हुए एक आदमी को दया भरी नज़रों से देख रहा था, और दूसरा उसका शारीरिक वजूद, जिसे एक ज़मीन के नीचे खोज में लगे अन्वेषक जैसा महसूस होता, उस तरह का गोताखोर जो गहरे में जो कुछ भी मिलता है उसे काँपते हुए हाथों से उसकी भयावह गहनता में महसूस करने के लिए छूता है।

घड़ी की टिक-टिक भी ऐसा लगा जैसे बहुत दूर से आ रही है। एर्दोसैन ने अपनी आँखें बंद कर लीं। इससे वह अपने से बाहर लगातार बगैर किसी स्वर के निकलते मौन के आवरण के ज़रिये दुनिया से अलग हो जाता। मौन और अकेलापन। और वो वहीं रहा अन्दर, हक्का-बक्का। फिर भी वह जानता था कि वो मरा नहीं है अभी क्योंकि उसके दुःख के दबाव में उसके सीने की हड्डियाँ फैल रही थीं। उसे सोचने की ज़रूरत थी, अपने ख़यालों को सिलसिलेवार रखने की, इस 'मैं' को वापस पाने की, और ये नामुमकिन था। अगर वो अपाहिज होता तो उसके लिए एक बाज़ू उठाना उतना मुश्किल नहीं होता जितना कि अब अपने अंतर्मन को सक्रिय करना था। उसने अपने धड़कते हुए दिल पर ध्यान नहीं दिया। ज़्यादा-से-ज़्यादा इस अंधेरे के केंद्र में जो उसके माथे को बोझिल किये था, वो सिर्फ़ एक दूर-दराज़ के बंदरगाह के मस्तूल की तरफ़ एक छोटा-सा दरवाज़ा ही देख पा रहा था। सूरज की रौशनी जिस रास्ते जा रही थी, वो एक दूर और अंधेरे से भरा शहर था, जिसमें सीमेंट के बने मज़बूत गोलाकार अनाजघर और भारी काँच की खिड़कियों वाली दुकानें थीं, और हालाँकि वह इसे रोकना चाहता था। पर रोक नहीं पा रहा था। हरेक चीज़ एक भयावह 'महान सभ्यता' की तरफ़ ढह रही थी : विशाल शहर जिनकी छतों पर जादू बिखर रहा था, और जिसके अंधेरे गुमनाम इलाकों में तिहरे सबवे पर बीमार मनुष्यता अंतहीन मशीनी विकास की तरफ़ घिसट रही थी।

एर्दोसैन फिर कराहा और उसने अपने हाथों को कुछ और मरोड़ा। क्षितिज की परिधि के हरेक अंश (अब वो दुनिया के केंद्र में था) उसे अपने अनंत रूप से छोटे होने का एहसास हो रहा था : अणु, परमाणु, इलेक्ट्रॉन और वो 360 डिग्री का अक्षांश जिससे दुनिया की हर

परिधि बनती है, वहाँ तक उसने अपनी पीड़ा को प्रेषित किया। लेकिन वो उसे कैसे जवाब देती? उसने अपना जलता हुआ माथा महसूस किया और चारों तरफ़ देखा। फिर आँखें बंद करके फिर से अपनी गुहार को दोहराया, एक क्षण के लिए, जवाब की उम्मीद करते हुए, लेकिन फिर हतोत्साहित होकर अपने गाल तकिये पर टिका कर लेट गया। वह नितांत अकेला था, शहर के केंद्र में तीस लाख लोगों के बीच। मानो अचानक एक तेज़ी से बढ़ती हुई गहराई वाले ढलान के कारण उसकी आत्मा एक गर्त में जाने लगी, उसे ये ख़याल आया कि वह दक्षिणी ध्रुव के सफ़ेद बर्फ़ीले खालीपन में अब और अकेला नहीं होगा। उसकी देह के हर सेंटी मीटर से तूफ़ान में चिल्लाते पक्षियों के झुण्ड की तरह अनेक आवाज़ें उसकी शिकायतों को चीख-चीख कर दोहरा रही थीं, बार बार वही शब्द दोहराते हुए। ये क्या हो रहा है? मुझे क्या करना चाहिए?

वह उठा और दरवाज़े से सिर बाहर निकाल कर उसने अँधेरे आँगन में झाँका, जहाँ गन्दी सीमेंट की दीवार से लटके एक बढ़िया चीनी मिट्टी के चतुर्भुज को देखा।

'लोग इसी तरह रहते हैं,' उसने सोचा। 'मैंने ऐसा क्या किया है कि मैं भी उसी नरक में आ गया हूँ?'

इसी तरह हर सवाल उसके दिमाग में बार-बार आगे-पीछे चक्कर काटता रहा; हर सवाल एक दैहिक दर्द में तब्दील हो जाता, मानो उसकी आत्मा की संवेदनशीलता का संक्रमण उसके और भी भीतर तक उतर सकता हो।

एर्दोसैन अपनी उँगलियों के पोरों, कोहनियों, मांसपेशियों के जाल, अपने जोड़ों के झुकाव में दर्द को बजबजाते हुए सुन सकता था : उसके भीतर हर छिपे हुए कोने में एक बुलबुला था, जो फूट गया था, उसे एक प्रेत जैसे सवाल के साथ झकझोरते हुए:

'मुझे क्या करना चाहिए?'

अपनी कनपटी को उसने मुट्ठियों से दबाया। वह दुनिया के केंद्र में एक अँधेरी रिक्तता में था : एक दर्द की दुखद दैहिक धुरी पूरी 360 डिग्री में घूम रही थी... और वह सोचने लगा : 'क्या इस सबको खत्म कर देना बेहतर नहीं होगा?'

धीरे-धीरे उसने मेज़ की दराज़ से रिवॉल्वर निकाली। हल्के नीले से रंग का ये हथियार उसके हाथों में भारी लगा। एर्दोसैन ने उसके हत्थे को ध्यान से देखा, उसकी गेरुए शेड की पीतल की गोलियों को देखा, उसकी बदरंग नीली-सी ताँबे की कैप्स को घुमाते हुए। उसने बंदूक की नली को ठीक सामने लाकर उसके काले खाली अंदरूनी हिस्से में झाँका। एर्दोसैन ने उसे अपने दिल पर रखा और अपनी कमीज़ के ऊपर से रिवॉल्वर की नली के गोल दबाव को महसूस किया।

अंधेरे उसकी आँखों के आगे ढहने लगे। वो एलसा के बारे में सोचने लगा। उसने

एलसा को उस नीले वॉलपेपर वाले बेकार से कमरे में देखा। अपनी उदासी की सतह पर उसने अपने होंठ एलसा के चुम्बनों के लिए खोल दिये। वह अपनी हताशा को ज़ोर-ज़ोर से रोकर निकालना चाहता था। वह अपने होंठों को हथेली से ढँकना चाहता था ताकि वो अदृश्य होंठ उसे चूम न पाएँ। वह मेज़ से हल्का-सा टकराया और एक बार फिर उसने रिवॉल्वर का दबाव अपने सीने पर महसूस किया।

उसका पूरा वजूद कराह उठा। वह मरना नहीं चाहता था, उसे अभी कुछ और कष्ट भोगना था, कुछ और टूटना था। रिवॉल्वर के हत्थे से उसने मेज़ को ठोका। एक बार फिर ऐसा किया। एक अथक ऊर्जा उसकी बाज़ू को आगे पसारने के लिए बाध्य कर रही थी, जैसे एक वनमानुष पेड़ पर चढ़ने के लिए बाँहें पसारता है।

और धीरे से अपनी कुर्सी पर उसने खुद को मरोड़ा, पैर सिकोड़ कर, अपने को एक गेंद की मानिंद सिकोड़ने की कोशिश में। और फिर उन मांसाहारी जानवरों की तरह वह उस रिक्तता में कूद गया, अपनी एड़ियों के बल कालीन पर खड़ा हो गया, एकदम जाग्रत और हैरान।

सारा पैसा फ़र्श पर बिखरा हुआ था। जब वो मेज़ को ठोक रहा था तो पैसा बिखर गया था। एर्दोसैन ने बेवकूफ़ी भरे भाव से उसे देखा, उसका दिल मौन रहा। दाँत पीसते हुए वह उठा और कमरे के दूसरे कोने की तरफ़ चल पड़ा, अपने पैरों के नीचे आते हुए पैसों पर उसने ध्यान ही न दिया। उसने अपने होंठ नफ़रत में सिकोड़ लिए और वह एक दीवार से दूसरी दीवार तक आगे-पीछे ऐसे घूमता रहा मानो एक पिंजरे में कैद हो। कभी-कभी वह रुक जाता, धीरे-धीरे साँस लेते हुए अजीब तरह से उस अँधेरे को देखता जिससे वो कमरा भरा हुआ था, या फिर दोनों हाथों से अपने सीने को दबाता। उसके भीतर कोई ताकत थी जो बच निकलना चाहती थी और एक पल के लिए उसने अपने हाथ और माथे को दीवार पर टिका दिया। इतने कष्ट में उसे साँस लेना भी मुश्किल लग रहा था। उसकी श्रवण शक्ति तेज़ हो गयी थी और वह दूर से आती आवाज़ों को भी सुन रहा था। लेकिन कोई भी उसकी तरफ़ नहीं आ रहा था। वह अकेला था और नरक की गोल घूमती आग की सतह पर सीधा खड़ा था। सो, वह कुछ और घूमता रहा। जैसे किसी औज़ार की सतह पर धीरे-धीरे ऑक्साइड की परत जमती जाती है, उसी तरह वह भी अपनी आत्मा की सतह पर कुछ छवियाँ रचता रहा। एर्दोसैन इन अस्पष्ट से ख़यालों, उदास इच्छाओं और रोती हुई निष्फलता को समझने की कोशिश करता रहा फिर एकाएक अपनी ही तरफ़ ध्यान ले जाते हुए सोचने लगा :

'क्या मेरे लिए खुद को बचाना ज़रूरी है? कि हम में से कोई भी खुद को बचाए?'

इस शब्द ने सीधे *बाइबिल* से उठते तूफ़ान की तरह उसकी आँखों के सामने साधारण से दीखते ताँबई लाल गाँवों के दृश्य तान दिए जिनकी बेहद छोटी खिड़कियों में दण्डित लोगों के चेहरे मानो जड़े होते हैं, एक औरत पालने के सामने घुटनों के बल बैठी है, और

ईश्वर की तरफ़ मुट्ठियाँ तान रही है और एर्दोसैन ने तेज़ी से अपना सिर झटका उस व्यक्ति की तरह जिसके सिर पर तीर लगा हो। यह दृश्य इतना भयानक था कि उसने अपना मुँह खोला और तेज़ी से साँस ली। एक बार फिर वो मेज़ के पास बैठ गया। अब भी इसका उससे कोई लेना-देना नहीं था...न ही उसका इससे। उसने कनखियों से चारों तरफ़ देखा, ये सोचते हुए कि उसके लिए सच का पता लगाना ज़रूरी है, क्योंकि ये समस्या बहुत गंभीर थी और अगर उसे खुद को पागल होने से बचाना था तो इसका हल ढूँढना बहुत ज़रूरी था, और फिर उसके विचार उसके गुनाह की तरफ़ केन्द्रित होने लगे, उसका गुनाह जो एक गुनाह नहीं था। उसने हिपोलिता की प्रेतछाया को जगाने की कोशिश की लेकिन ऐसा लगा कि कोई रहस्यपूर्ण उपस्थिति उसे बता रही थी कि हिपोलिता तो यहाँ कभी रही ही नहीं और उसका मन किया कि वो ज़ोर से चीखे।

फिर किसी चीज़ ने ये क्रम-भंग कर दिया। उसे ऐसा लगा कि कोई उसे देख रहा है; उसने बहुत सावधानी से अपना सिर उठाया, और उस मकान की मालकिन डोना इग्नासिया को गलियारे में खड़े उसकी तरफ़ ध्यान से देखते हुए पाया।

बाद में, इस स्थिति के सन्दर्भ में एर्दोसैन ने मुझे बताया :

''जब मैंने उस औरत को वहाँ खड़े मेरी जासूसी करते हुए देखा तो मुझे बहुत ख़ुशी महसूस हुई। मुझे नहीं पता था कि उससे क्या उम्मीद करनी चाहिए, लेकिन अन्दर से ऐसा लगा कि हम दोनों एक-दूसरे का इस्तेमाल करके जो हम दोनों चाहते थे वो पा सकते थे...''

चुपचाप, डोना इग्नासिया अन्दर दाखिल हुईं। वो लम्बे कद की औरत थी। गठीली, गोल चेहरे वाली। उसके काले घुँघराले बाल थे और आँखें मछली की तरह भावहीन, जो ऐसा लगता था कि उसके होंठों के लम्बे कोनों में खिंच गयी हों, इससे वह भद्दी और क्रूर नज़र आती थी। उसने अपनी गर्दन में एक काले मखमल का रिबन डाला हुआ था और उसके काले-सफ़ेद नाईट गाउन की किनारी से उसके घिसे-फटे जूते नज़र आ रहे थे। उसका नाईट गाउन वक्ष से कुछ ज़्यादा ही उभरा हुआ था। पैसे की झलक देख कर, वह लालच से अपने चमकदार होंठों के कोनों पर ज़बान फेरने लगी और बोली :

''मिस्टर एर्दोसैन...''

एर्दोसैन, पैसों पर ध्यान दिए बगैर उसकी तरफ़ मुड़ा :

''ओह, आप हैं ?''

''कल यहाँ जो महिला ठहरी थीं, उन्होंने कहा कि उनका इंतज़ार न करें।''

''वो कब गयी ?''

''कुछ देर पहले। शायद तीन घंटे पहले...''

''अच्छी बात है।''

और अपना सिर घुमा कर वो पैसे गिनने लगा।

उस दृश्य से लगभग सम्मोहित हुई डोना इग्नासिया वहीं स्थिर खड़ी रही। उसने अपने बाजू बाँध लिए और एक बार फिर लालच से होंठों पर ज़बान फेरी।

''हे भगवान! मिस्टर एर्दोसैन, क्या आप कोई बहुत ख़ास आदमी हैं?''

''नहीं, सेनोरा...बस मैंने कुछ नया आविष्कार किया है।''

और इससे पहले कि वो बूढ़ी औरत अपनी हैरानी छिपा पाती, और अगर वो उससे इतना पैसा उसके पास होने की वजह पूछती तो उसे समझ नहीं आता कि क्या कहे, इसलिए उसने अपनी जेब से वो ताँबे का गुलाब निकाला और उस औरत को ये गुलाब दिखाते हुए बोला :

''आपने देखा? ये असली गुलाब था। और अपने खाली वक्त में मैंने जो आविष्कार किया, उससे मैंने इसे धातु के गुलाब में बदल दिया। इलेक्ट्रिक कंपनी ने मेरे इस आविष्कार का पेटेंट खरीद लिया है। अब मैं अमीर हो जाऊँगा।''

वह बुढ़िया, भौंचक हो, उस चमकदार लाल धातु के फूल को देखती रही। अपनी उँगलियों के बीच वह उसके तार के तने को घुमाती रही और उस बढ़िया धातु की परत चढ़ी पंखुड़ियों को देखती रही।

''लेकिन क्या ये मुमकिन है कि तुम...कौन सोच सकता था!...कितना सुन्दर फूल है...लेकिन तुम्हें ये आईडिया कैसे आया?''

''मैंने इस खोज पर बहुत समय लगाया। मैं एक आविष्कारक हूँ, जैसा कि आप देख ही सकती हैं। इस देश में शायद ही कोई हो जो मुझ जीनियस से आगे निकल सके। मेरी किस्मत में है ये, सेनोरा। और एक दिन जब मैं मर जाऊँगा तो लोग आपसे मिलने आएँगे और कहेंगे : ''हमें बताओ सेनोरा, वो नौजवान कैसा था? जल्द ही अखबार में मेरी तस्वीर देखना आपके लिए अजीब नहीं होगा, आपको आदत हो जाएगी। लेकिन इसे महसूस करिए, सेनोरा। मैं इससे बहुत खुश हूँ।''

''ओह भगवान...किसने सोचा था! फिर भी, मैं दिल से कहती हूँ, जिस दिन मैंने तुम्हें पहली बार देखा था, मैं जान गई थी कि तुम में कुछ खास बात है।''

''और अगर आप जानेंगी कि मैं अभी कौन से आविष्कारों पर काम कर रहा हूँ, तो आप हैरान रह जाएँगी। और यहाँ ये जो पैसा है, वो पूरा नहीं है बल्कि जितना मुझे गिनना

है उसका एक छोटा-सा हिस्सा भर है... । जब ब्यूनो आयर्स में ये धातु का गुलाब बिकना शुरू होगा तो वे मुझे पाँच हज़ार पेसोस और देंगे। इलेक्ट्रिक कंपनी, सेनोरा। इन उत्तरी अमरीकियों के पास बहुत पैसा है। लेकिन आपसे कुछ और बात करनी है, सेनोरा। अब जब मेरे पास खूब पैसा है, तो क्या आपको नहीं लगता कि मुझे शादी कर लेनी चाहिए?...मुझे एक कम उम्र की, ज़िन्दादिल लड़की चाहिए... । मैं अकेले सोते-सोते आज़िज़ आ गया हूँ। आपको क्या लगता है?''

वह जानबूझकर हल्की रुखाई से बात कर रहा था, और उसे बहुत खुशी महसूस हो रही थी, लगभग हिस्टीरिया। बाद में, इन संस्मरणों के व्याख्याता ने ये माना कि एर्दोसैन के इस बर्ताव के पीछे उसके अवचेतन में अपने पिछले कष्टों के लिए बदला लेने की मंशा थी।

उस महिला की भ्रष्ट ग्रे सी आँखें उत्सुकता से चमकने लगीं। उसने धीरे से अपना सिर एर्दोसैन की तरफ़ घुमाया और अपनी घिनौनी-सी पलकों से एर्दोसैन को ध्यान से देखते हुए उस समय की नैतिकता से बचते हुए कुछ दिखावटी तौर पर बुदबुदाई :

''इतनी जल्दबाज़ी न करो, एर्दोसैन। देखो, इस शहर की लड़कियाँ बहुत चालाक हैं। छोटे प्रांतों में जाओ, वहाँ की लड़कियाँ नरम स्वभाव की, शर्मीली, इज़्ज़त करने वाली, अच्छे संस्कार वाली और खानदानी होती हैं... ।''

''मुझे खानदान वगैरह की रत्ती भर परवाह नहीं...ऐसा है सेनोरा, मैं आपकी लड़की के बारे में सोच रहा था...''

''वो नहीं, एर्दोसैन!''

''हाँ, सेनोरा...वो मुझे पसंद है...वो मुझे बहुत पसंद है...वो अभी जवान है, कम उम्र है...''

''लेकिन अभी वो शादी के लिहाज़ से बहुत छोटी है...अभी चौदह की ही तो हुई है...''

''उसकी शादी की उम्र हो गई है, सेनोरा। और अब उसे शादी करने की ज़रूरत है, अभी हाल ही में तो मैं उससे सीढ़ियों के पास टकराया था, वो एक मर्द की जाँघ पर हाथ रखे थी, उसके करीब थी...''

''क्या कहा तुमने!''

''मुझे नहीं लगा था कि ये बात इतनी अहम है। और फिर उसके हाथ किसी पर तो होंगे ही...आप ये नहीं कह सकतीं कि मैं असहनशील हूँ...''

निराश और गुस्से से भरी वो फूहड़ औरत बोली :

''क्या ये सच है, मिस्टर एर्दोसैन?...मेरी अपनी बेटी का हाथ किसी मर्द की जाँघ पर? हम भले समाज के लोग हैं, एर्दोसैन,...। तुकुमान शाही खानदान से हैं...ये नहीं हो सकता। तुम्हें गलतफ़हमी हुई होगी एर्दोसैन,'' और ऐसा अभिनय करते हुए मानो वो बहुत टूटा हुआ महसूस कर रही है, उसने कमरे में चहलकदमी शुरू कर दी और उसके हाथ सीने पर रखे थे, मानो प्रार्थना कर रही हो।

एर्दोसैन ने विस्मय से उसे देखा और खुद को हँसने से रोकने के लिए होंठ काटने लगा। उसने विनम्रता से तर्क किया :

''और आप जानती ही हैं, एक मर्द की जाँघ किसी लड़की के हाथ रखने की उचित जगह नहीं है...''

''मैं झुकूँगी, बिखरूँगी नहीं...''

लेकिन एर्दोसैन फिर भी हार माने बगैर पीछे लगा रहा :

''और एक लड़की जो किसी मर्द की पतलून में हाथ डाले पकड़ी जाए, उसे कौन समझेगा कि वो पाक-साफ़ है। आप समझ रही हैं ना मेरा क्या मतलब है, सेनोरा? क्या आप कहेंगी कि वो वहाँ चमेली और गुलाब के फूल ढूँढ रही थी? नहीं, आप ऐसा नहीं कहेंगी...''

''ओह...मेरी इस उम्र में इतनी शर्मिंदगी!''

''शांत हो जाइए, सेनोरा...।''

''मैं इस बारे में सोच ही नहीं सकती, एर्दोसैन...सोच भी नहीं सकती। कुंवारी, मैं कुंवारी थी जब मेरी शादी हुई, एर्दोसैन।''

एक विदूषक के जितना गंभीर होते हुए, एर्दोसैन ने जवाब दिया :

''मेरे कहने का ये मतलब नहीं कि वो कुंवारी नहीं है...हे भगवान...अभी तक मुझे ये नहीं मालूम था कि एक औरत सिर्फ़ एक मर्द की जाँघ को छूकर कुंवारापन खो सकती है।''

''और मैं अपने खानदान और संस्कार को अपने पति के घर भी लेकर आई। मेरा रिश्ता तुकुमान समाज के कुलीन वर्ग से है, एर्दोसैन...डिप्टी नेस्टर और मिनिस्टर वालेहो हमारी शादी में आये थे। मैं इतनी मासूम थी कि मेरे पति, भगवान उनकी आत्मा को शांति दें, मुझे कुंवारी लड़की कहकर बुलाते थे। मैं बहुत अमीर थी, एर्दोसैन। यहाँ जो कुछ तुम देखते हो, उसे देख कर किसी गलतफ़हमी में मत रहना। मेरे बेटे की मौत के बाद हम गरीब हो गए। मैंने उन्हें बता दिया, और मैं इतना नीचे नहीं गिरूँगी कि तुमसे झूठ बोलूँ, मैंने उन्हें कह दिया, 'ये अस्पताल गरीब लोगों के लिए है, और कोई वजह नहीं कि गरीब लोग वहाँ से जाएँ।' इसलिए मेरा बेटा प्राइवेट तपेदिक के अस्पताल में गया।''

एर्दोसैन ने उसे बीच में ही टोक दिया :

''लेकिन सेनोरा, इस सबका एक लड़की के कुंवारेपन से क्या लेना-देना?''

''मेरा ज़रा यहीं इंतज़ार करना।''

तीन मिनट बाद डोना इग्नासिया कमरे में उस लड़की के साथ फिर दाखिल हुईं।

वो बच्ची हल्की-सी भैंगी थी, मगर उम्र के हिसाब से कुछ ज़्यादा बड़ी और भरे जिस्म की। एर्दोसैन उसका ऐसे निरीक्षण करने लगा मानो वो एक घोड़ी हो, इतना कि वो औरत उस भैंगी लड़की की तरफ़ मुड़ी और लगभग आतिशबाज़ी की तरह फट पड़ी :

''तो बताओ मुझे, तुमने अपने खानदान और संस्कार को छोड़ने का फ़ैसला कब लिया!''

''सेनोरा, खानदान का उसके कुंवारेपन से कोई लेना-देना नहीं...आप देख सकती हैं कि मैं सहनशील हूँ।''

भैंगी लड़की ने डर से काँपते हुए उन्हें देखा, एक आँख से अपनी माँ को, दूसरी से एर्दोसैन को।

''भगवान् के लिए, एर्दोसैन, इस मामले से तुम अलग रहो।''

और फिर लड़की की तरफ़ मुखातिब होते हुए, उसने बोलना जारी रखा :

''तुम्हारे पिता, जो लगभग वकील बन ही गये थे, क्या कहते, तुम्हारे गॉडफ़ादर, वो मंत्री क्या कहते, तुकुमान समाज क्या कहता अगर उन्हें ये पता चलता कि तुम, मेरी बेटी, इस्माइल पिंटू की बेटी मर्दों की पतलून में हाथ डाले घूमती है?''

वह नाटकीय ढंग से कुर्सी पर गिर गई।

''कुंवारी, मिस्टर एर्दोसैन, मैं कुंवारी थी अपनी शादी के दिन तक, मेरा शील भंग नहीं हुआ था, मेरा खानदान बेदाग था...मैं बिलकुल भोली थी, एर्दोसैन...। मैं घाटी की एक लिली की तरह थी, और इसके बदले में तुमने... खानदान का नाम मिट्टी में मिला दिया...''

वो घटिया औरत अपनी योनि के भंग न होने की स्मृति के परमानन्द से बेहोश हुए जा रही थी। रेमो को इससे पहले इतना मज़ा कभी नहीं आया था। हल्के अँधेरे में वो मुस्कुराया, उसकी कड़वाहट एक विलक्षण ख़ुशी में घुल रही थी। यह दृश्य इससे ज़्यादा बेमेल और भोंडा नहीं हो सकता था। वो, एक अंतर्मुखी व्यक्ति, एक घिनौनी सस्ती औरत से उस लड़की के काल्पनिक कुंवारेपन की बात कर रहा था, जिसकी उसे ज़रा भी फ़िक्र नहीं थी। फिर उसने गंभीरता से इस तरफ़ इशारा किया :

''ये बहुत बुरी बात है कि लड़कियाँ अपनी हवस में कई बार अपना कुंवारापन खो देती हैं। और कौन मर्द, जो भला, शरीफ़ हो, उस लड़की से शादी करना चाहेगा, जिसने अपनी योनि का अपमान किया हो...कोई भी नहीं।''

अपनी बगल में ही उस बुढ़िया ने थूका और अपनी भ्रष्ट और दुष्ट आँखों को सिकोड़ लिया।

''कुंवारी, मिस्टर एर्दोसैन...मैं कुंवारी थी...मेरा शील भंग नहीं हुआ था...अपने शादी के बिस्तर तक...''

''ये बहुत अच्छी बात है, सेनोरा...और ये बुरा है कि आपकी बेटी यही बात शायद नहीं कह सकती...''

अपना सिर नीचे झुकाये खड़ी वो भैंगी लड़की आँसुओं के साथ फूट पड़ी :

''मैं भी कुंवारी हूँ, ममा...मैं भी...''

अब नरम पड़ते हुए उस फूहड़ औरत ने अपना सिर उठाया :

''मेरी छोटी-सी बेटी, तुम झूठ तो नहीं बोल रहीं ना?''

''नहीं, ममा। मैं कुंवारी हूँ। ऐसा पहली बार हुआ था कि मैंने अपना हाथ वहाँ रखा...''

''हाँ, पहली बार से फ़र्क नहीं पड़ता,'' एर्दोसैन गंभीरता से इस नतीजे पर पहुँचा और फिर बोला, ''और इस बारे में इतना हल्ला करने की क्या ज़रूरत। एक लड़की को किसी तरह तो ये सीखना ही होता है ना कि शादी के बाद उसे क्या करना है।''

ईमानदारी से, ये पूरा नज़ारा घिनौना था, लेकिन एर्दोसैन ने ऐसा बर्ताव किया मानो उसने इस पर ध्यान ही न दिया हो। वो बुढ़िया, छाती पर अपने हाथ रख कर गंभीर स्वर में धीरे-धीरे बोली :

''मिस्टर एर्दोसैन, पिंटू परिवार झूठ नहीं बोलता। तुम इस मासूम के कुंवारेपन के बारे में यकीन कर सकते हो जितना कि मेरा...''

एर्दोसैन ने जानबूझकर अपनी नाक को खुजाते हुए कहा :

''मेरी प्यारी सेनोरा इग्नासिया, मैं आप पर यकीन करता हूँ। क्योंकि मैं जानता हूँ कि आप ज़बान की पक्की हैं।''

बुढ़िया ने अपने आँसू पोंछे और उसकी तरफ़ देखते हुए एर्दोसैन ने आगे जोड़ा :

''हे मारिया, चूँकि अब मैं अमीर हो गया हूँ, तो मैं अब तुमसे शादी करना चाहता

हूँ। तुम्हें मालूम है कि मेरे पास कितना पैसा है? मैं तुम्हारे लिए सुंदर ड्रेस खरीद सकता हूँ...महंगे मोती भी...''

डोना इग्नासिया जल्दी से बीच में ही बोली :

''वो क्यों नहीं शादी करना चाहेगी, खासकर तुम्हारे जैसे इज़्ज़तदार आदमी से?''

अचानक उस लड़की की फीकी आँखें चमक उठीं।

''क्या कहती हो तुम? क्या तुम इससे शादी करना चाहोगी?''

''हाँ, ठीक...अगर ममा आपको ठीक लगता है तो।''

''ठीक है फिर...मैं तुम्हें इजाज़त देती हूँ, तुम मिस्टर एर्दोसैन के साथ रिश्ता रख सकती हो। लेकिन उनसे अच्छे से बर्ताव करना!''

''क्या तुम राज़ी हो, मारिया?''

वो लड़की वासनापूर्ण तरीके से मुस्कुराई और हकला कर 'हाँ' कह दिया। एर्दोसैन ने बिस्तर पर फैले पैसों में से तीन सौ पेसोस उठाये।

''ये लो, तुम्हें जो भी ज़रूरत हो।''

''मिस्टर एर्दोसैन!''

''कुछ न कहें सेनोरा इग्नासिया...क्या आपको कुछ ज़रूरत है? शर्म मत कीजिये सेनोरा...''

''अगर तुम इजाज़त दो तो...मुझे अभी 200 पेसोस देने हैं। महीने के आखिर तक...''

''ले लो, ममा...खुद ही ले लो। तुम्हें और ज़रूरत तो नहीं?''

''अभी के लिए तो इतना ही...नहीं...बाद में...''

''बेझिझक, ममा...। अगर आप इजाज़त दें तो मैं आपको ममा पुकारना चाहूँगा।''

''हाँ...लेकिन ये तुम क्या कर रहे हो? अपनी मंगेतर को चूमो तो सही, बच्चे,'' उस फूहड़ औरत ने ज़ोर से कहा, और नोटों को अपने सीने पर रखते हुए उस नाबालिग को इस सनकी की बाँहों में धकेला।

शर्माते हुए मारिया आगे आई, और एर्दोसैन उसे कमर से पकड़ कर अपने घुटनों पर बैठाने लगा। माँ, हल्की-सी परेशान लगी, मुस्कुराई, और फिर कमरे से बाहर निकलने से पहले उसने कहा :

''मुझे तुम पर भरोसा है, एर्दोसैन।''

''जाओ मत सेनोरा...मेरा मतलब ममा।''

''क्या तुम्हें कुछ चाहिए?''

''यहाँ बैठो। काश आप जान पातीं कि अपने इस कदम से मैं कितना खुश हूँ,'' उसने डोना इग्नासिया के लिए पलंग पर भैंगी लड़की की बगल में ही जगह बना दी, ये कहते हुए, ''यहाँ, मेरी बगल में बैठिये,'' और फिर बोलना जारी रखा। ''मेरे लिए आज का दिन बहुत बड़ा है। आखिरकार, मुझे एक घर मिल गया...एक माँ मिल गयी।''

''आपकी माँ नहीं है, मिस्टर एर्दोसैन?''

''नहीं...जब मैं बच्चा ही था तो वो गुज़र गयी...''

''ओह, एक माँ...। एक माँ,'' उस कुटनी ने आह भरी।

''मर्द बिलकुल बेकार होते हैं। मैंने हमेशा ये कहा है। ज़िन्दगी में कुछ बनने के लिए एक मर्द को एक अच्छी-सी लड़की के संग की ज़रूरत होती है जो उसकी मदद करे...''

''मैं भी यही सोचता हूँ...''

''ये सच है, और ऐसा नहीं है कि मेरी छोटी बच्ची यहाँ है, इसलिए।''

''ममा...''

''हमें क्या करना चाहिए,'' एर्दोसैन ने उकसाते हुए कहा, ''हमें नदी के किनारे एक घर खरीदना चाहिए। काश, आप जानतीं कि मुझे नदी के किनारे रहना कितना पसंद है। ताकि मैं अपने आविष्कारों पर काम कर सकूँ...''

किसी ने हल्के से दरवाज़ा खटखटाया। एक नौकरानी अंदर आयी, एक लंगड़ी, फीके से रंग वाली औरत। वह बचकाना तरीके से मुस्कुराई और बताया :

''मिस्टर 'हेफ़्नर' आपके बारे में पूछ रहे हैं।''

''उन्हें अंदर ले आओ।''

वो तीनों औरतें बाहर चली गईं।

कुछ पक्का गड़बड़ है, ये सोचते हुए उदास ठग अंदर दाखिल हुआ। उसने एर्दोसैन से हाथ मिलाया और कहा :

''मैं बोर हो रहा था...तो मैं तुमसे मिलने चला आया।''

जीवन के प्रति धार्मिक भावना

एर्दोसैन ने बत्ती जला दी। हेफ़्नर ने बगैर पूछे अपना हैट बिस्तर के किनारे की तरफ़ फेंक दिया और फिर खुद उस पर लेट गया। अच्छे से सँवारे गए बालों की एक लट उसके माथे पर आ गयी। उसने अपने गंदे गालों को अपनी हथेली से मसला और थोड़े नाराज़गी के भाव से चारों तरफ़ देखा। उसी समय अपनी पतलून के पाऊँचे ऊपर करते हुए बड़बड़ाया :

''तुम्हारे यहाँ इतने खराब हालात भी नहीं।''

मेज़ के पास रखी कुर्सी के किनारे पर बैठे एर्दोसैन ने बगैर किसी उत्सुकता के ठग को ध्यान से देखा। उदास ठग ने अपनी जेब से सिगरेट का एक पैकेट निकाला और एर्दोसैन से बगैर पूछे बुदबुदाया :

''इस शहर में हर कोई ऊबा हुआ है। कल मैं ज्योतिषी से मिला था वह बोला कि तुम्हें उसने कुछ दिनों से देखा ही नहीं।''

''तुम मिले थे उससे?...उसने ऐसा कहा?...''*

''पता नहीं...मैं ज़रा कुछ और कामों में लगा था। उस आदमी का अंत बुरा होने वाला है...''

''क्या तुम्हें ऐसा लगता है?''

''हाँ...उसके दिमाग में एक साथ कई चीज़ें चलती रहती हैं। ये तो पक्की बात है कि ज़्यादातर लोगों से वो ज़्यादा काबिल है। मैंने उसकी योजनाओं में दिलचस्पी लेने की कोशिश की...ईमानदारी से...खुल कर...उसमें से किसी में मेरी दिलचस्पी नहीं। मैं ऊब गया हूँ...बहुत ऊब गया हूँ। मैं जुए से, वेश्याओं से और कहवाघर के दार्शनिकों से आजिज़ आ गया हूँ। अभी यहाँ, मैं कुछ भी नहीं करना चाहता।''

''क्या तुम गणित के अध्यापक नहीं हो?''

''हाँ...लेकिन अध्यापक होने का ऊब जाने से क्या वास्ता? या फिर तुम्हें लगता है कि मैं वर्गमूल निकालने में खुद का मनोरंजन कर सकता हूँ? क्या तुम जानते हो कि एक दलाल वो सारी नकदी जो उसकी औरत कमाती है, जुए में क्यों उड़ा देता है? क्योंकि वह बोर हो चुका है। हाँ, ये सब ऊब है। एक दल्ले से भद्दा और घटिया आदमी और कोई नहीं होता। वह जुआ खेलने के लिए जीता है, ठीक जिस तरह उसकी औरत उसे पालने के लिए काम करती है। ये हमारे खून में है। क्या तुमने कस्तील के बर्नल दिआज़ की किताब द

* समीक्षक का नोट : इस सबसे पता चलता है कि ज्योतिषी बहुत सावधानी से अपनी रोज़ाना की गतिविधियों को उदास ठग से छिपा रहा था। जब पिछले दिन हेफ़्नर ने उससे पूछा था कि एर्दोसैन कहाँ है, तब उस दौरान रेमो उसी के घर में सो रहा था।

कॉन्क्वेस्ट ऑफ़ द न्यू स्पेन पढ़ी है? मुझे उसमें कुछ दिलचस्प बात दिखाई दी। वो सारे विजेता ऐसे जुआरी थे कि घिसे हुए ड्रम के खोल से ताश के पत्ते बना दें। और उन्हीं पत्तों से जुआ खेल कर वो सारा सोना गँवा देते जो उन्होंने इंडियन्स से चुराया था। वो उनके खून में था। ये जीने का तरीका था।''

''ये एक धार्मिक भावना की कमी की वजह से है,'' एर्दोसैन ने गंभीरता से आपत्ति जताई। ''अगर उन लोगों में जीवन के प्रति एक धार्मिक भावना होती तो वे कभी जुआ नहीं खेलते...''

हेफ़्नर ज़ोर से ठहाका लगा कर हँस पड़ा।

'तुम तो वाकई अमीर हो! तुम्हारी बात मानी तो तुम तो एक दल्ले को भी एक भिक्षु की तरह रहना सिखा दोगे! वो स्पानी विजेता बहुत धार्मिक थे। युद्ध में जाने से पहले वे हमेशा पूजा-प्रार्थना करते थे। वे खुद को ईश्वर और कुँवारी मैरी के प्रति समर्पित करते। लेकिन ये सब उनको जी भर के जुआ खेलने और इंडियन्स को ज़िंदा जलाने से नहीं रोकता था।''

'वे अन्धविश्वासी थे जीवन के लिए एक धार्मिक भावना का मतलब है, इस दुनिया में अपनी एक जगह का होना। एक मानसिक और आध्यात्मिक जगह।

''तुम वहाँ तक कैसे पहुँचे?''

''मैं नहीं जानता।''

''चूँकि तुम ये नहीं जानते, तो तुम इस बारे में बात कैसे कर सकते हो?''

''क्योंकि इस समस्या से जूझने में मैं भी उतना ही मशगूल रहता हूँ जितना कि तुम।''

''और तुम इसे कुछ शब्दों और मुहावरों से हल करना चाहते हो।''

''नहीं। यही तो मैं कहना चाहता हूँ। ये सिर्फ़ शब्द या मुहावरे नहीं हैं। मैंने कुछ अनुमान लगाया है। अब ये अनुमान क्या है...देखो, कभी-कभी मुझे लगता है कि मुझे इसका हल मिल गया है तो कभी लगता है कि ये मेरे हाथों से फिसल गया। मसलन...मेरी समस्या। चलो इसे देखें...तुम्हारी नहीं। मेरी दिक्कत मेरे डूबने में है। सुअर के बाड़े में गहरे डूबने में। क्यों? मैं नहीं जानता। लेकिन गंदगी मुझे आकर्षित करती है। इसे मानो। मैं गंदा सा अस्तित्व चाहता हूँ, जब तक कि मैं इससे तंग न हो जाऊँ। मैं दूल्हा बनना चाहता हूँ... नहीं, मुझे रोको मत। दूल्हा बनना चाहता हूँ, किसी लड़कियों से भरे कैथोलिक चर्च में। और उन्हीं में से एक से शादी करना चाहता हूँ, जो सबसे ज़्यादा रौब और हुक्म चलाने वाली हो, और मुझसे बेवफ़ाई करे, उस घिनौने परिवार के लिए काम करने के लिए एहसानमंद महसूस करना चाहता हूँ, अपने लिए बहुत अहम बीस सेंटावोस लेकर बाहर ट्राम पकड़ने

के लिए जाना चाहता हूँ। मुझे रोको मत। मैं एक दफ़्तर में काम करना चाहता हूँ, और मेरा बॉस मेरी बीवी का आशिक़ होगा, ताकि दफ़्तर के सारे कर्मचारियों को ये पता होगा कि मेरी ही बीवी का किसी और से रिश्ता है। बॉस मुझ पर चिल्लायेगा और मैं दौड़ कर काम करूँगा। बाद में रात को वो मेरे घर आएगा और मेरी बीवी, सास और सलहजें उसके साथ बिंगो खेलेंगी, जबकि मैं जल्दी सोने चला जाऊँगा, क्योंकि सुबह उठ कर मुझे जल्दी दफ़्तर जाना होगा।''

''तुम पागल हो गए हो।''

''इसमें तो अब कोई शक नहीं।''

''लेकिन तुम वाकई पागल हो।''

''शायद कुछ पागल लोग मज़ाक करना भी पसंद करते हैं?''

''हाँ, कभी-कभी पागल भी मज़ाक करते हैं। लेकिन तुम तो गंभीर हो।''

''ठीक है...मेरे अंदर मुझे अपमानजनक अनुभवों को खाली कर देने की एक ज़रूरत महसूस होती है। क्यों? पता नहीं। दूसरे लोगों में भी ऐसी शंकाएँ होती हैं लेकिन वो ऐसी किसी भी चीज़ से दूर भागते हैं जो अपमानजनक हो। मुझे एक खास पीड़ा होती है, लगभग बहुत मीठी, ये कल्पना करने में कि मैं एक कैथोलिक चर्च में हूँ, या मेरी कमर पर एक ऐप्रन बँधा है और मैं बर्तन धो रहा हूँ, जबकि मेरी बीवी बैडरूम में मेरे बॉस के साथ है।''

''इसका बयान नहीं किया जा सकता...इससे मैं सोचने लगता हूँ...''

''अभी तुमने कहा कि मैं पागल हूँ...अब तुम कह रहे हो कि मैं तुम्हें सोच में डाल देता हूँ...''

''हाँ, पहले मैंने ज़रूर कहा था कि तुम पागल हो...ज़रा रुको,'' और खड़े होते हुए ठग उस कमरे के चक्कर लगाने लगा। वह एर्दोसैन के सामने रुका और फिर एक अजीब घटना हुई। ठग, एर्दोसैन के बिलकुल करीब गया और उसकी आँखों में कौतूहल से झाँकते हुए बोला :

''जब तुम बोल रहे थे तो मैं सोच रहा था और मेरे भीतर एक जमा देने वाली ठंडी लहर दौड़ गई। एक बेतुका ख़याल मेरे अंदर कौंध गया, लेकिन ये सच ही होगा।''

''ठीक है...''

''तुम्हारे भीतर एक पछतावा है...''

''एह, एह...इसका क्या मतलब?''

''एक गुनाह जिसे तुमने किसी के सामने कुबूल नहीं किया है...कोई इस बारे में नहीं जानता।''

''मैंने कोई हत्या नहीं की है।''

''पता नहीं...एक भयानक जुर्म करने के लिए किसी की हत्या करना ज़रूरी नहीं। जब मैंने एक भयानक गुनाह कहा तो मेरा मतलब ऐसे अपराध से था जिसके लिए इस पृथ्वी पर कोई भी तुम्हें माफ़ नहीं कर सकता...''

''मैंने कोई अपराध नहीं किया...''

''मैंने तुमसे ये नहीं कहा कि तुम मुझे उसके बारे में बताओ। ये तुम्हारा मामला है। मैंने तो बस तुम्हारे ज़ख्म की तरफ़ इशारा किया है। और हालाँकि तुम खुद अपने मुँह से ये स्वीकार नहीं करोगे, लेकिन अपने अंतर्मन में तुम ये जानते हो कि मैं सही कह रहा हूँ...और खुद की बेइज़्ज़ती करवाने की जो लालसा तुम्हारे अन्दर है, उसकी केवल यही व्याख्या है। तुम बीमार महसूस नहीं करते...।''

''मैं बीमार महसूस नहीं करता...''

''लेकिन अब तुम हो...शायद तुम एक और अपराध करने के कगार पर हो। मुझे नहीं पता कि वो कौन-सी चीज़ है जो मुझे ये सब बतला रही है। तुम ऐसे लोगों में से हो जो अपने पहले क़र्ज़ को चुकाने के लिए उधार पर उधार लिए चले जाते हैं।''

''ये बहुत बढ़िया बात है...''

ठग अपने ग्रे सूट की जेब में हाथ डाले, एर्दोसैन को ध्यान से देखता रहा, उसका सीना तना हुआ और सिर एर्दोसैन की तरफ़ झुका था, उसकी आँखें हठधर्मी की तरह लगातार एर्दोसैन पर ही टिकी थीं :

''मैं तुम्हें दूसरी बात बताता हूँ। अपने गैंग के सारे इलाके के साथ, मेरा मानना है कि तुम्हारे साथ एक विशाल दैत्य है; देखो, तुम्हारे साथ जो हम सभी काम करते हैं वो लगभग एक जैसे हैं। हँसो मत। अगर हमारे बीच कोई अपराधी है तो हमें ये जानने का हक है कि उसने क्या किया है। मेरा मतलब तुमसे है, एर्दोसैन। और तुम जानते हो। तुम ये जानते हो कि मैं गलत नहीं हूँ। तुम जानते हो कि तुमने क्या जुर्म किया है। ये ज़रूर कुछ बहुत-बहुत संगीन है, कि तुम में इतना पछतावे का एहसास है। यहाँ तक कि जब पहली बार मैंने तुम्हें देखा था, मैंने कहा था : 'ये कितना गज़ब का आदमी है।' बाद में ज्योतिषी ने तुम्हारे बारे में कुछ बताया, जिससे मैं तुम्हारे बारे में कुछ और ज़्यादा सोचने लगा। और जब तुम बस बात कर रहे थे तो मेरे भीतर एक सर्द लहर दौड़ गई। ये एक पूर्वाभास सा था, और इससे एक साफ़ छाप पड़ गई : इस आदमी ने ज़रूर कोई गंभीर अपराध किया है। अपना अपमान करवाने की जिस ज़रूरत के बारे में तुम बात करते हो वो और कुछ नहीं

बस तुम्हारा पछतावा है, अपनी चेतना से किसी ऐसे भयानक काम के लिए माफ़ी माँगने की ज़रूरत जिसे तुम भूल नहीं सकते। इसे तफ़सील से बताने का कोई और तरीका नहीं...''

''मेरे जैसा बेवक़ूफ़ किस तरह का जुर्म कर सकता है?''

''तुम मूर्ख या बेवक़ूफ़ नहीं हो।''

''क्या तुम जानते हो, मैंने बगैर कुछ कहे खुद पर चाँटे पड़ने दिए...''

''मैंने सुना...लेकिन उसकी कोई अहमियत नहीं...ठीक इसके उलट...इससे मेरा जो ख़याल है वही पुख़्ता होता है। तुम समाज से अलग-थलग, अकेले रहते हो। तुम्हारे अन्दर अपना अपमान करवाने की जो इच्छा है वो तुम्हारा ये एहसास है कि तुम्हें किसी के करीब जाने या रहने का हक़ नहीं, क्योंकि तुमने एक भयानक गुनाह किया है।''

''क्या अनोखी बात है! अपराध ही काफ़ी नहीं, तुम्हें उसके साथ कुछ भयानक भी जोड़ना ज़रूरी लगता है।''

''मैं जानता हूँ कि मैं सही कह रहा हूँ। और तुम जानते हो कि अगर दुनिया को तुम्हारे दुष्टता भरे कारनामे का पता चल गया तो वह डर जायेगी और तुम्हें त्याग देगी। और इसलिए, जब भी तुम किसी के करीब होते हो तो अवचेतन में तुम जानते हो कि अगर वो तुमसे दोस्ताना बर्ताव करते हैं तो तुमने उन्हें बेवक़ूफ़ बना दिया है, क्योंकि अगर वो तुम्हारे अपराध के बारे में जानते तो वो डर जाते और तुम्हारे पास नहीं आते...''

''मगर ये पागलपन है, हेफ़्नर!...मैं कौन-सा अपराध कर सकता था?''

''एर्दोसैन, चलो साफ़ बात करते हैं। अभी तुम्हारे पास बहुत वक्त है...मुझे भी काफ़ी अनुभव है...तुमने ऐसा अपराध किया है जिसकी सज़ा तुम्हें नहीं मिली है। किसी को उसके बारे में कोई जानकारी नहीं है। जिन लोगों को तुम जानते हो, उनमें से किसी को ऐसा कोई शक तुम पर नहीं। तुम जानते हो कि कोई तुम पर आरोप भी नहीं लगा सकता...मुमकिन है कि तुम्हारे अपराध से पीड़ित लोग मर चुके हों, लेकिन तुम उन्हें नहीं भूले हो।''

''तुम्हारा दिमाग खराब हो गया है, हेफ़्नर...''

''एर्दोसैन, मुझे कहने दो...मुझे मर्दों के बारे में काफ़ी जानकारी है। जब से हम बात कर रहे हैं, तुम्हारा रंग पीला पड़ गया है। तुम्हारा मुँह सूख गया है, रह-रह कर तुम्हारे होंठ काँपते हैं...अगर इस बातचीत से तुम्हें परेशानी होती है तो हम बात का विषय बदल सकते हैं।''

''बस, मैं तुम्हें इसी विश्वास पर अड़े नहीं रहने दे सकता।''

''देखो, अगर तुमने मुझसे ये अपनी बेगुनाही साबित करने के लिए कहा होता कि

मुझे तुम्हें गोली मारनी होगी, और जान से ही मार देना होगा, तो मैं खुद से कहूँगा : 'एर्दोसैन नाटक कर रहा है। अब तुम्हारे मर जाने के बाद भी, तुम उस जुर्म के गुनाहगार होते जिसे तुम स्वीकार नहीं कर सके...इतना भयानक ये'...'' *

''इस पर बातचीत करने का कोई संभव तरीका नहीं...''

''बेशक।''

''बहरहाल अब जबकि तुमने एक व्यक्ति की पीड़ा के बारे में सब कुछ बता दिया है...जिस दर्द की तुम बात कर रहे हो, वो किसी का भी हो सकता है...''

''ठीक है...हम बातचीत का टॉपिक बदल देते हैं।''

कुछ मिनटों के लिए वे दोनों चुप रहे।

एर्दोसैन, अपने सीने पर हाथ बाँधे, पैर पर पैर रख कर ज़मीन ताक रहा था। फिर वह बोला :

''जानते हो, हेफ़्नर, कभी-कभी मुझे लगता है कि जीवन के प्रति ये धार्मिक भावना खुद की पूजा करने से आती है, खुद को पवित्र वस्तु मानने पर।''

''हुह...हुह!...''

''खुद को सिर्फ़ उस औरत के प्रति समर्पित करके जो तुमसे प्यार करती है, उसी ख़ास भावना के साथ जिसके साथ एक औरत खुद को किसी पुरुष को समर्पित करती है।''

''हम्म!''

''अब खुद को ही देख लो...तुम एक वेश्या के पास से गुज़रते हो जो तुम्हें अच्छी लगती है, तुम उसे खरीद लेते हो। वास्तव में ये काम सिर्फ़ कुछ ज़्यादा चमकदार हस्तमैथुन जैसा ही है। ठीक है, एक आदमी जिसके अन्दर जीवन के प्रति एक धार्मिक भावना है,उसके लिए एक सस्ती औरत को बगैर प्रेम किये हासिल करना उसी पतित उत्तेजना और सुख को महसूस करना है, जो उसे हस्तमैथुन से मिलता है। एक आम औरत के सेक्स जीवन के बारे में भी यही बात सही है, क्योंकि अगर वह उस आदमी के साथ सोती है जिसे वो प्यार नहीं करती तो वह चरित्रहीन है। एक वेश्या मेरी तरफ़ सपनीली नज़र से ऐसे देख सकती है मानो मैं कोई बहुत सजीला मर्द हूँ, लेकिन उसके लिए एक दलाल दलाल ही रहता है।''

ठग ने अपनी एक भौंह उठाई। वह सुन रहा था।

---

* समीक्षक का नोट : इन इकबालिया बयानों का विवरण देने वाले का ये विश्वास है कि एर्दोसैन के उस अपराध के बारे में जिसे उसने स्वीकार नहीं किया, हेफ़्नर का अनुमान सही था। और किसी रूप में अपमान की उसकी ये व्यवस्थित तलाश समझ से परे है।

‘‘क्या तुम वाकई ये मानते हो?’’

‘‘हाँ।’’

‘‘और फिर जो होगा वो इस पर निर्भर करेगा कि आप उस औरत को उतना ही प्यार करें, उसकी उतनी ही इज़्ज़त करें जितनी आप खुद की करते हैं?’’

‘‘हुह...तुम बहुत सवाल पूछ रहे हो...देखो, शख्सियत अपना डुप्लीकेट रचेगी। वे अपनी पवित्रता बनाये रखेंगे उस वक्त तक जब तक कि उन्हें दूसरे बच्चे की ज़रूरत न हो।’’

‘‘ये मुमकिन नहीं...’’

‘‘ये तब तक मुमकिन नहीं जब तक कि आप ऐसा समझते हैं। जैसे ही आप ये विश्वास करने लगते हैं कि ये संभव है, ये बहुत आसान हो जाता है। ज़रा कल्पना करो कि एक मर्द को एक औरत से कितनी सुरक्षा, इज़्ज़त और मर्दानगी की भावना मिलेगी जब उसे ये मालूम हो कि उसका मर्द भी उसी की तरह पवित्र और सम्पूर्ण जीवन जीता है। और वो भी वैसी ही है जैसा पुरुष : बिलकुल बराबर...तुम हँस क्यों रहे हो?’’

‘‘मैं इसलिए हँस रहा हूँ क्योंकि मैं अपने साथियों में से किसी एक के बारे में भी नहीं सोच सकता, जिसमें इस तरह की बातचीत सुनने की काबिलियत हो या सब्र। तुम्हें नहीं लगता कि ये बहुत मज़ाकिया है?’’

‘‘नहीं, क्योंकि...मैं इन चीज़ों के बारे में बहुत गंभीरता से सोचता हूँ और उनको कहता नहीं हूँ...’’

‘‘लेकिन पुरुष कर नहीं सकता...शारीरिक तौर पर... ?’’

‘‘तुम झूठ बोल रहे हो...वह कर सकता है...जो भी ऐसा चाहता है, कर सकता है... तुम भी जानते हो कि तुम ऐसा कर सकते हो...’’

‘‘और जीवन... ?’’

‘‘तब जीवन एक दूसरी दिशा में चलने लगता है। एक नई आध्यात्मिक ताकत प्रकट होगी। नए तरीके...’’

‘‘और अगर वो किसी और से प्यार करने लगे तो?’’

‘‘वो किसी दूसरे से प्रेम क्यों नहीं कर सकता। अगर उस औरत से पहले और भी औरतें रही हों और आखिरी वाली अब दूसरी औरतों में शामिल हो गयी हो?’’

‘‘उसे अपने जैसा ही प्यार क्यों करना, इज़्ज़त क्यों देनी?’’

''ये उसकी दिक्कत है? तुम्हें और पैसा क्यों चाहिए? दूसरे लोगों को और ज़्यादा पावर क्यों चाहिए? तुम्हें और सुख क्यों चाहिए? ये सब तो तुम्हारे से बाहर है। और चूँकि ये आपके शरीर के बाहर है, ये आपका है ही नहीं। सिर्फ़ खुद के लिए प्रेम और इज़्ज़त ही अपने भीतर होती है और तुम्हारी होती है।''

''और वो?''

''तुम्हारे आस-पास रह कर उसे अनोखा एहसास होता है। वह खुद से प्यार करती है, इसलिए वो तुमसे और भी मधुर हो सकती है। ये एक तरह की प्रतियोगिता हो जाती है, खुद को सम्पूर्ण बनाने के लिए, समझ रहे हो तुम मुझे? शरीर से बच निकली दो आत्माएँ...ऊपर जाते हुए...एक-दूसरे के लिए...ये जिस तरह होता है वो कितना दिलचस्प है, है ना?...। ऊपर और ऊपर। उनके जिस्म करीब आते हुए, साफ़...और कभी-कभी उन्हें एक-दूसरे की बहुत ज़रूरत महसूस होती है, लेकिन उनकी दो आत्माएँ अपने लौकिक शरीरों के दीवानेपन पर मुस्कुराती हैं...।''

''ये सब बातें तुम्हें कौन सिखाता रहा है?''

''कोई भी नहीं। मैं खुद से इन्हें सोचता हूँ। मैं देखता हूँ, सीखता हूँ। हम इतने दुखी, दयनीय क्यों हैं? क्योंकि ख़ुशी हमारे लिए नहीं है। हम चीज़ें बनाते हैं ताकि हम खुश हो सकें, ज़रा सोचो। इच्छाशक्ति के ज़रिये हम कुछ भी पा सकते हैं और फिर भी हम खुश नहीं होंगे। क्योंकि—क्या ज्योतिषी ने ऐसा कहा था? हाँ, उसी ने कहा था!—ज्योतिषी ने कहा था कि विज्ञान का तो बेतहाशा विकास हुआ है, जबकि हमारी नैतिकता सिकुड़ गयी है। ऐसा ही पुरुषों के साथ हुआ है। हमने अपनी इच्छाओं को बेरोकटोक बढ़ने दिया, और किसलिए? क्या तुम बता सकते हो कि हम स्त्रियों की इच्छा क्यों करते हैं? वे पुरुष नहीं हैं, लेकिन एक सेक्स है जो उसके एक हिस्से को आकर्षित करता है। तुम तीन औरतों का इस्तेमाल करते हो, उनका शोषण करते हो, ताकि तुम्हें काम न करना पड़े। दूसरे लोग ड्राइवरों के एक समूह का शोषण करते हैं ताकि वो एक ऑटोमोबाइल वाहन में बैठ सकें, या उनके पास बहुत से नौकर होते हैं, या फिर वो दस सालों तक सहेज कर रखी गयी बहुत अच्छी शराब पीते हैं, और इसमें से कुछ भी हम में से किसी को भी खुश नहीं करता...''

''क्या तुम्हें पता है, मेरा मन कर रहा है कि तुम्हें पेट में गोली मार दूँ। मेरे भीतर ये दुष्ट, खतरनाक इच्छा क्यों होती है?''

''मैं जानता हूँ...लेकिन इस धरती पर हर आदमी के पेट में गोली मारकर तुम किसी बात का हल नहीं निकाल सकते। ये ऐसा 'मसला जिसे आप बातचीत से हल कर सकें' नहीं है। जैसा कि तुम कह रहे थे...साथ ही, तुम जानते हो कि जो मैंने तुम्हें बताया है, वो सच है। अगर ऐसा नहीं होता तो तुम्हारा मन नहीं करता कि मेरे पेट में गोलियाँ उतार दो। तुम जानते हो कि अब मैं पहले की तरह नहीं रह सकता; ऐसा करना बेकार है। अपने अन्दर

मैं एक कीड़ा हूँ, मैं ऐसा बिलकुल नहीं चाहता था, मैं पूर्ण, निष्कलंक होना चाहता था... या फिर फट जाना।''

हेफ़्नर ने अपनी आँखें सिकोड़ीं और सोचने लगा : 'जाने वो कौन-सा मनहूस दिन था जब मैं इस जड़ मूर्ख से मिला।' वह उठा और एर्दोसैन को घूरते हुए बोला :

''अपना ख़याल रखना!''

''तुम पैसे नहीं ले रहे?''

हेफ़्नर ने फिर आँखें सिकोड़ीं, घड़ी को देखा और एर्दोसैन से हाथ मिलाने के लिए हाथ बढ़ाये बगैर बोला :

''मैं जा रहा हूँ...ख़याल रखना अपना!''

''तुम वो पैसे वापस नहीं ले रहे जो तुमने मुझे उधार दिए थे?''

''नहीं, किसलिए?...तुम्हें उनकी ज़्यादा ज़रूरत हो सकती है। बाद में मिलते हैं।''

और इससे पहले कि एर्दोसैन अलविदा कह पाता, वह चला गया।

पीड़ा का आवरण

रात के दस बज चुके थे लेकिन एर्दोसैन सो नहीं पाया। उसके माथे की त्वचा के अन्दर उसकी नसें लगातार विचारों से तन रही थीं, कभी-कभी वे एक-दूसरे से इस तरह मिल जातीं मानो जैसे तेल और पानी एक तूफ़ान में मिल जाते हैं और फिर कभी वे अलग हो जातीं एक मोटी परत की तरह, मानो उन्हें एक अपकेंद्री ड्रम में से गुज़ारना हो। अब वह अपने ही इन ख़ास तरह के विचारों के इस नृत्य को समझ गया जो एक साथ जुड़ रहे थे एक नारकीय नींद के प्रचंड मिश्रण में। उसने अपने अतीत के एक परिचित से भ्रम को याद किया जो उसकी आँख के रेटिना को अपने सीधे खड़े किनारों से छू रहा था। खुद को बहुत ज़्यादा ध्यान से देखने की हिम्मत न करते हुए वो खुद अपनी जासूसी करने लगा। वो अपने अतीत से एक गर्भ नाल के साथ जुड़ा था। उसने खुद से कहा : ''क्या ये हो सकता है कि कल मेरी ज़िन्दगी बिलकुल बदल जाए,'' लेकिन उसके लिए ये बहुत कठिन था, यहाँ तक कि अगर वो सपना वहीं ख़त्म हो जाता तो भी; हमेशा उसके भीतर एक सफ़ेद तलछट रह जाता : बार्सुत का गला घोंट दिया गया और एलसा एक नंगे आदमी की बाँहों में लिपटी हुई...और अचानक वो काँपने लगा : बार्सुत अब नहीं था, उसका वजूद नहीं था, एक सफ़ेद तलछट के तौर पर भी नहीं, और ये निश्चिंतता न तो उस गाँठ को खोल रही थी न ही जोड़ रही थी जिससे उसकी विचार शृंखला एक-दूसरे से बँधी थी, हालाँकि इससे उसके सीने में एक गहरा कष्टदायक खालीपन ज़रूर आ गया था। यह लगभग एक त्रिकोण की तरह था जिसकी नोक उसके गले से लिपटी थी और इसका आधार उसके पेट

के आस-पास था और इसके बर्फ़ीले पैर सीधे उसके दिमाग की गोल रिक्त अनिश्चितता में जाते थे। और एर्दोसैन ने खुद से कहा : ''मैं चित्र बना सकता हूँ। मैंने शरीर के धमनी तंत्र का रेखाचित्र बनाया था। मैंने वो रेखाचित्र कब बनाया था जिसमें दिखाया गया था कि हमारे अभागे शरीर में दर्द कैसे फैलता है?''

एर्दोसैन ज़ानता था कि इतनी सारी दुखद गाँठों के बाह्य आकार को बताना इंसानी भाषा में संभव नहीं था।

साथ ही एक पहेली ने उसकी अंतड़ियों में एक उष्ण दरार डाल दी थी : ये पहेली थी उसके जीने का कारण। अगर वो अपने दिमाग में एक कील भी ठोंक देता, तो भी इस वजह को जानने की उसकी ज़रूरत उतनी ही अडिग रहती। ये भयानक था कि कुछ बहुत दुर्लभ मौकों के सिवाय वो अपने विचारों को व्यवस्थित नहीं रख पाता था। बाकी समय एक चक्की की ब्लेड्स की तरह एक चौड़ी पट्टी घूमती रहती। वह कल्पना करता कि उसका शरीर पैरों से उसके फ़्लैट के बीचोबीच एक सपाट सतह के साथ ठुका हुआ है और अनगिनत तेज़ हवा के थपेड़े उसे संतप्त कर रहे हैं। वह अपना दिमागी संतुलन खो चुका था लेकिन उसकी गर्दन, जिससे अब भी खून बह रहा था, एक उपकरण था। इसके सहारे एक पहिया था जो चक्की से जुड़ा था जिसका पिस्टन उसके दिल की धमनियों में खून प्रवाहित कर रहा था।

हैरान-परेशान एर्दोसैन बिस्तर पर इधर से उधर करवटें बदलता रहा। उसमें इतनी ताकत भी नहीं थी कि ज़ोर से साँस लेकर अपने दुख पर चिल्ला सके। उसे लगा कि उसकी कलाइयाँ चमकदार हथकड़ियों से बंधी हैं। घबरा कर उसने अपनी नब्ज़ को महसूस किया : उसे लगा कि ज़ंजीर की कड़ियों ने उसके हाथ बाँध रखे हैं। उसने करवट ली, अपने तकिये को दूसरी तरफ़ रखा और हाथों की उँगलियों को गर्दन के पीछे बाँध लिया। उस चक्की का पहिया लगातार उसके दिल की धमनियों में वही भयानक सवाल उठा रहा था जो उसके सीने के खाली त्रिकोण में घंटी की तरह बज रहा था और फिर वह उसके दिमाग के जंगल में ज़हरीली गैस की तरह उड़ जाता।

बिस्तर अब असहनीय हो गया था। वो उठ गया, अपनी मुट्ठियों से आँखों को मसलते हुए। अपने भीतर जिस खालीपन को वो महसूस कर रहा था इससे बेहतर तो दर्द था।

अपना दिमाग किसी और चीज़ में लगाना बेकार था, हिपोलिता के गायब हो जाने पर दुखी होना या एलसा के बारे में परेशान होना, बार्सुत की हत्या पर पछतावा महसूस करना या फिर एस्पिला परिवार के बारे में सोचना। ये सब बेमानी था। एक प्रामाणिक रिक्तता का कवच उसके जीवन पर परत की तरह चढ़ा था। वह एक कुर्सी के पास रुका और उसे पीछे से पकड़ कर उसके पैरों को ज़ोर से फ़र्श पर पटक कर तोड़ डाला, जिससे तेज़ धमाके की आवाज़ हुई...लेकिन वो तेज़ आवाज़ भी इस खाली से उदास एहसास को खत्म नहीं कर सकी। बहुत प्रयास कर उसने अपने मन में अतीत की जगहों, स्मृतियों और

घटनाओं को फिर से ताज़ा करने की कोशिश की, लेकिन वो जितना चाहता था उतना ही उसकी इच्छाएँ इन सबको पकड़े न रह सकीं, और वे ऐसे फिसल गयीं जैसे झरने के पानी से चिकनी हुई चट्टान पर से उँगलियाँ फिसल जाती हैं। उसकी बाँहों ने अपने शरीर की लंबाई को महसूस किया और उसका जबड़ा लटक गया। पछतावा महसूस करना या सुकून की तलाश करना लगभग बेकार था। वो पिंजड़े में बंद एक जानवर की तरह था अपने पिंजड़े में घूमता हुआ, जिसे सिर्फ़ अपनी मांद की नष्ट न होने वाली सलाखें ही सामने मिलतीं। उसे कुछ करना था, लेकिन क्या, वो नहीं जानता था। उसे लगा कि अगर वो किसी खेत या मैदान में बदकिस्मत दुखी मूर्खों से घिरा होता, या एक पहाड़ की उदास अंधेरी ढलान पर तो वह अपनी दुखद कहानी के बारे में सब कुछ बताता। हवा में नागफनी की झाड़ियाँ झुक रही होतीं और वो अँधेरा घिरने पर आसमान में उगते तारों पर कोई तवज्जो दिए बगैर उनसे बात करता रहता। उसे यकीन था कि मूर्खों का वो झुंड उसके दुर्भाग्य और मुसीबतों को ज़रूर समझता, जबकि यहाँ शहर के बीचोबीच, एक बिलकुल वर्गाकार कमरे में, जो म्युनिसिपैलिटी के नियमों के अनुसार बना था, अपने गुनाह और कामों की स्वीकारोक्ति के बारे में सोचना बहुत बेतुका था। अगर उसे एक पादरी के पास जाकर अपने गुनाह मानने होते तो क्या होता? लेकिन दाढ़ी–मूँछ से साफ़ चेहरेवाले, लबादा पहने उस आदमी से वो क्या कह सकता था जिसके दिमाग में पहले से ही ऊब भरी हो? वह भटक गया था, ये सच था, उसने खुद को ही खो दिया था।

ये सच उसे समुद्री ज्वार की एक तेज़ लहर की तरह लगा। अपने गुनाह के साथ या उसके बगैर, उसे कष्ट भोगना ही था...वह ठहरा और अपना सिर हिलाते हुए खुद से बोला :

''बेशक, इसमें कोई फ़र्क नहीं होता।''

बिस्तर के किनारे पर बैठे हुए उसने बिस्तर पर पड़ी बहुत हल्की सलवटों को देखा और दोहराया :

''ज़ाहिर है, हमारी हालत एक–सी है।''

ये सच था कि कहीं बहुत गहरे, उसकी नज़र से परे कुछ घटित हो चुका था, जिसके बारे में उसे कोई जानकारी नहीं थी। लेकिन उसे ये एक अपवित्र नवजात गर्भ की तरह महसूस हुआ जो कुछ ही दिनों में एक दैत्याकार गर्भ की शक्ल ले लेगा। 'ये एक घटना ही थी,' लेकिन इस अनजान अंधकार से भरी घटना से ऐसा जड़ कर देने वाला सर्द डर पैदा हुआ कि उसने खुद से कहा :

''मुझे रिवॉल्वर चलाना सीख लेना चाहिए। कुछ–न–कुछ ज़रूर होने वाला है।''

उसने अपनी रिवॉल्वर को चेक किया, अपने हाथ को लाइट की तरफ़ बढ़ाते हुए, मानो किसी अदृश्य दुश्मन पर निशाना साध रहा हो। फिर उसने रिवॉल्वर को अपने तकिये के नीचे रख लिया और उछल कर मेज़ के ऊपर बैठ गया। और अपने पैर झुलाने लगा...वह

कहीं और होना चाहता था, कहीं भी, ताकि वह ये भूल सके कि वो कौन था, रेमो एर्दोसैन, जिसकी एक बीवी थी, जिसे चाँटे मारे गये,...खुद को बिलकुल भूल सके, वो कौन था, और उदास महसूस करते हुए उसने अपने सिर को झुक जाने दिया। उसकी आँखों में दस सेंटीमीटर स्क्वायर लकड़ी पर खुदी हुई नक्काशी घूम गई। ये एक रेखाचित्र की स्मृति थी जो उसकी किताब में था जब वो छोटा-सा बच्चा था। कितने बरस हो गये! एक कारीगर एक देश पर सीसे की टाइल्स लगाता हुआ जिसका नाम फ्रांस था और जहाँ साइन नदी बहती थी। एक अध्यापक उससे पूछता हुआ : ''क्या तुम बेवक़ूफ़ हो ?'' बस यही था जो स्कूल का उसमें बाकी बचा था। एर्दोसैन ने मेज़ पर ज़ोर से हाथ मारा। उसके शरीर को एक भयावह रोष ने विचलित कर दिया, जिससे उसके होंठ काँपने लगे, और आँखें जलने लगीं। वह अपमान खुद को दोहराने लगा, बार-बार, और वो चिल्लाया :

''तुम हरामज़ादो, हरामज़ादो!...मेरी ज़िन्दगी बर्बाद हो गयी, तुम हरामज़ादो...''

रात में कोई एक ऐसा रास्ता क्यों नहीं खुला था, जिससे वह अपने और पृथ्वी के बीच एक अनंत दूरी कायम कर लेता...

''मेरी ज़िन्दगी, हरामज़ादो, बर्बाद हो गयी!...''

उसके अन्दर कुछ था जो उसकी बर्बादी पर सहानुभूति से रो रहा था। उसकी आत्मा से एक गहरी दया उसके बदन तक प्रवाहित होने लगी। वह रह-रह कर अपनी बाज़ू, टाँगें छूता, अपने चेहरे को सहलाता, ऐसा लगा जैसे वो अभी-अभी दो इंजनों के बीच टक्कर से बच कर आया है। इस घिनौनी सभ्यता ने उसे घायल कर दिया था, भीतर से तोड़ दिया था और वह अपने नथुनों से नफ़रत को बाहर निकाल रहा था। उसने अपने दिमाग को साफ़ करने के लिए एक लम्बी साँस खींची...उसकी भौंहें फड़कीं, और लगा मानो कहीं दूर वो एक वध होता देख रहा था जिसके लिए पूरी तरह से वही ज़िम्मेदार था। उसे अपनी इहलौकिक शख्सियत को वापस पाना था। हाथों पर अपने जबड़े को टिका कर वह आलस से एक कोने की तरफ़ देखने लगा। उसकी ज़िन्दगी की कोई कीमत न थी; ये एहसास उसकी मानसिक अवस्था से ज़ाहिर था, लेकिन वहाँ और भी तो जीवन थे, लाखों जीवन, जिनका हल्का, छोटा-सा रुदन सूर्योदय के समय सुना जा सकता था, और उसने खुद से कहा कि यही छोटी-छोटी मामूली-सी ज़िन्दगियाँ थीं जिन्हें उसको बचाना था। अब उसके विचार जग गये, जगमगा उठे जैसे एक रिफ़्लेक्टर की नीली रौशनी से रात में एक दुर्घटनाग्रस्त जलयान के अवशेष जगमगा उठते हैं, और उसने खुद से कहा :

''मुझे ज्योतिषी क़ी मदद करनी ही चाहिए। ये बेहतर होगा अगर हमारे आन्दोलन का रंग लाल हो। न सिर्फ़ हमें मानवता को बचाना है, बल्कि बच्चों को भी।''

ये समस्या उसके भीतर सुलगती रही...उसके गाल गर्म हो गये और कानों में सनसनाहट होने लगी। एर्दोसैन जानता था कि उसकी ऊर्जा को अकेलेपन की नपुंसकता

सोख रही थी, किसी के साथ न रहने की स्थिति जो उसकी हताश मदद की पुकार को तुरंत सुन सके।

उसने अपने हाथों से आँखों पर छाया कर ली, मानो एक अदृश्य सूरज का विरोध कर रहा हो। इस सूरज की दूर से आती झिलमिलाहट ने उसके दिल में छाई उग्रता को और भी तीव्र कर दिया। वहाँ, दूर, उसके आम जन थे। उसके काव्यात्मक जन साधारण। निर्दयी, महान लोग दया की भीख माँगते हुए। और एर्दोसैन ने अपने आप से दोहराया :

''ये ज़रूरी है कि यहाँ एक स्वर्ग हो। और ये कि वो हमेशा हमारा ही रहे। हमें इस भयानक स्वर्ग पर कब्ज़ा करना ही होगा।'' वहाँ अँधेरे में उस अदृश्य सूरज से उसकी आँखों में रौशनी के मोतियाबिंद तैरने लगे। एर्दोसैन उसकी उग्रता को महसूस कर रहा था, खुद को उससे वशीभूत होते हुए, और उसने ज़ोर से अपने दाँत पीसे। ''मुझे किसी से नफ़रत करनी होगी, किसी से बहुत गहरी नफ़रत, और वो कोई मैं नहीं हो सकता।''

उसने अपनी कनपटियों को सहलाया मानो वो उसकी नहीं हों। उसने उस छोटी लड़की का चेहरा देखा जो अपने पैरों में फ़िट न होने वाले जूते पहने थी, जिसने उसे एक दिन ट्रेन में चूमा था। प्रेम से उसे जो तसल्ली मिली, उसने उसकी नसों को थका दिया; उसने अपना सर झुकाया और खुद से बोला :

''मुझे सोचना होगा।''

एक मनुष्य क्या है? यह सवाल एक भयानक मदद की पुकार (एस.ओ.एस.) की तरह उभरा। ये इसके अनुरूप ही था। जब उसने खुद से पूछा कि एक आदमी क्या है, तो उसके भीतर से एक और स्वर चिल्लाया, जिससे वो अदृश्य ब्रह्माण्ड उसके करीब आ गया : 'सेव ऑवर सॉल्स' (एस. ओ. एस.—यानी हमें बचाओ।) यह चीख उसकी अंतड़ियों से निकली और उसने खुद से कहा :

''मैं इस पृथ्वी से बहुत दूर हूँ। अपने हस्तमैथुन से ग्रस्त बदन, उनींदी आँखों, चांटा खाए गाल के साथ मैं, मैं, हमेशा मैं।''

उसने अपना सिर तकिये में छिपा लिया। वैसे ही जैसे जब ग्रेनेड फट रहे होते हैं तो सैनिक खुद को रेत के बोरों के पीछे छिपा लेता है। वह खुद को उस अदृश्य सूरज से बचाना चाहता था, जिसकी किरणें उसकी आत्मा पर पड़ रही थीं। स्वर्ग। पृथ्वी। वो क्या जानता था? वह खो चुका था। सच ऐसा ही था। मनुष्यता में वो खो गया था जैसे एक चींटी जंगल में बाढ़ से इधर-उधर लुढ़क जाती है। और उसने खुद से कहा :

''मुझे अपने कन्धों पर एक जंगल लेकर चलना है और उस बड़े जंगल के साथ, एक पर्वत, और ईश्वर और मनुष्यता को भी। मुझे ये सब लेकर चलना है।''

एक जीव का स्वरूप उसके दिल में जागा। वह अपने सीने के अंदर हाथ डाल कर

मानो एक बक्से में से अपने दिल को खींच कर निकालने का चमत्कार नहीं करना चाहता था, पीले खून के झीने से आवरण में सना, उसका दिल जिसमें उसके प्रेम के निशान सुरक्षित थे। एर्दोसैन पिंजड़े में रखे एक जानवर की तरह चक्कर काटने लगा। उसे कुछ करना था। सभ्यता के बीचोबीच स्टील के एक मस्तूल की तरह उसे एक घटना को स्थापित करना था। उसके चारों तरफ़ लोगों की भीड़ और मनुष्यता का हुजूम मंडरा रहा था। और उसे मानव जाति को सज़ा कैसे देनी चाहिए? प्रेम से या नफ़रत से? उसे वो लड़की याद आ गयी जिससे उसने आग की भट्टियों और ताँबे को पिघलाने के बारे में बात की थी। एक क्षण में हाड़-मांस की गुड़ियों की पंक्ति उसकी आँखों के सामने घूम गई। उसी क्षण उसने अपने आप से कहा :

''ये बिलकुल ज्योतिषी की तरह है, ये वाली सोने के खोजकर्ता की तरह। और ये उदास ठग है।

फिर वो शैतान कौन होगा, वो महान शैतान जो उन सबका सहयोग करेगा? जो महान सत्य को उद्‌घाटित करेगा, वह सत्य जो स्त्री और पुरुष को उदात्त बनाता है, उनकी रीढ़ को सीधा करता है और सभी के सामने खुशी को स्पष्ट करता है? ज़िन्दगी ऐसे ही नहीं चलती रह सकती। ये शब्द उसे टनों भारी स्टील के खंड की तरह बोझिल करने लगे, एक भूमिगत किले के गुम्बद की तरह :

''ज़िन्दगी ऐसे नहीं चल सकती, मुझे इसे बदलना ही होगा, चाहे इसके लिए मुझे सभी को ज़िंदा क्यों ना जलाना पड़े...''

अनजाने ही उसकी निगाह उसकी दुबली नग्न बाज़ुओं पर टिक गई, ज़ाहिर तौर पर उसकी सूजी हुई नसों के ऊपर त्वचा पर रोंगटे खड़े हुए थे। वह चाहता था कि कोई बड़ी-सी गुलेल उसे आसमान में फेंक दे, या फिर उसकी खोपड़ी को दीवार से दे मारे ताकि वह सोचना बंद कर दे। पहले ही आहत होने के कारण उसने पाया था कि जीवन एक ऐसा बल था जो सत्य की माँग करता था। एक नस जिसमें से खून बह रहा हो, ऐसी नग्न हिंसा, एक हिंसा जिस पर वो शब्दों की पट्टी न बाँध सके। वह पहाड़ों पर ध्यान-प्रार्थना करने नहीं जा सकता था। ये असंभव था। उसे कुछ काम करना था तो उन्हें क्रांतिकारी अकादमी का गठन करना ही होगा, स्वर्ग की इस लालसा और ज़रूरत को उन लोगों तक फ़िल्टर करने के लिए जो उन तरीकों का अध्ययन करें जिनसे पृथ्वी पर एक अस्थायी नरक बनाया जा सके जब तक कि मानव जाति पगला न जाये, ईश्वर से मदद की भीख न माँगे, खुद को गंदगी में फेंक कर ईश्वर से प्रार्थना न करे कि वो आये और उन्हें एक बार फिर बचा ले। एर्दोसैन अब ठंडेपन से मुस्कुराया। उसे घरों के अंदरूनी हिस्से दिखाई दिए। हर घर के। हर घर में एक बेडरूम था, एक बैठक, भोजन कक्ष और 'पानी की जगह'। कोने थे, जहाँ मर्द और औरतें अपने-अपने चौकोर स्थानों में: वहाँ वो सुनहरा कोना था, सेक्स के लिए एक कोना, खाने का और पाखाने का कोना। ये मनुष्य का घर था, या सुअरखाना। उसके ऊपर

एक दो मिलीमीटर मोटी छत थी, कलईदार ज़िंक की परत वाली। वे इन्हीं जगहों में घूमते रहते, अपनी भावी रचनाओं के बीजों के साथ अपने बहरे कानों और अंधी आँखों के साथ और वे कभी कुछ नहीं कर पाएँगे। कभी-कभार थोड़ा संगीत। कभी-कभार एक खूबसूरत चेहरा, निश्चित रूप से मधुर, पहला और आखिरी। एक पुरुष जो अपने कड़वे प्याले का मज़ा उठा लेता है वह फिर कभी प्रेम नहीं कर पाता। सितारों की तरफ़ क्यों न बच कर निकल लिया जाए? और एर्दोसैन ने प्रयास करके उस विचार को दोबारा दोहराया जिसका बोझ उसकी आत्मा पर एक भूमिगत किले के गुम्बज की तरह पड़ा था।

''मुझे इस जीवन को बदलना है। अतीत को नष्ट करना है। उन सभी किताबों को जला देना है जो लोगों की आत्मा को संक्रमित करती हैं। लेकिन मेरे पास कभी इतना समय नहीं होगा कि मैं इन कामों को पूरा कर सकूँ!'' वह चिल्लाया।

उसके दिमाग में हज़ारों घटनाएँ एक-दूसरे से टकरा रही थीं, छायाचित्र की रौशनी हर कोण से प्रतिबिंबित हो रही थी, और अपने रास्ते से भटकी उसकी आत्मा, सिर्फ़ एक मिनट में बहुत लम्बे अस्तित्व को जी रही थी, इस तरह से कि जब वह अपनी सुदूर यात्रा से लौटती तो इस एहसास से वह आतंकित महसूस करने लगता कि अभी एक घंटा भी नहीं गुज़रा।

''मेरा दिन, दिन नहीं था,'' उसने मुझे बाद में बताया। ''मैं घंटों में जी रहा था जो बरसों जैसे लम्बे लगते, इतनी तमाम घटनाओं से भरे हुए कि जब मैं जाता तो नौजवान होता और वापिस आता तो एक उम्रदराज व्यक्ति, जिसे इस मिनट-में-सदी वाले वक्त में हुई सभी घटनाओं का अनुभव होता।

एक और मौके पर उसने कहा :

''मुझे लगता है कि मैं मानवता के इतिहास पर एक महाकाव्य लिख सकता था। एक बहुत-बहुत लम्बा महाकाव्य।''

वह हताशा की गर्त में बहुत गहरे डूब गया था जो एक खूबसूरत सूर्यास्त की तरह तो बिलकुल नहीं था। 'मैं नहीं जानता कि मैं हूँ भी या नहीं,' उसने अपनी नोटबुक में लिखा। ये ऐसा था मानो उसे ज़मीन के अन्दर एक गुफा मिल गयी थी जो समुद्र के नीचे तक जाती थी। कभी-कभी एर्दोसैन भाग जाने के बारे में भी सोचता...बस चले जाने के बारे में... लेकिन फिर वक्त एक दलदल की सतह पर सड़न से भड़कती, तैरती आग की तरह गुज़र जाता और अपनी पीड़ा में एर्दोसैन खुद से पूछता :

''चला जाऊँ...लेकिन कहाँ?''

और फिर वो अपने आप से कहता :

''हमेशा दूर और दूर...''

उसके पूरे शरीर में दया की एक लहर दौड़ गई। अगर वह खुद को उस शारीरिक रूप के बारे में आश्वस्त कर लेता जिससे वो बना था तो पृथ्वी या आसमान पर कहीं 'दूर' नहीं होता, लेकिन ये व्यर्थ था, ये उसी का हाड़-मांस था जो हल्के से सिसक रहा था : हमेशा दूर और दूर। लेकिन कहाँ? उसने अपनी आँखें बंद कर लीं और दोहराया :

''मैं कहाँ जा सकता हूँ? जहाँ भी जाऊँगा, ये हताशा पीछा करेगी। तुम कष्ट भोगोगे और खुद से कहोगे ठीक वैसे ही जैसे अभी अपने आप से ये कह रहे हो। हमेशा दूर और दूर। और इस धरती पर और दूर...इससे दूर नहीं होगा। इस दूर जगह का कोई अस्तित्व नहीं। इसका कभी कोई वजूद था ही नहीं। तुम जहाँ भी रहोगे ऐसे ही दुखी और दयनीय रहोगे...''

एर्दोसैन के हाथ उसके अण्डकोशों से नीचे की तरफ़ झुक गये। उसका चेहरा सख्त हो गया, और पीठ कड़ी : वह वैसे ही रहा, अपनी भरी झुकी हुई पलकें लिए, मानो उसकी पीड़ा ने उन्हें पथरा दिया हो। एक दुष्ट स्वर मानो कह रहा था :

''अगर तुम बेचारे हाड़-मांस के शरीर, अगर दुनिया की सबसे खूबसूरत औरतें तुम्हारे चारों तरफ़ नाच रही होतीं, अगर दुनिया के सारे मर्द तुम्हारे कदमों में घुटनों के बल झुके बैठे होते और विदूषक, चारक तुम्हारी आँखों के सामने नाच-कूद रहे होते, गुलाटियाँ खा रहे होते तो भी तुम इतने ही उदास होते जितना कि अभी हो। अगर तुम सम्राट होते तो भी। सम्राट एर्दोसैन! तुम्हारे पास रथ होते, तमाम तरह के वाहन होते और दुनिया का अभिजात वर्ग उस पेशाबघर के बाहर मंडराता रहता जिस पर तुम बैठते हो, तुम्हारे एक इशारे का इंतज़ार करता, लाल, हरी, काली, नीली, खाकी, सुनहरी पोशाक में सेनाएँ होतीं। मर्द और औरतें तुम्हारे पैर चाटने में खुश होते, पुरुष खुशी-खुशी अपनी बीवियों और बेटियों को तुम्हारे साथ सोने देते। तुम्हें सब कुछ मिल जाता, सम्राट एर्दोसैन, लेकिन तुम्हारी विकृत और शैतानी देह फिर भी खुद को इतना ही उदास और अकेला पाती जितना कि ये अब है।''

एर्दोसैन को अपनी पलकों पर एक भारी बोझ महसूस हुआ। उसके चेहरे की एक भी मांसपेशी ने हरकत नहीं की। उसके भीतर नफ़रत अपने चरम पर खुल रही थी। 'जैसे ही ये नफ़रत फटेगी, मेरा सिर भी उड़ जाएगा,' एर्दोसैन ने सोचा।

''वे तुम्हारे कदमों पर झुकेंगे, सम्राट एर्दोसैन और चर्च के बुज़ुर्ग अधिकारी अपनी शादी लायक बेटियों से तुम्हारे पेशाब का बर्तन उठवाएँगे और वे बेटियाँ इसमें गर्व महसूस करेंगी, लेकिन फिर भी तुम बहुत नाखुश रहोगे। दूसरे देशों के राजा तुमसे मिलने आएँगे। वे लड़ाकू हवाई जहाज़ों के चालकों से घिरे होंगे जिनके कंधे पर सफ़ेद जैकेट और सिर पर पीले पंखों वाला काला हेलमेट होगा। और एक मूर्खतापूर्ण भाव के साथ तुम ये सब देखोगे जबकि सारे राजनयिक तुम्हारे सिंहासन के चारों तरफ़ भीड़ जमाये होंगे, उनके पत्थर से

चेहरे मुस्कान के लिए तैयार जैसे ही तुम उनके बगल से गुज़रोगे। लेकिन वो सब भी हमेशा नाखुश होंगे, सब विशुद्ध हरामज़ादे। वे तुम्हारे कमरे में आएँगे और तुम उन्हें जहाँ वो चाहें बैठने दोगे, तुम उन्हें वितृष्णा से दाँत पीसते देखोगे और फिर और भी ज़्यादा अकेला और अनाथ महसूस करोगे, मानो तुम निर्जन घरों से भरे इलाके में अंतिम झोपड़ी की अंतिम कोठरी में बैठे हो। क्या तुम ये सब देख रहे हो, सम्राट एर्दोसैन?''

एर्दोसैन ने नफ़रत की कुंडलियों को लोचदार और ताकतवर होते महसूस किया। ये नफ़रत वसंत की एक कोंपल की तरह थी। 'जब से ये उगी है, इसकी पकड़ में मेरा दिमाग आसमान में उड़ जाएगा,' उसने सोचा। 'मेरा शरीर बगैर सिर का होगा, मेरा गला एक स्ट्रॉ की तरह जिसमें से खून उबल रहा होगा।'

''तुम क्या कहते हो, सम्राट एर्दोसैन? तुम तो बादशाह हो, तुम जो चाहो हो सकते हो। और? ऐन इसी वक्त जनरल आकर कह सकता है : 'महाराज, लोगों को रोटी चाहिए।' और तुम जवाब दे सकते हो : 'सबको मशीन गन।' और इससे क्या साबित होगा? फलां देश का मंत्री आकर कह सकता है : 'महाराज, हम इस पृथ्वी को महाराज और मेरे स्वामी के बीच बाँट सकते हैं।' और उससे क्या साबित होगा? तुम्हारा जबड़ा फिर भी एक बेवकूफ़ की तरह खुला रहेगा, सम्राट एर्दोसैन। तुम नाखुश हो, और अव्वल दर्जे के हरामज़ादे। इतने नाखुश कि कोई भी चीज़ सार्थक नहीं लगती।''

एर्दोसैन ने अपने दाँत पीसे।

''तुम हमेशा कष्ट में रहोगे। तुम अपने पड़ोसियों की हत्या कर सकते हो या किसी लड़के के टुकड़े-टुकड़े कर सकते हो, या अगर तुम चाहो तो खुद को नीचे गिरा सकते हो, एक नौकर बन सकते हो, किसी को चाँटा मारने दे सकते हो, या फिर किसी ऐसी औरत को ढूँढ सकते हो जो अपने प्रेमी को तुम्हारे घर ले आये। यहाँ तक कि अगर तुम वॉश बेसिन के पास हो और उस पानी के पास जिससे वो अपने गुप्तांग साफ़ करते हैं (इस दौरान वो औरत बिलकुल नंगी हो और हस्तमैथुन कर रही हो) तब भी तुम नरमी से वो तौलिये ढूँढने लगोगे जिनसे वे खुद को पोंछते हैं; और अगर तुम खुद को इस हद तक अपमानित कर भी लो,अधिकतम अपमान में भी तुम्हें सांत्वना नहीं मिलेगी, शैतान। तुम खो चुके हो। तुम्हारी आँखें हमेशा हर दाग और दुख से निर्दोष रहेंगी। वे तुम्हारे मुँह पर थूक भी दें तो तुम अपने हाथों से उसे धीरे से पोंछ लोगे, या वे तुम्हारे और तुम्हारी औरत के चारों तरफ़ एक घेरा बना कर तुम पर फ़ब्तियाँ कसें, तुम्हें हाथों और घुटनों के बल झुक कर सबसे निचले तबके के नौकर के पैर चाटने को मजबूर कर दें, तो भी इस अपमान के बावजूद तुम्हें खुशी नहीं मिलेगी। तुम दुखी ही रहोगे चाहे तुम कितना रो लो, चिल्ला लो, यहाँ तक कि तब भी अगर तुम अपना सीना चीर लो, और सबसे धूल भरी सड़क पर अपना खून से सना दिल हाथ में लेकर उस शख्स को ढूँढने निकलो जिसने अपनी तलवार की नोंक से या जिस औरत ने अपने नाखूनों से तुम्हारे चेहरे को खुरच डाला हो।''

एर्दोसैन को लगा कि उसका दिल गर्म हो रहा है और पसलियों के भीतर उसका आकार बढ़ रहा है। वह साँस भी ठीक से नहीं ले पा रहा था, हाँफ रहा था। वह अपने घुटनों के बल झुक जाना चाहता था। उसके डर ने एक पिटाई के बाद दर्द के अंडकोषों से आगे फैल जाने के भय की तरह उसे कमज़ोर बना दिया था।

''मेहरबानी करके,'' वो कराहा। उसका चेहरा ठंडे पसीने से चमकने लगा। ''मैं पागल हो रहा हूँ...चुप हो जाओ, मेहरबानी करके।''

''जहाँ भी तुम जाओ, जहाँ भी तुम हो, ये बेकार है।''

''चुप हो जाओ, प्लीज़...ठीक है... ।''

वो आवाज़ बंद हो गई। एर्दोसैन पीला पड़ गया था, मानो कोई अपराध करते हुए वह हैरान रह गया हो। उसका दर्द अनियमित तौर पर तीव्र टीस में फूट रहा था, सबसे ज़्यादा कष्ट हड्डियों के अन्दर, गर्दन के एक तरफ़, घुटनों में धमक और कुछ फेफड़ों के आवरण में भी महसूस हो रहा था। उसने दाँत भींच कर जल्दी-जल्दी साँस ली। उसे लगा वो बेहोश होने वाला है। उसने अपनी आँखें बंद कीं और खुद को सावधानी से बिस्तर के किनारे पर गिरने दिया। उसने अपने सिर को तकिये से ढँक लिया। उसकी पुतलियाँ ऐसे जल रही थीं मानो सिल्वर नाइट्रेट उनसे छू गया हो।

''दूर, बहुत दूर,'' दूसरे स्वर ने फुसफुसाया।

''कहाँ?''

''ईश्वर को ढूँढने के लिए।''

एर्दोसैन ने अपनी आँखें आधी खोलीं। ईश्वर जो अनंत है। ईश्वर। उसने अपनी आँखें बंद कर लीं। ईश्वर। एक घने अँधेरे ने खुद को उसकी पलकों से जुदा कर लिया। ऐसा लगा मानो वह एक पर्दा हो। उस परदे ने उसे अलग-थलग कर दुनिया के केंद्र में रख दिया। एक बेलनाकार, अंधकारमय सड़ता हुआ जेल उसके ऊपर चक्राते हुए लट्टू की तरह घूम रहा था : ये बेकार था, क्षितिज पर एक चुम्बकीय बिन्दु की तरफ़ घूरते हुए उसकी आँखें फैल गयीं...

''शहरों से बहुत दूर,'' वो आवाज़ चिल्लाई। ''चर्च टॉवरों वाले शहरों से बहुत दूर।''

''तुम्हारे पास एक प्रार्थना तक नहीं है,'' एर्दोसैन ने जवाब दिया।

''बहुत दूर,'' वो आवाज़ चिल्लाई।

''कहाँ?...मेहरबानी करके मुझे बताओ, कहाँ!''

फिर वो आवाज़ धीमी हो गई, वापिस चली गयी। एर्दोसैन को ऐसा लगा कि मानो

वो आवाज़ उसकी देह में कहीं कोई छोटा-सा कोना ढूँढ रही है, जहाँ वो उसके आतंक से छिप सके। वो उसके पेट में भर गयी मानो वो चाहती हो कि एर्दोसैन फट पड़े। और उसका शरीर इस तरह हिलने लगा, मानो किसी बहुत ज़्यादा चार्ज्ड मोटर की चेसिस पर रखा हो।

''इस अकेलेपन में मुझे क्या करना चाहिए? मैं अपने चारों तरफ़, हर तरफ़ देख रहा हूँ लेकिन मुझे कुछ नहीं मिलता। मैं देखता हूँ। मैं यकीन करता हूँ। मैंने हर जगह देख लिया।''

वह आवाज़ कराह कर इतने धीमे स्वर में बोली, जिसे सुनना मुश्किल था :

''दूर, बहुत दूर...फ़ैक्ट्री की चिमनियों और नदी के मोड़ों से दूर शहर के दूसरे कोने में।''

'मैं भटक गया हूँ,' एर्दोसैन ने सोचा। 'यह बेहतर होगा कि मैं खुद को मार डालूँ। इससे मेरी आत्मा का भला ही होगा।'

एर्दोसैन ने कमरे के एक कोने पर सरसरी निगाह डाली। अब भी इस पृथ्वी से बच निकलना मुश्किल था। और ऐसी कोई गुलेल नहीं थी जो उसके सिर को अनंतता में उछाल कर फेंक देती। छोड़ दो फिर, समर्पण कर दो। लेकिन किसके सामने, किसके लिए? क्या कहीं कोई ऐसा था जो उसके पिछवाड़े के एक बाल को भी सहला सके, चूम सके? नहीं। तो फिर? भगवान् के सामने? लेकिन अगर ईश्वर की अहमियत भी उतनी ही हुई जितनी कि मुर्दाघर के सफ़ेद संगमरमर पर पड़े एक आखिरी नष्ट हुए मनुष्य की...। 'ईश्वर बस मुझे यातना देंगे,' एर्दोसैन ने सोचा, 'मैं पूरी विनम्रता से किसके सामने हार मान लूँ?'

उसने अपना सिर हिलाया।

''मैं खुद को आग को समर्पित कर दूँगा। मुझे ज़िंदा ही जल जाना चाहिए। मैं ऊपर पहाड़ों पर जाऊँगा। इन शहरों की उदास मिट्टी अपने साथ ले जाऊँगा। मैं आत्महत्या कर लूँगा। किसी बीमार जानवर की तरह मैं ये सब बहुत सुरुचिपूर्ण तरीके से करूँगा। शोकाकुल ढंग से। ये बहुत बड़ा कदम है, लेकिन इसे कैसे करना चाहिए? किस तरीके से? और अपनी अंतरात्मा को खो देने के साथ ही क्या मैं अपनी एकमात्र उम्मीद को भी खो दूँगा?...और फिर भी, मुझे किसी से प्रेम करना है, किसी के सामने बगैर किसी शर्त खुद को समर्पित करना है।''

''लेकिन तुम्हें तो दफ़ना दिया जायेगा और तुम एक ताबूत के अन्दर नहीं रहना चाहोगे। तुम्हारे शरीर को ये पसंद नहीं आएगा।''

एर्दोसैन उठा। उसके भीतर एक शक ने जन्म ले लिया था।

''मैं मर गया हूँ और मैं जीना चाहता हूँ। यही सच है।''

हेफ़्नर का पतन

उसी रात ग्यारह बजे वो उदास ठग साएंज़ पेना की टेढ़ी-सी गली में से गुज़र रहा था। बगैर ऐसा चाहे, उसे एर्दोसैन से हुई लंबी बातचीत याद आ रही थी, इसकी स्मृति उसमें बेचैनी पैदा कर रही थी। बहुत अरसे से उसने ये अस्थिर नफ़रत की भावना महसूस नहीं की थी जो एर्दोसैन से मिलने के बाद अब उसके साथ थी।

मायपु के कोने पर और तिरछे मोड़ पर वह रुक गया। मोटर वाहनों का ट्रैफ़िक लंबी कतार में जमा था और उसने बगैर किसी उत्सुकता के निर्माणाधीन गगनचुम्बी इमारतों के बाहरी हिस्सों को देखा। काली सड़क के समानांतर आसमान को काटती विशाल लाल लोहे और सीमेंट की बनी दफ़्तरों की इमारतें खड़ी थीं। दफ़्तरों के इन टॉवर्स की आठवीं मंज़िल से आती स्पॉट लाइट्स में रात अल्युमिनियम की चादर-सी नीली दिखाई दे रही थी।

मोटर वाहन हवा को जलते रबर और पेट्रोल की गंध से भर रहे थे। ठग ने बगल में एक सेक्रेटरी को सरसरी तौर पर देखा और अपने एकालाप को जारी रखा।

''मेरे पास 1,30,000 पेसोस हैं। मैं ब्राज़ील जा सकता हूँ या एक अल कपोने बन सकता हूँ। क्यों नहीं? इसको सिर्फ़ हुलिओ द गैलिशियन बर्बाद कर रहा है लेकिन गैलिशियन को जल्द ही इसका नतीजा भुगतना होगा। किसी भी रोज़। साथ ही गैलिशियन में वो बात नहीं है जो इसके लिए ज़रूरी है। बिग बॉस बनने के लिए। एल मालेक... सांतियागो बनने के लिए। यहाँ तो जो और दूसरे लोगों को निगल जाता है, वो सिर्फ़ मैं हूँ। मुझे कोकेन को एक उद्योग की शक्ल देनी होगी। उसके बाद आता है मिगदेल...गैंगस्टर्स का केंद्रीय गिरोह जिसे पूरी तरह से खत्म करना होगा। लेकिन क्या यहाँ इतने लोग हैं जो मशीन गन चलाना चाहेंगे? किसमें इतनी हिम्मत है? और अगर मैं ब्राज़ील चला जाऊँ तो? वो ऐसा इलाका है जो इस सबसे अछूता है। एक समझदार बदमाश वहाँ असाधारण सौदे कर सकता है। मैं अपना कारोबार पेट्रोपोलिस या नितेरॉइ में शुरू कर सकता हूँ—उस अंधी लड़की को अपने साथ ले जाऊँगा। और जहाँ तक दूसरों का सवाल है तो उनमें से तीन को तो मैं तुरंत 10,000 पेसोस दे सकता हूँ और फिर उस अंधी लड़की के साथ निकल लूँगा। वह अपना वायलिन बजा सकती है और मैं रॉयल की ज़िन्दगी जी सकता हूँ। समुद्र तट के बिलकुल करीब हम अपना एक बंगला बना सकते हैं...नितेरॉइ बहुत बढ़िया जगह है।

लेकिन मैं अंधी लड़की का बोझ क्यों उठाऊँ, सफ़र करना वैसे ही इतना उबाऊ काम है? क्या एर्दोसैन घुमा-फिरा कर यही तो नहीं कहने की कोशिश कर रहा था? क्यों खुद को उस अंधी लड़की से बोझिल करूँ! एर्दोसैन का पवित्रता वाला सिद्धांत पागलपन ही लगता है। हालाँकि उसने कुछ भी नहीं पढ़ा है, लेकिन वो ऐसा बुद्धिजीवी लगता है जिसका असलियत से कोई नाता नहीं। मैं बहुत जल्दी अपनी तीन औरतों के लिए 10,000 पेसोस कमा सकता हूँ। ये बहुत हास्यास्पद है। बिलकुल बेतुका। और मैं तर्कसंगत आदमी हूँ, व्यावहारिक। हाथ में थाली और पैर ज़मीन पर। सब ठीक है। अब एर्दोसैन की थ्योरी के

हिसाब से इस दिक्कत को परखते हैं। मैं तो ऊब जाऊँगा। क्या एर्दोसैन उस अंधी लड़की का बोझ ढोएगा? अंधी लड़की गर्भ से है। वो वायलिन बजाती है। जहाँ तक मेरा सवाल है तो मुझे तो वायलिन पसंद है। फिर ऐसे मर्द भी तो हुए हैं जिन्होंने अपनी रसोइये से सिर्फ़ इसलिए शादी कर ली कि वो लाजवाब स्टू बनाती थी। फिर ये अंधी लड़की कभी मेरे साथ बेवफ़ाई नहीं करेगी। क्या वो कभी दूसरे आदमी की इच्छा भी कर सकती है? उसे चाहने के लिए उसे देखना भी तो ज़रूरी है, लेकिन चूँकि वो अंधी है, इसलिए उसे देख नहीं पाएगी, यानी वो सिर्फ़ मुझे, मेरे लिए बगैर किसी शर्त के चाहेगी। प्यार से, इच्छा के कारण और एहसानमंद होकर। एक अंधी लड़की से कौन शादी करना चाहेगा? कोई गरीब नहीं, न ही कोई अमीर। ज़ीरो से भी कम। ये हैं महान एर्दोसैन। लोग भी क्या अजीब-अजीब बातें सोचते हैं। ठीक है, एक-एक करके लेते हैं इसे...''

होंठों में सुलगती सिगरेट और हाथ जेब में डाल कर हेफ़्नर एक गगनचुम्बी इमारत के लिए हो रही खुदाई के करीब रुका। ये काम दो पुरानी इमारतों के अवशेषों के बीच हो रहा था, जिससे उनकी साझी दीवार का फूलों वाला वॉल पेपर और लैट्रिन के लिए बने गंदे आयताकार ढाँचे पूरी तरह से दिखाई दे रहे थे। काले केबलों से लटकती सैकड़ों बत्तियों की रौशनी धूल भरे चेक मज़दूरों पर एक पनीली चमकीली उजास फैला रही थी, जो पीली मिट्टी को उठाने वाली क्रेन्स की चिकनी ज़ंजीरों के बीच मुस्तैदी से काम कर रहे थे।

एक ठंडी हवा से उस तिरछे मोड़ पर धूल उड़ने लगी। उदास ठग ने अपने दाँतों के बीच से थूका और अपने हाथों को जेब में और भी धंसा लिया, धीरे-धीरे लेकिन चुस्त कदमों से चलते हुए अपने विचारों को बुदबुदाने लगा :

''इस बात से कोई इनकार नहीं कर सकता कि मैं एक व्यावहारिक आदमी हूँ। पैर ज़मीन पर और हाथ में थाली। अंधी लड़की तो मेरी पूजा करती है। वो मेरे लिए कोई दिक्कत खड़ी नहीं करेगी। वो वायलिन बजाती हुई मेरे पास आएगी और मुझे बचा लेगी। साथ ही, क्योंकि वो अंधी है, इसलिए आम औरतों से सैकड़ों गुना ज़्यादा परवाह करने वाली है, जिस पर मुझे हैरानी भी होती है। एक खूँखार कुत्ते की बजाय जिसे कुछ लोग रखना चाहेंगे, मैं एक छोटी अंधी लड़की को साथ रखना बेहतर समझूँगा जो घर में वायलिन बजाएगी और मैं इससे बहुत खुश रहूँगा। क्या ये बहुत बढ़िया बात नहीं होगी? मैं, एक दल्ला, जिसके पास तीन औरतें हैं, एक रंडी का लड़का, जिसका बाप भगवान जाने कौन है, खुद को एक लिली के फूल जैसी लड़की की परवाह करने जैसे सुख की इजाज़त दे रहा है। मैं उसे कपड़े पहनाऊँगा। उसके लिए बेशकीमती रेशम खरीदूँगा, और वो मेरा चेहरा छू कर मुझे बताएगी : 'तुम एक संत हो। मैं तुमसे प्यार करती हूँ'।''

''चलो, वाजिब बात करते हैं। हमें व्यावहारिक होना चाहिए। क्या कोई औरत मुझे खुश कर सकती है? वो सब की सब तो छिनाल हैं। उनमें से किसी के साथ रहने के लिए मुझे खुद अपनी देह बेचने का काम करना पड़ेगा। और मेरा हश्र ये होगा कि कभी कोई

डंडे से मेरी पसलियाँ तोड़ डालेगा। दूसरी तरफ़ अंधी लड़की के साथ तो मैं भगवान की तरह रहूँगा। हम समुद्र के तट पर रहेंगे और जिस दिन मैं उससे तंग आ जाऊँगा उसे समुद्र में फेंक आऊँगा और वो डूब जायेगी। हालाँकि मुझे लगता नहीं कि ऐसा होगा। और फिर मुझे वाकई संगीत पसंद है, लेकिन पक्की बात है कि मैं उसकी जगह एक रिकॉर्ड प्लेयर रख सकता हूँ, हालाँकि एक बढ़िया रिकॉर्ड प्लेयर का संग्रह अच्छी बात है लेकिन उसके साथ सोया नहीं जा सकता।''

''ज़ाहिर तौर पर एक अंधी लड़की से शादी करना एक बड़ी गलती है। मैं इतना अड़ियल नहीं हूँ कि इस बात से इनकार करूँ। लेकिन किसी दूसरी औरत से शादी करना जो वो सब देख सके जिसे वो देखने की फ़िक्र भी न करे, इससे भी बड़ी मूर्खता होगी। दूसरी तरफ़, पीले चेहरे और नंगी बाँहों वाली अंधी लड़की मुझे बिलकुल परेशान नहीं करेगी और कौन जाने वो मेरी ज़िन्दगी को बेहतर ही बना दे। एर्दोसैन कुछ पागल है लेकिन सही है। ज़िन्दगी बगैर किसी वजह के जी नहीं जा सकती। साथ ही, मुझे लगता है कि एर्दोसैन में वो उसकी धार्मिक भावना नहीं है, जो कि बहुत अहमियत रखती है : क्या आप अपनी ज़िंदगी इस तरह बदल सकते हैं कि एक आलू बुखारे की तरह आपको हमेशा लगता रहे कि आपकी ज़िन्दगी उलट-पुलट है? जब भी मैं अंधी लड़की के बारे में सोचता हूँ तो मुझे ऐसा ही एहसास होता है। मैं, मैं नहीं रह पाता कुछ और बन जाता हूँ। मुमकिन है कि मैं उसके प्रति किसी चुम्बकीय प्रवाह से खिंचा चला जाता हूँ। और उसके अँधेरे में रहने की तरफ़ जब भी कोई उसकी तरफ़ देखता है तो भगवान् का या शैतान का शुक्रिया मनाता है कि वो तो देख सकता है।''

उदास ठग अब ऐसे इलाके में आ गया था जहाँ इतनी रौशनी थी कि अगर उसे पचास मीटर की दूरी से देखा जाता तो वो एक कुठाली (धातु गलाने के लिए एक विशाल बर्तन) के किनारे पर डगमगाती काली कठपुतली की तरह नज़र आता। नियोन साइन बोर्ड पर लिखे अक्षर इमारतों के सभी खम्बों पर रेंग रहे थे। इन पीली गैसों के ट्यूब लाल स्टील के फ्रेम के बीच लगाए गये थे। नीले चिह्न मिथाइलीन और हरी पट्टियाँ कॉपर सलफ़ेट के बारे में चेतावनी दे रही थीं। हैरतअंगेज़ ऊँचाइयों पर विशाल डेरिक क्रेन्स। पीली ग्रीस से चिकनी बनाई गयी घिरनियों की चरखी पर काली ज़ंजीरें घूम रही थीं। उससे भी ऊँचाई पर रात इंसानी बदबू से भरी हुई थी। एक कुठाली की परछाईं से सम्मोहित हुई कठपुतली की तरह हेफ़्नर ने अपना सिर धीरे से घुमाया।

सरसों जैसी रंग वाली ज़मीन के अन्दर पसीने से तरबतर इंसान झुके हुए काम में लगे थे। स्टील के ऊपर उठाई गई शहतीरों पर बिजली के विशाल हथौड़े मशीन गन के वेग से प्रहार कर रहे थे। नीली चिंगारियाँ निकल रही थीं, कटाव नकली सूरजों से तोड़े जा रहे थे। क्रिसलर। डनलप। गुडईयर। रबर के आदमी, जो हज़ारों किलोवाट को लेकर तारकोल पर ऐसी पत्तियाँ बना रहे थे मानो उत्तर ध्रुवीय प्रकाश हो। सीमेंट की इमारतों की सतह के

नीचे रेफ्रिजरेटर गीली और ठंडी हवा बाहर सड़कों पर छोड़ रहे थे।

ठग ने थूका और आगे चल दिया। सिगरेट के बट से आखिरी कश लिया और फिर अपने फेफड़ों को हवा से भर लिया। वो शहर उसके दिल में दाखिल होकर अपने इनकार की ताकत से उसकी नसों से निकल कर बहने लगा।

''दूसरी तरफ़, मैं इस शहर में क्या कर सकता हूँ। मैं ऊब गया हूँ। मेरी ज़िन्दगी के कोई मायने नहीं हैं। किसी भी दिन मैं मार दिया जाऊँगा। किड रेपोलो कोई अकेला आदमी नहीं है जिसने मुझे पकड़ने की कसम खाई है। और मार्सेले? एक गरीब, अभागे शख्स के लिए भी औरतों की दलाली कोई ऐसा काम नहीं समझा जाता जो ज़िन्दगी को मायने दे सके। जीवन का वैसे कोई अर्थ नहीं होता। मुझे ये पहले ही पता है। मैं एक व्यावहारिक आदमी हूँ...लेकिन वह प्रकाश...वह प्रकाश कहाँ है? क्या इसका कोई वजूद है या ये सिर्फ़ उन लोगों की ईजाद है जो भूख से मर रहे हैं? क्या जो लोग इस प्रकाश की बात करते हैं, मसलन ज्योतिषी, क्या ये लोग इस प्रकाश पर यकीन करते हैं? ज्योतिषी किस पर विश्वास करता है? किसी चीज़ पर नहीं। दूसरी तरफ़ अंधी लड़की मुझ पर भरोसा करती है। जब उसने मुझे बताया कि वो मुझसे प्यार करती है तो मुझे वाकई हँसी आ गयी, लेकिन जैसे ही उसने वायलिन बजाना शुरू किया तो मैं आसमान में उड़ने लगा और मेरा ये घिनौना और नीच अस्तित्व दो निष्कर्षों में बँट गया : हम या तो खुश होते हैं या नहीं। और सच तो ये है कि मैं खुश नहीं था। मैं एक गैंग बना सकता था, दूसरा अल कपोने बन सकता था, पूरी रात एक कवच की परत चढ़ी कार में बिता सकता था, पूरी दुनिया के साम्यवादी प्रकोष्ठों की मदद कर सकता था, लेकिन इस सबके बीच एक घोंघे की तरह ऊबा हुआ रहता। ईमानदार औरतें दुनिया में नहीं हैं। एक लड़की जो जन्म से अंधी है, वही बिलकुल ईमानदार और पवित्र हो सकती है। मर्द और औरतें जो घिनौना तमाशा पेश करते हैं, उससे अलग इस अनोखी बात को खोज पाना बहुत अद्‌भुत है। वह बिलकुल पवित्र है, रासायनिक तौर पर पवित्र। दुनिया की गन्दगी ने उसे कतई दूषित नहीं किया है, क्योंकि दुनिया एक ऐसी रात है जिसमें उसके लिए कोई विकल्प नहीं है। पूरी तरह अँधेरा। वो क्या है? इस अँधेरे के भीतर वो सिर्फ़ अपने धड़कते दिल की अनुभूति के साथ चलती है। मैं उसके लिए एक ऐसी तसल्ली के तौर पर हूँ जिसकी एक ख़ास आवाज़ है। बेचारी अंधी लड़की। और मैं उसे एक वेश्या बनाने के बारे में सोच रहा था। मैं भी कितना वहशी हो सकता हूँ!''

चलते हुए हेफ़्नर उस मौन और बर्फ़ीली संभावनाओं को सोखता रहा जो इन इमारतों से उत्पन्न हो रही थीं और जो उस बिजली के रेफ्रिजरेटर की तरह ही ठंडी थीं। कभी-कभार उसकी नज़रें तेज़ी से नीचे जाते, लाल और हरी बत्तियों से जगमगाते एक काले एलीवेटर पर घूम जातीं। उन षटकोणीय पिंजड़ों की बगल में जो आसमान को अपनी धुंधली और सीधी खड़ी स्पष्टता से काट रहे थे, घास भरे मैदान थे जो सुदूर पश्चिम की तरह दूर तक फैले थे जिनमें छोटी-छोटी ग्रे रंग से पुती झोपड़ियाँ थीं जो एक लकड़ी के तख्ते पर बनाई

गयी थीं। वहाँ नेपल्स के दुकानदार वेश्याओं को तरबूज और सेब इस तरह बेच रहे थे जैसे बड़े लोग मशहूर अभिनेत्रियों को फूल के भव्य गुलदस्ते पेश करते हैं।

''नहीं, नहीं, जीवन अलग ही होना चाहिए। इसकी निर्दयता बहुत स्पष्ट है। या तो आप खाते हैं या खा लिए जाते हैं। ये सच है। यही हकीकत है। इस भयंकर नियम से जो बच निकलते हैं वो या तो अंधे लोग हैं या पागल लोग। वे किसी को नहीं हड़पते। आप उन्हें मार सकते हैं, यातना दे सकते हैं। लेकिन इसका कोई फ़ायदा नहीं होगा। वे जीवन के शोर को ऐसे सुनते हैं जैसे एक कैदी तूफ़ान को गुज़रते हुए सुनता है।''

''फिर मुझे क्या रोक रहा है, दूसरी तरफ़, मुझे उस अंधी लड़की से शादी क्यों नहीं कर लेनी चाहिए? ये उसकी ज़िन्दगी का सबसे खुशनुमा और असाधारण दिन होगा। चलो मान लेते हैं कि मैं खुद को भगवान में तब्दील कर सकता हूँ। तब मैं क्या करूँगा? मैं किसे सज़ा दूँगा? क्या मुझे बुरा काम करना चाहिए, क्योंकि ईश्वर के नियम ने बुरा किया? नहीं। फिर मैं किसे सज़ा दे सकता हूँ? क्या ऐसा कोई है जो अगर खुद को ईश्वर बना सकता हो मगर इससे इनकार कर दे और इंसान ही बना रहे? मैं उनसे कहूँगा : क्यों? अगर तुम्हारी आत्मा वो परमानन्द महसूस कर सकती है तो उससे इनकार क्यों? फिर तुम भाड़ में जाओ, हरामज़ादे...''

हेफ़्नर रुका और चारों तरफ़ देखा।

पुरानी दीवारों की गंदगी भरी सफ़ेदी और मकान गिराने की प्रक्रिया में ढहे मकानों के जो कुछ आयताकार अवशेष बचे थे उनके बीच नीली पोशाक में भूरे बालों वाले आदमी क्रेनों पर काम कर रहे थे। ढेर सारी गन्दगी से भरे ट्रक आ-जा रहे थे। सड़क पर ऐसे मोटर वाहन थे जिनके एक पूरा घर होने में सिर्फ़ एक बाथरूम की कमी थी, उन्हें ऐसे ड्राईवर चला रहे थे जो दूसरे दर्जे के देशों के राजदूतों जितने गंभीर थे और उनके अन्दर से छोटी बेशकीमती महिलाएँ और पालतू कुत्ते का सा साया नज़र आ रहा था, और मोटे-मोटे मोतियों की मालाएँ भी नज़र आ रही थीं, ऐसी जो ब्लैक सूडान के निवासी पहनते हैं।

''क्या मैं उस अंधी लड़की का भगवान् बन सकता हूँ? बन सकता हूँ या नहीं? ज़ाहिर है कि मैं बन सकता हूँ। एक दलाल जिसमें सभी बुराइयाँ हैं और मैं उस अंधी लड़की का भगवान बन सकता हूँ। मैं खुद को एक भगवान बना सकता हूँ और लेडी बास्क, हुआना और लुसियाना का पति बनना बंद कर सकता हूँ। वैसे भी, अंधी लड़की को ये सब जानने की ज़रूरत नहीं है। न ही मुझे उसको उन लुच्चों के बारे में बताना चाहिए जो मेरे टुकड़े-टुकड़े कर देना चाहते हैं। मैं उन्हें महज़ एक कागज़ के टुकड़े से बहुत चोट पहुँचा सकता हूँ। मोसिओ योर्येत तो लुसियाना को तत्काल मुझसे खरीद लेगा। बास्क लेडी को मैं थ्री फ़िंगर्स के हवाले कर दूँगा। हुआना के पास जो ड्रेस है वो ही एक हज़ार पेसोस की है। हुआना के लिए दो हज़ार पेसोस तो कोई भी दे देगा। आप दीवाने ही होंगे अगर आप एक पल में उसे न ले लें। कुछ समय में ही सब ठीक निपट जायेगा। दस हज़ार पेसोस से न तो

मैं अमीर हो जाऊँगा न गरीब। हम ब्राज़ील जा सकते हैं, हालाँकि ब्राज़ील मुझे कतई अच्छा नहीं लगता। हम दूर पेरिस जा सकते हैं। हम पेरिस के एक छोटे इलाके में एक छोटा-सा घर खरीद सकते हैं और फिर मैं उसे विक्टर ह्यूगो और क्लिमोंसू की कुछ बकवास पढ़ कर सुना सकता हूँ। ठीक है तब, अब ये बहुत ज़रूरी हो गया है कि मैं अंधी लड़की से शादी कर लूँ, मुझे ये अपने भीतर महसूस हो रहा है; ये एक जुनून की तरह है, क़ुरबानी नहीं, मैं व्यावहारिक आदमी हूँ, ये ख़ुशी की बात है मेरे लिए, एक साफ़ ज़िन्दगी जीना। यहाँ तो हम सभी सूअरों की तरह रहते हैं। एर्दोसैन ठीक कहता है। मर्द, औरत, गरीब, अमीर, एक भी इंसान ऐसा नहीं जो दागदार न हो। हम गाँव के इलाकों में भी जा सकते हैं। गाँव में नहीं। लेकिन गाँव जैसे देहाती इलाके में। मैं अपना जी बहलाने के लिए एक फ़ार्म हाउस ले सकता हूँ...ओह, देहात में अंधी लड़की का मकान वाला आईडिया मुझे बहुत अच्छा लगा! मैं अख़बारों में विज्ञापन देखूँगा। एक फ़ार्म हाउस जिसमें बहुत से फलों के पेड़ हों, और घंटियों वाली गायें और एक पनचक्की। पनचक्की होना बहुत ज़रूरी है। ताकि मैं एक फल-फूलों से भरे पेड़ की बगल में अपनी आत्मा को पवित्र कर सकूँ। आड़ू के पेड़ की शाखाओं के बीच से दीखता एक तारा एक दूसरी ज़िन्दगी की उम्मीद की तरह होगा। फ़ार्म हाउस की वजह से अंधी लड़की को वायलिन बजाना नहीं छोड़ना चाहिए। हम अकेले रहेंगे, शांति में...हो सकता है कि ज़िन्दगी उस मौत की शांत स्वीकृति से कुछ अलग होती हो जो हम पर अचानक आ जाती है।''

अब वो ठग दुकान की एक विशाल खिड़की के करीब आ गया,बहुत बढ़िया लकड़ी के बने अद्‌भुत बेडरूम प्रदर्शन में लगे थे; उस तरह के जो झाइयों से भरी एक युवा सेक्रेटरी को एक सेल्समैन के साथ नामुमकिन रोमांस का सपना देखने को प्रेरित करे जो उसे बाँहों में भर लेगा और जिसका आदर्श, बॉलरूम नृत्य के शीर्षक की तरह बस यही हो सकता था : 'मैं तुमसे 80 एच पी वोयेटुरैत पर ही प्यार करूँगा।'

नियोन साइन बोर्ड जल-बुझ रहे थे। मोटरों के जंक यार्ड की निगरानी लंगड़े या एक बाजू वाले रखवाले कर रहे थे।

हेफ़्नर के पीछे अच्छे नफ़ीस कपड़े पहने दो आदमी चल रहे थे और वो लगातार पचास मीटर की दूरी बनाये हुए थे। जब भी ठग ठहरता तो वे भी ऐसे बहाना करते कि सिगरेट जलाने या सड़क पार करने के लिए रुके हैं।

सड़कें अब लगातार आते घने बगीचों के क्रम में बदल गयी थीं जिनमें विषादयुक्त देवदार के पेड़ लगे थे जो चुबूत के जंगलों की तरह हवा में झुके जा रहे थे। काली जैकेट और विंग कॉलर पहने नौकर अपने मालिकों की काली रखैलों और उनके संगमरमर के अड्डों की निगरानी कर रहे थे। वाहन चुपचाप वहाँ से गुज़र रहे थे। वो दो अजनबी चुपचाप हेफ़्नर का पीछा करते रहे जो अपनी ही दुनिया में खोया हुआ अंधी लड़की की कल्पना में डूबा था।

''वो लोग जिन्हें मौत का सबसे सटीक एहसास हो जाता है वो अंधे लोग ही होते हैं। मान लो कि मैं अंधी लड़की को डुबो देना चाहता हूँ। तो क्या उसे ये एहसास हो जायेगा? उसे पूर्वाभास हो जायेगा?''

ठग सड़क के किनारे-किनारे चल रहा था, ये ध्यान दिए बगैर कि वो दो व्यक्ति अब सड़क पार करके तेज़ी से उसका पीछा कर रहे थे। अचानक तीन धमाकों ने सड़क को धुएँ से भर दिया। हेफ़्नर चकरा कर अपनी एड़ियों के बल घूमा और देखा कि वो दोनों आदमी पिस्तौल ताने हुए थे। ठीक उसी समय उसने उस रिक्तता को देखा। वह गाली देकर कोसना चाहता था। एक बार फिर, असमय ही दो और गोलियाँ चलीं और अंधेरे में लाल खून के छेद हो गये। एक ने उसका सीना जला दिया और दूसरी उसके कंधे में लगी। और भी नज़दीक एक और विस्फोट उसके कानों में गूँजा और वो इस निश्चितता से नीचे गिर पड़ा :

''मैं तो बर्बाद हो गया!''

बार्सुत और ज्योतिषी

जिस वक्त इन दो क्षणिक निगरानीकर्ता और ठग के बीच ये हंगामा हुआ जिसकी वजह से ठग अस्पताल के बिस्तर पर पहुँचा, ठीक उसी वक्त टेम्परली में ज्योतिषी और बार्सुत के बीच वार्तालाप चल रहा था।

अपनी हरे मखमल की कुर्सी पर धंसे ज्योतिषी ने उस दोपहर हिपोलिता के आने के बारे में बताना ख़त्म ही किया था, जबकि बार्सुत एक ड्रेसिंग गाउन लपेटे झूले में लेटा हुआ सुन रहा था, उसने दाईं हथेली से अपनी कोहनी को पकड़ा हुआ था और बाएँ हाथ से घनी दाढ़ी से भरे चेहरे को सहला रहा था।

वो नौजवान बड़े ध्यान से सुन रहा था। उसकी भौंहों के नीचे जो लगभग उसके माथे तक फैली थीं, उसकी हरी आँखों में सवाल लगभग बहुत सूक्ष्म रूप से उठते दिखाई दिए।

ज्योतिषी ने अपनी उँगलियों में एक गहरे जामुनी रंग के पत्थर को घुमाते हुए अपनी कहानी ख़त्म की और उससे पूछा :

''तुम्हें क्या लगता है?''

''वह महिलाओं के प्रकोष्ठ की सम्भावना पर यकीन करती है।''

''वह उतना ही विश्वास करती है जितना कि तुम...''

''यानी, मैं यकीन करता हूँ और नहीं भी करता...''

ज्योतिषी ठहाका मार कर हँस पड़ा और ज़ोर से बोला :

''वो भी आख़िरकार विश्वास करने लगेगी। वह भी...''

‘‘तुम्हें इतना भरोसा है?’’

‘‘बहुत ज़्यादा...’’

‘‘और अगर तुम नाकामयाब हुए?’’

‘‘तो उसका खामियाजा तुम भरोगे, मैं नहीं,’’ और एक बार फिर ज्योतिषी इतनी ज़ोर से हँसा कि बार्सुत, परेशान होकर उससे पूछ बैठा :

‘‘आज आखिर ऐसा क्या हुआ है, जिससे तुम इतने खुश हो?’’

‘‘मैं खुश हूँ क्योंकि मैं सोच रहा हूँ कि आधा दर्ज़न दुस्साहसी साथी समाज के एक बड़े हिस्से पर हावी हो सकते हैं। ध्यान दो, वरना : क्या तुमने आज के अखबार पढ़े हैं?’’

‘‘नहीं...’’

‘‘मैंने यूनाइटेड प्रेस का एक बहुत दिलचस्प लेख पढ़ा। अल कपोने और जॉर्ज ‘बग्स’ मोरान के गिरोहों ने वेश्यावृत्ति का पूरा फ़ायदा उठाने के लिए संधि कर ली है।* इसका मतलब ये हुआ कि शिकागो में कुछ समय के लिए इन दोनों गिरोहों के बीच मशीन गन मुठभेड़ नहीं होगी। मुझे नहीं मालूम कि तुम ये जानते हो या नहीं कि मायमी से सिर्फ़ दस किलोमीटर की दूरी पर अल कपोने का एक चौंधिया देने वाला संगमरमर का महल है। सारे अखबार अल कपोने और बग्स के बीच इस संधि के बारे में ऐसे बात कर रहे हैं मानो ये पैराग्वे और बोलीविया या बोलीविया और उरुग्वे के बीच किसी किस्म की शांति संधि हो। क्या ये हैरतअंगेज़ नहीं है? टेलीग्राफ़ एजेंसियाँ ये खबर पूरी दुनिया तक भेज रही हैं। हम बीसवीं सदी में हैं, मेरे दोस्त और ठीक इसी वक्त इस ग्रह को विभूषित करते हर मूर्ख को दो मशहूर अपराधियों के बीच इस संधि के बारे में जानकारी दी जा रही है, एक संधि जिसकी पुष्टि उत्तरी अमेरिका की अदालतें करेंगी, जिससे पूर्वी तट पर हरेक चीज़ पर टैक्स लग जायेगा, अवैध शराब,वेश्याओं का शोषण और जुआ सब पर। इससे भी ज़्यादा, ठीक इस वक्त सैकड़ों रिपोर्टर्स अल कपोने के सेक्रेटरी आईलो के घर के बाहर जमावड़ा डाले पड़े हैं, उससे इन दो अपराधियों के बीच हुई शांति संधि के बारे में और जानकारी देने की दरख्वास्त करते हुए, जिस संधि तक पहुँचने में पूरे अमेरिका के राजनेताओं, पुलिस और नशेड़ियों ने सहयोग दिया है।

‘‘अब ज्योतिषी के चेहरे से ख़ुशी गायब हो गई। वह उठा, उसका चेहरा ज़रा पीला

* समीक्षक का नोट : ऐतिहासिक तौर पर अल कपोने और जॉर्ज मोरान के बीच ये संधि बहुत संक्षिप्त थी। यहाँ बताई गयी घटनाओं के कुछ देर बाद ही अल कपोने ने अपने विभिन्न सहयोगियों को पुलिस के वेश में छिपा दिया था। नवम्बर 16, 1929 को इन्हीं पुलिस वालों ने 21,00 क्लर्क स्ट्रीट पर मोरान के पाँच आदमियों को गिरफ़्तार कर लिया, फ्रैंक और पीट गुसेनबेर्ग, दो भाई, जॉन मे, अल्बर्ट वाइनशैंक और डॉक्टर श्विमर—ये सभी गैंगस्टर थे। इन लोगों को कार्टेज कंपनी के गैराज की दीवार के साथ खड़ा किया गया और मशीन गन से मार दिया गया।

पड़ गया था, और बार्सुत को अपनी पैनी नज़र से स्थिर करते हुए वह कमरे में एक कोने से दूसरे कोने तक चक्कर काटने लगा और बोलता रहा :

''मैं क्रांति के लिए बेचैन हूँ। क्या तुम जानते हो, क्रांति के लिए इस भूख के होने का क्या मतलब है? पूरे ब्रह्माण्ड के चारों कोनों में इस आग को जलाना। मैं तब तक चैन से नहीं बैठूँगा जब तक कि मैं एक युद्ध की गैस फ़ैक्ट्री न खड़ी कर लूँ। अगर तुम मुझे इजाज़त दो कि मैं गलियों में लोगों के टिड्डियों की तरह गिरने की कल्पना का मज़ा ले सकूँ। मैं सिर्फ़ तभी आराम से साँस ले पाता हूँ जब मैं ये कल्पना करता हूँ कि वो दिन दूर नहीं जब मेरे मातहत कुछ पचासेक आदमी दस किलोमीटर चौड़ा एक गैस का आवरण तैयार कर लेंगे...''

हैरान, बार्सुत ने ज्योतिषी की तरफ़ देखा। वह खुद से बात कर रहा था। ये सब बातें उसके लिए नहीं थीं। वह उस छोटे से कमरे में इधर से उधर टहल रहा था जो उसकी तेज़ आवाज़ और लगातार पदचाप की गूँज से भर गया था। जब भी वह बिजली की चमकदार लाइट के नीचे से गुज़रता उसके ठोस सिर के ऊपर ग्रे बालों में कुछ एक सफ़ेद बाल चमकते।

उसने बेतुके ढंग से बार्सुत को देखा और बोलता रहा :

''क्या तुम जानते हो दस किलोमीटर चौड़े और पाँच मीटर ऊँचे गैस के आवरण का क्या मतलब हुआ?''...और फिर अचानक उसने अपना सिर हिलाया, चेहरा मला मानो वो अभी जाग रहा हो...''मैं भी बस बकवास कर रहा हूँ। सच तो ये है कि मैं इस पूँजीवादी तंत्र के काम-काज से गुस्से से भर जाता हूँ जो सबसे ज़्यादा आपराधिक संगठनों को बर्दाश्त करता है, और यही संगठन वास्तविक समाज के संगठनों को फ़ायदा पहुँचाते हैं।''

''इस तरह की बातें तो सिर्फ़ अमेरिका में ही हो सकती हैं।''

''और यहाँ क्यों नहीं?''

''क्योंकि अभी हम खुद ही उस तरह के लुटेरे बनने को तैयार नहीं हैं।''

''तुम जो कह रहे हो, सच है। हम अपनी कमज़ोरी के ज़रिये ईमानदार हैं। हम अपनी इस कमज़ोरी को एक तरह के नैतिक गुण में तब्दील कर देते हैं..., लेकिन मैं, मैं मज़बूत, ताकतवर महसूस करता हूँ। और हम उन्हीं लोगों को हराकर जीत सकते हैं जिन्हें अपनी विजय निश्चित लगती है। अक्सर मैं खुद को नेपोलियन के बारे में सोचते हुए पाता हूँ; फिर मुझे ये एहसास हुआ कि ऐसा कोई नहीं है जिसने अपनी ज़िन्दगी के किसी-न-किसी मोड़ पर नेपोलियन के बारे में न सोचा हो...लेकिन लोग मज़बूत इच्छाशक्ति के एक पल में नेपोलियन या लेनिन होना चाहते हैं...अगर आप अनुमान लगायें कि हमारी औसत उम्र साठ साल है...और ये कि आप दरअसल पच्चीस के बाद ही ठीक से जीना शुरू करते हैं...तो

आपके पास काम करने के लिए सिर्फ़ पैंतीस साल रह जाते हैं...हर साल में 418,400 मिनट होते हैं। और अगर आप अनुमान लगायें कि इन 418,400 मिनटों में कौन-सी संभावनाएँ आएँगी, इन्हें तीस या पैंतीस साल से गुणा कर दिया जाए तो...''

''तुम्हें नींद के घंटे तो घटा देने चाहिए...''

''जब आपके अन्दर बहुत तीव्र इच्छा हो या जब आप सो रहे होते हैं तब भी आप उसकी इच्छा कर रहे होते हैं...मैं क्या कह रहा हूँ? जब आप बुखार में तप रहे होते हैं, तब भी आप उसकी इच्छा करते हैं...आप मर रहे हों, तब भी उसी की इच्छा करते हैं...मैं तुम्हें क्या बता रहा हूँ? एक सज़ायाफ़्ता आदमी जिसे मौत की सज़ा मिली हो, वो भी मरने के वक्त तक इच्छा करता है। अंतिम इच्छा के तौर पर वो बहुत कुछ चीज़ें माँगेगा, मसलन क्या उसे एक औरत का सुख मिल सकता है। मनुष्य की रचनात्मक वृत्ति कितनी शानदार है। सिर्फ़ सबसे कम अहमियत रखने वाले लोग ही अपने मानसिक बधियापन में दर्शन ढूँढने लगते हैं। जब भी अगर किसी मूर्ख से टकरा जाएँ और वो अपनी काहिली या निष्क्रियता की बात करे तो आप मान सकते हैं कि वो एक ईर्ष्यालु और नपुंसक राक्षस है।''

''तुम तो कमाल के हो। मरने के वक्त इच्छा करना।''

ज्योतिषी रुका और स्वत: उस पुरानी-सी अलमारी के दरवाज़े को बंद कर दिया जिसके ताले में से वो चाबी निकालना भूल गया था।

''हाँ, अगर मैं खुद मर रहा होता...मेरी नाक में ऑक्सीजन की ट्यूब लगी होती...और ये सब सोच रहा होता कि अब सब ख़त्म हो रहा है...फिर भी वो विचार जो मेरी इच्छा का सबसे ज़्यादा प्रतिनिधित्व करता है...खुद को उस छवि पर स्थिर कर लेता और खुद को मौत से अलग कर लेता...और इसी की वजह से मैं जीतूँगा। यही वजह है कि जब किसी हारे हुए व्यक्ति के बारे में लोग ये कहते हैं कि 'उसे मौका तो मिला था' तो मुझे बहुत गुस्सा आता है, क्योंकि दरअसल हुआ यूँ है कि वो आदमी स्थिति से बचने के लिए कोई छोटा-सा रास्ता ढूँढ रहा था। कभी तुमने बाघ को पिंजड़े में देखा है? वह उस आदमी की तरह होता है जो जीवन में कुछ बड़ा हासिल करना चाहता है। सलाखों के पीछे आगे-पीछे बेचैनी से घूमता। दूसरे लोग थक जायेंगे। लेकिन वो? नहीं। आगे-पीछे एक जानवर की तरह। मिनट, घंटे, महीने, साल...18,400 मिनटों के ढेर...नींद में या जागते हुए, सेहतमंद या बीमारी की हालत में...बिलकुल उस बाघ की तरह, आते और जाते हुए। और जैसे ही भाग्य उसे भूल जाता है, वो जानवर लम्बी छलाँग लगाता है और दीवार के पार गायब हो जाता है और खेल ख़त्म...''

''मैं ये तुम्हारी चापलूसी करने के लिए नहीं कह रहा...लेकिन तुम ज़बरदस्त हो... तुम एक महान शानदार जानवर हो।''

''ये मैं पहले से जानता हूँ। देखो मेरी मसल्स,'' बार्सुत उठा और उसने ज्योतिषी के

जानवरों जैसे डोले महसूस किये। उसकी उँगलियों ने कमीज़ के कपड़े के ऊपर से स्टील जैसी मसल्स की रेशेदार लोच को महसूस किया। ''मैं अब भी मुक्केबाज़ी के अभ्यास के दस राउंड कर सकता हूँ।'' ज्योतिषी बोलता रहा, ''मैं बॉक्सिंग करना जानता था। जब हमने तुम्हारा अपहरण किया तो मैं तुम्हें मारना नहीं चाहता था, क्योंकि एक ही मुक्के में मैं तुम्हें मार सकता था।''

''मुझे बताओ...और वो नकली हत्या ?''

बार्सुत ने जो सिगरेट का बट फ़र्श पर फ़ेंक दिया था, ज्योतिषी ने उसे अपने जूते से मसल दिया। मेज़ पर पड़ी खुली पीतल की कम्पास को उसने मोड़ कर रख दिया और फिर बोलना जारी रखा :

''एर्दोसैन मानता है कि एक अपराध ने उसके जीवन में कुछ बदल दिया है। लेकिन दूसरी तरफ़ मुझे इस बात का यकीन है कि अपराध ने उसके स्वाभाविक मनोविज्ञान में बिलकुल कुछ नहीं बदला है। फिर भी उसे सुबूत चाहिए था और हालात इससे अच्छी तरह पेश नहीं किये जा सकते थे...''

''और एर्दोसैन के बारे में तुम क्या महसूस करते हो ?''

''मैं उसके प्रति बहुत स्नेह महसूस करता हूँ। मेरे लिए वो कष्ट भोगती मनुष्यता का प्रतिनिधित्व करता है जो सपना तो देखती है लेकिन उसका शरीर कीचड़ में धंसा है, बगलों तक।''

''मैंने उसे चाँटा मारा।''

''उसे इसकी परवाह नहीं। उस पाप के लिए उसे एक दिन भुगतना होगा।''

''और तुम मेरे बारे में क्या कहोगे ?''

''तुम कुछ खोज रहे हो। सत्य को नहीं। सत्य में तुम्हें दिलचस्पी नहीं। तुम फ़िलहाल मन बहलाव की खोज में हो। सत्य तुम्हारे लिए बाद में अहम हो जायेगा। कुछ मर्द बच्चों की तरह होते हैं। उन्हें खिलौने चाहिए लेकिन खिलौने ज़िंदा नहीं होते। एर्दोसैन उस वर्ग से है; जबकि दूसरे, अपनी दिखावट से बँधे होते हैं, यानी अपनी छवि से।''

''नहीं...मैं भी ईर्ष्यालु हूँ।''

''ये सच है।''

''और तुम सच को कैसे पा सकते हो ?''

''मनुष्य इसके लिए अपने भीतर ही देखता है।''

''और अपने भीतर इसे पाने के लिए हमें क्या करना चाहिए?''

''आज्ञा माननी चाहिए।''

''तुम्हारी?''

''मेरी नहीं...उसकी जिसे तुम चाहो। एक दिन तुम्हें अपनी ही आज्ञा माननी पड़ेगी।''

''हो सकता है कि तुम्हारा कहना मानने में मुझे ख़ुशी होती हो।''

''क्या तुम जानते हो कि वे इसे अपमान का आकर्षण कहते हैं? अपने बहुत ज़्यादा आत्म प्रेम के कारण तुम ये यकीन करने लगोगे कि तुम मुझसे बेहतर हो, श्रेष्ठ हो, एक बात जो मेरे लिए अहम नहीं है।''

''नहीं...मैं भी ईर्ष्यालु हूँ।''

''मुझे बात ख़त्म कर लेने दो...और फिर मेरी आज्ञा मानने के ज़रिये तुम अपने ऊपर एक बहुत खुशगवार अपमान थोप लेते हो...देखो? जैसे कि मान लो कि एक भिखारी के भेष में तुम एक करोड़पति हो और तुम एक ऐसे व्यक्ति के क़दमों को चूमने के लिए झुक जाओ, जो तुम्हें मालूम है कि तुम्हें एक नया सिक्का भी नहीं देगा।''

बार्सुत, ज्योतिषी को ध्यान से देख रहा था।

''ये सच है, तुम ठीक कह रहे हो...लेकिन मुझे बताओ...पूरे सम्मान के साथ मेरे अन्दर तुम्हारे लिए ऐसी भावना क्यों है। ऐसा नहीं है कि मैं तुम्हारा बहुत सम्मान करता हूँ।''

''इसके ठीक उलट, ये बहुत अच्छी बात है कि तुम्हारे अन्दर ये भावना है। ये ताकत है। जब तुम्हारे अन्दर ऐसी ताकत हो तो यह हमेशा दूसरों के विपरीत प्रतिक्रिया करती है।''

बार्सुत ज्योतिषी की बात ध्यान से सुन रहा था, लेकिन साथ ही वो एक छोटी-सी मकड़ी को भी देख रहा था जो तेज़ी से एक खिड़की के लाल से फ्रेम को पार कर गयी।

''यह है कि मैं ज़िद्दी भी हूँ, बिगड़ा हुआ।''

''यह भी ताकत का एक रूप है।''

''और भी एक बात है, कि मैं पैसे की बिलकुल परवाह नहीं करता। ये पैसा ही है। पैसे के लिए मेरे मन में विशुद्ध नफ़रत है। दूसरे आदमी के लिए, उससे हिंसा के ज़रिये छीना गया पैसा उसकी ऐसी बदकिस्मती है जिसे ठीक नहीं किया जा सकता...मेरे लिए उस पैसे का अस्तित्व नहीं के बराबर ही है...''

''यह तुम्हारी ताकत की सबसे प्रत्यक्ष अभिव्यक्ति है। तुम ताकत की इच्छा करते हो, उम्मीद करते हो...तुम्हें नहीं पाता कि वो ताकत कहाँ से आएगी...लेकिन पैसा तुम्हें

आकर्षित नहीं करता...यानी उसका तुम्हारे लिए वजूद नहीं।''

''और वो ताकत?''

''ये तुम्हारी जीवित रहने की इच्छाशक्ति है। हर आदमी के भीतर ये कुछ मात्रा में होती है। जितनी ताकत, जितना जुनून, जितनी इच्छाएँ होंगी उतना ही रोष होगा बुद्धि की हर उस दिशा में उठता जो मानवीय संवेदनशीलता प्रस्तुत कर सकती है। अगर तुम सेना के जनरल होना चाहते हो, एक संत, एक शैतान, एक आविष्कारक, या कवि...''

''लेकिन ये सब तो ज़ाहिर-सी दिखावट है...वे संतुष्ट नहीं करतीं।''

''जो तुम होना चाहते हो वो है भगवान। तुम खुद को ईश्वर के साथ मिला रहे हो। मैं उन लोगों के नाम अपनी उँगलियों पर गिन सकता हूँ जिनकी जीवन की इच्छा ने उनके लिए ईश्वर बनना ज़रूरी कर दिया ताकि वे खुद की संभावनाओं, खुद को पा सकें। लेनिन इस पृथ्वी का अंतिम ईश्वर था जो इस दुनिया से गुज़रा।''

''और उसने बहुत सारी ख़ुशी दी?''

ज्योतिषी ने अपनी पलकें झपकायीं। उस सवाल में उसने बार्सुत की आवाज़ को काँपते हुए महसूस किया। उसने लकड़ी के बुरादे को उठाया और उसे अपनी उँगलियों के बीच मसला; फिर उसने अपना पैर फैलाया ताकि वह जाग जाये, और अपना सिर हिलाते हुए बोला :

''बहुत सी ऐसी भयानक खुशियाँ होती हैं जो बात करने लायक नहीं होतीं। अगर तुम ईमानदारी से सच की तलाश करो तो तुम्हें मिल जायेगा।''

''और तुम इन सत्यों को दुनिया को बताते क्यों नहीं?''

''क्योंकि वे अभी इन्हें ग्रहण करने के लिए तैयार नहीं हैं, और इसलिए वे उन्हें समझेंगे ही नहीं। वो ये मानेंगे कि ये कुछ मुहावरे और शब्द हैं जो मैंने उनका मनोरंजन करने के लिए ईजाद कर लिए हैं; और इसलिए जब वे इन सत्यों को सुनेंगे तो ये उनकी बुद्धि और समझ को एक फूहड़ झूठ से भी कम ताकत से छू पायेगा। इसके साथ ही हालाँकि, कुछ और गंभीर भी हो सकता है। वे इन सत्यों को दारुण रूप दे सकते हैं।''

''तो पृथ्वी पर गुप्त बातें रहेंगी ही?''

''नहीं। ध्यान से सुनो। होता यूँ है कि जीवन की इच्छा का भीतरी विकास होता है। जितनी गहन और पवित्र जीवन की इच्छा होगी उतनी ही असाधारण ग्रहणशीलता होगी ज्ञान प्राप्ति की इतनी कि एक निश्चित समय में मनुष्य शरीर उभयलिंगी अवस्था को प्राप्त हो जाता है।''

“कौन-सी अवस्था?”

“एक साथ पुरुष और स्त्री होने की अवस्था। लेकिन देखो? तुम पहले से ही गुदगुदी महसूस कर रहे हो। तुम्हारे दिमाग में पहले ही अनेक अश्लील विचार तैर चुके हैं। क्या एक मनुष्य का स्त्री और पुरुष एक साथ होना कभी तुम्हारे दिमाग में आया है? इसमें कुछ नहीं है। उभयलिंगी होना एक मानसिक अवस्था है; एक शरीर जो स्त्री और पुरुष दोनों की संवेदना और समझ सहेजे होता है, इतनी पूर्णता से कि ये दोहरा व्यक्तित्व उनकी यौन ऊर्जा को सोख लेता है और इसका परिणाम होता है एक पुरुष या एक स्त्री बगैर स्त्री या पुरुष की यौनेच्छाओं के। यानी ये अपने पूर्ण एकाकीपन में इच्छा से परे एक सम्पूर्ण स्थिति है। ये जीव मनुष्य हमसे कहीं श्रेष्ठ होते हैं। ये सुपरमैन होते हैं।”

“और ऐसे लोग वाकई होते हैं?”

ज्योतिषी अमेरिका के नक़्शे के सामने रुका और कंसास क्षेत्र पर लगे झंडे को सीधा करते हुए उसने जवाब दिया :

“हाँ।”

“क्या तुम उनमें से एक हो?”

“नहीं। अभी मेरी ताकत उतनी पूर्ण नहीं है। अभी मेरी जीवन इच्छा के पूर्ण अनुभव में कमी है।”

“और तब तुम्हें ये सारे राज़ कैसे पता हैं?”

“अंतराभास से। खुद देखो, अपने लिए देखो, मानसिक उमंग की एक सत्योद्घाटन की अवस्था आती है, और तुम इस बात की पुष्टि कर लोगे कि तुम अपने लिंग का अंतर भूल गये हो। तुम स्त्री या पुरुष होने से कहीं दूर हो जाते हो। और तुम अपनी सेक्सुअलिटी से नफ़रत करने लगते हो।”

“ये सच है।”

“मनुष्यता के भविष्य में ऐसा होगा। उसके मैथुन या स्त्री के मैथुन का एक अंतिम लक्ष्य होता है, स्त्री का गर्भ धारण; स्त्री भी पुरुष को इस अनूठे कार्य में स्वीकार करती है; तब वे दोनों अपनी ज़िन्दगी को पूर्ण और सामंजस्य से बिताते हैं, लेकिन कल का आदमी भाड़ में जाए!...आओ आज के आदमी की बात करें जो तुम्हारी ही तरह ईर्ष्यालु है।”

“साथ ही, विश्वासघाती। मुझे दुष्ट होने के बारे में सोचना पसंद है। सुनो : सोने के लिए मुझे ये कल्पना करनी पड़ती है कि मैं समुद्री लुटेरों के एक किले का कप्तान हूँ, जो चारों तरफ़ से घिरा है...मैं तुम्हें बोर तो नहीं कर रहा?”

ज्योतिषी ने सिर खुजाने के लिए अपना हाथ उठाया। उसकी बाज़ू की परछाईं ऊपर छत तक गयी, दीवार पर उतरी फिर मेज़ पर आ गयी जो कागज़ों से भरी थी।

''दिलचस्प है...और बताओ...''

''साम्राज्यवादी ज़रूरतों के मद्देनज़र स्पेन के सम्राट ने इंग्लैंड से संधि कर ली है, और वह मेरे किले पर हमला करने के लिए सौ समुद्री जहाज़ भेजता है। पहले तो मैं सोचता हूँ कि मेरी तोपें उस सेना को पीछे धकेल सकती हैं; बहरहाल मेरी तोपें काफ़ी नहीं हैं, और फिर अपने किले में मुझे तेल क्षेत्र मिल जाते हैं और हम मध्यम आकार के पाइपों से उनकी सेनाओं के ऊपर पेट्रोलियम की सौ मीटर लम्बी आग की लपटें छोड़ते हैं। फिर इस दृश्य से मन्त्रमुग्ध मैं रुक जाता हूँ उन हज़ारों लोगों को यहाँ से वहाँ भागते हुए, ज़िंदा जलते हुए देखने के लिए। मैं लोगों को देखता हूँ एक आदमी के कोट से दूसरे आदमी के कपड़ों को कूद कर पकड़ते हुए; फिर मैं एक आदमी को देखता हूँ जिसके बाल छोटे-छोटे कटे हैं और वह गर्दन तक लपटों से घिरा है और अपनी ठोड़ी ऊँची करके अपने शरीर से बचने की कोशिश कर रहा है...''

''हमेशा आपके अन्दर एक ऐसा बल होता है जिसके बाहर निकलने का कोई रास्ता नहीं है। एक दिन वह जल्द ही बाहर निकलेगा, तुम इसे याद रखोगे। मनोवैज्ञानिकों ने मनुष्यता की जाँच पड़ताल की है ये अनुमान लगाने के लिए कि हम सोने से पहले क्या सोचते हैं। वे इसका पता लगाने में बहुत दिलचस्पी रखते हैं। इसके ज़रिये वे ये निर्धारित कर पाएँगे कि मनुष्य की कौन-सी शारीरिक प्रवृत्तियों का इस्तेमाल करके मनुष्यता को इसके रास्ते से हटा कर गुलामी की एक व्यवस्था के अधीन किया जा सकता है।''

''और कौन-सा रास्ता तुम्हारे लिए है?''

बार्सुत को बहुत ठण्ड लग रही थी और उसने गाउन को अपने नंगे घुटनों पर और थोड़ा कस कर लपेटा। ज्योतिषी ने अपनी स्टील की अँगूठी उतारी उसके पत्थर को अपनी ग्रे कमीज़ के बाजू पर रगड़ा और जवाब दिया :

''इस वक्त, क्रान्तिकारी सेना का संगठन।''

''और तुम कुछ बन जाओगे?''

''कुछ बनने के लिए, आपका ये जानना ज़रूरी है कि वो कुछ में क्या है। मेरे लिए मुझे कोई फ़िक्र नहीं। मेरे सामने ये साबित करो कि तुम कुछ बनने के काबिल हो तब हम बात करेंगे।''

''बिलकुल, मैं तुम्हारा हुक्म मानूँगा...मैं कहना चाहूँगा कि मैं वफ़ादारी से तुम्हारी मदद करने की कोशिश करूँगा। और अगर ऐसा होता है कि मैं कोई गन्दी या दगाबाज़ी की चाल चल सकता हूँ, तो मुझे बताना : मैंने ये सोचा है...''

''ये मुझे काफ़ी अच्छा लग रहा है। तुम्हारे पास खुद को बेकार के भयावह काम करने से आज़ाद करने का यही एक रास्ता है...हमेशा मुझे बताते रहो कि तुम क्या सोच रहे हो, मेरी सुरक्षा के लिए नहीं बल्कि अपनी शांति के लिए। ये मत भूलना। अगर कोई दुष्टतापूर्ण ख़याल तुम्हारे दिमाग में आता है तो उसे छिपाना मत क्योंकि अगर तुम उस विचार को अभिव्यक्त नहीं करोगे तो वह तुम्हारे अन्दर चलता रहेगा, इस तरह से कि तुम उस विचार को व्यक्त करने के आवेग पर काबू नहीं पा सकोगे।''

''क्या तुम जानते हो कि तुम एक राक्षस हो? तुम्हें सब कुछ पता है...तुम्हें बोलता हुआ सुनते वक्त मुझे पता होता है कि तुम ईमानदारी से सच बता रहे हो, उसे गढ़ नहीं रहे। यही वजह है कि तुम जीतोगे...''

''मैं सिर्फ़ उसी बारे में बात करता हूँ, जिस पर मैं अन्दर से आश्वस्त होता हूँ।''

''और गुलामों के कारोबार का क्या?''

''तुम्हें और एर्दोसैन को ये ज़रूर भ्रामक लगता होगा। यही कारण है कि मेरे शब्द तुम्हें झूठ की तरह लगते हैं। मेरा असली प्लान है क्रांतिकारियों की अकादमी का संगठन करना। हम क्रांति की बातें करते हैं, लेकिन दरअसल हम उन तरीकों की उपेक्षा कर देते हैं जिनसे क्रांति को असल ज़िन्दगी में शक्ल दी जा सकती है। एक क्रांति का मतलब, मैं कहना चाहूँगा, सभी सार्वजनिक सेवाओं में अवरोध है। हम शहर में पानी की आपूर्ति कैसे करेंगे? कूड़ा-कचरा कौन उठाएगा? हम ये कैसे सुनिश्चित करेंगे कि जानवर बूचड़खाने तक पहुँचते रहें और आटा बेकरियों में? और रेल पटरी, बिजली। क्या तुम जानते हो कि हम जो भी कल्पना कर सकते हैं उसमें क्रांति सबसे जटिल तंत्र है, क्योंकि जनता के लिए जो आपकी स्वाभाविक सहानुभूति होती है, वो उसे असफल बना सकती है? और फिर सेना। एक लाल सेना जिसे बिलकुल शुरुआत से बनाना पड़ेगा। और भूमि वितरण। और औज़ार। हल बनाने के लिए कितने टन लोहा चाहिए होता है? उन्हें बनाने में कितना वक्त लगता है? कितनी भट्टियाँ, कितने संचालक? और बैंक? पड़ोसी देश? बुर्जुआ लोगों का प्रतिरोध? भूखे-नंगे लोग? प्रतिरोधी आन्दोलन? एक साल में एक क्रांति को गठित करके लाना संभव है लेकिन इसे बासठ घंटों तक बनाये रखना असंभव। जैसे ही रोटी और गोश्त ख़त्म होता है, और पानी की एक बूँद भी नहीं बचती तो लोग ये सोचना शुरू कर देंगे कि एक घटिया पूँजीवादी तानाशाही एक अच्छी सर्वहारा क्रांति से कहीं बेहतर है।''

''और फिर?''

''हमें प्रशिक्षित विशेषज्ञ चाहिए। क्रांतिकारी विशेषज्ञ। ये एर्दोसैन का आईडिया है कि गुप्त रूप से ऐसी कक्षाएँ चलायी जाएँ जो इंजीनियरों को आकस्मिक क्रांति के लिए सशक्त करें, क्रान्तिकारी विशेषज्ञों को तैयार करें, जैसे युद्ध के दौरान होता है। सेना के प्रशिक्षक, नर्सें, तोपची, वगैरह। और वो भी अपने स्तर पर वही करें जो हम करते आ रहे हैं, इस तरीके

से कि एक बार हमारा तंत्र काम करने लग जाए तो उनके लिए ये ज़रूरी न हो कि वे इस मशीनरी के केंद्र के संपर्क में रहें। कुल मिला कर, हम वास्तविक समाज में अनेक कैंसर सेल्स छोड़ दें जो अपने आप ही अपनी तादाद बढ़ाते रहें। तुम जानते ही हो कि कैंसर एक प्रकार का टिश्यू होता है जो हमेशा बढ़ता रहता है। मैंने ऐसे कैंसर भी देखे हैं जो पूरे शरीर को ढँक लेते हैं। ये बहुत अद्‌भुत है।''

बार्सुत ने अपनी उँगलियों के बीच सिगरेट को सुलगते रहने दिया, इसके धुएँ के नीले घेरे एक के ऊपर एक बन कर उठते रहे। दोनों आदमियों के सिर का प्रतिबिम्ब अमेरिका के नक़्शे पर देखा जा सकता था।

''और क्या हम खुद कैंसर के खाँचे का गठन करते हैं?''

''हाँ। अगर हमारे साम्यवादियों में थोड़ी बुद्धि होती तो वे ऐसा कर सकते थे... लेकिन उनसे तो किसी शरारत जैसी चीज़ की उम्मीद भी नहीं की जा सकती। वे अपना समय हास्यप्रद वाक्य रचना में घोषणापत्र लिखने में बिताते हैं और उन्हें शब्द ठीक से लिखने भी नहीं आते। और समाजवादी कुछ कहते ही नहीं। उनमें से कइयों के बच्चे तो लॉ स्कूल में कानून पढ़ रहे हैं, या सेना अकादमी में हैं या डॉक्टरी पढ़ रहे हैं। ये एक मज़ाक बन गया है...हम भी अपने बेटों को भेजेंगे...सेना अकादमी में...लेकिन उससे पहले बहुत बचपन से हम उन्हें एक क्रान्तिकारी माहौल में पालेंगे, वे लगातार हमसे सामाजिक कल्याण की विजय के बारे में सुनेंगे। और जब वो एक पूँजीवादी राज्य के सेनावाद के खिलाफ़ पूरी तरह से रक्षित हो जायेंगे तब हम उन्हें सेना अकादमी, कूटनीति के स्कूल, जल सेना, वायु सेना के प्रशिक्षण केन्द्रों में भेजेंगे; कुछ ही सालों में हम इस कैंसर को हर संस्था के भीतर भेज देंगे...।''

''मालूम है, ये सब शानदार है?''

''अपनी कॉलोनी में हम कुछ सैन्य प्रशिक्षक भी रखेंगे। हम उन प्रशिक्षकों को तोप चलाना और गैस से युद्ध करने का प्रशिक्षण देंगे, धातुकर्मी होंगे जो टनों हल और बम बनायेंगे...रासायनिक प्रशिक्षक जो गैसें और विस्फोटक बनायेंगे; हम सम्प्रेषण प्रशिक्षक भी रखेंगे, पुल बनाने वाले, आर्थिक मामलों के प्रशिक्षक, जो हमारे लिए हवाई जहाज़ खरीदेंगे...अभी हमारे देश में काफ़ी संख्या में जर्मन सेना के अफ़सर हैं जो हवाई जहाज़ चालक हैं और फ़िलहाल भूखों मर रहे हैं...हम उन्हें शामिल कर लेंगे और वो पायलट्स को प्रशिक्षित कर सकते हैं। यहाँ तक कि उनके आवेदनों में जासूसी और मृत्युदंड के लिए भी एक दक्षता की ज़रूरत होती है और सज़ायाफ़्ता लोगों के बगैर एक क्रांति ऐसी होती है मानो शोरबे के बगैर स्टू। जो खतरनाक हैं और कुछ जो खतरनाक नहीं हैं, उनको हमें मृत्यु दंड देना ही होगा। जो खतरनाक नहीं हैं उन्हें मृत्युदंड देने से सबसे ज़्यादा आतंक फैलता है। इस तरह के क्रांतिकारी समय में ऐसे लोग होते हैं जो रूढ़िवादी होते हैं और तुरंत खुद को क्रांतिकारी में तब्दील कर देते हैं। उनके लिए सबसे अहम बात होती है सत्ता में बने रहना।''

''हमें मंचित मृत्युदंडों का एक पूरा संस्कार, पूरी रस्म बनानी होगी।''

''बिलकुल। पूरे आवश्यक तामझाम के साथ एक लुटेरे को मृत्युदंड देना एक सौ कमीनों के बदकिस्मती से मरने के बराबर है। साथ ही, हमें ये काम लगातार करना होगा—ज्योतिषी अपने हाथ मसलते हुए हँसा—''हम 'एक्स' को या 'डबल एक्स' को उसी तरह मृत्युदंड नहीं दे सकते जैसे कि एक बेकरी के मालिक को। हम सभी मोटे लुटेरों को फाँसी दे सकते हैं...बेकरी के मालिक को गोली मार सकते हैं...लेकिन एक 'एक्स'...ओह! उसे फाँसी पर लटकाने के लिए हमें कानून के हर नियम का इस्तेमाल करना होगा। सरसरी तौर पर, फाँसी पर लटकाना और गोली मार देना एक-सा ही लग सकता है...लेकिन ऐसा नहीं है...किसी को फाँसी देने के लिए आपको एक तख्ता लगाना पड़ता है, आधी रात को लकड़ी उस जगह तक ले जानी होती है और आस-पास के लोगों को जगाना पड़ता है; इससे एक सम्मानपूर्ण दिलचस्पी का माहौल पैदा होता है, उस मशहूर कामचोर की हर चोरी से संबंधित जिसे फाँसी पर लटकाया जाना है।''

''दफ़्तर का दरवाज़ा खुला और ब्रोम्बर्ग का बिखरे बालों वाला सिर अन्दर झाँका। अमेरिका के नक़्शे की तरफ़ देखते हुए, जिसमें उन क्षेत्रों पर काले झंडे लगे हुए थे जिन पर क्लू क्लक्स क्लान का वर्चस्व था, उसने कहा :

''एक आदमी आया है, जिसका कहना है कि वो मिस्टर हेफ़्नर का वकील दोस्त है।''

ज्योतिषी मुस्कुराया और बार्सुत की तरफ़ देखते हुए उसने पूछा :

''क्या अब तुम जाओगे, मेरे दोस्त। यहाँ एक और कैंसर आया है।''

वकील और ज्योतिषी

एक मिनट बाद हेफ़्नर का वकील दोस्त अन्दर आया।

''मैं आपका इंतज़ार ही कर रहा था,'' उसकी अगुआनी करते हुए ज्योतिषी ने कहा। ''उस दिन तुम हमारी मीटिंग अजीब तरह से छोड़ कर चले गये थे। आओ बैठो।''

वकील ठीक उसी जगह बैठा जहाँ से बार्सुत अभी उठा था। लेकिन जैसे ही वो बैठा, अमेरिका का नक्शा देख कर जिसमें काले झंडे लगे थे, उसके करीब चला गया और ज्योतिषी के काम का सावधानी से अध्ययन करने लगा।

''ये क्या है?'' वो बुदबुदाया।

''वो इलाके जहाँ क्लू क्लक्स क्लान का नियंत्रण है...''

''आह...'' उसने कहा और वापिस अपनी जगह लौट आया।

वह एक खूबसूरत नौजवान था। उसमें चुस्ती भरा आत्मविश्वास था, एक ख़ास तरह का रौब, मानो उसे हुक्म देने की आदत हो। उसके अस्त-व्यस्त और बहुत सारी सलवटों से भरे कपड़ों के नीचे एक हृष्ट-पुष्ट शरीर देखा जा सकता था, जो जिम्नाज़ियम में उसकी मेहनत को ज़ाहिर करता था।

'एक आदमी जिसका समय खराब चल रहा है,' अपने हाथ पीछे बाँधे कमरे में टहलते हुए ज्योतिषी ने सोचा। उसके चौकोर चेहरे की हर नस के नीचे उसका दिमाग सक्रिय था। अचानक अपना आधा चेहरा वकील की तरफ़ घुमाते हुए उसने एक सवाल फेंका :

''तुमने वकालत के स्कूल में एक सुनहरा झंडा उठाया था, क्या मैं सही कह रहा हूँ?''

''हाँ, मैं रूढ़िवादी शासन का विरोध करना चाहता था। साथ ही मैं इस पृथ्वी पर स्वर्णिम युग की घोषणा भी करना चाहता था...मैंने सब कुछ त्याग दिया है। जानते हो, मैंने अपने परिवार की सारी दौलत छोड़ दी है लेकिन फिर भी मेरा परिवार चाहता है कि मैं अपने वकालत के पेशे से जितना हो सकता है उतना पैसा कमाऊँ। वाकई, मुझे खाना खाना होता है। अपने कपड़े धोने होते हैं...और जैसा कि मैं बहुत विनम्रता से कह रहा था, मैं लोगों का डॉक्टर हूँ। लेकिन मैं इसके लिए यहाँ नहीं आया। मुझे आपसे गंभीरता से बात करनी है।''

''ठीक है...''

''मैं ये जानना चाहता हूँ कि क्या आप अभिनेता हैं, सनकी हैं, या दुस्साहसी शख़्स हैं?''

''ये तीनों चीज़ें लगभग एक-सी हैं।''

''लगभग। लेकिन हमें बहुत रहस्यपूर्ण और सूक्ष्म होने की ज़रूरत नहीं। मुझे ये बताएँ, एक सैन्य तख़्ता पलट के बारे में आप कितनी निश्चितता से कह सकते हैं? या यूँ कहें कि : इस नाटक में जिसका मेजर ढोंग करता है कि आप सभी शामिल हैं...''

''ये कुछ नहीं था...बस एक साधारण-सा विचार।''

''ये कोई जवाब नहीं।''

''न ही सवाल...''

''ठीक है...मैं सिर्फ़ इसका अनुमान लगाना चाहता हूँ कि आप किस सन्दर्भ में बात कर रहे हैं। आप एक साम्यवादी सैल के संगठन में मदद करेंगे ताकि सेना के अनुकूल एक घटना हो।''

''मैं, हाँ''

''तो तुम साम्यवाद के विरोधी हो?''

''नहीं मैं साम्यवादी हूँ...''

''और कम्युनिस्ट होते हुए भी सैन्य तख़्तापलट का समर्थन करके तुम अपने कामरेड्स को दगा दोगे, इस बहाने कि ये देश साम्यवाद का शिकार होने जा रहा है?''

''हाँ।''

''मैं तुम्हें नहीं समझ पा रहा।''

''मैं बेशक खुद को समझता हूँ।''

''किस तरह?''

ज्योतिषी उठा, कमरे में थोड़ी देर टहला और फिर बोला :

''इस देश का बौद्धिक स्तर भयानक है। ये कहने के बाद, मैं तुम्हें ये बताना चाहूँगा कि हमारे लोग, विकास की प्रक्रिया के ज़रिये भी, मोटे तौर पर, कभी भी पूरी तरह साम्यवाद को स्वीकार नहीं कर पाएँगे। हमारे विरोध में पूँजीवादियों के हित ही नहीं हैं बल्कि वे लोकतांत्रिक राजनैतिक संस्थाएँ भी हमारे खिलाफ़ हैं जो लोगों का प्रतिनिधित्व करके जीवित रहती हैं और समृद्ध होती हैं। इसका मतलब ये हुआ कि हम बौद्धिक माध्यम से या समझाने-बुझाने के ज़रिये कभी भी लोगों तक पहुँच कर उन्हें साम्यवाद स्वीकार करने के लिए राज़ी नहीं कर पाएँगे। एक राष्ट्र भूख के ज़रिये या अत्याचार और शोषण की ज़्यादतियों से साम्यवादियों को पैदा करता है। हमारे पास भूखों को उकसाने या उनके दमन को उकसाने के लिए पर्याप्त ताकत नहीं है। राज्य को निचोड़ने और उस पर सख़्ती से काबू पाने की एकमात्र ताकत सेना है। सो, हम सेना की मदद करेंगे, राज्य की सत्ता हासिल करने के लिए...''

''ये दूर की कौड़ी है...''

''बीच का रास्ता है। बात ये है कि हम काफ़ी लालची प्रजाति हैं, जिसे ये कहने की आदत है : हाथ में एक पंछी आसमान में उड़ते एक सौ पंछियों से बेहतर होता है। मैं ठीक इसके उलट हूँ। मैं उन एक सौ उड़ते पक्षियों को हाथ में पकड़े एक पक्षी से बेहतर मानता हूँ। शतरंज के पीछे भी यही विचार होता है...क्या तुम शतरंज खेलते हो?''

''नहीं...''

''फिर भी, तुम्हें नेपोलियन पसंद है...प्यारे दोस्त, तुम्हें शतरंज खेलना चाहिए... शतरंज अद्‌भुत धूर्ततापूर्ण खेल है...तार्ताकोवर जो एक महान शतरंज खिलाड़ी था उसने

कहा था कि शतरंज के खिलाड़ी के पास सिर्फ़ एक ही गेम प्लान नहीं बल्कि बहुत सारे गेम प्लान होने चाहिए; और ये कि जितनी भ्रामक और द्वेषपूर्ण पहली चाल होती है, उतनी ही दिलचस्प और फ़ायदेमंद भी, क्योंकि ये आपके विरोधी के लिए कई मायनों में परेशान कर देने वाली होती है। तार्ताकोवर, जिसके पास शतरंज को समझाने के लिए ज़बरदस्त शब्दावली थी, उसने इस तरीके को एक नाम दिया था : 'खेल की लोच'। खेल जितना लोचदार होगा उतना ही बढ़िया होगा; लेकिन जैसा कि हम कह रहे थे, सेना का सत्ता में काबिज़ होना उन लोगों का सबसे ऊँचा आदर्श है जो पूँजीवादी ढाँचे का विनाश चाहते हैं। अंदरूनी तौर पर ये हमारी मदद करेगा उन तत्वों को व्यवस्थित करने में जो राष्ट्र की क्रान्तिकारी चेतना को जगायेंगे।''

''तुम सत्ता में कायम नहीं रह पाओगे।''

''हम कायम रह पाएँगे...और साथ ही हम इतने क्रूर होंगे कि उन सारी विसंगतियों को करें जिनसे लोगों की क्रांतिकारी चेतना जाग जाए।''

''हम्म...''

''हम कुछ भारी गलतियाँ करेंगे। ये तो बगैर कहे ही समझना होगा। हर सैनिक एक तानाशाह होता है और इन विचारों पर ठहाका मार कर हँस देगा। हमें उनको सत्ता में लाना ही होगा, और उन्हें देश की खूंटियों को व्यवस्थित करने देना होगा, और तुम देखोगे कि जो लोग सबसे कम क्रांतिकारी या साम्यवादी हैं, जो उन अल्पसंख्यकों से बेमेल हैं, वो बोल्शेविक और सेना-विरोधी हो जायेंगे। हमें एक ऊर्जावान तानाशाह की ज़रूरत होगी, बर्बर तानाशाह : वो जितना क्रूर और ऊर्जावान होगा उसकी प्रतिक्रिया उतनी ही ज़्यादा सघन होगी। हवा में तैरती बारूद की अनोखी खुशबू; एक छोटी सी जगह में सीमित कर दी जाये तो जो चीज़ बनेगी उसे हम बम कहते हैं।''

''तुम जानते हो ये बहुत अनोखी बात है?''

कुछ दूरी पर कुत्तों का एक झुण्ड रह-रह कर भौंक रहा था। दूर से एक शॉटगन की घुटी हुई सी आवाज़ आई।

''ये कोई गंभीर बात नहीं है,'' ज्योतिषी वकील के चेहरे पर शंका और भय देख कर बड़बड़ाया। ''यहाँ सारी रात कोई गोली चला रहा होता है,'' और फिर उसने अपनी बात जारी रखी : ''शुद्ध शतरंज, प्यारे दोस्त। हम खुद सैन्य तानाशाही रोकने के लिए कुछ नहीं करेंगे। हमारे फ़ैसले ठीक उसके उलट हैं। उन लोगों की आज़ादी घटाने के लिए जो बोल्शेविज़्म की प्रकृति से भी अनजान हैं, उनके लिए बोल्शेविक का बहाना ज़रूरी है। अद्‌भुत है। हम उनके लिए एक नकली साम्यवाद की रचना करेंगे...तुम जानते ही होगे कि मनुष्य के शरीर में जो बेक्टीरिया है वो 104 डिग्री तापमान को सहन नहीं कर पाता। ये बेक्टीरिया ही बीमारी का कारण बनते हैं। ये बहुत हानिकारक सूक्ष्म जीव तभी नष्ट होते हैं

जब एक दूसरी बीमारी के अतिसूक्ष्म जीव कृत्रिम रूप से इस शरीर में डाले जाते हैं, जिससे 104 डिग्री बुखार आ जाता है।''

''तुम्हारी व्यवस्था में तो हम हर चीज़ को स्वीकार करने के लिए बाध्य होंगे...।''

''ज़ाहिर है। राजनैतिक व्यवहार में तुम जितनी नैतिकता डालोगे, राजनीतिक व्यवहार एक कठोर तंत्र में तब्दील हो जायेगा जो बाहरी और भीतरी बलों के दबाव के ज़रिये ही नष्ट किया जा सकेगा।''

''और अगर सेना देश का भला करती है तो?''

''पूँजीवादी शासन के तहत सेना एक संस्थान होती है जो शासन की सेवा करती है। पूँजीवादी सरकार की कोई भी व्यवस्था आर्थिक समस्याओं को हल नहीं कर सकती जो हर साल बढ़ती जाती हैं। किसी भी देश में कहीं भी पूँजीवाद इतना सीधा-सादा है कि इसके साथ आप सिर्फ़ एक...बड़ी अव्यवस्था ही फैला सकते हैं। हमारे पास लोकतंत्र है जो एक बड़ी अव्यवस्था है; तो अब हमारे पास तानाशाही होगी जो एक अव्यवस्था है...ये एक तरह से डिस्टिल्ड वाटर के इंजेक्शन से सिफ़िलिस के इलाज का ढोंग करना है...''

''जो मैं समझा हूँ और बता सकता हूँ वो ये है कि अगर हम तुम्हारे नज़रिए से शुरू करें तो तुम्हें एक लुटेरे, धोखेबाज़ या हत्यारे से जुड़ने में कोई आपत्ति नहीं होगी...''

''ये सब काम के होते हैं, अगर हम ये जानते हों कि उनका कैसे इस्तेमाल करना है; साम्यवाद की विजय में सहायक शानदार साधन। इससे भी ज़्यादा, मैं बताता हूँ : एक पूर्ण साम्यवादी को सार्वभौमिक सर्वहारा की विजय के लिए हर उस अपराध का इस्तेमाल करने में बिलकुल हिचकिचाना नहीं चाहिए जो पूँजीवादी नैतिकता को दोषी ठहराता हो...उन सभी के लिए जिनके पास कुछ भी नहीं है।''

वकील उठ खड़ा हुआ।

बिजली के लैंप की रौशनी तेज़ी से टिमटिमाने लगी। ज्योतिषी जिसे बीच में ही रोक दिया गया था, ने देखा कि लाइट बल्ब का फ़िलामेंट गर्म इस्त्री की तरह लाल हो गया था। वह बुदबुदाया :

''ये ट्रांसफ़ार्मर्स बिलकुल बेकार काम करते हैं।''

''क्या तुम्हारे यहाँ डायरेक्ट करेंट आता है?'' वकील अनमने ढंग से फुसफुसाया।

''नहीं। आल्टरनेटिंग। हम एक लोकतंत्र में रह रहे हैं, नहीं? ठीक है, मेरे प्यारे डॉक्टर। क्या तुम अब भी लोकतंत्र में भरोसा करते हो? मुझे सुनो। जब उत्तर अमरीकियों ने पनामा को आज़ाद करवाया तो वो इसलिए कि वे पूर्व नियोजित नहर के आस-पास के क्षेत्र पर कब्ज़ा करना चाहते थे। कुछ सालों बाद रूज़वेल्ट ने बर्कले कैलिफ़ोर्निया में

अपने भाषण के दौरान कहा : 'अगर मैं अपनी योजना के प्रति एक परम्परावादी (यानी लोकतांत्रिक) रुख रखता तो मुझे कांग्रेस के सामने एक गंभीर आधिकारिक दस्तावेज़ पेश करना पड़ता, संभवत: दो सौ पन्नों का, और वे अब तक इस पर बहस कर रहे होते। लेकिन मैंने पहले नहर क्षेत्र को हासिल किया और कांग्रेस को कहा कि वो इस क्षेत्र को पाने की मेरी प्रक्रिया पर बहस कर सकते हैं। और जब तक बहस जारी रहेगी तब तक नहर का काम भी।' आदरणीय डॉक्टर, क्या ये सारी लोकतांत्रिक प्रक्रियाओं और उन सीधे-सादे लोगों की सरलता को अपने फ़ायदे के लिए तोड़ना-मरोड़ना नहीं है जो संसदीय प्रणाली को लगभग ईश्वरीय वाणी मानते हैं।''

''सिर्फ़ एक ऐसे काम से आप ये सामान्य धारणा नहीं बना सकते।''

''बहुत बढ़िया, तो क्या आपके सामने उन कामों और फ़ैसलों की एक कड़ी पेश करूँ जिससे ये ज़ाहिर होता है कि यूनाइटेड स्टेट्स (हम इसे यूनाइटेड स्टेट्स ही कहेंगे, क्योंकि हम अमेरिका में हैं) इस दुनिया में मौजूद सबसे ज़्यादा लोकतंत्र विरोधी देश है। ठीक है...क्या तुम बता सकते हो, प्यारे दोस्त कि एक यांकी पूँजीवादी यांकी लुटेरों के अनुकूल बर्ताव कैसा होता है? हमारे पाँचों विला की डकैती और लूट के कारनामों पर वो जी भर हँसे। हमारे जितने विलेन और दुष्ट लोग हैं वो उन उद्यमों के बरअक्स दुधमुँहे बच्चों की तरह हैं जो पनामा में क्रांति की वजह बने। अगर हम पनामा से मेक्सिको की तरफ़ चलें तो पाएँगे कि वहाँ मेक्सिको स्थित उत्तर अमेरिकी पूँजीवादी समूह के एक प्रतिनिधि श्री दोहेनी के दबाव के नतीजतन एक क्रम में कुछ क्रांतियाँ उठीं। आपको बता दूँ ये वही दोहेनी है जिसने धर्म गुरु विल्सन का समर्थन किया था। चूँकि इंग्लिश लोगों की रुचि पेट्रोलियम में थी, और वे यांकी पूँजीवादी के विरोधी हुएर्ता का समर्थन कर रहे थे, तो उन्हें वहाँ नियंत्रण कैसे मिल सकता था? उन्होंने अंग्रेज़ों को रिश्वत दी ताकि वे हुएर्ता को दी जा रही आर्थिक सहायता बंद कर दें। अंग्रेज़ी जलयानों को उन्होंने बगैर कर दिए पनामा नहर से होकर जाने के अधिकार दे दिए, अंग्रेज़ों के पेट्रोलियम के कामों को खरीद लिया, और हुएर्ता को ऐसे विद्रोह के ज़रिए जीत लिया जिसे उन्होंने करंज़ा की मदद से खड़ा किया और बदले में करंज़ा को हथियार और उत्तर अमेरिकी पैसा दिया गया। अब चलते हैं सांतो डोमिंगो। सांतो डोमिंगो यांकी साम्राज्यवाद की ताकत का शिकार हो गया, जब सांतो डोमिंगो इम्प्रूवमेंट कंपनी ने डोमिनिकन सरकार का 170,000 पाउंड्स का कर्ज़ खरीद लिया जो उसे एक डच कंपनी ने दिया था ताकि उसे कस्टम टैक्स मिल सके और उससे उसके कामकाज चल सकें। 1905 में ई ई यू यू (स्पेनिश में—Estados Unidos—एस्तादोस युनिडोस यानी संयुक्त राज्य अमेरिका) ने खुद को डोमिनिकन सरकार के कस्टम टैक्स संग्रहकर्ता के रूप में बदल लिया और कुहन एंड लोएब कंपनी के दखल और डोमिनिकन सरकार के साथ अपनी मनमर्ज़ी से बीस मिलियन डॉलर की रकम तय कर ली, और इसके ज़रिये उन्होंने यूनाइटेड स्टेट्स को 1943 तक कस्टम कर का अधिकार दे दिया।''

वकील ने अपने पैर पर पैर रख लिए, हाथों को उनके ऊपर रखा और सिर इस तरह आगे बढ़ाया कि उसकी ठोड़ी सीने पर टिक गई, और वह अपने बिना किसी चमक के घिसे हुए जूते की लगभग टूटी हुई नोक को देखते हुए ध्यान से सुनता रहा।

''कौन-सी व्यवस्था, मेरे प्यारे डॉक्टर? ये वाली : कि बैंक और वित्तीय उद्यम ऊपरी तौर पर एक किस्म के विद्रोह का निर्माण करते हैं, जो लगता है कि अमरीकी हितों को नुकसान पहुँचाएगा। तुरंत एक सशस्त्र हस्तक्षेप पैदा होता है जिसके संरक्षण में चुनाव करवाये जाते हैं, नतीजतन जो नव निर्वाचित सरकारें होती हैं वो हमेशा उत्तरी अमेरिका के प्रति अनुकूल रवैया रखती हैं। ये सरकारें फिर यूनाइटेड स्टेट्स से उधार लेकर आर्थिक सौदे करती हैं जब तक कि इन छोटे देशों का पूरा नियंत्रण बैंकों के हाथ में नहीं आ जाता। लगभग सारे केंद्रीय अमेरिका के खातों का हिसाब-किताब रखने वाले ये बैंक हैं, सिटी बैंक, द एक्विटेबल ट्रस्ट, ब्राउन ब्रदर्स कंपनी; सुदूर पूर्व में हम अक्सर टकराते हैं जे. पी. मॉर्गन एंड कंपनी से। ब्राउन ब्रदर्स कंपनी के हितों की रक्षा के लिए ही निकारागुआ पर हमला हुआ। जब स्टैण्डर्ड ऑयल नहीं होता तो वहाँ हुआस्तेका पेट्रोलियम होता है। देखो, ठीक यहाँ, हम से एक कदम की दूरी पर ही ये देश है हाथ और पैरों से यूनाइटेड स्टेट्स के साथ बँधा हुआ। मैं बोलीविया की बात कर रहा हूँ। साल 1922 से प्रभावी 32 मिलियन डॉलर के एक कर्ज़ के ज़रिए बोलीविया ने खुद को अमरीकी सरकार के नियंत्रण में पाया, जो स्टील एंड निकोलस इन्वेस्टमेंट कंपनी, स्पेंसर ट्रास्क एंड सिटी और एक्विटेबल ट्रस्ट कंपनी के माध्यम से वहाँ काम कर रही थी। सरकार के द्वारा सारे वित्तीय दरवाज़ों को बिलकुल खुला छोड़ते हुए इस कर्ज़ की गारंटी को एक तीन सदस्यीय स्थाई वित्तीय आयोग नियंत्रित करता है, इनमें से दो सदस्यों को उत्तर अमरीकी बैंक चुनते हैं और तीसरा सदस्य बोलीवियन सरकार चुनती है।''

अपने हाथ बाँधे ज्योतिषी अब वकील के सामने रुक गया, वह अपने बिखरे बालों वाले सिर को आगे-पीछे हिला कर अपनी बात पर ज़ोर दे रहा था, मानो दूसरा शख्स उसे नहीं समझ रहा हो।

''क्या तुम सोच सकते हो...32 मिलियन डॉलर के लिए। इसका क्या मतलब है? यही कि एक फ़ोर्ड या रॉकफ़ेलर जब भी चाहें, एक किराये की सेना खड़ी कर सकते हैं जो हमारे जैसे देश को मिट्टी में मिला सकती है।''

''तुम जो कह रहे हो वो भयानक है...''

''असलियत इससे भी बुरी है...लोग नितांत अज्ञानता में डूबे हुए जीते रहते हैं। पिछले युद्ध में लाखों लोगों के टुकड़े-टुकड़े किये जाने पर हम भौंचक रह गये थे लेकिन ये किसी को नज़र नहीं आता कि साल-दर-साल लाखों लोग फ़ैक्ट्रियों, प्लांट्स, खदानों, गन्दी परिस्थितियों वाले व्यवसायों, उत्पादन में हो रहे शोषण, सामाजिक रोगों जैसे सिफिलिस,

कैंसर और तपेदिक से नष्ट हो जाते हैं। अगर कोई आंकड़े होते जो दिखा सकते कि कितने लोग हर साल पूँजीवाद की सेवा में मर जाते हैं, और इस पूँजीवाद का मतलब है महज़ एक हज़ार करोड़पति, अगर हमारे पास आंकड़े होते तो इस बात का सुबूत होता कि तोप की बमबारी से घायल कितने लोग अस्पताल में मारे गये, जेल में, या फ़ैक्ट्रियों में, गैस से हुए हमलों में या ग्रेनेड हमलों में। फिर एक सैन्य तानाशाही के खतरे कितनी अहमियत रखते हैं अगर ये तानाशाही एक सशक्त सामूहिक नियति के पुनरुत्थान को प्रेरित कर सके और सभी के लिए पूँजीवाद की आपराधिक असलियत को ख़त्म कर दे। ठीक इसके उलट, उन सेना अधिकारियों को अपनी मदद न देना गुनाह के बराबर होगा जो लोगों पर अत्याचार करेंगे और उनकी क्रान्तिकारी चेतना को जागृत करने के उत्प्रेरक बनेंगे। एक परंपरागत अहमक तानाशाह कितनी भी अच्छी मंशाओं और क्रान्तिकारी जज़्बों से कहीं ज़्यादा फ़ायदेमंद है। एक क्रान्तिकारी सीमित प्रोपेगंडा कर सकता है; लेकिन एक तानाशाह हज़ारों चेतनाओं में घृणा पैदा करता है, और उन्हें उन ज़्यादतियों की तरफ़ जाने के लिए प्रेरित करता है जिनके बारे में उन्होंने कभी सोचा न होगा।''

अपने बड़े से माथे के साथ दूसरा व्यक्ति ध्यान से सुनता रहा। कभी-कभी वह अपने हाथ इतनी ज़ोर से हिलाता मानो एक हाथ दूसरे को धो रहा हो।

''इस पर ज़रा ध्यान दो, मेरे दोस्त, कि इस चिंताजनक समय में पूँजीवादी सरकारों के अधिकारी पूँजी के नाम पर विरोध के सभी तत्वों पर अत्याचार कर सकते हैं और इसका दोष साम्यवादी और क्रांतिकारियों पर मढ़ सकते हैं ताकि अपनी दुष्टता को उचित ठहरा सकें। दरअसल इस तरीके से कि वे सामाजिक लक्षणों को एक कानून के तौर पर स्थापित कर सकते हैं ताकि आर्थिक और राजनीतिक संकट के दौर में ये सरकारें लोगों का ध्यान अपने कार्यों की जाँच से भटका दें और पुलिस और अन्य सशस्त्र दलों की मदद से कुछ साम्यवादी षड्यंत्र ईजाद कर लें। इन असामान्य सरकारों के दबाव में प्रेस भी इन झूठ से भरे अभियानों पर इस तरह प्रतिक्रिया करती है जिससे जनसंख्या के वृहद् केन्द्र गुमराह हो जाते हैं और प्रेस इन घटनाओं को इतने विकृत रूप में पेश करती है कि सीधी-सादी जनता सरकार के प्रति शुक्रगुज़ार महसूस करती है कि उसने उन्हें इन बलों से आज़ाद कर दिया जिन्हें पूँजीवादी 'खतरनाक साम्यवादी' कहते हैं।''

ज्योतिषी ने अपने हाथ से उसकी पीठ हल्की-सी सहलाई। उसके चौकोर चेहरे की त्वचा के भीतर हर नस मानो उसके विचारों पर काम कर रही थी। वह जितनी जल्दी सिगरेट फूँक सकता था उतनी जल्दी उन्हें पीता और फिर अगली सुलगा लेता। उसे अचानक एहसास हुआ कि उसने वकील से पूछा ही नहीं कि क्या वो सिगरेट पीना चाहेगा। सो, उसने अपना धातु का बना सिगरेट केस आगे बढ़ाया :

''क्या तुम सिगरेट लोगे?''

''नहीं, शुक्रिया, मैं सिगरेट नहीं पीता।''

''माफ़ करना, मैं तुमसे पूछना ही भूल गया, क्या तुम थोड़ी रम लेना चाहोगे?''

''नहीं, मैं शराब नहीं पीता।''

''बहुत बढ़िया, तो, जैसा कि मैं कह रहा था : दुनिया भर में पूँजीवाद की रणनीति है, किसी भी देश की सर्वहारा विचारधारा को भ्रष्ट कर देना। वो गर्म दिमाग वाले उत्साही जो भ्रष्ट नहीं होते उन पर अत्याचार किया जाता है, सज़ा दी जाती है। दोषियों के लिए निष्कासन कम मात्रा की सज़ा में माना जाता है, और ऐसे गंभीर आरोपियों को ऐसे जेल में बंद कर दिया जाता है जहाँ वे पुलिस द्वारा भयंकर यातना के शिकार होते हैं, मसलन उनके अंडकोषों को मरोड़ा जाता है, जलाया जाता है, उन्हें सर्दियों में खुले जेल में रखा जाता है और ठंडा पानी लगातार उन पर फेंका जाता है जिससे उन्हें ठण्ड लग जाती है और पूरा शरीर सुन्न पड़ जाता है। औरतों का जहाँ तक सवाल है तो उनके स्तनों को मरोड़ा जाता है, गुप्तांगों में गर्म मिर्च डाली जाती है : जितने शहादत के तरीके एक पुलिस वाले की कल्पना ईजाद कर सकती है वो सभी दक्षिण अमेरिका के हर देश के जाँच कर्मचारियों द्वारा पूँजीवादियों की सेवा में इस्तेमाल किये जाते हैं।''

एक बार फिर बिजली का करंट झिलमिलाने लगा, वोल्टेज कुछ पल के लिए इतनी कम हो गई कि रौशनी लगभग बन्द हो गई और अंधेरे में बल्ब का ऑस्मियम फ़िलामेंट हल्का-सा टिमटिमाता रहा। लेकिन इससे ज्योतिषी रुका नहीं, वह बोलता रहा :

''जो लोग साम्यवाद के प्रति सहानुभूति रखते हैं, उनके लिए पूँजीवादी शासन द्वारा रची गई व्यवस्था को ज़रूरी हो जाता है कि वे उन्हीं लोगों जैसा एक व्यवहार रचे जो एक दिखावटी और झूठे जीवन की व्यवस्था को समेकित करता हो। इससे वे मौजूदा शासन को नष्ट करने की उनकी गतिविधियों के फैलाव को पूरी निरंकुशता से समझ लेते हैं।''

अचानक बिजली वापस अपनी समान्य स्थिति में आ गई।

''इसमें प्रकोष्ठों के संगठन की ज़रूरत होती है जिन्हें दो श्रेणियों में बाँटा जा सकता है; सक्रिय और निष्क्रिय।''

ज्योतिषी उस पुरानी अलमारी की तरफ़ बढ़ गया, ताला खोलते हुए उसने एक लाल रंग की नोटबुक निकाली और ये कहते हुए डेस्क के पास बैठ गया :

''मैं तुम्हें वो कुछ निर्देश पढ़ कर सुनाता हूँ जो मैं अपने इन प्रकोष्ठों के गठन के लिए तैयार कर रहा हूँ।''

उसने एक पन्ना खोला और पढ़ने लगा :

''अक्रिय सैल्स या प्रकोष्ठ वे होते हैं जिनमें सबसे बेकार लोगों को एक ऊर्जापूर्ण ऑपरेशन के लिए या बहुत ही गंभीर सामाजिक अपराध करने के लिए शामिल किया

जाता है। इन सैल्स को एक ख़ास श्रमपूर्ण धर्मान्तरण के विकास के ज़रिये चिन्हित किया जा सकता है, और कुल मिला कर, क्रांति से पूर्व के दौर में इनकी प्रभावशीलता कम हो जाती है।''

''सक्रिय सेल्स के लिए नरम चरित्र वाले लेकिन बेशर्म और दुस्साहसी लोगों के सहयोग की ज़रूरत होती है। इस तरह से बने हुए सैल्स को किसी भी भावनापूर्ण विचार के ऊपर रखा जाना चाहिए। ये सैल्स जो कदम उठायें उन्हें ऊर्जावान होना चाहिए। हम गंभीर सामाजिक अपराधों को करवाने की सिफ़ारिश करते हैं, मसलन जो भी सैन्य नेता सर्वहारा विरोधी वर्ग से और राक्षसी स्वभाव वाले पूँजीवादियों से राजनीतिक सम्बन्ध रखते हैं उन्हें अलग-थलग कर देना और उन्हें सामूहिक मृत्युदंड देना।''

वकील उसकी बातें एक हाथ गाल पर टिकाये सुनता रहा। उसकी पतलून का पायँचा ऊपर उठ गया था जिससे उसके सस्ते चॉकलेट के रंग के मोज़े नज़र आ रहे थे, जिन्हें छिपाने की उसने कोई कोशिश नहीं की, लेकिन कभी-कभी उसका ध्यान भंग होकर मोज़ों की तरफ़ चला जाता था।

'' 'सक्रिय प्रकोष्ठों के मुखियाओं के बीच जानकारी के आदान-प्रदान की सलाह नहीं दी जाती। सामाजिक अशांति के दौर में बेहतर है कि वे अपने आप ही काम करें। पत्रकारिता आधारित प्रोपेगंडा का उद्देश्य किसी भी स्कैंडल का पूरा फ़ायदा उठाना और उन अज्ञात सैल्स व व्यक्तियों को उकसाना है जो हमसे सहानुभूति रखते हैं।'

'' 'एक प्रकोष्ठ के सदस्यों की सहभागिता को आपस में जोड़ने के लिए हम सिफ़ारिश करते हैं सामूहिक अपराध और प्रतिशोध जिनका निशाना अत्याचारी शासन के समर्थक होंगे मसलन उच्च्च अधिकारी, सेना के नेता, सर्वहारा की विजय के नागरिक दुश्मन वगैरह।'

'' 'कुछ मूल सावधानियाँ। सभी सक्रिय प्रकोष्ठों के विभिन्न तत्वों को कभी भी पूँजीवाद के खिलाफ़ राजनीतिक दलों का प्रत्यक्ष हिस्सा नहीं होना चाहिए। अगर वे एक बार भी गिरफ़्तार हुए हैं तो उन्हें अस्वीकृत कर दिया जाएगा।'

'' 'एक सक्रिय सैल का कोई भी सदस्य सार्वजनिक तौर पर मान्यता प्राप्त किसी बोल्शेविक या ऐसे ही दलों से प्रत्यक्ष तौर पर कोई संबंध नहीं रखेगा। जनता के बीच ऐसा बर्ताव करेंगे कि वे मौजूदा शासन का सम्मान करते हैं।'

'' 'पाखंडी बर्ताव के फ़ायदे। कोई भी आदर्शवादी व्यक्ति जो खुद को व्यवस्थित तरीके से उस कॉमेडी में हिस्सा लेने को बाध्य महसूस करता है जो उसकी भावनाओं के विरुद्ध है, और इसके लिए उसे अपनी भावनाएँ छिपानी पड़ती हैं, तो वह बहुत कार्यकुशल क्रांतिकारी तत्व में तब्दील हो जाता है। इस व्यक्ति के मानस में इतनी सघन और तीव्र नफ़रत छिपी होगी कि क्रांति के दिन ये एक भयंकर विस्फोट के रूप में

फूट पड़ेगी। कुल मिला कर उस व्यक्ति को खुद को एक चालाक, धूर्त संगठनकर्ता के रूप में परिवर्तित करना होगा।'

" 'अविश्वास। उसे हर मर्द, औरत और बच्चे पर अविश्वास करना होगा। उसे किसी भी औरत को अपनी सच्ची और अन्तरंग बात नहीं बतानी चाहिए, जिस औरत से उसके शारीरिक रिश्ते हों, उसे तो बिलकुल नहीं। निजी तौर पर उसे खुद को एक कमज़ोर दिल वाला और हिंसा के खिलाफ़ दिखाना चाहिए। उसे सभी पूँजीवादी सरकारों के पक्ष में बात करनी चाहिए और सोवियत शासन के बारे में बात करते हुए तो उसे गहरी नफ़रत से बोलना चाहिए।' "

बिजली का करंट फिर एक क्षण के लिए ऊपर-नीचे हुआ। ज्योतिषी अपनी नोटबुक में से पढ़ता रहा :

" 'अगर एक कम्युनिस्ट किसी विश्वविद्यालय का छात्र है तो उसे ऊपरी तौर पर विश्वविद्यालय के नियम-कानूनों का सम्मान करना चाहिए चाहे वो उसे कितने ही प्रतिक्रियावादी और असामान्य क्यों न लगें। यहाँ तक कि उसे उन प्रोफ़ेसरों और उन सभी लोगों की प्रशंसा करते रहना चाहिए जो वहाँ वरिष्ठ अधिकारी हैं। वह उन पुरुषों की संस्थाओं में भी शामिल हो जाएगा जो प्रतिष्ठित नामों से हर पूँजीवादी समाज में गतिशील रहते हैं।'

" 'अगर वो एक मज़दूर है और कम्युनिस्ट है तो वह सार्वजनिक तौर पर हर तरह की हड़तालों की आलोचना करेगा, और खुद को बुर्जुआ वर्ग के रक्षक और हितैषी के रूप में ज़ाहिर करेगा।'

" 'अगर वह सेना या नेवी में अनियुक्त अधिकारी है तो उसे इसी कॉमेडी में भाग लेते रहना होगा, बुद्धिमानी से साम्यवाद के बढ़ने पर अचरज और भय जताते हुए।'—क्या ख़याल है तुम्हारा इस बारे में?"

"बहुत ही दिलचस्प। क्या तुमने मेजर को ये पढ़कर सुनाया है?"

"मैंने उसे वही अंश सुनाया है जो मेरे सबसे अनुकूल है। हमारा रिश्ता कुछ अलग है।"

"क्या एक कम्युनिस्ट सैल बनाने के लिए तुम्हें पैसा देने की पेशकश की है?"

"भाई, अगर तुम इस सबसे इतने दूर हो तो पता नहीं मुझे तुमसे बात करनी चाहिए या नहीं। लेकिन वापस अपने विषय पर आते हुए, जैसा कि मैंने कहा : हमें एक क्रांति के प्रशिक्षण संस्थान का गठन करना होगा। इस संस्थान के दो भाग होंगे। सिद्धांत और व्यावहारिक। सिद्धांत के उपवर्ग होंगे—राजनीति, समाजविज्ञान और अर्थविज्ञान। ये तीनों भाग बिलकुल मार्क्स के सिद्धांत का पालन करेंगे। सिद्धांत के क्षेत्र में : सैन्य तकनीक का

अध्ययन और विश्लेषण शामिल होगा। प्रैक्टिस यानी व्यावहारिक क्षेत्र में मशीनगन चलाना, तोप चलाना, मोर्टार, गैसेस और सम्प्रेषण का इस्तेमाल वगैरह होगा।''

रेलवे स्टेशन से दूर एक मालगाड़ी की सीटी उन्हें सुनाई दी।

''हम एक रासायनिक प्रयोगशाला स्थापित करेंगे। इस प्रयोगशाला में क्रांतिकारी छात्र रासायनिक गैसें बनाना खासकर फ़ॉसजीन बनाना, साथ ही गैस बम और हैंड ग्रेनेड बनाना सीखेंगे। वे विस्फोटक बनाना भी सीखेंगे हालाँकि ये उनके लिए सरलता से उपलब्ध होंगे इसलिए उन पर खास ध्यान भी नहीं जाएगा। हमारे लिए यह महत्त्वपूर्ण है कि हम ऐसे साम्यवादी विकसित करें जिन्हें इन्फेंट्री, तोप चलाना और रासायनिक युद्ध के तरीकों का अभ्यास हो। भावनापूर्ण क्रांतिकारी का पूरी तरह अंत हमारा लक्ष्य होना चाहिए। भावनात्मकता हमारे लिए निरर्थक है। जज़्बाती होना और भावनात्मकता तो समाजवादियों के लिए ही छोड़ना बेहतर है, जो इतने मूर्ख हैं कि यूरोपियन युद्ध के बाद भी लोकतंत्र और विकास पर भरोसा रखते हैं। हम अपने लक्ष्यों को ग्रामीण क्षेत्रों में ही हासिल कर सकते हैं। इस उद्देश्य से मैं दक्षिण को बेहतर समझूँगा। हम किसान के भेष में रहेंगे, वहाँ सामूहिक खेती शुरू करेंगे, लेकिन हमारे मज़दूर और छात्र सैन्य दक्षता की तरफ़ ध्यान देंगे। ये सही है कि जो भी मैंने अभी तुमसे कहा उसमें कुछ तकनीकी दिक्कतें हैं लेकिन अगर तुम मेरी मदद करना चाहते हो तो हम काम शुरू कर सकते हैं, और किसी सकारात्मक परिणाम पर पहुँच सकते हैं।''

''और पैसा?''

''पैसा है। हम वेश्यालयों में ढेर सारा पैसा लगाएँगे।''

''ये तो भयानक है!''

''हम और कर भी क्या सकते हैं?...मगर फिर भी जितना तुम सोच रहे हो, ये उससे कम भयावह है। जितना मुनाफ़ा एक वेश्या कमाती है और जितना उसका दलाल रेस में, जुए पर लगाता है, उसके बीच बेहतर है कि हम ये मुनाफ़ा एक अच्छे काम में लगाएँ, दलाल तो उसे वैसे भी बेकार कामों में बर्बाद कर देगा, हम ये पैसा ऐसी क्रांतिकारी तकनीक विकसित करने में लगाएँगे जिससे समाज को फ़ायदा ही होगा। जो मैं कह रहा हूँ उसे ध्यान से सुनो : एक प्रकोष्ठ जिसके बारे में लगभग किसी को कोई जानकारी नहीं होगी, इन वेश्यालयों का कामकाज सँभालेगा। इस मुनाफ़े से जिसका मैंने ज़िक्र किया, क्रांतिकारी अकादमी का खर्चा चलेगा। मैंने अभी तक अंदरूनी इलाकों में जगह निश्चित नहीं की है...मेरे पास बजट भी नहीं है...एर्दोसैन को अभी फ़ॉसजीन प्लांट के लिए प्लान भी मुझे देना है...''

''तुम्हें एर्दोसैन पर भरोसा है?''

''हाँ, मुझे उस पर विश्वास है और मेरे लिए वो अहम है।''

''बताते रहो।''

''अगर हम एक क्रांतिकारी अकादमी बनाने में सफल हो जाते हैं, चाहे उसमें कई खामियाँ क्यों ना हों, तो ये हमारे लिए आगे की दिशा में एक बड़ा कदम होगा। हम विशेषज्ञों को ढूँढ सकते हैं, काम को अपने बीच बाँट सकते हैं।''

''क्यों? मैं ये पूछना चाहता हूँ। तुम्हें ये यकीन नहीं कि कम्युनिज़्म खुद सेना में घुसपैठ कर जाएगा?''

''मुझे इस सबके बारे में यकीन है। लेकिन मैं इस तरह आगे बढ़ता हूँ मानो मुझे इस पर कतई भरोसा न हो। एक संगठनकर्ता की कुशलता हार की नहीं, बल्कि जीत की इस तरह सोचने में निहित होती है कि मनुष्यता और उसकी व्यवस्थाएँ असलियत से दस गुना ज़्यादा अविजेय हैं। अगर मैं इस सिद्धांत से शुरुआत करता कि हम रचनात्मक तरीके से साम्यवाद की सेना में आवश्यक गति के साथ घुसपैठ करवा सकते हैं, तो मुझे ये सब तैयारी करने की ज़रूरत नहीं होती जो मैंने तुम्हें बताई है। क्रांतिकारी विशेषज्ञों की अकादमी के कार्य और भी बुलंद होंगे। उन सभी वेश्यालयों के साथ, यानी जो पैसा इन वेश्यालयों से आएगा उसकी मदद से हम अपने छात्रों को नागरिक उड्डयन स्कूल भी भेज सकेंगे। वे उस कोर्स के लिए ज़रूरी पैसा देंगे। हम वहाँ लोगों को अपने पक्ष में बदल सकते हैं। ये स्पष्ट है, बुद्धिमानी भरी विवेकपूर्ण योजना है। फ़ॉसजीन के उत्पादन से हम खुद को एक व्यावहारिक ताकत से लैस कर लेंगे जो उससे कहीं ज़्यादा ऊर्जावान और आवश्यक होगी जितना तुम अभी सोच नहीं सकते। गैस के ज़रिए युद्ध का सामना करने के लिए अभी हमारी सेना बिलकुल भी तैयार नहीं है।''

अनजाने ही उसने वकील के सामने एक फ़ैक्टरियों से भरा लाल और ग्रे गैस वर्क्स, लंबी पाइप लाइन्स, और सल्फर की धूल से पूरी तरह भरे फ़र्श पर इधर उधर घूमते विशाल पुरुषों वाले दृश्य को खोल कर रख दिया, और वह इस सबकी असम्भाव्यता को महसूस करते हुए सिर्फ़ मुस्कुराया।

''जैसे ही हम एक साथ सक्रिय होंगे...हँसो मत...10,000 किलोग्राम तरल फ़ॉसजीन के साथ हम ब्यूनो आयर्स की सारी रेजिमेंट्स को नेस्तनाबूद कर सकते हैं। ज़रा कल्पना करो, किसी ठंडे दिन एक गैस ट्रक आये और हाउस ऑफ़ गवर्नमेंट, पुलिस मुख़्यालय और सेना की बैरकों पर तरल फ़ॉसजीन का छिड़काव कर दे। फ़ॉसजीन 81 डिग्री तापमान पर उड़ जाती है। एक अंश फ़ॉसजीन अगर साँस में चली जाए तो आपको ढेर कर सकता है। तुम सोच रहे होगे...ये आदमी जुल वेर्न की तरह कल्पना कर रहा है। लेकिन जहाँ तक चीज़ों की कल्पना करने का सवाल है, क्या तुम्हें लगता है कि जुल वेर्न कोई कमी छोड़ देता? मैं बहुत विशाल और सकारात्मक प्रकृति की समस्याएँ उठाता हूँ। कोई मूर्ख ही कंधे उचका कर कह सकता है कि मैं सिर्फ़ कपोल कल्पना कर रहा हूँ। इतना कहना काफ़ी है कि करीब आधा दर्जन आदमी जिनके पास 10,000 पेसोस हैं, वो इस पूँजी से हिस्सेदारी

में काम करके फ़ॉसजीन का उत्पादन कर सकते हैं इससे वे...ध्यान से सुनना...दस हज़ार पेसोस में ब्यूनो आयर्स की पूरी जनसंख्या का सफ़ाया कर सकते हैं। अगर तुम्हें मुझ पर भरोसा न हो तो किसी सेना के आदमी से बात कर लो, उसे मेरी ये बात बताओ और तुम देखोगे, कि वो तुम्हें यही कहेगा : 'ज्योतिषी सही कह रहा है।' "

वकील इस पर सोचने लगा। ज्योतिषी कहता रहा : "जिस दिन हमारे पास गैस युद्ध प्रणाली के जानकार टेक्निशियंस की एक पलटन, विमान चालकों का एक दल और कुछ मशीन गन चलाने में कुशल लोग होंगे, और कुछ ऐसे लोग जो सर्वहारा वर्ग को समझा सकें कि साम्यवाद क्या है, भूमि का वितरण, उन लोगों को ज़मीन का बँटवारा जो उस पर काम करते हैं, राज्य का उद्योगों पर नियंत्रण; जिस दिन हम यह कर सके और मैं ज़्यादा कुछ नहीं माँग रहा, बस सौ आदमी, जिनमें से हर एक, एक सैल को संगठित करने योग्य हो जो क्रान्तिकारी अकादमी के वैज्ञानिक तरीकों से लैस चिंतन का प्रतिबिम्ब हो, उस दिन हम क्रांति कर सकते हैं..."

"ऐसा होना काफ़ी हद तक असंभव है..."

"हाँ...तुमने मुझे याद दिला दिया...देखो : 1905 में जेनेवा कांग्रेस में रूस के कम्युनिस्टों ने वहाँ एकत्रित प्रतिनिधियों को बताया था कि वे उस कर्ज़े का भुगतान कभी नहीं करेंगे जो रूस के ज़ार ने दूसरे देशों से लिया था। दूसरे प्रतिनिधियों ने उनकी हँसी उड़ाई थी और उन्हें 'मूर्खों का दल' कहा था और आज...प्यारे दोस्त...फ्रांस ने उन खरबों डॉलर्स को वापस लेने की कोशिश कभी नहीं छोड़ी जो उसने रूस को 1905 में उधार दिए थे। तुम जानते हो कि तुम्हें ये सब असंभव क्यों लगता है? क्योंकि तुम एक स्वाभाविक कायरता के शिकार हो, एक स्वाभाविक जड़ता जो दक्षिण अमरीकी महाद्वीप के लगभग सभी निवासियों में होती है। सौ दृढ़निश्चयी आदमी जिनमें से अग्रणी नेताओं के पास 10,000 किलोग्राम फ़ॉसजीन हो तो वे सेना को नष्ट कर सकते हैं, बाकी को प्रभावहीन करके सर्वहारा को संगठित कर सकते हैं...तारों तक पहुँच सकते हैं।"

"एक सौ आदमी!"

"एक सौ आदमी। हाँ! एक सौ आदमी...हमें क्या रणनीति इस्तेमाल करनी चाहिए?...देखो, तुम्हें बताने में मुझे परेशानी नहीं है। हम एक साथ सेना के सभी केन्द्रों पर हमला करेंगे। हम वायु सेना के सभी केन्द्रों पर हमला करेंगे। इस हमले में जो विमान चालक बच जायेंगे उन्हें आदेश दिया जायेगा कि वे बाकी सेना को नष्ट कर दें। हम उन्हें हर दुर्घटना के लिए ज़िम्मेदार ठहराएँगे और उन्हें कठोर से कठोर सज़ा देंगे। इससे वो हमारे आदेशों का पालन करेंगे। सेना को भंग करना, सेना अधिकारियों का अपमान करना। नॉन कमीशंड अधिकारियों का पुनर्गठन करेंगे। हम तुरंत सर्वहारा सेना को सशस्त्र कर देंगे। बिना किसी अपवाद के हम सभी राजनेताओं को मृत्युदंड देंगे। सर्वहारा वर्ग को ताकत, सत्ता...। साफ़ है...एक सौ आदमी, एकदम तैयार, जैसा कि मैं चाहता हूँ, इस बात के लिए जागरूक

कि उनके पास कितनी ताकत है। कहने का मतलब ये है कि वे सिर्फ़ एक सौ आदमी नहीं बल्कि वे एक सौ विशेषज्ञ भी हैं। एक सौ विशेषज्ञ जो लगभग पूरी छूट के साथ काम करेंगे। साथ ही एक सौ ऐसे विशेषज्ञ जो प्रमुखता से काम करेंगे! दुष्ट लोग जो सामने दिखाई देंगे! एक सौ विशेषज्ञ, मैं ज़ोर देकर कह रहा हूँ, सेना को नष्ट कर सकते हैं। क्या तुम्हें अंदाज़ा है उस उत्साह, उस उन्माद का जो ये परिदृष्य सर्वहारा जनता में जगायेगा? वे कल के एक सौ विशेषज्ञ खुद को एक सौ नायकों में रूपांतरित कर लेंगे जिनकी प्रशंसा करना जनता कभी बंद नहीं करेगी। लेकिन एक सौ विशेषज्ञ बहुत ज़रूरी हैं। उन एक सौ विशेषज्ञों को तैयार करना होगा, प्रशिक्षण देना होगा...।''

डेस्क के दूसरी तरफ़ वाले कमरे से उन्होंने क़दमों की आहट सुनी।

''कुछ नहीं है।''

पदचाप की आवाज़ आगे की तरफ़ चली गयी और वह बोलता रहा :

''इसे सिर्फ़ अकादमी के ज़रिये ही हासिल किया जा सकता है। अकादमी में वे सीखेंगे कि ज़हरीली गैसें कैसे बनानी हैं और क्या सावधानियाँ बरतनी चाहिए...कोई भी गलती घातक हो सकती है; उन्हें ये भी सिखाना होगा कि मास्क का इस्तेमाल कैसे किया जाए, चारों तरफ़ गैस से घिरे होने के दौरान कैसे काम किया जाए। क्या तुम्हें लगता है कि हम अपना मनोरंजन करने के लिए ये सब बातें कर रहे हैं? हम भयानक वास्तविकताओं की बात कर रहे हैं, इनमें से सबसे अहम से मौत हो सकती है या गंभीर चोट पहुँच सकती है। मानो वे सो रहे हों। क्या तुमको लगता है कि एक सौ आदमी जो इस तरह का खतरनाक काम करेंगे, उनका हिसाब रखना चाहिए या नहीं?''

''बेशक।''

और अधखुली आँखों से वकील, ऐसा लगा मानो उन आदमियों को देख सकता हो जो एक पीली-सी चमकती धुँध में घिरे थे, तेल की चिकनाई से भरे रेनकोट लपेटे थे और उनके चेहरे ढँके थे। उनके कंधे पर एक झोला था जो उनके सीने से तीन पट्टियों से बँधा था और जिनमें से रबर की गोल ट्यूब्स दिखाई दे रही थीं, ठीक वैसी ही जैसे उसने युद्ध के बाद की तस्वीरों में देखा था।

''हमारा कोई भी विरोध नहीं करेगा। तुम्हें लगता है कि सेना, पुलिस या और कोई हमारा विरोध करने की हिम्मत करेगा? इसमें शक नहीं कि जिन्हें तोप चलाने, मशीन गन चलाने का प्रशिक्षण प्राप्त है वे हमें ज़रूर परखेंगे; लेकिन गैस के खिलाफ़? कौन हमसे लड़ने की हिम्मत करेगा? जब ये फैलेगी और इसके शिकार मक्खियों की तरह गिरने लगेंगे, तब तुम इस नतीजे पर पहुँचोगे। इन हालात में मनोविज्ञान पर जो असर पड़ता है, उसे भी ध्यान में रखा जाना चाहिए, जो कि भयावह है। शहरों में जो कुछ बचे होंगे वो आतंकित लोग पागलों की तरह इधर-उधर भागेंगे; इसके साथ ही सारी गतिविधियाँ ख़त्म

हो जाएँगी। साम्यवाद के सबसे बड़े और मज़बूत विरोधी अपने हथियार ऊपर उठाएँगे और दया की भीख माँगेंगे।''

''हम ये सब क्रान्तिकारी अकादमी से हासिल कर सकते हैं। वहाँ पर लोग रणनीति, हमले की प्रणालियाँ, विभिन्न तापमान और हवा की गति में फ़ॉसजीन के हमले वगैरह के बारे में प्रशिक्षण लेंगे। एक आदमी जो गैसों से निपट सकता है, मशीन गन और तोप चला सकता है, अजेय है। अगर हम यहाँ या पड़ोस के देशों के एक नागरिक स्कूल में इन छात्रों की उड्डयन की पढ़ाई की लागत दे सकें तो समस्या हल हो जाएगी। लेकिन, समझदारी की बात ये है, प्रिय डॉक्टर, कि पैसा कहाँ से आएगा? क्या तुम्हें लगता है कि हम सरकार से मदद माँग सकते हैं?...'' इस पर वो ज़ोर से हँस पड़ा।'' या फिर हो सकता है कि हम एक चैरिटी शुरू कर दें? अरे, इस कारोबार का एक ठोस आधार चाहिए और वेश्यालय वही ठोस आधार हैं।''

'और वो मासूम लोग जो गैस के बादल के चंगुल में आकर मर जायेंगे?''

''हे भगवान, क्या हमें अभी से इस बारे में शंका होने लगी? जो मासूम ज़हरीली गैस के असर से मर जायेंगे, प्यारे डॉक्टर...''

''मुझे डॉक्टर मत कहो।''

''प्यारे डॉक्टर, यूरोपियन युद्ध के दौरान, केवल कुछ पूँजीवादियों के एक समूह, रूस, जर्मनी, फ्रांस और इंग्लैंड के लुटेरों की महत्त्वाकांक्षा को पूरा करने के लिए बारह मिलियन लोग मार दिए गये थे...मान लेते हैं कि वो बारह मिलियन लोग जो मरे, उन्होंने एक भी अपराध नहीं किया था...वे निर्दोष, मासूम थे, यानी...''

''और तुम सेना को नष्ट करना चाहते हो?''

''अगर तुम इस नज़रिए से शुरुआत करो कि सेना पूँजीवादी शासन की रक्षक होती है तो इसके व्यवस्थित विनाश के सुझाव के अलावा और कोई उपचार नहीं बचता। इसके साथ ही, अगर तुम हमारी सेना का एक आलोचनात्मक दृष्टि से ध्यान से निरीक्षण करोगे तो समझ आएगा कि सेना का कोई लाभ नहीं।''

''सेना ने तुम्हारा क्या बिगाड़ा है?''

दूर एक तेज़ धमाके की आवाज़ आई, जैसे रेल के लोहे के पुल के नीचे से गुज़रने पर आती है।

''ओह! क्या बेकार बात...बारिश होने वाली है!''

''अभी नहीं...लेकिन तुम्हारे सवाल का जवाब मैं एक और सवाल से दूँगा : क्या हम एक पड़ोसी देश से युद्ध शुरू कर सकते हैं? नहीं! यूनाइटेड स्टेट्स हमें करने ही नहीं

देगा। और अगर ये हमारी सीमा से लगे देश से होता तो हर तरह का युद्ध असंभव होता। तो क्या तुम मुझे समझाना चाहोगे कि हमें इस सेना की ज़रूरत क्यों है? इसके साथ ही, और मेहरबानी करके यह ध्यान दीजिये कि ये आपत्ति वैज्ञानिक स्वभाव के कारण है; हमारी सारी सेना को पचास लड़ाकू विमानों की एक पलटन नष्ट कर सकती है। वाकई। दक्षिण अमेरिकी सेनाओं की एक ही तो सकारात्मक बात है—उनकी वायु सेना। हमारे लिए भी यही बात सही है। क्या हमारी सेना का कोई उद्देश्य है? क्या यह यूनाइटेड स्टेट्स की एक स्क्वाड्रन का मुकाबला कर सकती है? नहीं! और फिर?...अब अगर हमारा पूँजीवादी शासन इन बढ़िया तरीकों से पाले-पोसे गये जवानों का भरण-पोषण कर रहा है तो सिर्फ़ इसलिए कि वह सर्वहारा वर्ग का दमन उनके बल की तत्काल सहायता के बगैर नहीं कर सकता। इसके ठीक विपरीत एक मामला रखते हैं...जिसका होना बिलकुल संभव नहीं है। यह एक विवेकी लोकतंत्र है, जिसमें व्यावहारिक समझदारी है, इन दो परजीवियों को दबाने का फ़ैसला करता है, सेना और नौसेना, जो राज्य की आधी आय सोख लेते हैं। तो फिर क्या होगा अगर लोकतंत्र ऐसा करे? ऐसे होगा : ऐसा कोई जनरल नहीं है जो अपने वर्ग के आर्थिक हितों की हिफ़ाज़त के लिए शासन पर प्रहार न करे...जो एक इंसानी नज़रिए से काफ़ी तर्कसंगत है, इतना तर्कसंगत जितना कि बतौर लाल प्रचारक मेरी ये इच्छा कि सेना को बगैर किसी दया के नष्ट कर दिया जाए। जैसा कि तुम देख सकते हो...ये दो तर्क हैं, कुछ विपरीत...लेकिन इन्हें ये फ़ायदा है कि ये तुम्हारे लिए कुछ कठिन हैं, कानूनों के डॉक्टर।''

बाहर आकाशीय आड़ी-तिरछी रेखाएँ सीसे की दीवार से भी ज़्यादा सपाट आसमान बना रही थीं। हवा की घुटी हुई कराह से खिड़की के शीशे और फ्रेम बज रहे थे।

ज्योतिषी बोलता रहा :

''और फिर सेना को बनाए रखना हास्यास्पद है। यूरोपीय देशों ने अपनी सेना को ख़त्म इसलिए नहीं किया है, क्योंकि ये पूँजीवादी वर्गों के अनुकूल है, और अपेक्षाकृत कम सेन्यीकृत वर्गों के लिए भी; लेकिन अगर तुम किसी विशेषज्ञ से पूछो तो वह तुम्हें बतायेगा कि युद्ध का भविष्य वायु और रासायनिक हमले में है। सेनाएँ तो सिर्फ़ कागज़ी काम निपटाएँगी। हमले तो असैनिक नागरिक जनसंख्या के केन्द्रों पर होंगे जो अपने युद्ध उत्पादन से सीमा पर लड़ने के लिए सैन्य दस्ते भेजते हैं। इस पर तुम्हारा क्या कहना है?''

''पता नहीं...मेरा सिर चकरा रहा है। मेरे हिसाब से तो तुम इधर-उधर भटकते बहुत हो।''

ज्योतिषी ने लगभग हिंसक रूप से कहा :

''तुम सभी को शांति चाहिए! तुम सब को विकास चाहिए! वो हर चीज़ जिसका तुम ढोंग करते हो बेतुकी है...समाजवादियों, लोकतंत्रवादियों, वगैरह-वगैरह। क्या तुम

जानते हो कि सारी मानवता में वो महानतम क्रान्तिकारी कौन हैं जो आज इस पृथ्वी पर हैं? पूँजीवादी। एक औरत को नौ महीने लगते हैं एक बच्चे को इस दुनिया में लाने में; एक पूँजीवादी इसी समय में हज़ारों मशीनें बना सकता है...एक हज़ार मशीनें जो सड़कों पर औरतों के उन एक हज़ार बच्चों को छोड़ देंगी जिन्हें गर्भ में लाने और दुनिया में लाने में उन्हें नौ हज़ार महीने लगे। और मैं क्रांति चाहता हूँ। लेकिन ऐसा नहीं जो हल्के-फुल्के ओपेरा जैसा हो। असली क्रांति। जिसमें फ़ायरिंग स्क्वाड हो, सड़कों पर वहशी लोग औरतों की इज़्ज़त लूटें, लूटपाट हो, भूख और आतंक हो। एक क्रांति जिसमें हर कोने पर मौत के लिए इलेक्ट्रिक चेयर लगी हो। पूरा विनाश, पूर्ण, बिलकुल, हर उस शख़्स का जो पूँजीवाद का समर्थक, हिमायती हो।''

''और उसके बाद?''

''उसके बाद शांति स्थापित होगी।''

''और तुम मानते हो कि ऐसा होगा?''

''शांति होगी।''

ज्योतिषी ने ये शब्द इतने हल्के से बोले कि वकील ने हैरानी से उसे देखा।

''शांति स्थापित होगी, मेरे दोस्त। मुझे पक्का विश्वास है। हम इसका वितरण हर जगह, हर मौसम में करेंगे। हम लोग अंडरग्राउंड लोग हैं, स्टील भुनगों की तरह। हम इस असल समाज के सीमेंट को काटते हैं। हम इसे धीरे-धीरे धीरज के साथ कुतरते जाते हैं। जेल में एक कैदी, एक उस आदमी के बदले जिसे पुलिस हिरासत में यातना दी जाती है, दस और ऐसे अंडरग्राउंड लोग पैदा हो जाते हैं। हर वर्ग में, प्यारे दोस्त। हाँ, हर तबके में। हमारे पास पहले ही साम्यवादी पादरी हैं, सेना के लोग, इंजीनियर और रसायनशास्त्री हैं और साहित्यिक साम्यवादी भी। हम मानवता की खाल में कोढ़ की तरह घुस गए हैं। हमें नष्ट नहीं किया जा सकता। हमारी तादाद बिना दिखाई दिए दिन पर दिन बढ़ रही है। हमारी नफ़रत पूँजीवादियों के बच्चों तक को आकर्षित करती है। जब उनके पिता उन्हें बोलते सुनते हैं तो उनके चेहरे पर एक डरपोक और आत्मतुष्ट से भाव वाली मुस्कान आ जाती है, लेकिन उनके बच्चे एक निर्णायक लंबी और उत्तेजना भरी संभावना के उत्साह से उन्मत्त हैं। और क्या तुम जानते हो उनकी आत्मतुष्ट मुस्कान से मेरा क्या मतलब है? ये कि उन्हें डर है उनका कत्ल कर दिया जाएगा। हमारे सबसे पिछड़े प्रान्त के एक सबसे गंदे और छोटे गाँव में मेरी मुलाकात एक ऐसे आदमी से हुई जो उनके विनाश का संदेश गुप्त रूप से फैला रहा है। हमारे हज़ारों पहलू हैं। हम सब तरफ़ हैं, सर्वव्यापी हैं। हमारे खतरे के प्रति युवा आकर्षित होते हैं। और अब हम औरतों को भी अपनी तरफ़ आकर्षित करने की कोशिश कर रहे हैं...। धीरे-धीरे, प्यारे दोस्त,...धीरे-धीरे...और एक दिन तुम याद करोगे, और ऐसा अब से दस साल बाद नहीं होगा। सामाजिक ढाँचा बहुत तेज़ी से घूमेगा और जो लोग हल्के

डर और कायरता से मुस्कुराते थे, गहरे भय से इधर-उधर देखेंगे...तब, प्यारे दोस्त, मैं पूरी गंभीरता से कसम खाकर कहता हूँ कि अंगूर के मौसम में जितने अंगूर के गुच्छे नहीं कटते उतने सिर काटे जाएँगे। हम सिरों को कलम कर देंगे, बिना किसी नफ़रत के। गंभीरता से। जो भी हमारे खिलाफ़ हैं उन सभी को कुचल डालेंगे! जिन्होंने हम पर अत्याचार किये उन सभी को चूर-चूर कर देंगे! वे उस दिन को कोसेंगे जब उन्होंने जन्म लिया और अपने बच्चों को जन्म दिया।''

जब ज्योतिषी बोल रहा था तो वकील का चेहरा लाल होता जा रहा था, इस पर ध्यान दिए बगैर ज्योतिषी ने अपनी बात जारी रखी :

''मैं कसम खाकर कहता हूँ कि हम गली-नुक्कड़ पर लोगों के सिर कलम करेंगे। मर्दों और औरतों के सिर।''

इस तरह बोलते हुए ज्योतिषी ऐसे मुड़ा कि उसकी पीठ वकील की तरफ़ हो गई जो उठ खड़ा हुआ। जब ज्योतिषी मुड़ कर उसकी तरफ़ मुखातिब हुआ तो उसने देखा कि उसका मेहमान सीधा खड़ा हुआ उसे गंभीरता से देख रहा है।

''क्या बात है?''

वकील ने इसका जवाब उसके चेहरे पर एक ज़बरदस्त मुक्का जड़ते हुए दिया। उस नपुंसक का मुँह खुल गया और वो तेज़ी से साँस लेने लगा। इस मुक्के के बाद इस आगंतुक ने उस शैतानी शख्स के जबड़े पर एक और तेज़ वार किया जिसका बचाव उसने बहुत जल्दी अपनी बाज़ू के एक खास कोण से इतने हिंसक तरीके से किया कि अगला मुक्का पड़ने के साथ ही वकील पीछे की तरफ़ हटा, उसके चेहरे पर तीव्र दर्द का भाव आया; उसका हाथ टूट गया था।

ज्योतिषी का चेहरा हल्का ज़र्द पड़ गया था, वह उसे देख कर ठंडे भाव से मुस्कुराया, अपने दाँतों को जाँचा और माथे की शिकन को ढँकने के लिए अपनी बाज़ुओं को बाँध लिया। एक क्षण के लिए दोनों आदमी एक-दूसरे को तौलते रहे। नफ़रत के एक तीव्र एहसास से धीरे-धीरे वकील का चेहरा विकृत हो गया।

ज्योतिषी की आँखें धीरे-धीरे चौड़ी हो गईं। उसके कंधे खिंचे हुए थे, एक जानलेवा छलाँग लेने के लिए तैयार जानवर की तरह। फिर उसका ताकतवर जिस्म सीधा हुआ और वकील का हैट उठाते हुए वह बोला :

''निकल जाओ यहाँ से...।''

वकील जाने के लिए तैयार नहीं दिख रहा था। उसका चेहरा घृणा से ऐंठा ही रहा। वह इससे भी ज़्यादा असरदार अपमान के बारे में सोचने की कोशिश कर रहा था; उसने

अपने होंठ सिकोड़े, उसकी जीभ से चटकारे की आवाज़ आई और इससे पहले ज्योतिषी कोई प्रतिक्रिया कर पाता, थूक उसके गाल से नीचे लुढ़क रहा था।

''मैंने किसी आदमी को इस तरह पीला पड़ते नहीं देखा था,'' वकील ने मुझे बाद में बताया।

''मुझे लगा कि ज्योतिषी मुझे जान से मारने वाला है, लेकिन उसने अपनी बाज़ू उठाई और अपने चेहरे से थूक साफ़ कर लिया। उसने अपना हाथ जेब में डाला और एक घड़ी निकाली, और उसे देखते हुए उसने मुझसे बहुत ही शांत स्वर में कहा : 'बहुत देर हो गयी है। आज मैंने बहुत बात कर ली। अब अच्छा होगा कि तुम चले जाओ।' और फिर मैं वहाँ से चल दिया।''

अकेली हिपोलिता

हिपोलिता के पास काफ़ी पैसा होने के बावजूद हिपोलिता ने एक टूटे-फूटे अपार्टमेंट हाउस में बहुत कम और खराब फ़र्नीचर वाले कमरे को किराये पर ले लिया।

दरवाज़े को अच्छी तरह बंद करने के बाद उसने तकिये पर एक तौलिया फैलाया। एक कोने पर अपने जूते फेंके और अपने अन्त: वस्त्रों में ही बिस्तर पर लेट गई। उसने एक बटन दबाया, बिजली बंद हो गई और उसके कमरे में अंधेरा हो गया। सामने की इमारत पर लगे एक नियोन साइन की हरी चमकती हुई रौशनी खिड़की की दरारों से अन्दर आ रही थी। उसने अपनी कनपटी सहलाई।

उसके सिर के ऊपर एक भारी चक्र सा घूम रहा था। ये उसके अपने विचार थे। उसके सिर के अन्दर भी एक छोटा चक्र घूम रहा था, जो उसकी अंतरात्मा को हिला रहा था। ये उसके एहसास थे। विचार और भावनाएँ विपरीत दिशा में घूमते हुए। रह-रह कर वो अपने होंठों को दबा कर उन्हें महसूस करती, बेसब्री से अपने मसूड़ों पर उन्हें घुमाती। उसने अपनी आँखें बंद कर लीं। बिस्तर जिसमें से वीर्य की फीकी-सी गंध आ रही थी, और उसकी झूलती हुई भावनाएँ उसे एक खाई में मानो डुबा रही थीं। जब उसकी भावनाओं का चक्र कुछ झुका, तो उसके अपने विचारों के घुमाव की गहराई में एक झलक दिखाई दी। उसके भीतर अतीत से आई एक सघन बेहोशी भी भविष्य की तरफ़ बढ़ती, चक्कर काट रही थी। उसने अपने हाथों से अपनी कनपटी को हल्के-हल्के दबाया और बहुत धीरे से बोली :

''मुझे सोने में कितनी देर लगेगी?''

उसे अपने घुटनों में दर्द का कंपन महसूस हुआ; उसे अपने पैर बहुत भारी महसूस हुए मानो उसके सारे शरीर का भार उन्हीं हड्डियों पर आ गया हो। ज्योतिषी, उनकी बातचीत से दो घंटे दूर था, लेकिन उसके बचपन से और भी दूर। वह भी कष्ट भोग रहा था और उसके पास उसका दिल छू लेने वाली कोई प्यारी-सी छवि भी नहीं थी। और वह भी इस

वजह से पीड़ा में थी। फिर वह बोली :

"एक आदमी के पास कितने सच हो सकते हैं? एक सच उसके दर्दों का है, एक उसकी इच्छाओं का, एक उसके विचारों का। तीन सच। लेकिन ज्योतिषी के पास कोई इच्छा नहीं है। वह एक नपुंसक है, 'मेरे अंडकोष एक हथगोले की तरह फट गये,' उसकी आवाज़ हिपोलिता के कानों में गूँज गयी और उस नपुंसक का वह दृश्य उसकी आँखों के सामने घूम गया : उसके पेट के निचले भाग में जामुनी सी पट्टी का दाग।"

एक ठंडी-सी सिहरन उसके कानों के पास से गुज़र गयी। यह सिहरन उसके दिमाग को चीर गई, उसकी भावनाओं की गतिविधियों को धीरे-धीरे कम करती हुई। अपने सिर के ऊपर वो अपने विचारों के घूमते हुए घेरे को देख सकती थी। लेकिन वे स्थिर विचार थे, उस तरह के जो एक आदमी या औरत के साथ जन्म लेते हैं और उसी के साथ मर भी जाते हैं। इन विचारों के होने से उसे महसूस होता था कि वो इंसान है, या मानो उसे रेगिस्तान में एक हरी-भरी जगह मिल गई है जहाँ वो उदासी से भरी आराम कर सकती थी।

ये हो क्या रहा था? उसने अपनी आँखें फिर बंद कर लीं। उसका पति पागल था। एर्दोसैन भी बौड़म। ज्योतिषी, नपुंसक। लेकिन क्या पागलपन होता है? एक साथ ही जाता रास्ता जहाँ पागलपन हो सकता है। क्या पागलपन होता है? या फिर ऐसा है कि हमने विचारों को अभिव्यक्त करने का एक परम्परागत तरीका स्थापित कर लिया है,एक ऐसा तरीका जिसके भीतर व्यक्ति की दूसरी दुनिया छिपी होती है, हमेशा-हमेशा के लिए, एक ऐसी दुनिया जो कभी कोई दिखाने की हिम्मत नहीं करता? हिपोलिता ने गुस्से से उस फोस्फोरेंट हरी रौशनी के धब्बे को देखा जो अंधेरे में चमक रहा था। वह उन सभी दुष्टताओं का बदला लेना चाहती थी जो सारी ज़िन्दगी उसके साथ की गयीं। क्रान्तिकारी सैल्स। मनुष्यता को बहकाने वाला शैतान उसकी आँखों के सामने प्रकट हुआ, बिस्तर के किनारे बैठा, डेज़ी के फूल की पंखुड़ियाँ तोड़ता। बस अब बहुत हो गया। वह बुदबुदायी :

"तुम कहाँ हो, प्यारी ममा?"

दु:ख से उसका दिल पिघल रहा था। आह, अगर कोई ऐसी औरत होती जो उसे गले से लगा लेती, उसे अपनी गोद में सिर रखने देती और उसे हल्के-हल्के सहलाती! उसने अपना गाल तकिये पर एक ठंडी-सी जगह रख दिया और अपने वक्ष पर ध्यान लगाने लगी जो उसके साँस लेने और छोड़ने पर धीरे-धीरे उठता और फिर नीचे हो जाता। आह, अगर तकिया ही उसकी स्थिति के अनुकूल होता तो वो एक अनंत अज्ञात में डूब सकती थी। वह खुद को गिरने देती। निश्चित रूप से हाँ। हज़ार बार हाँ। उसके भीतर एक लगभग धमकी भरे स्वर ने घोषणा की : मर्द। और ये सोचते हुए उसने फिर गुस्से से दोहराया : मर्द। एक राक्षस। वो एक औरत कब पैदा होगी जो राक्षसों का नाश कर सकेगी? अपने मसूड़ों पर उसने कफ़ की एक परत को महसूस किया, जिससे उसके होंठ फट गए थे। और एक बार फिर वो स्वर फूट पड़ा : 'मेरे अंडकोष हथगोले की तरह फट गए!' लेकिन इसका क्या

फ़ायदा ? क्या वो राक्षस और दुष्ट नहीं रहेगा ? ये तो ज़ाहिर ही था कि वो हमेशा अकेला रहेगा, उसके बिस्तर में औरत के बगैर। अचानक उसने दाईं तरफ़ करवट ली। कमरे में एक भयानक फफूँद जैसी तेज़ बदबू थी। कमरे की दीवार के दूसरी तरफ़ वह एक आदमी के जूतों की आवाज़ सुन सकती थी जो अपने कपड़े उतार रहा था। दीवार के विभाजन की दरार में से दूसरे कमरे की पीली रौशनी चमक रही थी। उसने सोचा : मैं इस आदमी की जासूसी कर सकती हूँ। उसे याद आया कि उस आदमी के कमरे के सामान की सजावट लाल रंग की थी। और उसने खुद से कहा : हो सकता है कि वो पोर्नोग्राफ़िक तस्वीरें ले रहा हो। उसने अपने होंठ चबाये। वहाँ, बिलकुल उसकी बगल में एक नीच आदमी था। मैं उसके पास जा सकती हूँ, उसके कमरे में दाखिल हो, उसे खुश कर सकती हूँ। लेकिन मैं ऐसा नहीं करने वाली। जब वो मुझे अंदर आते देखेगा तो अपनी बड़ी आँखों से मुझे ध्यान से देखेगा। फिर नीचे झुक कर मेरे पेट को चूमेगा और फिर जब बिस्तर में वो मुझे हासिल कर लेगा तो शायद उसे हम दोनों का साथ सोना बहुत छोटा लगे। गुस्से में हिपोलिता ने करवट ली। वह पीली रौशनी का छोटा-सा धब्बा असहनीय था। 'महिलाओं का क्रांतिकारी सैल'। तो ये सच है। ज़िन्दगी में सब सच है। लेकिन वह अपने शरीर में वह सच कहाँ पा सकती थी जो चिल्ला रहा था ताकि वह सुन सके ? और अचानक हिपोलिता ज़ोर से बोली : ''मेरे लिए क्या अहम है ? मेरी खुशी या किसी और की ? मैं खुश होना चाहती हूँ। मेरी खुशी। मैं। मैं। हिपोलिता। अपने इस शरीर के साथ जिसमें तीन तिल हैं, एक बाजू पर, एक पीठ पर और एक दाएँ स्तन के नीचे। अगर दूसरे हमेशा नाखुश रहते हैं, कष्ट में हैं, दुखी हैं तो इससे मुझे क्या मतलब ? जीसस, जीसस तो मर्द थे।'' हिपोलिता मुस्कुराई, इस ख़याल से उसे हँसी आ गई। ''जीसस को दल्ले की तरह कपड़े नहीं पहनने पड़ते थे। सारी औरतें उनके पीछे चलती थीं। वो मुझसे मैग्डलीन की तरह काम करवाते।'' तकिये से अपना मुँह ढँक कर वह हल्के से हँसी। ''दूसरे लोग क्या कहेंगे ?'' और फिर एक रहस्यमय नाराज़गी से चिंतित हो उसने सोचा : ''कुछ चीज़ें महज़ सोचने से दोष नहीं लगता।'' असल में, जिस बात पर उसे हँसी आयी थी वो ये विचार था कि अगर वो ये बात धार्मिक और श्रद्धालु औरतों से भरे चर्च में कहती तो क्या होता।

थकान के कारण वो बिस्तर पर चित लेट गई। उसका चेहरा फिर सख्त हो गया। और वो ऐसा क्यों ना कहेगी ? उन्हें क्यों ना दिखाया जाए ? उन दूसरी औरतों को गुस्सा करने के लिए ही। उन औरतों से निपटने लायक मज़बूत तो वो थी। उसने फिर दोहराया : '' मुझे सोना है और मैं सो नहीं पा रही। लेकिन इस शैतान को भी तो सोना चाहिए। उसने अभी तक अपनी बत्ती बंद नहीं की है।'' दरअसल वो पीला धब्बा अब भी दीवार पर चमक रहा था। वह कौन था ? कोई पुराना चोर जिसे लूटने के लिए कोई नहीं मिल रहा था ? या हत्यारा ? होमोसेक्सुअल ? या कोई लड़का जो घर से भाग आया है ? एक नाखुश पति ? हिपोलिता उठ गई। उसका बिस्तर इतना टूटा हुआ था कि उसके उठने पर स्प्रिंग में कोई आवाज़ भी

नहीं हुई। पंजों के बल चलते हुए वो दीवार की तरफ़ बढ़ी, खुद को झुका लिया। फिर अपनी आँख उस छेद से लगा ली। वो एक बूढ़ा आदमी था जो अपने बिस्तर के किनारे पर बैठा हुआ था, उसके पैर लगभग फ़र्श को छू रहे थे। उसने लाल रंग का एक मोज़ा उतार लिया था। दूसरा फटा हुआ था जिसको वह अपने पीले पड़े पैर के नीचे सहारा देने के लिए इस्तेमाल कर रहा था। हिपोलिता ने उसके सिर को देखा। उसकी गर्दन के पीछे टेंटुये जैसी ही एक गाँठ थी। एक तरफ़ से उसका जबड़ा एक ऐसे चेहरे पर लटका हुआ दिख रहा था जो बिखर चुका था; एक आँख स्थिर और काँच-सी और उसका मुँह खुला हुआ था। नंगे पैर वाला वो आदमी बिना पलकें झपकाए सीधे उसके चेहरे को देख रहा था। छत से लटकते लैंप की रौशनी उसकी पीठ पर पड़ रही थी...इससे उसकी पीठ की रीढ़ दिखाई दे रही थी और उसका आकार नज़र आ रहा था। टेंटुआ, लटका हुआ होंठ, भावहीन आँख। हिपोलिता ने अपनी आँखें बंद कीं और फिर खोलीं और एक नंगे पैर को देखा, जिसमें गाँठें बनी थीं और लाल मोज़े के ऊपर वो हिल-डुल नहीं रहा था।

उस शरीर की गतिहीनता ने हिपोलिता को अवाक् कर दिया, जिससे उसे महज़ एक मोटी लकड़ी की दीवार अलग कर रही थी। वह पचास या साठ साल का रहा होगा। उसे जानना था! वो आदमी नहीं हिला। वह उसकी तरफ़ ऐसे घूरता रहा मानो सपना देख रहा हो। हिपोलिता ने विचारों के बुलबुलों को अपने दिमाग की सतह पर फूटते हुए और अपने भीतर डूबते हुए महसूस किया। वो आदमी अपने कन्धों पर झुक गया था लेकिन हिपोलिता ने उसे हिलते-डुलते नहीं देखा। वह देख रही थी लेकिन उसने उस बूढ़े आदमी को निकल की परत चढ़ी एक रिवॉल्वर की नली को अपनी फलालेन की बनियान में रखते नहीं देखा था।

''नहीं,'' एक प्रेत हिपोलिता के कानों में आग्रहपूर्ण स्वर में फुसफुसाया। उसकी शीशे सी आँख और लटका हुआ होंठ निश्चल उस छोटे से कमरे की दीवार की तरफ़ घूरते रहे, रिवॉल्वर पकड़े हुए उसका हाथ धीरे-धीरे उसके सीने से सरक कर टाँगों तक आ गया और उसने अपनी आँखें बंद कर लीं, साथ ही उसका सिर सीने पर झुक गया। हिपोलिता को ऐसा लगा कि ये आदमी मरना नहीं बल्कि हमेशा के लिए सोना चाहता था, और वह अपने घुटनों के बल बैठ गई। तत्काल उसके दिमाग में ये ख़याल आया :

''अगर ये आदमी मर जाए तो उसे कम कष्ट होगा।''

जो उसने ज़ोर से बोला वह खरी और निष्कपट बात थी। उसने सोचा : 'अगर ये एर्दोसैन होता, तो मैं समझ जाती।' अब वह उस छिद्र से नहीं देखना चाहती थी। वह सब देख चुकी थी। थकान से उसका सिर झुक गया, मानो उसने अपने ऊपर कुछ ज़्यादा ही ज़िम्मेदारी ले ली हो। उसकी आँखों के कोनों में अंधेरा ज़बरदस्ती पैठ बनाने लगा। विस्मित अवस्था में उसके हाथ बाहर अंधेरे की तरफ़ फैले थे और उसने खुद को बिस्तर पर ढह जाने दिया। उसके पेट में ऐसा लगा कि उसे उलटी आ जायेगी। वह आदमी आत्महत्या करने से डरता था! हिपोलिता का चेहरा पसीने से नहा गया। एक रहस्यमय बल ने उसे सिर से

पैर तक अपने वश में कर लिया, और वह हल्के-हल्के हिलने लगी इतना कि उसके बदन के हर पोर से ठंडा पसीना निकल आया। उसकी बाजुएँ बगल में ऐसे पड़ी थीं मानो उनमें जान ही न हो। अपने पेट में उसने घिनौने चिकने स्राव की हरकत को महसूस किया। और अचेतनता में डूबते हुए उसने सोचा : 'कल मैं ज्योतिषी को हाँ कह दूँगी।'

शनिवार

उदास ठग की मृत्यु पीड़ा

अस्पताल के कमरे के अधखुले पर्दों से छन कर धूप अन्दर आ रही थी। वह एक कोण से उसके चेहरे को धो रही थी। हेफ़्नर ने अपना हाथ उठा कर उन मक्खियों को भगाने की कोशिश की जिनके छोटे पैरों को वो अपने होंठों पर रेंगते महसूस कर सकता था; उनके पैर उसके सारे शरीर पर ऐसे चल रहे थे मानो वह ताँबे की कोई मूर्ति हो। सिर तकिये पर मुड़ा हुआ और अधखुली आँखों के सामने धुँधलापन, इसी हालत में गहरे दर्द में वह वहाँ पड़ा हुआ था ।

अचानक उसने अपने बगल में ही खड़े किसी को कहते सुना :

"वो कौन था जिसने तुम्हें गोली मारी? एल लुन्गो या पीबे मिफ्लोर?"

उदास ठग अपनी आँखें खोल कर जवाब देना चाहता था, लेकिन वो ऐसा नहीं कर सका। उसे प्यास लगी थी, इतनी तेज़ प्यास कि जिसने उसकी जीभ को चीर दिया था और इस दौरान उसकी पलकों पर धूप की एक घनी लाल धुँध चमक रही थी। यह धुँध एक भट्ठी से आते प्रतिबिम्ब की तरह थी। उसने उसके सिर को चीर कर दिमाग में सूराख कर दिया था। बहुत लालच से उसे एक भट्ठी के खम्बे के बगल में गंदे पानी का वो तालाब याद आया जहाँ वो बचपन में खेला करता था। काश अब वो उस कीचड़ भरे गड्ढे से पानी पी सकता! लेकिन अभी तो वह एक उँगली तक नहीं हिला सकता था।

एक बार फिर वह रहस्यपूर्ण, मधुर और रौबदार आवाज़ उसके कानों में गूँजी :

"बोलो। वो कौन था? एल लुन्गो या पीबे मिफ्लोर?"

प्यास उसकी सूखी हुई अंतड़ियों तक एक तार की तरह पहुँच रही थी। उस भट्ठी से कुछ ही दूर पर पानी और पेशाब से भरा वो गड्ढा उसकी आँखों के सामने फिर घूम गया जहाँ घोड़ों को दागा जाता था। हेफ़्नर परेशान होकर अपने विचारों में ये इच्छा कर रहा था : वो घुटनों के बल रेंगते हुए वहाँ जाना चाहता था। उस पानी में अपना मुँह डाल कर जल्दी-जल्दी पानी को अपने गले में उतार लेना चाहता था। उसके फेफड़ों में दर्द हो रहा था। लेकिन इससे क्या? वह जानता था कि वह मरने वाला है लेकिन उसकी कमज़ोरी इस प्यास से पैदा हो रही थी जिसने उसके शरीर को सुखा दिया था, उसके मुँह को झुलसा दिया था मानो वो पोटाशियम नाइट्रेट से बना हो। और उसकी बाज़ुएँ जो इतनी मज़बूत थीं, कि

एक झापड़ से उसने कई औरतों को चित कर दिया था, अब वह उन्हें मक्खियाँ उड़ाने तक के लिए नहीं उठा पा रहा था! दरअसल, स्मृति उसके शरीर के भीतर ऐसे चल रही थी जैसे एक घंटी अन्दर गैस। वह समझ रहा था कि वो मरने वाला है, लेकिन इस दृढ़ विश्वास से उसे डर नहीं लगा। दूसरी तरफ़ धूप, जो लाल धुँध को हटाते हुए अब उसकी पलकों से आगे चली गयी थी उसे स्तब्ध कर रही थी मानो उसे एक बादल पर उछाल रही हो।

वह रहस्यमय आवाज़ फिर उसके कानों में गूँजी :

''वो कौन था जिसने तुम्हें गोली मारी? एल लुन्गो या पीबे मिफ्लोर? क्या ये सच है कि तुमने पीबे मिफ्लोर की औरत को उससे छीन लिया था?''

एक और ज़्यादा सख्त और रूखी आवाज़ बड़बड़ाई :

''हमें इन सब हरामज़ादों को फाँसी पर लटका देना चाहिए।''

उदास ठग ने बहुत थकान और भारीपन से एक पलक खोली। खिड़की की काँच किसी लैमिनेट की गई प्लेट की तरह चमकी। एक गहरा काला साया उसके पीछे खड़ा था काले पुतले की तरह, और उसने कहा :

''तुम मुझे नहीं पहचानते? मैं ऑफ़िसर गोमेज़ हूँ, डिटेक्टिव गोमेज़। तुम्हें किसने गोली मारी? एल लुन्गो या पीबे मिफ्लोर?''

हेफ़्नर को आखिरकार समझ आ गया। उससे गोली चलने के बारे में पूछताछ की जा रही थी। उस दलाल ने बहुत कोशिश की और एक खुली आँख से उसने बहुत धुँधले से पुलिस अफ़सर को पहचान लिया। वो गोमेज़ था, तपेदिक के मरीज़-सा गोमेज़, लोगों का शोषण करने वाला, चोरों का सहयोगी और उन्हें यातना देने वाला भी, जिसे इस बात की आज़ादी दी गई थी कि वह पूछताछ के दौरान किसी भी तरह का हथकंडा, ज़रिया अपना सकता है, जिसे वह ज़रूरी समझे; पुलिस विभाग का दंडकर्ता; छोटे कद का धौंस जमाने वाला, हिंसक और बहुत मधुर शख्स।

उदास ठग की पलकें फिर बन्द हो गईं और उसने हामी में सिर हिलाया। उसकी स्मृति का एक दरवाज़ा अतीत की तरफ़ खुल गया और उसने खुद को सुरक्षा विभाग के एक उपविभाग में एक सफ़ेद पुते आयताकार सैल में देखा, एक कमरा जिसमें चमकीले काँच की एक अनोखी खिड़की थी और बीच में एक वार्निश की हुई मेज़। इसके ऊपर एक सूखी हुई स्याही की दवात रखी थी और धूल भरा बॉल पेन जिस पर ऑक्सीडाइज़ पंख लग था।

उसे लुलु द मार्सेले की हत्या के बारे में पूछताछ के सिलसिले में गिरफ़्तार किया गया था; और यही गोमेज़ था जिसने उससे पूछताछ की थी, और उस दौरान पूरे वक्त दूसरे दो जासूसों को उनकी पत्नियों ने व्यस्त रखा था, और गोमेज़ ने उस पर एक के बाद एक मुक्के बरसाए थे। वो बहुत ही डरावना और ठंडा, भावहीन काम था। गोमेज़ उसके ऊपर बैठ कर

एक के बाद एक नाक पर मुक्के जड़ रहा था और साथ ही अपना हाथ वापिस खींच कर अपनी मधुर आवाज़ में पूछ रहा था :

''उगलो, बच्चे, वो कौन था जिसने लुलु को मारा?''

हेफ़्नर ने एक बार फिर अपनी एक पलक आधी खोली। हाँ, वही था, ऑफ़िसर गोमेज़, लेकिन अभी वो उसे मार नहीं रहा था, सिर्फ़ उसके बिस्तर पर उसकी तरफ़ झुका हुआ था, अपना मुँह उसके कान के पास लाकर बगैर थके बार-बार दोहराते हुए :

''बात करो मुझसे। किसने तुम्हें गोली मारी? एल लुन्गो या पीबे मिफ्लोर?''

उदास ठग ने कोई जवाब नहीं दिया। उसकी पूरी त्वचा में विद्वेष की एक चादर फैली हुई थी, लेकिन पुलिस वाले ने ज़ोर देकर बोला :

''जवाब दो, और मैं तुम्हें कुछ पानी दे दूँगा पीने को।''

मरते हुए आदमी का माथा एक बर्फ़ीले पसीने से ढँक गया। वह अब प्यासा नहीं था। ऐसा लगा कि ब्लॉक 5 के जालीदार दरवाज़े अब उसके लिए निश्चित तौर पर बंद हो चुके थे।

दिन भी डूब रहा था; पुलिस गार्ड उस आयताकार कोठरी के सामने से गुज़रा, उसके कंधे पर सामने की तरफ़ माउज़र लटकी थी और अपने गैंग के बारे में सोच रहा था जो इस वक्त 'टेरेस' या 'आम्बोस मुंडोस' में वरमाउथ पी रहे होंगे। वे उस रात पक्के तौर पर बेल्ग्रानो या सुर डे बोएदो या विसेंटे लोपेज़ में जुआ खेलने जायेंगे, और त्रिफुल्का परिवार में उसके साथी, छुटभैये चोर, पुलिस के मुखबिर प्रेतों की तरह उसकी आँखों के सामने से गुज़र गये।

''तुम बोल क्यों नहीं रहे?'' उस आवाज़ ने ज़ोर देकर कहा।

हेफ़्नर याद कर रहा था। घास के मैदान पर धूप, और एक विलो पेड़ के नीचे घास का मेज़पोश और आसमान की छत, माफिया पिकनिक का जीवंत उल्लास; अपने सात मर्दों के साथ सात रंडियाँ, बंदूकें कमर से लटकतीं, उसके माथे पर पीछे की तरफ़ मुड़ा हैट और उसका ज़र्द, नाज़ुक और शर्म से लाल चेहरा। किसी ने गिटार बजाना शुरू किया। एक उदास प्रेम गीत, चमकती हुई आँखें और जलते हुए होंठ एक लम्बी सुराही से डाली गई जिन को पीते हुए। जोड़े बना कर एक-दूसरे के बहुत करीब उस धुन पर नाचना, बेसब्री से एक-दूसरे को कनखियों से देखना, और फिर वो कांसे के रंग वाले अमर्गुरा ने अपना अकॉर्डियन बजाया और हरे-भरे मैदान में एक अंधेरा, कामुक और मांसल टैंगो शुरू हो गया। उसके गले में जिन जल रही थी। फिर उसकी आँखें पेशाब और पानी के गड्ढे पर ठहर गयीं। वो सवाल फिर उसके कानों में बजा :

‘‘उगलते क्यों नहीं? कौन था वो? एल लुन्गो या पीबे मिफ्लोर?’’

उस भयानक चिकने से दीखते आदमी की मुलायम रेशमी आवाज़ एक ड्रिल की तरह उसके कानों को चीरती रही।

‘‘बच्चे, तुम बोलते क्यों नहीं? वो कौन था जिसने तुम्हें गोली मारी? एल लुन्गो या पीबे मिफ्लोर?’’

ठग चुप ही रहा। उसकी कल्पना जंगल के पास एक शीतल मैदान के चारों तरफ़ घूमने लगी। वह एक विशाल पेड़ के नीचे बैठा था जिसके शिखर से रंगीन लताएँ नीचे की तरफ़ लटकी थीं। उसके चारों ओर मानो सम्मोहित अवस्था में बिल्ली, बकरी, कुत्ते, मुर्गे और बत्तखों के साए नाच रहे थे। बहुत तेज़ चमकती दर्दनाक चादर उसकी पलकों को चीर कर उसके दिमाग के स्नायु तंत्र के केंद्र में गर्म अंगारे फेंक रही थी। इससे बचने की कोशिश में उसने अपना सिर दूसरी तरफ़ कर लिया। रह-रह कर रहस्यमय भीड़ कमरे में ऐसा शोर कर रही थी, हॉर्न के बजने का शोर, अकॉर्डियन का रोना और ड्रम्स का बजना, ये सब मिल कर उसके कान के परदे को फाड़ देने के लिए काफ़ी थे। और फिर वो रहस्यमय रेशमी आवाज़ बार-बार एक ही बात पूछती :

‘‘तुम बोलते क्यों नहीं?...अगर तुम ज़रा-सा कुछ बोल देते!’’

उस आदमी ने इतनी बेरहमी से उसे मारा था कि बाद में उसका मुँह खून से भर गया था। वह रेशमी आवाज़ धीरे से उसके कानों में गरजी :

‘‘बोल कुत्ते के पिल्ले!’’

उदास ठग ने अपनी आँखें आधी खोलीं और उस पुलिस वाले की तरफ़ देखा। उसे याद आया उसका मुँह पर मुक्का मारना, पेट में लातें मारना और उसके भीतर से हवा में एक गाली फूटी :

‘‘हरामज़ादे...’’

पुलिस वाला ज़रा कंजूसी से मुस्कुराया।

‘‘आखिरकार तू बोला, बच्चे। तुम अनाड़ी हो, है ना, बुड्ढे? तुम छोकरों के साथ तो और कोई तरीका काम नहीं आता। तुमने पीबे मिफ्लोर की औरत उससे छीनी थी ना, ठीक? देखो, अब तुम किसी भी वक्त लुढ़क सकते हो। सो बताओ, ताकि तुम्हें जन्नत नसीब हो। क्या वो पीबे मिफ्लोर था जिसने तुम पर गोली चलाई और लुलु की भी हत्या की?’’

एक लंबी, सूखी-सी औरत हेफ़्नर के बिस्तर के पास खड़ी हो गई। उसकी बगलों के नीचे बड़े-बड़े पसीने के धब्बे थे। उसका रूज़ पीले गालों से नीचे उतर गया था जिससे उसकी झुर्रियों भरे चेहरे पर दाग नज़र आ रहे थे। उसकी बहुत गहरी काली पलकों के

नीचे से उसकी लगभग सड़ी हुई ग्रे आँखों ने उसकी तरफ़ धमकी भरी नज़रों से देखा। इस सबके बावजूद, उस रंडी के आस-पास खड़े लोगों ने उसका हाथ ठग की बेल्ट पर रखा और उसके ऊपर झुकते हुए उस औरत ने उसके घाव को बेरहमी से झटके से खींचा :

''भाड़ में जाओ, हरामी, चूतिये!''

हेफ़्नर ने सियार की तरह दाँत पीसे। ओह, काश वो इस घटिया कुतिया को पूरी तरह कुचल सकता। और उस दूसरे शख्स ने फिर से अपना घृणित नाच गाना शुरू कर दिया :

''तू बोलता क्यों नहीं बच्चे? तुझे किसने मारा? एल लुन्गो या पीबे मिफ्लोर?''

हेफ़्नर दर्द से कराहा। उसके बिस्तर के किनारे पर मानो उसकी मुलाकात नर्क से हो रही थी। एक काला आयत उसकी आँखों के सामने घूमने लगा, और किसी ने चॉक से लिखा हुआ था :

Cos. a+isen.a

फिर वो ब्लैकबोर्ड धुँधला पड़ गया। अर्ध अंधकार में कुछ अस्पष्ट आकार उभर रहे थे। एक अदृश्य ऊँचाई से कुछ कागज़ के टुकड़े बरस रहे थे। एक रिफ़्लेक्टर से बारी-बारी से लाल और पीली रौशनी निकल रही थी। नंगी पीठें उसकी आँखों के सामने से गुज़रीं। वो लड़कियाँ जो अपनी देह बेचती थीं। बगैर स्टॉकिंग पहने लाल जूतों में। उनकी छोटी स्कर्ट्स घुटनों से दस सेंटीमीटर ऊँची होतीं। माथे पर हेयर बैंड और होंठों पर दिल रंगा हुआ। करीब से उसकी गाली एक बार फिर गूँजी :

''भाड़ में जाओ, हरामी, चूतिये!''

वो घटिया कुतिया कहीं छिपी होगी। उसने अपने हावभाव से उसे उकसा दिया था लेकिन वो फिर उस भयावह पृष्ठभूमि में किसी बेकार से गंदे काले के साथ गायब हो गई, तरबूज़ जैसे सिर वाला, जो किसी भूरे बालों वाली लड़की के साथ नाच रहा था, देश पर धब्बा। हेफ़्नर उस काले आदमी पर चिल्लाना चाहता था :

''फिर मिलेंगे, अमर्गुरा,'' लेकिन उसकी आवाज़ गले में ही अटक गई, और एक घिनौना नमकीन स्वाद उसकी अंतड़ियों से उठा। वो तसल्ली के साथ हल्का-सा मुस्कुराया। हरे रिफ़्लेक्टर में काली शॉल पर लगे लाल पॉपी चमके, रिफ़्लेक्टर की रौशनी नीले में बदली और फिर पीली रौशनी में। गैर मौजूदगी और गहरी थकान का भाव ठग के नाक-नक्श में मानो घुल गया। उसने हल्की-सी हिचकी ली और ज़बान को होंठों पर फेरा।

अब उस रहस्यमय आवाज़ ने उससे वादा किया :

''देख तू जैसे ही मुझे बताएगा मैं उनसे तेरे लिए ठंडे होरचाता का गिलास मँगवा लूँगा। ऐसा लगता है कि तू बहुत प्यासा है।''

हेफ़्नर ने अपनी आँखें बंद कर लीं जो इतनी रौशनी से बोझिल हो गई थीं। बहुत दूर वो पेशाब से भरे उस छोटे से गड्ढे को देख सकता था, और लुहार का वो अपाहिज सहायक जो घोड़ों को लगाम पकड़कर लाता था जो उसकी गर्दन में एक फंदे से बँधी थी, फिर उसकी नाक को बंद कर देता था ताकि जब लोहार उसे दागे तो वह हिले-डुले नहीं।

पुलिस वाला अपनी बात पर अड़ा था :

''तू बात क्यों नहीं करता छोकरे? वो कौन था? एल लुन्गो या पीबे मिफ्लोर?''

आग की लपटों में घिरे बिच्छू की तरह वो दलाल कसमसाया। उसे ऐसा लगा कि वो मुलायम आवाज़ उसकी स्मृति में सदियों से बड़बड़ा रही है और उसे अँधेरी रात के उस त्रासद पल की तरफ़ घसीट रही है जब उन दूसरे लोगों ने उसके सीने में गोली दागी थी। एक मुख्य तर्क के रूप में कुछ, लगभग एक तर्क की एक चमक की तरह उसकी समझ में कुछ शोर मचने लगा। अगर वो बच गया तो उसे बार-बार चाकू भोंकेगा और अगर नहीं बचा तो अपने हिसाब से मरेगा। वो क्यों भेद खोलेगा? अभी तो वो पीबे मिफ्लोर का सम्मान करेगा। और उसकी कल्पना में वक्त गुज़रता गया, वो नशे में था, और अचानक उसने पीबे को बिलकुल अकेला देखा। उसने उसे चाकू से काट डाला और उसका चाकू पीबे के पेट में ऐसे घुसा जैसे तलवार केले के अन्दर...

''क्या तुमने उसकी औरत को लिया था? क्या वो पीबे मिफ्लोर था?''

पहली बार उस मरते हुए आदमी के कानों में 'औरत' शब्द दर्ज हुआ, एक फ़िल्म की तरह जिसकी रील प्रोजेक्टर के ज़रिये बहुत धीरे चलती है जिससे तस्वीर में शब्द कुछ ज़्यादा लम्बे हो जाते हैं; उस वक्त ये शब्द 'औरत' उसके कान में असाधारण तरीके से दर्ज हुआ।

''तो, सारी रंडियाँ 'औरतें' थीं?...''

एक और ताकत उसकी स्मृति पर छा गई, उसकी आत्मा को उसके शरीर से बाहर ले जाती हुई और लगभग तत्काल एक सुदूर आकृति लगातार विस्तार पाते हुए उसके अंतिम क्षण की तरफ़ बढ़ने लगी। एक ज़र्द और कमज़ोर चेहरा, एक हरे स्ट्रॉ हैट में बँधा, और एक कुछ ज़्यादा बड़ी नाक। और पहली बार दल्ले ने खुद से कहा :

''मुझे उसको मारना नहीं चाहिए था।''

फिर वह एक काले गर्त में गिर गया। शून्य।

पुलिस का वो जासूस उस मरते हुए आदमी के बिस्तर के चारों तरफ़ घात लगा कर मंडराता रहा। वह उसे चीरती हुई निगाहों से देखता रहा और लगा मानो अपने विचारों को ही ज़ोर से बोल रहा हो :

''ये कुत्ता दोपहर तक ज़िंदा नहीं बचेगा। इसे किसने गोली मारी होगी? एल लुन्गो? मुमकिन तो नहीं लगता। लेकिन एल लुन्गो को ही पता होगा। ये तो पक्की बात है कि इस छोटे से कांड में पीबे मिफ्लोर भी शामिल है। उठाईगीर जूलिया को पीबे मिफ्लोर के बारे में पता होगा। डोनिज़्ज़ेटी ने उसे कई बार पीबे के साथ देखा है। अगर उस रेपोयो के छोकरे को कुछ पता होता तो उसने पहले ही मुझे फ़ोन कर दिया होता। क्या बदमाशों के गिरोह हैं, हे भगवान!''

उदास ठग ने अपनी आँखें आधी खोलीं। चकराते हुए, डिटेक्टिव गोमेज़ उस पर झुका और फुसफुसाया :

''छोकरे...अगर तुम मुझे बता दो तो मैं उनसे तुम्हारे लिए बिलकुल बर्फ़ सी ठंडी होरचाता मँगवा लूँगा। बर्फ़ सी ठंडी।''

बहुत-बहुत दर्द के साथ हेफ़्नर ने अपना सिर मोड़ा। कहीं बहुत दूर से एक गाना उसके कानों तक पहुँचा। एक गीत जो वो जानता था। उसकी पलकें उठीं, लेकिन वो किसी को देख नहीं पाया न ही ये जान सका कि ये गीत उस कमरे में कहाँ से आ रहा था।

ओ मामरी, ओ मामरी
जब अगुल औरत तुम में खो जाए
मुझे रात तक तो बाकी रहने दो, अब्रेसिअतु कुते

उदास ठग की स्मृति ने कुलांचे भरे और उसे सब याद आ गया। इस गीत से उसके दिमाग में सब्ज़ियों का वो ठेला आया जिस पर पड़ोस का एक लड़का अपने पिता के साथ चला करता था। उसका पिता कान के पीछे लाल गुलनार का फूल लगाता था और उसने अपनी बीवी को पेट में लातें मार-मार कर मार डाला था जो बंजारों की तरह अपने बालों में पीले फूल लगाती थी। कभी-कभी वो उस ठेला गाड़ी में बड़ी कर्कश आवाज़ में गाना गाती थी जैसे मानो एक धूप भरी दोपहर में मुर्गा बांग दे रहा हो। मुझे रात तक तो बाकी रहने दो, अब्रेसिअतु कुते। आह, पासकुआला भी वो केन्ज़ोता गाता। वह सुअर की तरह मोटी थी और कार्मेलो द निओपोलिटन के घर में रहा करती थी। कार्मेलो ठग की आँखों के सामने उभरा, उसके काले बाल लाल गर्दन पर झूल रहे होते और हर वक्त अपने बड़े से पेट पर हरी बेल्ट को कसते हुए वो उसके कानों में चिल्लाता :

''ज़िन्दगी और रोकड़ा, स्त्रुन्सो।'' (स्त्रुन्सो-एक अपमानजनक शब्द)

''मुझे उसको मारना नहीं चाहिए था।''

चूँकि उसे उन सभी को दंडित करने था, अपनी ऊब की उग्रता को उन पर निकालना था, एक लगातार मौजूद दुष्ट और भयानक उग्रता, जो बिला वजह उसके भीतर फूट पड़ती।

हाँ, उसने मन बना लिया था, चाहे इससे वो मर क्यों ना जाए। क्या एक सर्द रात

कोका में उसने उसे बालकनी के खुले हिस्से में बंद नहीं किया था? और फिर भी शीशे के दूसरी तरफ़ वो तेज़ हवा की आवाज़ सुन सकता था। बाद में इस घटना पर टिप्पणी करते हुए उसने कहा था :

''औरतों को कोई चीज़ परेशान नहीं करती। ऐसी जानवर होती हैं ये!''

और हुआना, उस भैंगी लड़की को उसने कहा :

''मैं तुम्हें उसूलन मारता हूँ, क्योंकि एक मर्द को अपनी औरत को पीटना ही चाहिए।''

अगर तुम्हें अत्याचार और यातना चाहिए ही! बास्क लेडी की नौकरानी, जिसका बदन एक छोटी लड़की की तरह था और सांड की पूँछ की तरह घुँघराले घने बाल, जिन्हें सँभालना मुश्किल था। वो जानवर इतनी जंगली थी कि वो कहीं उसे काट ना खाएँ, इसलिए उसे एक महीने तक ठग ने एक पीतल के पलंग से बाँध कर रखा था, और इन तीस दिनों में वह उसे मार-मार कर बेहोश कर देता था। चूँकि उसके मुँहासे थे तो उसके चेहरे और रंग को साफ़ करने के लिए वह हर शाम उसे अरंडी के तेल की एक डोज़ देता, उसके दाँतों के बीच एक कीप घुसा कर उसमें तेल डालता। बाद में उसने नोटिस किया कि उसे ठीक से चलना नहीं आता। तो उसे लंबे डग भरने से रोकने के लिए उसने उसके पैरों को ज़ंजीर में ऐसे बाँध दिया था ताकि वो जंगली छोटे कदम चलने के लिए मजबूर हो जाये। जब भी वो औरत उसके आने की आहट सुनती, डर से काँपने लगती।

उन छोटी जंगली कुतियाओं पर उसने क्या-क्या अत्याचार नहीं किए! और उसके व्यवहार का अनुमोदन करते हुए उस 'कोठे के मुखिया' कार्मेलो के गूँजते हुए ये शब्द :

एक बार फिर वो मनहूस रंडी नमूदार हुई, उसकी चिकनी काली पलकों के नीचे से आँखें उसकी तरफ़ नफ़रत से चमकती हुईं। वो वेश्या उसके सिर के बहुत करीब झुक गई, वो उसका मुँहासों से भरा मुँह देख सकता था, उसने अपनी नाक के स्वर से मानो धमकी उसकी तरफ़ थूकी :

''भाड़ में जाओ, हरामज़ादे, चूतिये!''

हेफ़्नर मरना चाहता था। उसने काफ़ी स्पष्ट रूप से सोचा : 'इतनी देर क्यों लग रही है?' उसे लगा जैसे वो आग के बिस्तर पर लेटा है। उसके फेफड़ों में एक जलता हुआ रेगिस्तान चक्कर काट रहा था।

फिर भी, अब जब वो मर रहा था, उसके भीतर से कुछ उसे बता रहा था कि उसे एलोइसा के साथ वैसा नहीं करना चाहिए था; या उसे दूसरी औरतों की अपेक्षा ज़्यादा बेरहमी से नहीं पीटना चाहिए था, और वो भी एक सपाट बेल्ट से नहीं बल्कि गुँथे हुए चाबुक से। अपनी कब्र में भी वो दिन वह नहीं भूल सकता जब उसने कहा था :

‘‘सड़कों पर निकल कुतिया, और मुझे कुछ पैसे लाकर दे।’’

वो अब ठीक-ठीक नहीं बता सकता था कि उस लड़की ने उसकी तरफ़ क्या इशारा किया था, लेकिन जब उसने इनकार कर दिया था तो एक बाघ की तरह उस पर टूट पड़ने का एहसास उसके अंदर फिर आ गया था। उसने देखा कि उसके हमले और वार से बचने के लिए उसने अपना चेहरा हाथ से ढँक लिया था, अपने बदन को गर्भ में बच्चे की तरह सिकोड़ लिया था। और फिर उसने वो गूँथा हुआ चाबुक उठाया और एक के बाद एक उसके बेजान बदन पर लगातार मारता रहा। उसका बदन नील और दागों से भर गया। और उस दिन जाने से पहले दरवाज़े पर खड़े होकर सिर घुमाते हुए उसने सोफ़े पर अपनी बाँहें गर्दन के पीछे रख कर लेटे हुए उसे अजीब निगाहों से देखा और मधुरता से पूछा :

‘‘कहाँ?’’

ठग ने जवाब देने की ज़रूरत नहीं समझी। उसने सहमति और स्वीकृति में सिर हिलाया और फिर वो चली गई। तीन दिन बाद उसकी लाश रियाजुएलो पर कॉर्क और घासफूस से बने बेड़े और डूबे हुए कुत्तों के बीच तैरती हुई मिली।

‘‘बताओ मुझे, किसने तुम्हें गोली मारी? एल लुन्गो या पीबे मिफ्लोर?’’

वो दलाल अपने फ़टे हुए मांस के अंदर काँप गया। साँस अंदर खींचने की कोशिश करता हुआ वह वहाँ लेटा रहा और वो जासूस निराश होकर पीछे हो गया, उसकी आँखों में आभास था कि वो जान गया है।

उदास ठग काँपने लगा। एक इज़्ज़तदार शख्सियत कमरे में दाखिल हुई। वह लंबी और भयावह थी लेकिन ठग घबराया नहीं। उसने एक काली ड्रेस पहनी हुई थी जिसकी किनारी पैरों पर घूम रही थी। वो कमरे में आगे बढ़ी, उसका चेहरा सख्त और भयानक था। उसके संगमरमर से सख्त चेहरे पर दर्द का एक भाग चस्पां था। वो कमरे में आगे बढ़ रही थी, हाथ आगे फैला कर अपना रास्ता बनाते हुए। उसकी आवाज़ मधुरता से कह रही थी:

‘‘हेफ़्नर...मेरे बेचारे प्यारे बच्चे!’’

उसकी आवाज़, बहुत दूर, दर्द से उसके गले में काँप रही थी।

‘‘हेफ़्नर...मेरे प्यारे बेचारे हेफ़्नर।’’

उसने हेफ़्नर को अपनी बाँहों में ले लिया। उसकी ठंडी बाँहों में हेफ़्नर का अधखुला मुँह और खुल गया।

‘‘मामिता...मेरी अंधी लड़की...’’

‘‘हेफ़्नर...’’

उसने अपने बदन को एक वक्ष की अनंतता के करीब महसूस किया। पसीने से भरे उसके माथे पर आ गिरे बालों को एक हाथ ने हटा दिया।

''हेफ़्नर...''

मरते हुए आदमी की आँखें और चौड़ी हो गईं। एक ठंडा बर्फ़ीला एहसास उसकी कमर तक उठ आया। उसने अंधी लड़की के वक्ष पर एक मधुर अनंत संवेदनहीनता को महसूस किया। वो बेतुकेपन से मुस्कुराया, जो बाँह उसे सहारा दिए हुए थी, उसके ठंडेपन से हेफ़्नर को तसल्ली हुई, और फिर उसकी साँसें रुक गईं।

अँधेरे की ताकत

कारमेलाइट कॉन्वेंट।

सफ़ेदी से पुते पार्लर में दीवार की बगल में लगी बैंच पर मोटे लाल गालों वाली दो नन मूर्ति की तरह बैठी थीं, मानो बैरक में दो सिपाही बैठे हों। एलसा भी दूसरी बैंच के किनारे पर अकड़ी हुई बैठी मदर सुपीरियर को ध्यान से देख रही थी; सुपीरियर मदर के झुर्रियों और रेखाओं से भरे चेहरे पर दो आँखें चाँदी की थालियों की तरह चमक रही थीं। उसने पथरीले भाव से एर्दोसैन की बीवी को देखते हुए अपने होंठों को हल्का-सा दबाया।

एलसा आशंकित और डरे हुए मन से इंतज़ार करती रही, उसके हाथ घुटनों पर थे, उसे नहीं मालूम था कि वो क्या कहे। उसके अंतर्मन की परतों को एक आतंक चीर रहा था; लगातार एक के बाद एक, और जब उसने अपना सिर घुमा कर देखा तो उसने उन दो सिस्टर्स को हैरान कर दिया जो अपनी पलकें झपकाती हुई हँसी दबाने की कोशिश कर रही थीं। लगता था वे दोनों कभी सख्त और कभी सकुचाई नारों से उसे भांपने की कोशिश कर रही थीं, और इसलिए उसने अपनी आँखें वापिस प्रार्थना में मदर सुपीरियर की तरफ़ घुमा लीं। उस बैठक के बीचोंबीच स्थिर बैठे उसने उसकी सफ़ेद आँखों की तरफ़ सम्मोहित होते हुए देखा मानो वो एक बिजली की चिंगारी से चौंधिया गई हों। मदर सुपीरियर का अखरोट के फूल जैसे रंग वाला, अखरोट की तरह झुर्रियों से भरे भावहीन डरावने चेहरे से तो उन दोनों ननों के पीले मोटे लाल गाल वाले चेहरे बेहतर थे जो एक-दूसरे को पलकें झपका कर और सिर हिला कर इशारे कर रही थीं।

''क्या तुम कैथोलिक हो?'' उसने आखिरकार पूछ ही लिया।

''हाँ, सिस्टर।''

''और तुमने अपने पति को छोड़ दिया है?''

''हाँ, सिस्टर।''

''तुमने ये पाप क्यों किया?''

''क्योंकि मैं बहुत दुखी हूँ, सिस्टर। मैं बहुत उदास हूँ। मैंने बहुत कष्ट भोगा है।''

एक बार फिर वो स्थिर, भावहीन सफ़ेद आँखें उसे छुरी की तरह चीर गयीं। मदर सुपीरियर ने अपनी दोनों साथियों को इशारा किया और वे चली गईं। एलसा अकेली रह गई, बैंच पर बैठी हुई, उस भयानक बूढ़ी महिला का सामना करती हुई जो सख़्ती से प्रतीक्षा करती हुई मानो उसे सम्मोहित कर रही थी। उसने अपने होंठ हिलाए और फुसफुसाई :

''अपनी तरफ़ से इसे सही साबित करो।''

एलसा ने अपना सिर झुका लिया। दो घंटे हो गये थे उसे कैप्टन को छोड़े हुए, और उसकी ज़िन्दगी भूस्खलन के दौरान कीचड़ के धंसने से भी तेज़ी से नीचे गिर रही थी। अगर उसने कोई अपराध किया होता तो भी उसका भविष्य इतना निराशाजनक नहीं होता। उसने अपनी आँखें बंद कर लीं, और जब उन्हें खोला तो दो आँसू उसकी आँखों से गालों पर लुढ़क गये।

मदर सुपीरियर उसके सामने स्थिर बैठी थीं। उन्होंने उसकी तरफ़ खाली आँखों से देखा। एलसा की तीव्र इच्छा हो रही थी कि वो बिस्तर पर धम्म से गिरे और सो जाए लेकिन उसने खुद को सँभालने की कोशिश की और बोली :

''मेरा परिवार हमेशा रेमो से मेरी शादी के खिलाफ़ था, क्योंकि उसकी गरीबी मेरी उस संपत्ति से मेल नहीं खाती थी जो मुझे मेरे पिता से विरासत में मिली और एक ऐसा आदमी जिसके पास कोई कारोबारी जानकारी नहीं थी, उसके लिए इस संपत्ति को आगे बढ़ाना बहुत मुश्किल होता। इसलिए हमारी सगाई मुश्किल से बहुत कम देर के लिये ही रही और हमें एक–दूसरे को जानने का वक्त ही नहीं मिला जो उन दो लोगों के लिए बहुत ज़रूरी है जो सगाई में बँधते हैं। फिर भी मुझे उन शर्तों पर पक्का यकीन था जो रेमो ने हमारी ज़िन्दगी के लिए रखी थीं और मैं उससे प्यार करती थी। मैं उससे बहुत प्यार करती थी और अगर मैं उससे प्यार न करती होती तो उससे कभी शादी नहीं करती। मेरे जैसी स्थिति में लड़की अपने पति का चुनाव करने के लिए आज़ाद होती है। बहरहाल, उन सभी सलाहों को और अनुमानों को दरकिनार कर कि मैं उसके साथ बहुत दुखी रहूँगी, मैंने उससे शादी कर ली...''*

''...मुझे ये सब ऐसे याद है मानो कल की बात हो, जैसे ही उस दिन हमारी शादी हुई तो उसने पवित्रता और आदर्श की बात करनी शुरू कर दी, और भी दूसरी चीज़ों के बारे में जो अब मुझे याद नहीं हैं। मैंने हैरान होकर उसकी तरफ़ देखा और मुझे ये एहसास हुआ कि मैंने इस शादी के ज़रिये खुद को किसी अजीब से आदमी के हवाले कर दिया था। मुझे

---

* समीक्षक का नोट : एलसा एर्दोसैन की कहानी के विस्तार को देखते हुए इस कहानी के व्याख्याता ने अहम घटनाओं को थोड़ा घटा कर पाठकों को विविध किरदारों के बीच में संवाद के रूप में महत्त्वपूर्ण प्रकरणों से व्यक्त करने की कोशिश की है।

यकीन था कि मैं उससे प्यार करती थी...लेकिन ये बात उसे स्वीकार नहीं थी, बेवक़ूफ़, आप कह सकती हैं। हमारी सुहागरात के अगले दिन उसने सुझाव दिया कि वो एक मैटल शॉप में काम करेगा; इस तरह बाद में उस पूँजी के साथ जो मैं उसे दे दूँगी, वह खुद की एक मैटल शॉप शुरू कर देगा। मुझे याद है कि उसने ये सुझाव शर्मिंदा होते हुए दिया मानो वो किसी अपमानजनक काम के बारे में सुझाव दे रहा हो। वो आविष्कारक बनना चाहता था। मैं बहुत हैरान थी और फिर अचानक उसने बहुत ज़ोर से हँसना शुरू कर दिया। इस पर आपका क्या ख़याल है। मुझे ज़रा अपमानजनक लगा। क्या वो मेरे पैसे के बूते ज़िन्दगी चलाना चाहता था? मुझे ये मंज़ूर नहीं था, और फिर, हालाँकि वो 23 साल का हो चुका था, फिर भी उसने कहा कि वह नेशनल कॉलेज में पढ़ना चाहता है। उसे बैचलर डिग्री मिल सकती है और फिर वो विश्वविद्यालय जाकर औषधि विज्ञान पढ़ना चाहता है। उसके हिसाब से एक फ़ार्मेसिस्ट बहुत पैसे कमा सकता है, पूरे देश में खुद को स्थापित करके। पहले वाले सुझाव की तरह इस वाले सुझाव पर भी मुझे गुस्सा आ गया। उसका मानना था कि वो प्यार के सहारे रह सकता है। एक दिन उसने मुझसे कहा : 'देखो, हम एक-दूसरे से प्यार करते थे, और अब ये ख़त्म हो गया है। अब मुझे काम खोजने के बारे में सोचने की ज़रूरत है।' और फिर मैंने उसे ये विश्वास दिलाने की कोशिश की कि उसे एक स्टोर में नौकरी कर लेनी चाहिए। वो वहाँ एक कारोबार कैसे चलाना चाहिए, ये सीख सकता है और फिर अपना व्यापार शुरू कर सकता है। वो खुद अपनी संपत्ति वैसे ही क्यों नहीं बना सकता जैसे मेरे पिता ने बनाई? वह बुद्धिमान था, हो सकता है वो और भी जल्दी अमीर हो जाता। जब मैंने उसे स्टोर में काम करने वाला सुझाव दिया तो वो मुझसे इतना निराश और नाराज़ हो गया कि उसने मुझसे पंद्रह दिनों तक बात नहीं की। फिर उसे अपनी अभिरुचि के अनुकूल एक और आईडिया आया और उसने एक रैवियोली (एक तरह का पास्ता) फ़ैक्ट्री खोलने का विचार सामने रखा। वह इसे उपयुक्त अधिकारियों के पास ले जायेगा और फिर नकदी रजिस्टर रखने का काम उसे नहीं करना पड़ेगा। वो कितना गंभीर हो गया था! मैं देख सकती थी कि उसे कष्ट हो रहा है। लेकिन वो क्या चाहता था? वह मेकेनिक्स की किताबें पढ़ कर और बीटा किरणों के बारे में बात करके अपना वक्त गुज़ारता? वो लगभग एक बेवक़ूफ़ था। एक आदमी जिसे चीज़ों की समझ ही नहीं थी, जिसे ये एहसास ही नहीं था कि ज़िन्दगी फूलों का बिस्तर नहीं होती। अंत में उसने हार कर एक नौकरी कर ली। आखिरकार उसने मुझे खुश कर दिया। मुझे उम्मीद थी कि मैं धीरे-धीरे उसे एक अच्छे समृद्ध आदमी में तब्दील कर दूँगी। इसके कुछ ही दिनों बाद मैंने ध्यान दिया कि रेमो बगैर किसी वजह के बदल गया है, किसी और शख्स में बदल गया है। कभी-कभी मैं उसे देखती कि एक अजीब भाव के साथ वो मुझे घूर रहा है, लगभग इस तरह मानो वह मुझे पढ़ रहा हो, मूल्यांकन कर रहा हो, और मैं, जिसे वह कभी मिलते हुए चूमता तक नहीं था, एक दिन जब मैं उसके करीब आई तो मुझे लगा कि उसकी बाँहों में मुझे अच्छा लगेगा तो इसकी बजाय मेरा सामना इन ठंडे शब्दों से हुआ : 'तुम क्यों चाहती हो कि मैं तुम्हें चूमूँ?'...''

''...मुझे अजीब-सा लगा, लेकिन मैंने कुछ नहीं कहा। मुझे लगा कि वो मुझसे

नाराज़ था क्योंकि पिछली रात मैंने उसे डाँटा था। उसने जितना पैसा उसे मिलना चाहिए था उससे दस पेसोस कम मुझे दिए थे। ऐसा इसलिए नहीं है क्योंकि मैं लालची हूँ, ऐसा इसलिए है क्योंकि उसे हर रोज़ मैं दो कॉफ़ी और सिगरेट के लिए जितना पैसा देती थी उससे ज़्यादा खर्च करने की उसकी कोई ज़रूरत नहीं थी। किस चीज़ पर उसने दस पेसोस खर्च कर दिए होंगे? फिर मैंने नोटिस किया कि उस महीने की शुरुआत से वो बहुत आक्रोशपूर्ण और कड़वा हो गया था। मैं सतर्क हो गई। वो बिस्तर पर बैठा दबी हुई अनियंत्रित हँसी से खिलखिला रहा था, एक पागल आदमी-सी हँसी जिसने आप पर कोई चाल चली हो। जब मैंने उससे पूछा कि क्या माजरा है तो उसने जवाब दिया : 'तुम्हें इससे क्या? या तुम्हें ये लगता है कि तुम मेरी हँसी भी काबू कर सकती हो?'...

''...तब मैंने उससे कहा कि उसने मुझे नाराज़ या अपमानित नहीं किया है और अगर ये उसे ख़ुशी देता है तो वो अपनी तनख्वाह में से दस पेसोस खर्च कर सकता है, लेकिन इससे वो खुश नहीं हुआ, जैसा कि मैंने सोचा था...

''...कुछ तो था...कुछ जो...लेकिन फिर वो बोला क्यों नहीं? मैंने उसे इतना चुप पहले कभी नहीं देखा था। वह दोपहर 12.30 पर खाना खाने घर आता, भौतिक विज्ञान की किताब में सिर झुकाए खाना खाता और फिर उसे बिस्तर पर फेंक देता। आम तौर पर वो सोता नहीं था, बल्कि छत के एक कोने की तरफ़ घूरता रहता। कभी-कभी उसके माथे पर एक गहरी शिकन उभर आती। अगर मुझे इस दौरान उससे बात करनी होती तो मुझसे बचता, मानो मैंने उसे कोई अपराध करते पकड़ लिया हो। हालाँकि मैं उस पर कुछ नियंत्रण चाहती थी, लेकिन पता नहीं क्यों कभी-कभी मुझे अपने मन में उसके लिए इतनी इज़्ज़त महसूस होती कि मैं उसे अपने पूरे वजूद से गले लगा लेती। लेकिन उसके चिड़चिडेपन से मेरी सेक्सुअल इच्छाओं को लकवा मार जाता। मुझे नहीं मालूम कि वह जानता था कि नहीं कि मेरे भीतर क्या चल रहा था, लेकिन मुझे ऐसा आभास था कि हालाँकि उसका शरीर हिल रहा था लेकिन भीतर ही भीतर वह निष्क्रिय रहता, एक दुश्मन की तरह मुझ पर नज़रें रखते हुए। हाँ, क्योंकि वो मेरी जासूसी कर रहा था। मुझे तो यहाँ तक लगता है कि एक समय में वो मुझे मारने के बारे में भी सोच रहा था। एक दिन हम एक ऐसे अपराध के बारे में बात कर रहे थे जिसने सनसनी फैला दी थी। हम मेज़ पर बैठे थे, नौकर जा चुका था और उसने कहा : ''वाकई, हत्यारा ज़रूर बेवक़ूफ़ ही रहा होगा। बेसिलस को तैयार करता और सूप में डाल देता'...और ऐन उसी वक्त मैं सूप पी रही थी... 'या मेरा मतलब है कि उसकी कॉफ़ी में,' उसने आगे कहा, 'और उससे उसकी दिक्कत हल हो जाती।'...

''...'और क्या तुम ऐसा कर पाते, किसी को धीरे-धीरे मारना?' मैंने कहा...

''हालाँकि वह ठहाका मार कर हँस पड़ा, लेकिन उसकी आँखें गंभीर थीं। उसने जवाब दिया : 'किसी को मारना? और दस और को भी...हाँ अगर ज़रूरी हो तो। तुम मुझे नहीं जानतीं, माय डियर'...उसकी आवाज़ काँपी मानो कोई नफ़रत उसे झिंझोड़ रही हो।

फिर उसने आगे जोड़ा : 'क्यों नहीं ? ज़ाहिर है कि एक गुनाह करने के लिए मुझे पहले इस विचार को खुद में आत्मसात करना होगा इस तरह से कि मेरी चेतना उसे एक गुनाह के तौर पर न ले; मैं उसे कुछ सस्ता और अश्लील बना दूँगा'...लेकिन मैंने फिर ज़ोर देकर कहा, 'तुम ऐसा कर सकते हो ? मुझे ऐसा लगता है'...

''...'मुझे ऐसा लगता है' उसने विचारमग्न होकर कहा, इतनी उदासी और हताशा से कहा कि मैं एकाएक उसके प्रति असीम दया से भर गई। मैं पीली पड़ गयी और मेरी आँखों में आँसू भर आये। उसके प्रति हमेशा की तरह बहुत प्यार महसूस करते हुए मैंने उसके गले में बाँहें डालते हुए उससे कहा : 'लेकिन ऐसा क्या हुआ कि जिससे तुम इतने उदास हो ? क्या हुआ तुम्हें ? तुम मुझे बताते क्यों नहीं ?'...

''...ठंडेपन से उसने खुद को मेरी बाँहों से अलग कर लिया, और सनकीपने से मुस्कुराते हुए उसने जवाब दिया : 'तुम पागल हो!...मैंने ऐसा कुछ नहीं किया है, मेरी लड़की ! तुम भी कितनी मज़ाकिया हो सकती हो !' उसके बाद से मेरे लिए उसका बर्ताव बहुत सावधानी भरा और उदासीन हो गया। हर वक्त मैं ये चाहती रहती कि वो जल्द ही मेरे पास वापिस आ जायेगा। लेकिन जब भी मैं उसकी शख़्सियत को घेरे एक बर्फ़ीले माहौल के संपर्क में आती तो अपनी इस इच्छा को दबा लेती। उसकी स्थिर आँखों की चमक से यही माहौल निकल कर बाहर फैलता महसूस होता। ये मानो बाहर गर्म धूप से कोल्ड स्टोरेज लॉकर में जाने जैसा था। बिस्तर पर जहाँ वो लेटता वो मेरी तरफ़ देखता लेकिन बहुत उदासीनता से, और जब भी मैं उसकी चुप्पी को तोड़ने की कोशिश करती, वह चुप्पी और भी गहरी हो जाती। समुद्र तल के पानी की तरह, उसकी सघनता स्टील जैसी रही होगी...

''...और बाद में मुझे ये एहसास होने वाला था कि ये शुरुआती मौन बाद की चुप्पियों के बरअक्स ऐसे थे मानो किसी दूसरे शख़्स के रहे हों। उसके अभी के नाक-नक्श उसके गालों से नीचे की तरफ़ आते दीखते हैं। माथे की उसकी वो नस अब और भी सूजी हुई दिखती और उसकी पलकें, भौंहें, और उसके मुँह के कोने पर कष्ट और पीड़ा से पैदा तनाव की महीन रेखाएँ पड़ी नज़र आती हैं...।

''...जब-तब मैंने ये सोचा है कि वो ज़रूर मुझसे बहुत गहरी नफ़रत करता होगा और ये कि वो सिर्फ़ मेरे आस-पास मुझे और भी यातना देने के लिए रहता था। मगर फिर भी ये वही आदमी था। वही आदमी जिसने अपने शर्मीले काँपते हाथों से मुझे प्यार से सहलाया था। वही आदमी जो अपने सिर को मेरे घुटनों पर रख देता था, जो मेरे पैरों के पास बैठ जाता था, और जिसे मैंने एक बार मज़ाक और हैरानी की मिली-जुली भावना से देखा था, क्योंकि सब कुछ कहने-सुनने के बावजूद आख़िरकार मैं एक औरत हूँ, किसी भी दूसरी औरत की तरह जो गहरे और बहुत ज़्यादा प्रेम के योग्य होती है...

''...अब, इसके बजाय, जब उसने मेरी उपेक्षा करनी शुरू कर दी तो मैं उसकी जासूसी करने में मशगूल रहने लगी, उसके रूप-रंग में तनाव, और आँख की पुतलियों से

आती हल्की रौशनी में उसकी भावनाओं के स्वरूप को तलाशने लगी, लेकिन ऐसा करना बेकार था। मैं उसके ठीक बगल में होती लेकिन उसके लिए इसका कोई मतलब, कोई अहमियत नहीं होती...

''...वो सिर्फ़ नाम का मेरा पति था...बस उतना ही...नाम का। कहीं बहुत गहरे भीतर शायद वो मेरे बारे में सोचता था। उसके अन्दर की नफ़रत उस सम्मान की भावना से घुल-मिल गई थी जो वो नाइंसाफ़ी के कारण कष्ट भोगते लोगों के लिए महसूस करता था...इससे ज़्यादा कुछ नहीं...

''...और फिर वो मुझे नहीं चाहता था। मैं देख सकती थी कि वो मुझे नहीं चाहता, क्योंकि हम दोनों के हितों के बारे में जो भी मैं कहती, वह उसे एक इज़्ज़त भरे ठंडेपन से लेता, मेरी इच्छाओं को पूरी तरह मानते हुए, कभी विरोध न करते हुए, लेकिन अपने खुद के विचारों और अहम् पर ध्यान देते हुए। वो ऐसा इस तरह करता कि उसकी एकदम नई दयालुता उसके मन और मेरे मन के बीच एक काँच की दीवार की तरह थी। जब भी मैं उसके करीब आना चाहती, मेरा माथा उसी अदृश्य काँच से टकरा जाता। और अगर मैं उससे कुएँ में कूद जाने के लिए कहती तो शायद वह कूद भी जाता, उसी उदासीनता के साथ जैसे हर महीने के अंत में वो मुझे अपनी पगार पकड़ाता था, उसी भावहीनता से जैसे वो उस पैसे को लिफ़ाफ़े में रखते होंगे...

''...उसके बाद जब भी हमारे बीच कुछ गंभीर घटित होता तो मैं ये देखती : वो हर उस चीज़ को एक मज़ाकिया उदासीनता के साथ त्याग देता जो उसने बहुत मुश्किल से हासिल की थी। इस बर्ताव को कैसे समझाया जाये? वह आज उसी बात पर हँसता जिस बात पर अतीत में उसे रोना आ जाता था...और फिर अगले दिन वो इस बात पर रोता। इस सारे कष्ट ने मुझे सोच में डाल दिया। केवल ईश्वर ही जानता है उस बेचारे के मन में क्या चल रहा था। जैसे-जैसे वक्त गुज़रता गया, मेरी उसके लिए चाहत और बढ़ती गई। मैं उसे एक औरत की तरह चाहती थी, मैं अपनी पूरी स्त्रीजनक मधुरता, आज्ञाकारिता और विनम्रता के साथ चाहती थी। और मैं, जिसके लिए उसे ये परवाह थी ही नहीं कि मैं उसे स्पर्श करूँ या नहीं, मैंने इस बात पर ध्यान देना शुरू कर दिया। जब वो दफ़्तर से लौटता तो मैं उससे अच्छी तरह तैयार होकर, आप चाहें तो सुन्दर और शिष्ट बन कर कह सकती हैं, मिलती और मैं उसे दरवाज़े से अन्दर नहीं आने देती, वहीं उसके हाथों में हाथ डाल कर लगभग उस पर लटकते हुए बाहर निकल आती और हम रेस्तराँ जाते, लेकिन वो मुझसे ठंडेपन से ही बर्ताव करता, और उस साफ़, मानो दूर से आती आवाज़ में वो मेरे हर सवाल का जवाब देता, उसी स्वर में जो हम उन लोगों से बात करते हुए इस्तेमाल करते हैं जिनसे हमें बात करने में दरअसल कोई दिलचस्पी नहीं होती, वह इस बात का ख़याल रखता कि वह सटीक और संक्षिप्त बात करे, मानो वह अपने दफ़्तर की कोई रिपोर्ट तैयार कर रहा हो। और मैं, जिसने कभी मेकअप और सौन्दर्य प्रसाधनों का इस्तेमाल नहीं किया, एक दिन

उसके लिए सज-धज कर लिपस्टिक लगा कर इंतज़ार कर रही थी और मुझे इस तरह से तैयार देख वह विडम्बनापूर्ण तरीके से मुस्कुराया और इतनी ज़ोर से बोला कि हर कोई सुन सके : 'अजीब मज़ाकिया बात है। जब एक वेश्या एक आदमी से शादी कर लेती है तो वो एक शालीन औरत से ठीक उलट काम करती है, वो अपना रंग-रोगन उतार देती है।' वो इस तरह मेरा अपमान क्यों करता था? शायद उस दिन की वजह से जब उसने मुझसे पूछा था कि वह एक रैवियोली फ़ैक्ट्री डाल सकता है या नहीं? फिर मैंने जवाब दिया था :'और तुम उन औरतों के बारे में क्या जानते हो?' हे भगवान, कैसी ज़िन्दगी थी! मुझे ऐसा लगता था कि कुछ बहुत भयावह उसके भीतर चल रहा है। उसकी चुप्पी बढ़ती जा रही थी और गहरी होती जा रही थी। वह उसे एक धुँध की तरह घेरे हुए थी जिसका इस्तेमाल वो अपनी मंशाओं को छिपाने के लिए करता। अब जब वो घर आता तो वह अपने जैसा नहीं किसी और के जैसा लगता; कोई दूसरा आदमी जिसका चेहरा वही था और जिसने मुझसे जाने कौन से हक़ हासिल कर लिए थे, और जिन्हें वो अपनी गुप्त ज़िन्दगी के रहस्य के साथ मेरे ऊपर थोपता था, बगैर कुछ बताये बगैर कोई निर्देश दिए...

''...कभी-कभी जब मैं लेटी हुई होती तो अचानक, बिना अपने व्यवहार के बारे में कुछ बताये, वो मेरे बिस्तर के किनारे पर बैठता और एक अजीब तरीके से मेरे माथे पर आई लटों को सहलाने लगता। अपनी उँगलियों के पोरों से वो नरमी से मेरी पलकों को सहलाता और अपने हाथ की गर्म हथेली को मेरी गर्दन पर रख देता और फिर अचानक वो मुझे उन मर्दों की ठंडी बेरहमी से चूमता जो अपनी औरतों को पीटते हैं और उनका जो भी मन करता है अपनी औरतों से करवाते हैं। मैं उसके इस जंगली बर्ताव से खुद को बचाने की कोशिश करती, लेकिन ये नामुमकिन होता। अचानक मेरा अंतर्मन उसके लिए एक विशाल क्षमा से भर जाता, वो जिसने मुझे हमेशा इतना प्यार किया; और फिर मैं अपना हाथ उसके चेहरे पर ले जाती, मेरी उँगलियाँ उसके सख्त चेहरे पर ठहरतीं, या मैं उसके होंठों को चूमती; उसकी आँखें मेरी आँखों के बहुत करीब होतीं, और फिर अचानक कुछ बहुत भयानक हो जाता; वो व्यंग्यपूर्ण तरीके से मुस्कुराता, और करवट लेते हुए फिर अपने छोटे से कमरे में वापिस चला जाता, जहाँ, अपने बिस्तर पर लेटे हुए, गर्दन के पीछे हाथ बाँधे वह सोचता रहता...

''...मैंने उससे अपने दिल की गहराइयों से कभी बात क्यों नहीं की? एक झूठे गुरूर ने उन ईमानदार निष्कपट शब्दों को रोके रखा जो शायद हमें बचा सकते थे। मैं खुद भी उस हताशा की शिकार थी जो हमारे बीच आ गयी थी और हर रोज़ और भी मज़बूत होती जा रही थी। हफ़्तों तक हम एक-दूसरे से एक शब्द भी नहीं बोलते थे। हम एक गहरे मौन में रह रहे थे और हमारे लिए इसकी कोई अहमियत नहीं थी कि दिन अच्छा निकला हो, सूरज ने पेड़ों को चमका दिया हो, या दोपहर एक फ़िरोजी रंग के रेशम की तरह साफ़ हो। एक दिन पता नहीं क्यों, उसने कहा : 'पहाड़ों पर रहने वाले भूखे मरते शेर भी उतने दयनीय नहीं होंगे जितना कि हम।' और सूरज या धूप जिसका दूसरे लोगों के लिए मतलब होता पिकनिक, हमारे लिए वो महज़ चौंधिया देने वाली रौशनी, अशुभ और डरावनी थी।

इसलिए तब मैं अपने कमरे के परदे बंद कर देती और अपने बेड रूम के अँधेरे में बहुत दूर एक लड़के के बारे में सोचती और उसी वक्त वॉल पेपर पर एक फूल से निकलते पीले धब्बे के बारे में भी...

"...एक दिन मुझे एक अजीब-सा आश्चर्य हुआ, जिससे मैं काफ़ी समय तक सोच में पड़ गयी। वह रविवार का दिन था, मैं रिवेरा स्ट्रीट पर टहल रही थी जब एकाएक हैरानी से रुक गई। एक सैलून की धूल भरी खिड़की की बगल में वो बैठा था। उदासी से अपनी हथेलियों पर गाल टिका कर। वह एक मकान की तरफ़ घूर रहा था, लेकिन वो वाकई उसे नहीं देख रहा था, उसके चेहरे पर व्यग्रता थी। पता नहीं वो क्या सोच रहा था। मैं उसे देखने के लिए रुक गई। वो मेरा पति था। धूप की एक पट्टी उस सैलून की मेज़ों के चारों ओर रौशनी का घेरा बना रही थी। उस घटिया सी जगह पर वो क्या कर रहा था, अपने गालों को लगभग उस गंदी-सी खिड़की पर टिकाये हुए? वहाँ सैलून के दरवाज़े पर एक जापानी आदमी दूसरे आदमी से बात कर रहा था जिसका एक पैर लकड़ी का था। मेरा मन उदासी में डूब गया। मैं उसे ऐसे देख रही थी मानो वो कोई और हो; कोई और जो कुछ वक्त के बाद इस जीवन से खो गया हो, और अचानक संयोग से वो मेरे सामने प्रकट हुआ हो, उस भयानक सी गुफा में, बगैर किसी नकाब के...।

"...मैं देख सकती थी कि वहाँ लोग बहुत ज़्यादा शोरगुल कर रहे थे। वे अपनी मुट्ठियों से मेज़ों को बजा रहे थे, लेकिन रेमो, वो उसी स्थिति में स्थिर था, अपने हाथों पर गाल टिकाये, उस भूरे मकान पर किसी अदृश्य चीज़ पर पुतलियाँ टिकाये, मानो उसे ये सब सुनाई ही नहीं दे रहा हो, उसके होंठ दर्द और इच्छा के एक तनावपूर्ण भाव में मुड़े हुए थे। उसका ये सैलून मधुमक्खी के छत्ते की तरह था लेकिन उसे कुछ भी दिखाई नहीं दे रहा था। लेकिन फिर भी वो मेरा पति था, वही आदमी जो इतना मधुर और शर्मीला था, जो अपने सिर को मेरे घुटने पर रख देता था। अब वो यहाँ था। बस एक ही बात उसके चेहरे से हार का भाव और भी भयावह होने से रोक सकती थी, या तो वो सो जाता, या फिर अपने शराब के प्याले की तरफ़ झुक जाता...

"...और तत्काल मुझे एहसास हो गया कि अगर एक क्षण और मुझे उस जगह के सामने ठहरना होता तो मैं फूट-फूट कर रोने लगती, और मैं वहाँ से चली आयी। उसका ध्यान अपनी तरफ़ खींचने का साहस किये बगैर, मैं वहाँ से चली आई...।

"...और फिर एक ऐसा दौर था जब वो डरा हुआ रहता, मुझ पर भरोसा नहीं करता। मुझे याद है एक सुबह यूँ ही जब मैं खुद को आईने में देख रही थी तो वो अचानक मेरे सामने आ गया और बोला : 'क्या तुम लौरो और सलवाटो को जानती हो?' हैरान होकर मैंने कहा : 'नहीं, कौन हैं वो?'—'दो मछुआरे, जो अपने कानों में गुलनार पहनते हैं। उन्होंने गुइलोत की मदद की थी उसके पति की हत्या करने में। मुझे खुशी भरी हैरानी हुई उन दोनों को गली में देख कर, वही गुलनार कान में पहने और निओपोलितन कैंज़ोनेता

गाते हुए। और फिर मुर्गे जैसी कर्कश आवाज़ में ज़ोर से एक गाना गाने लगा। फिर बोला : ' देखो, कितना सुविधाजनक होगा तुम्हारे लिए अगर तुम भी किसी कान में गुलनार पहनने वाले मछुआरे की मदद से मेरी हत्या कर दो।' बेशक, वो पागल था। 'अजीब बात है कि तुमने ये चाल अब तक मुझ पर आज़मा कर नहीं देखी,' उसने कहा। 'फिर भी ये सुविधाजनक होता। लेकिन ये तुम्हारे स्वभाव में नहीं है। तुम्हारा जन्म इसलिए नहीं हुआ। तुम बहुत बुर्जुआ लड़की हो।' और फिर वो अपना अक्स आईने में देख कर हँसा, अपनी बहुत अच्छी लाल धारियों वाली कमीज़ पर नेक टाई का असर देख कर, और फिर बोला, 'मैं बुरा आदमी नहीं हूँ। लेकिन दिलचस्प बात ये है कि क्या तुम विधवा ही रहोगी या किसी दुकानदार से शादी कर लोगी। तुम्हें कौन बेहतर लगेगा? हलवाई? तुम गल्ले पर भी नज़र रख सकोगी ताकि कोई काम करने वाला लड़का तुम्हारे पति से 50,000 पेसोस न लूट ले या पाँच सेंतावोस भी। तो क्या कहती हो, माई डियर? तुम्हारी ज़िन्दगी काफ़ी मनोरंजक हो जाएगी।' फिर व्यंग्य से मुस्कुराते हुए वो मेरे पास मुझे चूमने के लिए आया। 'क्या ख़याल है तुम्हारा...मुझे चूमने के लिए!' मैंने उसे दूर धकेल दिया और तब उसने मुझसे पूछा : 'क्या एक हलवाई की बीवी होने का ख़याल तुम्हें परेशान करता है?' और फिर वो गाना गाते हुए चला गया...

''...मैं उससे बहुत नाराज़ थी। उसके दिल में एक अजीब-सी दुष्टता भरी खुशी थी जो उसकी आँखों में चमक ला देती। और फिर उसने अपनी दिखावट पर ध्यान देना शुरू कर दिया, जैसा उसने पहले कभी नहीं किया था। उसके पास पैसा कहाँ से आया? मैं नहीं जानती। हो सकता है कि उसने कोई लॉटरी जीती हो क्योंकि हमारा रिश्ता खत्म होने से कुछ रोज़ पहले ही मैंने एक अलमारी में बहुत सारे टिकट्स रखे देखे थे। बात ये है कि वो उन दिनों बहुत सी रेशमी कमीज़ें, कीमती मोज़े खरीद रहा था। आखिर तक तो वो रोज़ नहाने भी लगा था। इससे मैं बिलकुल सहमत थी...

''...फिर भी उसकी दुष्टता भरी चमक उसे हमेशा खुश नहीं रखती थी। वो कभी-कभी एक प्रशिक्षित जानवर से ज़्यादा उदास दिखता था। दबी हुई उसकी उग्रता और भी प्रबल हो गई थी। उसके फूट पड़ने के लिए एक बहाना भर काफ़ी होता। वो बिला वजह नौकरानी पर चिल्ला पड़ता कि वो फ़र्नीचर की देखरेख ठीक से नहीं कर रही, और इतनी ज़ोर से चिल्लाता कि पूरे आस-पड़ोस को सुनाई दे : 'इस फ़र्नीचर पर हमने 2000 पेसोस खर्चे, और ये कालीन 400 पेसोस का पड़ा।' और एक नीच पाजी की तरह वह हर चीज़ का दाम गिनाता, और नौकरानी गुस्से में लाल होकर उसे देखती रहती। और मैं जानती थी कि उन सारी चीज़ों के लिए जो मेरी थीं, उसकी दिलचस्पी सरासर झूठी थी, और ये कि फ़र्नीचर और कालीन की उसे रत्ती भर परवाह नहीं थी, और ये कि बच्चों की तरह उसका ये तमाशा उसकी दबी हुई भावनाओं का विस्फोट था, असंतुष्ट इच्छाओं और उसके अन्तर्मन में छिपे एक रहस्य का विस्फोट जिसे वह कैंसर से भी ज़्यादा शर्मिंदगी के साथ छिपाए हुए था। और बाद में उसने इसमें कोई खास दिलचस्पी भी नहीं दिखाई कि उन सब

चीज़ों की क्या लागत थी, जब हम बर्बाद हो गए, और जब मैंने अपने भाई की सलाह पर एक कॉमर्शियल काम में पैसा लगाया; मैं अपनी संपत्ति को दोगुना करना चाहती थी ताकि रेमो अपना वक्त इलेक्ट्रिकल विज्ञान से जुड़ी पढ़ाई में लगा सके। बस यही एक चीज़ थी जिसकी उसे परवाह थी, लेकिन कुछ महीनों बाद वो कंपनी जिसमें मैंने पैसा लगाया था, दिवालिया हो गई, मेरा सारा पैसा डूब गया और हम वापिस सड़क पर आ गए...।

''...मेरे लिए ये एक ज़बरदस्त आघात था, लेकिन उसे कोई फ़र्क नहीं पड़ा, मानो कुछ हुआ ही न हो। मैंने उसे ये एहसास दिलाने की कोशिश की कि ये बहुत अहम बात थी, लेकिन उसे कोई फ़िक्र नहीं थी। जितनी उदासीनता वो उन चीज़ों के लिए दिखाता था जिनसे उसका सीधा ताल्लुक नहीं था, उतनी उदासीनता मैंने कभी नहीं देखी। पैसे के साथ और पैसे के बगैर वो आदमी जस-का-तस था, उदासीन और उदास...

''...मैं रोती रहती, रोती रहती; हमारी भावी शांति गायब हो गई थी। जो हम खो चुके थे उसे वापिस लाना तो दूर, उसने इस बात से भी इनकार कर दिया था कि उससे कुछ अपनापन तो जताए। मैं इस नतीजे पर आई कि दरअसल रेमो उन सब दुखों और कष्टों से खुश था जो हम पर आन पड़े थे। उसका जब मन आता, वो घर आता, जब मन होता चला जाता, अपने में खोये शख्स की तरह बर्ताव करते हुए, जब तक कि वो एक घिनौनी बात से रू-ब-रू न हुआ...

''पता नहीं क्यों मैंने उस दिन उसके बैग की जेबों को टटोलने का फ़ैसला किया। एक सख्त-सी चीज़ ने मेरा ध्यान खींचा; मैंने जेब में हाथ डाला और उसमें से एक फ़ोटो निकली...

''...ये तस्वीर किसी पार्क के पिछवाड़े में ली गयी थी। एक स्कूली लड़की, यही कोई तेरह बरस की रही होगी, अपने पर्स के साथ उसकी बगल में बैठी हुई थी। उसके बाल घुँघराले थे और एक छोटे से स्ट्रॉ हैट से नीचे की तरफ़ लहरा रहे थे और उसके पर्स के ऊपर तह किया हुआ एक एप्रन रखा हुआ था। और पैर के ऊपर पैर रखे, वह बेशर्मी से मुस्कुराते हुए सीधे कैमरे की तरफ़ देख रहा था, जबकि उस लड़की का चेहरा उसकी तरफ़ मुड़ा हुआ था। दोपहर में जब वो अपना सूप पी रहा था, मैंने उससे कहा : 'ये फ़ोटो में तुम्हारे साथ कौन बच्ची है?' बगैर गुस्सा हुए मासूम मुस्कान के साथ उसने कहा : 'एक छोटी लड़की जो तीसरे ग्रेड में पढ़ती है जिससे मैंने खूब प्यार किया। उस सुबह वो अपने स्कूल के लिए लेट हो गई थी'।

'' 'वो कितने बरस की है?'

'' 'वो अगस्त में बारह साल की हो जाएगी।'

'' 'और तुम्हें किसी तरह की शर्म महसूस नहीं हुई? तुम जानते हो तुम सूअर की औलाद हो?'

''उसने कहा, 'आहा!' फिर वो उठा और चला गया...

''...एक भयानक अपमान मुझे मेरे ही घर में नीचा दिखा रहा था, लेकिन वो तो सिर्फ़ शुरुआत थी, लेकिन उस लड़की की वजह से मैं खुद को बेकार महसूस करने लगी। मैंने हाल में उस राक्षस को देखा था जो उसके भीतर छिपा हुआ था। ये राक्षस कब जागा था, मैं नहीं जानती। लेकिन वो राक्षस था, एक ठंडा भावहीन राक्षस, ऑक्टोपस की तरह। हाँ एक आदमी के शरीर के भीतर लिप्त हुआ एक ऑक्टोपस...एक आदमी जो था भी...और नहीं भी, क्योंकि मुझे याद आया कि उसके हावभाव कितने बेढंगे होते थे जब वो संकोच से मेरे हाथ चूमता था, मेरी उँगलियाँ पकड़ता था और जब मैं उसके सीने पर अपना सिर रखती थी तो उसे बहुत अच्छा लगता था। वो लड़का अब कितना अलग था! उसकी आत्मा अब स्थिर और सख्त हो गई थी; वो उस आदमी की तरह था जिसका सिर मुंडा दिया गया है और पहले ही मृत्यु दंड दे दिया गया है, उस आदमी की तरह जो किसी तरह के इन्साफ़ का इंतज़ार कर रहा था, कैसा इन्साफ़, उसे ये तक नहीं पता था।

''इस दौरान मैं पहले से कहीं उत्तेजित और परेशान हालत में रह रही थी। एक दिन वो देर रात घर आया। उस वक्त 9.30 बजे थे। वह बुरी तरह काँप रहा था, मानो उसने कुछ बहुत बुरा किया हो। उसकी आँखें चौड़ी हो गई थीं, जबड़ा कसा हुआ था और जोर से सांस लेने के कारण उसके नथुने फड़क रहे थे। अपनी टाई उतारने के लिए रुके बिना उसने कहना शुरू किया :

'जानती हो, मैंने अभी एक दर्जिन के चेहरे पर थूका? वो लगातार बोले जा रही थी और मैंने उसके चेहरे पर थूक का एक थक्का फ़ेंक दिया, और ऐसा लगा मानो एक डायनामाइट की छड़ी मेरी आँखों के सामने फट गई हो, वह तुरंत मुझसे दूर ऐसे हटी मानो मैंने उसके सिर पर तेज़ वार किया हो।'

''और वो अपनी काँपती आवाज़ में बोलता रहा :

'' 'आह, अगर तुम उसे जानती! इससे पहले मेरा साबका इतने बदतमीज़ शख्स से कभी नहीं पड़ा। और बदसूरत भी, जानती हो? वो सबसे ज़्यादा बदसूरत दिखने वाली औरतों में से एक है, ऐसी कि उसके साथ बाहर निकलने वाला आदमी शर्मिंदा हो जाये, क्योंकि हर कोई उसे देख अचम्भे में पड़ जायेगा। क्या तुम सोच सकती हो, एक छोटी-सी जीव एक फूहड़ मूर्ख की तरह कपड़े पहने हुए जिसकी उँगलियों की गांठों और ठूंठ से पैरों पर ढेर सारे निशान पड़े थे। उसके कंधे जिस तरह से आगे की तरफ़ निकले हुए हैं, अगर वो सामने से आ रही हो तो ऐसा लगेगा मानो उसके कूबड़ निकला हुआ हो। उसकी नाक ऊपर से काफ़ी चौड़ी है और इतनी लम्बी कि अपनी ठोड़ी और नाक के बीच एक अखरोट को तोड़ लें, और इस सबके ऊपर उसकी सांस से बदबू भी आती है। आह, अगर तुम उसे जानती! तुम सोच भी नहीं सकतीं कि उसने मुझ पर रौब जमाने की कितनी कोशिश की। मैं उसे उत्सुकता से देख रहा था। मैं जानना चाहता था कि वो किस हद तक जाएगी; या एक

छोटा आदमी अपने से बेहतर आदमी के ऊपर कितनी ताकत दिखा सकता है। और उसके लिए वो कितना कुछ बर्दाश्त कर सकता है, जिसकी संगत में सबसे घटिया इलाके का सबसे छोटा परचून वाला भी हल्की रौशनी वाली सड़क पर दिखाई देने में शर्मिंदा महसूस करेगा।'

''...मैं बगैर किसी उत्सुकता के उसकी बात सुन रही थी। वह बोलता रहा :

'' 'तुम्हें उसको बात करते सुनना चाहिए था! उससे ज़्यादा बेहूदा और भद्दा तो कोई हो ही नहीं सकता। मसलन : अगर वो मुस्कुराती तो मैं उससे इसकी वजह पूछता, और वो ऐसे जवाब देती मानो उसे घंटा फ़र्क नहीं पड़ता :

'' 'जब तुम मुझे चोट पहुँचाते हो तो मैं मुस्कुराती हूँ।'

'' 'देखा तुमने? एक और बात जिसे वो कहती रहती वो ये है :

'' 'मुझे अपनी आत्मा में ठंडापन लगता है।'

'' 'देखा तुमने? मेरा मन किया कि मैं उसे मारूँ। जब हमने साथ सफ़र किया तो वो एक शब्द भी नहीं कहेगी, वो बस सड़क पर देखती रहती। और मुझे उस बेकार से टिकट के टुकड़े को तोड़ने-मरोड़ने तक सीमित रखना पड़ता। और जब भी हम बात करते हैं, तो मुझे कोशिश करके खुद को वहाँ से भागने से रोकना पड़ता है। उसकी साँस की बदबू से तो उबकाई आती है। आखिर तक आते-आते तो काफ़ी बेतुका हो गया। मैं उससे एक खास वक्त पर मिलना मुक़र्रर करता और वो वहाँ चालीस मिनट देर से आती और फिर ये कहती :

'' 'तुमने मेरा इंतज़ार क्यों किया? तुम्हें चले जाना चाहिए था।'

'' 'और मैं अपना सिर नीचा करके संकोच से कुछ बेवकूफ़ाना बात कह देता, क्योंकि उस भयानक बदसूरत औरत की बदतमीजी बर्दाश्त करने में मुझे एक गहरे दर्द से भरी ख़ुशी का एहसास होता। और जब हम लड़ रहे होते, तो मैं अपने भीतर झाँकता। मैं तब तक चैन से नहीं रह पाता जब तक कि उसके करीब, उसकी बगल में ना चला जाता, और उसकी लाल होती हुई नाक पर आँसू बह रहे होते, और वह इस दौरान अपने घिसे, थके हाथों से मुझे अपने वक्ष की तरफ़ खींचती रहती। बहरहाल, अब हद हो गई, मैं काफ़ी तंग आ गया हूँ। मैं जानता था कि इस राह चलता रहा तो एक दिन मैं ज़रूर सबके सामने उसे चाँटा जड़ दूँगा। आज सुबह बारिश की वजह से मैं उससे नहीं मिल पाया। आज रात हमने जिस जगह मिलना तय किया था मैं वहाँ बूंदाबांदी में भी एक घन्टा इंतज़ार करता रहा। आखिरकार वो आई। तुम्हें क्या लगता है, उसने मुझे वहाँ इंतज़ार करता देख कर कैसी प्रतिक्रिया की? उसने सिर्फ़ इतना कहा :

'' 'तुम अब भी यहाँ हो?'

“ ‘वह, अगर तुम ज़रा कल्पना कर पातीं कि ये कितना अजीब लगा? लेकिन मैंने तय किया कि इस कॉमेडी को जारी रखूँगा, खुद का अपमान होने दूँगा, उस बिंदु तक जहाँ तक मेरी कल्पना मुझे ले जाये। लेकिन बात ये है कि अचानक मुझे इतनी ज़ोर से गुस्सा आया और मैंने उसकी बाज़ू इतनी कस कर पकड़ ली कि वो लगभग दर्द से चीख उठी, और फिर मैंने उससे कहा :

“ ‘तुम्हें नहीं लगता कि तुम इसी लायक हो। इससे तो मेरा मन करता है कि तुम्हारे मुँह पर थूक दूँ।’

“ ‘मैंने तो तुमसे नहीं कहा था कि तुम मेरा इंतज़ार करो,’ उस नागिन ने गुस्से से जवाब दिया। और इस वक्त मैंने उस पर थूक दिया। उसने अपना मुँह दूसरी तरफ़ घुमा लिया। और तब मुझे लगा कि मुझे उसे कुछ और गरियाना चाहिए। फिर भी, उस जानवर के लिए, उस पर थूकने का कोई खास असर नहीं हुआ। और फिर, मैंने उसकी बाज़ू अब भी पकड़ी हुई थी ताकि वो भाग न सके (उसका घर दो ब्लॉक्स की दूरी पर ही था), मैं ज़मीन की तरफ़ झुका, कुछ गंदा कीचड़ अपनी मुट्ठी में उठाया और (उसने कोई विरोध भी नहीं किया मानो वो मरी हुई हो) उसके मुँह पर मल दिया और इतना निशाने पर मैंने कीचड़ लगाया कि स्ट्रीट लाइट की रौशनी में देख सकता था कि वो सिर से पैर तक हरे कीचड़ में सन गई थी। फिर मैंने उसे धक्का दिया, वो एक पेड़ से टकराई और मैं वहाँ से चला आया।

“ ‘उसकी उम्र कितनी है?’

“ ‘पच्चीस वर्ष।’

“ ‘और तुम उससे प्यार करते हो?’

“ ‘वो मेरी जो बेइज़्ज़ती करती है मुझे वो अच्छी लगती है।’

“ ‘लेकिन तुम्हें उसके लिए प्यार महसूस नहीं हुआ?’

“ ‘मुझे कभी प्यार महसूस नहीं हुआ।’

“ ‘और वो?’

“ ‘यही तो। वो औरत मुझे चाहती थी। उसे अच्छी तरह पता था कि हम शादीशुदा हैं। अब मुझे ये लगता है : मैं उस मुकाम पर पहुँच गया था जहाँ खुद को रोकने की ताकत पर मेरा विश्वास खत्म हो गया था। और फिर उसकी सारी गुस्ताखियाँ ये देखने के लिए थीं कि क्या वो मुझे बर्बाद कर सकती है, लेकिन साथ ही खुद को बर्बाद होने से रोक सके, अगर उसका ये ख़याल था तो तुम देख सकती हो कि मैं जीत गया। तुम्हें कोई शिकायत नहीं हो सकती, है ना?’

“...मैं देख सकती थी कि वो अपने इस दुष्टकर्म पर खुश था। उसने उस औरत को

संतरे की तरह खा लिया था, सारा रस निचोड़ कर बेरहमी से खुद को संतुष्ट करने के लिए, और इतनी उग्रता से कि अचानक उसके मुँह से ये स्पष्ट ख़याल निकल गया :

" 'अब मैं समझ गया कि कुछ हत्यारे एक लाश को चौदह बार चाकू क्यों घोंपते रहते हैं, और अगर उन्हें रोका न जाये तो वो ऐसा करते रहें।' उसकी आँखें स्थिर हो घूर रही थीं, हिलने में असमर्थ, साथ ही उसकी पलकें उन पर पर्दा डाले थीं, मानो वो किसी बहुत दूर के दृश्य को खोजना चाहता हो...

"...और ये आखिरी बात नहीं थी, ना। ऐसे मौके भी आये जब मैं सोचती कि कहीं ये पागल तो नहीं, क्योंकि अगर वो पागल नहीं था, तो अपनी हरकतों की कैसे सफ़ाई दे सकता था। जब उसने उस चीनी कंपनी में धोखाधड़ी की थी, इसका पता चलने से एक महीने पहले की बात है। एक रात रेमो के कदमों की आहट ने मुझे जगा दिया। वो एक कमरे से दूसरे कमरे तक चहलकदमी कर रहा था। डाइनिंग रूम और बेडरूम के बीच एक दरवाज़ा था। एक कमरे से दूसरे कमरे तक वह आसानी से जा सके इसलिए उसने दरवाज़ा खुला छोड़ दिया था, इस तरह से कि वो बगैर किसी रुकावट के आ-जा सके और हमने थोड़ी जगह छोड़ भी रखी थी ताकि वो अपनी परेशानी और घबराहट को चल कर निकाल सके...।

"...बेशक वो बहुत ज़्यादा उत्तेजित था। मालूम नहीं कि क्या उस वक्त उसके शुगर कंपनी में धोखाधड़ी करने के पीछे मकसद की जाँच की जा रही थी या नहीं, लेकिन उस समय ये बात इतनी अहम नहीं लगी। वो किसी और इससे गंभीर बात में ज़्यादा मशगूल लगा...

"...हालाँकि उसने मुझे जगा दिया था लेकिन मैंने अपनी आँखें बंद रखीं और जब एर्दोसैन की पीठ बिस्तर की तरफ़ हो गई तो मैंने उसे अधखुली आँखों से देखा। कुछ दिनों से मेरे पति का बर्ताव असामान्य था लेकिन अब की हालत मुझे बता रही थी कि 'कुछ हो गया है'। रेमो बहुत दृढ़ कदमों से चल रहा था। इससे मुझे लगा कि वो चाहता था कि मैं जाग जाऊँ, लेकिन आम तौर पर जब मैं सो रही होती तो रेमो मुझे परेशान नहीं करता था। उसने अपनी टाई उतार दी थी। फिर उसने कुछ और चहलकदमी की, उसका चेहरा किसी ख़याल में मशगूल एक भाव से बिगड़ गया था, ऐसा भाव जो आखिर में उसे हरा रहा था। वो मेरे बिस्तर की तरफ़ आया और उसने चादर इस तरह हटाई कि मेरे कंधे उघड़ गए। ऐसा करने के बाद उसने मुझे हिलाना शुरू कर दिया, हल्के से मेरा नाम पुकारते हुए :

" 'एलसा...एलसा...'

"मैंने अपनी आँखें खोल लीं।

" 'आह!... क्या चाहते हो तुम ?'

" 'जागो, एलसा...जागो। मैं तुम्हें एक बहुत ज़रूरी बात बताना चाहता हूँ, बहुत ही

ज़रूरी...'

"...तो ऐसा बहाना करते हुए कि मैं तभी जागी हूँ, मैंने अपनी आँखें मलीं। रेमो बिस्तर पर पैरों की तरफ़ बैठ गया और मेरी तरफ़ उत्सुकता से देखने लगा, लगभग ऐसे मानो वो पीकर आया हो, और उसने मुझसे पूछा :

" 'क्या तुम ठीक से जाग गयीं?'

" 'हाँ।'

" 'ज़रा मुझे देखने दो...ज़रा मैं तुम्हें देखूँ तो...बहुत अच्छा...। अब तुम मुझे ध्यान से सुनो...'

"...वो एक पल के लिए सकुचाया, मानो, वो वाकई मुझे कुछ बहुत गंभीर बात बताने वाला था, और फिर वो हल्के से बोला :

" 'एलसा हमें किसी की अंतरात्मा को बचाना है। एलसा, अगर तुम मुझे प्यार करती हो, तो तुम्हें उसकी अंतरात्मा को बचाने में मेरी मदद करनी पड़ेगी...।'

" 'तुम समझती हो ना, (बाद में उसने एलसा को दलील दी।*) मुझे तुमको रात के एक या दो बजे ये बताने के लिए जगाना ही था कि हमें किसी की अंतरात्मा को बचाना है, ताकि मैं तुम्हें हैरान कर सकूँ, चाहे तुम उस वक्त जागी हुई हो तब भी।'

"...मैंने तुरंत ये जान लिया कि रेमो पीकर आया है, लेकिन उतना जितना उसे नशे में लाने के लिए काफ़ी नहीं था, बस उसे उत्तेजित करने के लिए पर्याप्त था, और वो काफ़ी उत्तेजित था। मैंने उसे इतना उत्तेजित कुछ ही मौकों पर देखा था।

" 'क्या हुआ है? बताओ मुझे,' मैंने कहा।

" 'क्या तुम अच्छे से जाग गयी हो?'

" 'हाँ।'

"बढ़िया, मेरी बात सुनो...तुम्हें मेरी मदद करनी पड़ेगी किसी की आत्मा को बचाना है। आज मैंने कुछ बहुत भयानक देखा, एलसा! एक आत्मा नरक की भट्टी में नीचे और नीचे गिरती हुई। वो...क्या तुम कल्पना कर सकती हो, एक नौजवान लड़की, हँसी-ठिठोली करते हुए नशेड़ियों से घिरी हुई...और वो मेरी तरफ़ उदासी से देखती हुई, मानो कह रही हो : 'देख

---

* समीक्षक का नोट : बाद में जो घटनाचक्र खुला जो उसके बाद के जीवन के बारे में था, उस दौरान मुझे एलसा से बातचीत करने का मौका मिला, जिस वजह से मैंने इस वृत्तान्त में सीधे संवाद का माध्यम चुना है ताकि मैं पाठक को बेहतर तरीके से दर्शा सकूँ, उन घटनाओं के बारे में एक प्रत्यक्ष अनुभूति देते हुए जो बाद में घटित होने की प्रक्रिया में थीं।

रहे हो ?, ये तुम्हारे अपराधबोध, पूरी मनुष्यता के पश्चाताप के कारण है कि मैं बर्बाद होने वाली हूँ।—मैं कसम खाकर कहता हूँ, एलसा, वो बहुत डरावना था। अगर तुम उसे जानतीं, तो तुम्हें उसके लिए बहुत अफ़सोस होता। वो चौबीस साल के करीब रही होगी। हाँ, चौबीस बरस की। उसने मुझे एक दिन बताया था। वो एक रंडी है...लेकिन कोठे पर नहीं, ना...वो सड़कों पर काम करती है। कोठे में बंद दिन बिताने की बनिस्बत इसे ज़्यादा सम्मानित माना जाता है। गलियों में काम करने का मतलब है, बाहर सड़कों, गलियों में मर्दों की तलाश में घूमना। क्या तुम ये जानती थीं ? और वो सुन्दर है। बहुत ज़्यादा चलने से उसके पैर घिस गए हैं, थक गए हैं। ज़रा सोचो, उसने अपनी नोटबुक में लिखा, और मुझे इसका ज़रा भी अंदाज़ा नहीं था, क्योंकि हम एक बार मिले थे और उसके बाद हमने एक-दूसरे को देखा भी नहीं था। देखो, उसने अपनी नोटबुक में लिखा : 'रेमो कहाँ है ? कितना शरीफ़, सज्जन आत्मा ? मैं तुम्हारे बारे में दिन-रात सोचती हूँ।' क्या तुम कल्पना कर सकती हो ? एक रंडी ? वो ऐसे चलती है मानो अंधी हो। उसकी दूर की नज़र बहुत कमज़ोर है। मैं तुम्हें ये बताना चाह रहा था। एक दिन मैं कैफ़े में था, हमेशा की तरह उदास, जब मैंने उसे वहाँ से गुज़रते देखा। ऐसा लगा जैसे वो नींद में चल रही हो...बिलकुल...ठीक। नींद में चलने वाले की तरह, जिस तरह वो चल रही थी। आगे और पीछे। मैंने उसे देखा और खुद से कहा : कितनी अनोखी औरत है! फिर मैं उसके पास गया और मैंने कहा : तुम मेरे साथ चलना चाहोगी, सिनोरीटा ?' और वो मुझसे बोली : हाँ। तो मैंने ये सोचते हुए ज़ोर से पूछा : 'तुमने इतनी आसानी और सरलता से मेरे साथ चलना क्यों स्वीकार कर लिया ? और उसने जवाब दिया : क्या तुम्हें पता नहीं चला कि मैं एक... काश तुम कल्पना कर सकतीं कि उससे मुझे कितना दर्द होता है ! मुझे उसके लिए असीम सहानुभूति महसूस होती है। मैं उसे देखता हूँ उदास, अकेले, अपने हाथों को बेचैनी से हिलाते हुए...आप खुद को सख्त दिल बनाने के लिए तैयारी करते हैं, लेकिन ऐसे मौके भी आये हैं जब मेरे रास्ते में आने वाली पहली दुखद घटना ने मेरे दिल को छोटे-छोटे टुकड़ों में तोड़ दिया है। हमने वो दोपहर साथ गुज़ारी। मैं उसकी व्यथा को सुन सकता था। ज़िन्दगी गरीब लोगों के साथ ही ऐसा बर्ताव क्यों करती है ? उसने उन्हें टुकड़ों-टुकड़ों में क्यों चकनाचूर कर दिया ? मैं सोच रहा था कि कभी ये औरत पाँच साल की भी रही होगी...अपनी हमउम्र छोटी लड़कियों के साथ खेली भी होगी...तब किसी ने नहीं सोचा होगा कि ऐसी किस्मत उसका इंतज़ार कर रही है। तुम महसूस कर सकती हो कि ये कितना भयानक है ? अक्सर मैं जब गलियों में बच्चों को देखता हूँ तो मैं यही सब सोचने लगता हूँ। इनमें से कौन एक हत्यारा बनेगा ? कौन एक रंडी ?...हे भगवान् !...कई बार तो ऐसा लगता है कि किसी की जान ले लूँ।'

" 'और वो लड़की ?'

" 'बाद में वो मुझे नहीं मिली...कोई पंद्रह दिन बीत गये, फिर एक सुबह जब मैं वसूली के पैसे इकट्ठे कर रहा था, वो मुझे अचानक मिल गई। काश तुम देख सकतीं कि मुझसे मिल कर वो कितनी खुश, कितनी संतुष्ट लग रही थी !...मैं उसके साथ उसके कमरे में गया। क्या तुम काले लिबेर्ताद में चोरों और वेश्याओं के लिए एक होटल में बने छोटे-छोटे कमरों की

कल्पना कर सकती हो। जब हम ऊपर उसके कमरे की तरफ़ जा रहे थे तो हम राउल नाम के एक नीग्रो से मिले। वो सीढ़ियों के नीचे पेशाब का बर्तन लिए खड़ा था। उसने ज़रा ज़ोर देकर मेरा अभिवादन किया। तुम्हें राउल को देखना चाहिए, चॉकलेटी रंग का चेहरा और घिनौना सा बाथरोब पहने राउल! हमने बहुत सारी सीढ़ियाँ चढ़ीं और आखिर हम एक नीले पुते हुए छोटे से कमरे में पहुँचे। साफ़ नीला, और गन्दा। एक कोने में छोटा-सा बिस्तर पड़ा था। इस पूरे नज़ारे से मैं क्षुब्ध हो गया। हमारी साथ सोने की मंशा नहीं थी। हमारा रिश्ता बड़ा पवित्र था। तुम इस तरह सिर मत हिलाओ जैसे तुम मेरा यकीन ही नहीं कर रहीं। हमारा रिश्ता पवित्र है। मैं बिस्तर पर लेट गया और वो भी। फिर उसने मुझे अपनी नोटबुक दिखलाई। उसने अपनी रोज़ाना की ज़िन्दगी के बारे में लिखना शुरू कर दिया था, और तुम सोच भी नहीं सकतीं कि जब मैंने ''तुम कहाँ हो, रेमो, शरीफ़ सज्जन आदमी?'' लिखा हुआ पढ़ा तो मुझे कैसा लगा। उसने मुझे अपने बारे में बताया। उसका परिवार बास्क से था। वह कॉन्वेंट गयी थी। क्या तुम सोच सकती हो कि वो पढ़ी-लिखी है! उसने *डॉन कुइक्सोट* भी पढ़ा हुआ है। उसके बाद हम हर दोपहर मिलने लगे। क्या ज़िन्दगी जीती थी वो! देखो, मैंने उसे दूसरे मर्दों के साथ देखा था लेकिन उससे मुझ पर कोई ख़ास असर नहीं पड़ता था; लेकिन आज रात काले एस्मेराल्डा में नशे में डूबे बेवकूफ़ों से घिरे उसे देख कर मुझे बहुत गहरा दुःख महसूस हुआ। और तब मैंने खुद से कहा : मुझे उसकी आत्मा को बचाना है! और ये अच्छी बात है, एलसा, ये अच्छी बात है...ज़रा सोचो : एक दिन उसके कमरे में मैंने उससे कहा : मुझे कुछ माते मिल जाता तो बहुत अच्छा होता।'

'' 'उस औरत का नाम क्या है?'

'' 'ऑरोरा...ऑरोरा हुआंको...ठीक; जैसा कि मैं तुम्हें बता रहा था, मैंने उससे कहा : मुझे वाकई माते अच्छी लगेगी, तो वो बोली : एक मिनट रुको। और वो बाहर चली गई। मैं वहीं बिस्तर पर लेटा रहा। मेरे सामने एक अलार्म घड़ी थी। करीब ढाई बज रहा था। उस वक्त तक मैं रोज़ उठ जाता था। बहुत देर हो गई, मगर वो नहीं आई। मुझे हैरानी हुई और मन बहलाने के लिए मैंने एक पत्रिका को पढ़ना शुरू कर दिया। साथ ही मैं तुम्हारे बारे में भी सोच रहा था। मैंने एक बार फिर घड़ी की तरफ़ देखा। तीन बज गये थे। मैं खुद से पूछ रहा था कि आखिर उसे क्या हो गया, क्यों नहीं आई अब तक, जब दस मिनट बाद वो प्रकट हुई, लंगड़ाते हुए, हाथ में कुछ लिफ़ाफ़े लिए हुए। तुम सोच सकती हो कि उसके पैर कितने दुख रहे होंगे, इतना चलने के बाद और इतने घाव होने के बावजूद कि स्टॉकिंग्स उतारने के लिए उसे पहले पैरों को पानी में भिगाना पड़ता था। ठीक : तो महज़ मेरी माते पीने की सनक पूरी करने के लिए वह पॉट लेकर आई, ट्यूब, येरबा, केक भी और पैरों में भयंकर दर्द से उसका चेहरा पीला पड़ गया था। सब कुछ मेरे लिए। तुम समझ रही हो, एलसा? मुझे उसको बचाना ही होगा। और तुम्हें मेरी मदद करनी होगी।'

''...ये सुन कर मुझे क्या सोचना चाहिए? वो, मेरा पति, मुझे एक वेश्या के साथ

अपने रिश्ते के बारे में बताने आया था, इससे भी गंभीर बात ये कि वो उस वेश्या से प्यार करता था। वह उस औरत के बगैर या एक भी दुराचार के बगैर नहीं रह सकता था। जब वो मुझसे बात कर रहा था तो मैंने खुद से कहा : 'आखिर मुझसे ये आदमी क्या चाहता है?' उसके लिए मेरी बेइज़्ज़ती करना ही काफ़ी नहीं था, क्योंकि ये तो वह कई बार कर चुका था। उसने मुझे यहाँ तक बताया था कि एक रेल रोड स्टेशन पर उसने एक बच्चे के साथ भी दुष्कर्म करने की कोशिश की थी और अब वो मेरे पास ये नई कहानी लेकर आया था 'कि हमें एक व्यक्ति की आत्मा को बचाना है।' उस पर, इस आदमी के स्वर से मुझे महसूस हो रहा था कि वो उस औरत से प्यार करता है। अभी तक उस औरत के प्रति उसका प्रेम ज्वार साबित तो नहीं हो पाया था लेकिन सच्चाई तो ये है : कि वो उसके प्यार में डूबा था। वरना वो इस तरह घर आकर मुझे ये सब कैसे बता सकता था?...

''...'और तुम मुझसे क्या चाहते हो?' मैंने उससे पूछा।

''वो थोड़ा सकुचाया, फिर जवाब दिया :

'' 'देखो, उसे बचाने का सिर्फ़ एक रास्ता है, उसे उस दुनिया से दूर ले जाना जहाँ वो रहती है। अगर हमने उसे वहीं छोड़ दिया तो वो खो जाएगी। अगर तुम इजाज़त दो तो मैं उसे यहाँ ले आता हूँ। वह तुम्हारे काम में हाथ बँटाएगी, और धीरे-धीरे...'

...अपनी कहानी के इस मुकाम पर आकर एर्दोसैन की बीवी खुद को रोक नहीं पाई और आवेश में आकर बोली :

''अब तुम्हें एहसास हुआ कि मेरा पति कैसा है? हे भगवान! कैसा आदमी है!...कैसा राक्षस! हाँ, एक पागल आदमी। मैं और कुछ नहीं कह सकती। अगर तुम जानतीं कि बाद में क्या हुआ! और फिर वो उन औरतों के बारे में बात करने लगा जो अपने पति से बेवफ़ाई करती हैं! फिर भी मैं पूरी तरह शांत और काबू में रही। मुझे एहसास हो गया कि एर्दोसैन और मेरा रिश्ता एक ऐसे मोड़ पर पहुँच गया था जहाँ से वापिस लौटने का कोई ज़रिया नहीं था, कि मैं उस जवाब पर अपनी शादीशुदा ज़िंदगी का जुआ खेल रही थी जो जवाब उसे मुझे देना पड़ेगा, क्योंकि वो उस औरत से इतनी दीवानगी के साथ प्यार करता था। तो मैंने उससे कहा :

'' 'तुम चाहते हो कि उस औरत को हमारे घर ले आया जाए। ठीक?'*

---

* इस वृत्तान्त को दर्ज करने वाले व्यक्ति को एलसा का ये विश्वास कि एर्दोसैन उस औरत से प्यार करता था, बेतुका लगा। एर्दोसैन, अपने कुछ लक्ष्यों का इस्तेमाल करते हुए 'बहुत मज़े लेता' जब भी वो ऐसी भौंडी स्थितियाँ ईजाद कर लेता जो उन लोगों के लिए चौंका देने वाली और अपमानजनक होतीं जो इन्हें जानते थे। एर्दोसैन ने तफ़सील से बताया : 'एलसा ने उस औरत के लिए मेरे प्यार को कुछ बढ़ा-चढ़ा कर बताया। मुझे उस औरत के प्रति गहरी सहानुभूति थी जो उस वक्त इच्छा में पतित हो गई जब हमारी स्थिति असामान्य हो गई थी। अगर मैं खुद पर कुछ और काबू रखता तो ये ज़ाहिर तौर पर घटिया काम क्रिस्चियन समझा जाता। लेकिन शुद्ध पवित्र रहना कितना मुश्किल है!'

“ ‘हाँ।’

“...मैंने उसे मना नहीं किया, इससे वो आवेश में आ जाता। मुझे उस औरत के बारे में कुछ भी नहीं पता था। हो सकता है ये ठीक ही हो। किसी की ‘आत्मा’ को बचाना एक क्रिश्चियन का काम है। उससे जलन महसूस करना तो यही दिखाना होगा कि मैं उससे कमतर हूँ। मैंने इन सभी बातों के बारे में सोचा। मैंने कुछ अपनी खुशी के बारे में भी सोचा, और फिर मैंने उसे बताया :

“ ‘ठीक है, तुम उसे यहाँ ले आओ। मैं उससे अपनी छोटी बहन जैसा बर्ताव करूँगी। तुम्हें उसको उस वक्त देखना चाहिए था। एहसान मानते हुए उसने मेरे हाथ चूम लिए।’

“...उसने कहा कि वो एक औरत की आत्मा बचाने में उसकी मदद करने के मेरे इस काम को कभी नहीं भूलेगा, और फिर हम लेट गए, लेकिन मैं सो न सकी। ये मेरे जीवन की सबसे नाखुशी भरी रातों में से एक थी। अब हद हो गई थी! हमारे घर में एक वेश्या को लाना! क्या आप कल्पना कर सकते हैं! मैं अपना दिमागी संतुलन कहीं खो न दूँ, इसलिए मैंने बहुत तीव्रता और उग्रता से प्रार्थना करना शुरू कर दिया। ऐसे भी मौके आये थे जब मैं उसे छोड़ना चाहती थी, उसे उसके हाल पर छोड़ना, लेकिन मेरा दिल कहता कि अगर मैंने ऐसा किया तो वो खो जाएगा, भटक जाएगा। हाँ, जैसे बाद में वो खो ही गया... लेकिन मैं भी इससे ज़्यादा क्या कर सकती थी? आगे जो हुआ तुम्हें देखना चाहिए था!...

“...अगले दिन रेमो जल्दी घर से निकल गया। सारी सुबह मैं तनाव और परेशानी से इंतज़ार करती रही। वह दोपहर में करीब दो बजे वापिस आया क्योंकि वह उस औरत से मिल रहा था जिसकी हमें मदद करनी थी, और हालाँकि मुझे इस पर शक था लेकिन वह दोपहर तीन बजे उसके साथ वापिस आ गया...।

“...उस लड़की से मैं ज़रा भी प्रभावित नहीं हुई। मैं अपने घर के दरवाज़े पर खड़ी थी जब मैंने उन्हें आते देखा। वो सामान्य कद-काठी की नाजुक-सी औरत थी। वो हल्के से लंगड़ा कर चल रही थी, लेकिन वो बड़े सजीले से जूते पहने हुए थी, जो उसके पैरों को आहत कर ही रहे होंगे। उसकी काली ड्रेस पर लाल फीते की किनारी लगी थी, और करीब से देखने पर मालूम हुआ कि वह ड्रेस सेकंड हैण्ड थी और उस पर काफ़ी दाग-धब्बे पड़े थे। जब वो नज़दीक आई तो मैं उसके नाक-नक्श भी देख पाई। वो अश्लील किस्म का चेहरा था : बहुत लम्बी और चौड़ी नाक, धुआँ-धुआँ सी आँखें, और बहुत ही घुँघराले बाल; और उसकी त्वचा का रंग बहुत पीला था। एर्दोसैन बहुत सावधान होकर उसके पीछे चल रहा था। मैंने बहुत शांत और स्थिर होकर उनका इंतज़ार किया। जब वो कुछ ही कदमों की दूरी पर थे, तो उस लड़की के अभिवादन में मैंने हाथ हिलाया। उसी पल से मैंने उसे वेश्या के तौर पर देखना बंद कर दिया और उसे बदकिस्मत इंसान के तौर पर देखने लगी जिसे मदद की ज़रूरत थी। वह लड़की थोड़ी शर्मीली थी। दरअसल वो इस असामान्य स्थिति को लेकर काफ़ी शर्मिंदा थी और जब वो डाइनिंग रूम में बैठी तो कुछ शर्मिंदगी से

मुस्कुरायी। और मैंने उससे कहा :

“ ‘सिनोरीटा, मुझे ऐसा लगता है कि तुम्हारे पैर में घाव है, ठीक कह रही हूँ ना?’

“ ‘हाँ, सेनोरा,’ उसने जवाब दिया।

“ ‘ठीक है, ज़रा यहाँ इंतज़ार करो,’ और लगभग तुरंत मैं रसोई में गई, टब में गर्म पानी डाला और उसे डाइनिंग रूम में ले आई। हालाँकि उसने मुझे रोका लेकिन मैंने खुद उसके जूते उतारे, और उसकी स्टॉकिंग उतारे बगैर जिनमें उसके फोड़ों के दाग थे मैंने उसके पैर पानी में डाल दिए...

“...उस पर इतना ध्यान देने से वो भावुक हो उठी, वो मेरे हाथ चूमना चाहती थी, लेकिन मैंने उसे ऐसा नहीं करने दिया। वो लड़की द्रवित हो गई। मैंने तय किया कि उसके अतीत के बारे में उससे नहीं पूछूँगी, और मैंने उससे कहा :

“ ‘रेमो ने तुम्हारी असल हालत मुझे बतलाई। हमारे पास बहुत पैसा तो नहीं है। लेकिन तुम यहाँ ठीक-ठाक रहोगी। यहाँ ऐसा कोई काम नहीं है जिसमें तुम मेरी मदद कर सको। क्या तुम्हारे पास अन्दर पहनने के कपड़े हैं?...’

“ ‘नहीं, सेनोरा...’

“ ‘ठीक। मैं तुम्हें कुछ अपने कपड़े दे दूँगी जब तक तुम अपने बना ना लो। मेरे पास यहाँ सिलाई मशीन है।’

“ ‘आप जो कहें, सेनोरा।’

“ ‘तुम कुछ पीना चाहोगी?’

“...हुआ यूँ कि उसके आने का अंदाज़ा था इसलिए मैंने पहले से ही हॉट चॉकलेट बना रखा था। और उसे देख कर मुझे ये लगा कि वो कुपोषित थी...

“...मैं उसकी रक्षित की इतनी परवाह कर रही थी, इसके लिए रेमो के पास मेरा शुक्रिया अदा करने के लिए शब्द नहीं थे। जैसे ही वो गयी, उसने मुझे बाँहों में भर लिया और कहा :

“ ‘तुम एक महान औरत हो, एलसा...’

“ ‘...ठीक बाद में देखना मेरे कितने काम ‘महान औरत’ के अनुकूल होते हैं...’

“...उस सबके बाद, आखिरकार वह लड़की अपने स्टॉकिंग उतार पाई। मैं भौंचक रह गई। उसके पैरों के नाखून टूटे हुए थे, उखड़ चुके थे और खून से सने थे। ये बताना मेरे लिए मुश्किल होगा कि इस हालत में वो चल कैसे पा रही थी, इससे भी ज़्यादा ये कि इस

हालत में वह इस बदनाम धंधे में कैसे काम चला रही थी। बाद में उसने मुझे बताया कि मर्दों की तलाश में कई बार दिन के आखिर तक वो दस या बारह घंटे पैदल चल चुकी होती थी। और ये सोच कर कि उसे आरामदेह जूते खरीदने चाहिए ताकि वह थके नहीं, उसने ऊँची एड़ी वाले जूते खरीद लिए थे जिससे उसके पैरों की हालत और भी खराब हो गई थी...।

''...हम दूकान गये और उसके लिए कुछ चप्पलें खरीद लाये ताकि उसे चलने में सुविधा हो सके। जब हम वापिस आये तो मैंने उसे कपड़े और अंतर्वस्त्र भी उतारने के लिए कहा, और उसे अपना नाईट गाउन और कुछ और कपड़े दे दिए। उस वक्त मैं बस इतना ही कर सकती थी, और ये सब मैं दया और परोपकार की भावना से कर रही थी...।

''...वक्त के साथ-साथ उस लड़की में फिर से जान आ गई। जब मेरा पति चला जाता तो मैं उसको बड़े ध्यान से देखती, जाँचती। मैंने पुलिस से ये जानने की कोशिश की कि वो भली लड़की है या नहीं, ऐसी जिसकी मैं पूरी तरह से मदद करने के लिए तैयार रहती, या फिर कोई बदमाश, जोखिम उठाने वाली लड़की जो मेरे पति की भावनात्मक कमज़ोरी का फ़ायदा उठा रही हो कि वह हमारे घर में किसी तरह आ जाये और फिर सब सत्यानाश कर दे...

''...कुछ ही दिनों में मुझे उसकी ज़िन्दगी के बारे में सब पता चल गया। वो एक दूधवाले की लड़की थी। उसका लालन-पालन लगभग एक पशु बाड़े में ही हुआ था। बहुत कम उम्र से उसके वहाँ आने वाले लोगों से यौन सम्बन्ध हो गये थे, और उसके मन में देह का सौदा करने का काम कोई बहुत महत्त्वपूर्ण बात नहीं थी। मुझे याद है, उसके हमारे यहाँ आये हुए कुछ ही रोज़ हुए थे जब उसने एक दोपहर मुझसे कहा : 'हम शादीशुदा औरतों जैसी ही तो होती हैं।' वह भी मुझे ध्यान से जाँच-परख रही थी। मैंने इस बारे में सोचा, और फिर मुझे ये समझ आया, बेशक गलत ही, कि मोटे तौर पर वो सही कह रही थी और ऐसा सोचने के लिए उसके पास ठोस वजह भी थी। हम बात करने से ज़्यादा और कुछ ख़ास नहीं करते थे, और धीरे-धीरे, मुझे मालूम हुआ कि उसके मन में रेमो के लिए कोई ख़ास इज़्ज़त नहीं थी; ठीक इसके उलट, वो सोचती थी रेमो पागल है। और भी अब उसके पास सुबूत था, मुझे जानने के बाद, कि मैं एक समझदार औरत हूँ, और आत्मविश्वासी भी, और ये कि मैं एक आत्मा बचाने के उसके रोमांचक काम में कभी उसके साथ आगे नहीं बढ़ती। मैंने उससे ये जानने की कोशिश की कि क्या उसे मेरे साथ मेरे घर में अपनी मौजूदा ज़िन्दगी पसंद थी या उसकी अपनी सड़कों और गलियों की ज़िन्दगी लेकिन उसने मुझे तुरंत आश्वस्त कर दिया कि जिस तरह से वो चीज़ों को देखती थी, उसके अनुसार असामान्य ज़िन्दगी एक ईमानदार ज़िन्दगी की तुलना में या तो वैसी ही थी या उससे बेहतर। वह अपने अतीत के बारे में उत्साह और जीवन्तता से बात करती, अपने ग्राहकों की अन्तरंग बातें बताते हुए और अपनी घटिया ज़िन्दगी के अन्य ब्यौरे देते हुए। उसके धंधे में जो जोखिम था वही उसके लिए परेशानी का सबब था और कुछ नहीं। जहाँ तक नैतिकता का सवाल है तो

वो किसी और तरह से ज़िन्दगी जीने के बारे में सोच ही नहीं सकती थी। विवाहित औरतें उसके लिए 'पाखंडी औरतें थीं जो ये दिखावा करती रहतीं कि उन्हें एक मर्द चाहिए ताकि उन्हें जीवन भर कुछ न करना पड़े,' हालाँकि मेरे घर में ऐसा नहीं था...

"...फिर वो उस मुकाम पर आ गयी जहाँ उसने मुझसे पूछा कि उसे अपने घर में रहने देने में हमारी कितनी दिलचस्पी थी। अब चूँकि उसमें फिर से जान आ गई थी तो उसे अब कोई परवाह नहीं थी। ईमानदारी से काम करना, या कि उससे भी कम। जब मेरा पति घर आता तो मैं सावधानी से उन दोनों को अकेला छोड़ने से बचती। किसी भी बातचीत में ऑरोरा (कभी-कभी बगैर किसी दिलचस्पी के) मेरे पति का पक्ष लेने का मौका नहीं छोड़ती। पूरी समझदारी और कुशलता से वो हमेशा उसकी बड़ाई करती, खुशामद करती। जो अपरिहार्य था उसे होने में ज़्यादा वक्त नहीं लगा। रेमो का आगे कुआँ पीछे खाई वाली स्थिति से सामना होना ही था। हम में से किसे वो चाहता था? मुझे या उसे? मैं देख रही थी वो चीज़ों को सुल्टाने की कोशिश कर रहा था, क्योंकि एर्दोसैन, अगर घर आकर ये देखता कि ऑरोरा आस-पास है तो मुझे चूमने से बचता; आखिर में वो मुझसे ऐसा बर्ताव करने लगा जैसा वो किसी भी औरत के साथ करता जिससे उसके कोई करीबी रिश्ते न हों...

"...उन दिनों एक अजीब घटना घटी। उस लड़की ने खेती जैसा कुछ करना शुरू कर दिया। हमारे घर के पीछे थोड़ी सी ज़मीन थी। अपने आने के तीन दिन बाद एक सुबह ऑरोरा जल्दी उठी उसने पड़ोसी से एक फावड़ा लिया और बाद में जब मैं उठी तो मैंने देखा कि उस ज़मीन का एक हिस्सा साफ़ कर दिया गया है। वह इतनी मेहनत से काम कर रही थी कि उसके हाथों में फावड़ा चलाते-चलाते छाले पड़ गये थे। जो ज़मीन बाकी बची थी उसे खोदने में भी उसे कोई दिक्कत नहीं थी, जिससे मुझे ये महसूस हुआ कि वो दर्द के लिए संवेदनशून्य थी। उसने कहा कि इतनी जगह पर हमने टमाटर और लेट्यूस नहीं उगाए ये अच्छी बात नहीं। गतिविधि और सक्रियता के इस अलग-थलग संकेत के अलावा वो घर के कामों में आलसी ही थी। कॉन्वेंट में बिताए वक्त की वजह से उसमें सिलाई-कढ़ाई के लिए पसंदगी विकसित हो गई थी, और पास की नज़र बहुत कमज़ोर होते हुए भी वह इतना छोटा टाँका बुनने में घंटों मसरूफ़ रहती कि उसकी इस काबिलियत पर मैं हमेशा हैरान होती रही। बाद में मुझे शक होने लगा कि सिलाइयों और सुई-धागे में व्यस्त रहना उसके लिए मुझसे बातचीत से बचने का ज़रिया भर था ताकि उसे करीब से जानना मेरे लिए नाखुशी भरा अनुभव न हो...।

"...वो किसी और चीज़ से दिमागी तौर पर इतनी मसरूफ़ नहीं दिखी सिवाय इसके : उसकी काला जादू सीखने की बहुत इच्छा थी ताकि वो अपना सारा वक्त काले जादू के अध्ययन और उसे करने में बिता सके। मुझे नहीं पता कि उसने अध्यात्म के बारे में कहाँ पढ़ा था, और हालाँकि स्वभाव से वो संकोची थी लेकिन जब भी ये विषय बातचीत में आता, उसका चेहरा उत्साह से चमक जाता। वो एक बड़े पुजारी के बारे में बात करती जिसे सारे

जादू और टोटके आते थे। हो सकता है ये सच हो। ये तो साफ़ था कि वो लड़की किसी चीज़ के वशीभूत थी, कि अगर वो पूरी तरह से इन विज्ञानों और विषयों में व्यस्त हो गयी जो मेरी समझ के परे थे तो उसकी जो थोड़ी-बहुत समझदारी बची थी वो भी चली जायेगी। और भी, मुझे याद है एक दोपहर मैंने उसे चौंका दिया था जब वो सम्मोहित होकर पानी से भरे एक गिलास को घूर रही थी। मैंने उससे पूछा कि वो क्या कर रही है, तो उसने जवाब दिया कि वो लंबे समय से उस पानी के गिलास को देख रही है, घूर रही है ताकि उसमें बनते आकारों में वह किसी के भी भविष्य की घटनाओं का पता लगा सके।

''...मैंने उससे कहा कि ये बेवकूफ़ी की बात है और फिर चाय बनाने के लिए रसोई में चली गई। वो भी क्या दिन थे! मैं ज़ाहिर तौर पर शांत थी; लेकिन दूसरी तरफ़ अंदर ही अंदर मैं बहुत ज़्यादा परेशान थी। ये रोमांचक सफ़र कैसे और कब खत्म होगा? रेमो का ख़याल था कि ये औरत कोई नौकरी ढूँढ लेगी, लेकिन वो इस तरह की औरत नहीं थी जो थोड़ी-बहुत कमाई के लिए एक नौकरी पकड़ ले ताकि ईमानदारी से ज़िन्दगी चला सके। 'मुझे इससे क्या मिलेगा?' वो कहती।

''रात भर मैं मुश्किल से सो पाती। वो खाने के कमरे में अपना बिस्तर लगाती। और हमारा कमरा ठीक इसके बगल में था। मैं निश्चित कर लेती कि हमारे बीच के दरवाज़े को मैं ताले से बंद कर लूँ, लेकिन जब रात होती तो इससे भी मेरी बेचैनी और गहरी उदासी खत्म नहीं होती। अक्सर रात को बिस्तर पर जाने से पहले मैं ये देख कर हैरान हो जाती कि वो मुझे देख रही है मानो अपनी नज़र से ही मुझे चोट पहुँचाना चाहती हो। जितना मैं उसे ध्यान से देखती वह अपने सुंदर होंठों से सकुचा कर मुस्कुरा देती। कभी-कभी वो चुपचाप एक कोने में बैठी रहती। अपने घुँघराले बालों, लंबी नाक और धुएँ से भरी आँखों से कभी-कभी वो मुझे ये एहसास देती कि मैं एक नौजवान हत्यारी की बगल में बैठी हूँ।

''...घर में उसके आने के एक हफ़्ते बाद एक बहुत खराब घटना हुई। हम सोने चले गए थे। आधी रात से भी ज़्यादा वक्त गुज़र गया था। मैं अचानक उठ बैठी, ऐसा लगा किसी ने मुझे पुकारा है। मुझे याद है मुझे बहुत ठंड लग रही थी। मैंने अपनी बाँह फैलाई और महसूस किया कि रेमो बिस्तर पर नहीं है। दूसरे कमरे से हल्की कराहट की आवाज़ आ रही थी। पता नहीं क्यों लेकिन मुझे लगा कि मैं किसी आवेग के बस में हूँ। मेरा दिल ज़ोर-ज़ोर से धड़क रहा था। आधा घंटा बीत गया तब रेमो फिर कमरे में वापिस आया, हल्के से बगैर कोई आवाज़ किये। मैं एक शब्द भी नहीं बोली, हिली भी नहीं। कुछ देर बाद वो सो गया लेकिन मैंने पौ फटते हुए देखी। मैं नैतिक तौर पर शांत थी, मानो इस पल के अगले पल में मैं मर जाऊँगी। अगली सुबह रेमो जल्दी उठ गया; वो वेश्या भी उस सुबह जल्दी उठ गई। मुझे लगा कि वो दोनों रसोई में फिर एक होना चाहते थे; वो औरत रेमो के काम पर जाने से पहले उसके लिए कॉफ़ी बनाने के बहाने रसोई में चली गई थी। रसोई की एक दीवार पूरी तरह बनी नहीं थी, और वो जो कुछ भी कहते, साथ लगे कमरे से आसानी से सुना जा

सकता था। नंगे पैर, मैं उस दीवार के पीछे छिप गई। मुझे लगा कि रेमो ने उसे बाँहों में भर लिया था; फिर और दूसरी बातों के साथ उस औरत ने ये भी कहा :

'' 'रेमो, तुम्हें चुनना पड़ेगा...मैं इस तरह नहीं रह सकती। मुझे लग रहा है कि उस औरत ने कल रात हमें सुन लिया, वो बहुत ताका-झांकी करती है।'

''...मैं और कुछ नहीं सुनना चाहती थी, तो मैं वापिस बेडरूम में चली आई। जाने से पहले रेमो मुझसे विदा लेने आया और मुझे चूमा। मैंने हैरान होकर उसे देखा। क्या ये मेरा पति था? वो आदमी जो 'एक आत्मा को बचाना' चाहता था? कभी-कभी ज़िन्दगी में ऐसे हालात पैदा हो जाते हैं जो सबसे पवित्र मंशाओं को भी बहुत भौंडी बना देते हैं, और आपको समझ नहीं आता कि आप हँसना चाहते हैं या रोना...

''...कुछ देर बाद वो वेश्या कमरे में मेरे लिए कॉफ़ी लेकर आई। मैंने देखा कि उसमें मुझसे नज़रें मिलाने का साहस नहीं था; न ही वो मुझसे एक भी शब्द बोली; वो काँपते हुए आगे बढ़ी। मैंने ट्रे की तरफ़ हाथ बढ़ाया, कॉफ़ी का कप गंभीरता से लिया, उसकी तरफ़ मुस्कुराते हुए देखा और एक शब्द भी कहे बगैर कॉफ़ी उसके मुँह पर फेंक दी...

''वो हैरान होकर पीछे हटी, फिर मुझे देखा, और सिर झुका कर बोली :

'' 'आप ठीक कहती थीं सेनोरा, आपका पति दीवाना है।'

''...मैंने बगैर कुछ कहे उसकी तरफ़ देखा। वो कमरे से चली गई। मुझे सुनाई दिया कि वो खुद को साफ़ कर रही है। उसने दूसरे कपड़े पहने और फिर कमरे में आई, और बोली :

'' 'मुझे अफ़सोस है, सेनोरा : आपका पति दीवाना है। मैं जा रही हूँ। मुझे अफ़सोस है।' और वो चली गई।

''...दोपहर को रेमो लौटा। मैं तब भी बिस्तर में ही थी। मुझे बुखार था। उस वेश्या को वहाँ न देख, उसने मुझसे पूछा : 'ऑरोरा कहाँ है?' मैंने कहा, 'वो हमेशा के लिए चली गई।' उसने मुझे इतना हैरान कभी नहीं किया था जितना उस वक्त किया। मैंने सोचा था वो नाराज़ होगा, वो मुझसे कुछ पूछेगा; लेकिन नहीं। वो ठहाका मार कर हँस पड़ा, और साथ ही कहने लगा : 'जानती हो, ये वाकई बहुत गज़ब की बात है। ठीक तब, ये सब बहुत अच्छी तरह हो गया, एलसा। वो औरत हम दोनों के बीच काफ़ी बुरी लड़ाई भड़काने वाली थी।'

''...इस आदमी का विवरण मैं कैसे दे सकती हूँ? एक दिन वो लगभग रोता हुआ घर आता है, 'एक आत्मा को बचाने' के लिए बेताब, और उसके बाद वाले हफ़्ते में वह नितांत उदासीनता से उस त्रासदी के प्रति कंधे उचका देता है, जो उसकी वजह से घटित हुई। मैंने अपना सिर पकड़ लिया और भगवान् से मदद की गुहार लगाने लगी...।

''...फिर भी मैं उसके उस रात के बर्ताव और मकसद के बारे में जानने को उत्सुक थी, और उसने सारा ब्यौरा इतनी स्पष्टता से दिया कि मुझे इस बात में कोई शक नहीं रहा कि वो सच बोल रहा था...

''...रेमो कई बार रात को अचानक उठ बैठता था। ये अचानक जाग जाना उसके लिए असामान्य बात थी। क्योंकि उसे सोने में हमेशा देर लगती थी लेकिन जब वो सो जाता था तो उसके आस-पास चाहे कितना शोर मचा लो वह नहीं जागता था 'मैं अचानक जग गया,' उसने कहा, 'मानो मैं जो सपना देख रहा था वो एकाएक ख़त्म हो गया हो, और अभी मुझे लेटे दो घंटे भी नहीं हुए थे, और मैं बहुत थका हुआ था...मैं अचानक जागा, और बिस्तर पर स्वत: ही उठ बैठा। फिर, ऐसा लगा मानो कोई मेरा नाम पुकार रहा हो और मैं बगैर किसी संकोच के, या किसी को सुनाई दे जायेगा इस डर के बगैर मैं उठा और ऑरोरा के कमरे का दरवाज़ा खोल कर अन्दर चला गया। वह बिस्तर के सिरहाने बैठी हुई थी। वह अँधेरे में अपनी बाँहें फैलाये मेरा इंतज़ार कर रही थी, मानो हमने पहले से गुप्त तरीके से मिलना तय किया हुआ था। बगैर एक शब्द कहे हमने एक-दूसरे को बाँहों में भर लिया इतनी बेताबी से कि मैं ख़ुशी के मारे बेहोश-सा हो गया...।'

''...मैं इस तिहरे संयोग के बारे में चिन्तित होकर सोचने लगी, 'अगर रेमो असामान्य तरीके से जाग गया था और उसने उस वेश्या को उस स्थिति में बैठे देखा था, तो मैं भी अचानक उठ बैठी थी, मानो किसी ने मुझे पुकारा हो।' बाद में मुझे वो सब बहुत याद आया जो उस औरत ने मुझसे कहा था और ज़रूरी नहीं कि ये सोचना गलती रही हो कि वो एक जवान हत्यारिन थी। मुमकिन है कि उसमें कुछ बहुत गहन चुम्बकीय शक्ति हो जो उसे स्वाभाविक तौर पर मिली हो। उसके घर से निकल जाने के तीन दिन बाद मैंने सोचा : 'यही वजह थी कि उसे काले जादू और अध्यात्म में इतनी दिलचस्पी थी!' और हालाँकि मैं अन्धविश्वासी नहीं हूँ, मुझे पक्का विश्वास है कि रेमो मुझसे सच बोला था और उसके लिए मैंने उसे माफ़ भी कर दिया। उस घटना के बाद एर्दोसैन दो-तीन हफ़्तों के लिए शांत रहा। वो काम पर जाता और घर वापिस आता रहा, मुझे कोई परेशानी की वजह दिए बगैर। तो भी, कभी-कभी मैं उसे ध्यान से देखते हुए खुद से ये पूछने लगती : 'अब ये राक्षस कौन-सी बर्बरता की तैयारी कर रहा है?' ''

एलसा एर्दोसैन ने अपनी आँखें बंद कर लीं और एक रात उनके बीच जो बातचीत हुई उसे याद करते हुए कुर्सी पर ढह गई। अगर उसका पति रेमो नहीं तो और कौन इसके लिए दोषी था?

वो अब भी सुलगती हुई सिगरेट का टुकड़ा देख सकती थी जिसकी लाल चमक से एर्दोसैन की सूखी मुखाकृति चमक रही थी। जलते हुए अंगारों से अँधेरे की परतों को चीरता शैतान का हाथ। उसके शब्द एलसा के अदृश्य मुँह में तीखा स्वाद ले आये, एक पल के लिए उसकी उदासी पर झिलमिलाये और फिर एलसा की आत्मा में संक्षारक की

बूँदों की तरह सोख लिए गये। 'ये भयानक है, लेकिन ये हमारे किये ही हुआ...लेकिन तब भी, मुझे लगता है कि तुमने इसका कष्ट भोगा क्योंकि तुम ऐसा चाहती थीं। और अगर तुम ऐसा चाहती थीं तो इसलिए कि तुम्हें अपमानित होने की ज़रूरत महसूस होती थी। जब तुम पीड़ित थीं, तो मेरे अपराधबोध की वजह से मैं तुम्हारे करीब महसूस करता था...' एलसा अपने भीतर उठते गुस्से के उग्र ज्वार को रोकते हुए भावहीन ठंडेपन से बोली : 'ये बेकार है...तुम मुझे किसी कुएँ में गिरने दोगे। फिर हो सकता है कि तुम मेरी चिंता करो...और उन सभी हरकतों के बारे में जो तुमने कीं...। लेकिन मैं तुम्हें पहले ही छोड़ चुकी हूँ...हाँ...मैं तुम्हें पहले ही छोड़ चुकी हूँ...'

बाद में एलसा ने टिप्पणी की : ''क्या आपको लगता है कि मेरे इस जवाब से उस पर कोई असर पड़ा? ठीक इसके उलट, उसका विचार ये था : 'अच्छा हुआ कि तुम्हें ये एहसास हो गया। तुम्हें किसी गुमनाम कुएँ में ही गिरना पड़ेगा। तुम्हें लगता है कि मुझे ये नहीं मालूम था? ज़ाहिर है कि मैं ये जानता हूँ। मैं ये बहुत पहले से जानता हूँ!' फिर एक ऐसे स्वर में बोला जैसे कोई राज़ की बात बता रहा हो: 'देखा, मैंने तुम्हें कभी इस सपने के बारे में नहीं बताया जो मुझे हमारी शादी से पहले आया करता था। वो एक सपना नहीं था बल्कि भरे दिन में हुए एक आभास जैसा ज़्यादा था, समझ रही हो ना? मैं खुद को एक बूढ़े आदमी की तरह देखता जिसे तुमने किसी और के लिए छोड़ दिया है; फिर एक तूफ़ानी रात तुम वापिस आती हो, अकेली और थकी-हारी, एक बेघर आवारा की तरह, और मैं तुम्हारा इंतज़ार कर रहा हूँ...मैं तुम्हारा बरसों से इंतज़ार कर रहा हूँ...'

''...'और तुम्हें क्या लगता है, ये एहसास दिला कर तुम्हें क्या मिला है? वो कि जो तुम सोचते हो मुझे नहीं पता।' एर्दोसैन बहुत ही दुर्लभ मौकों पर खुल पाता था, लेकिन इस बार उसे अपने अंतर्मन की एक बात पता चली थी।' लेकिन मुझे बताओ, ये हमेशा ऐसा ही क्यों होता है...हमेशा ऐसा। एक दर्द है जो कभी नहीं जाता...एक अजीब-सा कष्ट। जब भी मैं किसी दूसरी औरत के साथ होता हूँ, मैं हमेशा तुम्हारे बारे में सोच रहा होता हूँ। देखो...उनके साथ भी जिन्हें मैं चाहता हूँ...। मैं उन्हें चूमता हूँ तो मेरी आँखों के सामने तुम्हारा चेहरा उभरता है...। उनकी नज़रों में से तुम मुझे देखती हो...मैं नहीं कर सका...एक खालीपन में...तुम्हारे चेहरे की एक खाली छवि में...मानो वो एक काँच की परत में अंकित हो...'

'' 'हाँ...हाँ।'...

'' 'अगर कोई मुझसे पूछे कि मैं तुम्हारे साथ इतनी बेरहमी से पेश क्यों आया, तो मेरे पास कोई जवाब नहीं होगा'

''और सिगरेट के जलते हुए सिरे से अंधेरे में एक लाल अर्ध वृत्त बन गया। उस लाल रंग के शेड में एर्दोसैन की दुबली मुखाकृति फिर उभरी। वह बोलता रहा :

'' 'तुम्हें यातना देना मेरी ज़रूरत है। जब तुम आस-पास होती हो तो मैं तुम्हारे कष्टों के प्रति उदासीन रहता हूँ; जब तुम दूर होती हो तो मुझे गहरी पीड़ा होती है। तुम सोचती हो कि अपनी टूटी हुई ज़िन्दगी में तुम अकेली हो; तुम्हें लगता है कि तुम्हारा कोई पति नहीं और उन औरतों से तुम्हें जलन होती है जो खुश हैं, जो अपने पति की बाँहों में बाँहें डाल कर घूमती हैं, या जो बहुत सारे बच्चों के साथ होती हैं...उह...ये ख़याल, ये ख़याल जो तुम्हारे भीतर करवट लेते रहते हैं...मेरी ज़िन्दगी के बारे में तुम क्या जानती हो? कुछ नहीं, कुछ नहीं, कुछ भी नहीं। तुम क्या जान सकती थीं? न ही तुम्हें इसका कोई अंदाज़ है कि तुम खुद क्या चाहती हो! कई बार तुमने कल्पना की है कि कोई और तुम्हारा पति होता; कि तुम एक खुशकिस्मत औरत हो, मेरे सामने से मुझ पर नज़र डाले बिना गुज़रती हुई...कि तुम्हारे बच्चे हैं...और तुम अपनी सहेलियों को मनोरंजन के लिए घर बुलाती हो...लेकिन इस सबकी बजाय तुम यहाँ हो, बिलकुल अकेली, एक बीमार आहत जानवर की तरह।'

''...या हो सकता है कि तुम ये सोचती हो कि मुझे पता नहीं चला जब भी तुम्हें बहुत पीड़ा हुई? लेकिन मैं तुम्हें और कष्ट भोगते देखना चाहता था, मेरे सामने और भी झुकते हुए, इतना कि तुम चीखतीं...और ये चीख कभी खत्म नहीं होती...बताओ...क्या मेरे बर्ताव के पीछे यही राज़ नहीं है? तुम्हारा आत्मसम्मान। तुम कुछ नहीं कहतीं। तुम बिलकुल चुप रहती हो। अकेली। तुम मुझे जवाब क्यों नहीं देतीं? तुम्हें दूसरी औरतें पसंद क्यों नहीं आतीं? क्या इसलिए कि तुम्हें लगता है कि वो तुमसे कमतर हैं? या इसलिए कि तुम्हें लगता है कि तुम अलग हो? कि तुम्हें अभी ख़ुद को उन बदनाम उत्सुकताओं से प्रयोग करने की छूट देनी है? अगर तुम्हें कोई प्रेमी मिल जाता तो मुझे तुमसे कोई शिकायत नहीं होती...मैं तुम्हें देखता रहता...मैं उस मोड़ पर पहुँच गया हूँ जहाँ मैं सोचता हूँ कि तुम...'

'' 'चुप रहो, हैवान!'

'' 'हाँ...कितनी बार मैंने ये सोचा है! मैं खुद से कहता : शायद वो मेरे बगैर खुश रहेगी। लेकिन तुम बोलतीं क्यों नहीं? दूसरी औरतें तुम्हारे सामने बेवक़ूफ़ नज़र आती हैं। जैसे ही कोई तुम्हें नाराज़ करता है तो तुम्हारी इच्छा होती है कि उसे छोड़ दें...और बगैर किसी पछतावे के। बहरहाल, मुझे नहीं मालूम कि मुझे तुमसे क्या उम्मीद करनी चाहिए। मैं तुमसे क्या उम्मीद रख सकता हूँ, बताओ मुझे...क्या तुम जानती हो?...मैंने खुद से कई बार पूछा है कि क्या मुझमें तुम्हें जान से मार देने की हिम्मत है...शायद मैं नहीं करूँगा...शायद तुम्हारे भीतर अब भी कहीं एक छोटी-सी उम्मीद बाकी है...'

'' 'एक दिन तुम्हें अफ़सोस होगा, लेकिन तब बहुत देर हो चुकी होगी...'

'' 'ये हो सकता है। मुझे तुम पर यकीन है। क्या तुम्हें लगता है कि मैं तुम पर विश्वास नहीं करता? हाँ, एलसा...मैं करता हूँ, ये तो साफ़ है। और इससे एक नये तरह की पीड़ा पैदा होती है। काश तुम जानतीं कि मैं तुम्हारे बारे में क्या सोचता हूँ! देखो...कभी-कभी मैं किसी अकेले से कैफ़े में चला जाता हूँ...' ''

लगभग तुरंत एलसा के मन में उस शराबघर और कैफ़े में धूल भरी खिड़की के पास उदासी से गाल हाथों पर टिकाए बैठा एर्दोसैन घूम गया। वो एक घर के बाहरी आँगन की तरफ़ देख रहा था...शायद वो उसके बारे में सोच रहा था...क्या वो मुझसे बात करते हुए भी उसके बारे में सोच रहा था?

''...एक कॉफ़ी मँगवाता और हम दोनों के बारे में सोचता हुआ बैठा रहता। हम दोनों के भविष्य के बारे में। 'मैं इस भविष्य में कैसे आ गया? मुझे कोई अंदाज़ नहीं है, शायद एक मूर्ख के तौर पर या एक हारे हुए आदमी की तरह...' उसका स्वर धीमा हो गया। 'जानती हो अगर मेरे साथ कुछ बुरा हो गया तो? मैं कुएँ में गिर गया...या कोई बुरी औरत मुझे पतित कर दे और मुझसे एक बच्चा गाड़ी चलवाये जिसमें एक बीमार बच्चा हो...'

'' 'मुझे सोना है...मुझे लेटने दो...'

'' 'आओ बात करते हैं। कितनी अच्छी बात है कि मैं इतने आत्मविश्वास से बात कर रहा हूँ!...(ये विडंबना है) हम दोनों काफ़ी हद तक एक से हैं...मैंने बेकार ही तुम्हारी जाँच-परख करने की कोशिश की। यहाँ तक कि जब तुम मेरे दोस्तों के बारे में बात करती हो तो मैंने तुम्हारे स्वर को भी ध्यान से सुनने की कोशिश की है। मैं जानता हूँ कि उनमें से कुछ के साथ तुम्हारा बर्ताव अच्छा है, क्योंकि उनके नाम तुम्हारे जैसे सामान्य हैं...तुम्हें ऐसे लोग नहीं पसंद जो अपने घरेलू नाम से जाने जाते हैं...फिर वो लोग हैं जिनसे तुम अच्छा बर्ताव करती हो और मैं हूँ...तुमसे परिचय होने से पहले...मैं जैसा था, हो सकता है तुम्हें पसंद नहीं आता...जो मूलभूत रूप से अलग हों उनका एक-दूसरे की इज़्ज़त करना अनूठी बात है ना?...मैं तुम्हें ये इसलिए बता रहा हूँ क्योंकि जब एक औरत और एक मर्द एक-दूसरे को प्यार करते हैं तो एक-दूसरे से बराबरी का बर्ताव करते हैं...यही वजह है, मैंने तुम्हें पहले कहा था कि तुम मेरे बारे में कुछ नहीं जानतीं।'

'' 'और मैं तुम्हें कह रही हूँ कि मुझे नींद की ज़रूरत है...क्या तुम मुझे सोने जाने दोगे?'

''जलते हुए सिगरेट के बट से हवा में छल्ला बन गया। अँधेरे में एक बिंदु पर नज़रें टिकाए वो बोलता रहा :

'' 'मुझे नहीं पता कि क्या सोचूँ। कभी-कभी मैं गलत होता हूँ लेकिन वो अहम नहीं है। अगर कभी-कभी मैं, मैं नहीं होता बल्कि तुम हो जाता हूँ। मैं चाहता था जीवन ऐसा ही हो। एक उपहार की तरह। लेकिन इसकी बजाय हम यहाँ हैं, एक-दूसरे के बगल में, दुश्मनों की तरह...एक-दूसरे पर जासूसी करते हुए...।'

'' 'और अगर तुम अचानक सड़क पर मुझसे टकरा जाते और मैं किसी दूसरे के साथ होती?...'

“ ‘अगर ऐसा होता तो क्या?...मैं तुमसे पूछता कि क्या तुम खुश हो।’

“ ‘लेकिन तुम ऐसा कैसे सोच सकते हो?...’

“ ‘मुझे नहीं पता। मुझे कैसे पता हो सकता है! मुझे ये पता है कि मैं हमेशा तुम्हारे साथ नाखुश ही रहा हूँ। ये एक ऐसी उदासी है जिसे मैं ठीक से परिभाषित भी नहीं कर सकता। ये कुछ ऐसा है जो परिभाषा और समझाने के परे है।’

“ ‘तुम्हें पछतावा भी नहीं होता?’

“ ‘क्या तुम जानती हो तुमने मुझसे बहुत अजीब चीज़ पूछी है? पछतावा... पश्चाताप। मैं नहीं जानता, न ही मैं जानना चाहता हूँ। अतीत में मैंने ऐसा बहुत कम ही महसूस किया है। यह कुछ शैतानी-सा एहसास है। तुम्हें याद है वो लड़की जिसके बारे में मैंने तुम्हें बताया था...वो जिसके चेहरे पर मैंने थूका था क्योंकि उसने मेरी बेइज़्ज़ती की थी? उस दिन मैं स्ट्रीट कार में उससे मिला था। जब उसने मुझे देखा तो उसका चेहरा लाल हो गया। वो ट्राम लोगों से खचाखच भरी थी। मैं बहुत सहज तरीके से उसकी तरफ़ गया और उसके हाथ को पकड़ लिया। उसने मुझे रोकने की हिम्मत भी नहीं की और फिर मैंने उससे कहा : तुम्हें याद है वो रात जब मैंने तुम्हारी बेइज़्ज़ती की थी? तुम सरकंडे की तरह दुहरी हो गई थीं, इस तरह, एक तरफ़...लेकिन देखो...अब यहाँ तुम्हारे पास मौका है बदला लेने का। तुम मुझे इन सभी लोगों के सामने चाँटा क्यों नहीं रसीद करतीं? ये देखते हुए कि तुम्हारे पास ये खूबसूरत मौका है...तुम इसका इस्तेमाल क्यों नहीं करतीं?’

“ ‘तुमने उसे ऐसा कहा?’

“ ‘उस पल में दुष्टता की सारी ताकतों का विस्फोट मेरे भीतर हुआ। ऐसा लगा कि मैं बहुत ऊँचा उठ गया हूँ; मेरे गले से मेरी आत्मा बाहर उड़ आई और अपनी आँखों के सामने मैंने तारों को चक्कर काटते देखा। मैंने उसकी बाजू को पकड़ा, कस कर हिलाते हुए उससे बोला : तुम एक सरकंडे की तरह दोहरी हो गई थीं। तुम मुझे अब एक थप्पड़ मार कर हिसाब बराबर क्यों नहीं कर लेतीं, तुम डरपोक लड़की! मुझे लगा कि मैं इस दुनिया को एक छोटे लड़के की नज़र से देख रहा था। मैंने अपने जीवन में कभी इतनी भयंकर कामुकता महसूस नहीं की थी। मेरे माथे की नसें तेज़ी से फड़क रही थीं और मेरी आँखों से रौशनी की किरणें निकलने लगीं। और फिर सभी यात्रियों के सामने उसने अपना हाथ मेरे गालों तक उठाया और उन्हें हल्के से सहलाया, और फिर वह मुझसे बोली : मैं तुमसे बहुत प्यार करती हूँ।’

“ ‘और तुम ऐसा ही कुछ मुझमें तलाशना चाहते थे?...नहीं?...लेकिन तुम गलत हो...’

“ ‘नहीं...तुम में नहीं, ना। मैं तुमसे तुम्हारे लिए प्यार करता था। काश तुम जानतीं

कि मैं तुमसे कितना प्यार करता था! सम्भवत: तुम अकेली ऐसी औरत थीं जिसे मैं कभी नहीं पा सकता था। मैं तुम्हें तुम्हारे कारण अपनी इच्छा के खिलाफ़ चाहता था। बताओ कि ये बहुत भयानक नहीं है...कितनी बार मैंने तुमसे बचने की कोशिश की है...व्यर्थ ही। मैंने एक काली लड़की को भी कह दिया कि मैं उससे प्यार करता हूँ...यकीन करो या नहीं, एक काली लड़की से। हाँ, एक काली लड़की। उसने मुझे स्तब्ध होकर देखा, लेकिन चूँकि मैं उससे गंभीरता से बात कर रहा था, वो मुझसे बोली : सर, आपको मेरे पिता से बात करनी चाहिए। उसका पिता एक डाकिया था। मैं उससे मिला। काश तुम जानतीं कि मुझे कितनी हँसी आई। वो मेरी सामाजिक स्थिति पर जानकारी चाहता था। वो ये जानने को मरा जा रहा था।'

''और एर्दोसैन उस अँधेरे बेडरूम में इतनी ज़ोर से ठहाका मार के हँसने लगा कि एलसा ने पीछे हटते हुए उसे चेतावनी दी :

'' 'देखो, अगर तुम अपना मुँह बंद नहीं करोगे तो मैं उठ के कपड़े बदलूँगी और घर से निकल जाऊँगी।'

''एर्दोसैन कोई परवाह किये बगैर निर्दयता से बोलता रहा :

'' 'तो देखा तुमने। मैंने खुद को अच्छी तरह से नीचे गिरा दिया है। किसी को ये अंदाज़ा नहीं है कि ये विकृत मानसिकता का रास्ता कितना लम्बा है, लेकिन मेरे दिमाग में तुम्हारी नाखुश ज़िन्दगी का ख़याल हमेशा रहा है, चाहे मैं किसी भी सुन्दर या बदसूरत घटिया औरत के साथ रहा हूँ, और जितना ज़्यादा तुम मुझसे जुड़ी हुई महसूस करती हो, उतना ही मैं भी तुमसे जुड़ा हुआ महसूस करता हूँ...।'

'' 'ये बेकार की बातें मत करो।'

'' 'मैं तुम्हें अपने अन्दर की बातें बता रहा हूँ। पीड़ा की, आँसुओं की।'

''मैं गुस्से से फूट पड़ी : 'तुम्हारे आँसू गंदे हैं। तुम्हारा दर्द वो घटिया सुख है जिसके पीछे तुम भागते रहते हो। और तुम हर जगह ये खोजते रहते हो...यहाँ तक कि मेरी बर्बादी में भी...ताकि तुम्हें कोई नया भाव मिल सके...लेकिन मेरी बात सुनो...तुम मुझे वो भाव वो जज़्बा कभी नहीं दिखाओगे...जानते हो?...कभी नहीं...चाहे मैं भूख से मर क्यों न जाऊँ, चाहे मुझे तुम्हारा नौकर ही क्यों ना बनना पड़े, तुम मुझे नीचे नहीं गिरा पाओगे, जानते हो, तुम सूअर!...तुम्हारे लिए नहीं, तुम इस लायक नहीं हो...नहीं...सिर्फ़ अपने लिए, अपने आत्मसम्मान के लिए।'

''एर्दोसैन चुप हो गया।

''...वो रात बीत गई और फिर दूसरी। रेमो तो शैतान से भी ज़्यादा उदास हो गया। एक दिन अनायास ही उसका दिमाग खराब हो गया। मैं उसे तोड़ना चाहती थी, उसका

अपमान करना चाहती थी, जो सब अपमानजनक हरकतें उसने की थीं, उन सबका बदला लेना चाहती थी और मुझे उस साहस को लाने के लिए अपने भीतर देखना था, क्योंकि उसने मुझे सिर्फ़ और सिर्फ़ दुःख ही दिया था। मुझे नहीं मालूम कि मैंने अच्छा किया या बुरा। ईश्वर मुझे माफ़ करें।''

इस तरह एलसा बात करती रही। उन तीन घंटों में जिस दौरान एलसा ने अपनी कहानी सुनाई मदर सुपीरियर उस बैठक के बीचोंबीच बिलकुल स्थिर बैठी रहीं, मानो उन पर बिजली गिर गई हो। उनके अखरोट से भी ज़्यादा झुर्रीदार चेहरे की एक भी मांसपेशी नहीं फड़की। उनके हाथ कमर से लटकती जाप की माला में लगे कांसे के क्रॉस पर बँधे रहे, होंठ कस कर बंद और उनके उत्तेजित से दिखने वाले चेहरे पर भावहीन आँखों की पुतलियाँ स्थिर रहीं।

जब एलसा ने अपनी बात ख़त्म की तो उन्होंने गंभीरता से कहा :

''तुम्हारे पास रहने को कोई जगह है?''

''नहीं।''

''तुम्हें एक शांत जगह की ज़रूरत होगी, है ना?''

''हाँ।''

''तब तुम जब तक चाहो यहाँ रह सकती हो। मेरे साथ आओ,'' और उठते हुए उन्होंने इज़्ज़त से एलसा को उस दरवाज़े की तरफ़ इशारा किया जो बैठक से कॉन्वेंट के अन्दर जाता था।

अराजकतावादी बाग़ी

एर्दोसैन और ज्योतिषी ने डॉक सुर को पार किया। इस गली से रेमो को खाली ओवंस के मुँह याद आए। अँधेरे में दूर एक जर्मन शराबघर का लाल-पीला त्रिकोण नज़र आ रहा था। दोनों के पैरों के नीचे तारकोल के चरमराने की आवाज़ आ रही थी।

वे चुपचाप चल रहे थे, सीमेंट की विशाल दीवारों, फ़ैक्ट्रियों के ऊपर क्रेन्स की विशाल टेढ़ी भुजाओं, विसंवाहकों से भरे और लड़ाकू जलयानों के बुर्जों से भी ज़्यादा जालीदार हाई टेंशन ट्रांसफ़ार्मर्स के टॉवरों को अपने पीछे छोड़ते हुए। भट्ठियों में से नीली गैस के तीर निकलते दिखाई दे रहे थे, दो स्टील के प्लेटफ़ॉर्म के बीच की जगह को चीरती ज़ंजीरें, तंग गली ऊपर एक पीला सरसों के रंग का आसमान, और गली के परे विशाल बाज़ार, एम्पोरियम, मानो वे देवदार से घिरी सड़कों में मिल जाना चाहते हों।

उदास ठग की मौत पर ज्योतिषी ने टिप्पणी की :

‘‘ये बेकार है...एक कहावत है जिसका मतलब है कि ‘जो शुरुआत गलत करते हैं, उनका अंत भी बुरा होता है’।’’

एर्दोसैन लगभग हँस पड़ा।

ज्योतिषी गंभीरता से बोलता रहा :

‘‘ ‘ठग का मन और आत्मा सुन्दर थी। मुझे याद है एक बार हम साहस की बात कर रहे थे और हेफ़्नर ने मुझसे कहा : ‘मैं एक सभ्य आदमी हूँ, मैं साहस पर विश्वास नहीं करता। मुझे दगा देने, विश्वासघात में भरोसा है।’ उसकी अंतरात्मा कितनी अच्छी थी! और वो कितना ज़बरदस्त बदला लेने वाला था। एक औरत को उससे ज़्यादा बेरहमी से कोई और नहीं मार सकता था। ठीक उस पहली बेचारी औरत से जिसने उसके साथ आने और रंडी बनने के लिए अपना घर और टाइपराइटर छोड़ा था। ज़ाहिर है, इसी बात के लिए उसे उस औरत की ज़बरदस्त धुनाई करनी पड़ी।’’

‘‘फिर उस औरत ने उसे छोड़ा नहीं?’’

‘‘नहीं...ऐसा कुछ नहीं हुआ...लेकिन इस बात ने ठग पर गहरा असर छोड़ा था।’’

‘‘इस पिटाई ने औरत पर इससे ज़्यादा गहरा असर छोड़ा होगा।’’

‘‘तुम मज़ाकिया नहीं लग रहे अब। जब वो टाइपिस्ट सड़कों पर पहली बार कुछ पैसा बनाने निकली तो ये बेवकूफ़ बिस्तर पर पड़ा था। दोपहर के चार बजे थे। ठग ने इस बारे में मुझे सब कुछ बताया था। वो छोटी लड़की अपना हैट पहने गलियारे में थोड़ी देर ठिठकी, अफ़सोस से दरवाज़े के हैंडल पर अपना हाथ रख कर उसकी तरफ़ देखती हुई, और उसने उस लड़की से कहा : ‘जा रही हो, तुम?’ और उस दुष्ट मूर्ख ने अपनी इच्छा को उस लड़की के जज़्बात पर जबरन थोप दिया, लड़की ने हामी में सिर हिलाया...और वो बाहर ग्राहकों की तलाश में निकल गई। लेकिन इसके तीन दिन बाद वो रियाकुएलो ब्रिज से कूद गई। नीचे चट्टान से टकरा कर उसका सिर फट गया। उन लोगों को उसकी पानी में फूली हुई लाश मिली। उन कुत्तों की लाशों के साथ जो पानी के बहाव में डूब जाते थे और वे उन्हें पानी में से निकालते थे। कुछ समय तक ठग इसी घटना में गुम रहा। सच में, जिस नज़र से उस लड़की ने उसे आखिरी बार देखा था, उससे ठग में धिक्कार और भर्त्सना का भाव मानो अटक सा गया था। कभी-कभी वो कहता : ‘क्या ज़िन्दगी का कोई माने है?’ इस दुष्ट की समस्याओं को आप कैसे बता सकते हैं? साथ ही वो हमेशा उस लड़की के बारे में सोचता रहता था, जैसे उसने उसे आखिरी बार देखा था। एक गिड़गिड़ाहट की तरह, बाहर सड़क पर निकलने से ठीक पहले। एक दोपहर, बिना एक शब्द कहे, उन 3000 पेसोस को हाथ लगाए बिना जो उस मेज़ पर पड़े थे, और कुछ मिनटों तक उस सत्य के बारे में ध्यान से सोचते हुए कि ‘ज़िन्दगी का कोई मतलब नहीं,’ उसने सीधे अपने दिल पर गोली मारी थी। लेकिन गोली उसकी पसली से होकर गुज़र गई। दो महीने बाद जब वो अस्पताल से वापिस लौटा तो उसने

पहला काम किया कि मर्सिडीज में एक कार्मेलो नाम के नेपल्स मूल वाले गैंगस्टर के साथ एक वेश्यालय खरीद लिया।''

एर्दोसैन ने इस पर कोई टिप्पणी नहीं की। अगर ठग मर गया तो इससे उसे क्या फ़र्क पड़ता है? उसकी अपनी दिक्कतें क्या कम थीं। साथ ही, उसे वहाँ अजीब-सा लग रहा था, मानो वो किसी अपरिचित शहर में घूम रहा हो। टार से पुती कुछ छतें किसी विशाल ताबूत के ढक्कन की तरह लग रही थीं। कुछ दूसरी जगहों पर बिजली की रौशनी से लाल, गुलाबी और हरे रंग में रंगी छोटी-छोटी आयताकार खिड़कियाँ चमक रही थीं। एक क्रॉसिंग पर लाल लालटेन की रौशनी दुबारा दिखी, अँधेरे को ग्रामीण इलाके की दिशा में चीरती हुई।

''मैंने तुम्हें बताया ही है कि वो कितनी बेरहमी से बदला लेने वाला था...और सच में। मुझे एक घटना याद है। मैं उसका पूरा ब्यौरा दे सकता हूँ। जिस औरत में हेफ़्नर को दिलचस्पी थी उसे किसी दूसरे दलाल ने चुरा लिया था। हालाँकि उस औरत ने पहले इससे वादा किया था लेकिन ज़ाहिर है कि दूसरे दलाल ने शीघ्रता दिखलाई, तो ठग को काफ़ी कमाई छोड़नी पड़ी। कुछ चीज़ें होती हैं जो दो मर्द बगैर कुछ कहे समझते हैं। और आप ये जानते हैं कि जो चीज़ें मन में बहुत गहरे कहीं बसी होती हैं वो सबसे प्रबल और गहन होती हैं। बेशक, ठग मौके के इंतज़ार में था। दूसरे वाले को इस बात का अंदाज़ा था सो, वह हेफ़्नर से बचता रहा कुछ दिनों सिर्फ़ उन्हीं जगहों पर जाता जहाँ से वो हेफ़्नर की हरकतों पर नज़र रख सके। एक दिन लेकिन वे टकरा ही गए, हेफ़्नर ज़ाहिर तौर पर ऐसे दोस्ताना बर्ताव करता रहा कि वो वह किस्सा भूल चुका है; हालाँकि दूसरे वाले को ये गुमान था कि उसकी घटिया चाल को माफ़ नहीं किया गया है। उसके बाद वो दोनों साथ-साथ दारू पीते लेकिन ये तय था कि ठग हमेशा पंद्रह मिनट की शुरुआती बढ़त रखता। लेकिन इस तरह का व्यवहार दूसरे शख्स के राज़ जानने और अपनी बातें गुप्त रखने में बहुत कारगर होता है।''

ज्योतिषी आगे बोलता रहा :

''तो, जैसा कि मैं तुम्हें बता रहा था, उस किस्से के बाद दो साल बीत गए। दोनों मिलते...जैसा कि कहावत है...गैंगस्टर्स के बनैले ऐयाश अड्डों पर और उनकी औरतें सैन इसिद्रो के निचले इलाके में मिलती रहीं। उनकी इस पार्टी में अंडर वर्ल्ड के चुनिंदा असरदार लोग मिलते थे...बॉक्सिंग मैनेजर, ट्रेनर, रेस कार ड्राइवर, सब लोग एक साथ, खासकर हेफ़्नर की एक गर्लफ्रेंड भी, जो वही औरत थी जिसने पहले हेफ़्नर के साथ रहने का करीब-करीब वादा कर लिया था। किसी को अंदाज़ा नहीं था कि आगे क्या होने वाला था। चाहो तो ज़रा संकेत देता हूँ, सिर्फ़ हमारे बीच, जहाँ तक उसकी औरतों का सवाल है तो वो वाकई हरामज़ादा था, जैसा कि हमारे बहुत से सभ्य नागरिक होते हैं।''

एर्दोसैन और ज्योतिषी रेल की पटरी से कुछ कदम की दूरी पर रुक गए। एक माल गाड़ी भाप छोड़ती धीरे-धीरे उनके पास से गुज़र गई। अपने तालाबों में मेंढक टर्रा रहे थे और पास से गुज़रते हुए कारों पर लगी ज़ंजीरों की कड़ियाँ बज रही थीं। इससे भी दूर, एक

बजरा पानी के ऊपर की तैलीय सतह पर हल्के-हल्के हिल रहा था। रेल पटरी के सामानांतर एक सड़क के किनारे गली में स्थिर एक शराब घर का दरवाज़ा आधा खुला था और उस कोयले से भरे तंग रास्ते पर एक विशाल औरत उनकी तरफ़ बढ़ रही थी।

उसने अपने सिर पर एक चपटा हैट पहना था और उसके पीछे-पीछे एक दुबला नाटा कूबड़ वाला आदमी आ रहा था।

ज्योतिषी बोलता रहा :

''जब वो महफ़िल अपने शबाब पर थी तो हेफ़्नर ने अपनी रिवॉल्वर निकाली, उससे दूसरे दल्ले पर निशाना साधा और अपनी पैंट उतार कर गुप्तांग दिखाते हुए बहुत ठंडेपन से उससे बोला : 'तू अपनी औरत को कह मुझे यहाँ चूमे...वर्ना मैं तेरा भेजा उड़ा दूँगा।' अब तुम समझते ही हो कि इस तरह का बर्ताव सामाजिक नहीं है। उस ठग ने जिस दलाल को गन पॉइंट पर पकड़ा हुआ था, वो बिलकुल हिला भी नहीं। हेफ़्नर ने शांति से इंतज़ार किया। उसने अपनी घड़ी को देखा और बोला : तेरे पास आधा मिनट है।''

''और ये दूसरा आदमी ?''

''दूसरे आदमी ने अनुमान लगा लिया कि वो ठग उसे मारने वाला है कि वो वहाँ सिर्फ़ और सिर्फ़ उसे मारने के लिए आया था...और एक ही चीज़ उसे बचा सकती थी, और वो था ये भयानक अपमान...''

''और ?''

''आधा मिनट ख़त्म होने से पहले, वो चिल्लाया : 'उसे चूमो, आइरीन।''

''और ?''

''उस औरत ने हुक्म माना। फिर हेफ़्नर, जिसके सामने उस औरत ने घुटने टेक दिए थे, उसने उस औरत को बाँह से पकड़ा और बोला : 'अब से तुम मेरी हो।'''

''और दूसरा आदमी ?''

''वो क्या करता ? वो वहाँ से चला गया। ज़िन्दगी और मौत जैसे मसलों में, दोस्त, प्रतिशोध धीरे-धीरे काम करता है। ये सच है कि वो उस तरह का आदमी था जो पीठ पीछे से वार करके ठग को टपका सकता था, मुझे हैरान नहीं करेगा।''

''तो ठग ने ये कभी नहीं बताया कि अगर दूसरा आदमी इनकार कर देता तो वो क्या करता ?''

''वह उसे मार डालता...स्थिति ये थी कि उसने इस घटना से पहले पूर्वानुमान में ही नकली पासपोर्ट वगैरह बनवा लिया था।''

‘‘तुम जानते हो, ये अद्‌भुत है?’’

‘‘वो मेकियावेली का सच्चा शिष्य था। मेरे साथ बातचीत में उसने मुझे बताया था कि लोगों के जुर्म या नाराज़ कर देने वाली हरकतों की उसकी स्मृति और उनसे बदला लेने में उसका धैर्य—इन दो बातों के कारण लोग उससे डरा करते थे। वह हमेशा सावधान रहता था मानो युद्ध भूमि में हो। चाहे वो ट्राम में हो, कैफ़े में या बाहर सड़क पर, वो शख्स खुद को एक ऐसी जगह रखता था जहाँ से दुश्मन की रिवॉल्वर को उस पर निशाना साधने का कम-से-कम मौका मिल सके। वह हरेक को देखकर ही विभिन्न सूचियों में बाँट लेता था। उसके संपर्क के घेरे में जो भी आता था वो कितना खतरनाक हो सकता है ये वह अपनी सहज समझ से जान लेता था। ये दिलचस्प था। उन जगहों के घेरों जहाँ से कोई उस पर निशाना साध सकता था, से लेकर उसके हमले और रक्षा के प्रसारण परिधियों तक। उसके भीतर साथ-ही-साथ एक इसी तरह की जाँच-पड़ताल चलती रहती थी, जिससे वो सुनिश्चित कर लेता था कि दूसरों पर उसका नियंत्रण रहे।’’

चुप होकर ज्योतिषी अँधेरे में कुतूहल से एक अनछुई ज़मीन की पट्टी की तरफ़ देखने लगा, जो एक ख़राब से झोंपड़ीनुमा घरों के बगल में थी, ये झोपड़पट्टी एक सैन्य छावनी से भी बड़े इलाके में बनी हुई थी। ज़िंक की चादरों से ढँकी कतार से लगी हुई झुग्गियों की बस्ती थी जिनमें सैकड़ों अभागे लाशों की तरह सो रहे थे। सड़कें गड्ढों से भरी थीं, उनमें से कुछ तो इतने गहरे थे कि पूरा का पूरा वाहन उसमें गिर जाए। अपने हाथ ओवरकोट की जेबों में गहरे धंसाये ज्योतिषी चुपचाप चलता रहा। अचानक ज़ोर से बोला :

‘‘अरे तुम सोच भी नहीं सकते कि कल रात मेरे साथ क्या हुआ?’’

‘‘नहीं जानता...।’’

‘‘तो, मुझे घूँसा मारने के बाद, उसने मेरे मुँह पर थूका...’’

‘‘क्या कहा तुमने?’’

‘‘हाँ, जैसा मैंने तुम्हें बताया,’’ और तुरंत ज्योतिषी ने एर्दोसैन को वो पूरा वाकया सुनाया जो उसके और वकील के बीच घटित हुआ था।

‘‘और तुम?...मैं तो तुम्हारे रुख को बिलकुल नहीं समझ पाता।’’

ज्योतिषी ने असहमति जताई।

‘‘मेरे प्यारे दोस्त, इस घटना को आसानी से समझाया जा सकता है। वकील ने मुझे शांति से सुना, जब तक कि उसकी चेतना में छिपे बुर्जुआ भाव और जज़्बात फूट नहीं पड़े और उन्होंने उसके आत्म नियंत्रण को बस में नहीं कर लिया। अगर उस आदमी के पास रिवॉल्वर होती तो वो मुझे एक कुत्ते की तरह मार देता। एक पल के लिए तो...मैं भी उसकी

हत्या कर सकता था...लेकिन मैंने काबू रखा और सिर्फ़ अपनी कोहनी उसकी मुट्ठी के सामने कर दी जिससे उसका हाथ टूट गया और तब मैंने सोचा कि उस ऊर्जावान नौजवान को मार कर मुझे कुछ हासिल नहीं होगा। सैद्धांतिक तौर पर मैं एक हत्या को तभी स्वीकार करता हूँ जब वो किसी सामाजिक उद्देश्य के लिए फ़ायदेमंद हो...जब उसकी बाज़ू नीचे हो गई तब मैं उसे घूँसा मार सकता था...लेकिन काहे के लिए?...अगर वो लड़ाई करने में असमर्थ है तो। मेरे बरअक्स उसकी नपुंसकता को समझने की कोशिश करो, मैं जो ऐसा काम कर सकता था जिसके लिए बाद में शर्मिंदा होता...और फिर उसने मेरे मुँह पर थूका। मैं शांति से उसकी तरफ़ देखता रहा और अब इस वक्त वो अपने बर्ताव से काफ़ी परेशान होगा। और वैसे भी देर-सबेर, ये नौजवान हम में से ही एक होगा। वो ईमानदार है, जोशीला है। अन्दर-ही-अन्दर वो एक गुमराह आदर्शवादी है। एक पूँजीवादी शिक्षा का यही परिणाम होता है। जब वो सभी लोग जिन्हें पूँजीवाद ने विकृत कर दिया है, कार्रवाई करने का फ़ैसला करेंगे तब वे अपनी आंतरिक विकृति को पहचान पाएँगे, और इस हद तक कि वे किसी भी और चीज़ को इससे बेहतर समझेंगे...यहाँ तक कि साम्यवाद को भी।''

''और तुम उससे तब भी नफ़रत करोगे?''

हैरान होकर ज्योतिषी ने एर्दोसैन को जवाब दिया :

''उससे नफ़रत! क्यों? नहीं! ठीक इसके उलट...मैं कृतज्ञ हूँ कि मुझे ये मौका मिला एक ऐसे आदमी के तौर पर खुद को पेश करने का जिसका गुस्सा मनुष्य की छोटी-छोटी प्रतिक्रियाओं से ऊपर है। और फिर, मैं वकील के प्रति शायद तब नफ़रत पाल सकता था अगर मैं खुद को उससे शारीरिक तौर पर कमतर समझता। मैं कमतर नहीं हूँ, सो हमारा हिसाब पहले ही निपट गया है।''

जिस सड़क पर वो चल रहे थे वो उस इलाके के बीच थी जिस पर तारकोल बिखरा हुआ था; और कभी-कभी हवा के झोंके में गीली अल्फ़ाल्फ़ा की गंध उन तक पहुँचती; फिर एक मोड़ आया और वे एक बार फिर वो बैरक जैसे झुग्गी-झोपड़ियों वाले इलाके में आ गये जिनमें से चिकनाई, ऊन और बिखरे हुए खून की बदबू आ रही थी; जिनकी फ़ैक्ट्रियों में से सल्फ़्यूरिक एसिड और जलती हुई गंधक की गंध निकल रही थी; गलियाँ जहाँ, ईंट की दीवारों के भीतर डाइनेमो और ट्रांसफ़ार्मर्स के चलने की भनभनाहट और गर्म होते तेल की गंध आ रही थी। लाल और भूरे बाल वाले आदमी जो अभी तक कोयला उतार रहे थे अब पुराने शराबघरों के अन्दर भरे थे और चेकोस्लोवाकिया, ग्रीस और बाल्कन की मिश्रित भाषाओं में बात कर रहे थे जिसे समझना नामुमकिन था।

ज्योतिषी ने निष्कर्ष निकाला :

''बेशक, वकील एक अच्छा आदमी है। कोई दूसरा वक्त होता तो वो काफ़ी आगे जा सकता था, लेकिन अभी उसने सारे सामाजिक सिद्धांत ठीक से समझे नहीं हैं।''

अंत में, वे एक फ़ार्म हाउस के सामने एक दूकान पर पहुँचे। एक दरवाज़े के पल्ले से ज़िंक का बना साइन बोर्ड हल्का-सा लटका हुआ था जिसमें गलत शब्दावली में लिखा था :

यहाँ अंडे और मुर्गा बिकता है

बगैर दरवाज़ा खटखटाए ज्योतिषी अन्दर चला गया।

एक छज्जे के नीचे लगे बिजली के लैंप की रौशनी में लोग ताश खेल रहे थे। उनमें से एक दुबला, ज़र्द रंग, बड़े गाल, घुँघराले बाल और काली आँखों वाला था। दूसरा थोड़ा मोटा, शेव किये हुए, हरी आँखों और भूरे बाल वाला था और मेकेनिक वाली नीली पोशाक पहने था। अजनबियों की आँखें एर्दोसैन पर टिक गयीं और न जाने क्यों एर्दोसैन को अजीब-सा महसूस होने लगा। पीछे आँगन की तरफ़ गलियारे में एक जवान औरत गोदी में बच्चा लिए खड़ी थी, वो भी उसे ध्यान से देख रही थी। एर्दोसैन उनके लगातार घूरने से परेशान हो गया, और ज्योतिषी ने उनसे कहा :*

''ये हम में से एक है...नयी भर्ती...एर्दोसैन...''

उन दोनों आदमियों ने उससे हाथ मिलाया और गोद में बच्चा लिये औरत ने एक गद्दी वाली कुर्सी को उसकी तरफ़ खींचा।

''क्या मैं आप लोगों के लिए माते बना दूँ?''

हरी आँखों और शेव किये हुए आदमी ने प्यार से औरत को देखा और कहा :

''हाँ अच्छा रहेगा, लेकिन बच्चे को मुझे दे दो।''

उसने बच्चे को अपनी गोदी में बैठा लिया और वो रसोई में चली गई।

दुबले आदमी ने अपनी जेब से रुपयों का एक बंडल निकाला और बोला :

''ये लो। ये सिर्फ़ एक हिस्सा ही है। ये पूरे दस हज़ार पेसोस हैं।''

ज्योतिषी ने बिना गिने बंडल एर्दोसैन को दे दिया और बोला :

''इसे पकड़ो,'' और फिर दुबले आदमी की तरफ़ मुड़ते हुए उसने पूछा :

''क्या तुमने बनाये ये पैसे?''

बच्चे को गोद में हल्के से झुलाते हुए भूरे बाल वाले आदमी ने कहा :

---

* समीक्षक का नोट : इस मुलाकात के बारे में, जिसका मकसद उसे पहले समझ नहीं आया था, एर्दोसैन ने बाद में मुझे बताया कि उस हारी आँखों वाले आदमी के बारे में बाद में सोचते हुए उसे लगा कि वो ज़रूर बाग़ी डी जायोवानी था; लेकिन समझदारी का परिचय देते हुए उसने ज्योतिषी से उसके बारे में पूछने से खुद को रोक लिया।

''तुम्हें ये अभी चाहिए थे ना।

ज्योतिषी बोलता रहा :

''हमें तैयार रहना चाहिए। मुझे एसुन्सियोन से ये चिट्ठी मिली है।''

''पेराग्वे से ?''

''हाँ।''

मेकेनिक की पोशाक पहने शख्स ने उस चिट्ठी को पढ़ा और फिर इसे अपने दोस्त को दे दिया; जिसने मेज़ पर झुक कर उसे ध्यान से पढ़ा, फिर इसे ज्योतिषी को वापिस करते हुए बोला :

''मुझे इसी की उम्मीद थी। और तुम अब भी अपनी योजना पर आगे काम करते रहोगे ?''

''हाँ।''

''ये अजीब बेतुका है।''

''नकली नोट छापना तो और भी बेतुका है।''

दोनों आदमियों ने एर्दोसैन की तरफ़ देखा।

क्या तुम में नकली नोटों का इस्तेमाल करने और उन्हें इधर-उधर फैलाने की हिम्मत होगी ?''

हैरान होकर एर्दोसैन ने नीली पोशाक पहने आदमी को ध्यान से देखा। उसने कुछ देर के लिए सोचा और फिर जहाँ ईंटें फ़र्श से मिल रही थीं उस जगह को ताकते हुए बोला :

''नहीं।''

''क्यों नहीं ?''

''ये बस...मुझे नकली नोटों को प्रचलित करना बड़ा बेढंगा-सा काम लगता है।''

'ये तो कोई वजह नहीं हुई।''

''मेरे लिए है। जितने लोग बैंक लूटने के जुर्म में जेल में हैं उतने ही नकली नोट इस्तेमाल करने के लिए हैं। इन दोनों में से मैं असली पैसे के लिए गिरफ़्तार होना बेहतर समझूँगा नकली नोटों की बजाय...''

''तुम अभी क्या करना पसंद करोगे ?''

‘‘कुछ नहीं...’’

‘‘तुम जानते हो हम क्या करने वाले हैं?...’’

‘‘मैंने तो कुछ भी नहीं कहा है। मैं नहीं जानना चाहता कि तुम लोग मुझसे क्या करवाना चाहते हो। अगर तुम कुछ निजी मसलों पर बात करना चाहते हो तो मैं चला जाता हूँ...’’

‘‘तो तुम्हें ये जानने में दिलचस्पी नहीं कि प्रिंट कैसे करते हैं?’’

‘‘किसलिए?’’

‘‘सामाजिक क्रांति की तैयारियों में सहयोग देने के लिए...हमें ऐसे लोग चाहिए जो इस क्रांति को हर जगह ले जा सकें। कुछ लोग इसे सीधी और बेबाक कार्रवाई के ज़रिये करेंगे, जो तुम नहीं करना चाहते, दूसरे छिपे तौर पर समझदारी से करेंगे। हमें इस देश के मज़दूरों के लिए घोषणापत्र प्रकाशित करने हैं, उन्हें गुप्त रूप से बाँटना है। अगर तुम सीख लेते कि प्रिंट कैसे करते हैं तो तुम हमारी प्रिंटिंग प्रेस का काम सँभाल सकते थे। एक अंडर ग्राउंड प्रिंटर, तुम समझते ही हो। क्या तुम इसे देखना चाहोगे?’’

‘‘हाँ, इसमें मुझे दिलचस्पी है।’’

‘‘आओ।’’

एर्दोसैन उस दुबले आदमी के पीछे-पीछे चल दिया। वो एक कमरे में गये। कमरे के बीचोंबीच एक डबल बेड था और एक कोने में एक कपड़े की अलमारी।

‘‘ज़रा मदद करोगे?’’ सिवेरो ने पूछा और उसने पलंग को एक तरफ़ खींचना शुरू कर दिया। इससे नीचे के एक कमरे का दरवाज़ा दिखा। सिवेरो उसकी तरफ़ झुका और नीचे से एक छोटी-सी सीढ़ी निकाली। फिर उसने एक लालटेन जलाई। एर्दोसैन इस सब पर हैरान हुए बिना न रह सका। बेसमेंट की दीवारें सफ़ेद पुती थीं और एक पूरी प्रिंटिंग का कारखाना वहाँ लगा था। दीवार के साथ छापे के अक्षर और स्याही के बक्से, रबर के सिलिंडर और त्रिकोणीय मेज़ जिसे 'बरो' कहा जाता है, रखे थे। छोटी लकड़ियों की सीढ़ी के एक तरफ़ चिनाई से बनाये हुए एक ताल पर छोटी-सी पेडल से चलने वाली प्रेस रखी थी और दूसरी तरफ़ एक छोटा पेपर कटर। इस छोटे से गुप्त कारखाने को पूरा करते कागज़ों के रीम भी रखे थे। अचानक एर्दोसैन का ध्यान एक पंद्रह सेंटीमीटर लम्बे बैरल वाली बन्दूक पर गया जिसकी नली तीन डायामीटर की थी। उसने पूछा :

‘‘ये गन अजीब-सी है?’’

‘‘इसमें साईलेंसर लगा है।’’

"ये तुम्हें कहाँ मिली?"

"हम इसे छिपा कर लाए हैं।"

"और इससे कोई शोर नहीं सुनाई देता?"

"ये इसे काफ़ी कम कर देता है। तो, कुल मिला कर ये सब कैसा लगा तुम्हें?"

"बहुत अच्छा है।"

हमारे यहाँ एक युद्ध भूमि में लड़ाई का प्रशिक्षण देने का शिविर भी है। एक खंदक जिसका इस्तेमाल छिप कर धावा बोलने के लिए किया जाता है। देखा तुमने?"

"हाँ।"

"कामरेड ने ही वो घोषणापत्र ड्राफ़्ट किये हैं।"

"लेकिन यहाँ तुम नकली नोट नहीं बनाते...।"

"और तुम कैसे जानते हो?"

"ये तो ज़ाहिर ही है।"

"नहीं, लेकिन हम किसी विशेषज्ञ का इंतज़ार कर रहे हैं...हम पैराग्वे और चिली की मुद्रा की नकल तो छाप लेते हैं, और हमारे एक और कामरेड, जो कि विदेशी हैं, अर्जेंटीना का पैसा लाते हैं। जहाँ पर नकली नोट बनाये जाएँ उसे नकली मुद्रा को चलाये जाने की जगह से काफ़ी दूर होना चाहिए।

"ये मैं भी मानता हूँ।"

"तुम्हारी राजनीतिक विचारधारा क्या है?"

"मैं कम्युनिस्ट हूँ।"

"बाद में तुम एक बाग़ी और अराजकतावादी हो जाओगे...क्योंकि फ़िलहाल ये छोटी बातें चर्चा के लायक नहीं। वैसे, ज्योतिषी का कहना है कि तुम विस्फोटकों को बनाने में अच्छे हो; ये देखो : क्या ख़याल है?"

सिवेरो ने एक डिब्बा खोल दिया था और उसमें से उसने एक सीमेंट की परत चढ़ी धातु की ट्यूब निकाली...काम थोड़ा कच्चा और असावधानी से किया गया था। ग्रे सिलिंडर के अन्दर एक लाल ट्यूब थी जिसमें ताँबे का कैप्सूल था।

"बम है ये तो..."

"वही..."

"लेकिन ये अच्छी तरह से नहीं बना है।"

"क्यों?"

"ये भारी है, बेडौल है। इसके चारों तरफ़ लगा सीमेंट उखड़ रहा है। इसे ले जाने में तुम्हें बहुत सावधानी बरतनी होगी...और ये ताकतवर भी है। तुमने कौन से विस्फोटक का इस्तेमाल किया?"

"जिलिग्नाइट।"

"ये अच्छा विस्फोटक होता है लेकिन उतना विनाशकारी नहीं।"

"तुम कैसे बम बनाओगे?"

"मैं बमों को इतना अच्छा नहीं समझता...मैं ज़हरीली गैसों को बेहतर मानता हूँ। जहाँ तक विनाशकारी पदार्थों का सवाल है, तुम आतंकवादी हमेशा बहुत पिछड़े हुए रहे हो। तुम रसायन शास्त्र क्यों नहीं पढ़ते? तुम गैस क्यों नहीं बनाते? कार्बन डाइऑक्साइड के साथ मिल कर क्लोरीन से फ़ॉसजीन बनती है। तुम अपने बमों पर अड़े रहते हो। अरे बम 1850 के दशक में अच्छे थे...आज हमें सारे विकास के साथ कंधे से कंधा मिला कर चलना है। जो पटाखा तुमने हाथ में पकड़ रखा है, उससे तुम किस तरह का विनाश लाओगे? कुछ ख़ास नहीं। दूसरी तरफ़, फ़ॉसजीन के साथ...फ़ॉसजीन ज़रा सी भी आवाज़ नहीं करती। तुम्हें एक पीले हरे परदे से ज़्यादा कुछ नहीं दिखाई देगा। लकड़ी के सड़ने की हल्की-सी गंध। और इसे सूँघने से लोग मक्खियों की तरह टपक जायेंगे। एक स्टील की ट्यूब में, या हम इसे एक वायलिन केस की तरह बना सकते हैं, या पियानो में...जो भी तुम्हें अच्छा लगे। एक विशाल इलाके से सभी को नस्तेनाबूद करने के लिए पर्याप्त मात्र में गैस को आसानी से लाया-ले जाया सकता है।

"तो मान लो कि तुम्हें एक बैंक लूटना हो... ?"

"गैस एक आदर्श हथियार है। समस्या ये है कि हम बेरहम और पिछड़े लोगों से भरे एक देश में रहते हैं। यहाँ ये नोट करो कि यूनाइटेड स्टेट्स में जब भी कोई कीमती चीज़ को एक जगह से दूसरी जगह ले जाया जाता है तो कवच से लैस गाड़ी के गार्ड्स को सामान्यत: गैस मास्क दिए जाते हैं। ये बात ठीक है कि वो लोग भी हैं जो इसके बारे में सोचे बगैर बैंक लूटते रहते हैं।"

"और तुम्हारी रणनीति?"

"आसान है, कुछ लीटर फ़ॉसजीन को आसानी से झरोखों के ज़रिये छोड़ सकते हैं, एक रबर पाइप के ज़रिये। जब आप काम पर जाने को तैयार हों तो आपको मास्क पहनने

पड़ेंगे। और आपको किसी को मारना भी नहीं पड़ेगा, क्योंकि चूहों की खाल में रहने वाले पिस्सू तक उससे मर जायेंगे।''

''दिक्कत ये है कि फ़ॉसजीन को हम हासिल कैसे करेंगे...।''

मैं एक अपनी छोटी-सी फ़ैक्ट्री शुरू करने की योजना बना रहा हूँ। ये एक घरेलू या प्रयोगात्मक किस्म का प्लांट होगा जो हर रोज़ 1000 किलोग्राम गैस तो बना ही सकेगा...''

''1,000 किलोग्राम और एक फ़ैक्ट्री जो तुम घर में शुरू करोगे?''

''एक चार बाई आठ वाले कमरे में...जिसमें सभी सुविधाएँ होंगी।''

''जानते हो, ये बहुत दिलचस्प है...''

''देखेंगे कि वाकई ये है कि नहीं...मेरे ख़याल से हम इसका परीक्षण दक्षिण में करेंगे। मैं अब बेताब हूँ उस दिन के लिए जब हम एक रासायनिक फ़ैक्ट्री शुरू करेंगे। हम टेक्निशियंस को सिर्फ़ यही बनाने का प्रशिक्षण देंगे। हम उन्हें समूहों में प्रशिक्षित करेंगे जैसे वो सेकंड लेफ़्टिनेंट और सार्जेंट को प्रशिक्षित करते हैं। हम एक निर्धारित समय-सीमा वाली प्रक्रियाओं के ज़रिये बम बनायेंगे। दूसरी चीज़ है हथगोले, लेकिन उन्हें बनाने के लिए हमें ख़ास मशीनें चाहिए। और निश्चित मात्रा भी। एक अकेला बम बनाने से कुछ नहीं होता बस शोर ज़्यादा होता है। हमें बड़े स्तर पर और बड़ी मात्रा में बम बनाने होंगे। एक आदमी फ़्यूज़ लोड करेगा और दूसरा उसे 'एनेबल' करेगा। एक मशीन उन्हें पैकेज करने के लिए चाहिए। आप समझ रहे हैं ना...इस सबमें पैसा लगता है। हमें इसे तैयार रखना है। हम तकनीकी दिक्कतों से नहीं निपट पाएँगे अगर हम ये सब यहाँ करेंगे।''

बातचीत ख़त्म हो गई थी और दुबले आदमी ने इशारा किया कि अब चलने का वक्त हो गया है। जब वे वापिस बेडरूम में आये तो देखा कि ज्योतिषी उस दुबली औरत और नीली पोशाक वाले आदमी से बातचीत करने में डूबा है।

एर्दोसैन को लगा कि वे बातचीत करते रहेंगे, लेकिन ज्योतिषी ने कुछ ही शब्दों में उनके आने के मकसद को स्पष्ट कर दिया :

''तो हम इस पर सहमत हैं या नहीं?''

नीली पोशाक वाला आदमी उसे देख हल्के से मुस्कुराया और बालों वाले आदमी ने जवाब दिया :

''हम देखते हैं...''

तीनों आदमियों के बीच बातचीत ख़त्म हो गयी थी। उन्होंने एक-दूसरे को देखा और अपनी बाँहों में बच्चा लिए औरत जो इस बातचीत को दर्ज कर रही थी, ने कहा :

''ये मतभेद तो अहम नहीं हैं।''

''मुझे इन पर सोचना तो होगा,'' ज्योतिषी ने जवाब दिया और तीनों बागियों से हाथ मिलाने के लिये अपना हाथ आगे कर दिया और उनसे विदा ली।

एर्दोसैन चुपचाप उसके पीछे चलने लगा। एक गहरी पीड़ा उसके दिल को बोझिल कर रही थी। लेकिन ये सोच कर उसे कुछ तसल्ली मिली : ''किसी भी हालत में, मैं खुद को तो मार ही सकता हूँ।''

युस्ताकियो एस्पिला प्रोजेक्ट

रिवादाविया से सात ब्लॉक्स दूर और उनके घर से आधे घंटे की दूरी पर रामोस मेहिया में अवेनिदा डी मेयो पर मिलने के बावजूद युस्ताकियो और एमीलियो एस्पिला ने करीब दो दिन से खाना नहीं खाया था। कुछ खाने का मतलब होगा अपने पेट में कुछ डालना। एक रोटी के ऊपरी टुकड़े पर धावा बोलने का मतलब है खाना। ठीक है युस्ताकियो और एमीलियो ने दो दिन से रोटी का एक टुकड़ा तक पेट में नहीं डाला था।

लूसियाना, एलीना और उनकी माँ के पास भी खाने को कुछ नहीं था और उन्होंने किसी रिश्तेदार के घर में शरण ले ली थी, इस उम्मीद में कि ये तूफ़ान गुज़र जायेगा। जो कुछ थोड़ा-बहुत उनका फ़र्नीचर बचा था उसकी देखभाल करने के लिए युस्ताकियो और एमीलियो अपने गढ़ में ठहर गये थे। बेशक उनके पास बहुत सारी तम्बाकू थी और हर पाँच मिनट में युस्ताकियो एक सिगरेट जलाता, गद्दे पर दीवार की तरफ़ करवट ले लेता ताकि 'उस बेवकूफ़ बहरे आदमी को न देखना पड़े,' जबकि वो, बिस्तर के किनारे बैठा रहा, उसके पैर नीचे लटक रहे थे, उसकी कैप कान तक खिंची हुई थी और वह बहुत ध्यान से उस छोटे से कमरे के दरवाज़े की तरफ़ देख रहा था मानो उम्मीद कर रहा हो कि अन्नदाता देवी एक टोकरी में गोश्त, अस्परागस और केले भर कर और अनानास भी लेकर उस कमरे में दाखिल होगी। वो एक भूखे बाघ की तरह था।

एसीटिलीन लैंप की चमकदार रौशनी में उस ज़िंक की दीवारों वाली कोठरी जो बेडरूम था, में बैठे दोनों मौन भाई चमक रहे थे।

गणित और रसायन की अपनी जानकारी के कारण बहरे आदमी ने बिस्तर पर अपना हक़ जमा लिया था और वहाँ बैठा था। फ़र्श पर पड़े एक छोटे गद्दे पर एमीलियो उदासी से अपनी ज़िन्दगी के तीस बरसों के बारे में सोच रहा था और गर्दन के पीछे अपने हाथ बाँधे छत पर ताकते हुए वो सोच रहा था कि क्या पूरे रामोस मेहिया में उनसे ज़्यादा बदकिस्मत परिवार कहीं होगा।

साथ ही वो पूरी कोशिश कर रहा था बहरे आदमी की उपेक्षा करने की, मानो वही उनकी बदकिस्मती और बदहाली का ज़िम्मेदार हो। बहरा आदमी, जो ताश में धोखा देने

वाले की तरह खिजला देने वाला था, लगातार बलगम की अनंत मात्रा को घिनौने तरीके से बिस्तर के सिरहाने के पीछे थूक रहा था। फिर वो एक फटे-पुराने लत्ते से अपनी दाढ़ी के बालों में चिपके बलगम को पोंछता और हर वक्त उसकी आँखें शक्की तरीके से कमरे के प्रवेश द्वार पर लगी रहतीं।

एमीलियो को अपने भीतर इस बहरे आदमी के प्रति गुस्सा बढ़ता महसूस हुआ, और वो खुद से कहने लगा :

''ज़रा सोचो इस सूअर को इतनी सूक्ष्म कैलकुलस आती है और हरकतें ये सर्कस से भाग कर आये विदूषक जैसी करता है। इस सूक्ष्म कैलकुलस का क्या फ़ायदा?''

ठंडी हवा के झोंके से वो काँप गया।

ठंडी हवा के तेज़ झोंके से लैंप की लपट भी डगमगाई। बहरे आदमी की परछाईं मोंतापर्नास्से के बुबु की तरह सपाट लहराती ज़िंक की चादरों पर अद्भुत तरीके से हिली।

बहुत दिनों पहले युस्ताकियो और एमीलियो के बीच लड़ाई हुई थी और दो साल बीत चुके थे, उन्होंने एक-दूसरे से बात नहीं की थी। सबसे अजीब और बेढंगी गुफाओं में से एक जो फ़िलहाल उनकी शरण स्थली थी, वे गूँगे-बहरों की तरह चुप्पी साधे रहे, एक बिस्तर पर करवटें लेता हुआ और दूसरा अपने गद्दे पर।

उनके बारे में अद्भुत बात यह थी कि एक-दूसरे से एक शब्द कहे बगैर दोनों रात में बाहर निकलते सिगरेट के तुर्रों की तलाश करने के लिए। बिना कोई शोर किये, बहरा आदमी पलंग से नीचे आता, कैप पहनता, अपने पुराने और फटे हुए लबादे को कस कर लपेटता और एमीलियो के पीछे-पीछे तम्बाकू लेने निकल पड़ता। एक भाई एक दिशा में जाता, दूसरा भाई उसकी विपरीत दिशा में। लौट कर, वे दोनों फ़र्श पर बैठ जाते, अपने बीच एक अखबार रख लेते, सिगरेट के तुर्रों पर से कागज़ उतारते और अखबार पर तम्बाकू का पहाड़ बना लेते जिसे बाद में वो ब्लीच करते ताकि उसकी सीलन को ख़त्म किया जा सके, फिर इस ढेर को वे दो भागों में बाँट लेते और फिर उनकी सिगरेट बना लेते जिन्हें धीरे-धीरे पीते रहते : ''सिगरेट पियो, और तुम्हें भूख नहीं लगेगी,'' एमीलियो कहता।

जब उनके पास कुछ पकाने को होता तो वे बारी-बारी से पकाते। युस्ताकियो बहुत खाता था, एमीलियो किफ़ायत से। युस्ताकियो पेटू जानवर की तरह। एमीलियो में एक सज्जन आदमी का आत्मसम्मान था जिसे लगता है कि अगर वो अपने बुनियादी और क्षुद्र भाव प्रकट करेगा तो उसकी मर्दानगी कम हो जाएगी। जब उनके पास एलीना और लुसियाना की मेहरबानी से खाने को कुछ होता तो दोनों खाद्य पदार्थों की प्रचुर मात्रा हड़प जाते।

कभी-कभी युस्ताकियो एक चित्रकार के पास जाता जो उसके जैसा ही बहरा था;

और वो और चित्रकार मिल कर बहुत देर तक माते पीते, बगैर कुछ कहे।

बहरे आदमी को उस छोटी कोठरी में वापिस देख एमीलियो हल्का-सा कराहता। उसकी बड़ी इच्छा थी कि उसे अकेला छोड़ दिया जाए, लेकिन वो बहरा आदमी बगैर कुछ कहे आता, अपने पलंग पर कूद कर बैठता और वहाँ एक फ़कीर की तरह बिना हिले-डुले लेटा रहता। एमीलियो को इस स्थिर और उदासीन व्यवहार से हताशा होती।

रात में एमीलियो की नींद बीच-बीच में टूटती रहती। युस्ताकियो, अपनी आँखें बंद करने से पहले एक लंबी साँस भरता। रात में एमीलियो उसे खर्राटे भरते सुनता और चिल्ला कर ये कहने की अपनी इच्छा को दबाता : ''तुम घरघरा क्यों रहे हो, बेवक़ूफ़?'' लेकिन वो कुछ नहीं कहता और दूसरा अपने कम्बल के अन्दर इधर-से-उधर करवटें बदलता रहता, मानो वो बीमार हो। कभी-कभी वह यूँ ही उठ कर बत्ती जला देता, क्योंकि जल्दबाजी करने का भी कोई कारण नहीं था; और जब उसका मूड करता तब वो दाढ़ी बनाता। एमीलियो ऐसे बहाना करता मानो वो सो रहा हो और उसकी जासूसी करता, और उस दौरान उसका गुस्सा बढ़ता ही जाता जब वो बहरे आदमी को आईने के सामने तमाम तरह के मुँह बनाते देखता या आधा शेव किये चेहरे से व्यंग्यपूर्ण हँसी हँसता उसी वहशी ख़ुशी के साथ जब उसने सभी के सामने ये साबित कर दिया था कि वह दो दर्ज़न संतरे अकेले खा सकता है।

ऐसे हालात में एमीलियो को अच्छा लगता अगर वो कहीं दूर होता; जीवन जीने का दर्द, एक बीमार गाँठ की तरह उसके अन्दर कष्ट और पीड़ा की घेरेदार परतें बना रहा था। पता नहीं क्यों लेकिन वो ये सोचने लगता कि वो कितना खुश होता अगर वो एक नदी के किनारे किसी आरा मिल में मुनीम होता और अपनी गर्लफ्रेंड से मिलने जाया करता, और उसे हेकलर और बुश्नेर की किताबें पढ़वाता ताकि उसके धार्मिक विश्वासों को नष्ट कर सके। फिर वो खुद को किसी चादर से लपेट लेता और सोने की कोशिश करता और इस दौरान बहरा आदमी एक गाल से दाढ़ी साफ़ कर और झाग भरे दूसरे गाल के साथ खुश-खुश आवाज़ें निकालता रहता।

दोनों भाइयों के आदर्श बिलकुल अलग थे। एमीलियो लाइनोटाइपिस्ट बनना चाहता था और ग्रामीण इलाके में एक शांत जीवन बिताना चाहता था, किसी छोटे से गाँव में जहाँ वो अपने उन घावों को भर पाता जो दयनीयता और दुर्गति उसकी आत्मा में गहरे और गहरे करती जा रही थी।

युस्ताकियो, दूसरी तरफ़, अगर अपने सहज स्वभाव का पालन करता तो सीधी भाषा में मूर्ख था। लेकिन उसके द्वारा किसी छात्र को बीजगणित में बढ़िया सबक देने पर इस मूर्खता से कोई फ़र्क नहीं पड़ता था। इन छात्रों को कोई-न-कोई दोस्त या परिचित युस्ताकियो के पास मदद के लिए भेज देते थे। हाँ, अगर कोई उसे रेखागणित में प्रोफ़ेसरशिप की पेशकश करता तो उसने इसे सहर्ष स्वीकार कर लिया होता। लेकिन वो अद्भुत प्राणी

जो उसे ये नौकरी चाँदी की प्लेट पर सजा कर दे देता अभी तक प्रकट नहीं हुआ था और इसलिए अपने बिस्तर पर तन कर लेटे हुए वो उन प्रोजेक्ट्स के सपने देखता जिनका कुछ-न-कुछ सम्बन्ध गणित से ज़रूर होता। उदाहरण के लिए वो ये अनुमान लगाता कि एक सौसेज फ़ैक्ट्री खोलने में कितनी लागत आएगी; और उसकी कल्पना में दूर-दूर तक ये ख़याल नहीं आता कि उसकी सौसेज फ़ैक्ट्री खोलने के लिए ज़रूरी पूँजी आएगी कहाँ से।

और इसी तरह ये दोनों बदकिस्मत इंसान अपने घंटे और दिन गुज़ार देते।

जब भी एमीलियो को लगता कि उनकी ज़िंक कोठरी में फैली हताशा उस पर हावी हो रही है तो वो बाहर सड़कों पर जीवन का अध्ययन करने निकल जाता। जिसे वो जीवन का अध्ययन कहता उसका मतलब ये भी हो सकता था कि वो तीन घंटे तक अपना मुँह खोले खड़ा रहे और एक ठग को अपनी चमत्कारी या फ़ुलप्रूफ़ वस्तु को बेचते हुए देखे।

लेकिन अब चूँकि भूख अपनी गुफा में उग्र जानवर की तरह उसका पीछा कर रही थी, उसने गुस्से से बहरे आदमी की तरफ़ देखा।

अपने भाई के भीतर जो दुष्टतापूर्ण विचार आ रहे थे, मानो उन्हें ताड़ते हुए उसने चालाकी से अपनी सात दिन की दाढ़ी को खुजाया। साथ ही उसे ये मालूम था कि उसके गला साफ़ करने से एमीलियो को बहुत खिजलाहट होती है, सो उसने खूब सारे थूक को इतनी ज़ोर से कोठरी की ज़िंक की दीवार पर फेंका कि ऐसी आवाज़ आई मानो थूक नहीं पत्थर फेंका गया हो।

एमीलियो को उबकाई आई और उसने बहरे आदमी की तरफ़ पीठ करते हुए करवट बदल ली।

बहरे आदमी ने पीले जूतों में अपनी परछाईं को स्पष्ट संतोष से देखा। और साथ ही व्हेल के बच्चे की तरह घरघराया। पलंग भी अफ़सोसजनक तौर से चरमराया और एमीलियो ने अपने आप से कहा :

''बस इसी की हमें ज़रूरत है। ये जानवर पलंग को भी बर्बाद कर देगा और फिर मुझे बिलकुल अपनी बगल में इसके खर्राटे सुनने पड़ेंगे।'' उसकी नफ़रत और कष्ट साथ ही बढ़ रहा था। अपने पेट में उसे उलटी करने की इच्छा का दबाव महसूस होने लगा...। उसने सोचा : 'मैं अपने पेट को निकोटिन थे बर्बाद कर रहा हूँ।'' अब अपने पैरों को एक के ऊपर एक रख कर और हाथों को गर्दन के पीछे बाँध कर उसने गिनना शुरू किया कि छत पर लगी ज़िंक की चादर पर कितने उतार-चढ़ाव हैं; अजीब बात थी कि नंबर 37 तक आते-आते वो फिर गिनती भूल जाता। बहरे आदमी को देखते ही वो एक बार फिर गिनती भूल गया और खुद से बोला : ''अब ये बेकार आदमी क्या हरकत करने वाला है?'' एक बार फिर उसने गिनती शुरू की : 1, 2, 3, 4, 5, 6, 7 और छत के ऊँचे-नीचे भाग उसकी आँखों के सामने से ऐसे गुज़रे जैसे किसी भागती हुई ट्रेन के बगल से टेलीग्राफ़ के खम्बे

गुज़रते हैं।

अचानक वह कोठरी बहरे आदमी की आवाज़ से गूँज गई :

''हे एमीलियो, मुझे एक बड़ा अच्छा आईडिया आया है।''

एमीलियो ने अपना सिर घुमाया। दो साल हो गये थे उन्हें बात किये। इस बीच बहरे आदमी को बहुत से आईडिया आये थे, लेकिन ये आईडिया वो अपनी दो बहनों के ज़रिये उस तक पहुँचाता था, सो, ये वाला आईडिया ज़रूर उसके लिए बहुत अहम रहा होगा जो उसने दो साल से आपसी अनकही सहमति के ज़रिये कायम मौन को तोड़ कर उसे बताया।

बहरे आदमी ने फिर कहा :

''ये बहुत बढ़िया आईडिया है, क्योंकि इसमें कोई पूँजी नहीं लगेगी और इसका परिणाम बिलकुल गणितीय होगा। फ़ुल प्रूफ़। हम भीख माँगेंगे।''

''भीख माँगेंगे ?''

''मैं एक अंधे आदमी की तरह कपड़े पहन लूँगा...एक महान उदास और वीभत्स नाटक के अंधे पात्र की तरह। और मैं एक पट्टी टाँग लूँगा जिस पर लिखा होगा :

'मैं हाइड्रोक्लोरिक एसिड की वजह से अंधा हो गया हूँ। विज्ञान की सेवा के लिए, कृपया इस विकलांग से कैरामेल (टॉफ़ी) खरीद लें।'

''क्या तुम्हें अंदाज़ा है कि इस विज्ञानिक अंधेपन से जनता प्रभावित होगी ?''

''और कैरामेल ?''

''वही तो...कैरामेल हमारा बचाव हैं। कानूनन भीख माँगना निषेध है। हम कैरामेल बेचने वाले बन जायेंगे...आधिकारिक तौर पर कैरामेल बेचने वाले, लेकिन हम सड़कों पर भीख माँगेंगे।''

''और तुम खुद को एक अंधे आदमी जैथा कैथे बनाओगे ?''

''मैं काला चश्मा लगा लूँगा ताकि मुझे कुछ दिखाई न दे और तुम मेरे गाइड बन जाना। हमें मेरे लिए एक लाठी, काला चश्मा लाना होगा और उस थैले को साफ़ करना होगा। हम उसमें कैरामेल्स रख सकते हैं। हमें रेशमी कागज़ के लिफ़ाफ़े भी खरीदने होंगे कैरामेल्स रखने के लिए। हम उनके पैकेट बनायेंगे और दस या बीस सेंतावोस में बेच देंगे। बेहतर होगा अगर उस पट्टी पर ये लिखा हो : 'विज्ञान की सेवा में ये अँधा हो गया।' क्या ख़याल है तुम्हारा ? ये बेहतर नहीं है ? और 'विज्ञान की सेवा में ये अँधा हो गया' के नीचे लिखेंगे : 'नाइट्रिक एसिड से इसकी आँखों की नस जल गई।' क्या कहते हो ? तुम अभी पक्का नहीं हो ?''

''हाँ...तुमने मुझे थोड़ा था तो यकीन दिला दिया है...लेकिन हम चथ्मे, छड़ी और कैरामेल्थ के लिए पैसा कहाँ से लायेंगे...। वो थैले की हालत भी खराब है। इथके थाथ हमें वो थाइन बोर्ड बनाना पड़ेगा।''

''वो तो जैसे ही हमारा कारोबार शुरू होगा तब। अभी मैं जा रहा हूँ, पेंटर से मिलने।''

''और ताँबे के गुलाब का क्या?''

''क्या गुलाब...कौन-सा गुलाब! उसके बारे में हम बाद में सोचेंगे। अभी तो हमें खाना खाना है। और फिर कौन जाने एर्दोसैन को क्या हुआ है, वह क्यों नहीं आया अभी तक।''

''हम लुथियाना को नहीं बतायेंगे?''

''क्या?''

''क्या हम लुथियाना को बताएँगे या नहीं?''

''किसी और दिन हम उससे जाकर मिल सकते हैं। अब तुम जाओ और उस थैले को साफ़ कर लो।''

इस तरह दो साल के मौन और दो दिन भूखा रहने के बाद एमीलियो और बहरे आदमी के बीच की ये लम्बी बातचीत ख़त्म हुई।

बहरे आदमी ने खुद को आईने में देखा, दाढ़ी से भरे अपने चेहरे के बारे में सोचते हुए; फिर चार बार में उसने अपनी गर्दन के बाल साफ़ कर लिए। हाथ को अन्दर मोड़ कर तीन बार में उसने टाई बाँध ली और अपने लबादे को पेट पर से कस आकर लपेटते हुए वह खली सीढ़ियों को उतर कर नीचे आने लगा घने बादलों से भरे धूसर आसमान को देखते हुए।

जब बहरा आदमी चला गया तो एमीलियो ने अपनी कोहनियाँ तकिये पर टिकायीं और हाथों को गालों पर रख लिया। घने काले बालों की एक लट उसके दाग से भरे चेहरे पर आ गिरी और एक ऊबे हुए भाव के साथ, बगैर किसी उत्साह के उसने उस थैले को ध्यान से देखना-परखना शुरू कर दिया। वो पूरी तरह से धूल से भरा था। एक भूरे कम्बल का कोना पलंग के किनारे से नीचे लटक रहा था।

एमीलियो ने सिगरेट सुलगाई, अपने पैरों को कम्बल से ढँक लिया और उदासी से सिर हिलाया। एक आरा फ़ैक्ट्री में मुनीम की नौकरी करने का उसका सपना धुँधला होता जा रहा था।

सीमेंट की गुमाज के नीचे

एर्दोसैन अपार्टमेंट हाउस के सामने रुका, ठीक इसी वक्त कुछ कदम की दूरी पर एक आदमी ने उसके घर का दरवाज़ा खोला। दरवाज़े के पास एक काली-सफ़ेद बिल्ली उसका इंतज़ार कर रही थी। अजनबी अन्दर चला गया लेकिन बिल्ली उसके पीछे नहीं गई। उस आदमी ने दरवाज़ा बंद कर दिया। बिल्ली ने अपने पंजों से दरवाज़े के निचले हिस्से को कुरेदा, और फिर वो आदमी जो इंतज़ार कर रहा था उसने फिर दरवाज़ा खोला, झुका और उसने बिल्ली को सहलाया। बिल्ली की पूँछ सीधी हो गई, अजनबी ने उस बिल्ली को पेट के नीचे हाथ रख कर उठाया, भीतर गया और फिर दरवाज़ा बंद कर लिया।

एर्दोसैन, खिन्न अवस्था में फुटपाथ के किनारे खड़ा सोच रहा था :

'वो शख्स अपने आप से कितना खुश है। उस बिल्ली को सहलाते हुए जो उसके दरवाज़े पर उसका इंतज़ार कर रही थी। बिल्ली को घूमने की इच्छा हुई होगी, बाहर चली गयी न जाने कहाँ। एक बिल्ली ऐसी ही होती है। जब वह वापिस आएगी और दरवाज़ा बंद पायेगी तो अपने मालिक का इंतज़ार करेगी। बिल्ली के पास वो आदमी है...लेकिन वो रहस्यमय दरवाज़ा इस आदमी के लिए कौन खोलेगा?'

एक असीमित दृश्य उसके ज़ेहन में उभरा। दीवारें एक धुएँ के परदे की तरह लहरा रही थीं। उसने इस दृश्य से अपना पीछा छुड़ा लिया। हॉर्न की आवाज़ की तरह वो दृश्य धीरे-धीरे दूर जाने लगा, हालाँकि उसकी गूँज अब भी उसकी त्वचा में बनी रही। वह वापिस फुटपाथ के किनारे गया। उसने एक कदम उठाया। फिर दूसरा। एक। दो। एक। दो।

''आदमी कौन है? मैं। एक, दो। मैं आदमी हूँ। एक, दो। मैं हूँ? एस. ओ. एस.। ये गज़ब है। एक, दो...''

बिल्ली ने एक एस.ओ.एस. (हमें बचाओ का सन्देश) सन्देश भेजा था। और वो आदमी दरवाज़े के पीछे उसका इंतज़ार कर रहा था। कई काम। एक नीचे झुकना। दूसरा, उसकी पीठ सहलाना। तीन, अपना हाथ उसके पेट के नीचे रखना। चार, उसे उठाना। लेकिन मैं? उनके लिए? हमारे लिए? हाँ, हमारे लिए, भगवान तुम हरामज़ादे। हमारे लिए। हमने तुम्हें पुकारा है और तुम नहीं आये। वह रुका और सोचने लगा :

'ये कितना मधुर लग रहा है!'

''हमने तुम्हें पुकारा है और तुम नहीं आये। हमने तुम्हें पुकारा...। और तुम...नहीं आये...। बहुत मधुर। हमने तुम्हें पुकारा और तुम नहीं आये। किसी दिन हम उसे इस तरह जवाब दे सकेंगे : 'हमने तुम्हें पुकारा और तुम नहीं आये'।''

एर्दोसैन ने अपनी आँखें बंद कर लीं, मुँह और आँखों के ज़रिये अँधेरे को अपने भीतर बेध देने के लिए। अँधेरे का वो अंतराल खुल गया। एक जवाब बाहर आया।

"क्या हम दोषी हैं? हमने उसे पुकारा है लेकिन वो नहीं आया। हम्म! ये गंभीर है। तुम क्या कहोगे आज रात कितने लोगों ने ईश्वर को पुकारा होगा? कोई फ़र्क नहीं पड़ता अगर ऐसा सिर्फ़ निजी दिक्कतों के लिए किया गया हो। और कितने अंतर्मन हल्के-हल्के, बहुत हल्के रो रहे होंगे : 'भगवान, मेहरबानी करके मुझे छोड़ना मत!' तुम्हारा क्या अनुमान है, कितने प्राणी सोने से पहले छिप कर प्रार्थना कर रहे होंगे? बिस्तर पर अपनी जगह लेटे हुए पिता से लेकर एक अधखुली अलमारी के सामने खड़ी माँ तक। हे भगवान, मेहरबानी करके हमें कभी छोड़ना मत!"

एर्दोसैन भयातुर वहाँ खड़ा रहा...मानो उसे अपने दिमाग में इस सबको एक धात्विक घेरे में सीधा करना था; लेकिन हर बार ये केंद्र से थोड़ा हट जाता। और भी जीवन थे, इमारतें थीं, दर्द था। कैदी, अस्पताल, गगनचुम्बी इमारतें, सितारों को छूती इमारतें, खानें, हथियारघर, टरबाइन, डाइनेमो, ज़मीन के अन्दर सुरंगें, रेल; जीवन के निचले और निचले तुच्छ रूप, सभी ज़िन्दगियों का कुल जमा।

"ईश्वर से बाहर, मुझे ये एहसास हुआ है। और इस भगवान् ने, बताओ मुझे, किया क्या है उसने हमारे लिए?"

एक खराब शब्द से एर्दोसैन का मुँह भर गया। उसने उसके गालों को पीछे खींच दिया जिससे उसके छेद वाले दाँत भी दिखने लगे...। और ये अपशब्द उसके मुँह से बाहर फूट पड़ा :

"हरामज़ादा!"

उसने अपनी आँखें बंद कर लीं और बंद आँखों से ही चलने लगा। वो जानता था कि वो कहाँ है और सीधे फुटपाथ के केंद्र की तरफ़ चलने लगा। उसके कंधे दु:ख रहे थे। उसने दोहराया :

"सब कुछ बेकार है। अगर मैं एक गहरा गड्ढा खोदूँ और ज़मीन के दूसरी तरफ़ निकल जाऊँ वहाँ भी मुझे दु:ख और कष्ट ही मिलेगा। टरबाइन, जेल, बहुत ऊँची गगनचुम्बी इमारतें। भनभनाते डाइनेमो, खानें, हथियारघर। दरवाज़े से घर तक। वे लोग जो अपनी बिल्लियों को बहुत प्यार से पेट के नीचे हाथ रख कर उठाते हैं।"

अपनी मुट्ठी से उसने घर की बाहरी दीवार पर ज़ोर से मुक्का मारा। वो एक चिड़चिड़ा देने वाले जैसे रंग से रंगे बोर्ड से टकरा कर वापस उछला, बेशक ये एक दूकान का शटर था जिसमें तेल से चिकनी मोमबत्तियों के बीच चावल, साबुन की बट्टियों के बड़े थैले मिल सकते थे, प्याज की लड़ें सफ़ेद पुती छत से लटक रही थीं। उसने इसे फिर अपनी मुट्ठी से मारा :

"अगर मैं एक टक्सीडो सूट और टॉप हैट भी पहने होता तो भी मैं इतने ही कष्ट

में होता। अगर मैं 300,000 किलोमीटर प्रति घंटे की गति से उड़ सकता...नम्बर... नम्बर...और ?...उसने त्यौरियाँ चढ़ाईं, और उँगलियाँ दबा कर चटकाने लगा। रात का अंधेरा पूरे शहर को ऐसे लील रहा था जैसे समुद्र किसी डूबी हुई दुनिया को।

''क्या एक औरत आकर मुझे चूमेगी। अगर एक औरत आकर मुझे चूमती है तो मैं काफ़ी खुश हो जाऊँगा। सोना। चलो उदहारण के लिए मान लेते हैं कि ये सड़क सोने की बनी है। ये दस मीटर लम्बी है 25 मीटर चौड़ी और 5 मीटर ऊँची। 100 का पाँच गुना, 500 को बीस से गुणा किया, 10,000...। और 5...बढ़िया, क्या है ये, खालिस सोना, घनाकार, भारी। मैं बिलकुल ऊपर घुटनों के बल बैठा होऊँगा अपने पैर के पंजे को पकड़े, मेरे सिर के साथ एक मशीनगन की नली लगी होगी। मैं इस दुनिया की तरफ़ नीचे उदासी से देखूँगा। मर्द, औरतें, बूढ़े लाठी के सहारे चलते कुबड़े सब आयेंगे। वे काफ़ी मुश्किल से इस सीधी खड़ी सड़क पर आ पाएँगे। मशीनगन की नली से धुआँ उठ रहा होगा। आविष्कारक, टाइपिस्ट मेरी तरफ़ लालसा से देखते हुए कहेंगे : 'हमें थोड़ा-सा दे दो।'

''लेकिन अपना पंजा पकड़े मुझे कुछ भी नहीं सुनाई देगा, जबकि मेरे सिर के बायीं तरफ़ रखी मशीनगन की नली में से लगातार धुआँ निकल रहा होगा। शायद मैं उदासी से गहराते नारंगी होते क्षितिज की तरफ़ देखूँगा।

'तुम नीच कमीने, हमें ज़रा सा दे दो।'

'ओ सुन्दर दिखने वाले इंसान, हमें भी थोड़ा-सा दे दो। तुम घटिया हरामजादे, कुत्ते के बच्चे।'

''लेकिन मैं तो जैसे बहरा हो जाऊँगा, अपने पंजे के बड़े अँगूठे को पकड़े बैठा रहूँगा, जबकि मेरे सिर के ठीक बायीं तरफ़ रखी मशीनगन की नली धुआँ छोड़ती रहेगी।''

उस बहुत सख्त सड़क पर वे सभी बहुत मुश्किल से चल पा रहे होंगे, इंसानी कीड़े-मकौड़ों की तरह वे एक ग्रे लहर की तरह वहाँ जमा हो जायेंगे : औरतें पत्थर काटने का हथौड़ा लिए होंगी और मर्द बहुत पैनी छुरियाँ लिए होंगे। उनमें से कुछ तो इस घन क्षेत्र के आधार को इतनी देर से खरोंच रहे होंगे कि सिर्फ़ उसका ठूँठ ही बचा होगा। दूसरे लोगों ने जो नीचे ज़मीन के स्तर पर होंगे उन्होंने उस खंड में गुफाएँ खोद ली होंगी और अपने हाथों और पैरों के बल पर वे उसमें घुसेंगे, सोने की ऊपरी सतह से थोड़ा-थोड़ा सोना निकालते हुए, जबकि उनके गुप्तांग तक दिख रहे होंगे।

''लेकिन मैं खुश नहीं होऊँगा। देखा, भगवान ? न मैं न ही कोई और। कम-से-कम तब तक नहीं जब तक कि वो आदमी जो मिलावटी चावल और मिलावट वाली चीनी को संगमरमर का चूरा मिला कर बेचता है, दर्द और कष्ट से नहीं रोता। तब तक नहीं जब तक कि वही गैर कानूनी ढंग से कारोबार करता कमीना आराम से सो रहा है जबकि मैं उसके सिर से बस दस मीटर की दूरी पर खड़ा हूँ : अगर मैं उसके बेडरूम में चला जाऊँ जहाँ

वह सो रहा है, सभी व्यापारियों की तरह नीच और घटिया, और मैं उसके ऊपर झुक कर उसका सीना खोल कर उसके नंगे दिल को उघाड़ दूँ तो ये दूकानदार दर्द से चीख उठेगा और उसके मुँह से खून की धार बहने लगेगी।''

''और अगर मैं एलसा के ऊपर झुक कर उसका दिल निकाल लेता या कैप्टन का इस तरह कि उसका दिल इतना हल्के रोता कि उसका लेफ़्टिनेंट कर्नल न सुन ले : 'मेरी मदद करो!' या मैं उस जज के सीने के ऊपर झुक जाता जो मुझे सज़ा देगा, ताकि उसका दिल, शायद पसीने से लथपथ कहे :

'इतने सारे दिन जज रहने के बावजूद, मैं दुखी हूँ।'

''क्या देखा तुमने, भगवान, तुम कमीने? एक ऐसा मुँह नहीं होगा जो घृणा से बिगड़ नहीं जाये। उह...उह...उह...! मनुष्य के घटिया मुँह एक स्वर में क्यों नहीं रोते। बोलो। और एक और भी तेज़ यहाँ तक कि कर्कश चीख, एक नवजात बिल्ली के बच्चे की तरह। यीह...। ईइह...ईइह! और कोई उसकी अंतड़ियों में भाला भोंक दे। और दूसरा बहरा हो जाए, उसका चेहरा पूरे एक मिनट तक भय से बिगड़ा हुआ। एह! तुम्हारा इस बारे में क्या कहना है? और दूसरा वाला सिर से पैर तक अपने पूरे शरीर में दर्द से बेहाल। उसकी रीढ़ की हड्डी पूरी मुड़ी हुई, धातु की चादर की तरह, गर्दन से लेकर हड्डी के दूसरे छोर तक मुड़ी।''

''और जब उसका दिल इतना फैल जाए कि उसका आवरण काँपने लगे तो क्या वो पूरे ज़ोर से चिल्लाएगा, अपनी अंतड़ियों की गहराई से? और जब उसका सिर नीचे झुक जायेगा तो उसके गले से एक लम्बी धीमी-सी चीख निकलेगी। आह...आह...देह की, मांसपेशियों, हड्डियों नसों की चरमराहट रात की चुप्पी को तोड़ती हुई। अपना सिर ज़मीन पर झुकाने के लिए इतना काफ़ी है। तुम ये नहीं करना चाहते लेकिन आँखें बंद करते हो और तुम धीरे-धीरे नीचे झुक जाते हो। तुम्हारी सारी नसें सुन्न होती जाती हैं, शरीर कड़ा और तुम दर्द में तैर रहे हो। अपने ही हाथों से अपनी हड्डियाँ तोड़ना बेकार है। अपनी उँगलियाँ तोड़ना भी। दर्द होना ही बेकार है...एह? क्या कहा तुमने? मुझे अपना सिर कंक्रीट के इस फुटपाथ पर झुका देना चाहिए, इन मकानों की पंक्तियों के सामने, बेसमेंट के चौकोर मुहानों की बगल में और कुत्ते मुझ पर पेशाब करें और तत्काल मेरी आँखें बंद हो जाएँगी और मुझे आखिरकार एहसास होगा कि जीवन ने मेरी पीड़ा पूर्ण कर दी है, जैसे एक निर्माता अंदरूनी कम्बशन इंजन को पूरा करता है।''

एर्दोसैन के सामने एक पुलिस वाला रुका, उसका ऊपर से नीचे तक निरीक्षण करते हुए। उसे ज़रूर ये महसूस हुआ होगा कि ये शख्स किसी मानसिक महत्त्वपूर्ण खोज की कगार पर खड़ा स्वप्नद्रष्टा है और उसने कंधे उचकाए और चला गया।

रेमो अपार्टमेंट हाउस की इमारत में घुसा। उसे उम्मीद थी कि अपने कमरे में उसे

वो भैंगी लड़की टकरा जाएगी, लेकिन वो वहाँ नहीं थी। शायद वो अब भी सो रही थी।

अब, अपने कमरे में बंद, उसने एक चूहे को एक कोने की तरफ़ भागते देखा। उस चूहे के पीछे दो और चूहे थे। एर्दोसैन उस ग्रे जानवर से बचते हुए एक तरफ़ हट गया और उदासी से मुस्कुराया।

''तो हर तरफ़ से लोग आयेंगे अगर तुम उन्हें उन आदमियों के बारे में बता दो जो प्रकाश से भरे होते हैं और सिर पर कल्पवृक्ष की शाखाएँ होती हैं; और जिनकी चमकती नज़रें उन पर मुट्ठी भर फूलों की तरह पड़ेंगी, और जो अपने धड़ को विलो पेड़ की शाखाओं की तरह आगे-पीछे मोड़ लेते हैं। उनके अधखुले मुखों से जो पंखुड़ियाँ गिरेंगी उन्हें उठाने के लिए औरतें आतुर होंगी। कोई इस बारे में बात क्यों नहीं करता? इससे मैं उदास होकर सोचने लगता हूँ कि क्या मैं सही ग्रह पर हूँ या मैं गलती से पृथ्वी पर आ गया हूँ? क्योंकि ये पता लगेगा तो बहुत हास्यास्पद होगा कि मैं एक गलत ग्रह पर हूँ।''

अपने एकालाप से वो हतोत्साहित हो गया। एर्दोसैन ने कनखियों से देखा कि कुछ ग्रे चूहे अपनी दुम को ज़मीन तक झुका कर दौड़ रहे थे। मानो वे खुद को अपनी ही खाल में छिपाना चाहते हों। ताकि सामने न पड़ जाएँ! उसकी समझ को इस बात ने नहीं छुआ।

''या फिर एक मौत जो धीरे-धीरे आती है और धीरे-धीरे ज़मीन जितना सपाट कर देती है, और हमें एक निश्चित क्षैतिज स्थिति से परिचित करवा देती है आत्मा के लिए शांतिदायक होती है?''

उसे ऐसा लगा मानो एक पिशाच ने उसे अपनी बाजुओं में पकड़ लिया है, स्टील के घेरे में बाँधते हुए। वह ज़ोर से छटपटाया, उसने तेज़ी से खुद को इस अदृश्य बंधन से छुड़ाना चाहा और दाँत भींच कर बुदबुदाया :

''मुझे जाने दो, शैतान।''

उसकी मांसपेशियों में द्वेष बढ़ने लगा। वह चाहता था कि ये इतना विशाल हो जाए कि वह अपने अदृश्य शत्रु को ज़मीन पर हर बार पटक-पटक कर मारे। वो ध्यान लगा कर घूरने लगा, मानो एक तत्काल हमले से बचाव की तैयारी कर रहा हो।

''हमें जीवन और मृत्यु से कोई नहीं बचा सकता। हमारे बेचारे शरीर और हाथ केवल द्विआयामी चीज़ों को ही छू सकते हैं! अगर हम त्रि आयामी चीज़ों को छू सकते, हम पर्वतों और लोहे की खानों में से होकर गुज़र सकते थे, उन घनाकार ईंटों के खण्डों में से भी जो ताज़ा तरीन जैज़ कलाकार के 'ब्लूज' संगीत से थरथराते हैं; वो धीरे-धीरे गर्म होते डाइनेमो...ओह...ओह!''

उसने बाहर दूर देखा; उसकी नज़र छतों से होते हुए कपड़े सुखाने वाले तारों, चिमनियों, बगीचों और ओरेगानों व लेट्यूस के सुगठित खेतों से गुज़री। उसने देखा और

फिर देखना बंद कर दिया, और फिर बहुत विश्वास के साथ खुद से बोला, किसी नौकरी के आवेदनकर्ता की तरह।

"सच्चा होना ज़रूरी है। वो क्या है जो मैं चाहता हूँ?"

न चाहते हुए भी, लगातार मुक्कों से चकराए बॉक्सर की तरह उसने अपना सिर घुमाया। ऐसा लग रहा था मानो कोई उस पर मुक्के से वार कर रहा है जो सिर्फ़ उसे छू कर निकल जा रहे हैं, लेकिन उन मुक्कों से उसके कानों में हवा की गूँज रह जाती है।

"सच्चा होना ज़रूरी है। वो क्या है जो मैं चाहता हूँ?"

दूरी और प्रकाश का एहसास खत्म होने पर उसे उन मुक्कों से बचने में कठिनाई होने लगी; अपने चारों तरफ़ हर चीज़ उसे धुँधली लगने लगी।

"और इतनी बुरी तरह अपमानित होने के बावजूद तुम्हें इसमें मज़ा आता है (राज़ पूछो, वो राज़...एर्दोसैन का अंतर्मन चिल्लाया), और तुम रसोई की तरफ़ जाते हुए अपना सिर झुका लोगे जहाँ तुम दब्बूपने से बर्तन धोगे।"

एर्दोसैन को इन तुरत प्रतिक्रियाओं के कारणों से बचने के लिए अपनी संवेदनशीलता के अनेक ठिकाने महसूस हुए और उसके दाँत जड़ों से काँपने लगे (उस राज़ को पूछो, राज़ को पूछो)

"हर बार तुम अपना सिर नीचे और नीचे करते जाते हो, ताकि लोग तुम्हारे ऊपर चल सकें और तुम एक कालीन की तरह हो जाओ, जो उनके लिए सभी व्यावहारिक अर्थों में अदृश्य है।"

अगर एर्दोसैन अपनी घृणा के बिंदु से बहिष्कृत हो जाता तो ये लगभग तय था कि ये रील पूरी तरह से खुल जाती; लेकिन उसकी हिम्मत ही नहीं हुई और उसकी घृणा का चरम उसकी पसलियों के अन्दर लटका रहा और उसे कोई अंदाज़ा नहीं था कि इसका क्या करे।

उसने अपने परिचित उन सभी खुश और दमकते मर्दों के बारे में सोचा, जिनकी बीवियाँ उनसे बेवफ़ाई करती थीं, और फिर ये सवाल दोहराया :

"क्या मैं एक गलत ग्रह पर हूँ?"

वो ये स्वीकार नहीं करना चाहता था कि उसे छोटे-छोटे पहाड़ों पर घास के मैदानों की बहुत याद आती थी कि उसे अर्ध पहाड़ी इलाकों में जाने की एक तीव्र इच्छा होती थी जहाँ लोग एक ख़ास बोली बोलते थे और अलग वेशभूषा पहनते थे। वहाँ वो एक दालचीनी के रंग की ट्यूनिक पहन सकता था और हाथ में एक कटोरा लेकर एक आवरण से ढँकी गलियों में भीख माँग सकता था जहाँ औरतें लम्पटता में मसरूफ़ होतीं।

उसकी कड़वाहट और बढ़ गई। वह अकेला था, गणितीय गणना और बोलते सिनेमा के दौर में। उसके और चपटी टोपी लगाये चुस्त और सख्त चेहरे वाले बदमाशों के एक विशाल जनसमूह के बीच एक दूरी थी। और एर्दोसैन सोचने लगा :

'मैं इस सारी भीड़ को एक मशीनगन और कुछ आँसू गैस से नष्ट कर सकता हूँ, लेकिन ये कभी ख़त्म नहीं होगा।' और अचानक एक असीम दहशत ने उसे अपने बस में कर लिया।

''ये पृथ्वी लोगों से भरी हुई है। लोगों से भरे शहर। उनके घर। उनकी चीज़ें। जहाँ भी तुम जाओ तुम आदमी और औरतों से ही टकराओगे। ये गैर ज़रूरी है कि वहाँ के परिदृश्य में लाल पत्थर थे या हरे केले, या नीली बर्फ़ और सफ़ेद क्षितिज। या कि चाँदी के रंग वाले पत्थरों और अभ्रक के पत्थरों के बीच बहते हुए पानी से कलकल की आवाज़ आ रही थी या नहीं। आदमी और उसके शहर ने हर जगह घुसपैठ कर ली है। उनकी अनंत दीवारों के बारे में सोचो। इमारतें जो इतनी ऊँची थीं कि उस ऊँचाई को तय करने के लिए पेसेंजर और सर्विस दोनों तरह के एलीवेटर लगाने पड़े थे। ज़रा सोचो, ज़मीन के अन्दर से चलने वाली तीन सबवे ट्रेन्स हैं, एक ट्यूब, दूसरी ट्यूब, और एक टरबाइन हैं जो चक्कर लगाते हुए सारे ओज़ोन और धूल से भरी स्थिर हवा को सोख लेती है। मानवता...ओह!...ओह!

''और ये सब क्यों? ये सभी पनडुब्बियाँ, भट्टियाँ और मशीनें? हर घन मीटर पर एक सफ़ेद बन्दर बैठा है अपनी नाज़ुक त्वचा की कोमलता पर मनन करते हुए। उसके वीर्य में जहाँ उसका शुक्राणु तैरता है वहीं सिफिलिस रहती है। और अचानक वो अंगडाई लेता है और फिर उदासी से उत्तेजित होकर अपने हाथ-पैरों के बल स्त्री की तरफ़ रेंगता है उसके अंडकोष एक शेर की तरह नीचे झूल रहे होते हैं, स्त्री भी उतनी ही उदासी से उसका इंतज़ार करती है और एक ऊपर उठे हुए पिंजड़े के स्टील के खम्बों के बीच वो उस औरत पर चढ़ जाता है। वीर्य की एक बूँद धप्प से फ़र्श पर गिरती है और रोशनदान के उठे हुए कांच से एक सफ़ेद सी धूप छन कर आती है जो एक दुष्टतापूर्ण स्पष्टता से एक नक्षत्रीय अवस्था के अंत को प्रकाशित करती है।''

एर्दोसैन को उसकी छोटी-सी ख़ुशी का हल्का एहसास हुआ। एक दिन वह होगा। और फिर उसने उस सफ़ेद बन्दर को फिर वापिस जाते देखा, अपने ईंट से बने घनाकार में फिर स्थिर बैठते हुए। उसकी कोहनियाँ घुटनों पर टिकी थीं और ठोड़ी उसके हाथों पर। साथ ही उसके चेहरे पर एक व्यग्रता उस वीर्य के मूल के बारे में सोचते हुए। इन विचारों पर एर्दोसैन हैरान होता। भयभीत हो उसने हाथों से अपना सिर पकड़ लिया। उसका कष्ट समुद्र के मूर्खतापूर्ण ज्वार से भी अधिक एकरस और उबाऊ था। ग्रे पर ग्रे, काले पर काला। कभी-कभी उसे हैरानी होती और वो खुद को बताता कि उसका दर्द उसके भीतर कुछ वर्षों से निष्क्रिय पड़ा था। उसके कष्ट संशोधित होते-होते और भी बढ़ गये थे और जिस पल वह जागता उस पल से उस क्षण तक जब वो सो जाता उसकी बढ़ती हुई हताशा लगातार

अपनी गतिविधियों को नया रूप देती रहती।

उसके लिए शब्दश: विश्राम जैसी कोई चीज़ नहीं थी। उसे ऐसा लगता कि जिस तरफ़ उसकी नज़रें जातीं वहाँ उसे यही साइन दीखता जिसमें लिखा था :

'तुम्हें कष्ट भोगना ही होगा।'

और एक बच्चे की तरह वह अपना सिर नहीं में हिलाता।

'तुम्हें कष्ट भोगना होगा।'

कभी-कभी उसकी नज़रों में बुखार वाली एक चमकदार पारदर्शिता आ जाती। इससे वो पागलपन और भड़क जाता जिसे वो भोग रहा था। उसके दर्द का कोई अंत न था। वह सोते हुए भी कष्ट में रहता।

उसके सपने विक्षुब्ध होते, ऊँची छतों वाले कमरों के कारण उजाड़ और सायों से भरे हुए। वह बगैर कोई आवाज़ किये चलता और अन्यमनस्क होकर उन पिशाचों से बात करता जो उससे उसके तुच्छ कामों के बारे में पूछते।

उसे ऐसा लगता कि वो ट्रेम्पोलिन के अंतिम इंच पर अपने पंजों के बल खड़ा है जो उसे शून्यता में प्रक्षेपित कर देगा।

और फिर वह अपने प्रति सजगता की अवस्था में वापिस आ जाता और वो दर्द जो उसने छोड़ दिया था, वहीं होता और भी जलता हुआ, उसके माथे को तपाते हुए, पलकों को बोझिल करते हुए उसके हाथों को बेचैनी से हिलाते हुए।

वह इस तेज़ दुर्गन्ध के खिलाफ़ विद्रोह करना चाहता था जो उसके भीतर से उठ रही थी और उसके दिमाग को संक्रमित कर रही थी; वह अपने ही साये से बचना चाहता था। वह जानता था कि एक गोदी की तलाश जिसमें सिर रखकर बच्चे की तरह वह रो सकता, इस बारे में सोचना भी मूर्खतापूर्ण था।

कब तक? वो नहीं जानता था। हर दिन बेरहम था, जिस क्षण से वह जागता और ठीक पिछले दिन की तरह; हर दिन जिस क्षण से वह जागता जेल की दीवारों की छवियाँ उसे वैसी ही दीवारें लगतीं जैसी उस अपराधी को लगतीं जो सोते हुए इनके बारे में सब कुछ भूल जाता है। अपने ऊपर अफ़सोस महसूस करते हुए उसने अपना चेहरा छुआ। अपने हाथ मसले, माथे को महसूस किया, आँखों पर हाथ फिराया। उसकी आत्म दया उसके जीवित रहने के कष्ट को ख़त्म करने के लिए काफ़ी नहीं थी और अब जीवन उसके लिए एक अपरिभाषित सज़ा बन गया था।

एक आग उसे जला रही थी। वह धीरे-धीरे उसके भीतर सुलग रही थी।

कभी-कभी वह अपने अतीत के कुछ सालों को याद करता और खुद से कहता कि

वह उन दिनों कितना खुश था। अब, शैतान ने उसे अपने वश में किया हुआ था और वो धीरे-धीरे जल रहा था। जब भी कभी उसके मुँह से ऐसे शब्द निकल जाते जो कुछ हद से ज़्यादा लगते तो वह तुरंत खुद को सुधारता, मानो उसकी किस्मत के तईं वो उसे धोखा दे रहे थे, और फिर, ये सच है कि उसका दर्द फिर वापिस आ जाता जलते हुए कोयले की तरह, बुझते हुए, सुलगते हुए फिर धुआँ छोड़ते हुए, इसके बगैर तो मरना बस मरना ही था, उसके हिसाब से आकस्मिक मौत से बदतर मौत।

उसके मन में अंधी लड़की आई। क्या अंधों को कष्ट होता है? बहरों को? और जो बोल नहीं सकते? उस कमज़ोर-सी हरी आँखों और काले घुँघराले बालों वाली लड़की के लिए क्या किया जा सकता था, जिससे वो ट्राम में मिला था?

उसके अन्दर से बचकाना शब्द फूटने लगे। अब भी कुछ ऐसे शब्द थे जो उसे आँखें बंद करने के लिए विवश कर देते थे। मसलन : धरती, लोग। अकेलापन। प्यार।

उसकी नज़र पैनी हो गई और उसने खुद से कहा :

''क्या ये मुमकिन है कि मुझ पर मौत का जुनून कुछ ज़्यादा सवार हो गया है? लोग मौत के बारे में इतना क्यों सोचते रहते हैं, जब उनका अंतिम हश्र तो यही होना है?''

लेकिन जितना उसने इस बारे में सोचा, तो अपने आप से कहा :

''मशीनी यथार्थ जो लोगों की रातों को मशीनों के शोर से बहरा करता रहता है, इसी ने मनुष्य को एक दुखी बन्दर में तब्दील कर दिया है। उसका शरीर अक्सर किसी-न-किसी मशीन से तीन कदम की दूरी पर रहता है; अन्य मौकों पर वो किसी अटारी में शरण लेने के लिए झुक जाता है, वहाँ अपने जूते पैरों से उतारता है, और तब अपने बाकी कपड़े भी; और बाद में खुद को आईने में देखेगा; फिर चादर उठाता है, खुद को लपेटता है, आँखें बंद करता है और सो जाता है। कभी-कभार एक लिंग एक योनि में दाखिल होता है, अपना वीर्य उगलता है, फिर दोनों देह अलग होते हैं, पसीने से तरबतर, संतुष्ट अपनी-अपनी साइड में सो जाते हैं। और धीरे-धीरे एक पेट बढ़ने लगता है...और बस खत्म। एर्दोसैन को लगा वो किसी विनाशकारी उपकरण में फँसा है जिसका एक नुकीला दाँतदार घुमाव उसे ऊपर आसमान में सीधे खड़ी स्थिति में ले जा रहा है, ये दाँतदार घुमाव धीरे-धीरे अपने नुकीले दाँतों के बीच बड़ी-बड़ी इमारतों को इकट्ठा कर रहा है जो उसके दाँतों के मिलने पर गायब हो जाती हैं।''

कितनी सारी चीज़ें थीं जो वो नहीं जानना चाहता था! और मुख्य बात कि दुनिया की सारी सड़कों के नज़दीक बसे चपटी, ढलानदार या नुकीली छतों वाले छोटे-छोटे घर हैं, बाड़ वाले घर हैं; कि इन्हीं घरों में मानवी कीट-पतंगे पैदा होते हैं, छोटी-छोटी चीखों और रुदन के साथ। कोई कांतिहीन दुबला और गंधाता राक्षस उनका पालन-पोषण करता है, वे बड़े होते हैं और अन्य करोड़ों अज्ञानी मकौड़ों की तरह एक भाषा सीखते हैं और

आखिरकार उन्हीं के जैसे दूसरे लोगों की नज़दीकी या गुलामी उनका दम घोंट देती है।

एर्दोसैन ने परछाइयों को और ध्यान से देखा। ये दबाव उसको घुटन भरा महसूस हो रहा था, जिससे उसे कुटिलता का एहसास हो रहा था और थोड़ी ख़ुशी का भी। उसे हँसने की इच्छा हुई। उसने और ध्यान से घूरा। उसे एक समुद्र की हरकत का एहसास हुआ, अपने पैरों के नीचे स्टील की गुम्बज का ठंडापन...

‘‘ताकत ?...नफ़रत ?...

सत्य तो तोपों से भी नहीं आएगा...

गहन ईसाई धर्म की तरफ़ पीछे जाते हुए उसने ये नाम पुकारा : जीसस (ईसा मसीह)

सत्य वहाँ भी नहीं था।

ये और भी नीचे था। उसने खुद को एक भूमिगत फ़ैक्ट्री के तहखाने में देखा। वो विशाल था। कुछ आदमी जलरोधक तैलीय गोताखोरी की पोशाक में थे एक हरी-सी धुँधली गैस के पिंड उठाये हुए घूम रहे थे। लेमिनेट किये गये स्टील के सिलिंडरों में बड़े-बड़े कम्प्रेशर थे जिनमें ज़हरीली गैस भरी थी। सफ़ेद प्लेट वाले मैनोमीटर वातावरण का दबाव नाप रहे थे। एलीवेटर ऊपर-नीचे आ-जा रहे थे। जब हरा बादल छितरा तो फ़ैक्ट्री पीली हो गई। पीली गैस के विशाल परदे जिनके बीच राक्षसी समुद्री गोताखोर चिपचिपी ग्रे फ़िश की तरह घूम रहे थे।

सत्य वहाँ भी नहीं था।

आक्रोशित होकर वो और भी नीचे डूब गया। वो भूगर्भीय परतों को भी पार कर गया। लेकिन अंततः, भीतर कहीं गहरे से एक चीख आई :

‘‘बस, बहुत हो गया।’’

वह अपने बिस्तर पर ढह गया और एक जड़ व्यक्ति की तरह वहाँ निष्क्रिय पड़ा रहा।

रविवार रहस्यपूर्ण आगंतुक

एर्दोसैन बहुत कम अपने बचपन के बारे में सोचता था। ऐसा शायद इस वजह से था कि उसका बचपन अपने बेरहम और तानाशाह पिता के साथ गुज़रा था जो उसकी बहुत छोटी गलतियों की सख्त से सख्त सज़ा देता, और ऐसी कोई ख़ुशी या सुख उसे नहीं मिला था जिसकी उम्मीद करना एक बच्चे का हक़ होता है।

रेमो का बचपन लगभग बिलकुल अलग-थलग और एकाकी बीता था। उसने नाखुश होना महसूस करना शुरू कर दिया था (उस वक्त वह बच्चा उस एहसास को उदासी में परिभाषित नहीं कर सकता था जो उसे घर के किसी कोने में अकेले छोड़ दिए जाने पर

होता था) जब वो सात बरस का था। मिलनसार स्वभाव न होने के कारण वो अपनी उम्र के बच्चों को दोस्त नहीं बना पाया—और कुछ ही समय में वो एक-दूसरे से लड़ने लगते। वो कुछ ज़्यादा ही संवेदनशील था और मज़ाक बर्दाश्त नहीं कर पाता था। उसके प्रतिकूल एक भी शब्द इस चुप्पे बच्चे को अवर्णनीय कष्ट देता। एर्दोसैन खुद को एक उदास और नाराज़ बच्चे की तरह याद था जो स्कूल जाने के ख़याल से ही आतंकित हो उठता था। वहाँ हर चीज़ घिनौनी थी। स्कूल के कुछ बच्चे बहुत निर्दयी थे और अक्सर उसे उनमें से एक से लड़ना पड़ता। दूसरी तरफ़, सुशिक्षित लड़के उसके असभ्य बर्ताव के कारण उसे अपने साथ नहीं रखते और उसके कुछ ख़ास वक्त से पहले प्रौढ़ विचारों पर संत्रस्त भी महसूस करते और उसे कई स्पष्ट नफ़रत से ध्यान से देखते रहते। कमज़ोर लड़कों की उसके लिए ये नापसंदगी ज़्यादा ताकतवर लड़कों के घूँसों से ज़्यादा दर्दनाक थी। उसे अनजाने ही अपने एकाकीपन की आदत पड़ गई और उसे इसी से सबसे ज़्यादा प्यार हो गया। अकेले में उसे ये फ़िक्र करने की कोई ज़रूरत नहीं थी कि स्मॉर्ट समझदार लड़के उसे नापसंद क्यों करते थे या उससे ज़्यादा ताकतवर लड़के उसको क्यों सताते रहते थे।

एर्दोसैन को याद था कि एक बच्चे के तौर पर अकेले में वो बहुत ख़ुशी भरी चंचलता से घूमता-फिरता था। सब चीज़ उससे ताल्लुक रखती थीं, उसकी थीं : शान, सम्मान, जीत। और फिर उसका अकेलापन पवित्र था, वह चेतन रूप से इस बारे में जागरूक नहीं था, लेकिन एक बात वह जान गया था कि उसका बाप उसे उसकी कल्पना के सुख और ख़ुशी से महरूम नहीं कर सकता था।

फिर भी, इस रविवार की सुबह जब इग्लेसिया डी ला पीदाद की घंटियाँ अपने अनुयायियों के लिए बजने लगीं, एर्दोसैन अपने कपड़े पहने, बिस्तर पर लेटा हुआ अपने बचपन की एक स्मृति पर अपनी मानसिक ऊर्जा केन्द्रित कर रहा था। जैसे-जैसे मिनट गुज़रे, बगैर किसी वजह के ये स्मृति उसके दिमाग में और भी स्पष्ट होती गई।

छोटी पैंट और एक बनियान पहने एक बच्चा अपना भूरे बाल वाला सिर ऊँचा किये हुए सावधानी से मुर्गीखाने का दरवाज़ा खोलता हुआ।

एक पल के लिए उस लड़के ने बगैर किसी उत्सुकता के उन चूज़ों को देखा जो ज़मीन पर बिखरे अपने बचे-खुचे शाम के खाने पर चोंच मार रहे थे। अचानक लड़का मुस्कुराया। उसने एक खाली डिब्बा उठाया और उसे पानी से भर लिया। फिर वो मुर्गीखाने के एक कोने में गया फिर एक बेंत की नोक से कुछ मिट्टी खोदी और उस कीचड़ को इकट्ठा कर लिया ताकि वो एक 'किला बना सके'। उस लड़के की बाजुएँ कोहनी तक कीचड़ से सन गयी थीं।

लड़का ख़ुशी-ख़ुशी अपने आप में मुस्कुराता हुआ काम कर रहा था। वो भूल गया था कि दोपहर में उसे कक्षा के लिए जाना था। वो सारा आतंक भूल गया था जो कक्षा की खाली दीवारें उसमें जगाती थीं, उसे नीचा दिखाती थीं, पीले रबर से बने कंकाल के साथ;

वो उस डर को भूल गया था जो उसे महीने के अंत में वर्कबुक पर मिलने वाले नाकाफ़ी और कम ग्रेड्स के लिए महसूस होता था, और इस तरह कीचड़ में काम करते हुए छोटी-छोटी दीवारें खड़ी होने लगीं।

वो किला (अक्सर वो इसी तरह बनाता था) बहुभुजाकार होता था, 50 सेंटीमीटर व्यास का और बीस सेंटीमीटर ऊँचा। दीवारों पर झरोखे थे और अन्दर की बाल्कानियों के लिए साथ में लगे छेद थे, मीनारें थीं, लकड़ियों से बने पुल थे, जेल थे और लगभग हमेशा एक सुरंग होती जो वो बच्चा बहुत धैर्य से कीचड़ की दीवार के नीचे से बनाता ताकि हमले की सूरत में लोग आक्रमणकारी से बच निकल भागें।

वह अपने किले की त्रिकोणीय मीनारों के कोनों की इस तरह हिफ़ाज़त करता कि बाहर से भीतर फेंके जाने वाले तोप के गोले का लक्ष्य सिंहासन पर होने की कम-से-कम सम्भावना हो। नन्हे एर्दोसैन ने ये ध्यान से देख लिया था कि कैसे पत्थर एक कोण पर उछल कर सतही इलाकों की अपेक्षा कम विनाश करेगा।

चूज़े, ये जान कर कि लड़के ने उन्हें अपने भोजन पर चोंच मारने के लिए छोड़ दिया है, ध्यान से इस तरफ़ देखने लगे। कभी-कभी मुर्गा दूसरे पक्षी की पीठ पर उछल कर बैठ जाता। एर्दोसैन को उसकी इस हरकत की कोई अहमियत नहीं नज़र आई, हालाँकि उत्सुकता की यह कमी भी उसे खुद से एक निश्चित अनिश्चय के साथ ये पूछने से नहीं रोक पाई : "ये मुर्गा ऐसा क्यों कर रहा है?"

सात बरस का एर्दोसैन बिलकुल मासूम था। उसे उस किसी भी लड़के से सहज ही नफ़रत हो जाती जो गालियों का इस्तेमाल करता। जब वो किसी और को कहते सुनता तो उसे शर्मिंदा महसूस करना अच्छा नहीं लगता, लेकिन फिर भी अगर कोई बुरा शब्द इस्तेमाल करता तो वो लाल हो जाता।

अभी उसका सारा ध्यान उस किले पर था जिसे धूप में सूखने के लिए छोड़ दिया गया था। वह उसे एक वास्तुशिल्पी के गुरूर के साथ देख रहा था। फिर उसने एक पल के लिए सोचा। 'किस नायक को वह इस किले का कमांडर बना सकता था?' एक समुद्री लुटेरा या सेना का जनरल? अगर वो जनरल है तो वह ज़रूर अफ्रीका के समुद्र तट पर रह रहा होगा। लेकिन जनरल भला आदमी नहीं हो सकता, क्योंकि अन्यथा उसके किले पर हमला नहीं किया जायेगा जो तोपों की गोलीबारी में नष्ट होने वाला था।

क्योंकि जैसे ही एर्दोसैन एक किला बनाता वो उसे नष्ट करने के बारे में सोचना शुरू कर देता।*

---

* समीक्षक का नोट : छोटे एर्दोसैन के इस काम के सम्बन्ध में क्या हम एक लड़के के तौर पर उसके बर्ताव और अब एक वयस्क के रूप में उसके व्यवहार में समानता देख सकते हैं, जब हम देखते हैं कि वो लगभग पूरी तरह से व्यवस्थित तरीके से उस सब को नष्ट कर देता है जिसे वह सबसे ज़्यादा प्यार करता है?

लगभग बीस मीटर की दूरी से उसने घिरे हुए किले के गुम्बददार मीनारों पर बमबारी शुरू कर दी। करीब दस या बारह पत्थर मारने के बाद नन्हे रेमो ने एक फ़ॉक्स टेरियर कुत्ते की तरह खुद को उस किले के ऊपर पाया। उसकी आँखें उत्साह से चमक रही थीं और उसने ध्यान से निरीक्षण किया कि पत्थरों ने उस मिट्टी की मीनारों को कितनी क्षति पहुँचाई थी। फिर उसने गहराई से गणना की कि वो दीवारें दूसरी बमबारी को कितना झेल सकती हैं, दरारों की दिशा, किस दुर्घटना से वो पुल डूबा, किस तरह कोई बालकनी ढह गई।

नन्हे रेमो के लिए इस खेल में उसकी एकाकी ख़ुशी के सभी संभावित आश्चर्य थे।

हमेशा की तरह उसने किले को एक कोने में बनाया था जहाँ ईंटों की दो दीवारें आपस में मिलती थीं ताकि जो पत्थर किले पर लगने से चूक जाएँ वो उन दीवारों से लग कर उछलें जिससे लाल धूल का एक बादल उठे और किले को एक चॉकलेट रंग की परत से ढँक दे। वो लड़का हवा में लाल धूल को तैरते देख कर कल्पना करता कि ये धूल का बादल एक अदृश्य तोपखाने से बरसे गोलों के गन पाउडर से बना है और वह इतने ज़्यादा गोले दागता कि मुर्गियों के बच्चे घबरा कर अपने पंख फड़फडाते हुए ज़मीन पर इधर-उधर फुदकना शुरू कर देते।

धीरे-धीरे फेंके हुए गोलों की मार से पूरा किला ढह गया। गिरी हुई मीनारों से उनकी गोलाकार नींव उजागर हो गयी, लकड़ी के पुल तहखानों के अन्दर गिर गये, कुछ मीनारें किसी चमत्कारिक अवरोध के कारण टूटे हुए झरोखों और बंधों के उजाड़ में सीधी खड़ी थीं और सब पर एक लाल धूल की परत बिछी थी। जब हर चीज़ नष्ट हो गई यहाँ तक कि उस सुरंग की छत भी जो दुश्मनों द्वारा घेर लिए जाने पर बच निकलने का रास्ता थी, पसीने से तरबतर बालक एर्दोसैन के चेहरे पर कीचड़ के छींटे पड़े थे, उसके हाथ कोहनी तक चॉकलेटी रंग से सने थे, और वह मुस्कुराता हुआ खंडहर हो चुके उस किले के बगल में बैठ गया। उसकी आँखें सुबह के आसमान पर टिक गईं उन बादलों को देखते हुए जो इस ब्रह्मांडीय गुम्बद में आराम से तैर रहे थे। चूज़े एक बार फिर शांत हो गये और उसके करीब आ गये। उनमें से सबसे साहसी ने एक आँख से लड़के को देखते हुए और दूसरी को खंडहर पर टिकाये हुए अपनी गर्दन तानी और उस खंडहर के आस-पास चोंच मारने लगा। रेमो,एक देवता की तरह तटस्थ, इस बात के प्रति पूरा सजग कि वो उन चूज़ों से कहीं अधिक श्रेष्ठ है, उन्हें भूल गया और आसमान को ताकने लगा। और इस तरह नन्हे एर्दोसैन ने आकाश में बादलों के किनारे एक हरी झालर को पाया जो उनके चारों तरफ़ एक माला बना रही थी। उसके लिए ये कल्पना करना बहुत-बहुत सरल था कि ये हरा रंग नदी किनारे बहुत बढ़ गई नरकट की झाड़ियों से आया है जहाँ वो अपनी पढ़ाई की अनदेखी कर स्कूल से भाग कर आया करता था। आह! काश, वो बादलों में रह सकता—नन्हे रेमो ने सोचा—और उसे स्कूल नहीं जाना पड़ता, या उस भयानक भूरे और चूने के रंग के क्लासरूम में नहीं जाना पड़ता, न ही उस मूर्ख और गुस्सैल अध्यापक को सुनना पड़ता जो कंकाल के

घुटने के जोड़ की तरफ़ एक गन्दी-सी गहरे रंग की छड़ी से इशारा करते हुए पढ़ाता था।

अचानक एक सख्त आवाज़ उसके कानों में गरजी :

''बेवक़ूफ़, क्या तुम ये सब कर रहे थे!''

मानसिक दु:ख से पीड़ित हो उसका दिल ज़ोरों से धड़कने लगा और आत्मा काँप उठी। इस तरह उससे बोलने वाला उसका पिता था। अचानक इस तरह पकड़े जाने, अपमानित और नीचा दिखाए जाने के बाद वह चुपचाप हाथ धोने चला गया। वो कमज़ोर, अकेला और दुखी महसूस करने लगा, मानो उसकी रीड़ की हड्डी पर किसी ने लात जमा दी हो। अगर उसका अपना बाप उसकी इतनी बेइज़्ज़ती कर सकता था तो दूसरों के लिए यही करना क्यों ठीक नहीं था? अपने पिता के सामने से गुज़रते हुए उसने अपना सिर नीचे कर लिया और उसे अपनी गर्दन के पीछे अपने पिता की चीरती हुई निगाहें महसूस हुईं, उस अपमान के अन्याय को दोहराती हुईं।

ऐसे मौके भी थे जब उसका पिता उसे खेलने से रोक कर रसोई का फ़र्श साफ़ करने में लगा देता। इस विशाल आदमी के सामने कमज़ोर महसूस करते हुए नन्हा रेमो उसे चुनौतीपूर्ण नज़रों से देखता, उसकी आँखें नफ़रत से काँपती होतीं, और उसका बाप, बर्फ़ीला भावहीन, उसे इतनी स्थिर आँखों से घूरता कि लड़का गिरते-पड़ते सिंक तक जाता, पोंछा ढूँढता, बाल्टी उठा कर पानी भरता और एक ब्रश उठाता जो सूअर के सख्त बालों से बना था। जब वो मोज़ेक से बने फ़र्श को पोंछे से साफ़ कर रहा होता, तो अपनी कक्षा के साथियों के बारे में सोचता कि अगर उन्हें पता होता कि उसने वैसे ही कपड़े पहने हैं जैसे उनके घर में रसोई साफ़ करने वाले पहनते हैं तो वो कैसे ठहाका मार के हँसते।*

उस लड़के को अपने जीवन और अपने हमउम्र बच्चों के जीवन के बीच कोई तुलना करने लायक बात नहीं लगती। उनके पिता ऐसे थे जो स्कूल ख़त्म होने पर उन्हें लेने आते थे और उन्हें चूमते भी थे।

उसका पिता उसके प्रति कभी कोई स्नेह नहीं दिखाता था। क्यों? इसकी बजाय वो उसे लगातार अपमानित करता रहता। उसका अपमान करते हुए उसकी हँसी भी उड़ाता, मानो कोई ज़हरीली चीज़ चबा रहा हो और अपनी क्रूरता भरी गाली उसकी तरफ़ थूक देता।

''कुत्ते, तूने ये क्यों नहीं किया? कुत्ते, तूने वो क्यों नहीं किया?'' हमेशा कुत्ते का विशेषण उसके हर सवाल से पहले होता। आँसुओं से चमकती आँखों के साथ नन्हा

---

* समीक्षक का नोट : इन सभी दुखद घटनाओं में हम एर्दोसैन की इस इच्छा का मूल पाते हैं कि उसने एक ऐसी औरत से शादी की व्यवस्था की जिस पर वो उसके सम्मान को आहत करने के काम थोपता रहता। दर्द का एहसास, एकमात्र 'ख़ुशी' जो उसे एक बच्चे के तौर पर मिली थी, बाद में कष्टप्रद रूप से उसके बचपन के मासूम और निर्मल दिनों की यादों के समतुल्य हो गईं।

एर्दोसैन बाल्टी पर झुकता, कोहनी तक अपने हाथ पानी में डुबा कर वह उस खुरदुरे पोंछे को निचोड़ता जिससे उसके हाथ लाल और लाल होते जाते और वो उस खुरदुरे पोंछे को बार-बार निचोड़ता जिससे उसकी त्वचा पर चमकदार लाल खरोंच के निशान पड़ जाते।

जलते हुए आँसू उसके गुलाबी गालों पर बहते रहते। लेकिन इन बहते हुए आँसुओं ने उसमें एक मधुर सांत्वना पैदा कर दी। 'मैंने आँसुओं में ख़ुशी को पाना सीख लिया।' उसने मुझे बाद में बताया।

इग्लेसिया डी ला पीदाद की हल्की घंटियाँ उसे सुनाई दे रही थीं और एर्दोसैन अपने कमरे में बिस्तर पर पड़ा रहा। अपने टूटे-बिखरे बचपन की याद करके वो रुँआसा हो गया था। वह बुदबुदाया :

''कितना भयानक जीवन है!'' अपने चेहरे की मांसपेशियों पर काबू पाने की कोशिश की। और खुद से बोलता रहा : ''मैंने कभी बचपन नहीं देखा, मेरा कोई साथी या दोस्त नहीं रहा, मेरा कभी कोई पिता, बीवी या दोस्त नहीं रहा। क्या ये सब बहुत बेकार और दुखद नहीं ?''

उसका दिल एक अंग की कोमलता से धड़कने लगा, जिससे उसे डर लगा कि कहीं ये फट न पड़े। उसने इन दुखद और बदकिस्मत बातों के बारे में सोचना बंद कर दिया और खुद को एक ऐसे उनींदेपन में डूब जाने दिया जो उसकी दोपहर की झपकी से ज़्यादा गहरा था।

अचानक वह अपने आस-पास की परिस्थिति के प्रति सचेत हुआ।

कोई चुपचाप उसके कमरे में घुस आया था और उसने उसे हल्के से कंधे पर छुआ। फिर भी, एर्दोसैन अभी पूरी तरह सचेत होने के लिए तैयार नहीं था। अब भी अपनी आँखें बंद रखते हुए उसने ये जानने की कोशिश की कि अरंडी के तेल की जो गंध इस कमरे में भर गई थी वो कहाँ से आ रही थी।

जो शख़्स उसके यहाँ आया था वो उसे कंधे पर हल्की थपकियाँ देकर जगाने की कोशिश करता रहा। एर्दोसैन ने धीरे-धीरे अपनी आँखें आधी खोलीं। इस तरह से वह एक नज़र देख सकता था, ये उद्घाटित किये बगैर कि अब वो जाग गया है।

वह बिलकुल स्थिर रहा हालाँकि वह काफ़ी हैरान था। उसका आगंतुक बिस्तर के किनारे खड़ा हो गया था और अब उसे देख रहा था। उसके बड़े से कोट पर एक-दूसरे को काटती तीन पट्टियाँ थीं जिन पर उसने अपने हाथ कस कर बाँधे हुए थे। इस सबके बारे में असाधारण बात ये थी कि वह अजनबी पूरी युद्ध की वेशभूषा पहने था। उसके सिर पर स्टील का हेलमेट था और चेहरा गैस मास्क से संरक्षित था। एर्दोसैन ये तय नहीं कर पाया कि ये मास्क किस मॉडल का था या इसका निर्माता कौन हो सकता था। इसमें काला

फनेल लगा था और आँखों के आगे दो काँच की डिस्क। फनेल का ऊपरी भाग एक छोटे एल्युमिनियम सिलिंडर के अन्दर जुड़ा था जिसके किनारों पर शिकंजे लगे थे। वहाँ से दो अलग घुमावदार ट्यूब्स निकली थीं जो एक थैले के अन्दर जा रही थीं। ये थैला उसके सीने पर तीन पट्टियों से बँधा था जो उसके कन्धों के ऊपर से जाकर बगल में बँधी थीं। इस मास्क से वो एक भालू के सिर वाला आदमी लग रहा था। अब एर्दोसैन ने सिर उठाया और कोहनियों के बल उठा और उसने उस तेल अवरोधी बड़े से कोट का निरीक्षण किया जिसे ये आदमी पहने हुए था ताकि गैस से हमले की स्थिति में खुद का बचाव कर सके। वो लम्बा-सा कोट इतना बड़ा था कि उसे लगभग निगल गया था और उसके बहुत ही घिसे हुए जूतों के पंजों तक आ रहा था। उसके जूते सूखे हुए कीचड़ से सने थे।

रेमो ने अपना सिर हिलाया, उसे अभी पूरा भरोसा नहीं हुआ था कि ये उसकी कल्पना नहीं है, और बोला :

''तुम अपना मास्क हटा क्यों नहीं देते? यहाँ तो कोई गैस नहीं है।'' अजनबी ने अपना हेलमेट उतारा, उसकी खोपड़ी पर मास्क की तीन पट्टियाँ दिखाई दीं; उसने बक्सुओं को खोला और सावधानी से उस उपकरण को उतारा जो एक शिकंजे से उसकी नाक से चिपका था। फिर उसने ज़ोर-ज़ोर से साँस ली।

एर्दोसैन ने उस सैनिक के खूबसूरत चेहरे को ध्यान से देखा, जिसकी पीली-सी आँखों और एक-दूसरे से चिपके महीन होंठ 'एक निर्दयी और लालची शख्सियत' को दिखलाते थे। (यहाँ एर्दोसैन द्वारा प्रयोग किये हुए शब्दों का ही इस्तेमाल किया गया है)। फिर भी, ये अजनबी ज़रूर गंभीर रूप से बीमार रहा होगा; क्योंकि उसके होंठ और कान के लोलकों में हल्के लाल रंग की आभा दिखाई दे रही थी।

''तुम अपने दस्ताने भी उतार सकते हो,'' एर्दोसैन ने ज़िद की। ''यहाँ कोई गैस वगैरह नहीं है।''

उस आदमी ने बड़ी मेहनत से अपने दुबले और पीले हाथों को उन चिकने तैलीय दस्तानों से अलग किया। उसके सारे कपड़े ऐसे ही चिकने थे।

लेकिन सच कहा जाये तो उस अजनबी का ध्यान सिर्फ़ गैस मास्क पर ही लगा दिख रहा था। उसने इसे रखने के लिए एक जगह ढूँढने के मकसद से चारों तरफ़ देखा, और आखिर में ऐसा लगा कि उसे वो जगह मिल गई। उसने सावधानी से रबर ट्यूब्स को लपेटा, जमी हुई ऑक्सीजन के सिलिंडर पर शिकंजों को व्यवस्थित किया और इस उपकरण को उतनी ही सावधानी से लेकर मेज़ पर रखा मानो वो क्रिस्टल (स्फ़टिक) रख रहा हो। एर्दोसैन जो उस मेज़ पर झुकते अजनबी को पीछे से देख रहा था, ने उसकी बेल्ट से लटकती एक पुरानी रिवॉल्वर देखी।

एर्दोसैन को ये सूझा ही नहीं कि अपने रहस्यमय मेहमान से ये कह सके कि उसकी

पोशाक काफ़ी पुरानी है, युद्ध समाप्त हुए काफ़ी अरसा हो गया था। ठीक इसके उलट, उसे ये बहुत स्वाभाविक लगा कि उस आदमी की पोशाक (पहले) विश्व युद्ध के दौरान खाइयों से लड़ने वाले सिपाहियों जैसी थी।

उस अजनबी ने वो हेलमेट दुबारा अपने सिर पर पहन लिया और एर्दोसैन की तरफ़ एक बाघ की तरह आलसी, लोचदार क़दमों से बढ़ा। एर्दोसैन को लगा कि उसे अपने मेहमान का कुछ सम्मान करना चाहिए, लेकिन ये नहीं सूझा कि पहले उसे बिस्तर से बाहर निकलना चाहिए। हाथों को गर्दन के पीछे बाँधे वह उसे कनखियों से देखता रहा और आखिरकार, ये सोचते हुए कि वह इससे ज़्यादा मधुर नहीं हो सकता, उसने अजनबी से मुलायम स्वर में कहा :

''ओस लगता है कि तुम काफ़ी बीमार हो, एह ?''

दूसरे व्यक्ति ने अपना सिर हल्का टेढ़ा किया और अपने जूते की एड़ी से फ़र्श पर ज़ोर देकर चलने लगा जैसे बॉक्सिंग रिंग के एक कोने में मुक्केबाज़ खड़ा होकर रेसिन पर धम्म-धम्म करता है। उसके स्टील हेलमेट की अर्धगोलाकार परछाईं उसके होंठों पर पड़ रही थी।

''हाँ, मैं बीमार हूँ। पता नहीं मैं रात भी निकाल पाऊँगा या नहीं। मुझ पर गैस चला दी गयी थी।''

''हाँ, मैं जानता हूँ। मैं गैसों के बारे में पढ़ता रहा हूँ।''

''क्या तुम युद्ध शुरू करना चाहते हो ?''

''हमें एक युद्ध ख़त्म तो करना होगा। क्या तुम्हें ऐसा नहीं लगता कि हम इसके अंतिम पड़ाव पर पहुँच चुके हैं ? क्या तुमने देखा है कि दुनिया किस हालत से गुज़र रही है ? मानवता नफ़रत के संकट के ऐसे दौर से कभी नहीं गुज़री जैसे अब गुज़र रही है। मैं तुम्हें बता सकता हूँ कि इस ग्रह पर पिछले कुछ साल ऐसे रहे हैं मानो एक बूढ़ा होता हुआ पुरुष वेश्या की मृत्यु पीड़ा की तरह हो जो अपनी पहुँच में आते हर सुख को पकड़ लेना चाहता हो...''

''तुमने कौन-सी गैस के बारे में पढ़ा है, जो इस सबको खत्म कर देगी ?''

''फ़ॉसजीन।''

वो रहस्यमय आगंतुक अपने होंठ सिकोड़ कर जानबूझ कर उसकी तरफ़ मुस्कुराया, साथ ही उसकी पीली आँखें बाघ की तरह चमकने लगीं :

''ये लुइसाईट से बेहतर है। फ़ॉसजीन बुरी नहीं है लेकिन ये अस्थिर है।''

''तुम जानते हो हाबेर सूचकांक में इसे 450 विषाक्तता दी गयी है...''

''ये अहम नहीं है। हमने भी फ़ॉसजीन के प्रयोग से ही शुरुआत की थी। कुछ देर बाद हमने इसकी जगह डाईक्लोरोएथिलसल्फ़ाइड का इस्तेमाल किया जो आग से भी ज़्यादा दाहक है। इस गैस से प्रभावित पीड़ित ऐसे लगते थे मानो उन्होंने नाइट्रिक एसिड पी लिया हो। उनकी जीभ हाथी की जीभ जैसी सूज जाती और ये उनकी अंतड़ियों को ऐसे खा जाती जैसे उनकी मरक्यूरिक एसिड में चीर-फाड़ की जा रही हो। इसमें थोड़ा सा फ़र्क लाने के लिए कुछ और लोगों ने क्लोरोएसीटोन का भी इस्तेमाल किया। मुझे हमारा एक आदमी याद है जिसके मास्क का एक लेंस टूट गया था। चौबीस घंटे बाद उसकी आँखें जिगर की तरह लाल हो गयीं। वो वाकई एक बहुत दुखद और अजीब नज़ारा था एक आदमी जिसका चेहरा पीला था, उसकी आँखें गहरी लाल हो गयी थीं जिनसे वो लगातार आँसुओं की नदी बहा रहा था। उसकी गायब पुतलियाँ आँसू बहा रही थीं। जब तक उसे पीछे के रास्ते वहाँ से हटाया गया तब तक वो बिलकुल अँधा हो चुका था।''

एर्दोसैन बहुत हल्के से मुस्कुराया।

''इस सबमें ध्यान देने बात ये है कि ये सारी विनाशकारी गैसें इज़्ज़तदार पारिवारिक लोगों ने ईजाद कीं।''

ज़हरीली गैस का पीड़ित अपने बड़े से तैलीय रेनकोट के अन्दर ठण्ड से काँपते हुए बोला :

''बेशक, लगभग इन सभी रसायन शास्त्रियों ने कम उम्र लड़कियों से शादी की। ऐसा लगता है मानो उनके काम का असर उनके परिवार बनाने और बढ़ाने की इच्छा पर हुआ।''

एर्दोसैन को उस व्यक्ति का मज़ाक उड़ाने की एक प्रबल और अविश्वसनीय इच्छा हुई :

''तुम क्या अनोखी बात कर रहे हो! एक परिवार का पालन-पोषण...गंभीर नौजवान औरतों से शादी जो औसतन उन्हें तीन बच्चे तो देती ही।''

गैस पीड़ित ने गंभीरता से उत्तर दिया :

''मैं एक ऐसे रसायन शास्त्री को जानता हूँ, जिसने अपने बच्चों के नाम रखे हीलियम, टंगस्टन और रुथेनियम।''

एर्दोसैन ने विचारमग्न होकर तर्क दिया :

''क्या किसी भी रसायन शास्त्री को कभी ये सूझेगा कि जो गैसें उन्होंने इजाद की हैं, वे भविष्य में उनके बच्चों के फेफड़ों को जला देंगी, उनकी खाल को जला देंगी, आँखों को खोखला कर देंगी?''

अनापेक्षित रूप से उस रहस्यमय आगंतुक ने काफ़ी गंभीरता से पूछा :

‘‘और खुद तुम्हारी इतनी हिम्मत हुई कि तुमने फ़ॉसजीन बनाने की योजना ज्योतिषी के हाथों में पकड़ा दी?’’

एर्दोसैन जवाब दे सकता था : ‘तुम्हें इससे क्या?’ लेकिन उसने अपनी रुखाई को काबू कर लिया और इसकी बजाय दूसरी बात की :

‘‘तुम इन सभी रसायन शास्त्रियों के बारे में ये सब बातें जानते हो, जो गैसों पर काम करते हैं।’’

‘‘हाँ...ये सच है...’’

‘‘जर्मनी में गैस मास्क से भरे गोदामों की संख्या हमारे यहाँ सेल्फ़ सर्विस वाले रेस्तराओं से ज़्यादा है।’’

‘‘और तुम ऐसे हमले को अंजाम देने वाले हो?’’

‘‘हमारी योजना वायुसेना के अड्डों और हथियारघरों को निशाना बनाना है। हथियार घरों पर काबू पाना...’’

‘‘मासूम लोग मारे जायेंगे...।’’

‘‘और तुम में से सभी जो खाइयों से लड़ रहे थे, किसी-न-किसी अपराध के दोषी थे?’’

‘‘हाँ...’’

‘‘एह!...एह!...क्या कहा तुमने?’’

‘‘ये सच है। हम सभी जो खाइयों में थे एक अपराध के दोषी थे। हमने गोली क्यों चलाई? या तुम मानते हो कि ये ज़िम्मेदारी किसी और के नाम लिखी जा सकती है, एक चेक की तरह? नहीं। एक सैनिक जो खाइयों में से किसी को मारता है उतना ही गुनाहगार है जैसे एक अपराधी जो अपने पड़ोसी को सड़क पर निर्दयता से मार डालता है। अब अगर सैनिकों से कहीं ज़्यादा जनरल होते तो बहस करने का मुद्दा ही नहीं होता।’’

एर्दोसैन ने इस पर कुछ देर विचार किया और फिर बोला :

‘‘तुम्हारा ये भयानक खेल बहुत मज़ेदार रहा होगा?’’

गैस पीड़ित ने अपने दोनों नीले पड़े हाथ घबराहट और परेशानी से मसले :

‘‘नहीं। मज़ेदार नहीं था। कभी-कभी हैरानी होती थी...मुझे याद है एक रात एक फ़ॉस्फ़ोरस का हथगोला ठीक मेरे पीछे फट गया था। उस विस्फोट ने मुझे हवा में कुछ मीटर की दूरी तक उछाल फेंका था। जब मुझे होश आया तो मुझे एक अजीब-सा दृश्य

दिखाई दिया। फ़ॉस्फ़ोरस का एक टुकड़ा एक सैनिक के पेट में जम गया था और वह तेज़ी से चमक रहा था और वो सैनिक इस दौरान हवा में लम्बे-लम्बे डग भर रहा था, और वो अपनी ही अंतड़ियों को बाहर खींचने की कोशिश कर रहा था जो उसके पेट में बने चमकदार छेद में धीरे-धीरे जल रही थीं।''

''तुमने वहाँ बहुत कुछ देखा होगा,'' एर्दोसैन ने सोचते हुए टिप्पणी की।

गैस पीड़ित अपने बड़े से कोट के कॉलर को बार-बार अपने चारों तरफ़ कस कर खींच रहा था। वो बोला :

''युद्ध का सहज स्वभाव लड़कों में भी होता है।''

एर्दोसैन ने एक हाथ अपने माथे पर मारा। उसे मिट्टी का वो किला याद आ गया, जिसे वह पत्थरों की बमबारी से नष्ट कर देता था। सोचते हुए, उसने अपना विचार प्रकट किया :

''तुम ठीक कहते हो। लेकिन एक बच्चा युद्ध की काव्यात्मकता पर आकर्षित होता है।''

गैस पीड़ित ने अपनी बेल्ट को ठीक किया, जिससे उसकी मान्लिशेर पिस्तौल लटकी थी। फिर वो हल्का-सा खाँसा। ज़ाहिर था उसकी तबियत ठीक नहीं थी। उसके होंठ लाल हो गये थे। उसके गाल की हड्डियाँ ऐसी लग रही थीं, मानो मोम की बनी हों। उसने चिन्तित होकर अपने गैस मास्क को देखा।

''उससे ये पूछना शिष्टता नहीं होगी,'' एर्दोसैन ने खुद से कहा, लेकिन ये पता लगाने की इच्छा उसका पीछा कर रही थी। आखिरकार उसने निश्चय कर लिया और बोला :

''तुम पर कौन-सी गैस का इस्तेमाल किया उन्होंने ?''

''ब्लू क्रॉस।''

एर्दोसैन बुदबुदाया :

''ग्रीन क्रॉस !...येलो क्रॉस !...ब्लू क्रॉस !...ओह, इन भयानक नामों की काव्यात्मकता ! ईसा मसीह ही इन सभी क्रॉस के पीछे है : ग्रीन क्रॉस, येलो क्रॉस, ब्लू क्रॉस...साइनाइड और आर्सेनिक तत्वों से बने...ये सभी रसायन शास्त्री गंभीर लोग होते हैं जो नौजवान लड़कियों से शादी करते हैं और बच्चे पैदा करते हैं, जिन्हें वे अपने हत्यारे देशों की अंध भक्ति करना सिखाते हैं।

अपनी कुर्सी के किनारे पर बैठा गैस पीड़ित ऐसे काँप रहा था मानो वो गोश्त रखने वाले फ्रीजर में हो। पीदाद की घंटियाँ आस्थावानों को चर्च में होने वाली प्रार्थना के लिए

बुला रही थीं। और भी उदास होते हुए एर्दोसैन ने अपने आगंतुक को ध्यान से देखा, जो अपनी कुर्सी में पीछे की तरफ़ झुक गया था और अपने बड़े से कोट के कॉलर को बार-बार अपने चारों तरफ़ कस कर लपेट रहा था। उसका चेहरा बिलकुल नीला पड़ गया था।

एर्दोसैन की सहानुभूति में गहरी उत्सुकता भी थी। उसने बगैर किसी ओर इशारा करने की इच्छा से पूछा :

''तो ये ब्लू क्रॉस के कारण हुआ?''...

दूसरा आदमी, उसके घिसे हुए जूते की एड़ियाँ फिर फ़र्श पर ऐसे पड़ीं जैसे बॉक्सिंग रिंग के कोने में मुक्केबाज़ के जूतों की एड़ियाँ खुरचती हैं। उसने अपने हाथों को मरोड़ा। और मानो किसी भ्रम से काँपते हुए वो बहुत हल्के से बोला :

''हम पर तोपों से जवाबी हमला हुआ था। दो रातों तक सफ़ेद फ़ॉस्फ़ोरस बम हम पर ऐसे बरसते रहे मानो एक अद्भुत झरने में खुद शैतान हो। मिट्टी गैस से भर गयी। ये पानी में भी मिल गई। हमारे कपड़े गैस से गीले हो गये। धातुएँ भी और अधिक झेल नहीं पायीं। यहाँ तक कि राइफ़लों में भी ज़ंग लगनी शुरू हो गई। गन ऑयल का चिकनापन ख़त्म हो गया। हमने फिर जवाबी हमला शुरू किया अपनी तोपों से। 70 प्रतिशत ब्लू क्रॉस; 10 प्रतिशत ग्रीन क्रॉस। जो मास्क हम पहने थे उनके फ़िल्टरों से हम थक गये। हमने जो मोर्चाबंदी की थी हम उसी के कीचड़ में गिरने लगे, और इस दौरान फ़ॉस्फ़ोरस के झरने हमारे ऊपर अद्भुत तरह के फूलों की तरह खिलने लगे, कई सिपाही उछल कर मिट्टी की दीवारों से टकराए, उनके अंग एक-दूसरे से गुँथे हुए और बड़े-बड़े कोट कीचड़ से सने हुए, वो मरे हुए नहीं बल्कि सोये हुए दिख रहे थे। ओह, गैस युद्ध की काव्यात्मकता!''

दूसरे आदमी को अपने सबसे गहरे विचारों को दोहराते देख एर्दोसैन को अजीब-सा महसूस हुआ।

अचानक वो गैस पीड़ित खड़ा हो गया। वह इतना लम्बा लग रहा था कि एर्दोसैन ने महसूस किया वो काँप रहा है मानो वो एक देवता की तरफ़ देख रहा हो। अजनबी के सीने पर आड़ी-तिरछी बेल्ट डराने वाली लग रही थीं। वो क्रूरतापूर्ण नज़रों से देखते हुए चल रहा था और उसके हेलमेट के अग्रभाग के नीचे उसकी पीली आँखें बाघ की आँखों की तरह चमक रही थीं।

वह खुद से बातें करने लगा, मानो पागल हो गया हो :

''येल्लो क्रॉस!...ब्लू क्रॉस...मस्टर्ड गैस....फ़ॉसजीन...जवाबी हमले में गोलाबारी के निर्देश...60 प्रतिशत ब्लू क्रॉस...10 प्रतिशत ग्रीन क्रॉस...पौ फटने पर, कंटीले तारों के मुड़े हुए खम्बों के बीच से चमकता लाल सूरज। हवा उस ज़हरीली धूल के बादल को ऊपर उड़ा रही थी जो दूर तक फैली खाइयों की पंक्ति के ऊपर अपना रास्ता बुन रहे थे।

पीले ऑक्साइड पर पड़े मिट्टी के ढेर। लाल सूरज चढ़ता हुआ; धूल के बादलों को चीरता हुआ और कंटीले तारों के मुड़े हुए खम्बे इन खुदाइयों की गहराई में टेढ़ी-मेढ़ी सीढ़ियों की परछाईं बनाते हुए।

वो एर्दोसैन की तरफ़ घूमा और ज़ोर देकर बोला :

''तुम ज्योतिषी को फ़ैक्ट्री का ब्लू प्रिंट देने जा रहे हो?''

एर्दोसैन ने अपना बचाव किया :

''युद्ध के रसायन शास्त्रियों के बारे में तमाम जानकारियाँ मिलती हैं।''

गैस पीड़ित तेज़ी से खाँसने लगा। वो ज़रूर किसी चिंता या तनाव से गुज़र रहा होगा, क्योंकि वह अपनी कोहनी से अपनी निचली पसलियों को दबा रहा था और साथ ही उसका पूरा शरीर सिकुड़ रहा था, जबकि वो अपने जबड़े को मुट्ठियों से पकड़े था। अब उसकी त्वचा का रंग फिर बदल रहा था। उसके कान के लोलक अब नीले पड़ रहे थे। उसने व्यग्रता से अपने मास्क को देखा जिसमें गोलाकार ट्यूब थे और भालू जैसा सिर था। उसने धीरे-धीरे अपने दस्ताने पहने। बेल्ट को ठीक किया। उसके चारों तरफ़ एक रहस्यमय शांति थी। एर्दोसैन ने उसे देखा, उसकी आँखें प्रशंसा और सराहना से चौड़ी हो गईं। वह इस अद्‌भुत आदमी के सामने घुटनों पर झुक कर नमन करना चाहता था।

उसके मेहमान ने अपने होंठ सख्ती से भींचे हुए थे, अपने हेलमेट के अन्दर से देखते हुए उसकी आँखें सेना की खाइयों के एक मनहूस परिदृश्य को एक परामानवीय स्पष्टता से देखते हुए बाहर की तरफ़ उभरी हुईं। वह बहुत हल्के से बोला, और इस दौरान एर्दोसैन अपनी अनंत हताशा में चुपचाप रोता रहा :

''मेरे कामरेड्स...मेरे कामरेड्स कहाँ हैं? चीथड़े-चीथड़े हुए...हर सड़क पर पीछे छोड़ दिए गए, छोटे-छोटे गड्ढों में जल कर खस्ता हुए, कंटीले तारों पर बिखरे हुए, तंग रास्तों पर जिनका दम घुटा ऐसे साथी। मेरे कामरेड्स...ईश्वर मेरे दुःख से कहीं महान है, बड़ा है।''

एर्दोसैन चुपचाप अपनी बाजू पर सिर रखे रोता रहा। जलते हुए उसके आँसू उसके गालों पर बहते रहे। गैस पीड़ित व्यक्ति एर्दोसैन की तरफ़ झुका और बोला :

''रो, मेरे बच्चे, तुम्हें अभी और भी बहुत रोना है। जब तक तुम्हारा अपना दिल खुद की हालत पर ही न टूट जाये और तुम दूसरे आदमी का दुःख भी अपने दुःख की तरह ही महसूस कर सको।''

''कभी भी,'' एर्दोसैन ने बाद में मेरे सामने याद करते हुए कहा, '' इससे पहले कभी भी मैंने इतनी अद्‌भुत तसल्ली और दिलासा महसूस नहीं की थी जितना कि उस पल में।

मैंने उस गैस पीड़ित का हाथ लिया और उसे चूम लिया, उसके सामने अपने घुटनों पर झुक गया। उसने मेरी तरफ़ नहीं देखा, उसकी आँखें अतीत की किसी भयावह स्मृति पर टिकी थीं। उसने अपना हाथ मेरे सिर पर रखा और कहा : ''जब तुम एक छोटे बच्चे थे, अपनी मासूमियत में उग्र, तुम किले पर बमबारी करने का खेल खेलते थे। अब जब तुम बड़े हो गये हो तो तुम किलों पर बमबारी करने वाले अपने एकाकी खेल को असल में ज़हरीली गैसों के निर्माण में बदलना चाहते हो। तुम कितनी देर तक खेलते रहोगे, बच्चे?''

''मैंने उसके हाथों को चूमा। एक भयानक पीड़ा मेरी आत्मा को कचोट रही थी। मैं उससे अलग हुआ और मैंने उसके घिसे हुए फटे जूतों को चूम लिया। स्थिर, उसने अपने सीने पर लगी आड़ी-तिरछी बेल्टों को ठीक किया, उसकी आँखें एक परा मानवीय स्पष्टता से दूर कहीं देख रही थीं। और उसने कहा : ''ओ पिता, मेरे पिता : मैं अकेला हूँ। मैं हमेशा से अकेला रहा हूँ। कष्ट। मुझे क्या करना चाहिए? बचपन से मैंने कभी कुछ अच्छा नहीं देखा, पिता। जब से मैंने जीना शुरू किया। मेरा हाल कभी अच्छा नहीं रहा। मुझे पीटा गया, अपमानित किया गया, नीचा दिखाया गया। पिता, मैंने कष्ट भोगे हैं।''

उसके बोल एर्दोसैन की तरफ़ घुटी हुई सिसकियों के बीच फूट पड़े। वो आँसुओं में डूब रहा था।

''मैं अब और बर्दाश्त नहीं कर सकता। मैं अन्दर से टूटा हुआ हूँ, पिता। मुझे अन्दर से नष्ट कर दिया गया है, जानवर की तरह। जैसे एक बूचड़खाने में।''

एर्दोसैन के आँसू बारिश की बूँदों की तरह उसके चेहरे से फ़र्श पर गिरने लगे। अचानक एक अद्भुत तरीके से एर्दोसैन को बहुत तसल्ली और सुकून महसूस हुआ। जब उसने अपना सिर उठाया तो वो गैस पीड़ित वहाँ नहीं था।

वो कभी नहीं जान पायेगा कि ये रहस्यमय आगंतुक कौन था।

वो पाप जिसे नाम नहीं दिया जा सकता

चॉकलेटी रंग की नौकरानी लँगड़ाते हुए एर्दोसैन के कमरे में दाखिल हुई। उस मिश्रित नस्ल की नौकरानी के चेहरे पर हल्का-सा समर्पण का भाव देख एर्दोसैन ने खुद से पूछा :

''इस बेचारी का क्या हश्र होने वाला है?''

''एक लड़की आपसे मिलने आई है,'' लँगड़ी औरत ने घोषणा की।

'एक लम्बी, भूरे बालों वाली लड़की।''

''उसे अन्दर आने के लिए कहो,'' एर्दोसैन बिस्तर से बाहर कूदा।

लुसियाना एस्पिला उसके कमरे में दाखिल हुई और एर्दोसैन के सामने रुक गई। उसने अपना हाथ आगे बढ़ाया लेकिन लूसियाना ने उसकी इस मुद्रा पर कोई प्रतिक्रिया नहीं की। अपनी एक बाँह आगे बढ़ाये हुए एर्दोसैन जस का तस रहा, लूसियाना उसे बहुत सहानुभूति से देखती रही। उसने एर्दोसैन से कहा :

''उस रात तुमने इस तरह मेरा अपमान क्यों किया? मैं जानना चाहती हूँ कि मैंने तुम्हें क्या नुक्सान पहुँचाया है...क्योंकि तुमने हमारे साथ अच्छा बर्ताव किया है और मैं तुमसे प्यार करती हूँ।''

एर्दोसैन उदास महसूस करते हुए बगैर कुछ बोले वहीं खड़ा रहा। हाथ जेब में डाले वो लगातार फ़र्श की तरफ़ घूरता रहा।

''तुम बोलते क्यों नहीं? क्या बात है, रेमो? मुझे बताओ। तुम बहुत अजीब-सा व्यवहार कर रहे हो इन दिनों। ऐसा लगता है मानो किसी चीज़ ने तुम्हें बीमार कर दिया है। लेकिन तुम कुछ कहते ही नहीं। तुम पहले से ज़्यादा मोटे हो गये हो। लोगों को ऐसा लगता है कि तुम उनका मज़ाक बना रहे हो। मैं तुम्हें देख रही हूँ, हालाँकि इस पर तुम्हारा कभी ध्यान नहीं गया। तुम कोई बहुत उदास बात, कोई दु:ख छिपा रहे हो।''

एर्दोसैन ने एक हल्की-सी हँसी को दबा लिया। उसका गुरूर उस मधुरता से संघर्ष कर रहा था जो उस लड़की ने उसके भीतर जगा दी थी। लुसियाना ने धीरे से अपनी पलकें बन्द कर लीं और सोफ़े के किनारे पर बैठते हुए बोली :

''तुम मुझे नहीं बताते कि तुम मुझे चाहते हो। नहीं। तुम नहीं कहते कि तुम मुझसे प्यार करते हो या नहीं। अगर ऐसा ही है तो बेचारे हमारे दिल!''

एर्दोसैन ने हैरान होकर उसकी तरफ़ देखा :

''ये शब्द दोबारा तो कहो, प्लीज़!''

''कौन से शब्द?''

''जो तुमने अभी कहे।''

''अगर ऐसा ही है तो। तुम कहोगे नहीं कि तुम मुझे प्यार करते हो या नहीं; तो ज़रूर ये हमारे बेचारे दिलों की वजह से ही!''

''यही है...''

''मुझे बताओ हमारे बीच क्या है जो इतना बदल गया है?''

''मैं अकेला रहना चाहता हूँ।''

''तुम अकेले क्यों रहना चाहते हो?''

"क्योंकि मैं यही चाहता हूँ...मैं अकेला रहना चाहता हूँ।"

"तुम एक बच्चे की तरह ज़िद्दी हो। मुझे बताओ, तुम अकेला क्यों रहना चाहते हो?"

"उफ़्फ़, ये औरतें...मैं बस अकेला रहना चाहता हूँ। बताओ ज़रा, क्या मुझे शान्ति से अकेले रहने का हक़ नहीं?"

"क्यों? खुद को इस तरह यातना देने के लिए जैसा तुम करते हो?"

"तुम्हें इससे क्या?"

"मैं तुम्हारे लिए चिंता करती हूँ, क्योंकि तुम खुश नहीं हो।"

"मुझे कोई भ्रम, कोई गलतफ़हमी नहीं है। और ये सबसे बुरी बात नहीं। मुझे कभी गलतफ़हमी हो भी नहीं सकती।"

"बात करो। ताकि मैं तुम्हें सुन सकूँ।"

उसने ध्यान नहीं दिया था कि लुसियाना सोफ़े से उतर कर नीचे बैठ गई थी और उसने अपनी कोहनियाँ एर्दोसैन के घुटनों पर टिका दी थीं। रेमो ने उसे देखा और अचानक नदी किनारे आरा मशीन का गतिमान दृश्य उसकी आँखों में घूम गया।* अपनी कल्पना में वो कुछ हिसाब-किताब कर रहा था और नदी किनारे के साथ-साथ रखे गए लकड़ी के बुरादे में से झाँकते विशाल चूहों के पैने मुँह देख कर मुस्कुरा दिया।

"तुम चाहती हो कि मैं कुछ बोलूँ। लेकिन मेरे पास तुम्हें बताने को कुछ खास है नहीं। मुझे कोई गलतफ़हमी, भ्रम नहीं है। अब हो भी नहीं सकते। दूसरे आदमियों को उत्साहित करने के लिए किसी भ्रम की ज़रूरत होती है। कुछ को लगता है कि बहुत सारा पैसा उन्हें खुशी देगा और वो जानवरों की तरह काम करते हैं सोना इकट्ठा करने के लिए, फिर मौत आकर उन्हें हैरान कर जाती है। कुछ दूसरे मानते हैं कि उन्हें सत्ता और ताकत मिल जाएगी लेकिन जब तक उन्हें ये हासिल होती है, तब तक इसके प्रति उनकी रुचि उन सभी बुरी चालबाज़ियों से कलंकित हो चुकी होती है, जो उन्होंने ताकत हासिल करने के लिए अपनाईं।"

"वो लोग संख्या में कम होते हैं जिन्हें सम्मान और ख्याति की इच्छा होती है, और वे अपनी बेकार कलात्मक रचनाओं पर गुलामों की तरह मेहनत करते हैं ताकि जब प्रलय आए तो उन्हें शून्य में दफ़ना दे। और अंत में वे भी उन लोगों की तरह जो सोना इकट्ठा करने

* इस कहानी के समीक्षक ने एर्दोसैन का ध्यान इस तरफ़ दिलाया कि उसके 'नदी किनारे एक आरा मिल में काम करने के सपने और एमीलियो एस्पिला की इच्छा में काफ़ी समानता थी, जो कि करीबन यही उम्मीद थी, और तब एर्दोसैन ने कहा कि बहुत मुमकिन था कि एमीलियो ने कभी उसे अपना सपना बताया हो और अनजाने में उसने इस सपने को आत्मसात कर लिया हो।

या ताकत हासिल करने के लिए मशक्कत करते हैं, आखिरकार दाँत पीसते और कोसते रह जाते हैं। लेकिन क्या फ़र्क पड़ता है, चाहे पैसा कमाना हो, ताकत हासिल करनी हो या प्रसिद्धि, जब आप ये ही नहीं समझ सकते कि धीरे-धीरे तुम्हारी मौत करीब आ रही है। जहाँ तक मेरा सवाल है तो मैं अपने भ्रम किस पर केंद्रित करूँगा? ज़रा बताओ, एक लड़की के मुँह पर मैंने थूका । कुछ समय बाद वो लड़की मेरे पास आई। तब उसने मुझसे पूछा : कि क्या मैं सड़कों पर देह व्यापार के लिए निकलने में उसकी मदद करूँगा, ताकि वो मेरे लिए कमा सके? मैंने हाँ में जवाब दिया और उसे बाहर निकाल दिया, क्योंकि मुझे उस पर अफ़सोस हुआ। मैंने एक आठ बरस की लड़की को खराब किया। मुझे चाँटा पड़ा। मैंने चोरी की है। हर चीज़ से मुझे ऊब होती है। मैं हमेशा उदास रहा हूँ...''

लुसियाना उसकी बगल में बैठ गई और उसके चेहरे को हल्के-हल्के सहलाने लगी।

''क्या वजह थी कि तुमने ये सब किया? क्या तुम नहीं जानते कि बुरे कामों में तुम्हें खुशी नहीं मिलेगी?''

''और तुम ये कैसे जानती हो कि मुझे खुशी मिलेगी? नहीं; मुझे खुशी नहीं मिलेगी। मुझे और दर्द मिलेगा, और कष्ट।''

''क्यों?''

''पता नहीं...मेरे ख़याल से ऐसे पल होते हैं जब अंतर्मन उस अधिकतम दर्द को रोक नहीं पाता जिसे वो अभी तक जानता भी नहीं, और फिर ये एक केतली की तरह उबल जाता है। देखो...इस अपार्टमेंट हाउस में मेरा एक लड़की से रिश्ता है...वह चौदह बरस की है। मैंने उसे खरीद लिया है...कोई और रास्ता नहीं था। 500 पेसोस में। मैं एक बेकार सी लड़ाई में उलझ गया हूँ। उसकी माँ मुझ पर रौब डाल कर हावी होना चाहती है। मैं भी अपना मनोरंजन करने के लिए उस राक्षसी औरत से लड़ाई कर लेता हूँ...उससे वाकई मेरा दिल बहल जाता है। मैं उस दिन के बारे में सोचता हूँ जब मैं रसोई में जाऊँगा और उससे कहूँगा : 'डोना इग्नासिया, तुम्हारी बेटी माँ बनने वाली है'।''

''फिर वो भयानक बूढ़ी औरत मुझसे कहेगी : 'तुम्हें उससे शादी करनी होगी।' और मैं उससे शादी कर लूँगा...देखा तुमने? मैं उससे शादी करने से इनकार नहीं करूँगा।''

लुसियाना हिंसक तरीके से सीधी हो गई :

''क्या तुम पागल हो?''

एर्दोसैन ने धीरे-धीरे एक सिगरेट सुलगाई।

''तुम ठीक कहती हो। कमोबेश। मैं पागल नहीं हूँ, लेकिन दर्द में हूँ, दुखी हूँ, और ये एक ही बात है।'' और वो अचानक ठहाका मार कर हँस पड़ा।

''देखा, लुसियाना ? ये तस्वीर देखो। बूढ़ी औरत रसोई में खड़ी है, एक नाराज़ देवता की तरह चेहरा है और एक नज़र वो अपनी घबराई हुई मिलानीज़ नौकरानी पर बनाये हुए है और इस सबके बीच वो एक नाबालिग के गर्भपात का सौदा कर रही है। हालाँकि दूसरी तरफ़ वो बेवक़ूफ़ लड़की अपने पेट में पल रहे बच्चे के लिए तमाम योजनायें बना रही है।''

इसके साथ ही एर्दोसैन ने अपने हाथ से पेट पकड़ा और ज़ोर से हँस पड़ा। लुसियाना उसे हैरानी से देखने लगी।

''रेमो, तुम कतई मज़ाकिया नहीं हो...तुम्हें यहाँ से जल्द-से-जल्द निकलना चाहिए।''

अपने कन्धों को झुका कर, वह लुसियाना के सामने खड़ा हो गया।

''मैं कहाँ जाऊँगा ? क्या तुम मुझे ये बताना पसंद करोगी ?''

''कहीं भी...उत्तरी अमेरिका।''

''और तुम काफ़ी भोली हो अगर तुम ये सोचती हो कि उत्तरी अमेरिका में ऐसी कोई साबुन झाग से भरी मिलान की लड़की और गर्भपात का सौदा करती डोना इग्नासिया नहीं होंगी। तुम काफ़ी भोली हो। जहाँ भी तुम जाओ तुम्हें बुरे आदमी और औरतें मिल ही जाएँगी।''

अब वो अपनी जेब में हाथ डाले कमरे में इधर-से-उधर चहलकदमी कर रहा था।

''यहाँ से दूर चला जाऊँ ? तुमने कितनी आसानी से कह दिया। लेकिन कहाँ जाऊँ ? जब मैं बच्चा था तो मैं उन अजीब जगहों के बारे में सोचा करता था जहाँ लोग मिट्टी के रंग जैसे भूरे थे और मगरमच्छ के दाँतों से बनी मालाएँ पहनते थे। ये जगहें अब मौजूद नहीं हैं। दुनिया के सारे समुद्र तटों पर भयानक लोग निगरानी रखते हैं जिनके पास तोपें हैं, मशीन गन हैं और पुलिस उनके इशारे पर नाचती है; और वो फ़ैक्ट्रियाँ लगाते हैं और जो उनकी इस लूट का विरोध करते हैं उन देसी लोगों को ज़िंदा जला देते हैं। चला जाऊँ ? क्या तुम जानती हो जाने के लिए मुझे क्या करना पड़ेगा ?...आत्महत्या।''*

---

* समीक्षक का नोट : एर्दोसैन इस तरह के अत्याचारों के बारे में जो दृढ़ता से बात कर रहा था, ठीक ही था। जिस वक्त ये किताब प्रकाशित होने के लिए जा रही थी, उसी वक्त फ्रेंच अखबार चीन से आने वाली खबर पर आधारित लेख छाप रहे थे : सि वाई सेन, साम्यवादी लेखक और *द शंघाई टाइम्स* के सचिव को अंग्रेज़ों द्वारा जनवरी 17, 1931 को गिरफ़्तार कर लिया गया था, और फिर उसे अंग्रेज़ों ने नान्किंग में सरकार को सौंप दिया जिसने पाँच अन्य कामरेड्स के साथ उसे ज़िंदा जला दिया। वह दोस्तोयव्स्की की एक जीवनी का लेखक है। एक और लेखक, फेन-केंग को अंग्रेज़ों ने इंटरनेशनल कन्सेशन के दौरान गिरफ़्तार कर लिया और उसे कुओमिन्तंग में सरकार को सौंप दिया जिसने उसे गोलियों से भून दिया। वह *रिस्योरेक्शन* नामक उपन्यास का लेखक था। 17 मई को ब्रिटिश सैनिकों द्वारा छात्रों के क्रूर नरसंहार के बाद वो साम्यवादी बन गया था। यू-शिह, लेखक। अंग्रेज़ों द्वारा कुओमिन्तंग में सरकार के सुपुर्द किया गया, और फरवरी 17 को सरकार द्वारा मौत के घाट उतार दिया गया।

लुसियाना के वक्ष से एक आह उठी।

''तुम ठंडी आह भर रही हो, क्योंकि मैं सच बोल रहा हूँ। देखो, कोई दूसरा आदमी तुम्हें स्वीकार कर लेगा। वर्ना मैं तुम्हें बताता ही नहीं। तुम्हारे जीवन का ये निर्णायक क्षण होगा। ज़रूर होगा। मैं तो अब उस रेखा के पार चला आया हूँ। जानबूझकर और खुद को अच्छी तरह समझते हुए मैं बुराई में दक्षता हासिल करने के रास्ते चल पड़ा, यानी मेरी बदकिस्मती के रास्ते पर। वो जो दूसरों को नुकसान पहुँचाता है, वास्तव में ऐसे राक्षस खड़े करता जाता है जो देर-सबेर उसे ही खा जाते हैं। मैं इन अफ़सोसों में डूबा हुआ जी रहा हूँ। मेरी बात सुनो...। मुझे बोल लेने दो। मुझे रात से डर लगता है। मेरे लिए रात भगवान की मेरे लिए सज़ा है। मैंने भयानक पाप किए हैं। मुझे उनका फल भुगतना पड़ेगा। और फिर भी, मेरा मानना है कि मुझे अभी दो या तीन गुनाह और करने होंगे। आखिरी, मुमकिन है बहुत भयानक हो। तब भी, जैसा कि तुम देख रही हो, मैं तुमसे कितनी शांति से बात कर रहा हूँ, है ना? और आम समझदारी के साथ भी, है ना?''

उसे इस तरह बात करता सुन कर लुसियाना को उसके लिए असीम सहानुभूति महसूस हुई, लुसियाना ने मुझे बाद में बताया। ''मुझे लगा कि दुनिया का सबसे बदकिस्मत शख्स मेरे सामने खड़ा है।''*

''अच्छा। अपराध और बुराई का जो रास्ता मैंने अपनाया, उससे मुझे कोई भी हटा नहीं सका। अंत, मेरा अंत, मेरा मानना है, करीब है। डरो मत। मैं अभी मरने वाला नहीं...मेरी आँखों में कोई आँसू नहीं है। कभी कोई मकसद था ही नहीं। सच तो ये है कि मैंने उन बेचारों को बहुत कष्ट दिया, जिनका सिर्फ़ एक गुनाह था कि वो मुझसे कमतर थे।''

सम्मोहित सी लुसियाना एर्दोसैन की बात सुनती रही, सोचती रही। वो बोलता रहा :

''मुझे याद नहीं वो किसकी बात कर रहे थे जब पवित्र ग्रंथों में ऐसे पाप का ज़िक्र किया गया जिसे नाम नहीं दिया जा सकता, परिभाषित नहीं किया जा सकता। धार्मिक निष्कर्ष ये था : 'पाप जिसे नाम नहीं दिया जा सकता'। मैं वो अपराध पहले ही कर चुका हूँ। धर्मशास्त्रियों में अब भी इस बात पर सहमति नहीं है कि वो 'पाप जिसे नाम नहीं दिया जा सकता' ठीक-ठीक है क्या। केवल अंतरात्मा ही अपने असाधारण विवेक और संवेदनशीलता से अपराधों को श्रेणी में डाल सकती है...लेकिन वो भी इसे नाम नहीं दे सकती...क्या तुम समझ रही हो? तब से मेरा पीछा किया जा रहा है। ऐसा लगता है मानो मुझे मेरे अस्तित्व से निष्कासित कर दिया गया है। और फिर कोई भी, चाहे उसने कितने ही कष्ट भोगे हों, मुझे नहीं समझ नहीं सकता। और अगर इसी वक्त मुझे अदालत में दण्डित किया जाए तो जज को सिर्फ़ एक भद्दा, दुबला आकार नज़र आएगा। अगर मैं किसी औरत

* ये दृश्य के बीच समीक्षक का नोट है।

के पास जाऊँ और उसके सामने वो सब कुछ न बताऊँ जो मैंने तुम्हें बताया है, तो वो सिर्फ़ ऐसा आदमी देखेगी जिससे वो कुछ ताल्लुक रख सकती है। बताओ मुझे, क्या ये हास्यास्पद नहीं है कि आप अपने कंधे पर एक ऐसी त्रासदी लेकर घूम रहे हैं जिसे आप परिभाषित भी नहीं कर सकते...जिसमें किसी की कोई दिलचस्पी नहीं...उस औरत की भी नहीं जिसने दीवानगी के एक पल में कहा हो, 'मैं तुम्हें हमेशा प्यार करती रहूँगी'। ''

लुसियाना एर्दोसैन को बहुत ध्यान से सुनती रही। वो कमरे में इधर-से-उधर टहलते हुए बोलता रहा :

''मेरे जैसे लोगों की आत्मा मज़बूत स्टील की चादर से भी ज़्यादा कठोर होती है। जब कोई ये कहता है कि वो तुम्हारी बात समझ रहा है, तो दरअसल वो कुछ नहीं समझता। वो व्यक्ति अपनी आत्मा की सतह को ही उसका सार समझ लेता है। वह एक मज़बूत स्टील की तरह ही होती है। आप उसकी चमकती पॉलिश की हुई सतह और उसके आस-पास की चीज़ें ही देखते हैं। खुद उसे आप चीर नहीं सकते। लेकिन हम, जो बाहर खड़े हैं, हम उसे देख सकते हैं। तुम मुझे ऐसे क्यों देख रही हो?''

वो लड़की सिर से पाँव तक शर्म से लाल हो गई। वह धीरे से उठी, दरवाज़े तक गई, उसे बंद किया और ताला लगा दिया। कमरे की रौशनी हल्की हो गई। एर्दोसैन मेज़ के सहारे टिक गया। लुसियाना ने अपनी बाजुएँ उठायीं और अपनी उँगलियों को गर्दन के ऊपर तक ले आई। ऐसा लगा कि वो शून्य में निहार रही है; फिर वो एर्दोसैन की तरफ़ मुड़ी और बोली :

''क्या तुम मुझे देखना चाहोगे...देखो...'' और उसने अपनी ड्रेस का एक धागा खोला जिससे उसके सफ़ेद वक्ष दिखाई देने लगे।

एर्दोसैन ने स्थिर रहकर उसे देखा।

जो पोशाक वो पहने थी हल्की-सी घूमी और उस नौजवान लड़की की टाँगों पर गिर गई। उसकी शमीज़ जो एक तिरछे त्रिकोण की तरह लग रही थी सिर के ऊपर उसकी एक बाज़ू से टिकी थी। उसके चौड़े नितंबों की दूधिया सफ़ेदी से वो कमरा एक विशाल भव्यता से भर गया। एर्दोसैन ने उसके गोल स्तनों को देखा जो उसके रक्तिम निपल्स को घेरे थे और उसके एक साथ चिपके टाँगों के बीच जाँघों के बाल देखे और उसने सोचा :

'कोई विशाल आदमी ही इसे चोद सकता है।'

लुसियाना अब सोफ़े पर एक पैर के ऊपर दूसरा पैर रख कर लेटी थी। उसकी एक मुड़ी हुई बाज़ू से उसका गोलाकार स्तन हल्का-सा चपटा हो गया था, इसी हाथ पर वो अपना चेहरा टिकाये थी। उसके चेहरे पर आये लाल रंग ने उसके पीलेपन को ज़रा कम कर दिया था और उसके मुलायम होंठ हल्के जामुनी लग रहे थे। अपनी जाँघों के बीच

ताँबई बालों के गुच्छे की तरफ़ उसने टेढ़ी नज़र से देखा जो उसकी योनि को छिपा रहे थे और बोली :

''देखो मुझे। क्या तुम जानते हो कितने सालों तक हर उस आदमी की निगाहों ने मेरा पीछा किया है जिनकी बगल से मैं गुज़री हूँ? पंद्रह साल, रेमो। उन सभी मर्दों की निगाहों ने मुझे इतने बरसों से चाहा है। और तुम वो पहले आदमी हो जिसने मुझे नग्न देखा है। और खुद को तुम्हें सौंपने में मुझे ख़ुशी होगी।''

एर्दोसैन, खड़ा हुआ फिर मेज़ के किनारे से टिक गया, अपनी बाज़ुएँ सीने पर बाँध लीं।

''अपनी देह तुम्हें उपहार में देने के लिए मैंने अपने कपड़े उतारे हैं। मैं नहीं चाहती कि तुम और कष्ट सहो।''

एर्दोसैन ने ठंडेपन से और चीरती हुई निगाहों से उसे देखा। सुनहरी धूप की कुछ चमक उसकी आँखों से सरक गई, थोड़ा-सा हरा मैदान और अपने काले घुँघराले बालों को छेड़ती एक छोटी लड़की के गले में दबी हुई साँस। रेमो मुस्कुराया और बचकाना तरीके से बोला :

''वाकई...तुम सुन्दर हो, लुसियाना।''

वो उस नौजवान औरत के करीब शांति से गया और उसके बालों को हाथों से सहलाते हुए वो दोबारा बुदबुदाया :

''तुम सुन्दर हो। तुम्हें शादी कर लेनी चाहिए...''

अचानक शर्मिंदा होते हुए लुसियाना यथार्थ में लौट आई। वह कूद कर सोफ़े से उठी और अपने पास पड़े अपने कपड़ों को जल्दी से खींचा। एर्दोसैन, एक बार फिर मेज़ के किनारे से टिक कर खड़े हुए उसे देख रहा था और उसने लगभग नफ़रत से कहा :

''तुम सुन्दर हो। तुम्हें शादी कर लेनी चाहिए...''

और खुद को हँसने से रोकने के लिए उसे अपने होंठ चबाने पड़े। उसी वक्त एक सवाल उसके ज़हन में कौंधा : अगर इस वक्त डोना इग्नासिया मेरे कमरे में आ जाये और लुसियाना को नंगी देख ले तो वो क्या कहेगी? वो चिलाएगी : और तुम जिसमें रत्ती भर भी शर्म नहीं है, एक लड़की का हाथ मर्द के लिंग पर होने से कितने गुस्से में आ गये थे? तुम, जो नंगी औरतों को अपने कमरे में लाते हो? मुझे चर्च जाकर तुम्हारी आत्मा को नरक में धकेलने के लिए प्रार्थना करनी चाहिए।''

शर्म के गहरे बोध के साथ लुसियाना ने कपड़े पहन लिए। वो एर्दोसैन की तरफ़ देखने से बच रही थी...उसके होंठ नफ़रत से काँप रहे थे।

एर्दोसैन बोलता रहा :

''माफ़ करना, लेकिन मुझे तुम्हारी चाहत नहीं है। तुम्हें एक इज़्ज़तदार आदमी से शादी कर लेनी चाहिए।''

निर्दयता के राक्षस ने बहुत ख़ुशी से रेमो की आत्मा को अपने वश में कर लिया था। एर्दोसैन को बहुत कोशिश करनी पड़ी और लगभग अपनी ज़बान काटनी पड़ी ताकि वो लुसियाना से ये ना कहे :

'हाँ ठीक है...तुम्हें एक इज़्ज़तदार आदमी से शादी करनी चाहिए जो घुटनों तक लम्बे कसे हुए कच्छे पहनता हो और सोने से ठीक पहले अपने नथुनों में वेपोरब लगाता हो ताकि उसे ज़ुकाम न हो जाए।'

फिर भी, हालाँकि उसने ये कहने की इच्छा को दबा लिया था और गंभीर होने का दिखावा करने की काफ़ी कोशिश भी की थी, लेकिन इस स्थिति की विडम्बना उसकी आँखों से ख़ुशी-ख़ुशी झलक रही थी।

लुसियाना ने चुपचाप कपड़े पहने, उसका चेहरा उसकी शमीज़ जितना ही सफ़ेद पड़ चुका था और उसकी आँखें बिजली सी चमक रही थीं। एर्दोसैन उस तूफ़ान को देख सकता था जो उसके मौन से फूटने वाला था और जिस पर उसके अंदरूनी पिशाच के हावी होने से अंततः बहुत मज़बूती आ गई थी। और इसलिए उसने माफ़ी माँगी :

''प्यारी लुसियाना, मुझे माफ़ कर देना, लेकिन मैं तुम्हें नहीं चाहता।''

शर्म से लाल होते हुए उस नौजवान औरत ने कपड़े पहने। जाने से पहले वो एर्दोसैन को नज़र भर देखने के लिए ज़रा रुकी। उसने एर्दोसैन को इस तरह से देखा मानो उसकी आँखों से प्रकाश फूट पड़ेगा और फिर काँपते हुए और अपने दाँतों के बीच सिसकी को रोके हुए उसने दरवाज़ा खोला और चली गई।

दुष्टतापूर्ण फ़ॉर्मूले

शाम के चार बज गये थे। एर्दोसैन मेज़ के सामने बिलकुल सीधा होकर बैठा था। अगर उस वक्त उसकी तस्वीर लेना संभव होता तो हमारे पास एक बहुत गंभीर चेहरे का स्नेपशॉट होता, तस्वीर में दिखाई देता : एक मेज़ के सामने बैठा एर्दोसैन, एक खाली कमरे में, और उसके सिर के ऊपर एक बत्ती जल रही है।

बाहर रविवार का सूरज चमक रहा था, लेकिन एर्दोसैन अपने अच्छी तरह से बंद किए हुए कमरे में बैठा था, नकली रौशनी में काम कर रहा था। उसके हाथ मेज़ के ऊपर रखे थे, लेकिन वह उनकी तरफ़ नहीं देख रहा था। वह सीधे दीवार की तरफ़ घूर रहा था। फिर एक पल ऐसा आया जब उसने अपना दायाँ हाथ मेज़ से हटा लिया। उसने अपना हाथ

उतनी ही सावधानी से हटाया जैसे एक शतरंज का खिलाड़ी प्यादे की तरफ़ अपना हाथ ले जाता है लेकिन उसे हिलाने की हिम्मत नहीं करता। सच में, एर्दोसैन कुछ भी हिलाना नहीं चाहता था, अपना हाथ भी नहीं। उसकी ये हल्की-सी गतिविधि की यही वजह थी। उसकी पलकें झुकीं और उसकी आँखों ने उस हाथ को देखा जिसे उसने अभी हिलाया था। उसने हाथ को हैरानी से देखा। उस क्षण में वो हाथ इतना कमज़ोर दिख रहा था कि उसे ये अजीब लगा कि अभी तक उसका हाथ टूटा नहीं।

अन्य अनुभूतियों ने उसकी मांसपेशियों की नसों पर मानो पैबंद लगा दिए थे। कभी-कभी ऐसे क्षण आते जब उसका गंभीर भाव इतना गहन हो जाता कि एर्दोसैन को ऐसा महसूस होता मानो लैंप की रौशनी से उसकी त्वचा काली पड़ती जा रही है, जिसने मेज़ पर बिखरे कागज़ों को भी हल्का पीला कर दिया था। एर्दोसैन ने अपने हाथ सफ़ेद मेज़ पर रखे, अपने मुट्ठीभर नोट्स की तरफ़ देखा और फिर एक लकीरों वाली नोटबुक में लिखा :

'प्रयोग के लिए दिए गये जानवर के किलोग्राम वज़न को हम ''पी'' कहेंगे, और इसकी मौत के लिए ज़रूरी न्यूनतम गैस को ''प''।' रेमो ने फिर जो लिखा था उसे घबराहट और उत्तेजना के साथ मिटा दिया और फिर से लिखना शुरू किया।

'एक क्यूबिक मीटर वायु में जितने मिलीग्राम गैस घुलती है, उसे हम ''क्यू'' कहेंगे, एक मिनट में जितने क्यूबिक मीटर को साँस के ज़रिये अन्दर ले जाया जा सकता है उसे ''ए'' कहेंगे, और व्यक्ति के साँस लेने से उसकी मौत तक के बीच के मिनटों को ''टी'' कहेंगे, तो हमारे पास होगा : ''ए'' को ''टी'' से गुणा किया जाए, ज़हरीली साँसों के क्यूबिक मीटर्स की संख्या या

प=क्यू×टी×ए

'तो एक ज़हरीली गैस की खास विषाक्तता का स्तर होगा :

क्यू×ए×टी/पी

दरवाज़े के बाहर से भैंगी लड़की ने चिल्ला कर उसे पुकारा :

''रेमो, क्या तुम बाहर आकर कुछ माते पीना चाहोगे?''

एर्दोसैन गंभीरता से उठा और दरवाज़ा हल्के से खोला। लड़की ठीक उसके सामने खड़ी थी। जब से उसने डोना इग्नासिया को पैसे दिए थे तब से वो उसकी रखैल थी। ये घटना ठीक उस वक्त हुई जब वह लोगों से बिलकुल अलग-थलग हो गया था। कभी-कभार वह ज्योतिषी से मिलने चला जाता। अपार्टमेंट हाउस में लोगों के अविवेकी सवालों से बचने के लिए उसने सभी को बताया हुआ था कि वह 'एक और आविष्कार पर काम कर रहा था'। वास्तव में वो एक रासायनिक युद्ध फ़ैक्ट्री लगाने पर काम कर रहा था। वो ये सारी योजना ज्योतिषी को देना चाहता था। इसके बाद वो पहाड़ों पर बसी कॉलोनी में जाना

चाहता था। उस वक्त उसके ऐसे ही कुछ विचार थे। इस तरह के बर्ताव से उस इमारत के लोगों ने उसकी प्रशंसा करनी शुरू कर दी, जो डोना इग्नासिया से ये जान कर सम्मोहित से हो गये थे कि रेमो ने अपना ताँबे का गुलाब इलेक्ट्रिक कंपनी को बेच दिया था।

काफ़ी भौंडे होने के साथ-साथ ये लोग सरल भी थे, उन्हें अंदाज़ा ही नहीं था कि उसके ये विचार और अध्ययन किस विज्ञान से संबंधित थे, लेकिन वे सभी उसके कमरे के अँधेरेपन से बहुत प्रभावित थे जिसमें एर्दोसैन ने खुद को अलग-थलग कर दिया था, इसलिए वो उसके कमरे के बाहर से ऐसे धीरे-धीरे गुज़रते थे मानो वहाँ कोई बीमार आदमी रहता हो। एर्दोसैन भी इस तरह के आदर को प्रोत्साहित करता और अपने अपार्टमेंट में ही दोपहर और रात का भोजन करता और जब डाइनिंग कक्ष में उस इमारत के अन्य निवासी डोना इग्नासिया से पूछते कि एर्दोसैन किस काम में लगा है, तो वो रहस्यपूर्ण इशारे से अपनी आवाज़ हल्की करके कहती :

''वो एक दूसरी खोज पर काम कर रहा है, लेकिन वो इस बारे में एक शब्द भी नहीं कहता, क्योंकि कोई और इसे चुरा सकता है।''

''इस नौजवान को तो उत्तरी अमेरिका जाना चाहिए,'' एक बूढ़े मूर्ख स्पेनिश ने कहा जो एक हार्डवेयर स्टोर में हिसाब-किताब देखने का काम करता था। ''वो वहाँ करोड़ों बनाएगा।''

''उसमें जो है उसे काबिलियत कहते हैं,'' एक नौजवान वेटर ने कहा। ''वो बहुत जल्द अमीर हो जायेगा, जबकि हम यहाँ ऐसे ही जीते रहेंगे, जीते रहेंगे।''

वो बहीखाता देखने वाला डोना इग्नासिया के कूल्हों पर एक वासनापूर्ण नज़र डालता और फिर एक ठंडी साँस लेकर महाराज की केटालोनिया दौरे की खबर में डूब जाता।*

''हाँ, मैंने कुछ माते बनाया है, रेमो।''

एर्दोसैन अपने कमरे से बाहर आ गया था। भैंगी लड़की रोज़ की तरह सैंडल्स पहने थी और वो अपने चश्मे के मोटे ग्लासेज़ में से झाँकते हुए उसकी तरफ़ अश्लील तरीके से मुस्कुराई। जब भी एर्दोसैन बाहर आता, वो अपने वक्ष के बीच के भाग को उभार देती और जब उसके वक्ष उघड़ कर काँपते तो वो उन्हें उससे रगड़ देती, उसके होंठ हल्के खुले होते और आँखें अधमुँदी।

एर्दोसैन चुपचाप आकर रसोई के एक स्टूल पर बैठ गया। उधर दीवारें चिकनाई से भरी थीं, बर्तन अभी ही धुले थे और एक गहरे प्लास्टर के सिंक में सूख रहे थे, और डोना इग्नासिया अपने काले घुँघराले बालों, घिसी हुई चप्पलों और उसकी गठी हुई गर्दन के चारों

* समीक्षक का नोट : ये ध्यान रखें कि इस उपन्यास की घटनाएँ वर्ष 1929 के मध्य में घटित होती हैं।

तरफ़ एक काले मखमली रिबन बाँधे बिना अपना मुँह खोले जितना हो सकता था उतनी स्नेहशीलता से उसकी तरफ़ मुस्कुराई।

भैंगी लड़की एर्दोसैन को हर तरफ़ छूने लगी।

एर्दोसैन अनमने ढंग से मुस्कुराया और जब डोना इग्नासिया माते में ताज़ा येरबा डाल रही थी और कचरे को कूड़े के डिब्बे में डाल रही थी, तो रेमो इस सबसे अनभिज्ञ अपने दिमागी एकालाप में व्यस्त था।

'मायेर फ़ार्मूला...हाबेर फ़ार्मूला...(क्यू-ई) सो, टी बराबर हुआ आई के। ये तो निश्चित है कि प्रयोगशाला में किया गया प्रयोग खुले में किये गये प्रयोग से अलग होगा...लेकिन क्या बकवास है, मान लेते हैं कि हम फ़ॉसजीन का प्रयोग करते हैं; 450 मिलीग्राम प्रति क्यूबिक मीटर। डाईफ़ॉसजीन 500 मिलीग्राम प्रति क्यूबिक मीटर। डाईक्लोरोएथिलसल्फ़ाइड, 1,500 वगैरह, वगैरह। तो एक आदमी आठ लीटर हवा में एक मिनट के लिए साँस लेता है तो फ़ार्मूला होगा...8 का 450 गुणा 1,000 से विभाजित।'

एर्दोसैन वहाँ एक मूर्ख की तरह बैठा शून्य में घूर रहा था, जबकि उसके होंठ इस संख्या को विभाजित करने की गणना में हिल रहे थे।

'बिलकुल यही। हर इकाई पर करीब 4 मिलीग्राम वज़न होने पर ये प्राण घातक ज़हर पैदा करेगा। ये वैज्ञानिक क्या गज़ब हरामज़ादे होते हैं! उन्होंने एक नन्हे से बच्चे को शैतान के हाथों बेच दिया। और मैं शर्त लगा सकता हूँ कि ये रसायनशास्त्री जैसे ही अपनी टेस्ट ट्यूब्स और मास्क उतार कर रखते हैं, सीधे घर वापिस जाते हैं और अपने बच्चों को गले लगाते हैं। और सोते वक्त जब उनकी बीवी कपड़े उतार रही होती है और आईने में अपने नितम्ब को निहार रही होती है, तो वे खुद से कह रहे होते हैं, ''मुझे ये देखना होगा कि अमुक गैस का आणविक ढाँचा कैसा बन रहा है।'' कैसे कुतिया के पिल्ले होते हैं वो! प्रति ग्राम चार मिलीमीटर से ज़्यादा नहीं। और आदमी मक्खी की तरह टपक जायेगा। अगर ये शैतानी किफ़ायत नहीं तो इसे और क्या कहा जा सकता है। आदर्श है। कम मात्रा में ज़्यादा ज़हरीलापन। ज़रा दिखाओ हमें, ओ महत्त्वपूर्ण आदमी—दुनिया की महानतम ताकतों के नेता अपने रसायन शास्त्रियों से कहेंगे—एक ऐसा ज़हर जो एक मिलीग्राम गैस से 100,000 क्यूबिक मीटर हवा को विषाक्त कर दे और हम तुम्हारी मूर्ति बनवायेंगे। और वही आदमी जो हर रात अपनी बीवी के नितम्बों को प्यार से सहलाता है, हर सुबह उठ कर उस नयी आणविक संरचना की खोज में जुट जाता है जिसके ज़रिये कम-से-कम गैस के प्रयोग से ज़्यादा-से-ज़्यादा लोगों का नाश किया जा सके। कैसे हरामज़ादे लोग होते हैं ये!'

एर्दोसैन की कल्पना में रसायनों के प्रतीक चक्कर काटते रहे, जबकि डोना इग्नासिया एक गंदे पोंछे से उस माते को साफ़ करने लगी जो उससे गिर गया था।

CH3 CO CH2. सभी क्लोरोएसिटोन के यौगिक होते हैं। एरोमेटिक श्रृंखला

के यौगिक। हराम...एरोमेटिक शृंखला। बेन्ज़िल क्लोराइड, बेन्ज़िल ब्रोमाइड, बेन्ज़िल ब्रोमाइनेसाईनाइड, एरोमेटिक अर्सिंस...''

डोना इग्नासिया ने, उसे इतना आत्ममग्न देखकर पूछा :

''क्या हो रहा है, एर्दोसैन? तुम खुद से बात कर रहे हो।''

''एह?...आह...हाँ; तुम ठीक कहती हो, मैं ज़रा कुछ कहीं और डूबा हुआ हूँ।''

''क्या बात है, डियर?''

''मैं ज़हरीली गैसों का अध्ययन कर रहा हूँ। युद्ध में इस्तेमाल की जाने वाली गैसें। इनसे ज़्यादा भयानक और कुछ नहीं होता, ठीक सेनोरा? युद्ध की गैसों से ज़्यादा। आपकी इजाज़त हो तो, डियर।''

एर्दोसैन ने अब उस गंदी सी रसोई में एक बिंदु से दूसरे बिंदु तक घूमना शुरू कर दिया, उसका रोयेंदार साया दीवार पर पड़ रहा था। डोना इग्नासिया और भेंगी लड़की अवाक् उसे सुन रही थीं :

''वो भयानक हैं। लगभग ऐसी मानो हमने शैतान ईजाद कर लिया हो। हाँ, सेनोरा, शैतान। लेकिन ऐसा शैतान जिसे हमारी अभागी मानवता के प्रति नफ़रत में महारथ हासिल है। देखो : ऐसी आँसू गैस है जो हमारे आँखों के कंजंक्टिवा को बर्बाद कर देगी, पुतलियों को जला देगी, कॉर्निया में छेद कर देगी और तमाम अल्सर्स को पैदा कर देगी। और फिर भी उन्हें बेशकीमती जेरेनियम फूलों की खुशबू आती रहेगी। दूसरे लोगों को कारनेशन फूलों की खुशबू आ सकती है या जंगलों और हरे-भरे मैदानों की खुशबू।''

''कितना डरावना है!''

रेमो काले और घिसे हुए कड़ाहों के बीच इधर-से-उधर टहल रहा था। हालाँकि ऐसा लग रहा था कि वो डोना इग्नासिया और भेंगी लड़की से बात कर रहा है लेकिन दरअसल वो अपने आप से बात कर रहा था; अपने उस ज्ञान को बाहर उड़ेलते हुए जो ज्योतिषी के काम में लाने के लिए वह हर रोज़ लगातार इकट्ठा कर रहा था।

''एक साधारण आँसू गैस होती है, फिर ज़हरीली आँसू गैस होती है; फिर जलाने वाली गैसों की शृंखला होती है जो बाह्य त्वचा को खींच देती हैं, उसमें सूजन पैदा कर देती हैं, या चमड़ी की पट्टियों में ढीला कर देती हैं उसमें छाले पैदा कर देती हैं। फिर वो गैसें हैं जिनसे मितली आती है, घुटन होती है, जलन और खुजली होती है, छींक लेन वाले, दम घोंटने वाले तत्व और समुद्री जीवों के स्राव की तरह हर रंग हरे, लाल, नीले, पीले और दूधिया सफ़ेद में ज़हरीले पदार्थ होते हैं। कुछ तो सबसे ज़्यादा कसे हुए मास्क को भी चीर सकते हैं, साथ ही आँखों, श्वसन प्रणाली, त्वचा और खून पर भी हमला करते हैं। जिन पर

ये हमला करते हैं, वो उल्टी में अपने फेफड़ों को बाहर निकाल देंगे, अंधे हो जाएँगे, या कोढ़ियों की तरह छालों और फोड़ों से भर जाएँगे, या फिर उनके गुप्तांगों का कुछ हिस्सा भी खराब हो सकता है...''

''भगवान के लिए चुप हो जाओ...''

''हाँ, उनके गुप्तांग के कुछ हिस्से भी इसमें बर्बाद हो सकते हैं। और ये तो मस्टर्ड गैस के कुछेक असर हैं,'' और उसने खुद से बात करना जारी रखा, उसकी आँखें चौड़ी हो गई थीं और वो शून्य में घूर रहा था, ''मायेर फ़ार्मूला...हाबेर फ़ार्मूला...तरल पदार्थ, ठोस पदार्थ...गैसें, अस्थायी, अर्ध अस्थायी, स्थायी, अर्ध स्थायी, चीरने वाले...हाबेर फ़ार्मूला...मायेर फ़ार्मूला...'' रासायनिक शैतान नर्क से निकल भागा था और मानवता के कानों में अपने रहस्य बुदबुदा कर उसे प्रलोभन दे रहा था और रात में जब उनकी बीवी कपड़े उतारते हुए अपने नितंबों को देखती तो रसायनशास्त्री खुश होते, वो कहते, 'मैं कितना ख़ुश हूँ। अपनी गैस के आणविक संरचना को विकसित होता देखने के लिए इंतज़ार नहीं कर सकता।'

''मुझे बताओ, सेनोरा, क्या इससे तुम्हारा मन इस ग्रह से कूद जाने को नहीं करता? तुम जानती हो कि एक रसायनशास्त्री ने क्या लिखा? ये तो अविश्वसनीय है। जो उसने लिखा वो तो सिर्फ़ शैतान ही लिख सकता था। ध्यान से सुनो, सेनोरा। जिस शख़्स ने ये लिखा है वो बहुत जानकार और ज्ञानी आदमी है। 'रासायनिक और दैहिक नज़रिए से जो तंत्र क्लोरीन को क्रियाशील करता है वो बहुत प्रशंसनीय है, सो, जब हम हाइड्रोजन को जैविक पदार्थों के तंतु से अलग करते हैं, हम हानिकारक तत्वों को पैदा कर सकते हैं।' देखा तुमने सेनोरा? बताओ क्या ये आदमी फाँसी पर लटकाने लायक नहीं है: पर, नहीं, वो आदमी बायर के लिए काम करता है...''

अचानक एर्दोसैन ने अपने चारों तरफ़ देखा और उसे इस मानवीय कॉमेडी की उपहास्यता से कुचला हुआ महसूस हुआ। वह उस बुढ़िया और उसकी बेटी से ज़हरीली गैस के बारे में बात कर रहा था। उसे ज़ोर से ठहाका मार कर हँसने की इच्छा हुई और अचानक वो भैंगी लड़की के पास गया, उसके निचले होंठ को उँगली से पकड़ कर उसका मुँह खोल दिया, जैसे वो किसी रंडी का मुँह खोलता और उसके मुँह की जाँच करते हुए बुरे स्वर में बड़बड़ाया :

''तुम्हें अपने दाँत साफ़ करने चाहिए।''

भैंगी लड़की ने विरोध किया :

''मुझे ये अच्छा नहीं लग रहा। तुम मेरे मसूड़ों को चोट पहुँचा रहे हो।''

''तुम्हें वही करना चाहिए जो तुम्हारा बॉयफ्रेंड कहता है,'' डोना इग्नासिया ने उसे

रुखाई से आदेश दिया।

उन्होंने माते पीना शुरू किया। डोना इग्नासिया अपनी छोटी-सी कुर्सी पर बैठी थी और अपने घिसे हुए जूतों के धागे उन्हीं उँगलियों से निकाल रही थी जिनसे उसने माते में चीनी के टुकड़े डाले थे।

रेमो ने अपने चेहरे को वहाँ मसला, जहाँ उसे अपनी नसों में एक टीस महसूस हुई। उसने कहा :

''कुछ कपड़े पहन लो ताकि हम बाहर जा सकें। मेरे सिर में घंटियाँ बज रही हैं।''

डोना इग्नासिया ने जवाब दिया :

''ये अच्छा ख़याल है, वरना तुम बीमार हो जाओगे।''

एर्दोसैन ने उस औरत की तरफ़ हल्की हैरानी से देखा। उसकी आवाज़ में उसे हल्की कोमलता और दुलार महसूस हुआ और उसकी धड़कन एक मिनट के लिए बढ़ गई।

''तुम्हें कुछ ताज़ी हवा खानी चाहिए। तुम अपना सारा दिन एक कमरे में कैदी की तरह बंद होकर कैसे गुज़ार सकते हो? तुम्हें इतना क्यों पढ़ना पड़ता है? दुनिया तो चलती ही रहेगी, बेटा। जल्दी करो, बेटी, जाओ अपने बॉयफ्रेंड के साथ।''

''डार्लिंग, तुम जल्दी में हो क्या?...क्योंकि अगर तुम नहीं हो तो मुझे मेरा चेहरा धो लेने दो।''

''अरे ये वैसा ही है...कुछ मेकअप लगा लो। अँधेरा हो ही रहा है।''

सैर

वो अब बाहर घूम रहे थे।

भैंगी लड़की ने अपनी ब्रा और ब्लाउज़ को कुछ इस तरह ठीक किया हुआ था कि उसके लाल ब्लाउज़ के मखमली कपड़े में उसके निपल उभर जाएँ। एर्दोसैन उसकी बगल में चल रहा था, उसका हाथ उसकी बाज़ू पर हल्के से रखा हुआ था।

वे गलियाँ पार करते गये, ऐसे ही चलते हुए, कहीं ख़ास गंतव्य की तरफ़ नहीं। वह अपने में मग्न कुछ सोच रहा था जबकि भैंगी लड़की ट्रैफ़िक को लेकर कुछ बचकाना टिप्पणी कर रही थी, ट्रैफ़िक, जिसे न तो एर्दोसैन देख रहा था, न ही सुन रहा था। वो चलता जा रहा था, अपने ही विचारों के शोर से बहरा, खुद से बात करता हुआ :

''क्यों, सिर्फ़ इसलिए कि हम ज़िंदा हैं, हमें इन बेकार, कायरतापूर्ण और हैवानी कामों में हिस्सा आखिर क्यों लेना पड़ता है?''

मकानों के आगे के हिस्से उसकी आँखों के सामने से एक धुँधले फ़िल्म प्रिंट की तरह गुज़र रहे थे। दूर कहीं से उसने एक सायरन की कर्कश आवाज़ सुनी। एक नाव बंदरगाह में दाखिल हो रही थी। एर्दोसैन ने अपनी आँखें बंद कर लीं। उसके भीतर की आवाज़ कह रही थी :

''ठीक इस पल में एक नाव निकल रही है, नदी के किनारे लकड़ी के घाट से अलग होती हुई। अँधेरे से ढँकी नाव बाहर निकल रही है, इसकी रसोई की बत्ती जल रही है, और नाव की क्रू एक आदमी को सुनते हुए चुपचाप घेरे बैठी थी जो अकॉर्डियन बजा रहा है।''

एर्दोसैन उस भैंगी लड़की की बाज़ू पकड़े एक रोबोट की तरह चल रहा था। उसने खुद से कहा :

'' इस तरह चलते रहना मुमकिन नहीं है। ये मुमकिन नहीं है।''

उसकी कोहनी पकड़े वो लड़की दूसरे जोड़ों को उत्सुकतापूर्वक देख रही थी जो अलग-अलग जगहों पर एक-दूसरे से बात कर रहे थे और वो मन-ही-मन बोली :

''रेमो इन दूसरी लड़कियों के बॉयफ्रेंड जैसा अच्छा क्यों नहीं है? ममा हो सकता है ठीक बोली हों लेकिन मुझे वाकई कोई दूसरा बॉयफ्रेंड अच्छा लगता।''

एर्दोसैन अन्दर-ही-अन्दर सोचता हुआ चलता रहा।

उसे ऐसा एहसास था कि उसके भीतर कुछ था जो बहुत सूक्ष्म तरीके से उसे उसके अंतिम नाटक की तरफ़ खींच रहा था। एर्दोसैन जानता था कि उसके अन्दर एक कठोर, सटीक, स्थूल, सुपरिभाषित नाटक निहित था। वह जानता था कि अगर वह अपनी इच्छा शक्ति की सूक्ष्मतम मात्रा को भी खोल देता (उसके लिए ये प्रयास बस साँस लेने भर का होता) उसकी सारी ज़िन्दगी उस नाटक में तेज़ी से फेंक दी जाती, फँस जाती। उसके विचार एक-दूसरे आयाम पर चलने लगे।

''दुनिया के हर क्षेत्र में नदियाँ हैं। और मौन आदमियों से भरी हुई नावें।'' वह अपना ध्यान एक नदी पर केन्द्रित करना चाहता था। एक चौड़ी चाँदी की परत चढ़ी नदी जिसका पानी अपने तटों से टकरा रहा हो, जिन तटों पर कॉटेज हैं, लकड़ी के घाट हैं और वाहनों के कबाड़।

उसने सावधानी से खुद को अपने अन्दर चल रहे हाहाकार से अलग कर लिया, मन-ही-मन ये शब्द एक बार फिर कहते हुए :

''मौन नावों वाली नदियाँ हैं वहाँ।''

ऐसा हुआ कि इस तरह से उसने उस विस्फोट को स्थगित कर दिया जो उसके भीतर बन रहा था।

''तेज़ी से बहती हुई नदियाँ जिनके तटों पर कुत्ते जितने बड़े चूहे थे।''

उसकी आत्मा में मोच खाई एड़ी की तरह टीस उठी। बिलकुल तभी उसके माथे की त्वचा में हरकत हुई। उसने अपनी पलकों को मसला और हाथों की उँगलियाँ चेहरे पर फिराईं।

''क्या बात है, डार्लिंग?'' लड़की ने फुसफुसा कर पूछा।

''मेरे सिर में दर्द हो रहा है।''

कुछ गलतफ़हमी हुई और उसके भीतर एलसा की स्मृति जाग गई। जैसे ही उसने मन ही मन 'एलसा की स्मृति' कहा, उसके नाटक का कथ्य और करीब आ गया, जैसे रेल की पटरी पर खड़े सामान के बहुत बड़े डिब्बे के पास लोमड़ी आ जाती है। एर्दोसैन को अच्छी तरह पता था कि इस डिब्बे के अंदर क्या है। वो बहुत-सी दरारों के बीच से झाँक सकता था। लेकिन वह पीछे हट गया, देखने से इनकार करते हुए। वह अपने कदम सावधानी से उठाने लगा। उसने अपनी आँखें बंद कर लीं और ग्रह के चक्रीय क्षितिज की तरफ़ उस सर्वशक्तिमान से दया की भीख माँगने लगा। ग्रह का चक्रीय क्षितिज तेज़ी से उसके पास आया और फिर तुरंत पीछे चला गया। नहीं ये नहीं है।

उसने हल्के से, परेशानी में अपने हाथ मसले।

''वहाँ नदियाँ हैं और लोगों से भरी हुई नावें भी।''

और एक क्षण के लिए उसने सोचा कि वो भाग जाए। अगर वो कहीं बहुत दूर चला जाता, अनजान अपरिचित जगह पर नदी के किनारे एक आरा मिल के पास, जहाँ कुत्तों जितने बड़े चूहे तैर-तैर कर आते हों, तब वो जंगलों और लकड़ी की खुशबू से शुद्ध हो भैंगी लड़की की बगल में लेट सकता था। वह अपना सिर उसके गोल वक्षों के उभरे निपल्स पर टिका देता। और वो उसे सोकर अपनी थकान उतार लेने देती। कभी-कभी वहाँ से शांत नावें निकलतीं, जिनमें सामान के बीच लोग सो रहे होते और वे वहाँ से एक बार में ही निकल जातीं। 'फिर उसे मुझको हमेशा जगाना पड़ता।' एर्दोसैन ने सोचा। भावुकता से काँपते हुए उसने भैंगी लड़की का बाज़ू दबाया और पूछा :

''क्या तुम्हें एक नदी के किनारे आरा मिल में रहना अच्छा लगेगा? मैं हिसाब-किताब रखूँगा और तुम पेड़ की शाखाओं पर हमारे गीले कपड़े सुखा पाओगी।''

''माई डियर, तुम जानते हो मैं तुम्हारे साथ कितनी खुश हूँ...क्यों? क्या किसी ने तुम्हें नौकरी देने की पेशकश की है?''

''नहीं, मैं सोच रहा था...।''

''तो, तुम एक नौकरी क्यों नहीं ढूँढ लेते, मुझे बहुत खुशी होगी।''

एर्दोसैन फिर खुद में डूब गया। 'मैं कहाँ हूँ? मैं कहाँ होना चाहता हूँ? क्या मैं ऐसा ही हूँ या ये दुनिया है, इसका दर्द है जिसे पता नहीं किस अद्‌भुत चमत्कार की वजह से मैं ही हर समय सुनता रहता हूँ? क्या दुनिया का दर्द सुनना संभव भी है? नदियाँ और नाव पर सवार मौन लोग। सूर्यास्त। थके हुए जिस्म। एक आदमी जो हल्की रोशनी वाले कमरे में अपना लिंग निकालता है और उस औरत को बुलाता है जो फ्राइंग पैन लेकर रसोई में जा रही है। ये क्यों...ये? (और 'ये' शब्द एर्दोसैन के कानों में किसी लघुगणक की तरह बजता रहा जिसकी गणना नहीं की जा सकती। आदमी का लिंग तना हुआ, उत्तेजित; औरत अपना बर्तन फ़र्श पर छोड़ कर बिस्तर पर लेटी हुई वासनापूर्ण ढंग से मुस्कुराती; उन हल्के बालों को हटाती हुई जिनसे उसकी योनि ढँकी हुई थी। आदमी उसके कसे हुए घने अंधेरे में अपना वीर्य छलका देता है। फिर वो थक कर ढह जाता है, और औरत शांति से उठ कर वापिस रसोई में चली जाती है, उस फ्राइंग पैन में जिगर के टुकड़े पकाने के लिए। यही जीवन था। लेकिन क्या ये मुमकिन है कि जीवन सिर्फ़ इतना ही हो, यही हो? और फिर भी, यही जी...व...न...था।

'मैं कैसे एक बड़ा बदलाव ला सकता हूँ?'

ये न देखते हुए कि वो किधर जा रहा है, एर्दोसैन एक आदमी से टकरा गया और वो एक मकान के सामने के हिस्से की तरफ़ लड़खड़ा गया। वो आदमी हक्का-बक्का रह गया और वो नौजवान लड़की ज़ोर से हँस पड़ी :

''डार्लिंग, अंधे हो क्या? ज़रा देखो तो कहाँ जा रहे हो। अपनी आँखें तो खोल लो, डियर।''

वो अमुक आदमी उनके पीछे-पीछे चलने लगा, गालियाँ बुदबुदाते हुए और एर्दोसैन अपना सिर हिलाते हुए खुद से कहने लगा : ''एक रहस्यमय परामानवीय ताकत मानवता पर राज करती है, उसके अस्तित्व को नीचा दिखाती हुई, कुचलती हुई।'' उसने ध्यान दिया कि वो मूर्ख व्यक्ति अब भी उनके पीछे-पीछे चल रहा था और उसने अपनी बात जारी रखी : ''क्या ये वाकई ज़रूरी है कि हम खुद को झुका लें, इस पाखंडपूर्ण कॉमेडी में अभिनय करें ताकि इस अमानवीय ताकत को धोखा दे सकें, इस तरह से कि उसके भयावह रहस्य को उघाड़ दें?''

अचानक एर्दोसैन को एहसास हुआ कि वो आदमी उनका लगातार पीछा कर रहा था कि रात में अपनी इस सैर के दौरान उसने इस आदमी को तीन अलग-अलग मोड़ों पर बिजली की स्ट्रीटलाइट्स के नीचे अपनी तरफ़ गुस्से से घूरते हुए देखा था। एर्दोसैन ने अचानक भैंगी लड़की की बाजू छोड़ दी और लगभग कूदते हुए उस आदमी के सामने आ गया।

''अगर तुम हमारा पीछा करना नहीं छोड़ोगे तो मैं मार-मार कर तुम्हारा कचूमर बना दूँगा।''

उस अजनबी ने एर्दोसैन को हैरानी से देखा; कुछ बहाना बुदबुदाया और जैसे ही एक मोड़ आया वो उधर गायब हो गया।

रेमो बड़बड़ाया :

''ऐसा लगता है कि हर वक्त जहाँ भी जाओ, बेवकूफ़ लोग पीछे पड़ ही जाते हैं।''

भैंगी लड़की ने उसे अजीब तरीके से देखा। उसने इस बारे में ज़्यादा कुछ नहीं सोचा था कि उनका पीछा किया। दरअसल वो कमोबेश उतनी ही भौंडी थी जितना कि एक औसत लड़की हो सकती है, या फिर कोई ऐसी जिसे एर्दोसैन पूरी तरह से बर्बाद करने की इच्छा करे।

अब वो बुरे मूड में एर्दोसैन की बगल में चल रही थी। वो उससे प्यार नहीं करती थी। उसके मन में एर्दोसैन के प्रति इज़्ज़त भी नहीं थी। लेकिन उसकी माँ की लम्बी-लम्बी घोषणाएँ जो उसके बहुत हित में भी नहीं थीं, उन्होंने उसे ये मानने पर मजबूर कर दिया था कि अगर एर्दोसैन ने उसे छोड़ दिया तो उसे बहुत कष्ट भोगना पड़ेगा। उसके लिए एर्दोसैन एक तत्काल यानी हमेशा के लिए एक पति का प्रतिनिधित्व करता था। जहाँ तक एर्दोसैन का सवाल था तो उसे एहसास होता कि वो उस लड़की को ताड़ता रहता है, और वह उससे एक मौन विद्वेष के साथ बर्ताव कर रहा था, एक जानवर की तरह जो बस लतियाने के लायक ही होता है। और फिर, रेमो अन्दर ही अन्दर नाराज़ भी था। वो अपने नुकीले उभरे हुए वक्ष से उसकी वासना को उत्तेजित कर रही थी और उसकी स्कर्ट हवा के एक झोंके से उठ जाती तो गुज़रते हुए दुकानदारों को उसकी लेसदार स्टॉकिंग का किनारा भी दिख जाता। और वे दुकानदार अपनी दुकानों के अधखुले दरवाज़ों पर स्तब्ध खड़े रह जाते, और जैसे-जैसे रात घिर रही थी, वे उस बेशर्म लड़की को भेड़िये की तरह नज़र भर देखते रहते जब तक वो वहाँ से आगे न गुज़र जाते।

एर्दोसैन ने अपने हाथ जेबों में और धंसा लिए साथ ही उस भैंगी लड़की से कहा :

''देखो, या तो तुम ठीक से मेरी बगल में चलो वर्ना ये रात का अंत अच्छा नहीं होगा।''

''डियर...लेकिन मैंने किया क्या है? अगर वो मुझे देखते हैं तो क्या इसमें मेरा दोष है?''

''वाकई,'' एर्दोसैन ने खुद से कहा, ''अगर वो इसे देखते हैं तो इसमें इसका कोई दोष नहीं।'' और उसने लड़की को वापिस जवाब दिया :

''तुम उन्हें तुम्हें देखने के लिए उकसा रही हो...मगर, देखो...बेहतर होगा हम इस पर बात न करें।''

वे चुपचाप चलते रहे, बूढ़े शादीशुदा जोड़े की तरह और एर्दोसैन दुष्टता से मुस्कुराया।

उसने कल्पना की कि उसने भैंगी लड़की से शादी कर ली है और वो एक किराये के घर में पीछे की तरफ़ रह रहे हैं। उसने उसे देखा कि वो मोटी और मनहूस सी हो गई है, पाद मारते हुए बीच-बीच में कोई सस्ता सा उपन्यास पढ़ती हुई जिसे उसने नुक्कड़ के तारकोल जलाने वाले से उधार लिया है। आलसी और निष्क्रिय हमेशा की तरह। अगर वो पहले मैली और लापरवाह थी, तो अब अपनी निजी साफ़-सफ़ाई के प्रति पूरी तरह से लापरवाह, उन चादरों को अपने मासिक धर्म से गन्दा करती हुई, जिन्हें धोने का वक्त नहीं था उसके पास। मुमकिन है कि उनके एक बेटा हो, और जब मेज़ पर वो बच्चा अपने गंदे नितम्बों के साथ ज़ोर-ज़ोर से रो रहा होगा तो वो उसे पड़ोसी से हुई किसी लड़ाई के बारे में बताएगी उन सभी गंदे मुहावरों और अश्लील गालियों को वहाँ फिर से बोलते हुए। और इस लड़ाई का कारण होगा मुट्ठी भर नमक की चोरी या कपड़े सुखाने वाले तार का गलत इस्तेमाल।

अँधेरे में, अब भी भैंगी लड़की की बगल में चलते हुए एर्दोसैन अन्दर ही अन्दर हँसा। और ये उसके सपनों की लड़की थी, लाली लगाये गालों वाली कंटीली साही जैसी, जिसके वक्ष उसकी ब्रा के अन्दर उछल रहे थे, वही जो एक दिन उसे मुट्ठी भर नमक या कपड़े सुखाने के तार वाली कहानी जैसे किसी किस्से की दावत देगी? 'और ज़रा सोचो,' उसने अपने आप से बोलना जारी रखा, 'कि यही खाना मुझे हर रोज़ परोसा जायेगा, शहर के सभी कर्मचारियों, गैस कंपनियों, बिल का पैसा इकट्ठा करने वालों, दुकानदारों और परस्पर सहायता प्रदान करने वाली संस्थाओं के कर्मचारियों को यही बगैर चीनी का मिष्ठान्न। सभी कर्मचारियों की कमज़ोर, खून की कमी या तपेदिक की मरीज़ दिखती बेटियों के लिए एक रक्तविहीन वीर्य स्खलन का परिदृश्य, वो बेटियाँ जिनका यौवन एक सौन्दर्य प्रसाधन की तरह तीन महीने की वैवाहिक ज़िन्दगी के आँसुओं में गायब हो गया। गर्भावस्थाओं का एक परिदृश्य जो पीड़िता को भयभीत कर देता है; रात के खाने के बाद दवाई की दूकान पर जाकर गुप्त रूप से गर्भपात के बारे में पूछना, मस्टर्ड बात की व्यर्थता, और फिर दाई के पास जाने की अपरिहार्यता, दाई जो ब्यूनो आयर्स विश्वविद्यालय से स्नातक है और जो अपनी मीठी-कड़वी मुस्कुराहटों के बीच आखिरकार आगाह करने का फ़ैसला करती है, मगर महज़ सिर्फ़ मदद करने के नज़रिए से कि एक दूसरे ब्लॉक में रहने वाली दाई में चूँकि नैतिकता की कमी थी इसलिए ऐसी स्थिति में उसके हाथों एक कमसिन लड़की की मौत हो गई।'

कुचला हुआ महसूस करते हुए एर्दोसैन ने अपनी आँखों के सामने एक सज़ायाफ़्ता आदमी की तरह भयभीत होते हुए अपने बेकार और गंदी दिनचर्या का ढेर लगते हुए देखा। वही भय और आतंक जिसने शहर के मज़दूरों की ज़िन्दगी में ज़हर घोल दिया था। उसने कल्पना की कि वो कुतिया भैंगी लड़की किसी पड़ोसन से गप्पबाज़ी करते हुए दूसरी छोटी औरतों के साथ झगड़ा करने लगती है और वे छोटी-छोटी औरतें, गुस्से

से काँपते हुए उसके पास आकर उसकी औरत के इस बर्ताव की वजह पूछती हैं, सिर्फ़ भेंगी लड़की को नीचा दिखाने के लिए; और फिर दूसरे पति भी इसमें दखल देने लगते हैं, फिर शोरगुल भरे वैवाहिक झगड़े जिनकी वजह से आखिरकार उसके किराये के घर में पुलिस को बुलाना पड़ता है।

एर्दोसैन ठहाका मार कर हँस पड़ा और स्नेहपूर्वक उस लड़की से टकराते हुए वो बोला :

''क्या तुम अब भी नाराज़ हो?''

''मुझे अकेला छोड़ दो। मैं तब तक खुश नहीं होऊँगी जब तक तुम मुझे परेशान करना बंद नहीं करते।''

रेमो फिर उस गर्भपात के दृश्य में डूब गया जो एक भयानक रात में भेंगी लड़की और उसकी मौजूदगी में होगा। वेस्टफेलिया हैम के आकार की उसकी छटपटाती टाँगें, और प्रसव की रक्त रंजित पीड़ा से विकृत लड़की का चेहरा, बेड पैन पर बैठी हुई वो, उस अभिशप्त भ्रूण के बाहर निकलने का इंतज़ार करती हुई। एक सपाट सीने वाली वेश्या की तरह दुबली दाई, कोई तकनीकी समस्या को समझाती हुई।

'पूरी गर्भनाल बाहर आ गई है या नहीं?' एर्दोसैन उसे परेशान करेगा, मूँदे हुए गर्भाशय के बारे में सोच कर बेचैन; उस लड़की की चीखों और उसकी चीखों को सींचने वाले उस भ्रूण की आवाज़ के बीच, जिसकी नली अब कहीं नहीं दिख रही थी।

वह दाई से तीसरी बार पूछेगा :

'क्या गर्भनाल बाहर आ गई?' और इस सब शोर-शराबे के बीच वो ये भी सोच रहा था कि अगर उसे कुछ खर्चे का जुगाड़ करना पड़ा तो किसी सूदखोर से पैसे उधार लेने पड़ेंगे, जिसे बाद में बीस फ़ीसदी ब्याज प्रति माह की दर से कर्ज़ वापिस चुकाना पड़ेगा।

ये सारे ब्यौरे आग से अंकित चित्र से भी ज़्यादा स्पष्टता से उसकी आँखों के सामने घूमने लगे।

फिर दाई के शब्द 'ये आ गया', खून और गार्ड के रंग के भ्रूण को देख कर दया का भाव, दाई का गर्भनाल को जाँचते हुए किसी उग्र धार्मिक उपदेशक की तरह चिल्लाना, जबकि उसका हाथ मरीज़ के योनि के अंदर कोहनी तक है, मरीज़ एक पशु की तरह असहाय और उस भयानक रात में आधीरात के वक्त। जब पुलिस की सीटी उनके चारों तरफ़ चक्कर काट रही होगी, वो दाई सड़े हुए जिगर जैसे दिखने वाले छोटे-छोटे मांस तंतुओं को ध्यान से जाँचेगी, और नाल का पानी खुला छोड़ देगी ताकि वाशबेसिन में से काले रंग के थक्के, कपड़े के धागे और खून धुल जाए।

उसे ऐसे पसीना आ रहा था मानो किसी अदृश्य बल ने उसे उष्णकटिबंध में ला खड़ा किया हो।

तूफ़ान के बाद, एर्दोसैन गर्भपात के बाद उस भैंगी लड़की के साथ अपने शारीरिक संबंधों की कल्पना करने लगा, खुद को उसे सौंपने के दौरान उस लड़की के भीतर का विद्वेष, पिछली बार इसका जो हश्र हुआ उससे सावधान, उनका अपूर्ण सेक्स ठीक वैसे ही जैसे धार्मिक ग्रंथों में हस्तमैथुन का वर्णन है, हर महीने के अंत में लगभग पागलपन जैसी बेसब्री कि उसका मासिक धर्म आया है या नहीं, और शहर के उन हज़ारों मज़दूरों की घिनौनी वास्तविकता, उन सभी लोगों की जिन्हें अपनी जीविका कमानी थी और जिनका एक बॉस होना अपरिहार्य था।

'जब तक आप शहर में रहने वाले उन एक मिलियन आठ लाख लोगों की रोज़ाना की त्रासदियों को इकट्ठा करते हैं,' एर्दोसैन सोचने लगा, 'उस आदमी की तरह महसूस होने लगता है जो अभी-अभी क्लिनिक से निकला हो और उसे कुछ ही देर में एक नई सर्जिकल खोज की सफलता के बारे में पता चलता है।'

'ज्योतिषी ठीक ही कहता है। गैस का आवरण सबके लिए तैयार करना होगा, चाहे वो काम न करे, चाहे वो बस कुछ मूर्खों का ही यहाँ से सफ़ाया करे।'

उसका दिल जंगल में नारियल के पेड़ की तरह फैल गया। उसे लगा कि वो पैगम्बर बिलकुल सही थे, जिन्होंने आग और गंधक की काल्पनिक बारिश उन शहरों पर बरसा दी थी जो अपनी ही गंदगी से थके-हारे थे।

अब वो अपने अपार्टमेंट हाउस के करीब आ गए थे। एर्दोसैन ने भैंगी लड़की की बाज़ू पकड़ी, और लगभग अच्छे मन से उससे तीसरी बार पूछा :

''तुम मुझसे अब भी गुस्सा तो नहीं हो ना?''

अंदर से परेशान उस लड़की ने ज़ोर देकर पूछा :

''मुझे बताओ, जब दूसरे मर्द मुझे देखते हैं तो तुम मुझसे नाराज़ क्यों हो जाते हो?''

''और तुम अब भी इस बारे में सोच रही हो?''

''बिलकुल। अगर वो मुझे देखते हैं तो इसमें मेरा क्या दोष है?''

''ठीक है, डियर। जो भी तुम्हें देखना चाहे, उसे जी भर के तुम्हें देख लेने दो। तुम और क्या कर सकती हो?''

और दो स्कूली बच्चों की तरह हाथ पकड़े हुए वे दोनों उस अपार्टमेंट हाउस की इमारत के बंद गलियारे में दाखिल हो गए।

जहाँ हमें पता चलता है कि जो आदमी दाई से मिला अच्छा आदमी नहीं था

उसी रात टेम्परली में, एक छोटी-सी खिड़की जो जाली से ढँकी थी, के पीछे हिपोलिता, ज्योतिषी और बार्सुत बातचीत कर रहे थे। लैंप की रौशनी एंटीक अलमारी की पीली परत पर सममितीय लहरें बना रही थी। ज्योतिषी अपनी गंदी हरी मखमली लाइनिंग वाली कुर्सी में धंसा हुआ था, पैर पर पैर रखे, अपनी बात समझाते हुए जबकि बाहर जाने के कपड़े पहने हुए बार्सुत अपनी सिगरेट की राख को अलग किये बिना सिगरेट को बचाने की कोशिश कर रहा था जो तेज़ी से सुलगती हुई राख में बदल रही थी। हिपोलिता का सिर खुला था और वह निष्क्रिय हो आरामकुर्सी पर पीछे की तरफ़ टिक कर बैठी थी। उसकी हरी आँखें ज्योतिषी के फूलगोभी जैसे कानों और मंगोली नाक-नक्श पर टिकी थीं...बार्सुत जब-तब उसके बालों पर नज़र डाल लेता जो उसके कानों को ढँके हुए दो सुंदर रिबनों में बँधे थे।

ज्योतिषी ने अपने विचारों को टटोला :

''कई बार मैंने खुद से पूछा है कि मैं खुशी को हासिल कैसे कर सकता हूँ। ये कहते हुए, मैं तुम दोनों के सामने ये साफ़ कर देना चाहता हूँ कि मैं उस किसी भी स्थिति को स्वीकार करने के लिए तैयार हूँ, चाहे वो कितनी भी बेतुकी क्यों ना हो, जिससे मुझे ये निश्चितता हो कि मुझे अंततः खुशी मिलेगी। लेकिन तुम में से कोई भी मुझे बता सकता है कि हमें खुशी हासिल करने के लिए क्या करना चाहिए? कुछ नहीं। और यही सच है।''

ज्योतिषी ने अपना सिर झुका लिया, साथ ही अपनी आवाज़ को और भी गहराते हुए भविष्यवाणी करने के ढंग से बोला मानो किसी दूरदराज़ की जगह से बोल रहा हो :

''मुझे एक राज़ पता चला है। एर्दोसैन को भी, लेकिन अभी वो ये नहीं जानता कि उसे ये मालूम है। अपने सहज स्वभाव से उसे ये एहसास हुआ है (उसने हिपोलिता की तरफ़ देखा।) तुम्हें याद है मैंने तुम्हें बताया था कि एर्दोसैन को बहुत अच्छा अनुमान हो जाता है। इसका रहस्य खुद को बहुत उग्रता से विनीत और दीन करने में निहित है। मुझे तो यहाँ तक लगता है कि प्राचीनकाल के लोग भी यही करते थे। शायद ही ऐसा कोई संत होगा जिसने किसी कोढ़ी के घावों को न चूमा हो। ज़ाहिर है आज हमारा मकसद अलग है। लेकिन उनके लिए उद्देश्य दूसरा था। हमने अभी तक बहुत दिलचस्प लोगों के आंतरिक जीवन को करीब से जाँचा नहीं है। कभी-कभी मुझे ये लगता है कि इनमें से कुछ संत ज़बरदस्त नास्तिक थे। इसलिए जितना कम वो ईश्वर में विश्वास करते, उनकी अनास्था उतनी ही उग्र होती जाती। उतनी ही उग्रता से वो खुद को कोड़े मारते। बाद में वे कहते कि शैतान ने उन्हें प्रलोभित किया था। हा! हा!...।''

ज्योतिषी थोड़ी देर अपने हाथ मसलते हुए हँसा, मानो वो उनके मनोरंजन के लिए किसी दिलचस्प नज़ारे का वादा कर रहा हो और फिर उसने अपनी बात जारी रखी :

''जो मैं कह रहा हूँ उसका क्या मतलब है? आह! मैं उस पर आना चाहूँगा। पहले

तो ये कि हम सब कायर हैं; दूसरे, खुश होने के लिए खुद को अभिमान रहित, विनीत करना ज़रूरी है...और फिर स्पष्ट होने के लिए...फिर...मैंने खुद से पूछा कि इस देश में किसके पास इतना साहस है जो खुद को एक प्रत्यक्ष संत के रूप में तब्दील कर सके; जो पूरे होशोहवास में बाहर सड़कों पर फटे-पुराने कपड़ों में जा सके। मान लो बार्सुत, कि तुम फ्लोरेस से हो। तुम उन सभी को जानते हो जो वहाँ आस-पास रहते हैं। ठीक, अब मान लो कि तुम फ्लोरेस में हो जहाँ हर कोई तुम्हें जानता है, और तुम्हें बाहर गलियों में चीथड़े पहन कर निकलना पड़े, नंगे पैर, हाथ में एक छोटा-सा डिब्बा लिए। क्या तुम्हारी गर्लफ्रेंड है? मान लेते हैं कि है। बढ़िया, अब क्या तुम अपनी गर्लफ्रेंड के घर के सामने के दरवाज़े पर नंगे पैर भीख माँगने जाओगे? और कौन-सा शराबघर...तुम्हारे दोस्त और परिवार वाले किस शराबघर में जाते हैं?''

''कभी-कभी पौलिस्ता, कभी ब्रसिलेना।''

''तो तुम पौलिस्ता और ब्रसिलेना में नंगे पैर हाथ में एक टीन का डिब्बा लिए जाते हो और अपने दोस्तों से कहते हो, 'मैं यहाँ तुम में से किसी से भी बहस करने नहीं आया हूँ, बल्कि ये कहने आया हूँ कि जो भी विनम्र और मानरहित होना चाहता है और वो शांति पाना चाहता है जो संतों ने हासिल की थी उसे मेरे जैसा बर्ताव करना होगा और चीथड़े पहनने होंगे और वो रद्दी माल खाना होगा जो मैंने एक कचरे के ढेर से उठाया है।' ''

बार्सुत खुश होकर हँसा :

''मेरा दिमाग अभी पूरी तरह से खराब नहीं हुआ है...''

गंभीरता से ज्योतिषी ने उसे संदेहपूर्ण तरीके से देखा :

''प्यारे बच्चे, क्या तुम्हें लगता है कि तुम्हारे पास असीसी के सेंट फ्रांसिस से ज़्यादा अक्ल है? क्या तुम्हारे पास वो आर्थिक हैसियत है जो उनके पास फ्लोरेंस शहर में थी? एक समृद्ध कपड़ा व्यापारी के लड़के फ्रांसिस से उनके आकर्षण और शिष्टता के लिए फ्लोरेंस के नौजवान उन पर रश्क करते थे, बार्सुत मेरे दोस्त। और फिर भी, एक दिन उन्होंने फटे-पुराने कपड़े पहने और बाहर गरीबी का उपदेश देने के लिए गली-गली घूमने लगे। उस समय वे उम्र में तुमसे ज़्यादा बड़े नहीं थे।''

और जब वे दोनों उसे हैरान होकर घूरने लगे, तो ज्योतिषी ने अपनी भौंहें उठायीं, और उन्हें उपहासपूर्ण नज़र से देखने लगा। साथ ही, अपने हाथ नितम्बों पर रख कर वह इधर-से-उधर घूमने लगा मानो ये वही था जिसे अपनी बातचीत के साथियों पर तरस खाने वाली दबी सी हँसी के बावजूद कुछ समझ नहीं आ रहा था, और फिर बार्सुत की ठोड़ी को अपने हाथ में पकड़ कर उसने उसकी आँखों में गहराई से देखा और कहा :

''मेरे प्यारे दोस्त, जीवन में जीतने के लिए कभी-कभी ये ज़रूरी होता है कि आप

खुद को चीथड़े पहनने के लिए भी राज़ी कर लें।

'हो सकता है, मुझे अपनी सारी चीज़ों का परित्याग नहीं करना पड़ेगा,' बार्सुत ने सोचा।

हिपोलिता, उसकी हरी आँखें बिलकुल स्थिर थीं, और अपने पैरों पर हाथ रखे हुए उसने इस दृश्य को शांत चित्त होकर देखा, उसके दिमाग में एक विचार घूम रहा था :

'ये आदमी बात, बस बात करता है। ये क्या करना चाहता है? लगता है मानो ये वक्त को टाल रहा हो, लेकिन क्यों?' अचानक ज्योतिषी उसकी तरफ़ मुड़ा।

''तुम इतनी चुपचाप क्या सोच रही हो? तुम जानती हो मुझे चुप और शांत लोग पसंद नहीं।''

हिपोलिता दोस्ताना तरीके से मुस्कुराई :

''तुम्हें शांत लोग क्यों पसंद नहीं?''

''तुम, जो इतनी समझदार हो, ठीक-ठीक जानती हो कि मुझे ऐसे लोग क्यों पसंद नहीं।''

हिपोलिता अब अपने मौलिक विचार पर ही आ गई। 'वह समय को टाल रहा है। लेकिन क्यों? कितना अजीब आदमी है!'

ज्योतिषी बोलता रहा :

''ये ज़रूरी है कि एक अद्भुत संत आये। कि वो इतना महान हो कि उसकी आँखें हमेशा रोते रहने से लाल रहें...लेकिन...मैं तुम दोनों को ये चीज़ें क्यों बता रहा हूँ?''

हिपोलिता ने घबराहट और असमंजस में कुर्सी की बाज़ू पर उँगलियों से ड्रम बजाना शुरू कर दिया। 'ये आदमी और कुछ नहीं करता सिर्फ़ बात ही करता है। ये आदमी काँच के जार में बंद एक बर्र की तरह है।' उसने अपना चेहरा उठाया और ज्योतिषी को दुष्टता से देखते हुए बोली :

''तुम हम दोनों का मजाक उड़ा रहे हो। तुम फटे-पुराने कपड़े पहनकर टीन का डिब्बा लेकर बाहर सड़कों पर भीख माँगने क्यों नहीं निकल जाते?''

ज्योतिषी खुद भी हँसे बिना न रह सका। फिर चुप होकर उसने आपत्ति जताई :

''मुझे ये कहना ही होगा कि चाहे फटे-पुराने कपड़ों में हूँ या सूट-पैंट में, मेरी शख्सियत वैसी ही रहेगी उसे बदला नहीं जा सकता। मेरे लिए ये ठीक नहीं होगा क्योंकि मैं संशयवादी हूँ जो इस पूरी बात को मज़ाक में बदल देगा। ये दूसरे स्वभाव के लोगों के

लिए ज़्यादा फ़ायदेमंद रहेगा। संभवत:, मैं संक्रमणकाल का आदमी हूँ, जो न तो अतीत का होता है न ही भविष्य का। अगर ये मेरी मनोवैज्ञानिक व्यवस्था में आती ही नहीं तो मैं खुद से ऐसे बेतुके आवेग या प्रेरणा की अपेक्षा कैसे कर सकता हूँ? मैं सिर्फ़ रास्तों को देखता हूँ। रास्ते...सड़कें...मैं तुम नौजवान लोगों से अलग हूँ।''

और ज्योतिषी ने अचानक अपने माथे को छुआ जैसे उसे किसी ने घूँसा मारा हो, अपनी हथेलियों से कनपटियों को दबाते हुए। जब उसने अपना सिर एक तरफ़ से दूसरी तरफ़ घुमाया तो उसकी पुतलियों में रौशनी कूदती हुई दिखाई दी, मानो वो, अपनी इस नयी मुद्रा से किसी दूर की छवि को रोक सकता हो, और फिर ख़ुशी से उसने कहा :

''सच तो ये है : मैं अपने भीतर जीवन के प्रति विरक्ति नहीं रखता। हम सभी बूढ़े लोगों ने अपना जीवन बगैर इससे अलग हुए, विरक्त हुए जीया है, यानी, ये ऐसा है मानो हम सदियों से इस भ्रमणशील ज़िन्दगी के आदी हो गये हैं। दूसरी तरफ़ नौजवान लोग, तुम और एर्दोसैन : हिपोलिता इनमें नहीं आती क्योंकि उसका अंतर्मन बहुत उमरदार है; तुम, एर्दोसैन और दूसरे नौजवान चीज़ें जैसी हैं उनके वैसे ही होने के आदी नहीं हो सकते। तुम जीवन के इन तरीकों को, इस रूप को चकनाचूर कर देना चाहते हो, मानो ये कल की ही बात हो कि तुम्हें स्वर्ग से निष्कासित किया गया था। ओहो! तो तुम में से कौन मुझे स्वर्ग के बारे में बता सकता है? इससे फ़र्क नहीं पड़ता कि तुम सिर्फ़ क्रूरताओं और बर्बरताओं के बारे में ही सोचते हो। सिर्फ़ एक ही सत्य है, तुम्हारा अपना सत्य और तुम्हारा सत्य एक कष्ट है जो एक नयी पृथ्वी, नए नियम-कानून, एक नयी ख़ुशी की माँग करता है। एक नयी पृथ्वी के बगैर, जो बूढ़े लोगों से भरी हुई न हो, ये नयी मानवता, जिसे हम आकार दे रहे हैं, बच नहीं सकती।''

हिपोलिता और बार्सुत ज्योतिषी की बातों से बँधे हुए मन्त्रमुग्ध बैठे रहे और इसलिए वे उसकी तरफ़ देख नहीं सके और वो उनसे इस तरह धीरे-धीरे बोलता रहा मानो वह अपनी बगल में खड़े किसी प्रेत के निर्देशों को सुन रहा हो। वह एक लय में और सुनिश्चित मनोयोग से बोलता रहा। कभी-कभी उसका चेहरा चमकने लगता मानो उसके मन में एक आग की लपट का विस्फोट हुआ है।

सो, जब उसने कहा : ''ओह, ओह, नौजवान लोग!'' उसकी आँखें एक सच्चे उत्साह से चमक उठीं, फिर, उसका चेहरा सख्त हो गया, उसने अपना उत्साह अलग कर दिया और उन दोनों के ठीक सामने रुक कर उसने रुखाई से बातचीत को बीच में ही काट दिया।

''इससे फ़र्क नहीं पड़ता कि तुम मुझ पर विश्वास करते हो या नहीं। ये होगा। और इसे करोड़ों लोगों पर थोपा जायेगा।''

वह अपनी मखमली कुर्सी पर ढह गया, जैसे मुक्केबाज़ अपनी लड़ाई के बीच में

कुर्सी पर धंस जाते हैं, उन्हें ऐसा एहसास कराते हुए कि वो बहुत थक गया है। वह चुप बैठा रहा, अपनी पहले की उत्तेजना से विश्राम लेते हुए, उसके हाथ पैरों पर ऐसे पड़े थे मानो वह उन्हें भूल गया हो, मुँह हल्का-सा खुला, और आँखें धुंधली सी थीं, चेहरे पर खोया-खोया भाव। एक पहले न सुना गया स्वर उसके कानों में बुदबुदा रहा था : 'मैं इस बात से इनकार नहीं कर सकता कि मैं एक अच्छा खासा अभिनेता हूँ।' लेकिन ज्योतिषी ये भी जानता था कि उसका अभिनय सच्चा था, इसलिए उसने इस आवाज़ को बीच में ही रोक दिया और बोला :

''अगर हम सब इस गुप्त संस्था के खिलाफ़ हों तो भी हमें इसे बनाना चाहिए। मैं इस पर नहीं लड़ूँगा कि इस संस्था को ऐसा ही होना चाहिए या वैसा, लेकिन हर कीमत पर हमें इसे अपने समाज में पोषित करना चाहिए। तुम्हें एहसास है कि हम कितने पाखंडी हो सकते हैं? जब मैं कह रहा हूँ कि इसे पोषित करना चाहिए तो दरअसल मेरा मतलब ये है कि हमें एक ऐसी संस्था या व्यवस्था को एक बार फिर प्रबल बनाना है, जिसका उग्र उद्देश्य होगा खुशी, आनंद की प्राप्ति।''

हिपोलिता ने अपना सिर उठाया, उसकी उँगलियों ने अपनी ड्रेस के एक छोर से खेलना बन्द कर दिया था। उसने तत्काल उठे एक सवाल को पूछा :

''मुझे बताओ...क्या तुम जानते हो कि वो आदमी कहाँ गया?''

''कौन-सा आदमी?''

''वही, जिसके बहुत से बाल थे और आँखें उभरी हुईं...''

ज्योतिषी मुस्कुराया...

''तुम मुझसे ये क्यों पूछ रही हो? जिस पर हम अभी चर्चा कर रहे हैं, उससे इसका क्या लेना-देना?''

''मुझे उसमें दिलचस्पी है।''

''ब्रोम्बर्ग?...ब्रोम्बर्ग की कहानी बहुत दिलचस्प है। वो एक तरह से जानबूझकर बना हुआ नाबालिग है। थोड़ा पागल है, बस और कुछ नहीं।''

''मुझे बताओ, तुम उसे 'वो आदमी जो दाई से मिला' कह कर क्यों बुलाते हो?''

ज्योतिषी ने अपनी घड़ी की तरफ़ देखा।

''देखो, तुम अपनी ट्रेन छोड़ना तो नहीं चाहोगी...लेकिन अभी वक्त है।''

और उसने शुरू किया :

''ब्रोम्बर्ग को बचपन से ही दाइयों से असाधारण रूप से नफ़रत थी। क्यों? वे,

अपने आप में इस घृणा को उचित साबित नहीं कर सकतीं। मुमकिन है कि कोई बहुत पुरानी भूली बिसरी वजह रही हो। कोई ऐसा रहस्यमय काम जो ये महिलाएँ उस लड़के की कल्पना में करती होंगी, निर्दयता और क्रूरता का एक आवरण जो उसे अदृश्य रूप से घेरे हुए था। असल में, आप अगर सिर्फ़ ये शब्द 'दाई' उसके सामने बोल दें तो ये उसको नफ़रत और भय से कँपाने के लिए काफ़ी है। बचपन से ही बदकिस्मती ने उसका तब से पीछा किया जब उसके माता-पिता एक ऐसे मकान में रहने चले गए जिसके पड़ोस में ही एक दाई रहती थी; वहाँ उसके साथ कुछ बहुत गंभीर घटित हुआ। एक रात ये बच्चा अपने घर के दरवाज़े पर बैठा था कि अचानक एक प्रेत उस दाई के घर से दौड़ता हुआ उसकी तरफ़ बाँहें खोले हुए आया। लड़का ज़ोर से चिल्ला दिया। वो दाई की नौकरानी थी, मिश्रित नस्ल की लड़की जो सिर्फ़ उसे डरा कर अपना मनोरंजन करना चाहती थी। ब्रोम्बर्ग बेहोश हो गया और फिर बहुत लंबे समय तक बीमार रहा। यहाँ तक कि अब भी, अगर तुमने नोटिस किया हो वो हमेशा लैंप की रोशनी में ही सोता है, ये भी तब जबकि इस घटना को करीब बीस बरस बीत चुके हैं। बहरहाल, वो सोलह बरस तक अपनी उम्र के लड़कों के साथ घूमता-फिरता रहा, जो दुष्ट कम रोमांटिक ज़्यादा थे, अक्लमंद कम बेवकूफ़ ज़्यादा थे, और उन पर पुलिस और लुटेरों वाली फ़िल्मों का काफ़ी असर था। उन्होंने अपना एक छोटा-सा उचक्कों जा गिरोह बना लिया। ब्रोम्बर्ग इस गिरोह का नेता था। वो कोई काम नहीं करता था, न ही करना चाहता था। वो आलसी लड़का था, बहुत ज़्यादा हस्तमैथुन करने से थका हुआ और मानसिक तौर पर छोटा-सा भी प्रयास करने में नाकाबिल। एक बार उसने मेरे सामने ये स्वीकार किया था कि वो दिन में सात बार हस्तमैथुन किया करता था। अब हम कहानी के उस मोड़ पर हैं जहाँ उसे एक लूट की योजना बनाने के लिए गिरफ़्तार कर लिया गया...और अगर तुम चाहो तो कह सकते हो कि इसके लिए दोषी वो दाई थी। ये वाकई दिलचस्प और हैरतअंगेज़ था। ज़रा कल्पना करो। एक रात ये गिरोह एक परिवार के घर में घुसा जो छुट्टियाँ मनाने बाहर गया हुआ था। उनके घर और संपत्ति की देखभाल एक स्पेनिश जोड़ा करता था जो अक्सर रात में फ़िल्म देखने चला जाता। ब्रोम्बर्ग और उसके दोस्तों ने उनकी आदतों का अध्ययन किया था और उस रात वे उस मकान की दीवार पर चढ़ गए जिसकी बगल में खाली ज़मीन पड़ी थी। अंदर जाकर कोई भी सावधानी बरते बगैर उन्होंने फ़र्नीचर तोड़ना-फोड़ना शुरू कर दिया। शोर में बस इतनी कमी थी कि परेड का संगीत नहीं बज रहा था। इस लूट की हड़बड़ाहट में ब्रोम्बर्ग ये ध्यान नहीं दे पाया कि उनका एक साथी संभवत: मज़ाक के तौर पर बिस्तर पर लेट गया था। अक्सर देखा गया है कि इस तरह के खराब तरह से किये गए अपराध अक्सर कम उम्र के आवारा लोगों द्वारा अंजाम दिए जाते हैं : और बिस्तर पर लेट जाना, ज़ोर से शोर करना, जितना भी खाने का सामान मिले उसे खा लेना : ये सारी बातें एक तरह की घबराहट की तरफ़ इशारा करती हैं जो कच्चे और शुरुआती अपराधियों में सहज होती है। उनके अंदर अपनी तटस्थता दिखाने, खतरे के प्रति लापरवाह होने और एक रहस्यमय मनहूस-सी उत्सुकता को पूरा करने की एक तीव्र इच्छा होती है।''

''सबसे कुशल व्यावसायिक चोर भी उन भयानक लम्हों के बारे में तुरंत बात करना चाहता है जिनसे वो बच सकता था। वो पल जब वो तनाव में होता है और उसे आने वाले खतरे का एहसास होने लगता है। मुझे याद है एक ने बहुत सोचते हुए मुझे बताया था कि वो लगभग हैरान और असमंजस की हालत में किसी अंधेरे दरवाज़े की तरफ़ चला जाता था।''

'देखो, जब मैं अट्ठारह साल का था और अगर उस दिन मैं चोरी नहीं कर रहा होता... वो बहुत अँधेरे और बेचैनी से भरा दिन था।' खैर, बोम्बर्ग पर वापस आते हैं, मुझे फिर मालूम हुआ कि वो इन हालात में किस तरह सोच सकता था। अपनी लूट को इकट्ठा कर बाँधने के लिए कुछ ढूँढते हुए वह बेड रूम में गया। वो सोच रहा था कि तकिये का केस सारा माल रखने के लिए बढ़िया बोरा साबित हो सकता है। वह बिस्तर पर झुका और अचानक उसके इस साथी ने, जो अब तक वहाँ लेटा था, बगैर कोई आवाज़ किये; उसकी बाज़ू को पकड़ लिया।

''डर का वो एहसास जिसने उसे भीतर तक हिला कर रख दिया, उस एहसास से काफ़ी मिलता-जुलता था जो उसने तब महसूस किया था जब उसने उस दाई के घर से भूत को अपनी तरफ़ आते हुए देखा था। इस स्थिति ने तत्काल उसके बचपन की समस्या को दोबारा ला खड़ा किया। कानों को बेधती हुई चीखें और मिर्गी के दौरे जैसी ऐंठन। उस वक्त कुछ पड़ोसी वहाँ से गुज़र रहे थे और इस लड़के की चीखें सुन कर उन्होंने तुरंत पुलिसवाले को बुला लिया।

''मैं तुम दोनों को घर के अन्दर चलने वाले हंगामे का ब्यौरा दे रहा हूँ। उसके चोर दोस्तों ने ब्रोम्बर्ग को पीछे नहीं छोड़ा। वे अच्छी तरह से जानते थे कि वो उनकी पोल खोल सकता था। आखिर में, वो पुलिसवाला कुछ और स्थानीय हीरोनुमा लोगों के साथ उस दीवार को पार करके उस मकान में दाखिल हुआ। वे लोग सामने का दरवाज़ा तोड़ने की हिम्मत नहीं कर सकते थे। ज़रा उस स्थिति की कल्पना करो! पाँच हताश नौजवान, एक पागल मानो भूतग्रस्त साथी को काबू में करने की कोशिश करते हुए जो एक जानवर की तरह लूट के एक बंडल से दूसरे बंडल तक कूद रहा हो; और वो सब संपत्ति जिसे वहाँ से गायब करने की वो तैयारी कर रहे थे। और भी, मैंने सुना है कि उन लड़कों ने उस मकान में घुसने के लिए जिन औजारों का इस्तेमाल किया था, उन्हें भी अच्छी तरह पैक कर लिया था, ये सब उनके साथ पुलिस स्टेशन ही पहुँचा। अब चूँकि वे सब गरीब घरानों से थे, तो कानून आयोग ने उन पर कोई छूट और ढिलाई नहीं बरती और उन्हें स्थानीय जेल से पुलिस विभाग में भेज दिया गया। भयभीत लड़कों ने अपनी पुरानी चोरियों को भी मान लिया और यहाँ तक कि एक ईमानदार महाजन को भी इसमें फँसा दिया जिसे बाद में गिरफ़्तार कर लिया गया। वो आदमी अपनी दूकान में वो सभी चीज़ें बेच देता था जो ये लड़के लेकर आते थे। बाद में उन्हें नाबालिगों की अदालत के द्वारा एक आदेश के ज़रिये नाबालिग अपराधियों के सुधारगृह में भेज दिया गया।

''सुधारगृह में दो सख्त चोरों के साथ एक साल गुज़रने के बाद ब्रोम्बर्ग एक हताश और डरपोक लड़का बन गया। एक दिन मर्सिडीज़ रोड पर उन्होंने एक सफ़र करते सेल्समैन पर हमला करने की कोशिश की। उस सेल्समैन ने हमले का जवाब गोलियों से दिया। और जैसा कि हुआ, जिस आदमी ने दाई को देखा था वही उन गोलियों से घायल हुआ। एक गोली उसकी जाँघ में लगी और वो गिर गया। और जैसा कि स्वाभाविक है, अपने साथियों द्वारा छोड़ दिये जाने पर उसे बहुत बुरा लगा। ये तय है कि उसकी किस्मत खराब थी। एक बार फिर, ब्रोम्बर्ग का शरीर पुलिस स्टेशन पहुँच गया। जब वो सुधारगृह के अस्पताल से बाहर निकला तो एक नाबालिग अपराधी से उसकी लड़ाई हो गयी और उसने उसे छुरे से घायल कर दिया और एक बार फिर उसे अस्पताल में भर्ती करना पड़ा। ये घाव इतना गंभीर नहीं था लेकिन ब्रोम्बर्ग ने कई महीने इंतज़ार करने के बाद अपना बदला लिया। वो आखिरकार एक पखाने में अपने दुश्मन को पकड़ने में कामयाब हो गया और उसने उसका गला घोंट दिया जब वो शौच कर रहा था। नया मुकदमा : ब्रोम्बर्ग सुधारगृह से जेल चला गया। जज ने पहले मुक़दमे में उसे उम्रकैद सुना दी। जेल में एक अपराधी ने, जो उसके अतीत और समस्या से वाकिफ़ था, सलाह दी कि वो अपने पागलपन के दौरों की फिर से नक़ल करे जो उसके पहली बार हिरासत में लिए जाने की वजह बने थे। बेचारे बदमाश ने अपना प्रदर्शन शुरू किया। लेकिन वो अपने अंदर नकली पागलपन को जगा तो नहीं सकता था फिर भी उसने घबराकर आतंकित होने की अवस्था का नाटक किया। बेशक, जेल का वार्डन और जेल के गार्ड्स किसी भी डॉक्टर से ज़्यादा काबिल थे ये पता लगाने में कि उसका पागलपन नकली था या नहीं, लेकिन ब्रोम्बर्ग ने घबराहट और मिर्गी के दौरों की ऐसी नक़ल पेश की कि वहाँ के सभी लोगों को पक्का भरोसा हो गया कि वो सच है। वह बहुत अच्छा अभिनेता है; यानी कह सकते हैं कि वो ऐसा आदमी है जिसने अपने भीतर उस स्मृति को गहनता से संगृहीत कर रखा है जो उसके भय को सक्रिय कर देती है। ऐसा लगता है कि वह एक बटन दबाता है और तुरंत सामान्य अवस्था से खुद को एक ऐसे प्राणी में तब्दील कर देता है जो आतंक और भय से एक भंवर की तरह चक्कर काट रहा है, दीवारों से खुद को टकराते हुए या घबराहट और आतंक से ग्रस्त सीढ़ियों के नीचे दुबक कर काँपते हुए। एक रात उसका ये घबराहट का दौरा इतना उग्र था कि उसका असर दो अन्य सज़ायाफ़्ता मिर्गी के मरीज़ों तक फैल गया। उसी की तरह उन्होंने भी चीखना-चिल्लाना शुरू कर दिया। अब चूँकि कैदखाने का वो हिस्सा पागलखाने में ही बदलने वाला था तो जेल के डॉक्टर ने ब्रोम्बर्ग को मर्सिडीज़ अस्पताल भेज कर उससे मुक्ति पा ली। अस्पताल में तो सुप्रीम कोर्ट का भी उसकी मूल सज़ा पर कोई अधिकार नहीं होता। भूत के द्वारा इस प्रताड़ना का ढोंग वो करता रहा और एक दिन वहाँ से भाग निकला। एक भगोड़े के तौर पर ब्रोम्बर्ग के पास बहुत सारे रोमांचकारी अनुभव हैं। उसने तमाम तरह की नौकरियाँ की हैं; यहाँ तक कि एक आध्यात्मिक केंद्र में वो पहरेदार भी रहा। वहीं पर मेरी मुलाकात उससे हुई। इतनी सारी मुसीबतों के कारण उसका स्वभाव थोड़ा असंतुलित है, लेकिन उसने अपनी सहज चतुरता को बचा कर रखा है और अब वो मेरा और मेरे प्रोजेक्ट को समर्थन देने के लिए पूरी तरह से समर्पित है। ओह, मेरी प्यारी दोस्त!।

तुम्हारी ट्रेन छूट गई। क्या तुम यहीं सोना चाहोगी?''

हिपोलिता को अब पक्का यकीन हो गया। उसने खुद से कहा : 'मैं सही थी। ये इस दौरान टाइम काटने की, टालने की कोशिश कर रहा था। उसने इस नज़र से कि वो सब कुछ जानती है, ज्योतिषी की बात मान ली और हल्की नफ़रत और व्यंग्य से मुस्कुराते हुए जवाब दिया :

''मैं जान गई थी कि ट्रेन मुझसे छूट जाएगी। क्यों नहीं! हाँ, मैं यहीं सोना चाहूँगी।''

बार्सुत आलस से उठा। उसके माथे पर आम तौर से ज़्यादा शिकन थी। वो बोला :

''अच्छा, ठीक से सोना। कल मिलते हैं।'' और वो चला गया। बहुत चुपचाप, नंगे पैर और बगीचे के पेड़ों के पीछे छिपे हुए 'वह आदमी जिसने दाई को देखा' उसका पीछा करने लगा।

जब वो अकेले रह गये तो ज्योतिषी अनापेक्षित रूप से बुदबुदाया :

''ओह, इस मूर्ख से पीछा छुड़ाने में कितना वक्त लग गया! आओ, मेरी दोस्त, हमें बात करनी ही चाहिए।''

और वो कठपुतलियों वाले कमरे की तरफ़ चल दिया। तुनकमिज़ाजी से मुस्कुराती हुई हिपोलिता उसके पीछे हो ली।

अगर सोमवार की अलसुबह किसी ने सुबह 5.30 पर ज्योतिषी के घर की जासूसी करने के लिए किसी को रखा होता तो उसे एक आदमी के साथ एक औरत बाहर निकलते हुए दिखाई देती, जिसने अपना चेहरा परदे से ढँका हुआ था और एक गहरे भूरे रंग का कोट पहना था। वो घर के छोटे से लकड़ी के दरवाज़े के सामने रुकी जो सुबह की नीली रौशनी से सराबोर था। ज्योतिषी उसे बहुत प्यार से देख रहा था। हिपोलिता उसके करीब आई और अपने दस्ताने पहने हुए हाथों से उसका आलिंगन करते हुए बोली :

''कल मिलते हैं, मेरे प्यारे सुपरमैन,'' और उसका सिर हल्के-से अपनी तरफ़ खींचा।

ज्योतिषी ने परदे और उसके होंठों के बीच उसे प्यार से चूमा और फिर उस औरत ने रात की ओस से भीगे ईंटों वाले रास्ते पर तेज़ी से चलना शुरू कर दिया।

प्रोजेक्ट का संचालन

एर्दोसैन बाहर से वापस आ गया था, उसका शरीर काँप रहा था, कनपटियाँ ज़ोर-ज़ोर से धड़क रही थीं। थकान से चूर वह बिस्तर पर गिर गया और आँखें बंद कर लीं। उसकी आत्मा को नींद की ज़रूरत थी। लगभग हमेशा ये उसका शरीर होता जिसे नींद की ज़रूरत

होती लेकिन अब उसकी आत्मा की बारी थी। अपने जोड़ों की नसों में उसे सुन्न महसूस हो रहा था, जैसे वो एक धुँध में घुल गया है जिसका प्रत्यक्ष केंद्र उसका दिमाग था। धुँध दुनिया की तरफ़ कालिख के एक काले बादल की तरह बढ़ रही थी और एर्दोसैन ने अपने जलते हुए माथे को बर्फ़ जैसे ठंडे हाथों से छुआ। इतना अजीब दयनीय और टूटा हुआ प्राणी शायद कभी भी नहीं हुआ।

वह इस दुनिया में मानो घुल-सा गया था। वह दीवारों के बीच से, ढँके हुए निर्जन स्थानों से गुज़र रहा था, छोटे कस्बों के टिन की परत चढ़े मकानों की पंक्तियों को चीर रहा था और भी घुलते हुए, रेलवे क्रॉसिंग के ऊपर कूद रहा था; कभी-कभी एक टाइल वाली सड़क के एक हिस्से में केरोसिन का लैंप जल रहा होता, और वो बर्फ़ से ठंडे जंगलों के बीच से एक बादल की तरह सीधे फिसल कर निकल जाता और पीछे लाल सीसे और टार की परत चढ़े पुल, और गलियों में आईने से परावर्तित होती रौशनी और नियोन साइन के प्रकाश से जगमगाते इमारतों के बाहरी भाग पीछे छूटते जाते, और जब भी वह ठहरता तो एक रहस्यमय हाथ उसे चेहरे पर मारता और उसके दिल को एक ठंडी सिहरन चीर जाती।

वह अपनी अदृश्य शहादत की तरफ़ लौट आया। क्या फ़र्क पड़ता है कि वो अपने बिस्तर पर लेटा हुआ था और उसकी आँखें उसकी पलकों में छिपी हुई थीं? उसके चाहे बगैर ही वह इस दुनिया में घुल-सा गया था; तत्व के हर कण में, हर छत में; अपनी चैतन्यता को इसकी विविधता के रहस्य में फेंक दिया था। उसने अपने आप से कहा कि अगर समुद्र के दिल होता तो वो भी उसके जितना कष्ट नहीं भोगता। उसने खुद से ये भी कहा : 'अगर मुझे अंधेरे शहरों की अपरिचित अंदरूनी गलियों में चलने की सज़ा मिलती और उन लोगों की गाली-गलौज सुनने को बाध्य होना पड़ता जो एक-दूसरे को बर्दाश्त नहीं कर सकते, तो भी मैं इतना कष्ट नहीं भोगता।'

फिर उसने अपने आप से कहा :

'मैं ऐसे जी रहा हूँ जैसे कोई आवाज़ मुझे हमेशा बुला रही हो, बहुत सारी जगहों से। दिन-रात : दिन-रात। हे मेरे भगवान! किसे परवाह है कि आज कौन-सा दिन है, या सूरज निकला है या नहीं! मेरा चेहरा इतना गर्म हो गया है; लगता है मुझे बहुत तेज़ बुखार है।'

एर्दोसैन ने अपना चेहरा अपने हाथों से इतनी ज़ोर से पकड़ लिया मानो वो अपने अंदर से वो चीख बाहर निकालना चाहता हो जो उसके गले में कहीं फँस गई थी।

उसके भीतर पीड़ा ऐसे उमड़ी जैसे औद्योगिक क्षेत्र में स्टीमर की विशाल धुएँ की नलियों के आस-पास का माहौल बन जाता है। जब वो इस मुकाम पर आ गया कि उसे लगा उसका दिल विस्फोटित हो टुकड़ों में बिखर जाएगा, तो उसकी यातना को हल्का करने के लिए सांत्वना की एक भावना ने उसे वशीभूत कर लिया। मृत्यु भयावह नहीं थी।

वो एक नाजुक, मधुर और नरम-सा सपना था। अब वो जानता था मौत क्या है।

कि वो हमेशा के लिए आराम कर सकेगा, कि उसका मांस कीड़े-मकौड़ों की बिलों के मौन में तब्दील हो जाएगा।

"और सूरज?" उसकी आत्मा ने गुज़ारिश की, "वो काला सूरज?"

एर्दोसैन ने उस रहस्य में झाँका। वो जानता था कि अंधेरे सूरज की सतह पर एक उत्सव का अस्तित्व था जो बगैर किसी शोर के इस सतह पर फैला हुआ था। ये अंधकारमय सूरज क्या था? उसे नहीं मालूम, लेकिन अगर कोई उसकी गहरी इच्छा रखता तो उसे वो मिल सकता था, शायद इन मुड़ी-तुड़ी वनस्पतियों, पेड़ों और रंगीन ग्रहों से कहीं बहुत दूर किसी बर्फ़ से जमे रास्ते के एक कोने पर।

एक क्षण के लिए एर्दोसैन की गंभीरता में शहर की धारदार रेखाओं, सीमेंट, लोहे और काँच ने खलल डाल दिया। ये उसकी इहलौकिक स्मृति थी। लेकिन वो इन सीमेंट, लोहे और काँच के कैदखानों से बचना चाहता था जो बिजली से चार्ज किए कंडेंसरों से ज़्यादा ताकतवर थे, शहरों के उन आधुनिक जैज़ बैंड्स से बचना जिनका शोर कानफोड़ू था, जिनके संगीत आयोजन में लोग बंदरों की तरह नाचते, मानो उनका पिछवाड़ा झुलसा दिया गया हो। एर्दोसैन इस विचार से ही त्रस्त हो गया कि एक लिपी-पुती औरत हर हफ़्ते 5,000 डॉलर कमा कर घर ला सकती थी और उन मर्दों के बारे में सोच कर जिनके चेहरे पर क्रूर लुच्चों जैसा भाव रहता है। एर्दोसैन इस सभ्यता से बच कर कहीं भाग जाना चाहता था; उस काले सूरज पर सोने के लिए जो चुपचाप दुष्टतापूर्वक घूम रहा था, जहाँ तक जाने का एकतरफ़ा रास्ता सफ़र के आखिर में सिर्फ़ मौत लेकर आता था।

उसने बड़ी चाहत से एक ठंडी रात की कल्पना की, ओस से भरी; वो अपने भयावह दुखों को रोता हुआ आगे बढ़ रहा है, दया की भीख माँगते हुए और दुनिया के अंत में कोई संभवत: उसे शरण देता है और एक अँधेरे शयन कक्ष में लिटा देता है। वो वहाँ तब तक सोएगा जब तक कि उसकी नसों में इस पागलपन को दौड़ाता हुआ ज़हर उड़ नहीं जाता। वो एक अच्छा मकान होगा, एक अद्‌भुत घर, दुनिया के बाहरी छोर पर। सामने के दरवाज़े पर खड़ी एक लम्बी और बहुत खूबसूरत महिला बिना कुछ कहे इशारे से उसे अंदर दाखिल होने का आमंत्रण देगी। कोई भी उससे कुछ नहीं पूछेगा। वो बिस्तर पर लेट जाएगा और बगैर किसी शर्म या संकोच के खूब रोयेगा। वो दो दिन और दो रातों तक रोता रहेगा। पहले उसके आँसू धीरे-धीरे आएँगे; वो अपना चेहरा तकिये से ढँक लेगा और जी भर के रोयेगा। और जब उसके सीने के अंदर ये एहसास आ जायेगा कि उसके फेफड़ों से सारा दुख निकल चुका है, वो कुछ और रोयेगा और वो लम्बी, बेहद खूबसूरत औरत ठीक उसके बिस्तर के बगल में खड़ी रहेगी, लेकिन कहेगी कुछ भी नहीं। एक सर्वशक्तिमान उदासी ने एर्दोसैन के सपनों को फरसे से काट डाला। ये व्यर्थ था। मकान तो क्षेत्रीय होते हैं। लम्बी और बहुत खूबसूरत औरतें भी क्षेत्रीय होती हैं। उन चेहरों को रोशन करतीं पचास मोमबत्तियों की रौशनी। वो अपनी पूरी जिजीविषा से भी सहानुभूति भरे एक बिस्तर की कल्पना नहीं कर पाया।

अपने बाड़े की हदों का चक्कर काटते हुए सुअर की तरह, बूचड़खाने से बचने के लिए शरण ढूँढते हुए एर्दोसैन ने दुनिया के भयावह संरचनात्मक आयामों के हर छोटे अंश पर मानसिक रूप से वार किया। और हालाँकि इसकी परिधि अनंत थी, उसे ये एक बेकार सुअर बाड़े से भी तंग और छोटा महसूस हुआ।

वो बच नहीं सकता था। एक तरफ़ जेल था और दूसरी तरफ़ पागलखाना।

ऐसे पल भी आये जब उसे लगा कि अपने कमरे की सीमेंट की दीवारों पर हथौड़ा दे मारे। वो रह-रह कर अपने दाँत पीसता और उसे एक मशीनगन के पीछे रेंग कर जाना और पंखा हिलाने की तरह पूरे शहर को भून देना अच्छा लगता। मर्द, औरतें और बच्चे, सभी गिरते। और वो मशीनगन की दूसरी तरफ़ कुशलतापूर्वक उसमें गोलियों की बेल्ट डालता जाता।

एर्दोसैन के चेहरे पर दर्द की शिकन आ गई। वो उस आदमी की तरह था जो अपनी दौलत को रूलेट व्हील के एक-एक चक्कर पर लुटा चुका हो। रूलेट व्हील हमेशा चक्कर काटता हुआ...लेकिन वो एक भी सेंतावोस हरे खाने में नहीं डाल पाया। वह सिर्फ़ जीतने या हारने के लिए खेल सकता था...लेकिन वह दुबारा कभी नहीं खेल सकता था। वह पूरी तरह से बर्बाद हो चुका था।

दूसरे मर्दों के लिए, उनकी औरतें उनके बेड रूम में धीरे-धीरे निर्वस्त्र होती हैं, और फिर शर्माते हुए मुस्कुराकर उनके पास आती हैं, दूसरे मर्दों के लिए...एर्दोसैन ने इस ख़याल को दूर भगा दिया। ऐसा लग रहा था मानो वो अचानक उमरदराज हो गया हो; हज़ारों साल बूढ़ा हो गया हो। यहाँ तक कि गंधाती वेश्याएँ भी उसे देख कर उपहासपूर्ण तरीके से आँख मारती हुई कहेंगी : ''भाड़ में जाओ, चूतिया।''

एर्दोसैन बिस्तर से कूद कर उठ गया और बत्ती जला दी। वह मेज़ तक गया, खुद से ज़ोर-ज़ोर से बातें करते हुए :

''मार्शल फोच ने कहा था : रासायनिक युद्ध प्रणाली की खासियत होती है संभवत: सबसे वृहद् क्षेत्र में सबसे भयानक परिणाम उत्पन्न कर सके।''

रेमो ने इस विचार का थोड़ा आनंद उठाया :

''...सबसे वृहद् क्षेत्र में सबसे भयानक परिणाम।''

उसने ल'एंजिन दु रिन की कल्पना की; अपने कमरे में इधर-से-उधर टहलते हुए। उसने धीरे से फिर कहा : ''तोपों के जवाबी हमले में 60 प्रतिशत ब्लू क्रॉस, 20 प्रतिशत ग्रीन क्रॉस।'' वह धीरे से मुस्कुराया। वो इसे एक औद्योगिक पृष्ठभूमि में होते हुए देख सकता था। घुमावदार रेलिंग जो कोयले के ढेर और काले पेट्रोलियम टैंक की तरफ़ जा रहे थे, उनके साथ ही ताँबे की फ़िटिंग वाले इंजन थे और शंकु के आकार की चिमनियों को

गेज पर उठा कर ले जाया जा रहा था और कुछ नंगी छाती वाले पुरुष, पत्थरों से भरे ठेलों को खींचते-खींचते जिनकी बाजुएँ खनिज तेल से चिकनी हो गई थीं। तेज़ी से गुज़रती हुई ट्रेनों के वेग से ब्रिज के नीचे की ज़ंजीरों के बजने की आवाज़ जबकि गुलाम कालिख से भरी कार्यशालाओं में आ-जा रहे थे। उस पूरे इलाके में तीन क्रॉसिंग और पेंचों का जाल था और हर दिशा में दूर तक जाते हुए तारों का जाल। हैरान होते हुए एर्दोसैन ने ये सब देखा। एक क्रिस्टल की विनाशकारी रे गन। अचानक उसकी बगल के प्लेटफ़ॉर्म पर खड़े टॉवर में एक हरी सी रौशनी चमकती है, क्रूक्स के रेडियोमीटर की तरह। पूरा वातावरण एक स्थिर विद्युत् से आवेशित और अचानक हरे प्रकाश की एक शंकु आकार की किरण का विस्फोट और चीनी मिट्टी के पेंच इधर-उधर उड़ने लगते हैं। एक इंजन जिसे उसके सामने के पहियों पर उठाया गया था, कुछ देर के लिए ठिठकता है और फिर तीन श्रेणियों की तरलीकृत धातुओं में फट जाता है। और सीसायुक्त काँच के अपने केबिन में एर्दोसैन धीरे-धीरे अपनी रे गन घुमा रहा है। उसकी किरणें पत्थरों पर चोट करती हैं और रिहाइशी इलाकों की नींव में विस्फोट हो जाता है। वह निम्नलिखित घटना को भी देख पाया : जहाँ पर इस घातक किरण ने प्रहार किया, ठीक उसकी बगल में एक औरत के बाल बिलकुल सीधे खड़े थे, जबकि उसका शरीर राख के ढेर में बदल गया।

''और ऊँचा,'' एर्दोसैन बुदबुदाया। ''किरणों को पड़ने दो।''

क्रिस्टल रे गन और उसकी किरणों ने शहर के फेफड़ों को चीर कर रख दिया। एर्दोसैन ने दूर से ये सब एक दूरबीन के ज़रिये देखा। क्षितिज पर गैस के बादल एक चादर की तरह लहराते हुए सीधे एक दीवार जैसे आगे बढ़ रहे थे। स्टील सिलिंडरों के एक पंक्ति में से फुफकार की आवाज़ आ रही थी और हर तीन मिनट बाद एक और गहरे बादल का झोंका ऊपर उठता, अन्दर की तरफ़ मुड़ जाता और बिल्ली की तरह रेंगते हुए धीमे से अपने घनेपन में ज़मीन पर खड़ी बाधाओं को लपेट लेता।

एर्दोसैन ने लिखा :

'गैस से हमले के लिए बिना तैयारी के सेनाओं की मृत्यु दर, ९० प्रतिशत...''

उसके दिमाग में एक शब्द विस्फोटित हुआ : बर्रियो नोर्ते। उसने इस शब्द को फिर पूरा किया : बर्रियो नोर्ते पर हमला। फिर इसे और बड़ा किया : बर्रियो नोर्ते पर गैस का हमला।

उसने अपने कमरे के एक कोने की तरफ़ देखा। दोबारा : बर्रियो नोर्ते। उसने कल्पना की गेराज के दरवाज़ों के सामने खड़े कुछ नौकरों की जो एक-दूसरे को बता रहे थे कि उनके मालिक कितने बढ़िया हैं। और फिर गली की शुरुआत में एक हरी और पीली सी हवा उमड़ती हुई। इमारतों की मेहराबों पर गैस का एक आवरण और हवा में सड़ी हुई घास की गंध। बो टाई पहने नौकर परेशानी से अपना मुँह खोलते हुए। अचानक एक हवा में उछलता

है और पेट पकड़े गेंद के आकर में ढेर हो जाता है। मानो किसी ने उसके पेट में घूँसा मारा हो। हरे से रंग की गैस अब उन नौकरों के चारों ओर है। दूसरा भी अपना पेट कस के पकड़ लेता है और उसका रंग जामुनी पड़ जाता है। बाद में उनके शरीर फुटपाथ पर गोल मुड़े हुए पड़े हैं; उनके चेहरे पत्थरों पर सपाट हवा में साँस लेने की बेतहाशा कोशिश करते हुए, हवा, जो है ही नहीं। खून के ढेर गलियों के ग्रेनाइट गटरों की तरफ़ लुढ़कते हुए। फिर वो गैस का बादल बगीचों की तरफ़ बढ़ता है जहाँ अफ्रीकन पाम के पेड़ लगे हैं। एर्दोसैन ने अपने कानों पर हाथ रख लिए।

वो अपने कान के परदे में डाइनेमो की धीमी भनभन सुन सकता था; टनों गैस का उत्पादन करती महिला मज़दूरों की तरफ़ से आती बजबजाहट, रबर के सूट में धंसे हुए पुरुष, रबर का हेलमेट और गॉगल्स पहने उत्प्रेरक कन्वर्टरों के कम्प्रेशर और पाइरो मीटर के दबाव के पैमानों पर नज़र रखे हुए। रेफ्रिजरेशन के पाइप पर धीमे-धीमे जमते कपास जैसे ओस के कण।

फ़ॉसजीन गैस का निर्माण ठीक उसकी आँखों के सामने हो रहा था। उसे खुद को अपनी इस कल्पना से अलग करने के लिए बहुत ध्यान लगाना पड़ रहा था ताकि वो एक खास शैली में लिख सके जो काफ़ी श्रम साध्य था :

'...गंभीर रूप से ज़ख़्मी गैस पीड़ितों को देखने के बाद गैस की विशेषताएँ...'

वह अपने अक्षरों के घुमाव पर अनजाने ही ज़ोर देकर ऊर्जापूर्ण तरीके से लिखने लगा :

'गैस का प्रयोग इतना महत्त्वपूर्ण था कि युद्ध के अंत तक तोप के गोलों में ज़हरीली गैस भरी जा रही थी...'

रह-रह कर वो लिखना बंद करके अपनी हथेली से माथे के सपाट हिस्से को छूता रहता। उसे बुखार जैसा महसूस हुआ। उसने अपनी चेतना से देरी से आये नैतिक संकोच को हटा दिया। गैस का रहस्य। मृतक। सड़कों पर मक्खियों की तरह उड़ते हुए लोग। गैस के आवरण को कौन रोक सकता था? फ़ॉसजीन।

विलक्षण नाम। डीफ़ेनाइलक्लोरोअर्सीन। ओह! कितने दुष्ट, कितने राक्षसी! वो लड़खड़ाते हुए मेज़ से दूर हटा, लैंप जलाया और उबकाते हुए वो सोफ़े पर ढेर हो गया, जो एक रॉकिंग चेयर की तरह धीरे-धीरे हिलने लगा।

रात धीरे-धीरे बीतने लगी। रात, 'ईश्वर द्वारा उसे दी गई सज़ा', उसे सोने नहीं देती। एर्दोसैन की बनैली घूरती हुई आँखें अँधेरे में स्थिर हो गईं। उसके भीतर सवाल और जवाब पैदा होते हुए। उसने खुद को उस रहस्यमय समुद्र की तली में एक स्पंज की तरह हिलने दिया, जो रात में सैकड़ों संवेदनशील जीव रूपों का आह्वान करता।

उसने मानवीय संभावनाओं के सारे पहलू देख लिए थे और अब जानता था, मौलिक रूप से जानता था कि अब ऐसा कुछ नहीं था जो वो कर सकता था। उसके बाहरी लचीलेपन के बावजूद उसका जीवन एक ऐसा खंड था जो स्टील की तरह ठोस था। उस खंड को एक ब्लोटॉर्च से चीर कर वह उसके अन्दर जाना चाहता था। लेकिन ये संभव नहीं था।

आँखें खुली रखकर एर्दोसैन ने खुद को आगे-पीछे हिलने दिया। कभी-कभी वो अपना सिर कम्बल के अन्दर डाल लेता और वहाँ माँ के गर्भ में भ्रूण की तरह सिमटा हुआ लेटा रहता। ठीक इसी समय उसके जैसे करोड़ों आदमी, करोड़ों पुरुष इसी तरह अपने घुटने जोड़ कर और टाँगों को मोड़ कर सीने पर हाथ रखे सो रहे थे, अपनी माँ के गर्भ की तरह। जब सूरज फुटपाथ के अपने नीले सायों को छोड़ कर मेहराबों के ऊपर अपनी आभा फैलाने लगता है, ये सभी भ्रूण अपनी माँ के गर्भ को छोड़ देते; नल खोल देते और साबुन के टुकड़े से अपने गंदे चेहरों को धोते; एक गिलास दूध पीते और दरवाज़े से बाहर निकल कर पीली ट्राम या हरी बस पर चढ़ जाते... । और यही...हर रोज़...

एर्दोसैन ने इस उदासी के रहस्यमय अंधेरे में खुद को झूलने दिया, जो रात में सैकड़ों जीव रूपों का आह्वान करता। उसने अपना स्वालाप जारी रखा। हरेक शहर में यही परिघटना होती।

चाहे उनका नाम खूबसूरत हो या अप्रिय। ये ऑस्ट्रेलिया का तट या उत्तरी अफ्रीका, या दक्षिण भारत या कैलिफ़ोर्निया का पश्चिम, सभी जगह ऐसा ही था। दुनिया के हर शहर में, गद्दे बनाने वाली फ़ैक्ट्रियों के मालिक मशीनों को ब्रश करते, उनको चेक करते, अपनी आँखों से मुनाफ़े को गिनते हुए, उनके पैरों के आस-पास सफ़ेद ऊन के ढेर। दुनिया के हर शहर में पलंग निर्माता ट्रक पर अपने पोर्टेबल पलंगों को लोड करवाते हुए अपने चश्मों के ऊपर से मज़दूरों को घूरते।

और एकाएक न चाहते हुए भी एर्दोसैन के अन्दर से चीख फूट पड़ी :

''लेकिन, जीवन मैं तुमसे प्यार करता हूँ। तुमने लोगों को बदसूरत बनाने के लिए जो भी किया है उस सबके बावजूद मैं तुम्हें प्यार करता हूँ।''

वह अंधेरे में मुस्कुराया और फिर उसे नींद आ गई।

शुक्रवार

वो दो बदमाश

सुबह करीब दस बजे।

करीब बीस मीटर की दूरी से देखने पर वो दो आदमी किसी पागल खाने से फरार भगौड़े लग रहे थे। वो लगभग कंधे से कंधा मिला कर चल रहे हैं। एक अपनी छड़ी से

मकानों की नींव में लगे पत्थरों की अवस्थिति की गणना करता हुआ, क्योंकि वो एक बुरा-सा दिखने वाला तार की किनारियों वाला चश्मा पहने था, जिसके लेंस सामने से काले और बगल से गहरे लाल नज़र आते थे। एक शोफ़र की टोपी जिसका आगे का भाग रबर का था, उसके पहले से ही दुबले और चौकोर चेहरे को अपने शेड से और भी लम्बा दिखा रहा है। उसके बीमार-सा दिखने के साथ-साथ वो एक घटिया भूरे और लाल चेक का लबादा पहने था, हालाँकि तापमान गुनगुना ही था, उसका लबादा पैरों तक लम्बा था और उसके सीने पर एक पट्टी लटकी थी जिस पर लिखा था :

'नाइट्रिक एसिड वाष्पों के कारण अँधा। मेहरबानी करके विज्ञान के पीड़ित की मदद करें।'

अँधे आदमी का साथी, उसे दिशा दिखाने वाला एक ग्रे कोट पहने था। उसके सीने पर एक पट्टे से उसकी बगल में अधखुला यात्रियों वाला झोला लटका हुआ था। उसके अन्दर नारंगी, लाल और पीले पैकेज दिखाई दे सकते थे।

ये एमीलियो और बहरा आदमी युस्ताकियो हैं।

''ये कौन-सी सड़क है?' बहरा बुदबुदाया।

''लार्राज़बल...''

''क्या ये आज के कार्यक्रम में है?''

''यही है, तुम बहुत परेथान करते हो...बैठक ये आज के कार्यक्रम में है। मुझे, उफ़।''*

पीले फुटपाथ और ग्रे रास्ते की एक पगडंडी गुनगुनी सुबह के हल्के नीले आसमान के नीचे खुली हुई थी। घने कीकर के वृक्षों में फिर से प्राण आ रहे थे।

एमीलियो ने विचारमग्न होकर मकानों की तरफ़ देखा, लगभग सभी मकानों के सामने छोटे बगीचे थे। अंधा आदमी इतने खुश लोगों से भरे एक नखलिस्तान की तरह देख रहा था। इतने खुश लोग कि उन्हें बहुत सारी उगी हुई वनस्पतियों पर बने मकड़ियों के जालों को साफ़ करने की फ़िक्र नहीं थी, जिसकी वजह से मकड़ियों के रेशमी चाँदी से जाले पेड़ों की शाखाओं से फुटपाथ के ऊपर लटक रहे थे।

कहीं पास से ही एक पियानो की शाश्वत 'सा रे गा मा पा' की आवाज़ आ रही थी,

---

* समीक्षक का नोट : बहरे आदमी युस्ताकियो ने हर रोज़ के लिए एक रास्ता तय किया हुआ था ताकि वे हमेशा एक ही रस्ते पर भीख माँगने से बच सकें, ये तर्क देते हुए कि वैज्ञानिक सिद्धान्तों के बगैर सबसे लाभकर व्यवसाय का भी कोई नतीजा नहीं निकलता।

जो कोई अनुभवहीन हाथ 'कीज़' पर बजा रहा था। फिर भी, वो देर-देर से बजते सुर... सुबह के नीले से माहौल में एक मधुर विचारमग्नता भर रहे थे।

एक पन्द्रह साल की लड़की, बगैर स्टॉकिंग के गुलाबी स्कर्ट और चप्पल पहने, अपने घर के दरवाज़े पर खड़ी उदासी से दूर कहीं देख रही थी।

ये दोनों हारे-बेचारे लोग धीरे-धीरे उसके करीब जाने लगे। उस तक पहुँचने से ज़रा पहले एमीलियो ने अपना हैट उतार लिया लेकिन बहरा आदमी ज़िद्दी की तरह दरवाज़े की चौखट तक चलता रहा। लम्बे आदमी के बुरे से चश्मे ने एक पल के लिए उस लड़की को चौंका दिया और एमीलियो उससे बोला :

''थिनोरिता...क्या आप अंधे आदमी की मदद नहीं करना चाहेंगी, ये कैरामेल के पैकेट खरीद कर?''

उस छोटी लड़की ने इन दोनों बदमाशों को एक अजीब-सावधानी के साथ ध्यान से देखा। उसने उस पट्टी को पढ़ा।

''तो तुम्हारे पापा अंधे हैं?'' लड़की ने पूछा।

''नहीं, थिनोरिता...। वो पूरे अंधे नहीं हैं...लेकिन लगभग पूरे अंधे हैं।''

''उन्हें क्या हुआ था?'' वो जानना चाहती थी।

''वो नाइट्रिक अथिद का एक रिएक्थन बना रहे थे, और तेथ ट्यूब फूट गया। और जब ये फटा तो उनकी आँखों में इथकी बूँदें पड़ गईं।

''बेचारा!'' लड़की बुदबुदाई। ''और इनका कोई परिवार नहीं है?''

''मैं उनका इकलौता बेटा हूँ। कम्पनी ने कहा कि वे उन्हें पैथे नहीं देंगे, क्योंकि उन्हें विज्ञान थे प्यार करने के लिए कोई ज़बर्दस्ती नहीं की गयी थी। गरीब हमेथा मारा जाता है, थिनोरिता।''

इस तरह बात करते हुए एमीलियो ने, एक ऐसे व्यक्ति की तरह जो बिलकुल मासूम हो, एक दु:ख भरा चेहरा बनाया। बहरा आदमी, एक अड़ियल की तरह, और ईंट से बने उस खम्बे से बेखबर जिसके सहारे वो सवाल पूछती लड़की खड़ी थी, जहाँ था, सख्ती से वहीं खड़ा रहा। उस लड़की ने समझते हुए अपना सिर हिलाया। आखिरी टिप्पणी उस बदमाश ने इतनी करुणापूर्ण ढंग से की थी कि लड़की को उसकी बात पर भरोसा हो गया। वह बोली :

''एक मिनट रुको,'' और उसकी स्कर्ट पैरों के चारों तरफ़ घूमी और वो गलियारे में दौड़ कर अन्दर गई। एमीलियो उसे उत्सुकतापूर्वक देखते हुए सोचने लगा :

'वो कितनी सीधी है।' और उसे देने के लिए अपने थैले में कैरामेल के एक अच्छे

से पैकेट को खोजने लगा, जो दया से भरे शब्द उसने बोले थे उसके प्रति कृतज्ञ महसूस करते हुए। बहरा आदमी अपनी जगह वैसे ही खड़ा रहा, अड़ियल ज़िद्दी की तरह, दरवाज़े के करीब उसी तरफ़ मुँह किये हुए।

वो छोटी लड़की फिर नमूदार हुई, उसके गाल कुछ लाल हो गये थे, बाल माथे पर ढीले-ढाले लटके थे। उसके हाथ में एक पेसो (अर्जेंटीना की मुद्रा) का नोट था।

''ये लो, और भगवान् तुम्हारा ख़याल रखें।'' एमीलियो ने उसे कैरामेल का पैकेट दे दिया।

''ईश्वर ज़रूर आपका भला करेगा, थिनोरिता,'' और उससे पेसो लेकर अपनी जेब में ठूँस लिया।

''अपने कैरामेल का ध्यान रखना, शुक्रिया।''

''भगवान् और मदर मेरी आपको ज़रूर इथका अच्छा फल देंगे, थिनोरिता,'' और एमीलियो ने दरवाज़े की चौखट से हट कर, अंधे आदमी की बाँह पकड़ ली ठीक वैसे ही जैसे वो किसी गधे को रस्सी से पकड़ता। जब वो कुछ कदम दूर चले गये, युस्ताकियो ने उससे पूछा :

''कितना दिया उसने ?''

''बीथ थेन्तावोस।''

युस्ताकियो ने नापसंदगी ज़ाहिर करते हुए अपना सिर हिलाया।

''इतने से पैसे के लिए इतने सारे सवाल।''

एमीलियो को गुस्सा आ गया।

''तुम एक दुष्ट आदमी हो। तुम उन लोगों के रत्ती भर भी शुक्रगुज़ार नहीं होते जो तुम्हें मदद करने की कोशिश करते हैं।''

बहरे आदमी ने एमीलियो की बात न सुनते हुए क्योंकि उसने अपना सारा गुस्सा उस पर उलट दिया था, एक और सवाल पूछा :

''क्या वक्त हुआ है ?''

''यही कोई दथ बजा होगा।''

''ऐसा लग रहा है कि बारिश होने वाली है।''

एमीलियो गुस्से से फूट पड़ा और युस्ताकियो के कान में चिल्लाया :

‘‘बारिश कैसे होने वाली है, बेवक़ूफ़, जब तुम्हारी नज़रों से भी ज़्यादा साफ़ आसमान है?’’

बहरे आदमी ने विरोध किया :

‘‘अगर तुमने जो सब देखा हो वो अँधेरे में होता तो।’’

‘‘तुम्हारे दिमाग में क्या भूथा भरा है? क्या तुम इस चथ्मे से हर चीज़ बिलकुल थाफ देखना चाहते थे? तुम्हारे जेथा चालाक बहरा आदमी और कोई नहीं हो थकता। बथ अब हद हो गई। मैं गलत था कि तुम्हारे हिथाब से मैंने काम किया। तुम्हारे जैथा नाथामझ आदमी मैंने कभी नहीं देखा।’’

वे चलते रहे, सिर्फ़ उन मकानों के दरवाज़ों पर रुकते हुए जिनमें उन्हें लगता बहुत नफ़ीस लोग नहीं रहते और आसानी से बेवक़ूफ़ बन सकते हैं।

किराये के मकानों में से एक में किसी ने उन्हें खाने का सामान दे दिया। वे वापिस आ गए और एमीलियो फूट पड़ा :

‘‘ये कचरा देते हुए वे क्या थोच रहे थे? कि हम भूख थे मर रहे हैं या कि हम थुअर हैं?’’

बहुत सीधे और सख़्त होकर वो बहरा आदमी असली अंधे की तरह चलता रहा। सच तो ये है कि वो वाकई लगभग अंधा था, क्योंकि उसके चश्मे के अंदर एक लाल कागज़ की परत थी जिससे वो सुबह का नीला आसमान नहीं देख सकता था। और बस इसी हैरान कर देने वाले अंधेरे पर उसका दिमाग भरोसा कर रहा था; और बार-बार वो कहता रहा :

‘‘ज़रूर बारिश होने वाली है। मुझे कुछ दिखाई नहीं दे रहा। और गर्मी बहुत है।’’

‘‘गर्मी क्यों नहीं होगी बेवक़ूफ़, ये इथलिए है ताकि तुम उथ तपती गर्मी को महथूथ कर थको, जो उथ आग थे उठेगी जिथमें थैतान तुम्हें नरक में भूनेगा।’’

‘‘तुम अपने दिमाग से कुछ ज़्यादा काम ले रहे हो।’’

‘‘साले, चूतिया। तुम घोड़ों पर जुआ खेलने में अपनी थारी ज़िन्दगी क्यों बिताते हो? तुम्हारी ये बहुत छोटी गणना क्या भला करती है? और एक मैं हूँ जो तुमथे एक रथ्थी थे बँधा हूँ, गलियों में तुम्हारे थाथ चलते हुए, मानो मैं कोई भयंकर मूर्ख हूँ।’’

‘‘अभी तक हमने कितने पैसे बनाये?’’

‘‘छह पैथोथ, करीब-करीब।’’

‘‘मुझे अब पता ही नहीं चल रहा कि क्या हो रहा है। पहले हम दोपहर तक दस से

पंद्रह पेसोस बना लेते थे अब हम खुशकिस्मत हैं कि बड़ी मुश्किल से हम उसका आधा ही कमा पाए हैं। और लोग हमेशा देते रहे हैं। मुझे लगा, तुम...''

''देखो...जैथा कि मैंने तुमथे पहले भी कहा था, मैं तुम्हें थड़क के बीचोंबीच खड़ा कर थकता हूँ : एक पुलिथ मैन को बुलाऊँगा और उथथे कहूँगा; 'देखो, ये आदमी, ये बहरा आदमी लोगों थे धोखा कर रहा है।' तुम्हें क्या लगता है? कि मैं तुम्हें लूट रहा हूँ? तुम इन मनहूथ गलियों में मुझे किथी बेचारे की तरह घसीट रहे हो और फिर भी मुझथे ही थवाल कर रहे हो? तुम्हें शर्म नहीं आती? जितना हम कमाते हैं तुम घोड़ों पर लगा देते हो और घर पर लड़कियों को कुछ नहीं मिलता। तुम एक खराब बेटे हो, और अच्छे इंसान भी नहीं। तुम थिर्फ़ चालबाज़ी ही थोचते हो। तुम फिथल जाते हो...''

बहरे आदमी ने विडंबनापूर्ण ढंग से ज़ोर से बोला :

''तलवार, तलवार, ओ शरारती।''

''और इथ तबके थाथ तुम थनकी भी हो। तुम बहुत खराब इटालियन में मेरा मज़ाक उड़ाते हो। इथ अंदाज़ में बोलने के लिए मैं मार-मार कर तुम्हारा भूथा बना दूँगा...तब तुम नहीं हथोगे...देखना तुम...मैं दिखाऊँगा तुम्हें।''

सख्त भाव से बहरा आदमी चुपचाप चलता रहा। एक खच्चर की तरह अड़ियल। पीड़ित और उदास, एमीलियो उसके पीछे चलता रहा।

''क्या हम अपने प्लान के हिसाब से चल रहे हैं?''

''हे भगवान! तुम क्या समझते हो तुम ब्रिगेडियर जनरल हो? मैं तुम्हारे प्लान से तंग आ गया हूँ। बेथक हम उसी हिथाब थे चल रहे हैं।''

''हमारे नक्शे में एक प्लाज़ा होना चाहिए। हम अब तक वहाँ नहीं पहुँचे हैं।''

''मैंने क्या गलती की है? क्या तुम चाहते हो कि हम प्लाज़ा में थड़क के बीचोंबीच बैठ जाएँ?''

एक औरत बाज़ार से उनकी ही तरफ़ आ रही थी; उसकी बास्केट से एक बत्तख का घुटा हुआ सिर लटक रहा था। उसने उन्हें रोका :

''इतने कम उम्र हो और अंधे हो गए! क्या तुम भीख माँग रहे हो?''

''नहीं, थिनोरा। हम भले लोगों को केरामेल बेच रहे हैं, जो हमारी मदद करना चाहते हैं।''

''और इसे क्या हुआ?''

''वो नाइट्रिक एथिड थे एक रिएकथन तैयार कर रहा था और उथथे टेथट्यूब टूट गया और उथकी बूँदें इथकी आँखों में चली गईं।''

''और ये बोलता नहीं?'' वो औरत बोलती रही और युस्ताकियो जस का तस खड़ा रहा, बिना हिले-डुले, खच्चर की तरह अड़ियल, जिसकी खाल को एक जिप्सी खरीदने के लिए जाँच रही थी।

''थिनोरा, वो बहरा भी है, दीवार की तरह बहरा।''

''वह, कितनी बदकिस्मती की बात है। तो तुम क्या बेच रहे हो?''

''कैरामेल, थिनोरा। दथ और बीथ थेंतावोस के पैकेट...''

''पाँच का पैकेट नहीं है?''

''नहीं, थिनोरा।''

और फिर वो बूढ़ी औरत मरी हुई बत्तख से भरी बास्केट लेकर उसके लिए अफ़सोस महसूस करती हुई चली गई।

एमीलियो वहाँ कोसता, बुदबुदाता खड़ा रहा।

''देखा तुमने, तुम बहरे उल्लू! अब इस इलाके में बहुत हुआ...''

युस्ताकियो, उसे न सुनते हुए, उस पर ध्यान न देते हुए इतना ज़ोर से बोला कि एमीलियो का ध्यान अपनी तरफ़ खींच सके और साथ ही उतनी ही सख्ती से बगैर परेशान हुए चलता रहा।

''तुम्हें कितना मिला?''

एमीलियो युस्ताकियो की तरफ़ झुका, उसके होंठ युस्ताकियो के कानों को लगभग छू रहे थे और फिर चिल्लाया :

''उसने कुछ भी नहीं दिया।''

युस्ताकियो ने जवाब दिया :

''इससे फ़र्क नहीं पड़ता। एक बेचारा जो कुछ नहीं देता, उसके पीछे दस मूर्ख होते हैं जो कुछ-न-कुछ देंगे। बूढ़ी औरतों को तो भूल जाओ। बूढ़ी औरतें कंजूस और ओछी होती हैं। साधारण महिलाओं को चुनो, जो बुर्जुआ न हों। बुर्जुआ महिलाएँ। बुर्जुआ महिलाएँ कंजूस होती हैं। गरीब औरतों से कोशिश करो। गरीब औरतों का दिल कोमल होता है, नाज़ुक भावनाओं को समझता है। उस तरह की औरत जो मेले में जाएगी और कटे हुए सिर वाली बत्तख खरीदेगी, जो न स्वर्ग में विश्वास करती है न नरक में। छोटी लड़कियों को

देखो। छोटी लड़कियों का दिल कोमल होता है। उनके पास कोई अनुभव नहीं होता। उनसे कुछ ज़्यादा कहना नहीं पड़ता। एक अंधे आदमी का गाइड जो बहुत बात करता हो, वैसे भी बहुत लोगों में भरोसा नहीं जगा पाता। तुम सुन रहे हो?''

''हाँ मैं थुन रहा हूँ, बेवक़ूफ़।''

''तुमने ये कहा कि मैं विज्ञान के लिए अपने लगाव के कारण अंधा हो गया?''

''नहीं!'' एमीलियो चिल्लाया।

''उन्हें हमेशा विज्ञान के लिए मेरे लगाव के बारे में बताओ। ये वो वाक्य है जो उन्हें हमेशा बेवक़ूफ़ बना सकता है। ऐसे शुरुआत करो : विज्ञान के लिए अपने गहरे लगाव के कारण अंधा। इसमें गहरा शब्द और जोड़ दो। फिर नाइट्रिक एसिड वाला हिस्सा जोड़ दो। अब मुझे लग रहा है कि आसमान में बादल छा रहे हैं।''

''तुम्हारे दिमाग में बादल हैं, मूर्ख।''

एक फल बेचने वाला सड़क के किनारे आवाज़ लगाकर अपना माल बेच रहा था। बहरा आदमी उसे सुन रहा था और खुद उसे पुकार सकता था, लेकिन आदत के कारण उसने एमीलियो को पुकारा :

''अरे, उस फलवाले को बुलाओ।''

''बथ बहुत हुआ, पेटू। तुम और कुछ नहीं थोच थकते बथ पादरियों की तरह जीना चाहते हो।''

फल बेचने वाला उनके पास आया, वो उन दो बड़ी टोकरियों के बोझ से झुका हुआ था जो उसने एक चमड़े की पट्टी से अपनी गर्दन पर लटका रखी थीं। उसका चेहरा चालाक-सा दिख रहा था और उसने उन दो बदमाशों को ध्यान से देखा ताकि उनकी चाल को समझ सके। गली के तीन सर्वहाराओं ने कुछ देर तक बहस की, जिसके आखिर तक बहरे आदमी ने दो दर्ज़न केले अपने लबादे में भर लिए।

अब दोनों भाई अपने नक्शे के मुताबिक प्लाज़ा पर पहुँच गये थे। उन्होंने एक पेड़ की छाया में पड़ी बैंच देखी और उस पर पसर गये। एमीलियो के पैर दुःख रहे थे। बहरा आदमी भी डगमगा रहा था, अंधा होने का नाटक करते-करते वो ज़रा पागल-सा हो गया था। वो फुसफुसाया :

''सुनो, क्या मैं अपना चश्मा उतार सकता हूँ?''

''नहीं, यहाँ आस-पास लोग हैं।''

बहरे आदमी ने नाक-भौं चढ़ाई और केले खाना शुरू कर दिया। वह केलों को तीन

बार में छीलता और उसका छिलका बैंच के पीछे फेंक देता जहाँ फूलों की क्यारियाँ थीं। वो ख़ुशी-ख़ुशी केले खा रहा था और इतनी तेज़ी से कि होंठों के किनारों पर उसका थूक टपक कर उसकी ग्रे दाढ़ी पर आ गया था।

एमीलियो जो कम मात्रा में खा रहा था, नफ़रत से उसकी तरफ़ देखने लगा और तेज़ी से मुँह भर-भर कर खाने लगा। बहरे आदमी ने दार्शनिक रूप से कहना शुरू किया :

''कहो, कि ये ज़िन्दगी अच्छी नहीं है, एमीलियो। ईमानदारी से। एक ऐसी ज़िन्दगी जिसमें दिमाग किसी और चीज़ में व्यस्त नहीं है, न घड़ी की सुइयों का ध्यान रखना पड़ता ना ही किसी बॉस का जो तुम पर चिल्लाता हो। अगर तुम लोगों के पास जाकर पूछना चाहते हो तो पूछो, नहीं जाना चाहते तो मत जाओ। उस दिन तुमने वो हरे-भरे खेत देखे थे, जिनकी बगल से हम गुज़रे थे? देखो, मैं वहाँ अपने लिए एक छोटा टिन का मकान बनाना चाहता हूँ, और वहाँ एक मोंक की तरह रहना चाहता हूँ, धूप का आनंद लेना चाहता हूँ। मेरे पास *डॉन कुइक्सोट* किताब होगी और मछली पकड़ने वाला काँटा। मैं क्यों काम कर-कर के अपना दिमाग खराब करूँ?''

तुम किथी काम के नहीं हो। तुमने थोचा तुम्हारी बहनों की कौन मदद करेगा? पापा? और ममा की? वे थही कहते हैं हुआन कि तुम एक बुरे बेटे हो। तुम उथ तरह के लुच्चे हो जो पहली फुरथत में उन्हें छोड़ कर भाग जायेगा।''

बहरा आदमी अब चुप होकर अपनी मनमौजी ज़िन्दगी के विचार बुदबुदाता रहा। नदी किनारे एक छोटा-सा मकान, हरा-भरा गाँव और ज़िन्दगी को अपने सामने से गुज़रते देखना, उसी तरह से जैसे वो एक दाँतों के डॉक्टर के पास दाँत निकलवाने जाए और चुपचाप अपनी बारी का इंतज़ार करे।

प्लाज़ा का पुलिसवाला, मोर की तरह गर्वीला अपनी लाठी घुमाते हुए उनकी तरफ़ आया। उसने दोनों को ध्यान से देखा। बैंच के पीछे फूलों की क्यारियों की तरफ़ इशारा करते हुए उसने पूछा :

''क्या तुम ही हो जो केले के छिलके उधर फेंक रहे हो?''

वे इनकार नहीं कर सके, क्योंकि बहरा आदमी केला नंबर उन्नीस भकोस रहा था।

''बेहतर हो कि ये छिलके फेंकना बंद करो और उन छिलकों को उठाओ। क्या सोच रहे हो कि ये खेत-खलिहान हैं?''

एमीलियो ने अपना सिर हिलाया और फिर एक शहादत के भाव से वो झुका और उन क्यारियों को साफ़ कर दिया, वो सभी केले के छिलके उठा लिए जो बहरे आदमी ने बेपरवाही से पीछे फेंक दिए थे। युस्ताकियो ने एमीलियो की गुस्से भरी बुदबुदाहट समझते हुए केला नंबर बीस छीला और नफ़रत से मुस्कुराया।

एमीलियो सोचने लगा : 'और बाद में ये मुझे भला-बुरा कहेगा अगर मैं जितना पैथा मिला है उथमें अपना हिथथा ले लूँ तो। थिर्फ़ इसका काम ही एक रेजिमेंट के काम जितना होता है।''

टेम्परली में एर्गुएता

मर्सिडीज़ अस्पताल में एर्गुएता जो सरल, निष्कपट खुशी महसूस कर रहा था और जिस आज़ादी से उन पागल भोले लोगों के बीच घूम रहा था, वो गायब हो गई, क्योंकि हिपोलिता और ज्योतिषी के प्रयासों से उसे अस्पताल से छोड़ दिया गया।* वहाँ से उसे टेम्परली में ज्योतिषी के घर ले जाया गया।

एर्गुएता को घुड़साल के ऊपर उसी कमरे में रखा गया, जहाँ बार्सुत और ब्रोम्बर्ग थे। अब वो अपना सारा वक्त धार्मिक किस्म के चिंतन में लगाता और दिन भर सोता। सारी रात वो *बाइबिल* पढ़ता, पैगम्बरों के संदेश से दुनिया के प्रलोभनों और इस देह की कायरता के खिलाफ़ खुद की रक्षा करता हुआ। वह जानता था कि जल्द ही उसे प्रवचन देने में आने वाली कठिनाइयों का सामना करना पड़ेगा...ये सब उसकी योजना का एक अंग बन गया था, उस दिन से जिस दिन जीसस क्राइस्ट उससे मिलने आये थे।

उसके विचार उस वक्त की तरफ़ मुड़ गए जब वो दुनिया के 'सारे पापों में जी' रहा था और उसे एहसास होता था कि बहुत से संयोग उसके साथ हो रहे हैं। लेकिन वो एहसास तत्काल होते विराग से बहुत हल्का था जो उस पर हावी हो जाता, जब वो ये सोचता कि एक बार फिर वो मनुष्यता के संपर्क में लौट आया है।

लेकिन साथ ही ये भी कहना चाहिए कि एर्गुएता को उस घर के एकाकीपन को छोड़ने की कोई ज़रूरत भी महसूस नहीं हो रही थी। इसके आस-पास लगीं घनी वनस्पतियाँ उसे लैटिन समुद्र तट के उस इलाके की याद दिलाती थीं जहाँ अपोसल पॉल को बहुत कष्ट झेलने पड़े थे।

बहुत बाद में बार्सुत ने ये याद करके बताया कि इस 'द्रष्टा' को ये जानने में कोई दिलचस्पी नहीं थी कि उसके जीवन में ये अचानक परिवर्तन क्यों और कैसे आया। उसका पूरा ध्यान किसी और बात पर केंद्रित था; दिव्यता ने जो बोझ उसके कंधों पर डाल दिया था, उस रात जब जीसस क्राइस्ट उसके सामने प्रकट हुए थे और उन्होंने अपने कामों की महानता को उसके सामने ज़ाहिर किया था, और ये कि अब उसे इस 'उद्घाटित सत्य' को मानवता की चेतना में लाना है।

---

* समीक्षक का नोट : मेरे पास सुबूत है कि जितनी जल्दी हिपोलिता एर्गुएता को अस्पताल से छुट्टी दिला पाई थी, और उसकी नर्स के तौर पर अपना नाम दर्ज करवा पाई थी, उसमें डॉक्टर एन...ने बहुत मदद की थी। वे एक विख्यात पेशेवर डॉक्टर थे जिनका नाम सारांश में गुप्त रखा गया है। डॉक्टर एन अपनी पोइव मित्र हिपोलिता का साथ देने के क्या संभावित परिणाम हो सकते हैं, इससे बिलकुल अनजान थे।

वो लगातार *एक्ट्स ऑफ़ अपोसल* पढ़ रहा था, संत पॉल के दुखों से प्रसन्न होते हुए, और वो उन जासूसों पर नाराज़ हो जाता जो, उसके हिसाब से यहूदियों, सीरियन और मेसेडोनियन लोगों को अपना शिकार बनाते थे, साथ ही ग्रेशियन शहर के लोगों की बड़ाई करता। जिनके जलयान बर्बर स्थानों पर टूट जाते थे, वे उसके लिए एक आईने की तरह थे जिसमें वह अपने भावी कष्टों को देख सकता था।

अपने जीवन के इस नए दौर में उसने हिपोलिता से मिलने की ज़रा भी इच्छा ज़ाहिर नहीं की। वो उसके बारे में ऐसे बात करता, मानो किसी अजनबी की बात कर रहा हो। उसने अपने समय को *बाइबिल* के अध्ययन और उस जगह के चारों ओर ज़रूरत से ज़्यादा बढ़े हुए पेड़ों के बीच ध्यान लगाने के बीच बाँट रखा था। गुरुवार सुबह वह उस आदमी जिसने दाई को देखा से बोला :

''मुझे बाहर जाकर प्रवचन देना चाहिए। बहुत रातें ऐसी रही हैं जब मैंने एक ही दृश्य देखा है जो प्रतीकात्मक है और भविष्यसूचक भी। मैं किसी सरकारी इमारत की टेरेस पर एक पीले से फरिश्ते के साथ हूँ। ये बात अहम है क्योंकि पीला रंग प्लेग, युद्ध, निर्जनता और भूख का प्रतीक है। और, बहुत ऊँची इमारत के ऊपर छत पर होने के बावजूद भी मुझे आस-पास के मकानों की छत नहीं नज़र आ रही। पूरा शहर नीले पानी में डूबा है। पानी स्थिर है, दरअसल शांत है, क्षितिज तक। फिर अचानक पानी में से बड़े-बड़े पत्थर ऊपर हवा में उछल कर आने लगते हैं। और वो फरिश्ता मेरी तरफ़ देख कर कहता है, 'तुम देख रहे हो ? एक नया महाद्वीप प्रकट होने वाला है।' ''

ब्रोम्बर्ग ने अपनी प्लेट जैसी आँखें आधी खोलीं और बोला :

''ये मुमकिन है कि तुमने ऐसा देखा हो। मैंने धार्मिक ग्रंथों का अध्ययन किया है और मैं 'न्यू चर्च ऑफ़ जीसस' की एक नई व्याख्या कर सकता हूँ।''

फ़ार्मेसिस्ट ने अपनी गिद्ध जैसी मुद्रा को उसकी तरफ़ कठोरता से मोड़ा और लगभग ईर्ष्या के साथ कहा :

''ये सब बकवास है। तुम नए चर्च के बारे में क्या जानो ?''

दूसरा व्यक्ति अलग चला गया।

अपने दिखावे की प्रवृत्ति के सामने घुटने टेक देने पर एर्गुएता को बहुत चिड़चिड़ाहट हुई। इन सत्यों को इतने खुले तौर पर किसी को बताना बहुत अजीब था। वो ये गुप्त बातें दूसरों को क्यों बता रहा था ? क्या अपने ज्ञान के प्रशंसकों को ढूँढना एक झूठे पैगम्बर का घमंड नहीं था ? साथ ही, चूँकि वो पॉल के जीवन के बारे में पढ़ रहा था, उसे पॉल के अस्तित्व और अपने जीवन में अजीब और दिलचस्प समानताएँ मिली थीं। वह आसानी से अपोसल के अपने गार्ड के साथ, सेन्चुरिओनजूलियस के साथ अनुभवों की प्रतिकृति पैदा

कर सकता था जो उसके साथ क्रीट तक समुद्री यात्रा कर रहे थे। एर्गुएता के लिए ब्रोम्बर्ग लगभग जूलियस की तरह ही था। इसलिए उसने ब्रोम्बर्ग से कहा :

''मुझमें और संत पॉल में क्या फ़र्क है? उन्हें दमिश्क के रास्ते पर सत्य का उद्‌घाटन हुआ था और मुझे मर्सिडीज़ अस्पताल में। वो सेज़रिया में बंदी बन कर रहे थे और मैं टेम्परली में। किंग हेरेड : अग्रिप्पा ने दुष्ट चूहों से घिरे हुए उनसे पूछताछ की थी और मुझसे एक पागलखाने के निदेशक ने जो अनपढ़ और बदतमीज़ डॉक्टरों से घिरा हुआ था जो पवित्र ग्रंथों का एक शब्द भी नहीं समझते।''

जिस तरह से उसे सभी प्राणियों में से चुना गया था, उसके लिए वो ईश्वर के प्रति बहुत कृतज्ञ और खुद को ऊँचा उठा हुआ समझता था।

अपोसल के जलयान के एक ऊबड़-खाबड़ तटरेखा पर टूट जाने के बारे में पढ़ कर जहाँ दुष्ट दाढ़ी वाले मूर्तिपूजक लोग रहते थे, उसकी भक्ति जागृत हो जाती थी। (पैगम्बर के) पवित्र कामों पर चिंतन करने के बाद, प्राचीन समय की मौन और विशाल रातें उसकी कल्पना और 'विज़न' में दाखिल हो जातीं। वह उन यहूदी प्रदेश की शुष्कता देख सकता था, जहाँ दूसरे नबी जो सूअर जैसे गंदे थे भविष्यवाणी का अपना काम करते रहते, और उसे जिस आनंद का अनुभव होता उसकी किसी चीज़ से तुलना नहीं की जा सकती थी और वो उस जलती हुई ज़मीन के बारे में सोचता जबकि वो आम कपड़ों में मर्दों और औरतों को प्रवचन दे रहा होता, उस प्रलय के निकट जो दुनिया के हरेक कोने को अंधेरे से भर देगी और क़यामत के आने के नज़दीक भी।

उसे सैंडल्स पहनने के विचार में भी मज़ा आता; उसे लगता कि बूट्स पहनने की तुलना में सैंडल पहनना उस व्यक्ति के लिए अधिक विश्वसनीय और प्रामाणिक था जिसके लिए भविष्यवाणी करना पूर्वनिश्चित था। उसे ये भी स्पष्ट था कि ओल्ड और न्यू टेस्टामेंट के ये लोग टिड्डियों को खाते थे और नंगे पैर चलते थे और एक तरह से जिस त्याग की उम्मीद उससे की जाती थी वो छोटा-सा ही था। ये वो छोटा-सा सुख था जो उसे भोग विलास और उसकी गतिविधियों के गुप्त रहने के अनुपात में मिलने वाली ख़ुशी थी।

वो बहुत कम सोता था। बगीचा रात से घिर जाता और वो अपने विचारों में खोया रहता। सड़कें ओस से गीली हो जातीं, तो वो अपने जूते पहन लेता। सब्ज़ियों की क्यारियाँ और डामर के धब्बों से भरी सूखी पत्तियाँ, बड़े-बड़े धब्बे ऐसे जैसे सोते हुए जानवरों पर दिखाई देते हैं, इन सबसे अँधेरा थोड़ा कम घना लगता; बहुत समय पहले लोग अपने इहलौकिक आवेगों से विचलित होकर सो जाते थे, और वो, वो अपने किले के बारे में सोचता और उन शब्दों के बारे में जो जीसस ने उससे कहे थे, और धीरे-धीरे कृतज्ञता से भरी अपनी आँखें सितारों की तरफ़ उठा लेता।

ऐसा लगता कि वो एक दिवास्वप्न से जागा है, कीड़ों के एक-एक चक्र से घिरा

हुआ। गुफ़ा जैसे आकाश में सितारे अपनी चाँदी के बादलों से ढँकी पलकों को झपका रहे थे। सड़क पर एक वाहन बैकफ़ायर करता हुआ गुज़रा; और फिर और भी गहरा मौन लौट आया, और वो एक बार फिर उस अतीत में लौट गया जहाँ पॉल की आकृति नए ईसाइयों को प्रवचन दे रही थी और पॉल बूढ़े पुरुषों से घिरे हुए थे जिनकी खोपड़ी पीले से रंग की थी और दाढ़ी लम्बी। अब कीड़े धीरे-धीरे कूदते हुए उससे दूर जा रहे थे और एर्गुएता अपने घुटनों के बल बैठकर चुपचाप प्रार्थना करने लगा।

''मुझे क्या करना चाहिए, मेरे ईश्वर? रास्ता दिखलाइये। मैंने अपनी पत्नी, अपनी चीज़ों, सभी कुछ को त्याग दिया है। अब मुझे क्या करना चाहिए? क्या अभी मेरा प्रवचन देने का समय नहीं आया?''

कुछ और मौकों पर वो सोचता कि उसे अपना मिशन नर्क और तबाही की बजाय दिव्यवाणी की व्याख्या करने से शुरू करना चाहिए। वो काल्ले कोरिएन्तेस में स्थित कैबरे रेस्तराओं में से एक में जायेगा और चूँकि वहाँ के लोग धार्मिक ग्रंथों से अपरिचित थे, इसलिए वह उनसे कहेगा :

''क्या तुम जानते हो कि जीसस इस पृथ्वी पर क्यों आये? वेश्याओं, दलालों, चोरों और जेबकतरों को बचाने के लिए। वे आये क्योंकि उनके मन में इन सभी हारे हुए लोगों के लिए सहानुभूति थी जो एक जाम से दूसरे जाम के बीच अपनी आत्मा को खो बैठते हैं। तुम जानते हो पैगम्बर पॉल कौन थे? एक पुलिसवाले, एक कुत्ते सामाजिक व्यवस्था में हमारी ही तरह एक। अगर मैं तुम सबसे देसी तरीके से बात कर रहा हूँ तो इसलिए कि मैं ऐसा करना चाहता हूँ...मैं गरीब, नीचे तबके के लोगों और जो गुलामी करते हैं उन सभी से उनकी ही ज़बान में बात करना चाहता हूँ। जीसस ने पापियों के लिए भी करुणा दिखलाई। मेग्दालीन कौन थी? एक पतुरिया थी। इससे ज़्यादा कुछ नहीं। इन शब्दों से क्या फ़र्क पड़ता है? इनके पीछे निहितार्थ में उनकी दिलचस्पी थी। शब्दों के उदास भावार्थ; उसमें उनकी दिलचस्पी थी, पापी।''

वो आदमी जिसने दाई को देखा हमेशा दृढ़तापूर्वक एर्गुएता का पीछा करता रहा। वो उसका मज़ाक भी उड़ाता, क्योंकि पवित्र ग्रंथों के उसके ज्ञान से उसे जलन भी होती। लेकिन फिर पता नहीं कैसे ये ईर्ष्या प्रशंसा में बदल जाती और दोनों के बीच जो कड़वाहट का माहौल बनता वह काफ़ूर हो जाता।

शुक्रवार की एक रात निम्नलिखित संवाद उन दोनों के बीच हुआ। वे दोनों बार्सुत की बात सुन रहे थे, जो एक गिरे हुए पेड़ की शाखा पर बैठा अपनी समस्या पर विचार कर रहा था :

एर्गुएता ने कहा :

''मैं तीस दिन तक चिंतन ध्यान करने के लिए जीसस की तरह पर्वतों पर जाऊँगा।

मुझे पक्का पता है कि शैतान मुझे प्रलोभन देने के लिए आएगा जैसे वह आदम के बेटे (जीसस) को भी डिगाने के लिए आया था, लेकिन मैं उसका मुकाबला करूँगा...हाँ मैं उसे रोकूँगा, क्योंकि मैं सब कुछ त्याग चुका हूँ। फिर मैं तीस दिन तक प्रवचन दूँगा और बाद में मुझे पत्थर मार कर मौत के घाट उतार दिया जायेगा।''

''लेकिन...मुझे लगा, तुम पहाड़ों पर ब्लेनोरिया (योनि या लिंग से अत्यधिक रिसाव की बीमारी) के इलाज के लिए जा रहे हो, जो तुम्हें कई दिनों से सता रहा है?''

''ताकि ईश्वर मेरा इलाज कर सके? मुझे ये बीमारी इतने दिनों से है कि सिर्फ़ ईश्वर ही मेरा इलाज कर सकते हैं। उन्हें मैं सब कुछ बताऊँगा। और अगर वे मेरा इलाज नहीं करते तो ये इस बात का सुबूत होगा कि मुझे कष्ट भोगते रहना है, ताकि मैं अपने पापों का शुद्धिकरण कर सकूँ।''

''इस सूरत में मैं तुम्हारे साथ पहाड़ों तक चल सकता हूँ। हम कुछ बकरियाँ और मुर्गे ला सकते हैं; मैं बगीचे का ख़याल रखूँगा और तुम *बाइबिल* का अध्ययन करते रहना।''

और ये कहते हुए उसने ऊपर गहरे नीले आसमान की तरफ़ देखा जो अचानक पनीले नीले रंग का हो गया था और एक यूकेलिप्टस के पेड़ की चोटी पर चमकता बैंगनी शेड बना रहा था।

एर्गुएता ने आपत्ति जताई :

''मैं *बाइबिल* पढ़ता नहीं दैवी प्रभाव के ज़रिये उसकी व्याख्या करता हूँ। तो तुम मुर्गे पालना चाहते हो?''

''हाँ।''

''और हमारे लिए कितने काफ़ी होंगे?''

''लगभग दो सौ चूज़े। इसके साथ हम कुछ सूअर और एक गाय भी ला सकते हैं; ताकि हमें गोश्त, दूध और अंडे मिलते रहें। और अगर हम एक नदी के किनारे बस जाएँ तो हमें मछली भी मिल सकती है।''

एर्गुएता ने एक आँख झपकाई और फिर आपत्ति की :

''हाँ, लेकिन इस तरह आप पहाड़ या रेगिस्तान में प्रायश्चित और तप के लिए नहीं जाते। पैगम्बरों ने घास, टिड्डे, जड़ें खाकर बीहड़ों में गुज़ारा किया था, समृद्धि के साथ नहीं।''

ब्रोम्बर्ग ने अपने फटे हुए होंठों पर लालच से जीभ फिराई; फिर परेशान होकर जवाब दिया :

''वो शर्लामेन के समय में ऐसा हो सकता होगा। आज प्रवचन के समय से पहले

एक नबी खुद को अच्छे से खिला-पिला सकता है। और फिर, जीसस ने ये कभी नहीं कहा कि आपको ठीक से खाना नहीं चाहिए।''

''हाँ, लेकिन मुझे एक राजा की तरह भोजन करने का आदेश भी नहीं हुआ है। दूसरी तरफ़, ये मसला इतना अहम है ही नहीं। वो पाखंडी और घमंडी थे, जिन्हें जीसस ने उस आचरण से रोका जो उन्हें कुत्सित लगा। चलो साथ ही इन ग्रंथों पर मनन चिंतन करते हैं। मैं किसी गुफा में जाकर तपस्या कर सकता हूँ।''

करीब के एक तालाब में मेंढक हल्के-हल्के टर्रा रहे थे, लेकिन अँधेरे में इशारा करते हुए एर्गुएता को ये नहीं सुनाई दिया।

फिर, मानो वो एक राज़ की बात बता रहा हो, ब्रोम्बर्ग जो एर्गुएता से कुछ ही दूरी पर था, ने विचार व्यक्त किया :

''एक शॉट गन, एक शिकारी कुत्ता और एक रेडियो हो तो हमारा काम चल जायेगा। पहाड़ों के अकेलेपन में संगीत से वक्त बिताने में आसानी होगी।''

एर्गुएता उसकी तरफ़ मुड़ा, गुस्से और नफ़रत से :

''नीच कमीने! तुम्हें क्या लगता है तुम किसका मज़ाक उड़ा रहे हो? मैं पहाड़ों पर जाऊँगा लेकिन मैं एक कपटी के साथ नहीं रहूँगा...हम सिर्फ़ मुर्गे ले जायेंगे वहाँ, और कुछ भी नहीं, और वहाँ अगर कोई सूअर घूमेगा तो वो तुम होगे।''

ब्रोम्बर्ग ने चैन की साँस ली। एक पेड़ की शाखा पर लटके सिल्वर नट को देख कर उसने अपनी ज़बान की नोंक से होंठ को गीला किया।

''सच है...मैं तुम्हारा और तुम्हारे संत जैसे तरीकों का मज़ाक बना रहा हूँ। और क्या तुम जानते हो मैं ऐसा क्यों कर रहा हूँ। क्योंकि मेरा स्वभाव दुष्ट है और मैं ये पक्का करना चाहता था कि तुम एक घटिया ढोंगी तो नहीं हो।''

''मेरे तरीके संतों जैसे नहीं हैं, न ही कुछ ऐसा है। मैं कोई संत नहीं हूँ। तुम्हें किसने बताया? मैंने बहुत पाप किये हैं, बस, इससे ज़्यादा कुछ नहीं। फिर ईश्वर ने मुझे अपने रास्ते पर बुला लिया और लोग सोच रहे हैं कि मैं पागल हो गया हूँ। ये सच है कि मैं कभी-कभी पागल जैसा बर्ताव करता हूँ...। लेकिन जिन चमत्कारों और अद्‌भुत चीज़ों को मैंने अनुभव किया और देखा उसके बाद मैं स्तंभित कैसे नहीं होऊँगा? क्या तुम्हें लगता है कि मैं पागल हूँ जो मैंने अपनी संपत्ति अपनी बीवी के नाम कर दी जो मुमकिन है जहाँ हम खड़े हैं उससे दस कदम की दूरी पर किसी और के साथ सो रही हो? नहीं, बेवकूफ़। वो *बाइबिल* में वर्णित वेश्या है, लँगड़ी वेश्या जो विपत्ति के समय आती है। मैंने उसे अपनी संपत्ति दे दी, क्योंकि या तो वो शापग्रस्त हो जाएगी, या उसे बचा लिया जाएगा। मुझे इससे क्या फ़र्क पड़ता है? मैं सलीब पर चढ़ाए गए ईसा का शिष्य हूँ। मैं कल जा सकता हूँ, या

सड़कों पर बुद्ध की तरह भीख माँग सकता हूँ, बुद्ध जो एक राजा के लड़के थे, ईसा मसीह जो एक कारपेंटर के बेटे थे। क्या तुम्हें ये मालूम था? मैं एक लबादा और सैंडल पहन कर सड़क के किनारे रक्तरंजित दिनों के करीब आने के बारे में प्रवचन दे सकता हूँ। क्योंकि भयानक वक्त आने वाला है, सनकी यहूदी। और तुम अपने गोश्त के टुकड़े को लालच से चाट सकते हो, उस ज़हर का मज़ा ले सकते हो जो शैतान की ईर्ष्या ने तुम्हारी अंतड़ियों में संचारित कर दिया है। सारी संपत्ति, सोना, चाँदी! मेरी सारी दौलत की क्या अहमियत है मेरे लिए? तुम, सेन्चुरियनजूलियस की भौंडी नकल! मेरा दिल पूरी मानवता के प्रति दया और करुणा से सराबोर है। ये सच है कि मैंने अपनी ये वहशियाना ऊपरी शख्सियत कायम रखी है, लेकिन जीसस जो आत्मा के भीतर झाँकते हैं, जानते हैं कि बाहरी व्यक्तित्व से आंतरिक आत्मा नहीं झलकती। वो भयानक रक्तरंजित दिन आ रहे हैं। जेरेमिया के उन डरावने शब्दों को ध्यान से सुनो जो आज के हालात से मिलते भविष्य की भविष्यवाणी करते हैं। 'मैं एक गर्म भाप छोड़ते कड़ाहे को देख रहा हूँ, जो उत्तर दिशा से आग उगलेगा। उत्तर से सारी बुराई खुल जाएगी और पूरी पृथ्वी के वासियों को ग्रस लेगी। मैं उत्तर राज्य के सभी परिवारों का आह्वान करता हूँ...' इसका क्या जवाब दोगे सेन्चुरियनजूलियस? उत्तरी हवा पृथ्वी पर पहले से ही चलनी शुरू हो गई है। सुनो, एजेकिएल कहता है : 'विनाश आएगा, वो शांति की खोज करेंगे लेकिन शांति-अमन कहीं न होगा।' और ये भी : 'वो वक्त आ रहा है, वो दिन करीब आ रहा है, क्रेता खुश न हो, न ही विक्रेता दुख मनाए, क्योंकि उसका क्रोध सभी पर बरपा होगा।' ये भी पैगम्बर एजेकिएल ने कहा। तुम्हें जितना आवारागर्दी करनी है कर लो लेकिन तुम्हारा अंत समय भी करीब आ रहा है; ये मैं तुम्हें अपने दिल से बता रहा हूँ; रात पेड़ों की सरसराहट के बीच बाहर अँधेरा था। कुछ नारंगी सी लपट सी घूमी और घने अँधेरे सायों के पीछे गायब हो गई।''

''मैं मज़ाक नहीं उड़ा रहा हूँ...''

''इससे कोई फ़र्क नहीं पड़ता कि कोई तुम्हारे जैसा चूतिया मेरा मज़ाक बना रहा है या नहीं। मैं जीसस की बात कर रहा हूँ, जो हर अपवित्र आत्मा को शुद्ध कर देंगे। जब जीसस ने उन लोगों को देखा जो उन्हें गिरफ़्तार करने आये थे तो वो उनके भीतर उनकी आत्मा को देख पाए थे, और जैसे एक राजगीर दीवार बनाते हुए अपनी उँगलियों के बीच मिट्टी को छान कर अंदाज़ लगा सकता है कि कितने चूने और बजरी की ज़रूरत है, ईश्वर भी अपनी उँगलियों के बीच लोगों की आत्मा और उनके रहस्यों को छान कर परख सकता है कि उनकी आत्मा में किस मात्रा में इच्छा का चूना पाप की बजरी से मिला है। जीसस ने ये जीवन जिया। उन्होंने हमें वो सब नहीं बताया जो वो सोचते थे, क्योंकि लोग इसके लिए तैयार नहीं थे। तुम जानते ही हो कि उनकी ज़िन्दगी के बारे में बहुत कम जानकारी मिलती है। एक घुमंतू जिसने हर सफ़र को तय किया। बकरी चोरों से परिचय और उन औरतों को जानना जो भगोड़े गुलामों के साथ भी सो सकती थीं। उस ज़माने में गुलाम होते थे। क्या तुमने कभी उस दुख के बारे में सोचा है जिससे उनका दिल गुज़रता होगा जब वो खुद को

उन लोगों के बीच अकेला पाते होंगे, जिन्हें समय-समय पर यातना दी जाती थी, फाँसी, या सलीब, चाबुक या गर्म लोहे से दागना? ईमानदारी से बताओ क्या तुमने कभी जीसस के बारे में सोचा है, चलते-फिरते, जीते-जागते जीसस, आवारा घूमते जीसस?''

''नहीं...''

''देखा तुमने?...तुम सब एक जैसे हो। पादरी उन जीसस की बात करते हैं, जो इंसानी दिल से बहुत-बहुत दूर हैं और लगता है उन्हें एहसास भी नहीं होता कि लोग जीसस से दूर और दूर होते जा रहे हैं। लेकिन जीसस एक इंसान थे...वे बात कर सकते थे, जैसे मैं तुमसे बात कर रहा हूँ। वो भी गलियों से गुज़रते और उस स्टू को सूँघते जिसके बनने की गंध अधखुले दरवाज़ों से आती और वे उन नंगी बाज़ू वाली औरतों को बकरी का दूध निकालते हुए देखते थे। ऐसा लगता था मानो साथ ही साथ वो दुनिया की सारी चीज़ों के भीतर भी थे। और उस विशाल करुणा के बारे में तो कोई बता ही नहीं सकता, जो उन्हें रात ढलने पर गाँवों, और चरवाहों, लुटेरों के ठिकानों पर ले जाती।''

ब्रोम्बर्ग ने लालच से अपने होंठों को चाटा।

''मुझे ये स्वीकार करने में कोई दिक्कत नहीं कि मैं एक लुटेरा हूँ, लेकिन मुझे अपमानित करके समस्या का निदान नहीं होगा। तुम्हें खुद से पूछना होगा : अगर ईश्वर का अस्तित्व नहीं है, तो क्या होगा?''

और ब्रोम्बर्ग फिर उसी जगह को देखने लगा, जहाँ पहले उसका ध्यान गया था।

यूकेलिप्टस की चोटी का हल्का लाल रंग अब चाँदी से चमकीले नीले रंग में बदल गया था। ये एल्युमिनियम की गुम्बद जितना ही ऊँचा था।

एर्गुएता बहुत तेज़ी से अपनी प्रतिक्रिया ज़ाहिर कर रहा था :

''बहुत समय पहले मैं भी ऐसा ही सोचता था। मैं खुद से कहता, अगर ईश्वर का वजूद नहीं है तो इस बात को राज़ ही रखना चाहिए। वरना इस पृथ्वी का क्या होगा अगर मनुष्यता को ये पता चल गया कि भगवान नहीं है? हमें ये सोचने का अधिकार नहीं है। कई बार, मौन चरवाहों के साथ आग के पास बैठ कर रोटी का ऊपरी भाग खाते हुए जीसस ने भी खुद से कहा होगा : और अगर भगवान नहीं है तो क्या? बिलकुल हमारी तरह, हो सकता है उन्होंने भी ये सोचा हो : लेकिन लोगों की बात सुनते हुए, मनुष्य की पीड़ा की अन्तहीनता के बारे में मनन करते हुए, उन लोगों की तरह जो किसी तलहीन कुएँ में कूद सकते थे, जीसस ने खुद को ईश्वर के विचार के प्रति समर्पित कर दिया।''

''और जब तुम बाहर गलियों में निकलोगे तो ऐसे ही बात करोगे?''

''नहीं, गलियों में दुनिया की ताकत नहीं रहती, वो रहती है गाँव में।''

''लेकिन तुम उस पर विश्वास करते हो?''

''जिस क्षण से मैंने उसके बारे में आनंद से सोचना शुरू किया है, उसका वजूद रहा है।''

''तुम अपने अस्तित्व को कैसे देखते हो?''

''मेरी ताकत बढ़ रही है, मेरी ज़िन्दगी के मायने और विस्तृत हुए हैं, मेरी मौत नतीजतन जब भी होगी, एक छोटी-सी बात है, दर्द हास्यास्पद; गरीबी, एक उपहार...''

''ब्रोम्बर्ग!'' अँधेरे में से एक आवाज़ चिल्लाई। एर्गुएता ने अवहेलना से भरा चेहरा बनाया।

''ये ज्योतिषी है? नहीं?...''

''हाँ, वही है।''

और वो आदमी जिसने दाई को देखा था, ने जवाब दिया, साथ ही वहाँ से चल दिया :

''मैं आ रहा हूँ।''

एर्गुएता जहाँ था वहीं रहा, अकेला एक अंजीर के पेड़ के नीचे। फिर उसने बार्सुत को आते देखा जिसने पूरी बातचीत सुनी थी, और वो बोला :

''तुम लोग जिस बारे में बात कर रहे थे वो बहुत दिलचस्प है।''

दूसरे व्यक्ति ने कंधे उचकाए और जवाब दिया :

''ब्रोम्बर्ग पर प्रेत का साया है। उसके विडम्बनापूर्ण और बेकार सुझावों के साथ एक छोटा शैतान उसके पीछे-पीछे चलता है। वो छोटा शैतान जब पूँछ हिलाता है और ब्रोम्बर्ग का मन दर्द और कड़वाहट से भर जाता है, इतना गहरा दर्द कि उसे कुत्ते की तरह अपने होंठ चाटने पड़ते हैं ताकि उसके ज़हर से जल न जाये।''

''ये मुमकिन है।''

और वे मकान के साथ बने रास्ते पर साथ आगे चल पड़े।

एक अनावृत आत्मा

अब वे ऊपर चमकते तारों और नीचे घिरे अँधेरे से तटस्थ होकर चल सकते थे। चूँकि रात गहरा गयी थी, इसलिए एक खुशबू उनके चारों तरफ़ उगी हरियाली से उठ रही थी, और ऐसा लग रहा था कि वो ऊपर उठ गयी है, सूक्ष्म वाष्पीकरण को किसी ऊँची जगह से देखने

के लिए। बार्सुत ने कहा :

''कल की बातचीत पर वापिस जाते हैं, जैसा कि मैं कह रहा था, मेरा मानना है कि मैं असाधारण रूप से सुन्दर हूँ।''

करीब दसवीं बार उसे विलो पेड़ की एक शाखा को पीछे हटाना पड़ा, एक ऐसे बिंदु पर जहाँ सड़क पर एक मोड़ था और ये शाखा उसके सीने से टकरा रही थी। उसने ज़ोर देकर कहा :

''कम-से-कम मैं फ़ोटोजनिक तो हूँ ही। कोई और ये बोलता तो बड़ा बेवकूफ़ाना लगता; लेकिन मैं बोल रहा हूँ, तो मुझे ये सोचने का हक़ है। और फिर मेरे इस यकीन ने मेरी ज़िन्दगी बदल दी। मुझे मालूम है कि मैं तुमसे ये कह सकता हूँ, क्योंकि हर कोई ये सोचता है कि तुम पागल हो...।''

अपने ख़यालों में खोये हुए एर्गुएता ने सिगरेट जलाई; माचिस की रौशनी में उसका सख्त पीला-सा आकार दिखाई दिया और बार्सुत की परछाईं चिनार के पेड़ तक लम्बी खिंच गयी। उसने माचिस बुझा दी लेकिन आग उसकी जलती सिगरेट के अंगारों में पुनर्जीवित हो उठी। खुद का बचाव करने की मंशा के बगैर, उसने वापिस तर्क दिया :

''जब वे लोग मेरा काम जानेंगे, तब उन्हें नहीं लगेगा कि मैं पागल हूँ।''

बार्सुत ने कंधे उचकाए।

''जहाँ तक मेरा सवाल है, तो मुझे इसमें दिलचस्पी नहीं कि तुम पागल हो या नहीं। अभी, शायद ज्योतिषी ज़हरीली गैसें बनाने के एर्दोसैन के प्लान का अध्ययन कर रहा है। क्या तुम ज्योतिषी से कम पागल हो? नहीं, और तब?...फिर भी। अब मैं खुद पर वापिस आता हूँ, मेरा ये विश्वास कि मैं बहुत आकर्षक दिखता हूँ, इसने मेरी ज़िन्दगी को बहुत अहम तरीके से बदला है।''

उसने अपनी बाज़ू से विलो पेड़ की शाखा को हटाया और बोलता रहा :

''इसने मेरी ज़िन्दगी बदल दी है, शायद इसलिए भी कि इसने मुझे हरेक के सामने एक भूमिका अदा करने के लिए बाध्य किया है। अक्सर जब मैं दोस्तों के साथ होता हूँ तो शराब के नशे में होने का अभिनय करता हूँ, जबकि मैं दरअसल नशे में नहीं होता; मसलन जो शराब मैं पी रहा हूँ उसके असर को मैं बढ़ा-चढ़ा कर दिखाता हूँ ताकि इसका उन पर मेरे नशे की अवस्था का क्या असर पड़ता है ये देख सकूँ। तुम्हें नहीं लगता कि मैं फ़िल्मों का स्टार बन सकता हूँ?''

एर्गुएता ने जवाब नहीं दिया।

बार्सुत अपने हाथ पीछे पीठ पर बाँधे बात करता रहा :

''मैं हमेशा से अभिनेता रहा हूँ। अपने आस-पास की घटनाओं से तटस्थ। जैसा कि मैं कल कह रहा था, मुझे एर्दोसैन को बहुत ठंडेपन से सज़ा देनी थी ताकि मैं ये देख सकूँ कि एक उपहास करते प्रेमी की भूमिका मैं कैसे निभा सकता हूँ। और जब वो मेरे सामने घुटनों के बल झुका तो मैंने सोचा; 'ये कितना अद्‌भुत सिनेमेटिक इफ़ेक्ट है, कि जिसे मैंने चाँटा मारा वो मेरे सामने झुका हुआ है।' यहाँ तक कि मैंने उसे ये भी यकीन दिला दिया कि मैं इतना दुखी हूँ कि सारी उम्मीद छोड़ चुका हूँ। मेरे लिए सत्य की क्या अहमियत होनी चाहिए? इसका क्या फ़ायदा? जहाँ तक मेरा सवाल है तो मुझे सत्य की कोई फ़िक्र नहीं। मैंने खुद का इतना विश्लेषण तो कर लिया है कि मैं जान गया हूँ, मैं स्वभाव से घटिया और सनकी हूँ और मुझे किसी चीज़ में दिलचस्पी है तो वो है कॉमेडी। मैं सबसे ज़्यादा हताश शख्स का अभिनय कर सकता हूँ। मेरी आँखें आँसुओं से भर सकती हैं, गाल लाल और आँखें चमक सकती हैं लेकिन मन-ही-मन मैं इस बात का मज़ाक उड़ा रहा होऊँगा कि मैं कितना द्रवित लग रहा हूँ। मैं एर्दोसैन से मिलने गया और जब मैं ठीक उसके सामने था तो एक ऐसे उदास और मनहूस आदमी की भूमिका कर रहा था, जिसकी भयानक नियति उसका पीछा कर रही थी। और उसने बहुत नाखुश होते हुए इस सब पर यकीन कर लिया! ये तय है कि इस सबसे मुझे एक खास कामुकता का अनुभव होता है। मेरे भीतर कुछ है जो जिसे मैं साफ़-साफ़ नहीं समझ सकता, और ये एक तरह का द्वेष है जो मेरे विवेक पर छा जाता है जब मैं एक स्वांग में अभिनय कर रहा होता हूँ। उस वक्त ऐसा लगता है कि मेरा मन ऊपर एक बादल तक पहुँच गया है और मेरी नसें एकदम कसी हुई हो गई हैं। मैं एक और ऐसे शख्स से मिला हूँ उसने इसी तरह का अनुभव साझा किया था और उसने कहा कि उसे ऐसा लगा मानो एक तार के पुल से वो एक गहरी घाटी को पार कर गया हो। एक कलाकार में खुद को ध्यान से देखने की क्षमता होनी चाहिए...ये जानने की भी कि वो कब दूसरे की कीमत पर अपना मनोरंजन कर रहा है। कसम खा कर कहता हूँ एर्गुएता, मैंने सबसे बेतुके प्रहसनों में अभिनय किया है। और मेरी ज़िन्दगी में ऐसे पल भी आये हैं जब मैं ये समझ नहीं पाया कि मैं कॉमेडी में भूमिका अदा कर रहा हूँ या नहीं। ये सब बहुत अहम नहीं होता अगर मेरी भावनाएँ सम्माननीय होतीं...लेकिन नहीं...ये ध्यान देना ज़रूरी है कि एक झूठी शख्सियत एक दुष्ट शख्सियत से बहुत मिलती-जुलती होती है। देखो : मेरे दो दोस्त हैं और दोनों एक-दूसरे को बर्दाश्त नहीं कर सकते। तो मैं एक से दूसरे के बारे में अच्छी बात करता हूँ और इस तरह दोनों उस दूसरे के बारे में बातचीत करने के लिए खिंचे आते हैं। मेरे लिए ये ज़रूरी नहीं है कि इनमें से कौन-सा सही है। मेरी दिलचस्पी उनके आवेग को आज़ाद करने में है। जितने घायल हों, उतना बेहतर। बहुत से ऐसे लोग हैं जो कष्ट भोगते हैं, वो तुम्हें बतायेंगे कि वे सत्य की तलाश कर रहे हैं। उन जड़ मूर्खों के बरअक्स मैं खुद को उनकी जगह देखूँगा। तुम्हें लगता है कि उस अध्यात्मवादी की बेटी के बारे में बात सच है? नहीं। चौकीदार के भूत के बारे में? नहीं। ये सारी वो कहानियाँ हैं जो आप लोगों को बताते हैं जब आप पागलपन की कगार पर खड़े आदमी की भूमिका कर रहे होते हैं। तुम कल्पना नहीं कर सकते कि लोगों को उनकी मानसिक बीमारी से बचने के लिए साफ़-

सुथरी प्रक्रिया बताना कितना मनोरंजक होता है! तुम्हें इस सबके बारे में क्या लगता है?''

एक आड़ू के पेड़ की शाखाओं के बीच में से एक तारे के पाँच नीले बिंदु काँपते से लगने लगे।

न चाहते हुए भी एर्गुएता को एक छोटा-सा खेत याद आ गया, जहाँ एक अंधे घोड़े से पनचक्की चलवाई जाती थी, जो सलाद पत्तों और ओरेगानो के खेतों के बीच लगी थी, और इसलिए उसने बार्सुत के सवाल का जवाब दिया :

''*बाइबिल* के पहले खंड के अध्याय 13 में एक पद है जिसमें कहा गया है : 'तुम स्वप्न द्रष्टाओं के शब्दों को नहीं सुनोगे'। और बाद में पैगंबर ने लिखा, 'और सपनों को देखने वाले स्वप्नद्रष्टा को मौत के घाट उतार दिया जाएगा'।''*

बार्सुत ने जवाब दिया :

''ये बस कहने के लिए हैं और कुछ नहीं। मुझमें भी तुम्हें ऐसी आत्मा मिल सकती है जो फटे-पुराने कपड़े पहनकर हाथ में टीन का डिब्बा लेकर फ्लोरेस की गलियों में घूमते हुए भीख माँगने में सक्षम हो, जैसा कि ज्योतिषी ने सुझाव दिया कि मैं कर सकता हूँ। तुम्हें नहीं लगता कि मैं ऐसा कर सकता हूँ?''

''हाँ।''

''और ये मेरी मौलिकता की निशानी नहीं है?''

''नहीं।''

''क्यों?''

''*सेंट लुक* में ईसा मसीह की कहानियों में से एक लेखकों और पाखंडियों को संबोधित है और उसमें कहा गया है : 'एक पुराने कपड़े पर कोई भी नए कपड़े का टुकड़ा नहीं डालता।' और ये भी : 'पुरानी शराब की मशक में कोई नई शराब नहीं डालता।' अपनी ही घृणा में कठोर होते हुए चित्त को ऊन का खुरदुरा कपड़ा कौन पहना सकता है? सिर्फ़ उस कृपा का मज़ाक उड़ाने के लिए जिससे ईश्वर ने संतों और मासूम निर्दोशों को बख्शा है।''

''मुझे लगता है ये मुमकिन है, फिर भी। मैं तुम्हें कुछ भी बता सकता हूँ। तुम उस तरह के लोगों में से हो, जिसे कोई अपना सब कचरा दिखा सकता है, ये तो पक्की बात है। तुम्हें कोई भी कुछ भी कह सकता है। मेरे ख़याल से मैं भी तुम्हारे सामने कुछ स्वीकार करूँगा। मैं ईर्ष्यालु हूँ। तुम्हें हैरानी नहीं हुई ना। मुझे झूठ बोलना पसंद है। जब मेरा कोई

---

* समीक्षक का नोट : एर्गुएता ने दुष्टता से बार्सुत के सामने वो पद दोहराते हुए उन्हें थोड़ा बदल दिया, क्योंकि इन दोनों पदों में सिर्फ़ स्वप्नद्रष्टा नहीं बल्कि एक कवि और एक स्वप्नद्रष्टा का ज़िक्र है।

दोस्त होता है, और अगर वो भ्रष्ट हो तो इससे मुझे मदद मिलती है। मैं जीवन का पीछा करना, उसे यत्न देना चाहता हूँ। मैं ऐसे लोगों से रू-ब-रू हुआ हूँ, जिन्हें एक विनम्र शब्द से बहुत मदद कर सकता था। लेकिन तब, दुर्भावनापूर्ण तरीके से मैंने वो कोमल शब्द नहीं कहा। एक नरम शब्द कहने की कोई कीमत थोड़ी होती है, ना? लेकिन मैं नहीं कहता। मेरा एक दोस्त है जिसे यकीन है कि वो जीनियस है। धीरे-धीरे मैंने उसके अपने आप पर इस यकीन को नष्ट कर दिया। ये बहुत-बहुत कम हुआ है कि मैंने कोई गलती की हो; कुछ तेज़ आँख वाले लोगों ने उस भ्रष्टता को पहचान कर जो मैंने अपने भीतर छिपा रखी है, ये न समझते हुए कि क्यों, किसी मूर्खतापूर्ण भलमनसाहत से प्रेरित होकर मुझे सलाह मशविरा देने की कोशिश की है। तुम अंदाज़ नहीं लगा सकते कि उन लोगों को सुनते हुए मुझे बहुत गहरे कितना मज़ा आता है, घंटों तक उन्हें सुनते हुए और ये ढोंग करते हुए कि उनके विचारों से मैं कितना द्रवित हुआ हूँ! वो वहाँ किसी नैतिक विद्या के ठेकेदारों की तरह प्रवचन देते रहते हैं और मैं सिर झुका कर आँसुओं से भरी आँखों से सुनता रहता हूँ। क्या तुम यकीन कर सकते हो कि एक मूर्ख चाहता था कि मैं अपने घुटनों के बल झुक जाऊँ, उसका अभिमान मेरे पश्चाताप के सामने फूल के कुप्पा हुआ जा रहा था। और भीतर ही भीतर मैं उस पर हँस रहा था। मेरा विचार था कि इसे एक हद तक ले जाऊँ और फिर एक दिन अचानक उसके सभी सुझावों को एक अपमानजनक बात से काट दूँ जो न सिर्फ़ बेइज़्ज़ती करे बल्कि अनपेक्षित भी हो।''

वो नीचे झुका और मुट्ठी भर हरी टहनियाँ तोड़ लीं फिर उनसे अपनी पिंडलियों को हल्के से मारा; तब एर्गुएता की दायीं कोहनी पकड़ ली, जिसने उसकी मंशा समझते हुए अँधेरे में अपना मुँह उसकी तरफ़ घुमा लिया।

बार्सुत बोलता रहा, लगभग आक्रामक स्वर में :

''तुम्हें देखना चाहिए कि मैं लोगों को कैसे बेवकूफ़ बनाता हूँ! और ये मत सोचना कि ये सब आजकल में शुरू हुआ। मैं बरसों से ऐसी ज़िन्दगी जीता आया हूँ। अब मैं पच्चीस का हूँ और जब मैं सत्रह का था तब से ऐसा करता आया हूँ। कभी-कभी मैं घर पर इस तरह करता हूँ : मैं एक मेज़ पर चढ़ जाता हूँ और वहाँ बुद्ध की तरह बैठ जाता हूँ, दो-तीन घंटे तक।

एक दिन तो मैंने मकान मालकिन को भयंकर डरा दिया था। उसने मुझसे कहा कि मेज़ को सोफ़े की तरह इस्तेमाल करने की इजाज़त देने के लिए मुझे कोई ठोस वजह बतानी होगी। इसके अलावा कोई और चीज़ है जो मुझे मज़ा देती है? एक अभिनेता से ज़्यादा मैं कमीना हूँ; ये सच है, कमीना और मसखरा; लेकिन मुझसे बेहतर वाकई कोई है? हे भगवान! ऐसा नहीं है कि मुझे अपने लिए कोई अफ़सोस महसूस होता है, नहीं लेकिन देखो, एक दिन मुझे लग सकता है कि मैं प्यार करूँ। मतलब व्यंग्यपूर्ण तरीके से। उन लोगों की गलती दिखाते हुए जो सोचते हैं कि सनकी लोग प्यार नहीं कर सकते; मैं खुद से प्यार

करता हूँ और मैं एक छोटी लड़की से गंभीरता से प्यार करता हूँ, और वो सिर्फ़ चौदह साल की है...तुम हँस तो नहीं रहे...''

''नहीं। मैं हँस नहीं रहा।''

सड़क के मोड़ पर उसी जगह आते हुए बार्सुत ने एक बार फिर विलो पेड़ की शाखा अपने सीने से हटाई।

यूकेलिप्टस के पेड़ों की चोटियों से ताँबई रंग का एल्युमिनियम जैसा आसमान उभर रहा था। विचारमग्न बार्सुत ने आसमान की तरफ़ देखा। उसने एक हवाईजहाज़ को आकाश गंगा के सितारों को काटते हुए उड़ते देखा, उन्हें इतना गहरा दो गलियों में विभाजित करते हुए जो गगनचुम्बी इमारतों के खड़े हुए सायों पर लुढ़क कर गिर सकती थीं। वो बोलता रहा, गंभीर और ऐसे स्वर में मानो गुप्त बात बता रहा हो :

''मैं उससे शादी करने के बारे में सोच रहा था। मैंने उसे अपना सबसे अच्छा भाग दिया था—यानी अगर मैं खुद में कुछ अच्छा ढूँढ पाया था तो। खुद का सर्वश्रेष्ठ देना बहुत कठिन होता है। और उदारता से। ठीक, मैं खुद को उसे दे दूँगा। पवित्रता, सपने, आवेग। ऐसा मत सोचना कि मैं किसी फ़िल्म स्टार की तरह बात कर रहा हूँ। नहीं। अगर इतना अँधेरा नहीं होता और तुम मुझे ठीक से देख सकते तो मैं अभिनय शुरू कर देता। अंधेरे में अभिनय का कोई मतलब नहीं। रौशनी में, हाँ। क्योंकि तब मैं इस विचार के प्रलोभन से खुद को नहीं रोक पाता कि मैं कैमरे के सामने हूँ। सो, नहीं। हम अंधेरे में हैं और एक-दूसरे की आहों को भी नहीं देख सकते। ठीक, क्या तुम जानते हो हमारे दो बरस के रिश्ते को खत्म करके जाते हुए उस छोटी चौदह साल की लड़की ने मुझसे क्या कहा? मैं शर्त लगा सकता हूँ तुम अंदाज़ा नहीं लगा पाओगे।''

वो थोड़ा ठहरा, दोबारा एर्गुएता की बाज़ू पकड़ी, और फिर कहा, ''क्या तुम सोच सकते हो उस छोटी-सी चौदह साल की लड़की ने मुझसे क्या कहा?...उसने मुझसे कहा कि उसने किसी और से वादा कर लिया है। ये क्या भयानक नहीं है? मुझे लगा कि मैं पागल हो जाऊँगा। सो, जैसा कि मैं कह रहा था; एक महीने तक वो ज़हर मेरे भीतर उबलता रहा। मैं बिलकुल पीला पड़ गया मानो केसर में नहाया हूँ। तो ठीक है, अब मैं जीतना चाहता हूँ, देखा तुमने? तो एक बार मैंने उसे इस दूसरे आदमी के साथ घूमते हुए देखा। मैं उसकी ज़बरदस्त बेइज़्ज़ती करना चाहता हूँ। और मैं तब तक चैन नहीं लूँगा जब तक मैं उसे जितना बेइज़्ज़त कर सकता हूँ उतना न कर लूँ। उस कुतिया को मेरा नाम हर गली नुक्कड़ पर विज्ञापन में छपा दिखना चाहिए। ताकि पछतावा उसका पीछा करता रहे। और ऐसा होने जा रहा है। एक दिन वो देखेगी, ठीक उसके घर के सामने मेरी रोल्स रॉयस में : और एक देवता की तरह उदासीन, और उसके पड़ोसी हाथ हिला-हिला कर मेरा अभिवादन करेंगे और कहेंगे : ये रहा बार्सुत, सिनेमा का सितारा बार्सुत; वो हॉलीवुड से आया है और वो ग्रेटा गार्बो का प्रेमी है।''

एर्गुएता ने विडम्बनापूर्ण ढंग से जवाब दिया :

"अगर उसे कुछ चाहिए तो एक औरत हमेशा आपको बता देगी। वो नहीं चाहती कि एक मर्द उसे रोल्स रॉयस दे। ये बहुत मुश्किल है, मेरे दोस्त, बेकार में संघर्ष करते रहना। तुम एक सख्त पापी बन गए हो। लिखा गया है : हम अपने ही आक्रोश का ग्रास बनते हैं। उनके लिए, जिनमें से तुम भी एक हो, पैगम्बर ने लिखा है : 'वे दिन में भी अँधेरे से मिलते हैं और रात में भी ऐसे रास्ता टटोलते हैं जैसे रात में'।"

"मैं मज़ाक कर रहा था। साथ ही, अगर ऐसा कुछ है जिसने मेरे भीतर सब कुछ अशुद्ध कर दिया तो वो वही लड़की है।"

एर्गुएता ने उसकी तरफ़ आँख मारी और ठहाका लगा कर हँस पड़ा :

"तुम भी कैसे बढ़िया झूठ ईजाद कर लेते हो! कोई किसी को अशुद्ध नहीं करता। और फिर तुम चौदह साल की लड़की से शादी क्यों करना चाहोगे? उसे उसके पापों से शुद्ध करने के लिए या आखिरकार खुद उसे अशुद्ध करने के लिए? सावधान, दोस्त। मैं *बाइबिल* पढ़ता हूँ लेकिन मैं बेवक़ूफ़ नहीं हूँ। क्या वो कुंवारी थी जब तुमने उसे सेक्स के लिए फुसलाया?"

"नहीं..."

"तो फिर, इतना बतंगड़ क्या बनाना?"

दूर से हॉर्न की घुटी हुई आवाज़ उन तक पहुँची; कुत्तों के भौंकने का हल्का स्वर। राख के रंग के पेड़ों पर चाँद की चंदीली पट्टियाँ पड़ रही थीं।

बार्सुत मानो कहीं से वापिस आ गया और कुछ सकुचाकर उसने जवाब दिया :

"जानते हो, तुम सही हो?...मुमकिन है...सोचने दो...देखा? मुमकिन है जो असर वो मुझ पर रखती है उसके लिए मैं उससे नफ़रत करता हूँ। तुम जानते हो, मैं तुम्हारे सामने ईमानदार होना चाहता हूँ, सच में ईमानदार : जब उस लड़की ने मेरे सामने ये मान लिया कि उसने किसी और से वादा कर लिया है, तो मैं वहाँ मुस्कुराते हुए खड़ा रहा। हालाँकि अन्दर-ही-अन्दर मुझे ऐसा लगा कि मेरे साथ जो भी हो वो अहम नहीं है। लेकिन जब आप ये विश्लेषण करते हैं कि इस तटस्थता की उसके पाप के सन्दर्भ में क्या अहमियत है...तो हाल ही में मैंने उससे नफ़रत करना शुरू किया है। अगर मैं उसे ज़िंदा जला देता तो वो जल जाती।"

एर्गुएता हल्के से हँसा :

"नहीं, तुम उसे नहीं जला सकते थे, उसकी तस्वीर तक नहीं। तुम तो उसके लिए जीते हो। असल में तुम इस तरह के शब्द इस्तेमाल करना पसंद करते हो। तुम वही कर रहे

हो जो सामान्य लोग करते हैं। तुम उसे इतना चाहते थे कि उससे नफ़रत नहीं कर सकते।''

''और मुझसे महान शख़्स, वो क्या करता?''

''वो उसे तुरंत अपने भीतरी जीवन से मिटा देता। एक महान व्यक्ति की ये खासियत होती है। और फिर...। तुम उससे शादी क्यों करना चाहते थे? बुद्ध ने कुछ बहुत विवेकपूर्ण शब्द कहे थे : 'हर घर कचरे का ढेर है।' और वो राजकुमार मेरे-तुम्हारे जैसे गरीब लोगों की बात नहीं कर रहा था, उसका इशारा अपने जैसे अमीर और बड़े लोगों की तरफ़ था।''

''एर्गुएता, तुम मुझे बुद्ध के बारे में बता रहे हो। मैं एक आदमी हूँ जिसे खाना खाना होता है, साँस लेनी होती है, सोना होता है। बुद्ध तो जो चाहते थे, कर सकते थे। उन्हें कोई रोकने वाला नहीं था। मैं हाड़-मांस का इंसान हूँ। मेरा दिल है, किडनी है, फेफड़े हैं। मेरा शरीर सिर्फ़ खुशी चाहता है। आप अच्छे नफ़ीस शब्दों से एक मानवीय घटना को सुधार नहीं सकते। ये फ़िल्मों की तरह नहीं होता जहाँ एडिटर बस वही पर्दे पर जाने देता है, जिसकी इजाज़त हो। मैं हाड़-मांस का इंसान हूँ जिसके कुछ सिद्धांत हैं और ज़रूरतें हैं। मेरा नाटक। मैं तुमसे अपने नाटक के बारे में बात कर रहा हूँ। इससे क्या फ़र्क पड़ता है कि मैं सनकी हूँ या बुरे काम करता हूँ। ज्योतिषी मुझसे कह रहा है कि मुझे अपना जीवन बदलना है। मान लेते हैं कि मैं उसकी सलाह सुन लेता हूँ। कि मैं अपने हाथों से फटे हुए कपड़ों का एक वस्त्र बनाता हूँ, और हाथ में एक टीन का डिब्बा लिए पूरे फ्लोरेस में भीख माँगता फिरता हूँ; कि मैं अपना सारा खाना कचरे में पड़े डिब्बों से इकट्ठा करता हूँ; कि मैं कैफ़े पौलिस्ता के एक कोने में घुटनों के बल बैठ कर अपनी मुट्ठियों से छाती पीटता हूँ।''

''ज्योतिषी ने तुमसे ये सब करने के लिए कहा?''

''हाँ।''

एर्गुएता एक पल के लिए सकुचाया।

''मुझे खुशी है कि ज्योतिषी ने तुमसे ये कहा। ज्योतिषी को सत्य के अन्तर्ज्ञान का एहसास हुआ है। फिर भी, इसके पीछे की मंशा ठीक नहीं, बल्कि तुम पर नज़र रखने की है। वक्त आ गया है; लेकिन चीथड़े पहनने का विचार; ज्योतिषी ने इसे *बुक ऑफ़ जेरेमिया* से लिया होगा। ये पक्की बात है। *बुक ऑफ़ जेरेमिया* में लिखा है : 'अपने चारों तरफ़ बँधे इस फटे टाट के टुकड़े के लिए चिल्लाओ, अफ़सोस मनाओ, क्योंकि ईश्वर का उग्र क्रोध हमसे विमुख नहीं हुआ है'। तो ज्योतिषी ने ये कहा?''

''हाँ। उसे लगा कि इस तरह के व्यवहार से मेरा जीवन बदल जायेगा, जो बहुत बेतुका है। मेरा कष्ट किसी और के कष्ट जैसा ही है। या तुम्हें लगता है कि इस जगह में घूमते और ढोंगी दुष्टों से मैं अलग हूँ। नहीं, मेरे दोस्त। मसखरे, मेरे जैसे हज़ारों ईर्ष्यालु अभिनेता बनने की आस लगाए लोग इस शहर में हैं। कह नहीं सकता कि दुनिया के

दूसरे शहर भी ब्यूनो आयर्स जैसे ही हैं। मैं वही कहूँगा जो मैं जानता हूँ। चलो मान लेते हैं कि कैफ़े पौलिस्ता में मैंने झुक कर प्रार्थना की। तो क्या होगा? मुझे जेल में डाल दिया जाएगा।''

''या फिर तुम्हें मेरी तरह पागलखाने ले जाया जाएगा,'' एर्गुएता बड़बड़ाया।

बार्सुत बोलता रहा :

''काश मैं जानता कि औरतें इस व्यवहार से प्रभावित होंगी! जब वो खूब सजी-धजी हों, तब मैं क्या करूँगा? मैं उनके सामने हथियार तो नहीं डाल सकता। इस तरह से समस्या हल तो नहीं होगी। मैं किस रास्ते जाऊँ? मैं और क्या कर सकता हूँ? मैं उत्तरी अमेरिका जा सकता हूँ। फ़िल्मों में काम शुरू कर सकता हूँ। मुझे पक्का यकीन है कि बोलती फ़िल्मों में काम मिल जाएगा, क्योंकि मेरी आवाज़ अच्छी है। वाकई जब मैं अपने भ्रम दूसरे लोगों को बताता हूँ तो वो सिर्फ़ उन्हें कष्ट पहुँचाने के लिए होता है। ऐसे लोग हैं जो किसी की सफलता की संभावना से ही दुखी महसूस करने लगते हैं। दूसरे लोग, उतने ही ईर्ष्यालु किसी के मूर्खतापूर्ण सपनों को भी नहीं बख्शते। यहाँ तक कि मेरे दोस्त जलन से भर गए जब मैंने उनसे सिनेमा के बारे में बात की। मैंने उनसे एक बोलती फ़िल्म के बारे में चर्चा की जो मेरे लिए बिलकुल ठीक बैठेगी। उसका नाम है 'द बोटमैन ऑफ़ वेनिस'। मैं एक बजरे में बैठ जाता हूँ और उसे एक नहर में चलाता हूँ, मेरी बाँहें नंगी हैं और मेरे सिर पर फूलों का ताज है। चाँद उस नहर के गहरे और अँधेरे पानी पर नारंगी सी छटा बिखेर रहा है। साइंग ब्रिज की छत के नीचे मैं एक गीत गाता हूँ, यही वजह है कि मुझे संगीत सीखने की ज़रूरत है। नीचे से मेरा गीत सुनकर एक युवा मार्किज़िता अपनी खिड़की खोलती है और मेरे बजरे पर कूद जाती है, वो मेरे सीने पर रखे गुलाब छीन लेती है और मेरे दिल को एक ऊँची एड़ी के जूते से चीर देती है। तुम देख सकते हो कि ऐसा सपना देखने वाला शख्स कितनी आसानी से अपनी नींद खो सकता है। क्या तुम्हें एहसास है एर्गुएता की मानवीय विकृति कितनी गहरी होती है? यहाँ तक कि उन विचारों तक से नफ़रत करना जो तुम्हें एक कमबख्त बनने से रोकने में मदद करते हैं। अगर वो सपने सच हो जाएँ तो क्या होगा? मैं नहीं जानता। मुमकिन है कि तुम किसी की जान ले लो, या खुदकुशी कर लो।''

''क्या तुम ऐसे ज़िंदा रह सकते हो? ईमानदारी से बताओ—क्या तुम इस तरह रह सकते हो? यह संभव नहीं है। देखो, एर्गुएता : तुम्हें नहीं पता कि ज़िन्दगी कैसी है। तुम अच्छे हो या बुरे। लेकिन मूल रूप से तुम महज़ एक आदमी हो। और एक आदमी एक ख़ास तरह से बना होता है। और तुम उन लोगों को नहीं जानते जिन्हें मैं जानता हूँ। कैफ़े में आने वाले वो सभी पथभ्रष्ट विकृत मानसिकता वाले और पागल। तुम जानते हो जब ज्योतिषी ने मेरा सारा पैसा लूट लिया तो मैं बहुत खुश हुआ। जानते हो क्यों? क्योंकि मैंने खुद से कहा : अब मुझे गरीबी में छोड़ दिया गया है। अब मुझे सफल बनने के लिए काम करना होगा। लेकिन अगर मैं वो पाने जा रहा हूँ जो मैं चाहता हूँ तो मुझे एक ज़बरदस्त रूप

से लड़ना पड़ेगा। और एक गर्भवती महिला के उभरे हुए पेट की तरह महान सफलता पाने से पहले हम सभी में पागल लोगों के ख़ास गुण पैदा हो जाते हैं। अब मुझे ये एहसास हो गया है कि मेरे बड़े-बड़े सपने मेरे लिए ख़ुशी नहीं ला सकते। मैं एक उदास जीनियस हूँ। ऐसे क्षण भी आये हैं जब मैं अपनी ऊब को इतनी कुशलतापूर्वक देख चुका हूँ, मानो मैं किसी आदमी की आँतों के अन्दर झाँक सकता हूँ क्योंकि वो काँच की बनी हैं।''

एर्गुएता दर्ज़नों सितारों में से एक को देखने लगा, जो आसमान में पेड़ की सुनहरी जड़ों की तरह टिमटिमा रहा था।

''कि ये लिखा हुआ है : 'अपवित्र लोगों का तरीका अँधेरे की तरह होता है, पता नहीं चलता कि तुम किससे टकरा जाओ।' और भी लिखा है : 'और मैं तुम्हारे दुर्भाग्य पर हँसता हूँ, और तुम्हारे भय का उपहास उड़ाता हूँ।' बार्सुत, मेरे दोस्त, तुम्हें ईश्वर की तरफ़ देखना चाहिए, वे कहते हैं कि एक आदमी जो...''

बार्सुत, उन विचारों को अनसुना कर जो उसके नहीं थे, बोलता रहा :

''अगर दूसरे हों जो ज़्यादा सफल हो जाएँ? तब समस्या हल हो सकती है। किसी ने मुझसे कहा कि मुझे शादी कर लेनी चाहिए। हाँ, मैं शादी करूँगा, लेकिन ग्रेटा गार्बो से। मुझे उस औरत से प्यार है। ऐसा करने के लिए मुझे यूनाइटेड स्टेट्स जाना पड़ेगा और वहाँ जीतना होगा...देखा तुमने, मैंने यहाँ तक हिसाब लगाया हुआ है। एक साल सफल होने में और एक साल उसका प्यार जीतने में...दो साल में, मेरे हिसाब से एर्गुएता, दो साल में, तुम गली के नुक्कड़ों पर फटे कपड़े पहने हाथ में टीन का डिब्बा लिए भविष्यवाणियाँ कर रहे होगे और पवित्र ग्रंथों से उद्धृत कथनों पर तुम्हारे आस-पास खड़े सभी तरह के लोग मुँह खोल कर तुम्हारी तरफ़ देख रहे होंगे कि मैं अपनी रोल्स रॉयस में आऊँगा, एक नौकर दरवाज़ा खोलेगा और उसमें से मेरी बाज़ू पकड़े निकलेगी ग्रेटा गार्बो। और मैं उससे कहूँगा—'तुम उसे देख रही हो?...वो मेरा दोस्त एर्गुएता है, जिससे एक रात मेरी बात हुई थी, उन दिनों जब मेरा अपहरण कर लिया गया था।' और फिर तुम्हें भी हम अपने साथ अमेरिका ले जायेंगे।''

एक कठोर आवाज़ ने उसे पुकारा :

''बार्सुत!''

सड़क के साथ-साथ एक साया उनकी तरफ़ आया। ज़मीन से क़दमों की हल्की आहट गूँजी। बार्सुत ने ज्योतिषी को पहचान लिया और घबराकर एर्गुएता की बाज़ू पकड़ते हुए बोला :

''मेहरबानी करके, उससे कुछ मत कहना।''

हरी वनस्पतियों के पीछे के रास्ते से ज्योतिषी का विशाल साया चाँद की रौशनी में दिखाई दिया।

"कैसे हो, एर्गुएता। बीच में दखल देने के लिए माफ़ी चाहता हूँ। क्या मैं अपने दोस्त बार्सुत से एक मिनट के लिए बात कर सकता हूँ?"

"क्या तुम्हें मेरी ज़रूरत है?"

एक अंजीर के पेड़ के नीचे एर्गुएता एक बार फिर अकेला रह गया। उसने उन दोनों को पेड़ों में गायब होते हुए देखा और बुदबुदाया :

"ऐ मेरे मालिक, तुम्हारे शब्दों में कितना सच है : पथभ्रष्ट लोगों का मार्ग टेढ़ा और अजीब होता है। लगता है जैसे इस अंतहीन रात में तुमने आत्मा की हर गतिविधि का पूर्वानुमान लगा लिया है, मेरे मालिक!"

और एर्गुएता उस हरे घास के मैदान में घुटनों पर झुक गया। उसने अपने सीने पर हाथ बाँधे और प्रार्थना करने लगा।

चाँद की रौशनी की पट्टियाँ उसकी पीठ पर पड़ने लगीं।

'अच्छी खबर'

डेस्क पर रखा लैंप जला हुआ था, जब वे वहाँ दाखिल हुए। ज्योतिषी ने बार्सुत को हरी मखमली आरामकुर्सी की तरफ़ इशारा किया, और जब वह बैठ गया तो बार्सुत ने कुछ उम्मीद से उसकी तरफ़ देखा, जबकि ज्योतिषी प्राचीन-सी अलमारी की तरफ़ मुड़ गया जिसमें से उसने एक अख़बार में लिपटा पार्सल निकाला और फ़र्श पर फेंक दिया। बार्सुत ने देखा कि वह पैसे का बंडल था। साथ ही ज्योतिषी ने अपनी पैंट की पीछे की जेब में हाथ डाला और 40 कैलिबर की एक पिस्तौल निकाली और फिर उस पैकेट और पिस्तौल दोनों को डेस्क पर रख दिया, बार्सुत के सामने, जो उसे हैरानी से देखने लगा और फिर ज्योतिषी बोला :

"ये लो। ये रहे तुम्हारे 18,000 पेसोस। तुम आज़ाद हो चाहो तो मेरी मदद करो या छोड़ दो। तुम्हारे पास ये सोचने के लिए पाँच मिनट हैं। ये रिवॉल्वर इसलिए ताकि तुम ये जान लो कि तुम्हें धोखा देने की मेरी कोई नीयत नहीं है। मैं ऊपर जा रहा हूँ और पाँच मिनट बाद नीचे आऊँगा तुम्हारा फ़ैसला जानने के लिए। अगर तुम पाँच मिनट होने से पहले ये तय करते हो कि तुम्हें यहाँ से जाना है तो तुम जा सकते हो।"

और बार्सुत की तरफ़ देखे बगैर, वह मुड़ा बाहर दालान की तरफ़ चला गया और सीढ़ियों पर उसके जूतों की ऊपर पपेट रूम तक चढ़ने की भारी आवाज़ आती रही।

बार्सुत कमरे में अकेला रह गया। उसके भीतर दस हज़ार आवाज़ें शोर मचाने लगीं :

''क्या ये हो रहा है? क्या ये मुमकिन है?...उत्तरी अमेरिका!''

वो लालच से उस पैकेट की तरफ़ झुका। उसने पैसे को एक तरफ़ रखा और पिस्तौल उठाते हुए उसने उसके बट्ट पर लगे बटन को दबाया उसने पिस्तौल के चैम्बर को खोला। पिस्तौल की नली के अन्दर वो ताँबे की गोलियों की गोल केसिंग को देख सकता था। उसने पिस्तौल को बंद किया और वापिस मेज़ पर रख दिया फिर पैकेट के दोनों छोरों से पकड़ कर उसे उठाया। दो छोटे बंडल दस पेसो बिल्स के थे; दूसरे पचास बंडल पचास पेसोस के थे, और शेष राशि सौ पेसोस के नोट में थी। आस-पास देखे बगैर उसने सौ के नोटों को गिनना शुरू किया। उसके दिमाग में एक अजीब-सा ख़याल आया : 'क्या ये बंडल कुछ कम हैं? मैं इन सभी नोटों को चिंदी-चिंदी करके फाड़ सकता हूँ, उनके टुकड़े बिखेर सकता हूँ। नहीं!...ये बहुत बड़ी गलती होगी! नहीं, ये सब पैसे यहीं है। उसकी आँखें गर्म नियाग्रा की तरह चमकने लगीं। उसके भीतर की आवाज़ बोली :

''हॉलीवुड!...हॉलीवुड!''

जल्दी ही उसे सब समझ आ गया :

''उस लुटेरे के हाथ एर्गुएता की फ़ार्मेसी आ गयी है। ये ऐसा इसलिए कर रहा है ताकि मैं उसके बारे में सब उगल न दूँ...इससे ये साफ़ होता है कि हिपोलिता यहाँ क्यों है। बुधवार की पुनर्सभा को टाल देना भी। तेईस, चौबीस...पच्चीस। हॉलीवुड!...छब्बीस... हिपोलिता ने अपने पति को लूट लिया है...सत्ताईस...''

अचानक बार्सुत काँपने लगा। एक ठंडी हवा के झोंके ने उसकी पीठ के रोंगटे खड़े कर दिए। उसे नामालूम क्यों, घबराहट महसूस होने लगी। बहुत धीरे-धीरे उसने अपनी आँखें उठायीं। उस उदास-से दालान की तरफ़ खुलते दरवाज़े से जो ज्योतिषी ने जाते हुए ज़रा-सा खुला छोड़ दिया था, उसे एक नाक और आँख का चमकता कोना दिखाई दे गया।

दरवाज़ा बहुत धीरे-धीरे खुल रहा था, जिससे एक बड़ा-सा पीले रंग का माथा अंधेरे की पृष्ठभूमि में उभरने लगा। इस माथे पर दो सीधी भौंहें थीं जो स्थिर होकर घूर रही थीं, जबकि उसके सिकुड़े हुए होंठों में से दाँत कुत्ते की तरह धमकाने वाले अंदाज़ में चमक रहे थे।

बचाव की मुद्रा में अपने कन्धों में सिर को दुबकाए ये वो शख्स था जिसने दाई को देखा। उसकी दायीं मुट्ठी में सीधा खड़ा एक चौड़ी धारवाला चाकू था।

वो शख्स जिसने दाई को देखा इंतज़ार कर रहा था। लेकिन अगर ज्योतिषी ने एक हमले का इंतज़ाम कर रखा था तो फिर उसने उसके लिए पिस्तौल क्यों छोड़ी?

बार्सुत अर्धसम्मोहित अवस्था में देखता रहा।

ब्रोम्बर्ग की आँखें पैसे पर नहीं टिकी थीं। उसकी चमकदार पुतलियाँ तिरछी हो दीवार पर एक जगह टिकी थीं। उसने अपने हाथ के चाकू को अपनी जाँघ के पास क्षैतिज अवस्था में रख लिया।

बार्सुत उसे देखता रहा।

वो शरीर जो इतनी अस्पष्टता से उसकी तरफ़ आ रहा था, बार्सुत सिर्फ़ बेमेल आँखों के ऊपर उभरी हुई दो भौंहें ही देख सकता था। और जैसे-जैसे वो चेहरा उनके बीच की दूरी को पाटता करीब आ रहा था, बार्सुत को अपनी बाज़ुएँ शक्तिहीन महसूस होने लगी थीं। वह जानता था कि वो मरने वाला है। वो हिल भी न सका। उसके शरीर के अन्दर कितनी शक्ति संग्रहित है, इससे वो बिलकुल अनजान हो गया...सिर्फ़ उसकी इच्छाशक्ति के कारण वह अपलक उस पीले से चेहरे को देखता रहा जो एक नसों से भरी मोटी-सी गर्दन के ऊपर स्थिर था। पूरी बाज़ू की बनियान पहने नंगे पैर उस हत्यारे ने धीरे से दरवाज़ा खोला। उसके पैर अब भी दालान में थे, जबकि उसका शरीर लगता था इतना लोचदार था कि कमरे के अंदर घुस गया था।

''तीन मिनट पूरे हो गये,'' ज्योतिषी की आवाज़ गूँजी।

चकराते हुए, अपनी कुर्सी से उठे बगैर उसने अपना हाथ उठाया और काँपते हुए हाथ को सीने के सामने रखते हुए, आँखों को बंद करके निशाना साधने की कोशिश करते हुए उसने ट्रिगर दबा दिया, एक, दो, तीन, चार, पाँच, छह बार...एक के बाद एक मशीनी तरह से विस्फोट हुए। एक बार फिर उसने ट्रिगर दबाया और उसके खाली बजने की आवाज़ आई। हर विस्फोट की आवाज़ के बाद बार्सुत को डर था कि चाकू की ठंडी धार उसके पेट में उतार दी जाएगी। उस सफ़ेद धुएँ में एक जी मितला देने वाली बदबू ने उसे घेर लिया; कोई उसके कानों में चीख रहा था 'ओह! ओह! और फिर वो हरे मखमल की कुर्सी की एक बाज़ू पर गिर गया। फिर कोई दूर से उसके कानों में कुछ चिल्ला रहा था, और उसकी बाँह पकड़ हिला रहा था; और आँखें खोलना न चाहते हुए वह कुछ भी समझने में असमर्थ था। आखिरकार, खुद पर फिर से काबू पाते हुए उसने अपनी आँखें खोलीं। पीछे से, उसने ज्योतिषी को ब्रोम्बर्ग के शरीर के ऊपरी ठंडे सख्त भाग को अपने जूते की नोक से कोंचते हुए देखा। ब्रोम्बर्ग खून के ढेर में पड़ा हुआ था, उसके पैर अब भी काँप रहे थे, सिकुड़ रहे थे, जबकि उसका सिर फ़र्श पर एक तरफ़ निढाल पड़ा था।

बार्सुत मुश्किल से साँस ले पा रहा था। कमरे का वातावरण एक भट्ठी जैसा गर्म हो गया ठौर जलने की गंध, बारूद की तेज़ गंध से भरा हुआ था, एक पाद की तरह की बदबू। ज्योतिषी ने सिर घुमाया और बार्सुत की तरफ़ देखते हुए बोला :

''हम खुशकिस्मत थे। तुमने मेरी ज़िन्दगी बचा ली, बार्सुत, मेरे दोस्त।''

बार्सुत बड़े कष्ट से उठा, उसकी हरी आँखें धुंधली हो गयी थीं। उसने अपनी बाज़ुओं

को मसला और ज्योतिषी के चेहरे के ऊपर कहीं देखते हुए अर्धनिद्रा के स्वर में बोला :

''मुझे लगता है कि वो ज़ख़्मी हो गया है।'' और इस दौरान वो नीचे गिरे हुए आदमी को देखने से बचता रहा।

ज्योतिषी ने अपने हाथ से आँखों पर छाया की ताकि बार्सुत को ठीक से देख सके और हँसते हुए बोला :

''तुम्हें लगता है?...उसे इतनी बार गोली मारने के बाद!...क्या तुम देख नहीं सकते कि तुमने उसकी जान ले ली है?''

''चलो यहाँ से बाहर निकलें...मेरा दम घुट रहा है।''

''हाँ, चलो चलें। ताज़ी हवा में हम दोनों कुछ बेहतर महसूस करेंगे।''

ज्योतिषी ने लैंप का स्विच ऑफ़ कर दिया और कमरे में फिर अंधेरा भर गया। लड़खड़ाते हुए बार्सुत पगडण्डी की शुरुआत तक पहुँच गया जो पाम के पेड़ों से घिरी थी और वहीं पहली सीढ़ी पर बैठ गया। उसने अपने माथे को एक हाथ पर टिका लिया और कोहनी को अपने घुटनों पर।

ख़ुशी-ख़ुशी बात करते हुए ज्योतिषी ने टिप्पणी की :

''इस बार ईश्वर ने मेरी आस्था की लाज रखी। मैंने तुम्हारे पास रिवॉल्वर इसलिए छोड़ी थी ताकि तुम्हें महसूस हो कि चीज़ें तुम्हारे काबू में हैं। मैं चाहता था कि तुम ऐसा फ़ैसला करो जो तुम्हारे लिए सबसे अच्छा हो।''

वो बार्सुत की अगली वाली सीढ़ी पर बैठ गया और बोलता रहा :

''आज ही सुबह मैंने ये फ़ैसला किया था कि तुम्हें मैं वो रास्ता चुनने की आज़ादी दूँ जिस पर तुम्हारा दिल तुम्हें जाने को कहता है। शैतान, सिर्फ़ शैतान ही इस विचार का सुझाव मुझे दे सकता था। कुछ देर तक मुझे ये ख़याल भी आकर्षित करता रहा कि मैं गोलियों में से बारूद निकाल दूँ। ये ख़याल कहाँ से आया? मैं नहीं जानता, लेकिन मुझे इस प्रलोभन से बचने के लिए काफ़ी कोशिश करनी पड़ी। ज़रूर इसके पीछे खुद को बचाने का भाव रहा होगा...मैं नहीं जानता!...जो तय है वो ये है कि जब मैं तुम्हारी तरफ़ चिल्लाया कि 'तीन मिनट पूरे हो गये' उससे न सिर्फ़ तुम्हारी ज़िन्दगी बचने में मदद हो गयी, बल्कि इससे तुम भी मेरी ज़िन्दगी बचा पाए।''

बार्सुत चुपचाप पसीने में नहा गया। ज्योतिषी बगैर किसी व्यवधान के बोलता रहा :

''जिस आदमी के पास रिवॉल्वर हो, उससे लड़ाई करना कोई समझदारी का काम नहीं है, लेकिन उस बुरे ख़याल से भी बुरा है एक चाकू दिखाने वाले पागल का सामना

करना। चलो मान लेते हैं कि जब मैं नीचे आया तो तुम पर हमला किया जा रहा था। क्योंकि मेरे पास कोई हथियार नहीं था तो मैं क्या कर सकता था? वाकई, हम बलि का बकरा होने से बच गये।''

''मैंने बगैर देखे गोली चलायी।''

''और भी अच्छा है। जो शख्स किसी हथियार से परिचित न हो उसके लिए निशाना लगाने का इससे बेहतर तरीका नहीं होता। जो सहज स्वभाव और काम है वो कभी असफल नहीं होता।''

''और अब हम क्या करें?''

''हम से तुम्हारा क्या मतलब है? दफ़ना दो उसे! मेरे ख़याल से तुम उसकी लाश को सुरक्षित रखने वाला लेप तो नहीं लगाना चाहोगे।''

आसमान में चाँद ऊपर चढ़ आया था और अब उस रास्ते पर चमक रहा था जिस पर ये दोनों चल रहे थे। वे जहाँ थे वहाँ से वो आसमान की नीली पृष्ठभूमि में पेड़ों के ऊपर लटके काले धुएँ की काल्पनिक नक्काशी को देख सकते थे।

बार्सुत बोला :

''ठीक है। मेरे ख़याल से अभी यहाँ जो हुआ उससे ज़ाहिर है कि मैंने तुम्हारे लिए काफ़ी कुछ कर दिया है, है ना? अब मैं जाना चाहूँगा।''

'तुम्हारे ख़याल से तुम पैसे का इस्तेमाल किस चीज़ में करोगे?''

''पता नहीं...मैं अमेरिका जा रहा हूँ।''

''ये बुरा ख़याल नहीं है। क्या तुम मुझसे नफ़रत करते हो?''

''मैं जितनी जल्दी हो सके यहाँ से निकलना चाहता हूँ।''

''बेशक। जाओ और अपना पैसा ले लो।''

बार्सुत वापिस घर के अन्दर गया, ज्योतिषी सीढ़ियों की चौकी पर अकेला रह गया, चाँदनी में उसके चेहरे पर एक रहस्यमय भाव चेहरे पर एक ग्रे रंग ला रहा था, जिससे उसका चेहरा एक मंगोलियन नकाब जैसा लग रहा था।

बार्सुत वापिस आया, उसके एक हाथ में पैसे और दूसरे हाथ में पिस्तौल थी।

''मेरे पहचान-पत्र घुड़साल में हैं।''

ज्योतिषी मुस्कुराया :

"तुम मुझसे ऐसे बात कर रहे हो बार्सुत, मानो तुम्हें डर है कि मैं अपना फ़ैसला बदल दूँगा। नहीं। शांति से जाओ। अब मेरे पास काफ़ी पैसा है। जितना तुम कल्पना कर सकते हो उससे कहीं ज़्यादा।"

बार्सुत ने एक शब्द भी नहीं कहा। वह कूदते हुए सीढ़ी उतरा और पेड़ों में खो गया। वह ज़्यादा दूर नहीं गया था कि उसे पेड़ के तने पर हाथ रख कर आराम करने के लिए रुकना पड़ा। उसके पूरे शरीर में ठंडा पसीना छूटने लगा। वो दोहरा हो गया और उल्टी करने लगा। फिर उसे बेहतर लगा और वो घुड़साल की तरफ़ चलने लगा। वहाँ कोई नहीं था। वह उस कमरे में गया जहाँ उसने इतने दिन अकेले गुज़ारे थे; एक मोमबत्ती जलाई, एक संदूक पर झुका और एक मैली कमीज़ के बीच में से अपने पहचान-पत्र निकाल लिए। फिर वहाँ से चला गया।

पेड़ों के बीच से वो धीरे-धीरे चलने लगा, शाखाओं को अपने हाथों से हटाता हुआ। जब वो उस रास्ते के पास से गुज़रा जो एक अंजीर के पेड़ से चक्कर काट कर मुड़ता था, तो उसे सूखी पत्तियों के कालीन पर घुटने के बल झुका फ़ार्मेसिस्ट एर्गुएता दिखाई दिया। अपने सीने पर हाथ बाँधे वो सिर झुका कर चुपचाप प्रार्थना कर रहा था, उसकी पीठ पर चाँद की रौशनी पड़ रही थी।

एक असीम उदासी उसके अंतर्मन में समा गयी। एक पल के लिए उसे उस प्रबुद्ध आदमी के पागलपन से जलन होने लगी; लेकिन वो जल्दी-जल्दी आगे बढ़ने लगा। वो उस घर के सामने पहुँचा तो ज्योतिषी सामने की पगडंडी पर नहीं था।

घर का दरवाज़ा अब भी खुला हुआ था। वह ठिठका कि उसे अलविदा करनी चाहिए या नहीं; फिर उसने कंधे उचकाए और चलता रहा। उसने लम्बी साँस ली और सड़क पर आ गया। जीवन ने उसे एक नई शुरुआत दी थी।

फ़ॉसजीन का निर्माण

टेम्परली स्टेशन से दो ब्लॉक की दूरी पर बार्सुत ने एर्दोसैन को देखा जो सड़क पार करके फुटपाथ की उस जगह से गुज़र रहा था, जो कैफ़े की खिड़की से आती रौशनी से जगमगा रही थी।

वो एर्दोसैन को फुटपाथ पर चलते हुए देखकर कुछ देर रुका, एर्दोसैन के हाथ जेब में थे और वो बहुत उत्पीड़ित, परेशान लग रहा था।

बार्सुत का मन हुआ कि रेमो से कुछ कहे, लेकिन उसने खुद से कहा कि उससे बात करने की कोई वजह ही नहीं थी और इसलिए वो बस एर्दोसैन को दूर से देखता रहा, जब वो क्रमशः रौशनी और अंधेरे की जगहों से लगातार गुज़रता हुआ दूर जा रहा था और अंततः वह आँख से ओझल हो गया। उसने अपने कंधे उचकाए और सोचने लगा :

'मुझे उस आदमी को दफ़नाने में ज्योतिषी की मदद करनी चाहिए थी।'

एक कैफ़े की खिड़की से उसने दीवार घड़ी को देखा। 9.30 बजे थे। एक लम्बे से सैलून में कुछ आदमी ताश खेल रहे थे, इस सैलून का फ़र्श लकड़ी के बुरादे से भरा था। वो अन्दर गया और एक कॉफ़ी पी, खुद को याद दिलाते हुए कि उसे सौ पेसोस के छुट्टे की ज़रूरत नहीं पड़ेगी क्योंकि उसके पास पहले से ही दस के नोट थे। फिर वो निश्चित क़दमों से स्टेशन की तरफ़ बढ़ने लगा, खुद को ये बताते हुए :

''मैं पहले दाढ़ी बनवाऊँगा और फिर कैबरे जाऊँगा।''

उधर एर्दोसैन ज्योतिषी के घर पहुँचा और उसे वही सामने का दरवाज़ा दिखा। एर्दोसैन को थोड़ा अजीब लगा ये देख कर कि उसे पहले की तरह अड्डे पर न ले जाकर साथ ही के कमरे में ले जाया गया, जो मनहूस-सा दीखता था, एक गलियारे जैसा लम्बा था और कुछ मोमबत्तियों की हल्की रौशनी से भरा था। कमरे के हर कोने में बहुत सारी धूल जमी थी। कमरे में दो महोगनी के कपड़े रखने के रैक और दो लकड़ी की कुर्सियाँ थीं जो रसोई में रखी जाती हैं, और ये फ़र्नीचर भी धूल भरा था। कमरे के एक कोने में सीढ़ियाँ थीं जो पपेट रूम की तरफ़ जाती थीं।

थकान से चूर एर्दोसैन ने खुद को एक असुविधाजनक कुर्सी पर ढह जाने दिया। ज्योतिषी ने उसे एक ऐसे आदमी के भाव से देखा जो किसी के बेवक्त आने से बाधित हो गया हो।

''मुझे तुम्हारा टेलीग्राम आज ही मिला,'' एर्दोसैन बोला, ''गैस बनाने का प्लान मैं तुम्हारे लिए लेकर आया हूँ।''

''आह, हाँ! क्या मैं उन्हें देख सकता हूँ?...''

रेमो ने उसे वो नोटबुक दे दी, जिसमें वह अपना काम कर रहा था, ज्योतिषी ने उसे तुरंत ले लिया और उसे मंद स्वर में पढ़ने लगा। एर्दोसैन ने अपने हाथ बाँधे और आँखें बंद कर लीं। उसे नींद की ज़रूरत थी। और साथ ही उसे ज्योतिषी का चेहरा और उसके भाव देखने में कोई दिलचस्पी नहीं थी, जिस दौरान वो जो पढ़ रहा था, उसे ऐसे बुदबुदा रहा था मानो वो एक प्रार्थना हो :

''मैंने फ़ॉसजीन गैस यूँ ही बगैर सोचे नहीं चुनी है, बल्कि औद्योगिक फ़ायदे, सरल निर्माण और अन्य गैसों की तुलना में इसके बनाने में किफ़ायत और ज़हरीलेपैन का अध्ययन करके ही इसे चुना है। पिछले युद्ध की सैन्य रणनीति बनाने वाले लोगों के इस नए हथियार के जो अनुभव थे, उन्हें फॉच् ने इन शब्दों में वर्णित किया :

'रासायनिक युद्ध की ख़ासियत ये है कि ये बड़े-से-बड़े क्षेत्र में सबसे भयानक

परिणाम उत्पन्न करता है।' फ़ॉसजीन का युद्ध में इस्तेमाल सबसे पहले 1915 में किया गया था, 1916 तक जर्मन्स ने हिंडनबर्ग योजना को अंजाम दिया और 1917 के पतझड़ तक रासायनिक युद्ध इतना प्रबल हो गया था कि श्वार्ट्ज के आँकड़े दिखलाते हैं कि वरदुन में सिर्फ़ एक बमबारी में जर्मनों ने ग्रीन क्रॉस के 100,000 गोले इस्तेमाल किये थे। इसका मतलब है फ़ॉसजीन और एथिल का मिश्रण।

अइन में युद्ध में हमले के निर्देशों के संदर्भ में हमें ये कुछ बुलेटिन मिले : एक तोप द्वारा जवाबी हमले में 77 मिलीमीटर, 100 मिलीमीटर तोपें और 150 गोलों का इस्तेमाल हुआ।

ब्लू क्रॉस 70%, ग्रीन क्रॉस 10% बीस प्रतिशत गोलों में।

पैदल सेना पर गोलाबारी करने के लिए 77 मिलीमीटर तोपें और 105 और 150 गोले। ब्लू क्रॉस 33%, ग्रीन क्रॉस 10% और विस्फोटक गोले 50%। खंदकों पर बमबारी के लिए 77 मिलीमीटर तोपें और 100 से 105 तक गोले। ब्लू क्रॉस 60%, ग्रीन क्रॉस 10% और विस्फोटक गोले 30%।

सामान्यत:, युद्ध के सभी सूचकांक में संबंधित दलों ने फेंके जाने वाले गोलों की प्रतिशत 70 फीसदी बढ़ा दी।

फ़ॉसजीन के प्रभाव

आम तौर पर इससे फेफड़ों में सूजन हो जाती है और इससे एक तरल पदार्थ निकलने लगता है, जिससे पीड़ित का दम घुट जाता है। जहाँ हल्कापन और विलयन ज़्यादा होता है वहाँ इसका असर मन्द होता है और वैयक्तिक भी। सैनिकों की जाँच की गई और पाया गया कि उन पर गैस से कोई घाव नहीं हुआ है, लेकिन चौबीस घंटे बाद वे अचानक मर जाते हैं।

सामान्यत: गैस के स्वभाव के मद्देनज़र हमें ये ध्यान रखना है कि हल्का-सा ज़ख्म भी जानलेवा हो सकता है, क्योंकि गैस के दीर्घगामी प्रभाव अप्रत्याशित होते हैं।

संरचना

इसकी संरचना सरल है। कार्बन ऑक्साइड के एक अंश को क्लोरीन के तीन अंश के साथ मिश्रित करना होता है। इन दो गैसों के मिश्रण से एक तरल पदार्थ पैदा होता है, जिसे हम फ़ॉसजीन कहते हैं। वातावरण के संपर्क में ये वाष्प बन जाता है, अगर आस-पास का तापमान 8 डिग्री सेंटीग्रेड हो। इसका घनत्व 1452 है।

इसे काँच या सीसे की बोतल में संरक्षित किया जा सकता है, या इलेक्ट्रो प्लेटेड सीसे की लाइनिंग वाले टैंक में। इसके लिए काँच के जार सबसे अच्छे हैं।

ये बहुत किफ़ायती है। जब ये 1 से 800 के अनुपात में हवा में घुलता है तो इसके

ज़हर का असर लगभग तत्काल होने लगता है, यानी हर 800 क्यूबिक मीटर हवा के लिए 100 क्यूबिक मीटर फ़ॉसजीन की ज़रूरत होती है।

निर्माण

फ़ॉसजीन का निर्माण सरल है। दस मीटर ऊँचे टॉवर के तल में दो गैसों क्लोरीन और कार्बन ऑक्साइड को मिलाया जाता है, इसे वनस्पति कार्बन से भरा जाता है और लगातार पानी डाल कर इसे गीला रखा जाता है। ये बहुत ज़रूरी है कि कार्बन दानेदार हो, इसका हर दाना छह से दस मिलीमीटर की परिधि का होना चाहिए। टॉवर में डालने से पहले उत्प्रेरक के कार्बन को सावधानीपूर्वक हाइड्रोक्लोरिक एसिड से धोया जाना चाहिए, फिर पानी से और फिर उसे खुले में सुखा देना चाहिए ताकि इससे राख या किसी और जैविक चीज़ साफ़ की जा सके।

जब इन्हें मिला दिया जाता है तो प्रतिक्रिया के ज़रिए ये 450 डिग्री का तापमान पैदा करती हैं। जब बन्द टॉवर में गैस को ऊपर उठने के लिए बाध्य किया जाता है तो ये समानांतर सीसे की ग्रेटिंग में विभाजित हो जाती है, जिससे इस दस मीटर के टॉवर में ऊपर पहुँचते-पहुँचते तापमान 150 डिग्री तक आ जाए। फिर ये बर्फ़ के गोदाम में डुबाई जाती है और तरल हो जाती है। इस समय इसका घनत्व 1455 होता है। जब भी टॉवर में इन दोनों गैसों का मिश्रण 90 से कम हो जाये तो इसके कार्बन को बदल देना चाहिए।

निर्माण की ये प्रणाली एंग्लो अमेरिकन है।

उपकरण

1000 किलोग्राम फ़ॉसजीन बनाने के लिए प्लांट लगाने में लगभग 6000 पेसोस की लागत आएगी। यानी :

पोटाश के लिए वाश बेसिन, जिसमें कार्बन ऑक्साइड को सुखाया जाएगा, दो 7.5 हॉर्स पॉवर के कंप्रेशर।

गैस मीटर जो गैस के क्यूबिक मीटर प्रवाह को नियंत्रित करेंगे, ताकि उनका मिश्रण सही अनुपात में बनाया जा सके; और अगर हम इस नियंत्रण का संचालन करने के लिए ऑपरेटर नियुक्त करने से बचना चाहते हैं और प्रक्रिया को सरल रखना चाहते हैं तो हम दोनों मीटर के लिए एक बिजली का यंत्र रख सकते हैं।

जहाँ कार्बन ऑक्साइड और क्लोरीन को मिश्रित किया जाता है, वहीं से ये टॉवर में खींच लिए जाते हैं।

टॉवर

एक मज़बूत सीमेंट का टॉवर या फिर एक ईंट का टॉवर; दस मीटर ऊँचा, प्लांट लगाने

के लिए होना बहुत ज़रूरी है। टॉवर के भीतर सीसे की परत होगी। यहाँ ये चेतावनी देना ज़रूरी है कि हर धात्विक पदार्थ जो इस ऑपरेशन में प्रयोग किया जायेगा, गोदाम, वॉल्व टोंटी जो आमतौर पर ताँबे के बने होते हैं, उन सभी पर एक गल्वानो प्लास्टिक सीसे की परत चढ़ी होगी।

टॉवर का ऊपरी हिस्सा एक सीसे की गुम्बद से सुरक्षित होगा। इस गुम्बद के नीचे एक पाइप लाइन होगी जो एक फव्वारे की प्रणाली से नीचे की तरफ़ आएगी। उसमें से पानी ऐसे आएगा कि वह टॉवर की तली तक पहुँच जाए, यानी गैस के प्रवेश बिंदु तक, और एक नली के ज़रिये बाहर तक निकलेगा। नली सिर्फ़ पानी को गुज़रने देगी, और उस बिंदु पर गैस को निकलने से रोकेगी।

टॉवर गोल या चौकोर हो सकता है। उसका आकार अहम नहीं है। सीमेंट या ईंट की दीवार का मोटापन जोड़ों की स्थिरता और संतुलन के लिए अनिवार्य है। इस सीधे खड़े सीसे के प्रकोष्ठ की भीतरी परिधि साठ सेंटीमीटर है। इसकी सघनता एक सेंटीमीटर। आड़ी सलाखों की सघनता दो सेंटीमीटर। सलाखों के भीतर छिद्रों की परिधि पाँच मिलीमीटर। जब फ़ॉसजीन टॉवर की ऊपरी सतह पर पहुँचती है तो उसका तापमान 150 डिग्री होता है। फिर ये रेफ्रिजरेटेड कॉइल में पहुँचती है जहाँ ये तरल पदार्थ में बदल जाती है।

गैस का दवाब

वातावरण के दबाव से छह गुने दबाव पर कार्बन ऑक्साइड और क्लोरीन को ट्यूब्स के ज़रिए टॉवर में डाला जाता है। इसके लिए क्लोरीन और कार्बन ऑक्साइड के अंश को कंप्रेशर्स से जुड़ा हुआ होना चाहिए। दोनों कंप्रेशरों को सात हॉर्स पावर का होना चाहिए और इन्हें एक बिजली की मोटर चलाएगी, इस तरह कि टॉवर में जो गैस छोड़ी जाए वो हमेशा तीन और एक के अनुपात में रहे।

जो ट्यूब्स गैस को उत्प्रेरक टॉवर में संचालित करती हैं, उन्हें क्लोरीन और कार्बन ऑक्साइड के कम्प्रेशर के व्यास जितना होना चाहिए। और साथ ही जो हिस्से गैस के संपर्क में आएँगे उन्हें बिलकुल चिकनाईयुक्त नहीं होना चाहिए; उन हिस्सों को बिलकुल सूखा रहना चाहिए ताकि क्लोरीन को तेल की चिकनाई के गुणों से अलग रखा जा सके।

नियंत्रण

सभी नियंत्रण विद्युतीय होने चाहिए। टॉवर के विभिन्न स्तरों पर गैस के ऊपर जाने पर उसके विभिन्न तापमानों के अनुसार थर्मामीटर जुड़े होते हैं, जिससे इस पूरे कार्य पर ठीक-ठीक नियंत्रण रखा जा सके।

सावधानियाँ

इस उपकरण को काम में लाने से पहले इसका संपीडित वायु से परीक्षण कर लेना चाहिए।

जो लोग इसमें और इस पर काम कर रहे हैं उनके पास फ़ॉसजीन गैस मास्क होना चाहिए। सार्वजनिक जगहों पर जो जर्मन उपकरण व औज़ार मिलते हैं, वही सबसे अच्छे और मेरी जानकारी में सबसे सस्ते होते हैं।

इस फ़ैक्ट्री को, अगर संभव हो, तो ऊँचे पर्वतीय क्षेत्र में होना चाहिए, जहाँ हवा लगातार तेज़ और अनुकूल दिशा में चलती हो। फ़र्श और दीवारें सीमेंट की होनी चाहिए और सभी लोहे और धातु की वस्तुओं को इलेक्ट्रो प्लेटेड होना चाहिए, ताकि गैस अपने ही उपकरण और प्रक्रिया पर हमला न कर दे।

गैस रणनीति

इस तरह की ज़हरीली गैस उन दिनों में पूरी कार्यकुशलता से काम करती है जब दिन उमस भरा हो, हल्की हवा चलती हो और तापमान 46 डिग्री फ़ारेनहाइट के ऊपर हो। इस गैस के साथ काम करने के लिए हम अर्द्धरात्रि से लेकर भोर तक का समय चुनेंगे।

अगर हवा का वेग पाँच मीटर प्रति मिनट से ज़्यादा हो तो इस गैस का प्रयोग नहीं करना ही श्रेष्ठ होगा। इसके लिए सबसे व्यावहारिक वायु वेग तीन से चार मीटर प्रति मिनट होगा।

हवा के वेग और दिशा निर्धारण के लिए हम एक मौसम विज्ञान सम्बन्धी उपकरण का प्रयोग करेंगे, जो हमें हवा की गति बतला देगा।

जब धूप पृथ्वी को तपा रही हो तो इस गैस से हमला करने से बचना चाहिए, क्योंकि इससे समांतर वायु प्रवाह पैदा होते हैं, जो गैस को जैसे-जैसे वो ऊपर उठेगी, उसे बिखरा देंगे।

उन वायु प्रवाहों का प्रयोग किया जा सकता है जो हमले के बिंदु से 40 डिग्री दूर हों। निचले क्षेत्र, सपाट मैदान, फ्लैट्स, वनस्पति भरे मैदान गैस आवरण से आक्रमण के लिए सबसे अनुकूल हैं। दूसरी तरफ़ पर्वतीय क्षेत्र में इसके इस्तेमाल से बचना चाहिए, जहाँ ऊँचाई और हवा की गति में अंतर गैस आवरण को लगभग पूरी तरह प्रभावहीन कर देता है।

फ़ॉसजीन का प्रयोग

सैद्धांतिक रूप से, एक बन्द क्षेत्र और आधा ग्राम फ़ॉसजीन एक क्यूबिक मीटर हवा को घातक रूप से बदलने के लिए काफ़ी है।

हमारे उद्देश्य के लिए : 40 लीटर तरल फ़ॉसजीन प्रति लीनियर मीटर (जर्मन रणनीति)। अगर युद्ध क्षेत्र तंग है और बहुत गहरा नहीं है तो इसकी मात्रा 20 लीटर तक घटाई जा सकती है।

ऐसे आक्रमण बिंदुओं पर जो गैस छोड़ने के स्थल से 400-500 मीटर की दूरी पर हों, फ़ॉसजीन और क्लोरीन आवरण को (1 अंश फ़ॉसजीन के साथ 9 अंश क्लोरीन) लक्ष्य

स्थल पर पहुँचने में 3 से चार मिनट लगते हैं। लगभग हमेशा, अगर हवा का वेग 3 मीटर प्रति मिनट हो तो गैस का बादल एक समय में 200 मीटर के क्षेत्र को आच्छादित करेगा।

पहले और दूसरे गैस उत्सर्जन के बीच का समय, उस समय के समान होना चाहिए जो गैस अपने लक्ष्य क्षेत्र तक पहुँचने में लगी। इसे पाँच मीटर ऊपर ज़हरीली गैस का आवरण बनाना चाहिए, जिसे अपने उत्सर्जन बिंदु से दूर वृहद क्षेत्र में फैलते जाना चाहिए। इसका प्रभाव विनाशकारी होगा।

कर्नल ब्लॉक ने अनुमान लगाया है कि सैद्धांतिक टूर पर 500 किलोग्राम फ़ॉसजीन 100,000 क्यूबिक मीटर को आवृत करने में पर्याप्त होगी, इससे ज़हरीली गैस का जो बादल बनेगा वो 35 मीटर ऊँचा, 30 मीटर चौड़ा, और 100 मीटर गहरा होगा। गैस का ये बादल अपने उत्सर्जन बिंदु से हवा के कारण एक किलोमीटर दूर जाने के बाद भी घातक रूप से ज़हरीला रहेगा।

सामान्यत: जब फ़ॉसजीन का एक अंश 800 अंश हवा में घुलता है तो प्रभावित व्यक्ति लगभग तत्काल दम घुटने से मर जाते हैं।

फ़ॉसजीन की ढुलाई

एक छोटे क्रांतिकारी आकस्मिक हमले के उद्देश्य से फ़ॉसजीन गैस की ढुलाई का सबसे अच्छा माध्यम है तेल का टैंकर। कोई भी तेल का टैंकर 2000 किलोग्राम तरल फ़ॉसजीन ले जा सकता है। एक सरल मशीनी उपकरण 20 से 40 लीटर फ़ॉसजीन दुश्मन की सीमा के प्रति लीनियर मीटर पर छिड़क सकता है।

चूँकि फ़ॉसजीन तापमान के बढ़ने पर क्षेत्र में फैलता है इसलिए टैंकर में प्रति स्क्वायर इंच 80 पौंड दबाव को झेलने की क्षमता होनी चाहिए। तेल टैंकर का कंडक्टर बॉक्स बाहरी वातावरण से बिलकुल अलग होना आवश्यक है। इसके हल्के छिद्रों से चीरती हवा, वो रसायन जो फ़ॉसजीन के प्रभाव को निरस्त करते हैं, वही तत्व हैं जिनका प्रयोग फ़ॉसजीन से बचने के लिए गैस मास्क बनाने में किया जाता है।

इसलिए, 3000 लीटर फ़ॉसजीन की क्षमता वाले दस टैंकरों में से हरेक एक शत्रु सीमा को ध्वस्त करने की क्षमता रखता है, ऐसे बादल बना कर जो पाँच किलोमीटर के क्षेत्र में फैल कर उसे प्रभावित कर सकते हैं।

हमले की रणनीति

ये स्पष्ट है कि अगर हम वायुसेना और इसके युद्ध उपकरणों को घटा सकें, तो हम एक भली-भांति अस्त्रों से लैस सेना को नष्ट कर सकते हैं, इसलिए हमारे सारे क्रांतिकारी गैस आक्रमणों का निशाना अस्त्रागार और सैन्य अड्डे वगैरह होने चाहिए।

सामान्यत: गैस आक्रमण के लिए जो तैयार नहीं है उस जनता और सेना की मृत्यु दर इस हमले के फलस्वरूप करीब 90 फ़ीसदी हो सकती है। हमले के बाद इतनी ज़बरदस्त अव्यवस्था और अराजकता का माहौल पैदा होता है कि प्रतिरोध की गुंजाइश लगभग नहीं रहती। अगर हम इस क्षेत्र के सौ विशेषज्ञों को सुनिश्चित कर सकें तो हम एक आकस्मिक हमले से दक्षिण अमेरिका की सेना के बड़े हिस्से को नष्ट कर सकते हैं।

जब ज्योतिषी ये पढ़ रहा था तो एर्दोसैन तेज़ी से साँस ले रहा था। उसने अपना सिर घुमाया तो उसे लाल रंग की झलक दिखाई दी। खून का एक घेरा लकड़ी के फ़र्श पर रेंगते साँप की तरह उस दरवाज़े से आगे सरकता हुआ उसकी तरफ़ आ रहा था जो इस ऑफ़िस और गलियारे के बीच में था।

एर्दोसैन को तुरंत भैंगी लड़की का ख़याल आया। वो एकदम पीला पड़ गया और उसने ज्योतिषी की बाज़ू पकड़ ली। ज्योतिषी ने अपना सिर उठाया तो एर्दोसैन ने उससे कहा :

''क्या दरवाज़े के उस तरफ़ कोई मरा हुआ आदमी है?''

''हाँ, वहाँ एक मरा हुआ आदमी पड़ा है...लेकिन तुम्हारा ये पेपर बहुत अच्छा है। कुल मिला कर हालाँकि ये बहुत बुरी बात है कि इसके ठीक बगल में एक क्लोरीन प्लांट, और उसकी बगल में एक कार्बन ऑक्साइड प्लांट लगाने के लिए कोई योजना या कोई निर्देश तुमने इसमें नहीं दिए।''

''वो मरा हुआ आदमी कौन है?''

''ब्रोम्बर्ग...लेकिन ये वाकई हैरानी की बात है! मुझे नहीं पता था कि युद्ध के दौरान उन्होंने गैस का इतना इस्तेमाल किया था। तोपों के हमले में 70 फ़ीसदी ब्लू क्रॉस। ये तो भयानक है। फिर जो कुछ बचे उसका नाश विस्फोटक गोलों से।''

''तो तुम क्या करने जा रहे हो?''

''मैं यहाँ से जा रहा हूँ।''

''कहाँ जाने के लिए?''

''क्या तुम मेरे साथ आना चाहोगे?''

''नहीं, मेरे ख़याल से मैं यहीं ठहरूँगा।''

''मैं बहुत दूर जा रहा हूँ। सब कुछ तय हो गया है।''

''मेरा काम हो गया। मैं यहीं ठहरूँगा।''

ज्योतिषी मुड़ा और उसकी तरफ़ स्थिर भाव से देखा :

''क्या तुम किसी बर्बरता के बारे में सोच रहे हो?''

''नहीं जानता...''

''ठीक है,'' और फिर वो नपुंसक उठा, ''अब वक्त आ गया है, एर्दोसैन। अब मुझे अकेला छोड़ दो...एक बार और : क्या तुम मेरे साथ आना चाहते हो?''

एर्दोसैन के ख़याल उस भैंगी लड़की की तरफ़ उड़ने लगे।

''मैं यहीं रहूँगा...अलविदा।''

उन दोनों ने एक-दूसरे की आँखों में देखा, और मज़बूती से हाथ मिलाये। ज्योतिषी इस बात को जानता था कि एर्दोसैन अपनी नियति खुद निश्चित कर चुका था और इसलिए उसने ज़िद भी नहीं की। दूसरी तरफ़, रेमो को अचानक उत्सुकता हुई। उसने कहा :

''क्या तुम सोने के खोजकर्ता से मिले हो?''

''पिछले कुछ महीनों में तो नहीं।''

''ठीक है, जब भी तुम उससे मिलो तो उसे कहो कि मैं आज भी उसे स्नेहपूर्वक याद करता हूँ।''

''बहुत अच्छे।''

उन्होंने फिर एक-दूसरे की आँखों में देखा, लगभग ऐसे मानो अभी एक-दूसरे से कुछ कहने को बचा हो; एर्दोसैन के होंठ हल्के से खुले, वह हल्के से मुस्कुराया, घूमा और चला गया।

'दुष्टता का घर जल रहा है'

जब ज्योतिषी ने दरवाज़े पर लगी गाय की घंटी की टनटनाहट सुनी, जो इस बात का संकेत था कि एर्दोसैन चला गया है, तो उसने लैंप जलाया और डेस्क की दराज़ को खोला।

फिर वो एक पल के लिए ठहरा, किसी विचार में मग्न, उसके चहेरे पर एक नाखुशी का भाव था, जिससे उसका विशाल माथा बाहर की तरफ़ उभर आया था, और उसका एक हाथ दरवाज़े के हैंडल पर था। बाल की एक लट माथे पर लटक रही थी और अब उसकी पसीने से भरी भौंह पर चिपक रही थी। ब्रोम्बर्ग का शव, नंगे पैर, खून के ढेर के बीच लुढ़का हुआ पड़ा था।

ज्योतिषी ने अनजाने ही युद्ध गैसों पर एर्दोसैन की नोटबुक को मोड़ा और अपनी जेब में रख लिया और ठीक उसके बाद अपनी हथेली के पीछे से माथे का पसीना पोंछा। कमरे

के लैंप से जो रौशनी हो रही थी उससे दीवार पर पड़ती ज्योतिषी की परछाईं ने यूनाइटेड स्टेट्स के नक़्शे और उस पर क्लू-क्लक्स-क्लान के नियन्त्रण वाले इलाके को दिखाते काले झंडों को दो भागों में विभाजित कर दिया था।

फिर उसने कुछ सोचा और उस लाल ढेर में स्थिर पड़े शव के ऊपर से कूद गया। ज़ाहिर था कि वो चिंतित था, इसलिए तेज़ी से हरकत कर रहा था। उसने वो प्राचीन अलमारी खोली जो किताबों की दराजों से भरी थी और एक कोने में से छोटा लोहे का बक्सा निकला जिसमें नम्बरदार ताला लगा था। उसने उस ताले के नंबर घुमाये और फिर उसका ढक्कन खोलते हुए उस बक्से को मेज़ पर रख दिया। फिर माचिस जलाई और जलती तीली को बक्से के अन्दर फेंक दिया। एक-छोटी नीली लपट निकली और फिर ज़्यादा चमकदार नारंगी लपट जिसने बक्से के अन्दर रखे कागज़ों को लीलना शुरू कर दिया जो ज्योतिषी की स्थिर पुतलियों में भी उसी समय प्रतिबिंबित हो रहे थे...।

वो ज़रूर थका हुआ होगा। तीव्रता से काम करने की ज़रूरत होने के बावजूद उसने खुद को हरे मखमल की किनारी वाली कुर्सी पर धम्म से बैठ जाने दिया जो उस पॉलिश हुई प्राचीन अलमारी के सामने थी। आधे खुले दरवाज़े से हवा अन्दर आ रही थी जिससे छत से और एक गिरहदार जाली से ढँकी छोटी खिड़की से लटके मकड़ी के जाले हिल रहे थे।

भागने से पहले वो कुछ देर अपने विचारों में गहरा डूबा हुआ बैठा रहा।

''गुड ईवनिंग।''

सिर उठाया तो उसका सामना हिपोलिता की आकृति से हुआ जो ऊँची एड़ी के जूते पहने थी और बछड़े की खाल के कोट में लिपटी अगले कमरे के बीचोंबीच स्थिर खड़ी थी। बिना हिले-डुले, सिर्फ़ खड़ी हुई, सुन्दर, नाज़ुक, पीली और भयभीत। अपने हरे हैट की किनारी में से कभी शव और कभी ज्योतिषी को देखती हुई।

''मैंने कहा, गुड ईवनिंग। क्या ये तुम्हारा कसाई घर है? किसी का स्वागत करने का ये अच्छा तरीका है।''

त्योरियाँ चढ़ाते हुए ज्योतिषी ने उसे जवाब नहीं दिया, आधा चेहरा अपनी हथेली में छिपाए वो बगैर पलकें झपकाए उसे घूरता रहा। हिपोलिता बोलती रही :

''क्या तुम हमेशा से इतने बदतमीज़ रहे हो? तुमने अब तक मुझे बैठने के लिए नहीं कहा।''

वह ऐसे बोलती रही साथ-ही-साथ मुस्कुराते हुए लेकिन उसकी ज़र्द और भयभीत नज़र कभी उस लाश और कभी ज्योतिषी की तरफ़ देखती रही।

जलते हुए लैंप की रौशनी में नंगे पैर, सिकुड़ा हुआ पड़ा मरा आदमी एक गंदे ढेर

की तरह लग रहा था। ज्योतिषी फुसफुसाया :

''मैंने उसे नहीं मारा।''

हिपोलिता दरवाज़े के करीब आ रही थी, दोनों हाथों से कमर के ऊपर सामने अपनी नोटबुक पकड़े थी, उसका शरीर इधर-उधर हिल-डुल रहा था और इस दौरान वो मुस्कुरा रही थी।

''मुझे तुम पर यकीन है! मुझे तुम पर यकीन है! मेरा मानना है कि तुम इतने समझदार हो कि अपना ज़रूरी काम दूसरों से करवा सको। बहरहाल, अभी हमारे पास इन छोटी-मोटी बातों के लिए वक्त नहीं।''

ज्योतिषी ने हैरानी और खुशी से भी उसकी तरफ़ देखा।

''क्या तुम मेरे साथ चलोगी?''

हिपोलिता ने, उसके इस सवाल पर हैरान होकर इसका सीधा जवाब नहीं दिया।

''तुम्हें अब भी शक है?''

''हमें यहाँ से बहुत दूर जाना होगा।''

''जितना दूर होगा, उतना ही अच्छा।''

ज्योतिषी उठ खड़ा हुआ। उनके बीच अब एक बहुत बाल वाला और खून के ढेर में स्थिर शव पड़ा था। ज्योतिषी हल्का-सा झुका और फिर सहज वृत्ति से शव के ऊपर से कूद गया और सीधे हिपोलिता की बगल में आ गया। वो हिपोलिता से काफ़ी लंबा था, उसने हिपोलिता की कमर में हाथ डाला और उसके कानों में फुसफुसाया :

''तुमने हर चीज़ से छुटकारा पा लिया ना?''

''हाँ, सब कुछ। मेरे पास कुछ और पैसा भी है, जिससे हमारी मदद हो जाएगी। मैंने फ़ॉर्मेसी को बेच दिया।''

ज्योतिषी ने उसकी कमर से हाथ हटाते हुए कहा :

''डियर...तुम एक असाधारण औरत हो...लेकिन मेरे पास भी कुछ पैसा है।''

''बार्सुत से?''

''डियर...मैं अपना कर्ज़ हमेशा चुका देता हूँ। बार्सुत यहाँ से अपनी जेब में 18,000 पेसोस लेकर चल गया।''

''तुमने उसे पैसे वापस कर दिए?''

''हाँ, लेकिन नकली नोटों में।''

''जिस दिन तुम्हें दफ़नाया जाएगा, मैं चर्च आकर एक लंबे से चुम्बन के साथ तुम्हें विदा करूँगी। तुम कमाल के आदमी हो, एल्बेर्तो! वाकई, मैं ये कहूँगी, तुम कमाल के हो, प्यारे!''

''और तुम भी वाकई कुछ हो, वाकई नगीना...लेकिन अब और वक्त ज़ाया नहीं करते...चलो, चलें।''

''तुम कोई बैग नहीं ले जा रहे?''

''पैसे से बेहतर सामान और क्या हो सकता है?...कुछ देर बाहर मेरा इंतज़ार करना।''

हिपोलिता दरवाज़े की सीढ़ियों पर चली गई। और ज्योतिषी तीन बार में सीढ़ियाँ चढ़कर पपेट रूम में चला गया। वहाँ वो करीब एक मिनट भी न रहा होगा कि अपने हाथ मलते हुए बाहर आ गया, और गलियारे में आकर उसने दो बार चाबी घुमा कर दरवाज़े का ताला बंद कर दिया। फिर हिपोलिता से बोला :

''डार्लिंग, अब हमें चलना चाहिए।''

बाद में एक पड़ोसी जिसने उसे हिपोलिता की बाँह में बाँह डाले उसे बाहर जाते देखा था, उसने बताया कि उसे लगा कि वो स्थानीय मेथोडिस्ट पादरी है। पीछे से देखने पर, अपने सपाट हैट की वजह से ज्योतिषी कमोबेश किसी प्रोटोस्टेंट पादरी जैसा लगता था।

वो द्रष्टा घर के बगल में स्थित घुड़साल में अकेला था। उसने कोई गोली की आवाज़ नहीं सुनी थी, क्योंकि उसके दिमाग में बहुत सारे अन्य विचार और प्रेरणाएँ चल रही थीं।

वो एक पुराने बिस्तर के किनारे बैठा था, उसके घुटनों पर *बाइबिल* रखी थी और वह *बुक ऑफ़ डेनियल* पढ़ रहा था। एक केरोसिन ड्रम पर रखी बोतल के ऊपर जल रही मोमबत्ती की पीली लौ खिड़की से आती हवा से हिल रही थी। एर्गुएता इतनी छोटी-छोटी बातों पर ध्यान नहीं दे रहा था, उसका सिर उन पन्नों की तरफ़ झुका था जिन्हें वो ध्यान से पढ़ रहा था। दीवार पर उसके सिर की परछाईं रह-रह कर बदल जाती थी, पेट तक पानी में खुद को डुबोते एक गैंडे की तरह।

उस द्रष्टा ने दसवीं बार ध्यान से ग्यारहवें अध्याय का 44वाँ और 45वाँ पद पढ़ा।

'किंतु पूर्व और उत्तर के समाचार उसे चिंतित करेंगे और बहुत उग्रता और रोष से वह अनेकों को मारने और नष्ट करने जाएगा।'

'और वह अपने महल को समुद्रों के बीच और अभ्यारण्य को पवित्रतम पर्वत पर रखेगा, किंतु फिर भी उसका अंत आएगा और कोई भी उसकी सहायता नहीं करेगा।'

फ़ार्मेसिस्ट ने अपनी किताब आधी बन्द की और निष्कर्षत: आश्वस्त होकर कर्कश

स्वर में चिल्लाया :

''ईश्वर की सदा जय हो! ये भविष्यवाणी साम्राज्यवादी ब्रिटेन के नष्ट होने की है! इसमें कोई शक नहीं। मुझे इंग्लिश राजदूत से इस बारे में बात कर चेतावनी देनी चाहिए।''

उसने अपनी उँगलियों के पोरों से जबड़े को मसला और बुदबुदाया :

''और अपने महल को समुद्रों के बीचोंबीच, अभ्यारण्य को पवित्रतम पर्वत पर रखेगा...।''

''यही होना चाहिए! पलेस्टाइन ब्रिटेन का संरक्षित राज्य है, यानी, 'पवित्रतम पर्वत पर इसका अभ्यारण्य है'। 'लेकिन पूर्व और उत्तर के समाचार उसे चिंतित करेंगे'। राजा के अलावा उन्हें कौन भयभीत कर सकता है? और 'पूर्व और उत्तर के समाचार क्या हो सकते हैं, भारत, और गाँधी के नेतृत्व में विरोध के अलावा? उत्तर...उत्तर तो रूस है...साम्यवाद की धमकी के साथ। 'उसका अंत होगा और कोई भी उसकी सहायता नहीं करेगा।' इससे स्पष्ट संदेश और क्या हो सकता है? वाकई, ये सोचना भी बेतुका है कि ऐसे अविश्वासी अब भी मौजूद हैं, जिन्हें इन भविष्यवाणियों पर यकीन नहीं। 'और वह अपने महल को समुद्रों के बीचोंबीच रखेगा...''

दीवार के ऊपर रोशनदान से एक लाल आयताकार प्रतिबिम्बित हुआ। एर्गुएता ने दरवाज़े से अपना सिर निकाल कर देखा तो विस्मय से उसका मुँह खुला का खुला रह गया।

ज्योतिषी के घर की ऊपरी मंज़िल से खिड़कियों में से आग की लपटों की नारंगी ज़बानें लपलपा रही थीं, इसकी तेज़ चमक की पृष्ठभूमि में आस-पास के पेड़ों की शाखाएँ दिख रही थीं, जिनके साए रात के सबसे अंधेरे हिस्से में दीवार पर इधर-उधर हिल रहे थे।

एर्गुएता ने हाथ अपनी कमर पर रख लिए, तेज़ी से पलकें झपकाते हुए और साथ ही सिर हिलाते हुए उसने खुद से कहा :

''दुष्टता का घर जल रहा है।''

उसका ओवरकोट एक खूँटी पर टँगा था। उसने ओवरकोट उठाया, और कंधों पर डाल लिया, फिर अपनी *बाइबिल* को उठाया और सीढ़ियों के नीचे पहुँच कर इस निष्कर्ष पर पहुँचा :

''ये बेकार है। जहाँ भी वेश्या रहती है कुछ अच्छा नहीं हो सकता। ईश्वर तो पंछियों और मछलियों के लिए भी भोजन का इंतज़ाम करता है, मुझे भी खाने से वंचित नहीं रखेगा।''

और बगैर हैट पहने, सस्ते सैंडल पहने हुए वो टेम्परली की सड़कों पर निकल गया, उसकी बगल में दबी *बाइबिल* उसकी आस्था का प्रमाण थी।

हत्या

सुबह एक बजे एर्दोसैन अपने कमरे में दाखिल हुआ। उसने लैंप जलाया जो उसके सिरहाने पर था और लैंप शेड से आती नीली रौशनी में उसने उस भैंगी लड़की को देखा जिसकी पीठ उसकी तरफ़ थी। नीचे सरकाई हुई चादर लड़की की बगल के नीचे दबी थी, और उसकी बाज़ू उसके वक्ष पर थी, बाल उसके गालों से दबे थे और तकिये पर मानो घना काला रंग बिखरा हुआ था।

एर्दोसैन ने अपनी जेब से पिस्तौल निकाली और धीरे से उसे तकिये के नीचे रख दिया। वह कुछ सोच नहीं रहा था। बार्सुत, ज्योतिषी, दरवाज़े के दूसरी तरफ़ से फैलता खून का ढेर, ये सभी चीज़ें उसकी स्मृति से एक ही समय में मिट गई थीं। शायद इतनी सारी घटनाओं ने एक तरह से उसे हर चीज़ से रिक्त कर दिया था। या शायद एक गहन गुप्त विचार उसके भीतर जगने के करीब था।

उसने धीरे-धीरे कपड़े उतारे, बीच-बीच में ठहर कर वहाँ बिस्तर के पायदान की तरफ़ देखते हुए जहाँ उस लड़की के कपड़े इधर-उधर बिखरे पड़े थे। उसकी लाल रेशमी स्कर्ट की किनारी के नीचे उसकी लेसदार काली शमीज़ पड़ी थी। एक स्टॉकिंग बिस्तर के किनारे पर लटकी थी।

वह परेशान होते हुए बुदबुदाया :

''ये हमेशा इसी तरह का बिखरा हुआ गड़बड़ झमेला रहेगा।''

वह धीरे से बिस्तर में घुस गया, सावधानी बरतते हुए कि वो उस लड़की के पैरों को छू न पाए। उसने बत्ती बंद कर दी और कुछ देर तक अँधेरे में यूँ ही घूरता रहा। फिर, भैंगी लड़की की तरफ़ पीठ करके उसने तकिये पर अपना गाल रखा, अपने पैर अन्दर की तरफ़ सिकोड़ लिए और अनपेक्षित रूप से उसी भ्रूण जैसी अवस्था में सो गया। वह दो घंटे सोया। ये संभव था कि वो सारी रात सोता रहता, लेकिन एक गर्म हाथ की उँगलियाँ उसके पेट के निचले भाग पर खेल रही थीं। उसने जैसे ही करवट ली, भैंगी लड़की ने उसे अपने स्तनों की तरफ़ खींचा और चूँकि उसकी बाज़ू तकिये के नीचे थी, तो उससे दूर हटने के लिए एर्दोसैन ने जो हरकत की उससे न चाहते हुए भी उसका हाथ पिस्तौल पर पड़ गया। एक पुराना विचार उसके मन में फिर वापिस आ गया।

''तो, ज़रूर ये गबन करने वाला होगा, जिसने उस कमउम्र लड़की को मारा,'' और तत्काल उसका ध्यान दो ख़यालों में बँट गया।*

भैंगी लड़की का मुँह खुल गया था और उसके निराशापूर्ण मुँह पर वो किसी हवा खींचने वाले यंत्र के अगले भाग की तरह जुड़ा था। न चाहते हुए भी, एर्दोसैन ने एक बार

---

* समीक्षक का नोट : कृपया *सात पागल* का तीसरा भाग *आत्महत्या* देखें।

फिर तकिये के नीचे रखी पिस्तौल को छुआ। और पिस्तौल की ठंडी छुअन से उसकी जमी हुई चेतना को एक ऐसा एहसास हुआ कि उसका कामुक अस्तित्व इस दूसरे भयानक समान्तर प्रस्ताव से बिलकुल मुक्त हो गया।

उसने हिंसक भाव से अपने दाँत भींचे और इसकी कम्पन जबड़े की हड्डियों से होती हुई उसकी बाज़ुओं की नसों और उँगलियों के पोरों तक पहुँचने लगी। इस कम्पन ने उस की उँगलियों के जोड़ों पर यूँ आघात किया जैसे एक जलाशय का पानी भर जाने पर अपने किनारों से बाहर निकलने लगता है जब उसे कोई और जगह नहीं मिलती।

अँधेरे में उसने अपना मुँह आवेग से एर्दोसैन के होंठों पर दबाया। एर्दोसैन निष्क्रिय लेटा रहा। भैंगी लड़की, मानो वो किसी बैंच पर बैठी हो, एक अजीब प्रेम क्रीड़ा कर रही थी, सिर्फ़ अपने होंठों का इस्तेमाल करते हुए। एर्दोसैन ने उसे ऐसा करने दिया। उसके भीतर एक अनंत उदासी जाग गयी थी। सरसों के रंग की भोर का एक दृश्य उसकी स्मृति में अटका था : एक डाइनिंग कार की खुली खिड़की और वो, भटकी हुई नज़रों से धूप की पीली किरण को एलसा के बहुत ज़र्द हाथों पर सोने की परत चढ़ाते हुए देख रहा है।

एक बार फिर उसने पिस्तौल के हत्थे को छुआ। उसे लगा कि वो एक नौजवान लड़की की बाँहों में एक मरे हुए आदमी की तरह है। अपनी ज़बान से वो भैंगी लड़की उसकी बगलों को महसूस करने लगी। और एर्दोसैन को उसकी साँसों की गर्माहट महसूस हुई जब उसने अपना मुँह हटाया उसकी त्वचा के एक ख़ास हिस्से को चूमने के लिए।

ये सारी चीज़ बेकार थी!

वो कमसिन लड़की एर्दोसैन की इस अनूठी मानसिक अवस्था से बिलकुल अनभिज्ञ थी। उसका कामोत्तेजना से भरा गर्म बदन अँधेरे में एर्दोसैन से सेक्स कर रहा था और रेमो को ऐसा लग रहा था मानो किसी विशाल राक्षस की जलती हुई देह ने उसे कस कर बाँध रखा हो।

लड़की ने उसकी बाँह में हल्का-सा दाँत मारा, मानो वो उसके साथ खेलता हुआ कुत्ते का पिल्ला हो। उसके नथुनों से आती साँसों से एर्दोसैन को मालूम हो रहा था कि उसका चेहरा कहाँ है।

उदासी से एर्दोसैन ने उसे ये सब करने दिया। उसे अब एहसास हुआ कि इस पूरे मकान के भयंकर अकेलेपन में वह पहले से कहीं अकेला और अनाथ था और उसने अपने लिए अफ़सोस महसूस करते हुए आँखें बंद कर लीं। जैसे एक सॉकेट से बिजली निकलती है, उसे अपनी उँगलियों से ज़िन्दगी छूटती हुई महसूस हुई। और इस छूटने के एहसास से रेमो ने सब कुछ त्याग दिया।

अपने ज़िंदा होने के बावजूद, खुद के भीतर पहले से ही की गयी भविष्यवाणी

की तरह मृत्यु के प्रति एक स्वीकृति मौजूद थी...ये उसके लिए दैहिक मौत से भी ज़्यादा भयावह था।

उसके ऊपर बहुत करीब पड़ी वो कमसिन लड़की उकसाते हुए कामुक स्वर में फुसफुसाई :

''क्या बात है, लव?''

एर्दोसैन ने वहशियाना तरीके से उसका सिर अपनी तरफ़ घुमाया और उसे देर तक चूमा। वह थका हुआ और परेशान था। दो या तीन बार उसने नज़रें उठा कर एक अँधेरे कोने की तरफ़ देखा, मानो भयभीत हो कि कोई उनकी जासूसी कर रहा है। उसका दिल ज़ोर से धड़क रहा था। उसके अंदर गहराइयों से एक हवा उठी और इतनी तेज़ी से उसके मुँह से निकली मानो अपने साथ उसकी आत्मा भी ले गई हो।

फिर उसने उस अँधेरे कोने की तरफ़ देखा। एक मिनट गुज़र गया।

उसने धीरे से खुद को उस लड़की के ऊपर उठाया, कमर से उसका आलिंगन करते हुए, लड़की ने सोचा कि वो उससे सेक्स करने वाला है। उसने रेमो के सीने को चूमा और एर्दोसैन ने उसे बलपूर्वक तकिये की तरफ़ धकेल दिया। वो बहुत फूहड़ तरीके से हरकत कर रहा था। लड़की ने चिल्लाना शुरू कर दिया तो एर्दोसैन ने उसे इतने हिंसक तरीके से चूमा कि उसके दाँत तक झनझना गए, जबकि उसका हाथ तकिये के नीचे से पिस्तौल निकाल रहा था। लड़की ने उस अजीब से दबाव से बच निकलने की कोशिश की।

''तुम क्या कर रहे हो, डार्लिंग?'' वो हल्के से कराही।

लेकिन बहुत देर हो चुकी थी। एर्दोसैन ने जल्दी से पिस्तौल निकाली, उसकी नाज़ुक कनपटी के नीचे रखी और साथ ही ट्रिगर दबा दिया। इससे जो आवाज़ हुई वो घुटी हुई थी, लड़की उसके शरीर के नीचे एकदम सख्त शिथिल हो गयी, एक स्टील के चाप की तरह हिंसक हरकत के साथ। फिर कुछ समय के लिए एर्दोसैन उसके ऊपर टेढ़ा बिलकुल स्थिर पड़ा रहा, अपने वज़न को एक हाथ पर टिकाए हुए।

जब कमरे के बाहर के मौन से उस पर ये प्रकट हुआ कि किसी ने बंदूक के चलने की आवाज़ नहीं सुनी है, वह बिस्तर से उठ गया, खुद से ये कहते हुए, ''इस विस्फोट में कितनी कम आवाज़ हुई।''

उसने बत्ती जलाई और उस अजीबोगरीब दृश्य के सामने हैरान विस्मित-सा खड़ा रह गया।

लाल तकिये पर लड़की का सिर उसी शांति से पड़ा था, मानो वो सो रही हो। बल्कि उसमें थोड़ी हरकत भी हुई जिसमें उसने अपने दाएँ हाथ से एक नथुने को खुजाया, मानो उसे

वहाँ हल्की-सी गुदगुदी हुई हो। फिर उसकी बाज़ू नीचे निढाल हो गयी और उसने अपना चेहरा रोशनी की तरफ़ घुमा लिया।

उसके चेहरे की रेखाएँ एक असीम शांति से हल्की पड़ गयी थीं। फिर एर्दोसैन ने उसके कंधों को चादर से ढँक दिया ताकि उसे ठंड न लगे।

मरती हुई लड़की बहुत मुश्किल से साँस ले पा रही थी। उसके मुँह के एक कोने से खून की धार निकल रही थी। इस लगभग कुचलते हुए मौन में वो एक नल के चूने की आवाज़ सुन सकता था।

अर्धनग्न एर्दोसैन ने जल्दी से पैंट पहनी और सिर हिलाने लगा।

''कितनी अजीब बात है! एक पल पहले वो ज़िंदा थी, अब नहीं है।'' वो मोज़े पहनने ही वाला था कि कुछ भयानक घटित हुआ। लड़की के जिस्म में अचानक हरकत हुई। उसने चादर के नीचे से अपने पैर सिकोड़े और बिलकुल सीधा धड़ किये बिस्तर के किनारे पर उठ बैठी। एर्दोसैन भयभीत होकर पीछे हटा। लड़की की एक छाती खून से सनी थी और दूसरी संगमरमर की तरह नीली।

एक पल के लिए उसे लगा कि वो नौजवान लड़की ढेर होने वाली है लेकिन नहीं। लड़की ने अपना संतुलन बनाये रखा। वो असाधारण रूप से सीधे बैठी थी। उसकी खुली आँखें नीले लैंप शेड को देख रही थीं, जबकि खून उसके बालों से होता हुआ कंधों पर बह रहा था।

एर्दोसैन दीवार से टिक गया, ताकि गिर न सके और वो लड़की शोकाकुल हो अपना सिर हिला रही थी मानो कह रही हो :

''नहीं, नहीं, नहीं।''

काँपते हुए वो एर्दोसैन की तरफ़ मुड़ी और ये मानते हुए कि मारिया उसे सुन सकती थी, एर्दोसैन उससे बोला :

''लेट जाओ, बच्ची, लेट जाओ।''

उसने हल्के से उसे कंधों से पकड़ा, लेकिन वो दृढ़ता से एक अवर्णनीय दुख से अपना सिर हिलाती रही।

तब उस हत्यारे ने भीतर-ही-भीतर सोचा कि वो उससे पूछ रही थी :

''तुमने ऐसा क्यों किया? मैंने तुम्हारा क्या बिगाड़ा था?''

चुपचाप, खुले होंठों से जबकि उसकी आँखों से खून के आँसू बह रहे थे, उस लड़की ने इतने असीम दुख और दृढ़ हरकत से 'नहीं' कहा, कि एर्दोसैन घुटनों के बल झुक गया

और उसके पैर चूमे। वो अचानक दोहरी हो गयी और लैंप के तार से टकराते हुए वो गिर गई, उसका सिर कालीन से जा टकराया। अंधेरा हो गया और इसी समय उसकी साँसें रुक गयीं। एर्दोसैन हाथों और पैरों के बल रेंगते हुए एक कोने में चला गया।

वो हत्यारा, पूरा नियंत्रण खोकर, कुछ समय के लिए वहीं उसी कोने में सिकुड़ा पड़ा रहा। अगर मन में कोई विचार था तो वो उसे याद नहीं कर पा रहा था। और फिर, अचानक उसे अतीत से एक हास्यास्पद चीज़ याद आ गयी और वो खड़े होकर झल्लाते हुए ज़ोर से बोला :

''देखा तुमने ?...क्या देखा तुमने क्या होता है, जब तुम दूसरे मर्दों के लिंग के साथ खिलवाड़ करती फिरती हो ? ये तुम्हारे बुरे बर्ताव का नतीजा है। अब तुमने हमेशा के लिए अपना कौमार्य खो दिया है ! जानती हो ? तुमने अपना कौमार्य खो दिया है ! तुम्हें शर्म नहीं आती ? और अब भगवान ने तुम्हें सज़ा दी है। हाँ, भगवान ने, अपने से बेहतर लोगों की सलाह न मानने के लिए।''

एक बार फिर एर्दोसैन उस कोने में वापिस चला गया। और कुछ पलों के लिए लगा कि वो अपने मुँह से अपनी आत्मा को उगलने वाला है।

उसके विक्षिप्त अंधकार और उस कमरे की मनहूसियत को सुबह की एक किरण ने एक पल के लिए हल्की रौशनी से भर दिया।

उसे एक बड़ी-सी गर्भवती विस्काचा (दक्षिण अमरीकी चूहे की एक प्रजाति) की याद आई जिसके बिल में पानी भर गया था और कुत्ते उसके पीछे पड़े थे; और इस सबसे निकलने का उसके पास एक ही रास्ता था, डंडों से लैस लोगों की गिरफ़्त में जाना। पत्थरों से भरी एक उदास पृष्ठभूमि में वो रोयों से भरा एक पिंड है, कुछ सील मछली की तरह, चमकदार फ़र का विशाल पेट लिए और उसकी दो आतंकित आँखों में इंसानों जैसी पीड़ा, जबकि वो कुत्ते खूंखार रूप से उसकी तरफ़ देख कर हाँफ रहे थे, अपने नुकीले दाँत दिखा रहे थे।

एक भयावह आतंक से मानो उसकी नसों को लकवा मार गया, उसके गले से एक भट्ठी की कुठाली जैसी सूखी साँस निकल रही थी, उसका शरीर दो अलग दिशाओं में मुड़ रहा था और इसके बावजूद कि वह अभी हाल में ही नहाया था, उसके नथुनों में अमोनिया जैसी गंध बैठ गयी और फिर दिमाग में।

मौन दीवारों को, दीवार की चिनाई को काट रहा था और वो, औंधे मुँह गिरा था, उसका कॉर्निया ऊपर उसकी पलकों की तरफ़ तैर कर आ रहा था, मरा हुआ महसूस कर रहा था, और साथ ही ऐसा लग रहा था मानो उसे नशा पिला दिया गया हो। उसके बर्बाद घर के अंधेरे में दाखिल हुए सुबह के उजाले में फिर वो गर्भवती विस्काचा उभरी। और डंडे लिए हुए आदमी, उसके फर सीधे खड़े हुए और भूखे कुत्तों के नुकीले दाँत जो उग्रता

से गुर्रा रहे थे!

पीदाद चर्च की मीनार से ताँबे की घंटी की चार बार संक्रेंदित आवाज़ आई। एर्दोसैन ठंड से ठिठुर रहा था। पंजों के बल चलते हुए वह बिस्तर तक गया और एक चादर लेकर उसे शव के ऊपर डाल दिया। उसने अंधेरे में कपड़े बदले। जल्दी-जल्दी। अपने जूते हाथ में लेकर उसने गलियारा पार किया, जहाँ सरकती हुई चाँदनी में बंद दरवाज़े और अधखुली खिड़कियाँ दिखाई दीं। उसने मोज़े पहने ही ठंडे पत्थर के फ़र्श को पार किया।

वह गुसलखाने में दाखिल हुआ और बत्ती जला दी। सिंक के सामने एक आईना था। हत्यारे ने, आँखें बंद करते हुए उसे उसकी कील से हटा दिया। वह आईने में नहीं देखना चाहता था। वह खुद से डरने लगा था। उसने सावधानी से अपने हाथ धोये, पॉलिश किया हुआ सिंक लाल हो गया। उसने जल्दी से हाथ पोंछे और बगैर देखे ही टाई पहन ली। कपड़े ठीक से पहन लेने के बाद उसने बहुत ज़्यादा सावधानी से गुसलखाने की बत्ती बन्द की और वापिस बैडरूम की तरफ़ चल पड़ा। उसने माचिस की तीली जलाई क्योंकि उसे याद नहीं आ रहा था कि उसने अपना हैट कहाँ छोड़ा था। उसे हैट मिल गया और वो कमरे का दरवाज़ा खुला छोड़ वहाँ से निकल आया। सुबह के 4.30 बजे थे। अनिश्चित अवस्था में वो तलकाहुआनो और कोरियांतेस के बीच नुक्कड़ पर रुक गया। नुक्कड़ की रोशनियाँ उसकी आँखों के सामने से ऐसे फिसल रही थीं, मानो मोशन पिक्चर की तेज़ी से बदलती छवियाँ हों।

वह जल्दी-जल्दी पश्चिम में कॉले कंगालो की तरफ़ बढ़ने लगा। उस सुबह 6.30 बजे तक वो फ्लोरेस पहुँच चुका था। वो एक दूध की दुकान में दाखिल हुआ और वहाँ एक कुर्सी पर बैठ गया। आठ बजे तक वो उस कुर्सी से हिला भी नहीं।

उस दूध की दुकान से वो तब निकला जब फ़र्श पर फिसलती धूप की पीली किरणों से उसके जूते का चमड़ा गर्म होने लगा और फिर वो मेरे घर की तरफ़ चल पड़ा। वो मेरे साथ तीन दिन और दो रात तक रहा। उस दौरान उसने मुझे सब कुछ बता दिया।

मुझे याद है कि हम उस विशाल कमरे में साथ थे, जिसमें लगभग कोई फ़र्नीचर नहीं था। मेरा परिवार गाँव गया हुआ था और घर की देखभाल के लिए मैं बिलकुल अकेला था। बहरहाल, चूँकि मेरी माँ ने वो कमरा बिलकुल बन्द करवा दिया था इसलिए वहाँ बहुत अंधेरा था। कमरे में बहुत कम रोशनी आती थी। सच कहूँ तो वो एक विशाल से कैदखाने की तरह था।

एर्दोसैन वहाँ बैठा रहता, एक कुर्सी के किनारे पर झुका हुआ, कोहनियाँ घुटनों पर टिकाए, उँगलियों से चेहरा छिपाए और नज़रों से फ़र्श पर टकटकी बाँधे। वह यंत्रवत बेरोकटोक बात कर रहा था मानो वो पहले से रिकॉर्डेड सबक का पाठ कर रहा हो जो उसके भीतर से उठे अनंत वातावरणीय दबाव ने उसकी उदास चेतना पर अंकित कर दिया

हो। उसका स्वर सपाट था, समतल, व्यवस्थित, एक घड़ी की टिक–टिक की तरह। अगर उसे बीच में टोक दिया जाता तो वो नाराज़ नहीं होता बल्कि एक बार फिर वहीं से शुरू करता जहाँ उसे टोका गया था, सारे ब्यौरों को सिलसिलेवार बताते हुए, सिर झुकाए, फ़र्श पर टकटकी बाँधे, कोहनियों को घुटनों पर टिकाए। धीरे–धीरे सटीक रूप से उसने अपनी कहानी बताई, ताकि किसी अस्पष्टता की गुंजाइश न रहे।

भावशून्य होकर उसने एक के बाद एक अपनी भयावह कहानियाँ सुनाईं। वो जानता था कि वो मर जाएगा, कि मनुष्यों का न्याय होगा ही, क्रूरतापूर्वक लेकिन वो वहाँ था, भावनाहीन तरीके से बोलता हुआ, जबकि उसकी जेब में रिवॉल्वर थी, उसका सिर झुका था, कोहनियाँ घुटनों पर टिकी थीं, उँगलियों से चेहरा छिपा था और उस विशाल खाली कमरे में वो धूल भरे फ़र्श को ताक रहा था।

वो कुछ ही दिनों में बहुत दुबला हो गया था। उसकी गाल की हड्डियाँ उसके चेहरे की पीली त्वचा से बाहर निकली दिखाई दे रही थीं, एक तपेदिक के मरीज़ की तरह।

उसके जीवन की अंतिम अवस्था का एक अजीब ब्यौरा : एर्दोसैन ने सुबह और दोपहर के अख़बारों की सनसनीखेज़ हैडलाइंस और बहुत तफ़सील से लिखी और दिखाई गयीं खबरों को देखने से भी इनकार कर दिया, इनसे इन अख़बारों का दूसरा और तीसरा पन्ना भरा पड़ा था।

बार्सुत को काल्ले कोरियांतेस के एक कैबरे से गिरफ़्तार किया जा चुका था, जहाँ उसने अपने खाने का बिल नकली पचास पेसोस के नोट से भरने की कोशिश की थी। बार्सुत की गिरफ़्तारी के आस–पास ही टेम्परली के मकान के अवशेष में ब्रोम्बर्ग की जली हुई लाश भी बरामद हुई। बार्सुत ने तुरंत ज्योतिषी, हिपोलिता, एर्दोसैन और एर्गुएता पर इल्ज़ाम लगा दिया। एर्गुएता को गिरफ़्तार करना बिलकुल मुश्किल नहीं था। वह लानुस की तरफ़ जाती सड़क पर बगैर हैट पहने ओवरकोट लपेटे और बगल में *बाइबिल* दबाये मिल गया। शनिवार की सुबह तक उस भैंगी लड़की का शव भी बरामद कर लिया गया, जिससे यहाँ पर बताई गई घटनाओं की कड़ी वर्ष 1929 के सबसे अधिक रक्तरंजित परिदृष्य में तब्दील हो गई। पुलिस तेज़ी से एर्दोसैन की तलाश कर रही थी और शहर के हर कोने में तहकीकात करने वाले समूह दिखाई पड़ रहे थे।

इसमें कोई शक नहीं था कि हमारे करीब एक पूरी तरह से सुव्यवस्थित गैंग की मौजूदगी थी और ये कि इसके कुछ ऐसे भी प्रभाव थे, जिनके बारे में पहले सोचा नहीं गया था। हेफ़्नर की हत्या, जो इस घटनाचक्र को सिलसिलेवार लिखने वाला मानता है अन्य आपराधिक घटनाओं से अलग किस्सा था, उसे भी टेम्परली में हुई त्रासदी से जोड़ कर देखा जाने लगा। बार्सुत ने जो–जो कहा वो अख़बारों में हफ़्तों तक कॉलमों का हिस्सा बनता रहा। उसकी बेगुनाही पर लगभग कोई शक नहीं था।

इस पर अखबार की सुर्खियाँ एक या कभी-कभी दो पन्नों पर भरी होतीं।

इसके बाद वाली सुबह, सभी क्राइम रिपोर्टर गंभीरता और खिन्नता से टाइप राइटर पर उँगलियाँ चलाने में लगे थे। शनिवार की दोपहर तक लगभग सभी अख़बार एक वीभत्स तस्वीरों के एल्बम में बदल गये थे। एर्दोसैन की तस्वीर हर खबर में देखी जा सकती थी, मानवीय कल्पना जितनी दिखावटी और भड़कीली हैडलाइंस सोच सकती थी, उनके साथ।

एर्दोसैन ने दृढ़ता से न सिर्फ़ उन सनसनीखेज़ पन्नों को पढ़ने से इनकार कर दिया बल्कि उनकी तरफ़ देखा भी नहीं।

उन दिनों के दौरान अगर मैं एक बात उसके बारे में ज़ोर देकर कह सकता हूँ तो वो है उसकी गंभीरता। जब वो बैठे-बैठे बात करते थक जाता तो कमरे में एक कोने से दूसरे कोने तक चलने लगता, ऐसे बोलते हुए मानो वो किसी को लिखवा रहा हो। उस हत्यारे को कमरे में इधर-से-उधर घूमते हुए बगैर सिर घुमाए ऐसे बोलते हुए देखना मानो वो एक रिकॉर्डर के सामने हो—एक अजीब नज़ारा था। उन तीन दिनों में जो उसने मेरे घर में बिताये, उसने एक दाना भी नहीं खाया। बहरहाल, उसे प्यास बहुत लग रही थी और वो लगातार पानी पी रहा था। एक बार उसने इस तरह नींबू माँगा मानो बहुत बड़ा काम करने को कह रहा हो। शायद उसे बुखार था। उसमें गज़ब की ताकत थी। वो दिन में लगभग 18 घंटे तक बोलता रहता। मैं जल्दी-जल्दी नोट्स लेता रहता। ये बहुत मुश्किल था, क्योंकि एर्दोसैन रौशनी बर्दाश्त नहीं कर सकता था और मैं अर्ध-अंधकार में काम कर रहा था। उसके लिए रौशनी असहनीय हो गयी थी।

सोमवार रात को उसने बढ़िया तरीके से कपड़े पहने और मुझसे बोला कि मेरे साथ फ्लोरेस स्टेशन तक चले। ये बहुत खतरनाक था लेकिन मैं उसे रोक नहीं सका। मुझे याद है कि हमारे घर से निकलने से ठीक पहले उसने मुझे एलसा के नाम एक चिट्ठी दी, जिससे मिलने मैं कुछ दिनों बाद गया था।

9.30 बजे हम घर से बाहर निकले। पेड़ों की कतार से ढँके रास्ते पर हम चुपचाप चलते रहे। मैं उसे लगातार एक सिगरेट के बाद दूसरी जलाते हुए देखता रहा; साथ ही वो बहुत दृढ़ क़दमों से एकदम तना हुआ चल रहा था। सड़क के एक मोड़ पर उसने कहा :

''मैं अब महसूस कर सकता हूँ कि अँधेरी और उमस भरी कब्र कितनी करीब आ गयी है, लेकिन मुझे ज़रा भी डर नहीं लग रहा।''

हम काल्ले बोलीविया के रेलवे स्टेशन पर पहुँचे। हमने उस इमारत के पीछे वाला पथरीला रास्ता पकड़ा, जिसे ट्रांज़िट कोचों के लिए इस्तेमाल किया जाता था। पार्क के बीच की सड़क पर लगे पेड़ों में से सड़क के दूसरी तरफ़ नुक्कड़ के दो कैफ़े की खिड़कियों के शीशे चमकते देखे जा सकते थे। रेडियो से एक कर्कश आवाज़ आ रही थी :

‘‘आपके फ़र्श को चमकाने के लिए सबसे अच्छी खुशबू लिए वैक्स। साँचेज़ एंड कम्पनी से अपना फ़र्नीचर खरीदिये।’’

‘‘गोमेज़ एंड गोमेज़ बहुत अच्छे दर्ज़ी हैं। बहुत अच्छे दर्ज़ी हैं गोमेज़ एंड गोमेज़।’’

हम एक आगे उभरे हुए हिस्से पर रुके जो एक बुर्ज के आकार सी इमारत की तरफ़ था, जिसकी छत नुकीली स्लेट की थी और जिसकी पहली मंज़िल पर एक बाल्कनी थी जिसे अभी-अभी चूने से पोता गया था। बालकनी के नीचे त्रिकोणीय आधार के हर सिरे पर बिजली की बत्तियाँ लगी थीं, जैसी आपको किसी जेल की कार्यशाला में दिखाई दे सकती हैं और वे बड़ी बेचारगी से जल रही थीं; इसके सफ़ेद दरवाज़े से जिसे खुला छोड़ दिया गया था, निस्संक्रामक द्रव्य के वाष्प निकल रहे थे।

‘‘एक मिनट इंतज़ार करना,’’ एर्दोसैन ने कहा। ठीक इसी वक्त मैंने ये ध्यान दिया कि मेरे घर आने के बाद पहली बार रेमो ने मुझसे बात करना बंद कर दिया था।

हम टिकट ऑफ़िस गये और लगभग तुरंत वापिस आ गये :

‘‘ट्रेन आने में तीन मिनट हैं,’’ और वो फिर चुप हो गया।

मुझे भी नहीं लगा कि मुझे कुछ कहना चाहिए। वह अपने आस-पास चारों तरफ़ देख रहा था, लेकिन कोई भी चीज़, लगता है, उसके मन में दर्ज नहीं हो रही थी। उसने अपने होंठ खोले मानो वो कुछ कहना चाहता हो; फिर बंद कर लिए, अपना सिर धीरे-धीरे हिलाते हुए। इस क्षण मुझे एहसास हुआ कि मानवीय भाषा कितनी व्यर्थ, निरर्थक हो सकती है।

वह बिलकुल पीला पड़ गया था और लग रहा था कि वो हर मिनट दुबला होता जा रहा है। उस पीड़ाजनक मौन को तोड़ने के मकसद से मैंने पूछा :

‘‘क्या तुम टिकट ले रहे हो?’’

‘‘हाँ...मोरेनो तक।’’

हम दोनों फिर शांत हो गये। मुझे लग रहा था मानो मेरी आँखों के सामने रौशनी नाच रही हो। अचानक एर्दोसैन ने कहा :

‘‘तुम वापस जाओ, प्लीज़। मुझे तुम्हारे यहाँ रहने की ज़रूरत नहीं। माफ़ करना। मैं अकेला रहना चाहता हूँ। जब तुम एलसा से मिलो तो उसे मेहरबानी करके बताना कि मैं उसे बहुत प्यार करता था। तुम्हारी मेहरबानी का बहुत शुक्रिया।’’

उसने मुझसे हाथ मिलाया और मैं चला गया।

और मैं उसे उस पथरीले रास्ते के ग्रेनाइट वाले किनारे पर स्थिर खड़ा छोड़ कर चला आया।

डेढ़ घंटे बाद

साथ ही, शहर के लगभग हर अख़बार के दफ़्तर में पीछे के सेक्शन में।

बादलों से भरे वातावरण में बर्तनों को पिघलाते सीसे से उठती भाप, जो छत पर लगी लाइट्स के पास झीनी हो जाती, हवा का प्रवाह 120 डिग्री तक गर्म होता हुआ। सीसे को काटती चक्की मशीनों की खड़ी धार की फुफकार। ऑपरेटर के गॉगल्स पर गिरती चाँदी सी चिंगारियाँ। धातु की सीढ़ियों पर पसीने से सने आदमी, अर्धवृत्ताकार प्लेट्स को घुमा कर रंदे को नीचा कर अंकों को कतार में लगाते हुए। घूमती हुई प्रेस मशीनों से गरजने का घुटा हुआ शोर आ रहा था, मानो समुद्र बाँध से टकराकर शोर कर रहा हो। ये मशीनें ट्रांस अटलांटिक समुद्री जहाज़ों के इंजन जितनी ऊँची थीं। काले रोलर्स के बीच से कागज़ चकराती हुई गति से फिसल रहा था। ग्रीस और स्याही की गंध। सल्फ़्यूरिक एसिड की गंध में डूबे लोग इधर-उधर से गुज़रते हैं। फोतोंकन कार्यशाला का दरवाज़ा खुला है जिसमें से लाल रौशनी की एक किरण दिखाई दे रही है।

आधी रात प्रकाशित होने वाले संस्करण की समय-सीमा है। सेक्रेटरी, आधी बाज़ू की कमीज़ पहने और मुँह में एक बिना जली हुई सिगरेट लटकाए एक लोहे की मेज़ के पास खड़ा हुआ है; वो नीली कमीज़ पहने एक ऑपरेटर की तरफ़ इशारा करता है जो उस जगह खड़ा है जहाँ से वो संस्करण निकलेगा। प्रेस के गियर डाई कार्टन की मुहर लगते हुए एक ऐसी फुफकार निकाल रही है जो आस-पास की सभी चीज़ों को भुतहा वाष्प में ढँक रही है। चाँदी के रंग वाले सीसे के कार्टन से भरी मेज़ों के बीच बने गलियारे में सेक्रेटरी आगे-पीछे घूम रहा है।

एक कोने से फ़ोन के बजने की मंद आवाज़ आती है।

''ये आपके लिए है, बॉस,'' एक आदमी चिल्लाता है।

जल्दी-जल्दी सेक्रेटरी उस तरफ़ जाता है और रिसीवर उठा लेता है।

''हाँ, सेक्रेटरी ही हूँ। हैलो...ज़ोर से बोलो...मैं तुम्हें नहीं सुन पा रहा...हैलो...हैलो... हाँ...हाँ...हाँ...हैलो...एक मिनट...मोरेनो से पहले?...ट्रेन...ट्रेन नंबर। एक मिनट,'' सेक्रेटरी दीवार पर नंबर नोट करता है 119। ''बोलते रहो...हैलो...एक मिनट...हैलो...मशीन को रोक दो...हैलो...हाँ...हाँ...अभी निकलो।''

फ़ोरमैन ने रोटरी प्रेस के बॉस को इशारा किया। उसने एक भूरा-सा बटन दबाया। कार्यशाला में समुद्र की गरज का शोर धीमा पड़ जाता है, कागज़ की लम्बी चादरें फिसल जाती हैं। सब कुछ रुक जाता है।

मशीनी मौन।

सेक्रेटरी जल्दी से कार्यशाला की डेस्क पर एक साधारण कागज़ ढूँढता है और उस पर लिखता है :

'क्रूर हत्यारे एर्दोसैन ने 9.45 की ट्रेन में ख़ुदकुशी की।'

वो हैडलाइन एक लड़के को देता है, उससे कहते हुए :

''पहले पन्ने पर, सभी जगह।''

वो एक गंदे से कागज़ पर जल्दी-जल्दी लिखता है।

'इस संस्करण को पूरा करने के अंतिम क्षणों में मोरेनो से हमारे संवाददाता ने फ़ोन पर सूचना दी,' सेक्रेटरी सिगरेट सुलगाने के लिए रुका और फिर लिखने लगा, 'कि नौजवान लड़की मारिया पिंटो के हत्यारे और उपद्रवी तथा जालसाज़ अल्बेर्तो लेज़िन के साथी जिसकी गिरफ़्तारी होने ही वाली थी, उसने 119 नंबर की इलेक्ट्रिक ट्रेन में अपने दिल पर गोली मार कर ख़ुदकुशी कर ली, उस वक्त जब ट्रेन मोरेनो पहुँचने ही वाली थी। कुछ ब्योरे इस समय नामालूम हैं। राजधानी और प्रांत के सबसे वरिष्ठ जाँचकर्ता, जैसे ला प्लाता के आपराधिक मामलात के जज घटनास्थल पर हैं। हमारे सुबह के संस्करण में हम इस दुखद हत्यारे के बारे में विस्तृत तथ्य देंगे, जिसकी गिरफ़्तारी होना अपरिहार्य थी...' सेक्रेटरी ने फिर 'जिसकी गिरफ़्तारी अपरिहार्य थी...' शब्दों को काट दिया और एक नया पैरा जोड़ा :

'उम्मीद की जा रही है कि इसी के साथ भयानक टेम्परली गैंग की षड्यंत्रपूर्ण गतिविधियों को साफ़ करने का काम अपने अंतिम दौर में पहुँच जाएगा। हमारे सुबह के संस्करण में हम इस सम्बन्ध में विस्तृत विवरण देंगे।'

उसने नीली कमीज़ पहने आदमी को ये कागज़ देते हुए कहा :

''काले में 12 पॉइंट साइज़, ब्लीडिंग।''

सेक्रेटरी ने फिर इंटरनल फ़ोन उठाया।

''हैलो!...कौन है वहाँ?...तुम हो?...देखो : एक फ़ोटोग्राफ़र को लाओ तुरंत और मोरेनो चले जाओ। एर्दोसैन ने आत्महत्या कर ली है। वाल्टर को ले जाओ। हमें उस ट्रेन के गार्ड्स और इंजीनियरों पर एक लेख चाहिए और उस कोच में सफ़र करते यात्रियों पर भी। आह!...हैलो...हैलो...उस कोच, इंजीनियर्स और गार्ड्स की भी कुछ तस्वीरें ले लेना। तुरंत...हाँ, अगर तुम्हें ज़रूरत लगे तो...एक कार ले लो...और बहुत सारी तस्वीरें।''

उसने फ़ोन रख दिया, बगैर जली हुई सिगरेट अब भी उसके मुँह से लटक रही थी।

अखबार बेचने वालों का बॉस पैर घसीटते हुए अन्दर आया, बड़ी-बड़ी बातें करते

हुए। उसका हैट उसकी भौंहों तक फैला हुआ था और गर्दन पर एक रुमाल बँधा था। अपने बाएँ हाथ की तीन उँगलियों से वह अपनी ठोड़ी को उस जगह खुजला रहा था जहाँ उसके दायें गाल की तरफ़ चाकू से घाव का एक बड़ा-सा निशान था। अब भी उस रात की शराब का स्वाद लेते हुए, और साथ ही उस धातु की मेज़ पर कोहनी के बल झुकते हुए, जैसे वो किसी शराबघर में काउंटर पर झुकता, उसने एक रूखी आवाज़ में पूछा :

''एर्दोसैन ने खुद की जान ले ली?''

सेक्रेटरी उसकी तरफ़ देखकर हल्का मुस्कुराया।

''हाँ।''

दूसरे आदमी ने एक पल के लिए अपने प्याले में कुछ विचार घुमाए और फिर इन शब्दों से अपना चिंतन समाप्त किया :

''बहुत बढ़िया। कल हम पचास हज़ार ज़्यादा चला लेंगे।''

उपसंहार

एर्दोसैन के साथ उसी कोच में यात्रा करने वाले गवाहों के दिए गये बयानों और विवरण का विश्लेषण करने के बाद, मसलन उसके कानूनी सारांशों की मदद से उसकी आत्महत्या से पहले की घटनाओं को कमोबेश ठीक–ठीक दोबारा से रचित किया जा सकता था।

ट्रेन के पहले कोच में जो मोतोरिस्ट केबिन की बगल में था, हत्यारा सीट नंबर 7 पर बैठा था। वह अपनी सीट की छोटी–सी खिड़की के शीशे पर सिर टिकाये बैठा था, और ऐसी ही मुद्रा में विला लुरो तक बैठा रहा, जहाँ इंस्पेक्टर ने उसे टिकट दिखाने के लिए जगाया।

उस क्षण से लेकर जब तक वो मरा, वो जागा हुआ था।

रात की ठंड भी उसे वो छोटी खिड़की को खोलने से नहीं रोक सकी और खुली खिड़की से आती ठंडी हवा के विस्फोट को सीधे अपने चेहरे पर शांति से झेला।

एक महिला जो अपने पति के साथ यात्रा कर रही थी, उसने एर्दोसैन के बर्ताव पर टिप्पणी की और उसने जवाब दिया :

''देखो, वो कितना पीला पड़ गया है। लगता है ये नौजवान बीमार है।''

हादियो स्टेशन पर दो युवतियाँ अन्दर आकर उसके सामने बैठ गयीं। उसने उनकी तरफ़ देखा भी नहीं। इससे उनका गुरूर आहत हो गया और यही वजह थी कि उन्हें बाद में ये उदासीन यात्री याद रहा। एर्दोसैन ट्रेन की गति से बेखबर सीधे अंधेरे में देखता रहा। मेर्लो में दो नवविवाहित यात्री उस कोच में आ बैठे जहाँ एर्दोसैन चुपचाप अपने में गमगीन बैठा हुआ था।

अचानक, हत्यारा अपनी सीट से उठा, लेकिन अब भी अँधेरे में देखते हुए उसने अपनी जेब में हाथ डाला। उसके चेहरे में एक उग्र इच्छाशक्ति से मांसपेशीय सिकुड़न देखी जा सकती थी। उसके सामने वाली सीट पर बैठी महिला ने उसे भयभीत नज़रों से देखा। दूसरी तरफ़ उसका पति जो पढ़ रहा था और जिसका चेहरा अखबार के पीछे छिपा था, पूरी स्थिति से अनभिज्ञ था। फिर घटना तेज़ी से हुई।

एर्दोसैन ने रिवॉल्वर से अपने सीने पर निशाना लगाया और ट्रिगर दबा दिया और इसके साथ ही विस्फोट के साथ वह बायीं तरफ़ लुढ़क गया और उसका सिर सीट के हत्थे से जा टकराया। वो महिला बेहोश हो गई। आदमी से अखबार छूट गया और वो कोच के गलियारे की तरफ़ दौड़ा। अब भी डर से काँपते हुए उसे वहाँ टिकट चेकर मिला। दूसरे कोच के दो यात्रियों ने फिर डरे हुए यात्रियों को गिना, और समूह में कुछ आदमी उस तरफ़ बढ़े जहाँ आत्महत्या की गयी थी।

ऐसा लगता है कि अपने अंतिम क्षणों में एर्दोसैन ने अपनी इच्छाशक्ति और संतुलन को कायम रखा था। अन्यथा इसे कैसे समझाया जा सकता है, इसके उलट मत, खुद को वापिस सीट तक ले जाकर बैठाने में उसे कितनी ताकत की ज़रूरत पड़ी होगी, मानो वो एक मुनासिब स्थिति में मरना चाहता था। वहाँ दाखिल होकर, आदमियों के उस समूह ने उसे मुश्किल से साँस लेते हुए आँखें बंद किये हुए पाया, एक मुट्ठी कस के बंद थी और सिर उस छोटी-सी खिड़की पर टिका था। इससे पहले कि ट्रेन मोरेनो पहुँचती, एर्दोसैन मर चुका था।

उसकी जेब में उन्हें उसका पहचान पत्र और कुछ पैसे मिले।

पुलिस और सहयात्री दोनों ही हैरान थे, जिन्होंने पुष्टि की कि ये नाज़ुक-सा ज़र्द पड़ा युवक ही जो हुलिए के वर्णन से बिलकुल अलग था, 'वहशी हत्यारा एर्दोसैन' था। बाद के छह घंटों में उसके शव की 153 बार तस्वीर ली गयी।

उत्सुक लोगों की तादाद लगातार बढ़ती गई। वे उसके शव के पास रुकते और उनमें से अनेक अपराधियों के सम्बन्ध में लोम्ब्रोसियन अवधारणा को भी साँझा करते, जिसके अनुसार अपराधियों को पूर्ण विकसित मनुष्य नहीं माना जा सकता और फिर पहली बात जो वो पूछते वो ये थी :

''क्या ये वाकई एर्दोसैन है?''

एक अनंत शांति निश्चित तौर पर उस आदमी के चेहरे पर अंकित थी, जो इतनी हताशापूर्वक पीड़ा और पागलपन के बीच झूलता रहा था।

बहरहाल, इस सबके बीच एक अजीब घटना हुई। जब उसका शव कोमिसेरी में सार्वजनिक तौर पर रखा हुआ था, एक इज़्ज़तदार बुज़ुर्ग आदमी, उचित वेशभूषा में (बाद में मुझे पता चला कि वो ज़िले के राजनीतिक प्रतिनिधि का पिता था) उस ठेले तक गया जिसमें मृतक का शव पड़ा था और उसके चेहरे पर थूकते हुए बोला :

''अराजकतावादी हरामी का पिल्ला। सभी तरह की बहादुरी का बुरा अंत।''

ये पूरा दृश्य बहुत घिनौना था और जो कम महत्त्वपूर्ण उत्सुक लोग थे वो दूर हट गये और उस शव को ठेल कर जेल ले जाया गया।

एलसा एर्दोसैन की मौत के बाद कुछ दिन ही जीवित रही। इस गैंग में उसके शामिल होने की सम्भावना पर उसे गिरफ़्तार किया गया, लेकिन जब उसकी बेगुनाही आसानी से साबित हो गयी तो उसे तुरंत छोड़ दिया गया। मैं उसे वो पैसे और चिट्ठी देने उसके पास गया जो एर्दोसैन ने उसके लिए दिए थे। वो औरत जिसे मैं उसकी ऊर्जा और आत्मविश्वास के लिए जानता था, उसकी सिर्फ़ प्रेतछाया ही बची थी। अक्सर ये ज़िक्र करते हुए कि वो खुद को एर्दोसैन की मौत का ज़िम्मेदार समझती थी, वो कुछ ही महीने बाद दिल के दौरे से मर गई। बार्सुत, जिसका नाम उन दिनों काफ़ी मशहूर हो गया था, उसे एक मोशन पिक्चर कम्पनी ने साइन कर लिया था जो टेम्परली के पूरे नाटक पर फ़िल्म बनाने जा रही थी। आखिरी बार जब मेरी उससे बात हुई तब वो बहुत अच्छा लग रहा था और अपनी ज़िन्दगी से बहुत खुश था।

''अब मेरा नाम हर गली के नुक्कड़ पर देखा जा सकता है। हॉलीवुड, हॉलीवुड। ये फ़िल्म मुझे स्टार बना देगी। मेरे सामने का रास्ता एकदम खुला और साफ़ है।''

पुलिस हिपोलिता और ज्योतिषी का पता नहीं लगा पायी। कई बार जल्द ही उनकी गिरफ़्तारी के पूर्वानुमान की खबर आती रहती है, लेकिन एक साल से ज़्यादा हो गया है और उनके बारे में एक भी सुराग ऐसा नहीं मिला है, जिससे पुलिस को अंदाज़ा हो सके कि वो कहाँ छिपे हैं।

जहाँ तक डोना इग्नासिया का सवाल है, उस मकान की मालकिन जहाँ एर्दोसैन रहता था, वो ज़िंदा रही और एक बेचारी बूढ़ी महिला में तब्दील हो गई जो हर वक्त चूल्हे पर चढ़े कैसरोल का ध्यान रखती और अपने एप्रन के छोर से अपनी नाक से नीचे बहते जलते हुए आँसुओं को पोंछती रहती।

❑❑❑